一个陌生女人的来信

[奥地利]茨威格 著　高中甫 编选　高中甫 韩耀成等 译

北京燕山出版社

目录

001 序

001 家庭教师
013 灼人的秘密
064 恐惧
101 热带癫狂症患者
143 一个陌生女人的来信
175 月光巷
189 一颗心的沦亡
214 看不见的收藏
225 一个女人一生中的二十四小时
273 巧识新艺
300 象棋的故事
339 附录

序

喜欢文学的人，特别是喜欢外国文学的人，斯·茨威格这个名字对他们绝不是陌生的，他的那些小说，如《灼人的秘密》、《一个陌生女人的来信》、《一个女人一生中的二十四小时》、《象棋的故事》等早为他们所熟知和喜爱了。这位奥地利作家的作品，虽然早在二十世纪三十年代就零星地介绍进中国了，但是只是在毁灭文化的文化大革命之后，他才在中国的文艺春天里露出峥嵘，在直到世纪结束的这二十几年里，他的大部分作品，才被介绍进来，且有了多种译本，至今其势头不衰其热度不减。粗略地统计，茨威格的小说，无论是长篇还是中短篇均已全部译成中文，他的多部传记以及散文、游记和书信亦已有中文译本。据称，有的出版社正在着手出他的全集。茨威格曾在一九三六年的一份简历中表达了这样的愿望："正如我感到整个世界是我的家乡一样，我的书能在地球上所有语言中找到友谊和接受。"我们可以有充分理由说，他的这个夙愿在中国得到了实现。

斯·茨威格一八八一年生于维也纳，父亲是一个犹太人，开办一家纺织工厂，母亲是一个银行家的女儿。家庭的殷实富有使茨威格受到良好的教育，培养起了他对文学艺术的兴趣。

维也纳当时是由多民族组成的奥匈帝国的首都，这个帝国成立于一八六七年，到世纪末国运式微，政治衰败，但这也是奥地利历史上文学艺术的一个生机勃然的时期，维也纳，如茨威格所说，"是西方一切文化的综合"。马赫(1838—1911)的哲学，弗洛伊德(1856—1939)的精神分析学，马勒(1860—1911)、里·施特劳斯(1864—1949)、勋伯格(1874—1951)在音乐上赢得的世界性声誉、建筑和绘画艺术上分离派和印象派的成就已饮誉欧洲,而文学上则是"青年维也纳"的崛起。这个文学团体不久就成为奥地利和维也纳文学生活的中心,它标志着一个新的文学的到来,迅速赢得了青年一代的景仰和追随。茨威格就是在这样一种文学氛围中走上文坛的。

还在中学期间,一八九八年茨威格十七岁的时候就在报纸上发表了他的第一首诗歌。一九〇一年他在维也纳大学学习时就出版了他的第一部诗集《银弦集》;他的第一个短篇发表于一九〇二年,第一部短篇小说集《艾利卡·埃瓦尔德之恋》出版于一九〇四年;《泰尔西特斯》是他的第一部戏剧,创作于一九〇七年;而作为传记作家的茨威格,他的第一部著作是写比利时诗人艾米尔·凡尔哈伦的《艾米尔·凡尔哈伦》,时为一九一〇年。这就表明,三十岁的茨威格在文坛的各种领域都进行了尝试并赢得了一些名声。

文学上成功的起步使茨威格成为一名职业作家;但他并未因自己取得的一些成就感到昏昏然,而是清醒地认识到,如他在自传《昨日的世界》中写到的:"虽然我很早就(几乎有点不大合适)发表作品,但我的心中有数,直到二十六岁,我还没有创作出真正的作品。"标志他形成了自己创作风格并赢得荣誉的是他一九一一年发表的小说集《初次经历》——它有一个副标题:儿童王国里的四篇故事(内收有《夜色朦胧》、《家庭女教师》、《灼人的秘密》和《夏天的故事》),作家和评论家弗里顿塔尔称,这个集子的小说才使茨威格成为一个小说家(novelist)。这部作品不仅独具特色,而且表达了他艺术上的追求,即探索和描绘为情欲所驱使的人的精神世界,这也成为他此后作品的一个基本主题;从中也可以明显感到弗洛伊德精神分析学对他的影响。

一九一四年第一次世界大战爆发了。这场剧烈的政治"地震"把他抛到一种与过去生活截然不同的生活中去。在艺术上敏感而在政治上显得迟钝的茨威格在战争前一年,处于动荡中心的维也纳还觉得世界"美丽而又合乎情理"。当时整个奥地利被一种民族狂热所左右,整个欧洲陷入一种民族之间的仇杀之中。这时他才开始更多地关注时代。一九一四年八月四日,这一天继几天前的德国对俄宣战,德国对法宣战,英国对德宣战,茨威格在日记中写下了这样一句话:"这是我整个生活中最可怕的一天。"生性酷爱和平的茨威格在一段短暂的时间里无法摆脱民族主义的影响,他写了几篇颂扬所谓"爱国主义"的文章,并自愿服役入伍,在战争档案处和战争新闻本部工作。但战争的残酷性使他的心灵受到极大的震动,一九一四年九月他在报上发表了那封语调感伤的和平主义的文章:《致外国友人的信》。然而直到一九一六年初,如他在《昨天的世界》中所表明的,他才成了一个反战主义者。

这场战争不仅改变了他的生活,使他的思想发生了变化,也为他的创作注入了新的内容。面对这场史无前例的民族间杀戮,作为一个作家,一个和平主义者,他必然用笔来进行抗争。一九一六年,他创作了戏剧《耶利米》,他自己称,他是怀着对那个时代最强烈的对抗情绪写这部剧本的。这是取材《圣经·旧约》中的《耶利米》而创作的一部戏剧。这位犹太民族的先知预言巨大灾难即将降临,但在狂热的年代无人相信他,被看作是傻瓜和叛徒。"用我的肉体去反对战争,用我的生命去维护和平"。在这位先知身上,我们看到了茨威格本人的身影。此外,他还写了一些和平主义的文章,并在此后写出以反对战争、控诉战争为题材的小说,如《日内瓦湖畔的插曲》、《桎梏》、《看不见的收藏》等。

第一次世界大战以德奥失败而告结束。茨威格在这场民族间杀戮的战争中失去了很多,可他获得的更多,一九二六年他在一篇文章中做了这样一份总结:"失去了什么?留下了什么?失去的是:从前的悠闲自在,活泼愉快,创作的轻松惬意……以及一些身外的东西,如金钱和物质上的无忧无虑。留下来的是一些珍贵的友谊,对世界的更好认识,那种对知识的炽烈的爱,还有一种新的坚强的勇气和充分的责任感在逝去多年时光之后,突然成长起来。是的,人们能以此重新开始了。"

茨威格对时代有了新的认识,对生活有了更深层次的理解,增强了作为一个作家的责任感。因此,战后到一九三三年这段时间成为他创作上的鼎盛时期,他完成了由九位大作家散论组成的《世界建筑师》(《三位大师》:巴尔扎克、狄更斯、陀思妥耶夫斯基;《与心魔的搏斗》:荷尔德林、克莱斯特、尼采;《三位作家的生平》:卡萨诺瓦、司汤达、托尔斯泰)。茨威格以多彩的文笔不仅为我们描绘了这些作家的生平,而且展示出这些大师栩栩如生的独特性格和复杂幽暗的内心世界。这部《世界建筑师》使茨威格成为一个享有世界声誉的传记作家,他具有心灵建筑师的眼光和构建出一幢形式上的宏伟建筑的天赋。

除了这部共由三个集子组成的《世界建筑师》,茨威格在这段时间写了另外一些历史人物传记,如《约瑟夫·福煦》(1929)、《德博尔德—瓦尔摩尔①》(1931)、《玛丽·安东内特》(1932)以及稍后的《鹿特丹人伊拉斯谟的胜利和悲哀》(1934)等。在这些作品以及此后的传记作品里,茨威格遵循自己确定的写作原则:"精炼、浓缩和准确",更重要的是,他关注和追求的不是历史进程的发展和探索规律性的东西;激起他浓烈兴趣的是一连串隐藏有心灵秘密的事件,他要展示的是这些历史人物的精神肖像。

罗曼·罗兰称茨威格是一个"灵魂的猎者",在这些历史人物的传记里,受历史人物本身和历史事件的左右,茨威格还不能充分发挥他灵魂猎者的本事;但在这一时期他创作的小说里,特别是在小说集《热带癫狂症》和小说集《情感的迷惘》(1927)中就淋漓尽致地施展了这种才能。与小说集《初次的经历》一起,这三部小说集被作者称之为"链条小说"。《初次的经历》主要写的是儿童期,《热带癫狂症》(内收有《热带癫狂症患者》、《奇妙之夜》、《一个陌生女人的来信》、《芳心迷离》等)写人的成年期,《情感的迷惘》(内收有《情感的迷惘》、《一个女人一生中的二十四小时》、《一颗心的沦亡》等)则写的是人的老年期,它们构成人的一生的链条。《初次经历》写的是激情—情欲,但不是儿童的,而是通过儿童的视角来观察被激情—情欲所主宰的成人世界,这个世界充满了他们尚不理解的"灼人的秘密"。在《热带癫狂症》中作者展示的是在激情—情欲的驱使下,成年男女不由自主地犯下的"激情之罪"。在《热带癫狂症》一书里,它的主人公都是历经沧桑的过来人,作者极其细腻地描绘了他们在激情—情欲的左右下或遭遇意外事件打击时的心态和意识的流动。茨威格用自己的话表明了他创作这些作品的意图,他说,他是来展现与"激情的黑暗世界中的幽明"相联系的经历,是带有精神分析的印记的。并称"他的固有成分一直是一种强烈的心理学上的好奇"。

十分明显的,在二十世纪二十年代期间弗洛伊德的影响在茨威格的作品更为凸现了,情欲的力量和无意识的驱动力更受到了格外重视和着意描绘。《热带癫狂症患者》中的男主人公仅是由于瞬间冲动而不惜以生命殉情;《一个陌生女人的来信》中的一个十三岁少女对一个登徒子一见倾心,竟像妓女般委身;《一个女人一生中的二十四小时》中的一个出身名门的

---

① 德博尔德—瓦尔摩尔(1786—1859),法国女诗人,波德莱尔、魏伦都一度受她的影响。

富有孀妇,竟为了一个年轻赌徒的一双手而神魂颠倒,以身相许;《情感的迷惘》中的一位受人尊敬的学者为卑劣的同性恋情欲而不惜出没于肮脏的下流龌龊场所。由于茨威格创作中明显可见的弗洛伊德的影响,当时有的批评家曾讥讽茨威格的小说是对弗洛伊德学说的庸俗化。这种见解失之于偏颇。茨威格不是精神分析学,特别是弗洛伊德的性欲中心观点的一个盲目的信奉者。他是在用一种新的目光去窥视、去展示人的心灵世界,去塑造人物形象。他笔下的具有艺术魅力的栩栩如生形象本身就是一个明证。但不必讳言,情欲主题的偏爱和弗洛伊德学说的影响也给他的创作带来了一些弱点,一方面不厌其烦的内心描写使作品显得臃肿,拖沓,另一方面这类题材在一定程度上削弱了作品的时代感,而当他把视野转向现实生活时,他创作的作品便有了强烈的批判力量和尖锐的现实意义,如《看不见的收藏》、《桎梏》、《旧书商门德尔》等。

一九三三年希特勒攫取政权中断了茨威格创作上的高峰期,他陷入一种新的政治"地震"之中;随着一九三八年他的祖国奥地利的被吞并,茨威格被抛进另一种生活之中,成了一个无家可归的流亡者。作为一个犹太人,他的种族正遭受灭绝的杀戮,作为一个奥地利的德意志人,他已成为亡国之人。在流亡期间,他虽没有参加反法西斯抵抗运动,但他尽自己所能,无私慷慨地去帮助那些受德国法西斯迫害的流亡者,去减轻他们所受的痛苦。他在从纽约发出的一封信里这样表达了他的心迹:"我的一半时间都用来为大洋彼岸办理宣誓书,许可证和筹措旅行费用,我怕您想象不出这有多么困难,多么费力。我们这些逃脱了彼岸秘密警察的人把这当作是首要的义务,其他一切相比而言是微不足道的。"

尽管流亡生活颠沛流离,精神上遭受苦痛折磨,茨威格在此期间仍勤奋地完成了他的一些重要著作,其中有《玛丽亚·斯图亚特》、《卡斯台里奥反对加尔文》、《麦哲伦》以及他生前唯一完成的长篇小说《焦躁的心》①等。

第二次世界大战的爆发使茨威格陷入一种空前的悲观和痛苦之中,他

---

① 除了《焦躁的心》,在他的遗稿里发现了一部长篇的手稿,经整理于八十年代出版,被整理者冠上《醉心于变形》的标题,有两个中文译本,分别题为:《富贵梦》、《青云无路》;除此还发现一部长篇的片断,经整理也在八十年代出版,冠有《阿拉丽莎》的标题。

把这称作是地狱和炼狱的时代。一九四一年他经美国在巴西的圣保罗附近定居下来。然而他仅在这里生活了不到半年,完成了他的自传《昨天的世界》和他的最后一篇小说《象棋的故事》。尽管身居巴西,可欧洲的血雨腥风却笼罩着他的心灵,战争的阴影使他窒息。他是一个焦急的人,他知道曙光的到来,但却无法忍受黎明前的黑暗。于是这位"欢乐的悲观主义者","渴望死亡的乐观主义者",在一九四二年二月二十二日与妻一道弃世而去,留下了那封悲怆感人的绝命书。用自己的生命对战争进行了最后的抗争。

茨威格一生共写了十二部传记、九部散文集、七部戏剧、三部长篇、三部诗集以及一部自传。这些作品使他在德语文学史乃至世界文学史上都占有一席之地。托马斯·曼一九五二年在茨威格逝世十周年的讲话中对茨威格的文学功绩做了这样的表述:"他(指茨威格)的文学荣誉直到达到地球上的最后一个角落……也许自埃拉斯谟①(他写了一部关于这个人的光辉著作)以来没有一个作家像斯·茨威格这样著名。"

这部集子里共选有茨威格中短篇小说十二篇,是他不同时期的代表作;由于篇幅所限有些不能不割爱,至于选择是否得当,那得由读者来评说了。

高中甫

---

① 埃拉斯谟(约1466—1536),荷兰人文学者,北方文艺复兴的重要代表人物,编订《圣经·新约》,著有《愚人颂》。茨威格在一九三四年发表了《鹿特丹的埃拉斯谟》一书。

家庭教师

只剩了两个小女孩在她们的卧房里。灯已经熄灭,到处都黑暗了,仅仅两床之间还有点微弱的光。她们俩呼吸得那么宁静,几乎使人以为是睡熟了。

"我说呀。"忽然从一张床上发出了轻微的试探的耳语声,是那个十二岁大的女孩子在说话。

"什么事?"那比她大一岁的姐姐问道。

"我真高兴你还醒着,我有点事情要告诉你。"

暂时没有答话,只在另一张床上起了一阵沙沙的声响。那个大一点的女孩子已经坐了起来,在等着听。她的眼睛在幽暗的灯光中闪耀着。

"靠近点,听我告诉你。不过,我先要问问你,你可注意到曼恩小姐最近有点奇怪吗?"

"嗯,"另外一个沉默了一下说,"确实有点,但是我说不出是什么地方。她不像过去那样严厉了。我已经两天没做功课,她也不责备我,不知道是发生了什么事情,但她再也不关心我们了。她常独自坐在那里,也不像往常那样同我们一块做游戏了。"

"我想她是很不快活,并且竭力不显露出来。她现在连琴都不弹了。"

谈话中止了一下,那大一点的女孩便接着说:

"你说有点事情要告诉我的。"

"是的,但是你一定要保守秘密,不要对妈妈或是你的好朋友绿蒂吐露一个字。"

"当然不会。"她仿佛受了侮辱似的回答着,"快说吧。"

"好吧。就是在我们上了床之后,我忽然想起还不曾对曼恩小姐道晚安,我便不嫌麻烦地又穿上鞋子,蹑手蹑脚地走到她房间里去。因为想使她吃惊一下,所以我开她的门开得很轻,有一会子我以为她不在屋里,灯还在亮着,但看不见她在那里。忽然间——使我大吃一惊——我听见有人在哭,并且看见她穿着衣服躺在床上把头埋在枕头里。她哭得那么伤心,使我觉得非常奇怪。她没有看见我,于是我便退出来轻轻地把门关上。我又在门外站了一会儿,因为我惊吓得简直走不动了。隔着门,我还听得见她的哭泣,于是我就回来了。"

有一阵子,彼此谁都没说话。后来那大一点的女孩叹了口气说:

"可怜的曼恩小姐!"又是一阵沉默。

"我真纳闷她哭什么,"那小一点的女孩又重新提起来说,"她最近又不曾有什么不痛快,妈妈已不像从前那样找她的错处,我敢说我们也没有麻烦她,有什么事会使她哭呢?"

"我猜得出。"那大一点的女孩说。

"好,你猜猜看!"

回答迟延了一会儿,但终于来了:

"我相信她是在恋爱。"

"恋爱?"那小一点的女孩坐起身来说,"恋爱?同谁?"

"你没有注意到吗?"

"你不会是指奥徒吧?"

"当然是指他!他对她产生了爱情。他同我们住了三年,一直到两三个月之前,他从来不曾和我们散过步。后来呢,他却一天也不放过。在曼恩小姐未来之前,他很少理我们的,现在他总来同我们搭讪,每次我们出去总会遇到他,无论是去公园、花园或是别的曼恩小姐带我们去的地方,你一定也注意到了。"

"当然我注意到了,"那小的女孩回答道,"不过,我只是想……"

她的话还没有说完,另外那个又说:

"啊,对这些我本来不在意的,不过,后来我断定了他是拿我们作借口。"

又来了一阵沉默,她们都在回想一些事情,又是那小的女孩重提起话题:

"如果是这样,她为什么要哭呢?他是很爱她的。我常常想恋爱是多么快乐的事。"

"我也常常这样想。"那大的女孩做梦似的说,"我真闹不明白了。"

她用一种瞌睡的声音又说了一遍：

"可怜的曼恩小姐！"

那天晚上，她们的谈话就这样结束了。

第二天早晨她们都不再提起这件事，但彼此都知道对方的心中是整个为这件事占据着。尽管她们并不互相会意地望着，但每逢遇见那家庭教师时，总不由得要交换一次眼色。在吃饭的时候，她们默默地观察着她们的表哥奥徒，好像他是个陌生人似的。她们都不同他谈话，只暗暗地注意着他，想发觉他同曼恩小姐是不是有暗号通消息。她们对于任何玩耍都无心去做，只在想着这件重大的奥秘。到了晚上的时候，她们之中的一个，用一种假装不在意的神气问另一个说：

"你今天又注意到什么事吗？"

"没有。"另外那个简洁地回答着。

实在说，她们有点怕讨论这个问题了。事情就这样地继续过了几天。那两个女孩在静静地抄写笔记，但心里都忐忑不安，觉得已经达到发现奥秘的边缘。

终于，在晚饭的时候，那小的女孩注意到那家庭教师对奥徒做了一个几乎看不出的暗号，奥徒用点头作回答。她激动得发着抖，在桌布下面轻轻地踢了她姐姐一脚。那大的女孩不解地望着她，她回答了一个示意的眼光，她们俩都为这顿尚未吃完的晚饭感到焦急不安。饭后，那家庭教师对两个女孩子说：

"到书房里去自己找点什么事做吧，我头痛，要去睡一个半钟头。"

等到只剩了她们俩的时候，那小的女孩立刻便说：

"看吧，奥徒要到她房里去的。"

"当然啦，"另一个说，"她就是为这个才把我们安置在这里的。"

"我们一定要到门外偷听去。"

"可是，也许会有人走来……"

"谁走来？"

"妈妈。"

"那就糟了。"那小的女孩惊慌地考虑着。

"来，让我去听，你在走道上看着人。"

那小的女孩噘着嘴唇不高兴地说：

"但是，你不会把什么都告诉我的。"

"放心好了。"

"诚实吗?"

"绝对诚实!要是听见有人走来,你要咳嗽一声。"

她们站在走道上等候着,心激动得直跳。将要发生什么事情呢?她们听见了脚步声,赶快缩回到教室里。不错,走来的果然是奥徒。他走进曼恩小姐的房间,并且关上了门。那大的女孩赶快走上她的岗位,把耳朵凑在钥匙孔上,连大气都不敢出地偷听。那小的女孩羡慕地望着她,受不住好奇心的煎熬,也偷偷走到那门口去,但是她的姐姐推开了她,生气地使眼色叫她到走道那头去看着人。她们这样子过了几分钟,这对那小的女孩就好像是一个无尽期的永恒似的。她陷在不能忍受的焦急中,好像站在燃烧的炭上一般坐立不安。她几乎忍不住要流出泪来,因为她的姐姐什么都听见了。终于一点声音惊动了她,她赶快咳嗽了一下。两个女孩一齐跑进了教室。过了一会儿,她们才透过气来能开口说话。那小的女孩着急地说:

"现在,把一切都告诉我吧。"

那大的女孩现着迷惘的样子,自言自语似的说:

"我真不了解。"

"什么?"

"那么奇怪。"

"什么?什么?"另外那个小女孩生气地问着。

那大的女孩竭力地说:

"奇怪得很,和我期待的完全不同。大概他走进房里去的时候是要去拥抱她吻她,因为她说'现在不要这样,我有点要紧的事要告诉你。'我什么也看不见,因为钥匙孔里有钥匙插着。但是我听得很清楚。'什么事?'奥徒用一种我从来不曾听见他用过的声调问着。你知道他说话一向都是愉快而大声的,但这时却是非常惊骇的。大概她已经看出了他的欺骗,因为所有她说的话就是这样:'我想你知道得很清楚。''一点也不知道。''那么你为什么躲着我?一星期了,你差不多没有同我说过一句话。无论什么时候,你都在躲避着我。现在你也不同那两个孩子玩了,也不到公园去迎候我们了。啊,你为什么像这样躲起来了,你自己明白得很。'当时没有回答,过了一会他才说:'你该注意到我的考试多么近了。除了功课之外,我没有时间顾到任何事了。这有什么办法呢?'她开始哭了,但一面哭着一面还温柔地对他说:'奥徒,请说良心话,我有什么过错使你这样子对待我呢?我不曾向你提出任何要求,但我们必须把事情坦白地谈谈。你的表情很明显地告诉我,你一切都知道了,关于……'"

那个女孩发起抖来,说不下去了,听的人更凑近了点问道:

"关于什么?"

"'关于我们的小孩。'"

"他们的小孩?"那小的女孩插嘴说,"说一个小孩!不可能!"

"这就是她所说的。"

"你大概没听清楚。"

"我听得很清楚。绝对没有错。并且他也重复了一句:'我们的小孩!'她过了一会又继续说:'现在我们怎么办呢?'这时……"

"嗯?"

"这时你就咳嗽了,我只好停止再听下去。"

那小的女孩非常迷惑起来。

"她不会有一个小孩的。那小孩在哪里呢?"

"我也不比你更明白。"

"也许她是把他放在家里的。当然,妈妈不会让她带到这里来的,一定是为这个,她才那么不快活。"

"啊,胡说,那时候她还不认识奥徒。"

她们茫然地思索着。那小的女孩便又说:

"小孩,这是不可能的。只有结了婚的人才有小孩。"

"也许她是结了婚的。"

"不要傻了。无论如何,她没有和奥徒结婚。"

"那么?"

她们彼此互相望着。

"可怜的曼恩小姐。"她们之中的一个忧伤地说。

她们总是说来说去便回到这句话,好像这是一声怜悯的叹息。但她们的好奇心也总是跟着这句话一次比一次燃烧得厉害。

"你想那是个女孩还是个男孩?"

"我怎么能知道?"

"我试探着去问问她,怎么样?"

"啊,快闭起你的嘴来!"

"为什么不能问？她对我们那样好。"

"那有什么用？他们从来不肯告诉我们这种事的。他们正在谈这种事的时候，要是我们走进去，他们总是立刻停住，对我们胡说一阵，好像我们还是小孩子——虽然我已经十三岁了。问她有什么用呢？不过是被哄骗一场。"

"但是，我真想知道。"

"当然，我也想知道。"

"最使我迷惑的，是奥徒装着什么也不知道。一个人有了小孩一定会知道的，就像一个小孩知道有一个爸爸、一个妈妈一样呀。"

"啊，他不过是故意假装那样，他总是爱戏弄人的。"

"但不是关于这类事情，那不过是拉我们的腿玩之类的。"

这时教师进来了，打断了她们的话，她们都装着在用功。但她的眼睛发红、声调不自然，都不曾逃过她们的眼睛。她们非常安静地坐在那里，带着一种新的敬意对待她。"她有个孩子，"她们继续在想，"所以她那么忧愁。"但是在她们自己身上，那忧愁也不知不觉地侵入了。

第二天吃饭的时候，她们听到了一个惊人的消息：奥徒要走了。他告诉他的姑夫说在考试之前他的工作太忙，住在这里太多分心的事不能用功，下两个月他要到外面去住。

那两个女孩非常激动不安。她们觉得表哥的搬出去一定和前一天的谈话有关系，显然是懦弱的逃避。当奥徒来和她们说再见的时候，她们都明显地表示着粗野无礼，并且转身不理他。不过，无论如何，她们要看看他与曼恩小姐的告别。她镇静地同他握手，但是嘴唇在抖动。

这些日子这两个女孩子完全变了。她们很少笑，对于任何事情都不发生兴趣，眼里总露着忧伤的神气。她们不再信任那些长辈，只是不停地侦察着，对于一句极平常的话语，都猜想是潜伏着欺骗的意思。她们时时刻刻在观察，像影子一般走动着，躲在门外窃听着，一心想穿过那把她们和神秘隔开的网——至少要从那网孔望一下那真实的世界。童年的纯洁信心和满足的无知已经完全消失。无论什么时候，只要她们的父母在附近的地方，她们总装着热心地忙着一些孩子气的事情。为了同心协力去对抗成人的世界，她们俩越来越团结。当她们感到自己的无知和软弱的时候，一种爱抚的冲动常常使她们互相拥抱，甚至哭泣起来。并没有明显的原因，但她们的生活已转进了批评的阶段。

在她们那各式各样的烦恼中,有一件事似乎是特别难受的。她们彼此都自动地默默地下了决心,尽量不给曼恩小姐添麻烦。她们非常聪明,功课上互相帮忙,行动上安静有礼,一切都竭力迎合教师的意思去做。但那教师像没有注意到,这比别的什么更伤她们的心。她现在大大地变了:她们对她讲话的时候,她总像忽然从梦中惊醒,并且她的视线像是从很远的地方回到她们的身上。她整小时地坐在那里沉思,那女孩子们总是悄悄地走着不去惊动她,因为她们想她是在怀念她那不在面前的孩子。在那已经惊醒的女性心中,她们比往日更爱那女教师了,并且她近来对她们是那么温和。曼恩小姐本来是很活泼,有时还有点过于唠叨的,现在竟成了沉思多虑的人,她们认为这一切举动都是那秘密忧愁的显示。她们从来没有看见她哭过,但她的眼圈总是红的。很显然,她是要把自己的烦恼埋藏在自己心中,她们无法安慰她,而深深地感到悲哀。

有一天,当女教师转身向着窗外擦眼睛的时候,那小的女孩鼓起勇气拉着她的手说:

"曼恩小姐,你这么不快活,不会是我们的过错吧?"

那女教师温柔地望着孩子,掠了一下头发说:

"不是,亲爱的,当然不是因为你们。"她吻了吻那小女孩的额头。

这两个女孩子继续地在观察。其中一个,有一次忽然走进客厅去,听到了一两句未加提防飞进她耳朵的话。她的父母看见她时,赶快改变了话题,但是听到的已足够她去想了。

"是的,我也曾对这件事起过疑心。"这是她母亲刚才说的,"我要同她谈谈。"

本来这女孩在心中已肯定地知道是怎么回事了,但仍跑去征求她姐姐的意见:

"你想这是关于什么的?"

在吃饭的时候,她们看到她们的父母怎样在端详那女教师,怎样互相在使眼色。饭后,她们的母亲对曼恩小姐说:

"请到我房里来一下,好吗?我要同你谈谈。"

她们激动得发起抖来。要发生什么事情吗?不用说是那偷听来的事情要发作了。她们已不感觉任何羞耻,一心只想明白那瞒着她们的事实。当曼恩小姐一走进她们母亲的房里,她们便立刻跑到门口去了。

她们用心地听着,但听到的只是一阵模糊不清的低语。难道就这样什

么也听不到吗?正在这时,一个声音忽然高起来,是她们的母亲生气地说:

"你以为我们都是瞎子,永远看不出你的情形吗?这倒使你为人师表的观念显明了,无疑地,你曾毫不觉羞耻地耽误了那两个孩子……"

说到这里,那家庭教师像是插嘴在分辩,但是她说话的声音很轻,使她们不能听清楚说的是什么。

"说吧,说吧,每个放荡的人都会找借口的,像你这种女人遇到第一个男人便委身,也不想想后果。这是上帝所不允许的!真是奇怪,像你这种贱妇,竟来做教师!我想你总不会以为我还会让你在这家庭里待下去吧?"

那两个偷听者发起抖来。她们不能充分了解这些话,但她们母亲那声调,在她们听来是可怕极了。对于这些话的回答,就只有曼恩小姐的啜泣。她们的眼中也涌出了泪来,她们的母亲像是越来越生气了。

"流眼泪,抹鼻涕,这就是你现在所有的本领了!你的眼泪不会打动我的,我绝不会同情你像你这样的人。你以后怎样,那不关我们的事。毫无疑义地,你知道向哪里去求救济,那是你的事,我们管不着。我只知道,你不能再在我家里多住一天了。"

唯一的回答仍然是曼恩小姐绝望的哭泣。她们从来没有听见过这样的哭法,她们觉得哭得这么痛心的人,绝不会是有过失的。她们的母亲沉默地等了一会儿,于是又严厉地说:

"好了,这就是所有我要对你说的。今天下午收拾你的行李,明天早晨来向我领你的薪水。现在,你可以去了。"

那两个女孩子跑回自己的房里去了。发生了什么事情呢?这次风暴的原因是什么呢?隔着黑暗的玻璃,她们又开始对真实去做想象了。第一次,她们对于自己的父母产生了反抗的情感。

"妈妈那样子对她说话,不是太厉害了吗?"那个大的女孩说。

小的一个对于这公然的批评有点吃惊的样子,讷讷地回答:

"不过……不过……我们也不知道她做了什么事情。"

"我敢说,没有做错事。曼恩小姐绝不会做错事。母亲不可能像我们一样了解她。"

"她那种哭法不是可怕得很吗?使我真觉得难过。"

"是的,真可怕。不过,母亲骂她的样子也真使人难堪,实在难堪!"

说话的人生气地顿着脚,泪水涌满了眼眶。

这时候曼恩小姐进来了,她的样子像是一点精神也没有了。

"孩子们,今天下午我有很多事情要做,我想让你们自习,一定会很乖的吧?晚上我们再在一起。"

她转身走出去了,没有去注意那两个孩子惊愕可怜的样子。

"你看到她的眼睛多么红吗?我真不明白母亲怎么能那样残酷地对待她。"

"可怜的曼恩小姐!"

又是这么一声痛苦的叹息,声音已哽咽了。过了一会,她们的母亲走来问她们要不要同她去散步。

"妈妈,我们今天不要去。"

实在说,她们是对她感到害怕,并且她们很生气她要赶走曼恩小姐竟不告诉她们一声。在这种心情下还是单单她们俩在一起合适些。她们被那欺骗沉默的气氛压迫着,像笼中的燕子似的在屋内踱来踱去。她们在想:可不可以到曼恩小姐那里问问是什么事情;告诉她,她们要她留在这里;说她们觉得母亲残酷得可怕。但是她们怕触起她的悲痛。再者,如果对于这由偷听而知道的事情泄漏出一个字来的话,她们会很害羞。她们只好两个人一同去消磨这漫长的下午,一会发呆,一会儿哭泣,并且在她们的心里翻来覆去地回想着从那关着的门内听来的一切——母亲无情的怒骂和曼恩小姐绝望的悲泣。

晚上的时候,那教师来看她们,但只说了声晚安便走了。她走出那屋子之后,她们急于要打破那沉默的空气,但一句话也说不出来。好像被她们的静默打动了,曼恩小姐在门口那里回转身来,眼里充满了感情,拥抱着她,她们立刻忍不住地哭起来。又吻了她们一次,那女教师便急忙地走了。

在两个孩子的感觉上,这很显然地是一种最后的告别。

"我们不能再见她了。"一个哭着说。

"我知道,当我们从学校回来的时候,她已经走了。"

"也许以后我们还可以去看望她,那时她就会让我们看看她的孩子了。"

"可怜的曼恩小姐!"

这悲伤的口头语似乎同时暗示着她们自己命运的不幸。

"我不知道没有了她,我们怎么过下去。"

"在她之后,我实在不能再忍受别的家庭教师。"

"我也不能。"

"再不会有哪个能和曼恩小姐一样,再说……"

她没有说完便停住了。一种不自觉的女性的意识使她们自从知道她有一个小孩之后,对她产生了一种特别的敬重。这一点一直纠缠在她们的思想中,而且深深地感动着她们。

"我说呀。"

"嗯?"

"我想出了一个主意。在她离开之前,我们为什么不做一点对她有实惠的事情,表示我们怎样喜欢她,不像妈妈似的。你愿意加入吗?"

"当然愿意!"

"你知道,她是多么喜欢白玫瑰。我们明天早一点出去,在到学校之前去买一些,然后带回来放到她的房里。"

"什么时候带回来?"

"放学以后。"

"那有什么用处,那时她已经走了。我想,我们还是在早餐之前,偷偷地出去买回来,给她送去。"

"好,我们一定要早点起来。"

她们在查看着装钱的盒子。这使她们觉得很高兴,因为可以再一次向曼恩小姐表示她们是多么的爱她。

清晨很早的时候,她们手里拿着玫瑰花,去敲曼恩小姐的房门,里面没有回答。她们想她一定是还在睡觉,于是推开门向里面瞧了瞧。房里空空的没有一个人。那床像是不曾有人睡过,桌子上放着两封信。两个女孩子惊愕起来,这是怎么回事呢?

"我要到妈妈那里去。"那大的一个说。

她一点儿也不害怕,公然地问她母亲说:

"曼恩小姐到哪里去了?"

"我想,是在她的房里。"

"她的房里一个人也没有,她没有上床去睡过,她一定是昨天夜里就走了。你为什么一点消息也不告诉我们?"

那母亲像是顾不得注意她们质问的口气,脸色突然变得灰白,赶快去找她的丈夫,他便到曼恩小姐房里去了。

他在那里待了一会儿。这时候,两个女孩子用阴沉而轻蔑的眼光望着她们的母亲,她似乎简直不敢去望她们。

这时她们的父亲回来了,手里拿着一封拆开的信。他的样子也是那么激动惊慌。她们的父母一齐退到自己的房间内低声在谈论着。这次,这两个女孩子不敢去偷听了,因为她们从来不曾见过父亲像现在的样子。

母亲从房里出来的时候,她们看出她哭过了。她们问她,但她严厉地说:

"你们快上学去,要迟到了。"

她们是非去不可的,可是坐在教室里四个钟头不曾听进一个字。放学后她们赶快奔回家中,家中似乎有一种可怕的情绪占据着每个人的心,连那些仆人也露着奇怪的神情。她们的母亲走上来迎着她们,很小心地说着预备好了的话:

"孩子们,你们再也见不到曼恩小姐了,她……"

话没有说完便停住了。因为那两个女孩的表情是那么愤怒,那么吓人,使她们的母亲不能再来撒谎哄骗。她转身走开,躲进自己的房里去了。

这天下午,奥徒出现了。因为有一封信是给他的,他是被叫来的。他也是脸色苍白,坐立不安。没有一个人同他说话,每个人都躲着他。看见那两个女孩子忧伤地坐在屋子的角落里,他便向着她们走去。

"你不要走近我们!"她们一齐恐怖地望着他喊。

他在房里来回地踱了一会儿,便走开不见了。家里的人都失神落魄的,没有一个人同那两个孩子说话。她们彼此也不交谈,只是无目的地从这屋走到那屋,在路上遇到时,便彼此望一下那满是泪痕的脸。她们知道了自己一直是被欺骗着的,她们知道了人们是多么卑污。她们一点也不爱她们的父母了,她们决心不再相信任何人。整个的人生重负压在她们幼小脆弱的肩上,她们那无忧无虑的快乐童年已经逝去了,前面在等待着的是不可知的恐怖。虽然那发生的事情的真正意义,是超出她们领会力之外的,但她们仍在和它的可能性做着决斗。她们在孤立的情况下似乎更加团结,但那也是一种默默无言的互相亲近,因为她们的心灵之门已经关闭了——也许要一直关闭几年。她们向着周围所有的人在宣战。一天之内,她们长成大人了。

晚上很晚的时候,只剩了她们俩在自己房里的当儿,她们开始孩子气地感到那冷清滋味,那对于死人的害怕和一切可怕事情的恐怖。天气非常寒冷，因为全家都骚动不安，汽灯也忘了开，她们两个便爬到一张床上，去紧紧地靠在一起寻找身心的温暖。她们仍然不能说出心里的忧烦。最后，那小的一个因不胜重压的悲哀，终于在眼泪的奔流中找到了发泄；那大的一个也在那里痉挛地啜泣着。就这样，她们在彼此的手臂上痛哭着，但她们已不是在悲悼失去了曼恩小姐，或疏远了父母，她们是为了今天初次望见一点真相的未来世界而感到惊悸。这未来的世界，她们不久就要走进去，却不知将有什么遭遇落到她们身上。她们想到那将来长大后要过的生活，那像是一座布满可怕事物却必须穿过的树林一般的生活，感到了畏惧。但是渐渐地，这种被欺骗的意识模糊了，她们哭得不那么厉害了，隔一阵子才抽咽一声，最后，终于发出有极端和平韵律的呼吸，她们睡着了。

沉樱　译

灼人的秘密

伙　伴

　　机车沙哑地吼叫着,塞默林①到了。黑色的列车在山上银白色灯光的照耀下停了一分钟,下来几个穿着五颜六色衣服的乘客,又上了几个人。到处是恼人的噪音。接着,前面的机车又沙哑地嘶鸣起来,扯动黑色的车链,嘎嘎地开了过去,冲进隧道的洞口。广漠的景色又纯净地展现出来了,清晰的背景,被湿润的风吹得分外明亮。

　　下车的人中有一位年轻人,他那考究的衣着,带有天然弹性的步履,给人以好感。他迅速地走在别人前边,叫了一辆去旅馆的马车。马儿不慌不忙地在上坡路上嘚嘚地走着。空气里充满了春意,那只有五六月才特有的洁白而轻盈的浮云,像穿着白色衣裳的轻佻小伙子,在蓝色的空中嬉戏奔跑,时而躲藏在高山背后,时而互相拥抱,又再度逃开;有时像手绢似的揉成一团,有时又散成丝片,末了又戏弄地给群山头上戴上白色的帽子。高空中风在奔驰,狂暴不羁地摇动着细长的沐雨的树枝,直摇得各个枝丫咔咔作响,飞落下千百颗晶莹的水滴。有时仿佛从山里飘来清凉的雪的芬芳,随后又让人呼吸到一种又甜又冲鼻的气息。空中和地上的一切都在骚动,显得极度烦躁不宁。马匹轻轻地喘着鼻息,往已是下坡的路上跑去。小铃铛在前边叮叮当当作响。

---

① 塞默林(der Semmering),奥地利境内阿尔卑斯山的一个隘口,在维也纳附近,海拔九百八十五米,铁路线在海拔八百九十三米的高度从隘口的隧道里通过。塞默林是奥地利著名的避暑胜地,又是从事冬季运动的场所。

一到旅馆,这位年轻人就立即跑到旅客登记处,匆匆地稍一浏览,马上就失望了。"我干吗到这里来?"他开始烦躁不安地自忖,"光是在这里的山上待着,没有社交,这比在办公室还烦人。显然,我来得不是太早就是太晚。我每逢假期运气总是不好,登记本上没有一个熟悉的名字。哪怕有几个女人在这里也好,那就可以来次小小的、必要时甚至是真挚的调情,而不至于索然寡味地度过这个星期。"这位年轻人是个男爵,出身于名望不是那么太高的奥地利官僚贵族,现在总督府供职。他这次短短的休假并没有特别的必要,只是因为他的同事都休过了一星期春假,而他又并不愿意把他的一周假期送给国家。他虽然不乏才干,却具有一种喜爱社交的秉性,喜欢在各种人物的圈子里出头露面,深知自己对于孤独是一筹莫展的。他从来不喜欢深居简出,尽可能地避免只身独处,因为他根本不愿意闭门反躬自省。他知道,他需要人的摩擦面,以便使他内在的才华、他心底的热情能放纵地燃起火光,而他单独一人时则是冷冰冰的,毫无用处,就像那装在匣子里的火柴。

他沮丧地在空无一人的前厅里踱来踱去,时而心不在焉地翻翻报纸,时而又在音乐室的钢琴上弹一曲华尔兹,不过手不由己,老是弹不出正确的旋律。后来他就烦躁地坐下,凝视着窗外。窗外夜幕正缓缓下垂,灰色的雾霭像蒸汽一样从松林中升腾起来。他心烦意乱、百无聊赖地在那里待了一个小时,就走进了餐厅。

餐厅里才只有几张桌子坐了人,他都匆匆地投以一瞥。毫无所获!只有那边的一位教练——是他在跑马场认识的——漫不经心地招呼了他,还有一张面孔,是在环城路①上见过的,此外,什么也没有了。没有女人,没有任何能够引起一次——即便是短暂的也好——钟情的对象。他本来就沮丧的情绪变得更加烦躁。他是这样一种年轻人,他们标致的面孔常使他们获得成功,他们心里总是为一次新的相遇,一次新的经历做好准备,他们总是急不可待地憧憬那未知的艳遇,他们对任何看来意外的事情都不会吃惊,因为他们早就把一切都预料到了,他们的眼睛不会放过任何性爱的东西,因为他们投向每个女人的第一瞥目光,就是从肉欲上打量的,而且不管她是朋友的妻子,还是给他开门的女仆。如果以某种草率的鄙视态度把这些人称做追逐女人的能手,那么无意中会使这个字眼包含多少由观察而得

---

① 维也纳市中心一条繁华的大街。

来的真理啊!因为在他们身上确实集中了狩猎者各种强烈的本能:侦察、兴奋和心灵的冷酷。他们的举止总是落落大方,时刻准备着,并且一心想寻花问柳,并穷追不舍,不达目的决不罢休。他们总是充满激情,但不是恋人那种高尚的激情,而是赌徒那种冷酷的、谋略的、危险的激情。在他们当中有一些固执的人,他们不仅把青年时期,而且单是由于等待机缘就把整个一生变成无穷无尽的追逐冒险。他们把一天分解成几百次小的官能享乐——马路上的一瞥、一个瞬息即逝的微笑、对坐时轻轻擦到的膝头——把一年又分解为几百个这样的日子。对他们来说,官能享乐就是永远潺潺流动的、富于滋养的、充满刺激的生活的源泉。

而这里却没有一个可供玩弄的对手,这一点,这位用目光在狩猎的人马上就看清了。宛如一个赌徒手里拿着牌,满怀信心地坐在绿色的赌桌旁,却等不到一个对手。对一个赌徒来说,任何刺激都没有这种刺激更使人恼火了。男爵要了一份报纸,他的目光阴郁地在字行上移动,但思想却是麻木的,像是醉酒似的在这些铅字上磕磕绊绊。

忽然他听见背后有衣服的窸窣声和一个略为有点生气的装腔作势的声音:"Mais taistoi donc①,埃德加!"

一个穿着绸衣的女人走过他桌旁,衣服发出轻微的窸窣声,旁边投下高大而丰腴的身影。她后面跟着一个脸色苍白的小男孩,他穿着一件黑丝绒上装,目光好奇地扫了他一眼。这两个人在对面为他们留着的桌旁坐下,孩子显然竭力想使举止合乎礼节,但是从他不安静的黑眼珠看来又做不到。这位夫人——年轻男爵的注意力全在她身上——穿着十分整齐和优雅。他非常喜欢她这种类型,这是一个快要进入中年的犹太女人,身材显得稍为丰满了些,热情充沛,可又善于把自己的热情隐藏在高雅的伤感后面。起初他还不敢看她的眼睛,只是欣赏她那两道弯弯的、美丽的眉毛,在她那柔嫩的鼻子之上呈一弧形,那秀丽的鼻子虽然显示了她的种族,但这高贵的造型却也使她的轮廓显得分明和可爱。她的头发如同她丰满的身体上一切女性的东西一样,长得特别浓密。她对自己的美貌看来很自信,对于种种仰慕早已司空见惯。她轻声地点了饭菜,并教训那正在叮叮当当玩叉子的男孩——做这一切的时候,她装出一种漫不经心的神态,对男爵小心翼翼投来的目光,装出不在意的样子,而实际上正是由于他那目

---

① 法文:别说话!

不转睛的眼光才迫使她这样的拘束和小心。

男爵阴沉的脸一下子变得开朗起来,眉开眼笑,精神焕发,皱纹平整了,肌肉放开了,因此他的身材也一下子变得魁梧了,眼睛闪闪发光。他同那些需要男人在场才能焕发自己全部力量的女人完全一样,只有情欲的刺激才能把他的精力全部调动起来。潜伏在他心里的猎手嗅出了这里有猎物。他的目光挑战似的搜寻她的目光,要与之相遇。她的目光闪烁着犹豫的神态,有时在移动中与他的目光交叉,但却从不作什么明确的回答。他觉得她的嘴角有时也泛起一丝微笑。不过这一切都是那么模棱两可,而使他激动的,却正是这种不可捉摸的神情。唯一使他觉得有希望的,是她的目光常常在扫视,这意味着反抗和拘束,再加上她同孩子的谈话显得出奇的谨慎,这显然是做给一个观众看的。他感觉到,过分强调这种惹人注意的镇定正是用来掩饰她心猿意马的一种手法。他自己也激动了:这场戏已经开始了。他巧妙地拖长吃饭的时间,目光几乎不停地把这位夫人紧紧盯了半个小时,直到他默画了她脸上的每一根线条,能无形地触摸她丰腴身体的每个部位为止。外面天色更暗了,大片雨云向树林伸出灰色的双手,树林像孩子似的,因为恐怖而呻吟起来,挤入屋内的阴影也越来越浓了,沉默使屋里的人越加感到窘迫。他觉察到,在寂静的威胁下,母亲同孩子的谈话变得越来越勉强,越来越不自然,话快说完了。这时他决定进行一次试探:他第一个站起身来,经过她的身旁慢慢地向门口走去,久久地凝望着室外的景色。到了门口,他像是忘了什么东西似的,突然把头转过来,一下子就逮住了她:她活泼的目光正在望着他的背影呢。

这情景刺激了他,他在前厅里等待着。不一会儿她来了,拉着男孩,路过时顺手翻了翻几本杂志,给孩子看了几张图片。当男爵像是偶然地走到桌旁,装着去找本杂志,实际是为了再进一步窥视她那湿润晶莹的目光,或许有机会同她搭讪时,她就转过身子,轻轻拍着她儿子的肩膀说:"Viens, 埃德加! Au lit!"①说着就冷冷地从他身边走了过去。男爵略为有点扫兴地目送着她。本来他曾计划要在今天晚上结识她的,而她这毫不留情的态度使他失望了。但归根结底这抗拒之中包含着诱惑,而恰恰是这种让人捉摸不定的态度刺激了他的欲望。无论如何,他已经有了伙伴,这出戏可以演了。

---

① 法文:走吧,埃德加!该睡了!

神速的友谊

第二天早晨,男爵走进大厅时,他看见那位漂亮女人的孩子,正在那儿和两位开电梯的仆人聊得起劲,孩子正给他们看卡尔·梅依①的一本书里的插画。他妈妈不在,显然还在梳妆哩。男爵现在才仔细地观察这个男孩。这是个腼腆的孩子,发育得不太好,有点神经质,大约十二岁,手脚老是不停,有一双黑色的、到处窥视的眼睛。如同这样年龄的孩子常有的那样,他显出无缘无故受惊害怕的样子,就像刚被叫醒又突然被置于陌生的环境中似的。他的面孔不算不好看,但是还没有定型,在他身上成人和幼童的斗争还刚刚开始,胜负未定。他脸上的一切好像是手捏出来的,尚未成型,线条轮廓很不分明,只是把苍白和不安糅合在一起。此外他正处于那种不利的年龄,这时他们的衣服总是不合身,袖子和裤子在瘦削的肢体上松弛地晃动着,而他们也从没有去注意修饰外表,讲究穿着。

这男孩子在这里犹豫不决地晃来晃去,可怜巴巴的样子。他站在这里老碍别人的事。一会儿,被他用各种问题纠缠得烦了的门房把他推开,一会儿他又挡住了大门;显然他缺少友好的伙伴。孩子喜欢问东问西,因此就去找旅馆的仆役。要是他们正好有时间,就回答他,但当看见有人来了,或者有什么紧急的事要做,谈话就立即中断。男爵面带笑容,饶有兴味地注视着这个不幸的男孩。孩子对一切都好奇地打量着,但一切都不友好地躲开他。有一次男爵紧紧抓住了这个好奇的目光,但是那黑溜溜的眼睛一旦发现自己探索的眼光被抓住,就立即怯生生地将目光收了回去,躲在下垂的眼皮后面。男爵觉得这很有意思。他开始对男孩产生了兴趣,他自忖,这孩子仅仅是由于胆怯才这么腼腆的,能不能把他作为去接近那女人的最迅速的媒介呢?无论如何,他要试一试。男孩刚刚又跑到门外去了,他就悄悄地跟着。这孩子需要温柔与爱抚,只见他抚摸着白马玫瑰色的鼻孔。可他真没运气,马车夫也相当粗暴地把他撵走了。现在他又伤心又无聊地荡来荡去,空虚的眼神里含着一丝儿悲哀。这时男爵就同他搭话了:

"喂,小家伙,你喜欢这儿吗?"他突如其来地说,竭力使他的口气平易

---

① 卡尔·梅依(Karl May,1842—1912),德国作家,专写一些以印第安人为题材的惊险小说。

近人,毫无架子。

孩子的脸涨得绯红,怯生生地在发愣,有点害怕似的用手按着心口,难为情地来回转着身子。一位陌生的先生和他谈话聊天,这在他的生活中还是第一次。

"谢谢,很喜欢。"他结结巴巴地说了这么一句,最后一个字只在喉咙里咕噜了一下,就咽了回去。

"我觉得很奇怪,"男爵笑着说,"这本来就是个很乏味的地方,尤其是对像你这样的年轻人。你整天干什么呢?"这男孩依然不知所措,不能爽快地回答。这位漂亮的陌生先生来找他这个无人过问的孩子聊天,这真可能吗?这使他既羞涩又骄傲。他费力地鼓足了勇气。

"我看书,然后我们散步,有时候我们也坐车,妈妈和我。我是来这里休养的,我生过病,大夫说我得多晒太阳。"

最后几句话他已经说得相当镇定了。孩子们对自己生病总是感到很骄傲,因为危险使得他们在家人眼里显得倍加宝贵。

"是啊,太阳对于像你这样的年轻人是非常必要的,它一定会把你晒得黑黑的。但是你也不能整天坐着晒太阳,你应该到处跑跑,痛快地玩玩,也可以来点儿恶作剧。我觉得你太老实了。你看起来像是个整天待在家里,手里捧着又厚又大的书本啃个不停的书呆子。我记得我在你这么大的时候简直是个淘气包,每晚回家时裤子都撕破了。你别太老实了。"

孩子下意识地笑了,这一笑可解除了他的恐惧心理。他本想也说几句,但觉得在一个如此友好亲切的陌生先生面前这样随便就显得太放肆了。别人说话他从来不插嘴,而且老是容易发窘;现在由于幸福和羞怯,他更不知所措。他很希望和这位先生的谈天继续下去,可是却什么话也想不出来。幸好旅馆的那条大黄狗这时走了过来,嗅了嗅他们两人,并乖乖地摇着尾巴让人抚摸。

"你喜欢狗吗?"男爵问。

"噢,很喜欢。我祖母在巴登①的别墅里养了一条狗,我们在那里住的时候,它整天都跟着我。不过我们只是夏天才到那里去玩。"

"我家里,在我们庄园里,有二十多条狗。如果你在这里听话,我就送你一只狗,送你一只白耳朵的棕毛小狗。你要吗?"

---

① 巴登(Baden),这里指奥地利的巴登城,以风景秀丽和温泉浴场而出名。

孩子高兴得脸都红了。

"嗯，要的。"

这句话脱口而出，说得热切而贪婪，但接着又胆怯地、像吓着了一样，吞吞吐吐地说出他的担心。

"可是妈妈不会同意的。她说她不能让人在家里养狗。狗太使人讨厌了。"

男爵不觉喜形于色，终于把话题转到了他妈妈身上。

"妈妈那么严厉吗？"

孩子思索着，对他注视了片刻，似乎在自问，对这位陌生的先生是否可以信赖。回答是谨慎的：

"不，妈妈并不严厉。因为我刚生了病，现在她什么都允许我的。甚至她也许会同意我养条狗呢。"

"要我为你说情吗？"

"要，请您给说说吧！"男孩高兴得叫了起来，"这样妈妈肯定会答应的。这条狗是什么样的？白耳朵，是吗？它会把捕获物找到叼回来吗？"

"会，它什么都会。"男爵对他如此迅速地从男孩的眼里发现了闪烁着热切的光辉，粲然一笑。开始时的拘谨一下子就消失了，由于害怕而收敛起来的热情一下子就喷涌而出。这个原来腼腆的、羞涩的孩子转瞬间就变成一个热情嬉闹的男孩了。男爵不由自主地想，要是那位母亲也是这样，在胆怯之后也这么热烈就好了。刚这么想，那男孩就蹦到他身上，向他提出了二十个问题：

"这只狗叫什么名字？"

"叫卡罗。"

"卡罗！"孩子欢天喜地地叫道。

大概他说每句话都在笑，都在欢叫，被这喜出望外的喜讯陶醉了。事情竟进展得出人预料地神速，连男爵本人都感到很吃惊。他决心趁热打铁。他邀请这孩子跟他一块散散步，而这可怜的孩子呢，几个星期以来就渴望着有人跟他一起玩玩，听了这个邀请，简直是欣喜若狂了。这孩子被他的新朋友用一些像是偶然想到的问题所引诱，喋喋不休地把什么事都讲了出来。一会儿工夫，男爵就知道了这个家庭的一切，尤其是知道了埃德加是维也纳某律师的独生子，出身于一个富有的犹太资产阶级家庭。他通过巧妙的询问，马上就打听到，他母亲对塞默林完全不感兴趣，她曾抱怨这里没有谈得来的朋友,他甚至觉得,从埃德加回答他妈妈是不是喜欢他爸爸这个问题时的支支吾吾的神气,可以推测到关系准不那么妙。他对自己的做法几乎感到羞愧了,他轻而易举地就从这天真无邪的孩子嘴里把这些细微的家庭秘密套了出来。因为埃德加完全信任了他的新朋友,并为自己讲的事情居然能引起一个大人的兴趣而感到自豪。再加散步时男爵曾把胳膊搭在他的肩上,大家都会看到他和一个大人的关系是多么亲密,埃德加那颗幼稚的心灵由于这种自豪感而剧烈地跳动起来。他渐渐忘了自己是个孩子,无拘无束地像同年龄相仿的人那样滔滔不绝地谈个不休。从他的谈吐中可以看出,埃德加很聪明,正如大多数病弱的孩子一样,由于跟成人在一起的时间比跟同学在一起的时间多而有些早熟,对于自己倾慕或敌视的人或事,反应出奇地激烈。他对任何事情都不能心平气和,谈到任何人或事时,不是特别喜爱,就是极端仇恨,甚至恨到脸都会扭曲得凶狠、难看。也许因为刚生了病的原因吧,他说话带点粗野和突如其来的味道,这使他的言谈如火样的炽热,看来他的笨拙只不过是对自己激情的一种恐惧,一种他费力加以压抑的恐惧而已。

男爵轻而易举地取得了他的信任。仅仅半个小时,他就掌握了这颗火热的、不安颤动着的童心。欺骗孩子,欺骗这些难得被人爱的天真无邪的孩子真是轻而易举的事。他只要把自己的身份忘掉就行了,这样同孩子说起话来就会自然而然,无拘无束,使孩子也觉得他是个小伙伴,这样几分钟之后两人之间任何感情上的距离都没有了。埃德加简直欣喜若狂。在这寂寞的地方突然找到了一位朋友,一位多好的朋友啊!他把维也纳的小男孩全都忘了,连同他们细声细气的声音和幼稚可笑的废话,他们的形象好像都让位给这位新的大朋友了。当这位大朋友告别时又一次邀请他明天上午再来的时候,当这位新朋友像大哥哥似的从老远向他招手的时候,他自豪得连心都要跳出来了。这一刻也许是他生活中最美好的时刻。欺骗孩子真是易如反掌——男爵向这个跑走的孩子微笑着。现在他有了介绍人。他知道,孩子一定会去讲给他母亲听,一直要把他母亲折腾得精疲力竭方才罢休,他准要每句话都复述一遍——这时他怡然自得地想到,他在提到她的时候加了一些奉承话,譬如每次他都用埃德加的"漂亮的妈妈"这个词来称呼。这位健谈的孩子不把他妈妈和他引到一起是不会安静的。对这一点他确信无疑。他无需自己动手就可以缩小他和这位漂亮的女人之间的距离，现在他可以安安静静地做他的梦，眺望一番景色了，因为他知道，一双热烈的小手，就会为他筑起一座通向她心扉的桥梁。

三 重 唱

　　几小时以后证实，这个计划是非常出色的，每个细节都获得了成功。当年轻的男爵故意稍稍晚些进入餐厅的时候，埃德加从椅子上一跃而起，急忙向他致意，面带幸福的微笑，向他招手，同时拉着他母亲的袖子，慌张而激动地在劝说她，一面以引人注目的手势指着男爵。他母亲不好意思地红着脸斥责孩子这些任性的举止，可是终究还是不能不往那边瞧瞧，以照顾孩子的意愿。男爵立即抓住这个机会恭恭敬敬地鞠了一躬。这样彼此就算认识了。她不得不回谢。但此后就把头埋得更低地吃她的东西，整个用餐时间都小心翼翼地避免再往那边看。埃德加可不是这样，他不住地望着那边，有一次他甚至想和那边说话，这种放肆的行为立即遭到了他母亲的严厉责备。吃过晚饭以后他就该去睡觉了，这时他和妈妈悄悄说了好一阵子话，结果是他的热切请求得到允许，于是就走到另一张桌子去向他的朋友道别。男爵对他说了几句亲切的话，这又使这孩子的眼睛里露出了光辉。他和他聊了几分钟。突然他巧妙地把话一转，站起来向另一张桌子转过身去，祝贺邻座那位有点不知所措的女士有这么个聪明伶俐的儿子，说他上午跟她儿子在一起十分愉快——埃德加站在旁边，快乐和骄傲使他的脸都红了——又问起孩子的健康，问得十分详细，提了许多具体问题，迫使母亲只好一一作答。这样他们就不可遏止地进行了一次较长的谈话，男孩对此感到非常幸福，并以一种敬畏的心情倾听着。男爵作了自我介绍，并相信觉察到了他那响亮的名字对这位爱慕虚荣的女人产生了某种印象。总之，她对他非常彬彬有礼，尽管她丝毫未失自己的尊严，甚至还先向他提出告别。她抱歉地说，这是因为孩子的缘故。

　　孩子激烈反对，说他不困，愿意通宵不睡。可是他母亲已经向男爵伸出了手，他尊敬地吻了它。

　　这一夜埃德加睡得很不好。他心里像一团乱麻，既极度幸福，又有稚气的绝望。因为在他的生活里，今天发生了新的事情。他第一次进入了大人的行列之中。他半睡半醒，忘掉了自己的童年，似乎自己一下子长大了。直到现在，他一直孤单地受着教育，常常生病，没有几个朋友。他需要温暖爱抚,但是除了父母和仆人之外,别无一人,而父母亲也很少照看他。对于爱的威力,如果只是根据其起因,而不是根据它产生之前的张力,不是根据那空虚而黑暗的空间——这空间在心灵发生重大事件之前充满了失望和孤寂——来判断,就必定会判断错误。一种超重的、没有使用过的感情已在这里期待着,现在它伸开双臂向第一个似乎赢得它的人扑过去。埃德加在黑暗中躺着,心里快乐异常,思绪万千。他想笑,又想哭。因为他喜欢这个人,他还从未爱过一个朋友,没有爱过父亲和母亲,就连上帝也没有爱过哩。他少年时代全部幼稚的热情,现在紧紧地拥抱着这个人的形象。两小时前他连他的名字还不知道呢。

他很聪明,不会为这突如其来的、独特的新友谊而发窘。但使他感到十分惶惑不安的却是感到自己微不足道,无足轻重。"我配得上做他的朋友吗?我,一个十二岁的孩子,还在上学,晚上总要比别人更早地被打发去睡觉。"这些想法在折磨着他。"我能为他做些什么呢?我能对他有些什么帮助呢?"他想以什么东西来表达自己的心意,却痛苦地感到力不从心。这使他很不愉快。往常,每当他喜欢某个同学,第一件事就是把他书桌里宝贵的小玩意儿:邮票、石头之类童年的财产分几样给这位同学。这些东西,他昨天还觉得非常了不起,魅力非凡,现在一下子就变得一钱不值、微不足道和令人不屑一顾了。那么他怎样才能给这位他连"你"字都不敢称呼的新朋友一些宝贵的东西呢?用什么办法才能表达自己的感情呢?他越来越因为自己的矮小,自己的半大不小、不成熟,为自己还是个十二岁的孩子而苦恼。他从来还没有因为自己是孩子而如此痛恨地诅咒过自己呢,也从来没有如此殷切地渴望长成他梦想的那样:高大、强壮,长成一个男子汉,一个像别人一样的大人!

这些惶惑不安的念头很快就编织成了这个崭新的成人世界的色彩缤纷的美梦。埃德加终于带着微笑入睡,但他老想着明天的约会,这破坏了他的酣睡。他怕去晚了,所以第二天七点钟就惊醒了。他急急忙忙穿上衣服,到母亲房里去问了早安。这使他母亲十分惊讶,过去她总要费好大的气力才能把他从床上叫起来。还没等她发问,他就跑下楼去了。他一直焦急地晃荡到九点,连早饭都忘了,一心想着别让他的朋友为这次散步等得太久。

九点半,男爵终于潇洒地走了过来,他当然早就把这次约会忘在九霄云外了。但是现在因为孩子热切地向他跑来,他也不得不对这股激情报以微笑,并表示准备遵守他的诺言。他又挎着孩子的胳膊,带着这个神采奕奕的孩子走上走下,只是委婉地、但是坚决地拒绝现在就一起去散步。他好像在等待着什么,至少他那心神不定的、扫视着大门的目光说明了这点。突然他全身一振,埃德加的妈妈走进了前厅,一边回答他的问候,一边亲切地朝他俩走来。当她得知埃德加当作什么了不起的秘密瞒着她想和男爵一起散步的计划时,就微笑着同意了,并爽快地接受了男爵要她同去散步的邀请。

埃德加立即露出一副愁眉苦脸的样子,咬着嘴唇。多恼人,她偏偏现在走来了!这次散步本该只属于他一个人的,即使是他自己把他的朋友介绍给妈妈的,但这只不过是表示他的一种盛情而已,这并不表明他因此愿意和她共有这位朋友。当他看到男爵对母亲的那股殷勤劲儿时,他心里就激起了某种妒意。

他们三人一起散步,由于他们两人都对他表示了出奇的关心,因而在孩子的心里更滋长了一种觉得自己很了不起的、突然身价百倍的危险感觉。埃德加几乎成了谈话的中心。母亲有点假惺惺地对他苍白的脸色和他的神经质表示忧虑,而男爵却又笑嘻嘻地反对这种看法,并赞许他的"朋友"——他是这么称呼他的——可爱。这是埃德加最美好的时刻。他获得了他整个童年时期所没有得到的权利。他可以同大人一起说话而不立即受到申斥,要他住嘴,他甚至可以表示各种各样的冒失要求,而这些他在这以前提出来就准会挨上好一顿臭骂。自己认为业已长大成人了,当这种自欺欺人的感情在他的心里越来越自信地滋生起来时,孩子的这种情绪是毫不奇怪的。在他光明的梦境里,童年已经被远远地甩在身后了,就像抛掉一件不合身的衣服那样。

中午,男爵应越来越友好的埃德加的母亲之邀,坐在她的桌上。由vis-a-vis① 到一起并坐,由认识变成了友谊。三重唱正在进行,女声、男声、童声这三种声音配合得十分协调。

进 攻

现在这位没有耐心的猎手觉得是时候了,是蹑手蹑足地挨近他的猎物

---

① 法文:面对面。

的时候了。在这种事情上他不喜欢这种老是亲热的三重唱。三个人在一起聊聊天当然很惬意,但是归根结底聊天并非他的目的。他知道,男女之间的情欲,如果成了戴假面具游戏的社交,那就总会耽误官能享受,就会使语言失去激情,使进攻缺乏火力。要使她透过谈话了解他的本意,至于这个本意是什么,他已经使她了解得一清二楚了,对此他是很有把握的。

他对这个女人所打的主意恐怕不至于徒劳无功,成事的概率很大:她正当那种关键性的年龄,这时候一个女人对自己素来忠于一个不喜欢的丈夫开始感到后悔了,美貌正在消逝,风韵所余无多,在母性和女人之间她还不能作出刻不容缓的最后一决抉择。生活,好像早就已经有了答案的生活,此刻又一次成了疑问,意志的磁针最后一次在渴望官能享受和彻底断绝欲念之间颤动着。一个女人面临着一个危险的决断:是为了她自己的命运,还是为了孩子的命运,是做女人还是做母亲。男爵对这一切都一目了然,他感到他已经觉察到她的这种危险的动摇了。她谈话当中总是忘记提及她丈夫,实际上心里对她孩子也了解得非常之少。她杏仁般的双眸里有一种百无聊赖的影子,在伤感的面纱下,半遮半露地掩饰着她的情欲。男爵决定迅速采取行动,但同时又得避免急不可待的样子。相反,像垂钓者引逗地抽回钩子一样,在他这方面,他又做出一副极其冷淡的样子,虽然实际上是他在追别人,但却要让别人来追他。他决定表现得高傲一些,竭力强调他们社会地位的不同。他觉得只要突出他的高傲,显示他的外貌,强调他那响亮的贵族姓氏,以及做出冷冰冰的举止,就可以将这温柔、丰满、漂亮的肉体弄到手。这个想法撩拨得他心里奇痒难熬。

这场热烈的戏已使他兴奋异常,因此他强迫自己小心从事。他一下午都待在自己房间里,美滋滋地相信她在找他,在惦记着他。但是,他未露面并未引起她的注意,她本来就想避开他的。可是这使可怜的孩子难受极了。整个下午埃德加都茫然困惑、若有所失;他以男孩子所特有的那种执拗的忠诚,在漫长的好几小时里始终痴心地等着他。他觉得走掉或者独自做点什么事都是一种罪过。他茫然无主地在过道里踱来踱去,天色越晚,他心里越是快快不乐。他心绪不宁,想入非非。他梦到了一次事故,梦到不知不觉中受到的一次侮辱,由于焦急和恐惧他差点儿哭出声来。

男爵晚上去吃饭的时候,受到了热烈欢迎。埃德加不顾母亲的告诫,叫了他,不理会别人的惊讶,朝他奔去,用他瘦削的双臂紧紧地抱住他的胸部。"您在哪儿啦?您在哪儿待着啦?"他匆忙地叫道,"我们到处找您。"

母亲不高兴把自己扯进去,所以脸红了。她相当严厉地说:"Sois sage, Edgar. Assieds toi!"①(她总是和他说法语,虽然她的法语讲得并不自如,一碰到难表达的句子还感到很吃力。)埃德加顺从了,但还在向男爵刨根问底。"你别忘了,男爵先生可以做他愿意做的事。也许他讨厌我们跟他在一起呢。"这回她自己把自己扯进去了。男爵立刻就愉快地感到,这种责备正是为了恭维。

　　这个猎手兴奋起来了。他狂喜、激动,那么迅速地在这里找到了猎物的真正足迹,他感到它就在他的射程之内了。他眼睛炯炯发光,神采飞扬,口若悬河,滔滔不绝,连他自己也不明所以。他同每个情欲旺盛的人一样,当他知道讨得了女人欢心时,便风度飘逸,潇洒自如,就像有些演员,当他们知道面前的观众对他们着迷时,就劲头倍增。他在朋友们中间是个讲春宫故事的能手,而今天——这时他喝了几杯为庆祝这新友谊而要的香槟酒——就讲得更为出色。他自诩为一位地位很高的英国贵族朋友的客人,在印度打过猎。他很聪明地选了这个题目,那是因为这题材是轻松的,而且他可以从旁观察这些富有异国情调的轶事,这些她所无法企及的事情在这个女人身上所引起的激动。听了这个故事最最着迷的,首先还是埃德加,他的眼睛也由于兴奋而显得炯炯有神了。他忘了吃,忘了喝,凝视着这位侃侃而谈的人。他从未希望能够真正见到一位有过亲身经历的人,讲述他只从书本上才读到过的那些惊人的险遇,什么猎虎啦、棕色人啦、印度人啦,以及把千百人研为齑粉的、可怕的 Dschagernat② 的轮子等等。直到现在他还从来不相信真的会有这样的人,正如他从来没把童话国家当成真的一样。此刻,他心里突然第一次涌现出了一个辽阔的世界。他目不转睛地盯着他的朋友,屏住呼吸,凝视着他面前的那双曾经打死过一只老虎的手。他什么都不敢问,随后他说话的声音异常兴奋。在他驰骋的想象里,他的大朋友成了故事里的主角:他高高地骑在一只披着紫色象服的大象上,戴着贵重头巾的棕色皮肤的男人两边相随;突然他又看见丛林里跳出一只龇牙咧嘴的老虎,伸着前爪去抓大象的鼻子。现在男爵又讲起更为有趣的、关于怎样智捕大象的故事:用驯服的衰老动物把猛烈的、目空一切的幼象诱进木笼子里。孩子的眼睛迸发出炽热的光芒。这时妈妈看了一下表,突

---

① 法语:听话,埃德加,坐下!
② 即转轮王,为神话中的印度国王。

然说:"Neuf,heures! Au lit!"①他觉得,这仿佛在他面前落下了一把闪着寒光的刀。

埃德加吃了一惊,脸都吓白了。"带你上床!"这对所有孩子来说,都是一句可怕的话,因为他们觉得,这句话是在大人面前对他们公然的轻蔑,是一种自我招供,是童年和小孩需要多睡眠的一种标志。可是这种羞辱竟发生在这么有意思的时刻,使他听不到这些闻所未闻的故事,这真是太可怕了。

"只听完这一个,妈妈,这个捕象的故事,就让我听完这一个吧!"

他开始乞求了,但立即想起了他作为大人的新的尊严。而他母亲今天也严厉得出奇。"不行,已经很晚了,快上楼吧! Sois sage②,埃德加! 男爵先生讲的故事明天我都详细地讲给你听。"

埃德加迟疑地站了起来,以前每次都是他母亲送他上床,可今天当着他朋友的面他不愿乞求,他那孩子气的骄傲使他起码还要做出自愿走开的样子。

"真的呀,妈妈,明天你全部讲给我听。全部! 关于捕象的故事和其他的故事!"

"好,我的孩子!"

"马上,今天就要讲!"

"好,好,但是你现在去睡吧。走吧!"

埃德加自己也感到奇怪,他把手递给男爵和妈妈的时候,居然脸没有红,虽然喉咙里已经在呜咽了。男爵亲切地捋了捋孩子那浓密的头发,这使得孩子绷紧的脸上又露出了一丝笑容。接着他就赶快往门口跑去,否则他们就要看到大滴大滴的眼泪从他脸上滚下来了。

大　象

母亲和男爵又在桌旁坐了一会儿,但是他们不再谈象和打猎的事了。孩子离开他们之后,他们的谈话气氛有一点压抑,有一点微妙不安的困窘。后来他们来到前厅,坐在一个角落里。男爵比任何时候都更加神采飞扬,

---

① 法语:九点了! 该睡了!
② 法语:要听话。

而几杯香槟酒又使她兴味盎然,所以谈话很快就具有了危险性质。本来男爵谈不上漂亮,他只是因为年轻,头发剪得短短的,一张棕黑色的精力旺盛的娃娃脸,很有点男子汉气魄,他那灵活而几乎是调皮的动作撩得她心猿意马。现在她乐于从近处看他,也不害怕他的目光了。在他谈话之中,逐渐有了一种使她略感困惑的放肆,有某种类似抚摸她身体的东西,有一种触及她的身体又迅速移开的东西,有某种捉摸不定的欲望,这使得她双颊绯红。随后他又轻快地笑着,无拘无束,像个孩子。这就使得这些细微的、轻浮的欲念好像是孩子闹着玩似的。有时她觉得该对他说句严厉的话。但是她生性喜欢卖弄风情,被这些淫猥的话儿撩拨得心痒难当,只想更多地消受。这种放肆的游戏使她感到销魂。后来她自己也模仿起来。她频送秋波,暗示允诺,完全沉湎在这绵绵情话和狎昵动作中,甚至容许他挨近。他的声音有时使她感觉到他那热乎乎的、颤栗的呼吸正喷在她的肩头上。像一切赌徒一样,他们也忘掉了时间,完全陶醉在销魂的谈话之中。到了午夜,前厅里开始熄灯的时候,他们才猛然一惊。

一惊之下,她立即一跃而起,猛然感到自己太放肆了,竟干出了这样的事。本来她也是个玩火的里手,但现在她那已被撩拨起来的本能业已感觉到,火已玩到这个危险的人身边了。她颤栗地发现,自己已不能再把握住自己,心里有什么东西在开始蠕动,看什么都很兴奋,宛如一个人在发高烧时的感觉一样。恐惧、酒和火热的话语在她头脑里回旋激荡,一种恼人的、莫名的恐惧攫住了她。她一生中这种恐惧在类似这样的危险时刻里曾经历过数次,但是都没有这一次那样令人头晕目眩,如此猛烈无情。"晚安,晚安。明早再见!"她急匆匆地说着,想逃遁而去。这倒不是为了逃脱,而是为了逃开此刻的危险,逃脱她自己心中一种新奇的、陌生的、欲推犹就的窘境。男爵轻轻抓住她告别时伸出来的手,吻着。不是通常的吻一次,而是用嘴唇从纤秀的手指尖一直到手腕,颤抖着吻了四五次。她感到他硬硬的胡须在她手背上戳得痒痒的,她起了一阵微微的哆嗦。某种温暖的、令人窒息的感情从手背上随着血液流贯了全身。恐惧甜蜜地袭来,她的太阳穴突突直跳,头在发热。恐惧,这莫名的恐惧现在使得她全身颤栗起来,她急忙从他手里抽回了自己的手。

"您再待会儿嘛。"男爵悄悄地说。可是她已经仓皇失措地匆匆跑走了,这个动作使她的恐惧和慌乱暴露得一目了然。现在她心里很兴奋,这也正是男爵的意图。她觉得,她的感情越来越不能解释了。残酷得灼人的恐惧在追逐着她,把她抓住,但就在逃开的时候,她同时又为他没有这样做而感到惋惜。她多年来下意识渴望的事情,很可能会在这种时刻发生。从前这种艳事她总是在最后关头把它摆脱开了,可对它的气息她爱得如痴如醉。这种巨大的、危险的艳事,这种不是转瞬即逝的撩人的调情。可是男爵很骄傲,不去捕捉这个良机。他对自己的胜利满有把握,因而不想在这个女人酒意朦胧、不能自持的时候把她弄到手。正相反,只有神志清醒时的斗争和委身,才会激起这个手段光明正大的赌棍的兴趣。她是逃不出他的手心的。他看到,她血管里火辣辣的毒药使她颤栗了。

她在楼梯上停住了脚步,用手按着气喘吁吁的心口。她得休息一分钟。她的神经已经受不住了。她从胸口发出一声叹息,这叹息,半是庆幸自己脱离了危险,半是惋惜。这一切都像一团乱麻,弄得人头晕目眩,六神无主。她半闭双眼,像喝醉了酒一样,在往她的房门那儿摸索,接着深深地舒了一口气,因为她终于抓住了冰凉的门把手。这时她才感到安全了!

她轻轻推门进了房里,马上就吓得退了回来。房里,在里边暗处,有什么东西动了一下。她那兴奋的神经剧烈地战栗了。她正想呼救的当儿,从里面发出了一个轻轻的、睡意蒙眬的声音:"是你吗,妈妈?"

"上帝保佑,你在这里干吗?"说着她就直奔沙发床。埃德加正蜷缩成一团在上面躺着,刚刚醒来。她第一个念头就认为这孩子准是病了,或者是需要什么东西。

但是埃德加却仍带着睡意,略带一点责备的口气说:"我等你好久,后来就睡着了。"

"干吗等我?"

"为了大象。"

"什么大象?"

现在她才想起,她确实答应今天晚上就把打猎的故事和其他冒险故事全讲给他听的。因此孩子跑到她房间里来了。这单纯、幼稚的孩子,他深信不疑地等着她,等着等着,就睡着了。这种放肆的举动激怒了她,或许她本来是对自己发火,她想大喊大叫来掩饰自己的罪过和羞愧。"马上回自己床上去,你这没有教养的东西!"她对他嚷了起来。埃德加诧异地望着她。她为什么对他发那么大的火?他又没有做什么错事。但是他的惊讶却似火上加油。"马上到自己房里去!"她怒气冲冲地吼道,这时,她感到委屈他了。埃德加默默地走了。原来他已经疲倦极了,透过朦胧的睡意,他迟钝地感觉到,他母亲没有遵守自己的诺言,这样对待他是不公正的。但是他没有反抗。因为困倦,他觉得什么都是昏昏沉沉的,一切都是麻木迟钝的,随后他又生自己的气,竟在这里睡着了,没有醒着等妈妈。"完全像个孩子。"在重新入睡以前,他还在生自己的气。

因为从昨天起,他就恨自己的童年了。

前 哨 战

男爵没有睡好。一次调情中断之后就去睡觉总是危险的:一个不平静的、梦魇频扰之夜,使他不久就后悔没有把这一分钟紧紧抓住。当他早晨带着未消的睡意,怀着恶劣的心绪走下楼来时,孩子从躲藏的地方朝他蹦跳过来,热情地投入他的怀里,用千百个问题来折磨他。埃德加非常快乐,他又有一分钟可以独占他的大朋友,而不需和妈妈分享了。他的故事该只讲给他听,不再讲给妈妈听了。他向他提出许许多多问题,因为妈妈虽然答应给他讲,但还是没有把这种奇妙的故事讲给他听。这时,男爵吃了一惊,掩饰不住自己恶劣的心情,但埃德加却把成百个孩子气的、恼人的问题倾倒在他身上。此外,在提这些问题时还掺杂着种种亲昵的表示。他终于又和这位他找了好久,一大早就等着的朋友单独在一起了,他真是快乐极了。

男爵粗声粗气地敷衍着。这孩子没完没了的叮梢、数不尽的幼稚问题以及他那并不讨人喜欢的热情,所有这一切,都开始使他感到厌烦。天天同一个十二岁的孩子转来转去,跟他说些无聊的话,对此他感到厌烦了。现在他一心只想着如何趁热打铁,赶快把这位母亲掌握住,而孩子在场却使这事很棘手。由于他的不慎,唤起了孩子对自己的这种痴情,他对此开始感到不快。这使他心情抑郁,因为暂时他无法摆脱开这个热情得过分的朋友。

不过无论如何总得设法摆脱他。一直到十点钟——他和孩子母亲约好去散步的时间,他心不在焉地敷衍着叽叽喳喳说个不停的孩子,只是偶尔插上一两句话,同时还翻阅着报纸。可当时钟的指针快成九十度角的时候,仿佛他忽然记起来似的,他请埃德加为他到另一家旅馆去一趟,问问他的表兄格伦特海姆伯爵到了没有。

真心实意的孩子真是高兴极了,终于可以为他的朋友办点事了,他对自己的使者身份很自豪,立即奔了出去,撒腿猛跑,惹得人们都奇怪地望着他的背影。可是他却一心想显示一下把事情交给他办是多么可靠。那家旅馆的人对他说,伯爵还没有到,现在压根儿还没有人来打过招呼。他带着这个消息又狂奔了回来。但是男爵已经不在前厅里了。于是他就去敲男爵的房门——白敲了一阵!他怀着不安的心情跑遍了所有的场所,音乐室和咖啡室,然后激动地冲到他妈妈那里去打听个究竟。她也不在。最后他十分失望地去问门房,门房告诉他,几分钟之前他们俩人一起出去了!这消息惊得他目瞪口呆。

埃德加耐心地等待着,他天真无邪,根本不往任何坏事上想。他想他们大概只是出去一会儿,对此他是很有把握的,因为男爵还等着他的回话呢。但是好几个小时过去了,不安开始潜入他的心头。真的,打这位陌生的、诱人的人进入了他幼小的、天真无邪的生活那一天起,这孩子整天都处于紧张、激动和纷乱的状态之中。任何热情压在像小孩那么纤细的机体上,宛如压在柔软的石蜡上一样,都会留下它的痕迹。眼皮又神经质地颤抖起来,脸色变得更加苍白。埃德加等啊,等啊,起先是不耐烦,后来就激动不安,末了几乎要哭了。但他一直没有什么怨恨,他盲目地信赖这位出色的朋友。他想可能是个误会。隐隐的恐惧折磨着他,也许是自己把他托付的事理解错了。

他们终于回来了,两人愉快地聊着天,丝毫也没有什么惊讶的表示,这可真令人奇怪极了。看来他们根本就没有把他放在心上。"我们迎你去了,希望在路上碰见你。埃狄。"男爵说,并不问托付他办的事。他们居然没有在路上碰见他,这使孩子大为诧异。他向他们保证说他是从笔直的大马路上跑回来的,并想知道他们是从哪个方向去找他的。刚说到这里,妈妈就打断他的话:"行了,行了!小孩子不要盘根问底,没完没了。"

埃德加脸都气红了,当着他朋友的面这么卑鄙地来贬低他,这已经是第二次了。她为什么要这样做?他确信,他已不是孩子了,而她为什么总要把他当成孩子?显然她嫉妒他有个朋友,挖空心思想把他的朋友拉过去。对了,刚才肯定是她故意把男爵领错路的。但是他不愿任她欺侮,这一点她该明白。他要给她点颜色。埃德加决定今天吃饭的时候只同他的朋友说话,跟她一句话也不说。

但是他们根本就没有注意到他的报复,甚至连他这个人也好像没有看见。这使他很难受,这完全出乎他的预料啊!昨天他们在一起的时候,他曾经是轴心啊!现在他们两人谈笑风生,互相调侃,可是没有一句话与他相干,仿佛他掉到桌子底下去了。血涌上他的双颊,喉咙里好像是塞了一团东西,卡住了呼吸。他越来越愤慨地意识到自己竟是那样的无足轻重。难道他就老老实实在这儿坐着,看着他母亲把他的朋友抢去,除了沉默之外不能进行什么反抗了吗?他想,他得站起来,用两个拳头出其不意地猛捶桌子。只有这样,才能把他们的注意力引到自己身上。但是他控制住了自己,只是放下了刀叉,一口也不吃了。他们很久也没发现他不吃东西,只是到最后一道菜时,母亲才奇怪地注意到,问他是不是不舒服了。"可恶,"他心里想,"她想的只是我是不是病了,别的事情她都觉得无关紧要。"他冷冷地回答说,他不想吃,这她也就满意了。没有什么事,什么事也不会促使他们对他加以理睬啊。男爵似乎已经完全把他忘了,至少他没有和他说过一句话。他眼里热乎乎的,泪水涌进了眼眶,他得想个法子,趁人不注意的时候,迅速地拿起餐巾,好使这该死的幼稚的泪水不至于毫无顾忌地流下双颊。这顿饭结束的时候,他舒了一口气。

吃饭的时候,他母亲建议一起坐马车到玛丽娅·舒茨去玩一次。埃德加听着,用牙齿咬着嘴唇。她一分钟也不让他单独跟他的朋友在一起。现在她边站起来边对他说:"埃德加,你要把功课全忘了,你得留在房里把功课补一补。"听到这话,他对她恨到了极点。他又一次把小拳头攥得紧紧的。她老想在他朋友面前侮辱他,总是当众提醒他,他还是孩子,还得上学,只有得到允许才可以同大人在一起。这回的用意可是一目了然的。他未作回答,立即把身子扭了过去。"噢,又不高兴了。"她笑着说,随后就对男爵说:"要是他做上一小时功课,真会那么影响他的健康吗?"

"喏,一两小时对身体绝不会有什么坏处。"男爵说。男爵,他一度把自己称为他的好朋友的男爵,曾经嘲笑他是书呆子的男爵,现在居然说这样的话,他感到浑身发凉,血液凝固。

这是默契吗?他们两人真的联合起来对付他了吗?孩子的目光里闪烁着愤怒的火焰。"爸爸不让我在这里学习,爸爸要我在这里休养。"他一下把这句话甩了出来,带有一种对自己疾病的骄傲,绝望地死抱住父亲的话、父亲的威望不放。他把这句话当作是一种威胁说了出来。真是奇怪之至,看来这句话当真使得他们两人心里都不愉快了。母亲把目光移开,只用手指烦躁不安地敲着桌子。他们之间出现一阵难堪的沉默。"随你吧,埃狄。"末了男爵强作笑容地说,"我又不用考试,我各门功课早就是不及格的。"

对这个玩笑,埃德加并没有笑,只是用审视的、锐利的目光打量着他,仿佛要深入到他的灵魂中去似的。发生了什么事呢?他们之间的关系起了变化。为什么?孩子并不清楚。他不安地移动着他的目光,一把小槌在他心里剧烈地敲打着:第一次猜疑。

灼人的秘密

"她怎么变得这样?"在滚动着的马车上孩子坐在他们对面沉思起来。为什么他们不像以前那样关心我了?为什么当我注视妈妈的时候,她总是避开我的目光？为什么他老是在我面前开玩笑，装疯卖傻？他们两人不再像昨天和前天那样跟我说话了，我仿佛觉得他们已经换了一副面孔。妈妈今天的嘴唇那么红，她准擦了口红。我从来没有见她这么打扮过。而他呢，老是蹙着眉头，好像我侮辱了他似的。我确实没有做过对不起他们的事啊，没说过一句让他们生气的话呀！不，不会是因为我的缘故，因为他们两人之间的关系和在这之前不一样了。他们两人好像干了什么事而又不敢说出来似的。他们不再像昨天那样谈笑风生、兴致勃勃了。他们很拘束、发窘，他们一定瞒着什么事。他们两人之间准有个什么秘密，不想让我知道。这个秘密无论如何我要把它弄个水落石出，不惜任何代价。我看出来了，就是那种不让我知道的秘密，这种秘密就是演戏时男人和女人伸开胳膊唱歌、互相拥抱又推开的那种秘密。这一定是同我的法语女教师的秘密一样的，爸爸同她相处得很不好，后来就把她辞掉了。所有这些事情都有关联，这我感觉到了，可就是不知道是怎么回事。噢，一定要知道这个秘密，彻底知道这个秘密，要抓住这把钥匙，抓住这把能打开所有大门的钥匙，那我就不再是孩子，不让他们再来搪塞和欺骗我了！不只现在，就是永远也不让人搪塞和欺骗！对孩子他们总是把什么事都隐瞒起来。我要揭穿他们的这件事，揭穿这个可怕的秘密。他的额头上起了一道深深的皱纹，他在严肃地苦思冥想，车厢外的景色他连望都不望。这个瘦弱的十二岁的孩子看起来几乎老了。窗外，四周色彩绚丽，山上的针叶林染着一片明净的绿色，山谷沐浴在暮春的柔和光泽里。他只是不住地盯着坐在他对面马车后座上的两个人，仿佛用一根钓竿一样，用灼热的目光要从他们眼睛的深处把这个秘密钩出来似的。再没有什么比一条模糊不清的踪迹更能使未成熟的智力大显身手的了，有时候只有一扇很薄的门，就把孩子同我们称之为现实的世界隔开了，而凑巧一阵风却会把这扇门给孩子们吹开。

埃德加蓦地感到他从来没有像现在这样挨近这个未知的巨大秘密，好像可以抓得着似的。他觉得这个秘密就在面前，虽然现在还是锁着的，谜底尚未揭开，但是很近，非常之近了。这种感觉鼓舞着他，使他显出突然郑重其事的严肃神情。因为他下意识地感到自己已经处在童年时代的边沿。

对面的两个人心里感到某种隐隐约约的障碍，但并没想到这障碍是来自孩子。三人同车使他俩感到处处受碍，很不自在。他们对面那双森然闪着火焰的眼睛打扰着他们。他们几乎不敢说，也不敢看。现在他们之间再也无法回到以前那种轻松的、社交场合的谈话了,而是很深地陷入语调亲昵、用词挑逗的阶段,常为轻佻地、偷偷地触摸而颤抖不已。他们的谈话常常接不下去。谈话中断了,想继续下去,但又不断地在孩子执拗的沉默影响下绊跤子。

他那固执的缄口不语,特别对于母亲来说是一大负担。她从侧面小心翼翼地打量着他,当她第一次突然发现这孩子咬着嘴唇的神情和她丈夫激怒或生气时的神情完全一样时,她大吃一惊。恰恰是现在,她有外遇时,想起她丈夫来,心里很不是滋味。她觉得,这孩子像是鬼怪,像是良心的卫士,在这马车里一点大的地方,在她对面只有十英寸的距离,滴溜溜滚动着黑黝黝的眼睛,在苍白的额下窥视着。这使她加倍地忍受不了。埃德加忽然抬头凝视有一秒钟之久。两人立即垂下了目光:他们感到生平第一次受到了窥伺。在此之前,母子两人亲密无间,但是现在两人之间,她和他之间,忽然有了什么东西,关系完全变了样。生平第一次,他们开始察觉到,他们两人的命运彼此分开了,两人已经相互暗暗地仇恨起来了,由于这种仇恨还刚产生,彼此都不敢承认。

当马匹又在旅馆前面停下的时候,三个人都舒了口气。这是一次不愉快的远游,这一点大家都感觉到了,可是谁都不敢说。埃德加第一个跳下马车。她母亲告罪说头痛,急忙上楼去了。她极为疲倦,想独自一人待会儿。埃德加和男爵留了下来。男爵给马车夫付了钱,看了看表,径自往前厅走去,毫不理睬孩子。孩子望着男爵那优雅、修长的背影,正迈着有节奏的、轻快飘逸的步履。这步履曾经使这孩子着迷,昨天他还悄悄对着镜子加以模仿哩。他走了,径直走了。显然他把这孩子忘了,让他在马车夫旁边,在马旁边站着,仿佛这孩子与他毫不相干。

埃德加看着他这样走掉,心里像有什么东西被撕成了两片。他,不管怎么他还始终狂热地爱着男爵。男爵就这样走开了,没有用大衣触他一下,没有向他这个知道自己确实毫无过错的孩子说一句话,他心里绝望了。费尽气力保持的镇静崩溃了,人为地加重了尊严的担子从他过于狭窄的肩头滑了下来,他又成了一个孩子,和昨天及以前一样渺小、恭顺。这违反他的本愿,催促他快步向前。他迈着哆嗦的步子,迅速跟着男爵,在男爵正要上楼梯的时候,他在前面拦住了他,带着难以忍住的眼泪,压低了声音说:

"我做了什么对不起您的事?您不理我了!为什么您现在老是对我那么疏远?为什么您总想把我支开?是您觉得我碍事,还是我做错了什么事?"

男爵吃了一惊。这声音里有一种东西扰乱了他的方寸,使他的情绪缓和下来。他对这个毫无恶意的孩子产生了同情心。"埃狄,你是个傻瓜!我只是今天情绪不好。你是个可爱的孩子,我真的很喜欢你。"说着他使劲地来回抚弄着他的头发,但却只是半转过脸来,以免看到孩子这双湿润的、恳求的大眼睛。他演的这出喜剧开始使他有点痛心了。本来他对自己如此厚颜无耻地玩弄这个孩子的爱已经感到羞愧了,而这软弱无力的、颤动的、如泣如诉的声音更使他感到痛苦。"现在上楼去吧,埃狄,今天晚上我们又会处得很好的,你看吧!"他抚慰地说。

"但您别让我妈妈早早叫我上楼,好吗?"

"行,行,埃狄,我不让她叫你上楼。"男爵笑着说,"现在上楼去吧,我得去换吃晚餐的衣服。"

埃德加走了,此刻感到十分高兴。但不久他心里的槌子又开始敲动起来。昨天以来他好像大了好几岁,猜疑,这位不速之客业已牢牢地盘踞在他的心里了。

他等待着。这是关键性的考验。他们一起围桌而坐。九点钟了,母亲还没叫他去睡觉。他已经感到有些不安了。为什么恰恰今天她让他在这里待那么长时间,而以往她是一到时间就打发他走的呀?难道男爵把他的愿望和谈话告诉给她了?突然间他感到难以名状的后悔,今天真不该以完全信赖的心情去追他啊。到十点钟,他的母亲忽然站了起来,同男爵告别。奇怪的是,男爵对她过早告辞看来一点也没有感到惊奇,也没有像往常那样挽留她。孩子心里的槌子敲得越来越厉害了。

这是个尖锐的考验,他也装出一无所知的样子,二话没说,就跟他母亲朝门口走去。但是走到那里时他突然用眼睛一扫,真的,在这瞬间他截获了一道含笑的目光,它越过他的头顶从她眼里正巧朝男爵送去。这是一道默契的目光,某种秘密的目光。这么说男爵把他出卖了,因此今天的早走是为了要他安静下来,好让他明天不再妨碍他们。

"坏蛋!"他咕哝了一句。

"你说什么?"母亲问道。

"没什么。"他从牙缝里迸出这几个字。现在他有了自己的秘密,它的名字叫作恨,对他们两人无边无际的恨。

沉　默

　　埃德加内心的骚动业已过去。他终于享有了一种纯粹的、明净的感情：仇恨和公开的敌视。他现在确信自己是他俩的障碍，因此跟他俩待在一起就成了他的一种复杂得出奇的乐趣。他觉得破坏他们，用他积聚起来的全副力量去反对他们，是一件赏心悦目的快事。他先是对男爵表露出他的愠怒。早上男爵下楼遇见他时，亲切地向他打招呼说："早晨好，埃狄。"埃德加坐在靠背椅上纹丝不动，连眼睛都没抬一下，只是咕哝一下，生硬地回了他一句："好。""妈妈下来了吗？"埃德加两眼看着报纸说："我不知道。"

　　男爵感到惊愕。这一下子怎么啦？"埃狄，怎么啦？没睡好觉？"他本想象往常那样开个玩笑来缓和一下空气，可是埃德加依然轻蔑地冲口回了一个"不"字，随即又埋头看他的报纸。"蠢孩子。"男爵自言自语地喃喃说，耸耸肩膀，走开了。敌意已经公开了。

　　埃德加也以冷漠和彬彬有礼的态度对待他妈妈。一次她想打发他去网球场玩，对这样一个拙劣的企图，他平静地拒绝了。由于愤恨而轻轻滑动的冷笑紧贴在他的嘴唇上闪现出来，这表明他不再受骗了。"我宁愿跟你们一块去散步，妈妈。"他说这话带着一种虚假的亲热，并紧紧盯住她的两只眼睛。对她说来，这个回答显然是不受欢迎的。她迟疑了片刻，像是寻找什么东西似的。终于她打定了主意，说："在这儿等我。"于是就去用早点。

　　埃德加等待着。不信任感在他脑子里折腾着，忐忑不安地直感到他们的每句话里都能搜寻出一种秘密的、敌视的意图。现在这种猜疑经常能使他做出一种具有奇异洞察力的决断。妈妈要他在前厅里等，但他不在那里等，而宁愿站在马路上，那里不只能监视大门，而且能监视所有的门道。他心里有某种预感，觉得妈妈耍了个骗局。这下他俩可再也溜不掉了。像在讲印第安人故事的书里学到的那样，他躲在马路旁的一堆木料后面。大约半个小时之后，他看到他妈妈真的从一个侧门出来了，手里拿着一束绚丽的玫瑰花，后面跟着男爵，那个叛徒。这时他满意地笑了。

　　两个人兴高采烈。他俩避开了他，光是为了自己的秘密，就可以舒口气了吗？他俩谈笑风生，正准备折向通往林中的小径。

现在是时候了,埃德加不慌不忙地,做得像是偶然到这里来似的,从木料后面踱了出来。他非常镇定地向他俩走来,以便有时间,有许多时间来充分欣赏他俩的惊诧表情。两个人一怔,交换一下惊奇的眼光。这孩子慢慢地,带着一种泰然的神情向他们走去,他那嘲弄的目光紧盯着他们。"啊,你在这儿,埃狄,我们在里面找过你了。"母亲终于开口说。"她撒谎撒得多不要脸啊!"孩子心里想,但是他的嘴唇却一动不动,把仇恨的秘密掩藏在牙齿的后面。

三个人犹豫不决地站在那儿,一个窥伺着另一个。"那我们走吧。"这个恼火的女人沮丧地说,顺手撕碎了一朵最鲜艳的玫瑰花。她的鼻翼在轻轻地翕动,这就暴露了她的愠怒。埃德加站在那里,仿佛这与他毫无关系。他望着蓝天,等待着。他俩要走的时候,他准备跟随他们。男爵又做了一次努力。他说:"今天有网球联赛,你看过没有?"埃德加轻蔑地望了他一眼,对他根本就不予理睬,只是翘翘嘴唇,像是要吹口哨似的。这就是他的答复,明亮的牙齿显示了他的仇恨。

孩子突如其来的出现,像梦魇似的纠缠着两个人。罪犯跟在看守后面走着,暗暗攥紧了拳头。其实孩子并没有做什么,可是他俩却每分钟都无法忍受他那窥视的目光。孩子的眼睛里噙着愤怒的泪水,含着深深的阴郁,它对任何接近的尝试都愤怒地加以摈斥。"离远一点!"突然母亲狂怒地说着。孩子不断地偷听他们的谈话使她烦躁不安。"别老在我跟前跳来跳去,把人烦死了!"埃德加顺从地走开了,但是每走一两步就回过头来,一看到他俩落在后面,他就停在那儿等待着,像条黑狗用他那靡非斯特的目光①纵横上下地织成一个仇恨的火网。他俩感到已被火网套住,无法脱身。

孩子恶狠狠的沉默像一种强酸腐蚀了他俩的兴致,他的目光使他们的谈话一到唇边就变得索然无味。男爵再也不敢说一句挑逗的话了,他愤怒地感觉到这个女人要从手上滑掉,她那好不容易才点燃的热情由于害怕这个令人厌恶的孩子又冷淡下来了。他俩总想设法交谈,却总是谈不下去。末了他们三人都默不作声,无精打采地走着,只听到树木摇曳碰撞发出的低语和他们自己扫兴的脚步声。这孩子把他俩的谈话窒息了。

---

① 见歌德所著《浮士德》第一部。浮士德在复活节同他的学生瓦格纳出城散步时,魔鬼靡非斯特变成一条黑狗跟浮士德回到书斋。他那犀利的目光能洞察一切。

现在三个人心里都充满了一触即发的敌意。这个被出卖的孩子快乐地感到，他们的愤怒是完全抵御不住他的被蔑视的存在的，但他却咬牙含恨地等着他们发作。他用狡黠的嘲弄的目光，不时打量着男爵那气冲冲的面孔。他看到男爵在牙缝中滚动着骂人的话，而又不得不抑制自己，以免骂出口来。他同时也怀着一种魔鬼般的乐趣注意到他母亲的怒火正在呼呼上升；他看出他俩在寻找机会，向他扑过来，把他推倒，或者使他不能再妨碍他们。但是他不给他们这样的机会，他对自己的仇恨作了长时间的筹划，使它没有任何破绽可寻，没有任何漏洞可钻。

"我们回去吧！"他母亲突然说道。她觉得无法再控制自己了，她准会做出什么事来，至少会在这种刑罚下喊叫起来。"多可惜，"埃德加平静地说，"这儿多美啊。"

他俩知道孩子在嘲弄他们，但是他俩什么也不敢说。这暴君在两天之内如此出色地学会了控制自己，不动声色，毫不泄露这是恶意的揶揄。他们一声不响地在漫长的路上往回走。当房间里只剩下母亲和孩子两人时，她仍然激怒不已。她悻悻地把阳伞和手套掷在一旁。埃德加立刻注意到她的神经在激动，火气需要发泄，但是他希望这次爆发，因此故意留在房间里，以便激怒她。她来回走动，又坐了下来，用手指敲弹着桌子，随后又跳了起来。"看你的头发乱成什么样子！你脏得太不像话了，这样子见人简直是丢脸。这么大了你不知道羞耻？"孩子一句顶撞的话也没说，走到一边去梳头。这种沉默，这固执而冷漠的沉默以及跳动在嘴唇上的嘲弄简直把她气得发狂，她真想狠狠地揍他一顿。"回自己房里去！"她冲着他叫了起来。埃德加微微一笑，随即走了出去。

现在她和男爵，他们两人见到孩子就发抖，在每次会面的时候，对孩子那无情而冷酷的目光都感到恐惧！他俩越是感到不自在，孩子的眼睛里就焕发出越是欢愉的光泽，他的喜悦就越有一种挑衅的味道。埃德加现在几乎在用孩子们野兽般的残忍来折磨这对毫无抵御能力的人。男爵倒还能够压住他的怒火，因为他一直希望这是孩子的恶作剧，他只想着自己的目的。可是她，这个做妈妈的却一再控制不了自己。她觉得冲他大喊大叫一通自己会感到轻松些。"别玩弄叉子！"在餐桌上她朝着他喊叫起来，"你是个没教养的丑八怪，你还不配和大人坐在一起。"埃德加仅是微微一笑，把头稍微歪向一边。他知道这喊叫意味着绝望。看到她如此不加掩饰，他感到骄傲。他现在的目光非常镇定，镇定得像医生的目光。前段时间，为了惹他们生气,或许他是恶狠狠的,但人们在仇恨中学得很多、很快,现在他只是沉默!沉默!沉默!直到她在他沉默的压力下开始长吁短叹。

他母亲再也无法忍受了。现在当他们吃完饭站了起来,埃德加又以这种不言自明的神态准备尾随他们时,她一下子就发作了。她一切都不顾了,吐出了真话。她被他不时的窥视弄得坐卧不安,像一匹被牛虻折磨的马一样暴跳了起来。"你像三岁孩子那样老是跟着我转悠什么?我不要你老待在我跟前。孩子不要老缠着大人。记住!自己一个人去待一小时。看看书,或者随便干点什么。让我安静安静!你老在我身边溜来溜去,那副讨厌的样子,真让人烦死了。"

终于把她的供词逼出来了!男爵和她这时显得十分尴尬,而埃德加却莞尔一笑。她转过身想走了。她对自己感到生气,刚才怎么好对孩子泄露自己不愉快的心情呢?但是埃德加只是冷冷地说:"爸爸不让我一个人在这儿转来转去。我已经答应爸爸了,在这儿处处小心,老跟在您身边。"

他强调"爸爸"两个字,因为他早就注意到这两个字对他们两人有着某种使他们瘫痪的神秘作用。他父亲同这种炽热的秘密也准有某种瓜葛。爸爸一定具有某种支配他俩的隐秘的、他不知道的力量。因为一提到爸爸,好像就会使他俩感到恐惧和不快,就是这次,他们也未作反抗。他们放下了武器。母亲先走了,男爵也随后离去。在他俩之后是埃德加,但他不像仆人那样畏葸,而像一名看守那样强硬、严峻和无情。他抖动着无形的锁住他俩的铁链,他们摇晃着,但无法挣脱掉。仇恨锻炼了他那孩子式的力量。他,一个无知的人,却远比那两个被秘密铐住双手的人更为强大。

撒谎者

时间很紧迫了。男爵只剩下很少几天可供利用了。他俩感到,去反抗这惹火了的孩子的执拗劲是没有用的,于是他俩只好采取最后的、也是最卑劣的一着:逃,摆脱开他的专横统治,哪怕是一两个钟头也好。

"把这封信送到邮局去寄挂号。"母亲对埃德加说。母子两人站在前厅里,男爵在外边正和一架出租马车的车夫谈话。

埃德加狐疑地拿着这封信。他想起来,过去都是有个仆役给母亲跑腿的。他们是不是在合谋算计他呢?

他犹豫不决。

"你在哪儿等我?"

"在这里。"

"一定?"

"是的。"

"你可不要走开呀!你在前厅这儿一直等到我回来?"由于他感到自己占了上风,所以同母亲说话时带着命令式的口吻。从前天起发生了多大的变化啊!

他拿着两封信走了。在门口他和男爵碰了个照面。埃德加同他搭话了。两天来这是第一次。

"我去发两封信。我妈妈在等着我,等到我回来。你们可不要先走掉啊。"

男爵急忙从旁边挤了过去。"好的,好的,我们等你。"

埃德加向邮局奔去。他得等着。他前面的一位先生提了一大堆无聊的问题。埃德加终于办完了他的事,拿着挂号单跑了回来,回来时正赶上看到他母亲和男爵坐着出租马车走了。

他气得发呆了,几乎想弯腰拾起一块石头向他俩掷去。他俩到底把他摆脱掉了,但是撒了一个多么下流、多么卑鄙的谎啊!他母亲说谎,这他昨天就知道了;但她居然能这样不要脸,说话不算数,这就把他对她的最后一点信任也摧毁了。他看到那些言辞只不过是些五色缤纷的水泡,它们膨胀起来,一破就化为乌有,而他从这些言辞后面揣摩到了事实真相。从此,他就不再能理解整个生活了。这会是一个什么可怕的秘密,居然使成年人欺骗他这么一个孩子,像罪犯似的偷偷溜走?在他读过的那些书里,人们为了得到金钱或者为了攫取权力和王国而进行谋杀和欺骗。可这儿却是为了什么?这两个人要干什么?为什么他俩要躲避他?他俩撒了上百个谎究竟想遮掩什么呀?他绞尽脑汁,穷思苦想。他隐约地感觉到,这项秘密就是童年的一把门闩,获得了这项秘密就意味着长成一个大人,长成一个男子汉了。噢,一定得掌握这个秘密!但他没法进一步清晰地去思考。他俩摆脱了他,这事燃起了他的愤怒,给他清澈的目光蒙上了一层烟雾。

他跑进树林,恰好来得及躲入暗处,使别人都看不到他。这时他哭了起来,泪如泉涌。"撒谎、狗东西、骗子、流氓!"——他必须大声地把这些话喊出来,否则他会憋死的。愤怒、焦急、恼恨、好奇、一筹莫展和他俩这些天来的背叛都被压制在孩子气的斗争里,被桎梏在他把自己想象成大人的幻觉之中,现在都迸出胸膛,化成了泪水。这是他童年时代的最后一次哭泣,最后一次号啕大哭,他最后一次像女人一样,哭一阵就感到痛快些。他在这不能自制的愤怒时刻,把所有一切都一股脑儿哭了出来:信任、热爱、虔诚、尊敬——他的整个童年。

男孩回到旅馆之后,已经变成另一个人了。他十分冷静,办事谨慎而周密。他先回到自己的房间,把脸和眼睛细心地擦洗干净,不让他俩看到他有泪痕,不让他们享受胜利的喜悦。随后他就准备进行清算。他耐心地等候着,毫无不安的感觉。

当马车载着这两个逃亡者返回旅馆时,前厅里有很多人。有几位先生在下棋,另一些人在看报纸,女人们在闲谈。在这群人中间,孩子一动不动地坐着。他面色显得有些苍白,目光颤抖。现在,他母亲和男爵进门时突然看到了他,感到有些尴尬。男爵正要结结巴巴地讲他事先编好的谎话时,孩子挺直身子安详地朝他俩走去,挑衅地说道:"男爵先生,我有话同您谈。"

这使男爵感到不快。他有一种像被抓住了的感觉。"好的,好的,以后再说,以后吧!"

但是埃德加提高了嗓门,声音响亮而严峻,周围的人都听得清:"可是我想现在同您谈。你做得太卑鄙下流了。您骗了我。您是知道的,妈妈在等我,可您……"

"埃德加!"母亲喊了起来,向他扑过去,所有人的目光都朝她望去。

但是孩子现在却突然刺耳地叫了起来,因为他看到她要把他的话压下去:

"我当着大家的面再对您说一遍:你无耻地撒了谎,这是卑鄙的,这是下流的。"

男爵站在那里,面色苍白,人们都望着他,有几个人窃窃地笑了起来。

母亲抓住了激动得发抖的孩子。"马上到你房间里去,要不我就在众人面前揍你一顿。"她声音沙哑、结结巴巴地说道。

但是埃德加站在那里又恢复了平静。刚才这样冲动,他觉得遗憾。他不满意自己,因为本来他是想冷静地向男爵挑战的,只是到最后一刻,愤怒竟比他的意志更为厉害。他安详地、从容不迫地向楼梯走去。

"请您原谅,男爵先生,原谅他的粗野。您知道,他是一个神经质的孩子。"她还在结结巴巴地说,周围的人都盯着她,目光里流露出有点幸灾乐祸的神情,这使她惶惑不安。世界上再没有比丑闻更使她感到可怕的了,她知道她必须保持镇定。她不是立刻就溜走,而是先到门房那里问问有没有她的信件以及说几句无关紧要的小事,随后才快步走上楼去,仿佛什么事情都没有发生似的。但是在她身后是一片窃窃私语和压低的笑声。

半路上她放慢了脚步。面对这种严重的处境她一点办法也没有,同时对这场争吵感到恐惧。她无法否认这是自己的过错。还有,她怕孩子的目光,害怕孩子这种新的、陌生和奇怪的目光,这目光使她瘫痪和惶恐不安。由于畏惧,她决定用温柔的办法来试一试。她知道,在这样一场斗争中这个被激怒了的孩子是强者。

她轻轻地拉开门。孩子在那里坐着,平静而冷淡。他望着她,眼里毫无惧色,也没露出任何好奇的神情。他显得泰然自若。

"埃德加,"她尽可能亲昵地开始说,"你怎么啦?我为你感到害臊啊。你怎么这样粗野,还是一个孩子就这样对待大人!你得马上去向男爵先生道歉。"

埃德加望着窗外。这个"不"字,他像是对着树木说的。他那镇定的神情使她感到惊奇、陌生。

"埃德加,你这是怎么啦?你,怎么变得和往常大不一样了?我简直都认不出你来了。往日你是个聪明的乖孩子,人们都喜欢你。可你一下子变成这个样子,像是让魔鬼缠住了似的。你为什么那样恨男爵?以前你是非常喜欢他的。他对你一直是那么好啊。"

"是呀,因为他想认识你。"

她感到很不是味儿。"胡说!你想到哪儿去了,你怎么能这样想呢?"

这下孩子可光火了。

"他是撒谎的人,一个伪君子。他所做的都是为了自己,是卑鄙的。他想要认识你,才对我表示亲热,还答应送给我一只狗。我不知道他答应了你什么,为什么对你那么亲热,但是他也要从你身上得点什么,妈妈,这是肯定的。要不他不会这样客气友好的。他是一个坏人。他撒谎。你只要瞧一瞧他那样子,有多虚伪。啊,我恨他,恨这个卑鄙的骗子,这个流氓……"

"埃德加,你怎么能说这话呢?"她不知所措,也不知该怎么回答。她心里激起了一种感情,觉得孩子是对的。

"真的,他是个流氓,这我是不会看错的。你自己一定也会看出来的。

他为什么怕我？他为什么躲避我？因为他知道我看透他了，我认识他，这个流氓！"

"你怎么能说这话呢，你怎么能说这话呢？"她脑海里已经枯竭了，只是用毫无血色的嘴唇结结巴巴地一再重复这两句话。现在她蓦地感到害怕了，但是并不知道是怕男爵呢，还是怕孩子。

埃德加看出他的告诫起了作用。把她拉到自己这一边，成为仇恨男爵、反对男爵的一个同志，这个思想在引诱着他。他温和地走到母亲身边，拥抱她。他的声调由于激动变得像在讨好似的。

"妈妈，"他说，"你一定会自己看出来，他不会干什么好事的。他把你都变成另一个人了。不是我，而是你变了。他怂恿你来反对我，只是为了独个跟你好。他肯定会欺骗你的。我不知道他答应给你什么，可我知道他不会遵守诺言的。你应当提防他。谁骗了一个人，那他也会骗另一个人。他是一个恶人，你不应该信任他。"

这声音充满感情，几乎是声泪俱下，像是出自她本人的心胸。她心里已经产生了一种不愉快的感觉，这种感觉告诉她的，与孩子所说的一样恳切、中肯。但是她不好意思向自己的孩子承认他是对的。她像许多人一样，一种自认为优于他人的情感，在处于狼狈境地时，常用一种粗暴的方式来救助自己。她愠怒地挺了挺身子。

"小孩子懂得什么！这些事不用你来多嘴。你应当有礼貌。就这些。"

埃德加的脸上又泛起一片冷意。"随你好了，"他生硬地说，"反正我警告过你了。"

"那么说你是不准备去道歉了？"

"不。"

他俩面对面站着，满脸怒气。她觉得这关系到她的威望。

"那你就在楼上用餐。一个人。在你没有道歉之前，不准到我们桌上来。我要教你懂得规矩。不得到我的许可，不准你离开房间，听懂了吗？"

埃德加微微一笑。这种不怀好意的微笑，像是与他的嘴唇长在一起的。在内心他却对自己发火。他多愚蠢，竟然又一次泄露了他的衷曲，而且还对她，这个撒谎的女人发出警告呢。

母亲快步走了出去，连一眼也没看他。她惧怕这双犀利的眼睛。自从感觉到孩子已经看出了一切，并告诉她这件她不想知道、也不想听到的事情后,这孩子就使她感到讨厌了。使她感到惊愕的是,她仿佛听到一个声音,她的良知离开了她的躯体,乔装成孩子,乔装成她亲生的孩子在她身旁走来走去,在警告她、嘲弄她。直到现在,这个孩子一直生活在她身边,是一件装饰品,一个玩物,是一种爱和信赖,有时也是一个累赘,但不论是什么,都总是同她生活在同一激流中、合着她生活的节拍。这个孩子今天第一次放肆起来,反抗她的意志。现在在她对自己孩子的回忆中,总是夹着某种类似仇恨的东西。

不仅如此,现在当她稍感倦意地走下楼梯时,从她自己的心胸中响起了孩子的声音:"你应该提防他。"——这个警告总是不肯缄默。这时她从一面闪亮的镜子前面走过,她询问般地向里望去,越望越深,越望越深,直到镜子里的嘴唇泛起一丝微笑,并围成圆形,像是要吐出一个危险的字眼似的,从她的内心深处还响着这种声音。但是她高高地耸耸肩膀,犹如要把所有这些看不见的思虑全都抖落下来似的,朝镜子里快乐地看了一眼,扯了扯衣服,带着一个赌棍把最后一枚金币丁当一声抛到赌台上去的那种果断的神态走下楼去。

月光中的踪迹

侍者把晚餐给埃德加送到房间里,随后就锁上了门。门上的锁在他身后嘎嘎地响着。孩子愤怒地跳了起来。很明显,这是受他母亲的指使,把他像一头凶狠的野兽似的关了起来。他心里产生了一个可怕的念头。

"把我关在这里,下面在干什么呢?现在他们俩人在商量些什么?如果到头来这个秘密就在那儿,难道我就把它错过?噢,一旦我在大人们中间,我就能到处觉察到这个秘密。在夜里,大人们把门关起来,把这个秘密沉浸在轻言絮语中,要是我能偷偷地进到里面,这巨大的秘密就在面前;几天来我已经接近了它,可就是还一直没有把它抓住!从前,为了捉住它,我什么都干过!那时候我从爸爸的书桌里偷了些书出来,这些奇奇怪怪的事情书里都有,只是我不懂。这个秘密一定贴着个什么封条,要想找到它,得先把封条揭去,这封条也许是在我身上,也许是在别人身上。那时我问过别的女仆,求她把书里这些地方给我讲一讲,但是她把我嘲笑了一顿。做个孩子太可怕了,好奇心重,可是又不许问别人,在大人面前总是显得很可笑,好像是些傻瓜和废物似的。但我会把这个秘密弄清楚的,我感到现在很快就会知道了。我已经掌握了一部分,不把它全部弄到手,决不罢休!"

他谛听是否有人来。外面,微风吹拂着树林,它把枝条之间静如明镜一样的月光碎成无数摇曳不定的小片。

"他们俩想干的一定不会是什么好事,要不他们干吗要编造那么卑劣的谎言来把我支开?他俩现在肯定在嘲笑我。这两个该诅咒的到底把我甩开了,但是最后笑的是我。我真太蠢了,让人关在这里。我不去紧紧盯住他们,窥视他俩的一举一动,反倒让人关在这里。我知道,大人往往都不怎么谨慎,他俩一定会露出马脚的。他们总认为我们孩子还很小,晚上睡得死死的。可他们忘了,我们也会假装睡觉而去偷听,我们也能装傻,而实际上十分聪明。前不久,我的姑姑生了孩子,其实这事大人早就知道了,可是在我面前却装作惊奇的样子,仿佛感到很意外似的。但是我也是知道的,因为我听他们说过,那是几星期前一个晚上,他们以为我睡着了就谈论起来。这次我也要让他们惊讶一下。这两个卑鄙的家伙。噢,现在他俩一定自以为很保险,我要是能穿门而出,前去侦察,暗地里注视他俩,那该多好。现在我也许该按铃吧?这样女仆就会来开门,问我要什么东西。或者我吆喝骂人,摔碎餐具,那他们也会来开门的。这当儿我就可以溜走,去窃听他俩说话。不行,我不这样做。不能让别人看见他们对待我是如何卑鄙。我以此为骄傲。明天我再向他们算账。"

楼下传来一个女人的笑声。埃德加一怔,这可能是他的母亲。她倒是有理由发笑,有理由嘲弄他,一个小孩,一个走投无路的人,要是他让人觉得累赘的话,就把他锁在房间里,像扔团湿衣服一样,往墙角一甩了事。他小心翼翼地把头探出窗外。不是,不是她,是一个他不认识的放肆的姑娘在和一个小伙子逗趣。

就在这时,他看到窗户离地面并不很高。不知不觉他起了一个念头:跳出去。现在他俩肯定自以为很保险,我正好去偷听。这个决定使他兴奋得全身发热,仿佛他已经把这个童年时代的、闪闪发光的、显得十分巨大的秘密掌握在手里了似的。"跳出去,跳出去!"他颤抖着。毫无危险,没有人从这里过去。于是他就跳了下去。只有鹅卵石发出轻微的声响,没有一个人听到。

这两天,蹑手蹑脚和窥伺已经成了他生活中的一大乐趣。他轻轻地提起脚步绕旅馆走着,小心翼翼地避开灯光的强烈反照。这时他有着一种快感,这快感同因恐惧而引起的轻微颤栗混在一起。他先是谨慎地把面颊紧贴在餐厅的玻璃上向里望去。他俩常坐的位置上是空的。随后他逐个窥视各扇窗户。他不敢进旅馆去,因为怕在过道中间凑巧碰上他们。到处都找不到他俩。他感到绝望了。正在这时,他看到两个影子从门里闪了出来——他往回一缩,蹲在暗处——他母亲和那个形影不离的伴侣出来了。来得正是时候。他们在谈些什么?他无法了解。他们说得很轻,风在树林里变得不安起来。忽然飘来一阵十分清晰的笑声,这是他母亲的声音。这笑声他从来没有听见过,笑得少有的刺耳,像是被胳肢、被刺激引起的神经质的笑声。他感到这笑声很陌生,心里大为惊愕。她在笑。那就是说没有什么危险的事了,不是什么要对他隐瞒的大事,不是什么了不起的事。埃德加感到有些失望。

但是他们为什么要离开旅馆?现在夜都深了,他们到哪儿去呢?风在高空中挥动着它巨大的翅膀,夜空刚才还很洁净,充溢着月光的清辉,现在变得昏暗了,无形的手撒开了黑色的幕布,有时把月亮包裹起来,使夜变得漆黑一团,几乎连路都难以辨认。当月亮重又露出来时,一切又都被洒上光辉。银色的月光冷冷地泻在周围的山川树木上。光和影之间进行着神秘莫测的游戏,像是一个女人,时而赤身裸体,时而裹着衣服在嬉戏,是那样的诱人。正在这时,四周的景物又赤裸裸呈现出明亮的胴体:埃德加从侧面看到路上有两个移动着的黑色身影,或者不如说是一个身影,因为他俩贴得那么紧,仿佛两人心里害怕而紧紧挤在一起似的。可现在他们两个要去哪里?松树在呻吟,林中像是充满了忙碌和喧嚣,宛如在围捕野兽似的。"我跟着他们,"埃德加想,"风刮得这么紧,林中这样响,他俩不会听到我的脚步声。"在他们沿着下面宽广明亮的大路向前走去时,埃德加在上面的林中轻巧地从一棵树跳向另一棵树,从一个树影跃向另一个树影。他无情地紧紧跟踪他们。他感谢风儿,它使别人听不到他的脚步声;他咒骂风儿,它老是把他们说的话刮到远处。要是他能听到他们的谈话就好了,哪怕是只听到一次,那他肯定就可以知道这个秘密。

下面的两个人信步走去,毫无所知。他俩陶醉在这广阔、昏乱的夜色之中,在不断增长的激动中忘却了自己。没有任何预感来警告他们:上面树叶浓密的暗处有人在跟踪着他们的每一个脚步,有两只眼睛死死地盯着他们,充满了仇恨和好奇。

突然他俩停住了。埃德加也立即停住了脚步,紧紧贴在一棵树上。一种剧烈的恐惧在向他袭来。要是他俩现在往回走,比他先回到旅馆,要是他不能及时赶回自己的房间,母亲发现房间是空的,那该怎么办? 这样一来一切都完了,他们会知道他暗地是窥视他们来着,他就再没有希望从他们那里索取这个秘密了。但是他们二人在犹豫不决,显然在争论什么。幸好有月亮,他一切都看得清清楚楚。男爵指着一条昏黑狭窄的小路,这条小路通往下面的山谷,在那里月亮不像在这条路上那样倾泻着它的全部光华,而只是透过密林渗出点滴的光亮和稀疏的光线。"他干吗要到下边去?"埃德加抽搐了一下。他母亲好像说"不",可是另一个却在说服她。埃德加从他的手势上看得出他是多么紧迫。孩子害怕了。这个人想向他母亲要什么? 这个混蛋为什么要把她领到暗处去? 突然他从自己所读过的那些书里——这些书就是他的整个世界——生动地记起了谋杀、拐骗和可怕的犯罪。一定的,他想谋杀她,正是为此他才摆脱开他,把她单独引到这里。他该呼救吗? 杀人犯! 呼救声刚要冲出喉咙,但是嘴角却发干,喊不出声来。他的神经由于激动绷得紧紧的,使他几乎站不稳了。由于害怕跌倒,他赶紧伸手去抓一个把手——这时咔嚓一声,他双手折断了一根树枝。

那两个人惊愕地转过身来,凝望着暗处。埃德加一声不响地靠在树上,胳膊紧紧贴在一起,矮小的身体深深地埋在树影之中。死一样的寂静。但他俩像是受惊了。"我们回去。"他听到他母亲说,声音显得畏葸胆怯。男爵本人显然也不安起来,他顺从了。两人慢慢地往回走,相互靠得紧紧的。他俩内心的惶恐就是埃德加的幸福。他用四肢在林中爬行,双手都被划出血来。到了森林的尽头,他就全速往回跑去,气喘吁吁,到了旅馆,三脚两步就蹦上了楼。锁门的钥匙幸好还在门上插着,他开了门,冲进房里,躺到床上。他得休息几分钟,因为心在胸膛里剧烈地跳动着,像是钟舌在敲响的钟壁上那样跳动不已。

随后他胆子大了起来,靠在窗旁,等着他们两人的到来。好长时间过去了。他们一定走得很慢,很慢。他从窗框的暗影里小心地窥视着。现在他们慢慢地走来了,月光照着他们的衣服。在这绿光中他们看起来像幽灵似的。男爵真是杀人凶手吗? 他刚才阻止了一件多么可怕的事啊,这个想法使他感到既慰藉而又恐怖。他望着他们粉白色的脸,看得清清楚楚。母亲的脸上流露出一种欣喜的表情,这是他从没有见过的,但男爵却显得烦恼和不悦。很明显,这是因为他的意图落空了。

他俩紧紧挨在一起,一直到旅馆门前他俩的身体才互相分开。是不是他们会朝楼上看？没有，他俩谁也没有往上看。"他们把我忘记了。"孩子想。他怀着一股狂暴的怒气，同时又感到一种隐隐的胜利的喜悦。"我可没有忘记你们。你们以为我睡了，或者在这个世界上不存在了，但是你们会看到你们的错误的，我要监视你们的一举一动，直到从他这个混蛋手中把这个秘密弄出来为止。这可怕的秘密，它使我无法入睡。我一定要粉碎你们的同盟。我不睡。"

那两个人慢慢地进了大门。现在当他俩一前一后往里走去时，两个投在地上的黑影又倏地纠缠在一起，变成了一条黑色的长带消逝在光亮的门内。楼前的空地在月光中洁白明亮，像铺满白雪的辽阔草地。

袭 击

埃德加喘着粗气从窗户旁退了回来，恐怖在摇撼着他。在他的生活里还从没有这样接近过这样充满神秘莫测的东西。书本中那个激动不安的世界，紧张冒险的世界，充满凶杀和欺骗的世界，他原以为只能在童话中，在梦幻的后面，是不真实的，不可企及的。可现在他就像突然陷进了这个充满恐怖的世界之中，一经同它直接接触，他的整个身心就剧烈地震颤不已。这个男人，这个神秘的人，这个突然闯进他平静生活的男人究竟是谁？他光是一个杀人犯吗？为什么老是找偏僻的地方，要把他的母亲拉往暗处？看来是要发生可怕的事了。他不知道该怎么办。明天他要给爸爸写信或发电报，这是肯定的。可是这坏事，这可怕的事，这谜一样的事会不会现在就发生，今天晚上就发生呢？他的母亲还没有回到自己房间，她还同那个可恨的陌生人在一起呢。

在内层门和外层门之间有可以轻易开启的暗门，里面有一个狭窄的空间，比一个衣柜大不了多少。他紧贴着身体挤进这巴掌大的暗处，以便窥视他们的脚步。他决意不让他俩有瞬间的机会单独在一起。现在是午夜时分，过道上空荡荡的，只有唯一的一盏灯亮着，光线微弱黯淡。

这几分钟的时间他感到长得可怕——终于，他听到了向楼上走来的轻微的脚步声。他全神贯注地谛听着。这不是像要回到自己的房间的那种疾步行走，而是一种拖沓的、犹豫的、非常缓慢的脚步，像是在攀登一条崎岖难行的陡峭山路似的。这中间老是一再地耳语和走走停停。埃德加激动得浑身发抖。他俩走到头了？怎么他还和她在一起？耳语声听不见，脚步声尽管还是迟疑不决,但越来越近了。现在他突然听到了男爵那可怕的声音,他嘶哑地轻轻地在说什么,可埃德加听不懂,随之是他母亲立即表示异议:"不,今天不!不!"

埃德加在发抖,他俩走近了,他什么都可以听清楚了。他们走向他的每一步,尽管是那么轻,仍使他的心胸感到痛苦。那种声音他感到极为可憎,这该死的家伙的声音充满了贪婪,是多么令人厌恶!

"您不要这样残忍。您今天晚上多美啊!"

另一个声音说:"不,我不应当,我不能够,您放开我。"

在他母亲的声音里流露出那么多的恐怖,这使孩子大吃一惊。他还要她什么呢?为什么害怕呢?他俩越来越近了,大概现在已经到了他的门前。他浑身颤抖,现在他就站在他俩的身后,近在咫尺,只有一层薄布挡着。现在他们呼吸的声音都能听到了。

"您来吧,玛蒂尔德,您来吧!"他又听到母亲的喘气声,声音越来越脆弱,抗拒的力量瘫痪了。

这是怎么了?他俩又走到黑暗中去了。他母亲没有回自己的房间,而是过门不入!他要把她拖到哪儿去?她为什么不再说话了?难道他往她嘴里塞了团布?把她的喉咙卡住了?

这个想法使他狂怒了。他用颤抖的手把门开了一半。现在他看到了他俩在昏暗的过道上,男爵用胳膊搂着他母亲的腰,领着她轻轻走去,看来她已经不再抗拒了。现在他在自己的房门前停住了。"他要把她弄走?"孩子惊慌起来,"现在他要下手作恶了。"

他猛地冲了出去,把门一关就向二人奔去。当他母亲看到突然有什么东西向她扑来时,她叫了起来,吓瘫了。男爵费了好大的劲才把她扶住。可就在这一刹那,他觉得一个软弱的小拳头打在自己脸上,打得他的嘴唇狠狠地碰在牙齿上,他周身像被猫抓了一样。他把那个受惊的女人放开,她立即疾步逃之夭夭。在还不知道是谁打他之前,他就胡乱地招架,用拳头回击起来。

孩子虽是个弱者,但他毫不屈服。早就渴望的时刻终于来到了,他可以把被出卖的爱、积聚起的仇恨一股脑儿激烈地发泄出来。他用自己的两只小拳头乱捶一气,紧咬嘴唇,怒火中烧,像发了疯一样。男爵现在也认出是他来了,他对这个密探满腔仇恨,几天来这个孩子一直在触他的霉头,破坏他的好事,他狠狠地回击,不管打在什么地方。埃德加喘着粗气,但他毫不放松,也不呼救。午夜时分,他俩在过道上默默地、咬牙切齿地搏斗了一分钟之久,男爵才慢慢意识到他同一个尚未发育成熟的孩子打架是多么可笑。他紧紧抓住了他,想把他甩开。孩子这时感到身不由己,知道一会儿就要输了,就将挨打,暴怒中他朝着那只想来卡他脖子的手张口就咬。被咬的人下意识地发出一声低沉的叫喊,松了手,孩子就利用这一瞬间逃回自己的房里,把门闩上。

这场午夜的战斗只持续了一分钟。周围没有任何人听到。一切都寂静无声,仿佛都在沉睡。男爵用手帕擦了擦流血的手,不安地窥视着昏暗的四周。没有人窃听,只有顶棚上一盏电灯在不安地闪烁,他觉得这盏灯也在嘲弄他。

暴 风 雨

第二天早晨,当埃德加蓬松着头发从昏乱的恐惧中醒过来时,他自问道:"难道这是梦,是一个凶恶的、危险的梦吗?"他的脑袋在嗡嗡作响,关节发木僵硬。现在,他往下一看,才发现自己还穿着衣服。他一跃而起,踽踽跚到镜前,一望自己苍白、扭曲的面孔就惊得后退。他的额角上有一条红肿的血痕。他费力地集中思想,恐惧地回忆起一切:夜里过道上的那场战斗。他冲回房间,像发烧似的颤抖着,往床上一倒,还是穿着衣服,以便随时可以逃出去。他在那儿一觉睡了过去,沉入了郁闷的、布满阴云的睡乡,那一切又在梦里再现了一次,所不同的只是更为可怕,还带有一股流着鲜血的潮湿味道。

楼下面行走在鹅卵石上的脚步声沙沙作响,讲话声像看不见的鸟儿一样飘了上来,阳光照进了房间。一定很晚了,他吃惊地向时钟望去,可是时针还指着午夜,昨天激动之中他忘记了上弦。失去了时间的凭依,这使他不安,到底发生了什么事?这种茫然若失的感觉更增强了这种不安。他迅速地振作精神,走下楼去,心中忐忑不安并感到有些内疚。

在餐厅里他母亲一人坐在通常坐的那张桌子旁。埃德加松了一口气,他的敌人不在,不会看到那张可憎的面孔了,那张面孔昨天他在愤怒中曾用自己的拳头狠揍了一顿。可当他靠近那张桌子时,他感到慌乱了。"早晨好。"他问候母亲。

他母亲没有回答。她眼都没抬一下,而是用异常呆滞的瞳仁望着远处的景色。她显得非常苍白,眼圈留有淡淡的一层红晕,鼻翼神经质地抽搐着,显露出她的激动。埃德加咬紧嘴唇。这种沉默使他不知所措。他不知道昨天是不是把男爵伤得很重,也不清楚她是否知道夜里的这场殴打。这种茫然无知在折磨他。她的面孔仍是那样呆滞,这使他根本不敢望她一眼,害怕她现在低垂的眼睛会骤然从沉重的眼皮后面跳出来把他抓住。他变得安静极了,一点声音也不敢弄出来,他小心翼翼地拿起杯子,又把它放了回去,偷偷地望了一下母亲的手指。她非常烦躁地玩着汤匙,扭曲着的手指显露出内心的狂怒。就在这种透不过气的感觉中他坐了一刻钟,期待着什么,但它并没有到来。一句话也没有,没有一句话能使他从窘迫中解脱出来。他母亲站了起来,根本不理睬他。现在埃德加还不知道他该怎么做:独自留在桌旁,还是跟随她去?最后他还是站起身来,低声下气地跟在她的后面。她飞快地扫他一眼,同时感到他的尾随是多么可笑。埃德加把步子放得越来越小,以便跟她拉开一段距离,可她毫不注意他,径直回到自己的房间去了。当埃德加也走到门口时,房门已经紧紧锁上了。

　　这是怎么啦?他完全不得要领。对昨天发生的事他不再那么自信了。难道他昨天的袭击不对吗?他们是在准备对他进行惩罚还是新的侮辱?他感觉到一定要出事,很快就会发生可怕的事。处于他与他们之间的是一场即将到来的暴风雨前的闷热,是带电的两极所产生的电压,只有闪电才能把它释放掉。带着这种预感的重负,他孤独地熬过了四个钟头,在房间里走着,他那细长的颈背被看不见的重量压得抬不起来。中午,当他来到餐厅桌子前时,已完全是一副忍气吞声的样子了。

　　"你好,妈妈。"他又说道。他得打破这种沉默,打破这种可怕的沉默,像一片阴云那样悬在他头上的沉默。

　　母亲仍不予回答,仍不睬他。怀着一种新的惶恐,埃德加觉得她现在对他的怒火是深思熟虑的,是积蓄已久的,这种火气他生平还从没有遇到过。过去她发火总是只爆发一通了事,更多的是神经质的,而不是感情上的,并且一会儿就变成一种抚慰的笑容了。可这次他觉察出这是从她内心最深处迸发出的一种狂暴的感情,他对这个不小心招来的强大压力感到吃惊。他几乎无法进餐,在他的喉咙里翻腾着某种干枯的东西,使他感到窒息。他母亲像什么也没有看到。只是在她起身时,才像是漫不经心地转过身来说:"待会儿上楼来,埃德加,我有话同你说。"

　　这语气没有威胁的味道,却那样冷冰冰的,使埃德加悚然,就像有人突然把一副铁链套在他的脖子上。他的傲气消失了,像一条被痛打的狗一样,默默地随着她上楼,进入房内。

她有几分钟一声不响,用这种办法继续折磨他。这几分钟里,他听到钟的嘀嗒声,他听到外面孩子的笑声,他听到自己的那颗心在胸膛里怦怦跳动。但是她也不是那么信心十足的样子,因为她现在对他讲话时,不是看着他而是背着他。

"我不想再谈你昨天的所作所为。这简直是闻所未闻,我一想到它,就感到丢脸。这种后果是你自己造成的。我现在只想告诉你,你单独在大人中间这是最后一次了。我已经给你爸爸写了信,得给你找一个家庭教师或者送你去寄宿学校,好去学一些礼貌。我不想再为你烦恼了。"

埃德加垂着头站在那儿。他觉得这只是一个开场白,一个威吓罢了,正题还在后面,他不安地等待着。

"你现在立即去给男爵赔礼。"

埃德加一怔,但是她不让他打断她的话。

"男爵今天已动身走了,你得给他寄封信,我口授你写。"

埃德加又是一怔,但他母亲的口气是坚定的。

"不许还嘴。那是纸和墨水,坐下。"

埃德加抬头望去,她的眼睛显出果断和坚定。他从没看到过他母亲是这样严厉、专横。他害怕起来。他坐到那里,拿起钢笔,但是把脸深深伏在桌上。"上面写上日期。写了吗?称呼之前空一行!这样写:非常尊敬的男爵先生!惊叹号。再空一行。我十分遗憾地获悉——写了吗?——十分遗憾地获悉,您已离开了塞默林——塞默林有两个m——因此我想到只能写信——写快一点,字不一定写得很讲究!——来请您原谅我昨天的鲁莽。正如我母亲告诉您的,我尚处在一次重病的康复时期,易受刺激。我经常把看到的事加以夸大,但随即就感到后悔……"

俯在桌上弓着的背脊倏地直了起来。埃德加转过身来,他的悖逆精神又苏醒了。

"这我不写,这不是真的!"

"埃德加!"

她用这声音来威胁他。

"这不是真的,我没有做什么可后悔的事。我没有做什么坏事,为什么要赔礼?我只是在你喊叫的时候来救你!"

她的嘴唇变得毫无血色,鼻翼在翕动着。

"我呼救了?你疯了!"

埃德加火了。他猛地一下跳了起来。

"是的,你呼救过,在外面的过道上,昨天夜里,当他抓住你的时候。'您放开我,您放开我',您这样喊的,声音很大,我在房间里都听见了。"

"你撒谎,我从没有同男爵在过道里待过,他只是陪我走到楼梯……"

这种大胆的谎言使埃德加跳动的心为之一停。她的声音并未吓住他,他用晶亮的眼珠凝视着她。

"你……没有……在过道上?他……他没有把你抓住?没有用暴力搂住你?"

她笑了起来。一种冷酷的,干涩的笑。

"你在做梦。"

这对孩子来说太过分了。他现在知道大人会撒谎,会说些卑微的、大胆的遁词,会说狡猾的和模棱两可的话。但是,这种厚着脸皮的冷冰冰的否认,当面撒谎,可实在把他惹急了。

"那这伤痕也是我在做梦?"

"谁知道你同谁打了架?可我不要和你争论,你必须听话,去把它写完。坐那儿去,写!"

她瘫软无力,在用最后的力量支撑住自己。

但是现在埃德加内心却连最后一点信任的火花也熄灭了。人们竟然可以像踏灭一根燃着的火柴棍那样来践踏真理,这他想不通。他觉得身上冰冷,全身瑟缩。他所说的话都变得尖刻、恶毒和肆无忌惮:

"那么,我是在做梦?在过道里,还有这儿的伤痕都是做梦?你们两人昨天在那儿,在月光中闲逛,还有他要领你往下走,这难道也是做梦?你以为我会像娃娃那样让人锁在房间里?不!不!我才不像你们想的那么傻呢。我知道我所知道的事。"

他放肆地紧盯着她的脸。这下她的力量全垮了,她不敢去看自己孩子的脸,这就在眼前的、被仇恨弄得扭曲了的脸。她的愤怒狂暴地发作起来了。

"去,你必须马上写!要不……"

"要不怎么?……"现在他变得十分大胆,声音带着挑衅的味儿。

"要不我就要像打小孩似的打你。"

埃德加走近了一步,只是嘲弄地笑着。这时她伸手就打了他一记耳光。埃德加叫了起来,他像一个淹在水里的人用双手扑打着四周。又是一记,他耳朵里闷响起来,两眼冒金星,他盲目地挥舞起拳头,回击过去。他觉得他打着一块软东西,是打在脸上了,他听见一声叫喊……

这声叫喊使他恢复了常态。突然他看到了自己,他意识到这事不得了了:他打了自己的母亲。羞耻、震惊和剧烈的恐惧袭击着他,他感到非逃不可,钻到地里,逃啊,逃啊,只要不再看到这目光。他跑出门,冲下楼去,穿过房子来到大街上,逃啊,逃啊,像是后面有条疯狗在追他似的。

初步领悟

他跑得很远,后来在路边上停住了。他必须抓住一棵树,由于恐惧和激动,他的四肢还在剧烈地颤抖着,他大口地喘着粗气。他一手酿成的恐怖在后面追赶他,抓住了他的喉咙,把他摇来晃去,像发高烧似的。他现在该怎么办?逃到哪里去?这里已经是镇外的森林中了,离他住的地方有一刻钟的路程。他有一种被遗弃的感觉。自从他孤立无援以来,这里的一切都好像变了样,显得更加充满敌意、更加令人憎恶。这些树木昨天还友好地对他沙沙作响,可现在却突然阴沉地咆哮起来,像是一种威胁。这一切,他眼前的这一切还要变得更加陌生和疏远吗?面对着这广袤而生疏的世界,这种孤独感使孩子感到头晕目眩。不,他还不能承受这一切,他还不能单独承受这一切。可是他该逃到哪里去?回家去?他怕他父亲,他很容易发火,很严厉,会立即把他送回来的。他不愿意回去,宁愿逃到危险的没有熟人的陌生地方去;他觉得他永远不能再见他母亲的面了,一见到就会想起他曾用拳头打过她。

这时他想起了祖母,这个和蔼慈祥的老人,从他小时候起就溺爱他,每当他做了错事受到责骂时,她总是他的保护者。他想到巴登去躲在她那里,等到火气消了,再从那里给父母亲写一封信,向他们赔礼。在这一刻钟的时间里,他是如此沮丧,只身处在这世界上,有的只是一双软弱无力的手。他诅咒他的傲慢——被一个陌生人用谎言所激起的他那愚蠢的傲慢,想重新做一个从前那样的孩子,听话、忍耐、不自负;他现在已经感觉到这种自负夸张到了多么可笑的程度。

可是怎么到巴登去?怎么翻过这山川河谷?他急忙用手掏了掏总是

随身带着的钱包。上帝保佑,那个崭新的、二十克朗的金币还在熠熠闪亮,这是他生日的礼物。他一直舍不得把它花掉,几乎每天都要看看它是否还在。望着它他感到愉快,觉得自己很有钱,随后总是怀着一种温柔的心情用手帕把它擦得亮亮的,像个小太阳在闪光。但是这点钱够用吗?这个骤然袭来的念头使他感到惊慌。在他的生活中他经常乘坐火车,可从来没想过坐火车得付钱,也没想过要花多少钱,是一个克朗还是一百个克朗。他初次感受到了,生活里有许多事过去想都没想过,他周围各种各样的事都有一种固有的价值,一种特殊的重量。他在一小时之前还自以为什么都懂,现在却感到,在不知不觉之中,千百个秘密和问题从他身旁溜了过去。

他感到羞愧的是他那贫乏的智慧在他步入生活的第一个台阶时就无能为力了。他越来越胆怯。他往下面的车站走去,步子越来越小,越来越犹豫。他经常梦想过这样的逃遁,想进入生活干番大事业,成为皇帝或国王,英雄或诗人。而现在他畏葸地望着那儿一座明亮的小房子,心里想的只是一件事,那就是到祖母那里去这二十个克朗够不够。路轨闪着光亮通向远处,火车站空空荡荡,冷冷清清。埃德加胆怯地走近售票处,为了不让别人听到他的话,悄声地问,到巴登去的车票要多少钱。一张惊奇的脸从昏暗的隔板后往外望了望,两只眼睛在眼镜后面朝这个怯生生的孩子微笑着。

"一张整票?"

"对。"埃德加结结巴巴地说,一点也不傲慢了,直怕钱不够。

"六个克朗!"

"要一张!"

他轻松地把他所钟爱的那枚光滑的金币递了上去,多余的钱找了回来。埃德加一下子觉得自己又十分富有了,他现在手上有了这张能够保证他自由的棕色车票,而他口袋里的银币则在发出沉浊的乐声。

从行车时刻表上他知道火车再过二十分钟就到了。埃德加躲到一个角落里。有几个人悠闲自在地站在站台上。可在这个不安的孩子看来,仿佛所有的人都在注视着他,似乎大家都感到奇怪,怎么这么小的一个孩子独自乘火车;他越来越往角落里缩,仿佛他的额头上明显地贴着逃跑和罪行这两条标记似的。他终于听到了火车从远处发出的长鸣声,随后就隆隆地驶近,这时他松了一口气。这列车将把他带入世界。上车时他才发现,他买的是三等车厢的票。过去,他从来都是坐头等车厢的。他又觉得,这里的情形不一样,他遇到了各种各样的事。他周围的乘客都和以前的不一样。他的正对面是几个意大利工人,手很粗糙,声音沙哑,手里拿着铁锤和铲子,他们用迟钝而愁苦的眼睛望着前面。显而易见,他们在路上干了不少累活,因为几个人十分疲倦,在隆隆的列车上睡着了,张着嘴,倚在又脏又硬的靠板上。埃德加想,他们为了挣钱而去做工,但不知他们能挣多少钱。他又一次感到,钱不是一种常有的东西,得想办法去挣来。现在他第一次意识到,他以往理所当然地习惯的是舒适的气氛,而他生活的两旁,左边和右边,却是黑洞洞的、看不到底的深渊。这是他的目光过去从没有觉察到的。他第一次知道了有各种职业,有各种规定,环绕他周围有各种秘密,离他很近,可他就从来没有注意过。自从埃德加单独一个人以来,这一小时他就学到了许多东西,他开始将目光透过这狭窄的车厢的窗户,瞭望外面的大千世界。在他那晦暝的恐惧之中有某种东西正开始悄悄地滋长,这虽然还不是幸福,但却是对丰富多彩的生活的一种惊叹。在每一瞬间,他都感觉到,他的出逃是由于恐惧和怯懦,但这是他第一次独立行动,从现实中来体验以往从他身边一掠而过的一切。他也许第一次成了他父母亲的秘密,正如这个世界从前对他是个秘密一样。他用另一种目光望着窗外。他觉得仿佛第一次看到这现实中的一切,仿佛事物外面罩着的轻纱抖落了,向他展示了一切,展示了事物意向的内蕴、它们活动的秘密神经。路旁的房舍像被风刮走似的飞驶而过,他不由得想到了住在里面的那些人,不论他们是穷是富,幸运或是不幸,不论他们是不是像他一样渴望知道一切,也不论那儿有没有像他一样把什么事都当作游戏的孩子。他第一次觉得,站在路旁挥动小旗的护路工人并非是活动木偶和没有生命的玩具,并非是可以任意搁置的物件,而他从前却是这样想的;他懂了,他的命运就是同生活作斗争。车轮滚得越来越快,现在列车沿蛇形线冲下山去,群山变得越来越矮小,越来越遥远,车已进入了平原地带。他再次回头瞭望,群山与蓝天渐渐交融,只是依稀可辨,遥不可及。埃德加觉得,他的童年就要慢慢消散在那雾蒙蒙的天际了。

纷扰的晦暝

　　列车停了下来,巴登到了,埃德加独自上了站台。这时华灯初上,信号灯向远方闪着绿的、红的光。他看到这色彩缤纷的灯光,不觉想起夜已临近,心里骤然产生一种恐惧。要是白天倒还好,因为四周都是人,他可以休息,坐在椅子上,或者看看商店的橱窗。可是现在人都回家了,每个人都有一张床,闲谈一番,然后度过一个恬静的夜。而这时他却怀着负疚之感孤单地踯躅街头,孤寂而又生疏,这他怎能忍受得了?啊,要赶快找一个蔽身之处,一分钟也不要待在空旷而陌生的天幕下面,这是他唯一明晰的念头。

　　他沿着那条熟悉的路匆匆走着,无暇左顾右盼,一直走到他祖母的寓所。这所房子坐落在一条宽阔的大街上,但不是那么显眼,前面是一个拾掇得很好的花园,长着各种蔓生植物和常青藤。在这片绿阴的后面,一座洁白的、令人感到亲切的老式房子在闪着光辉。埃德加像个生人似的从栅栏外往里面窥望。里面什么动静也没有,窗户都关着,显然大家都同客人到后面花园里去了。当他的手刚接触到门铃时,发生了一件奇怪的事情:他突然感到,他两个钟头里一直想得那么容易、那么理所当然的事却是不可能的。他该怎样进去,怎么向他们打招呼,怎样承受那些问题,怎么回答他们?当他不得不说他是从母亲那里偷着逃出来的时候,怎样去忍受他们的第一瞥目光?怎么去解释他闯下的大祸,他自己都无法理解的行动?这当儿里面有一扇门开了,突然,一种愚蠢的恐惧攫住了他:马上要有人出来了。他拔腿就跑,也不辨东南西北。

跑到公园前他停住脚步,因为那儿一片黑暗,他猜想不会有什么人能看见他。也许他可以在那里坐下来,安静地思考思考,好好休息休息,弄清楚他的境遇。他畏葸地走了进去。前面有几盏灯亮着,照得嫩叶闪耀出阴森的水光,呈现出晶莹剔透的碧绿;往后,走下山丘,那儿的一切像一堆郁闷、黑色的发酵物似的团聚在早春之夜的晦瞑里。埃德加怯生生地从一些人身边溜了过去,他们都坐在电灯光下聊天或看书。他要独自待着。可是,就是在没有灯光的甬道暗处也不宁静。这里的一切都是怕光的,声音微弱,都在喁喁私语,其中更混杂着风吹树叶的沙沙声、远处脚步的拖沓声、压低嗓门的耳语声和某种欢愉的、呻吟的、充满恐惧的喘息声,这些声音是人和动物以及不肯安睡的大自然同时发出来的。这是一种危险的不安,一种压抑的、隐蔽的、令人畏惧的谜一样的不安。林中地下也有某种声音,这也许是同春天连在一起的蛰动声。这个无依无靠的孩子害怕得要命。

在昏黑的暗处,他蜷缩在一条椅子上,在考虑他到家后该讲些什么。可是,每当他要集中思想时,它就从他身旁滑了过去。他不由自主地老在谛听黑暗中低沉的响动,神秘的声音。这种黑暗是多么可怕呀,可又是多么迷惘的、神秘的美啊!把所有这些窸窣声、沙沙声、嗡嗡声都混在一起的是动物还是人,或者仅仅是风的魔手?他谛听着。是风,它不安静地在林中穿行,但也是人——现在他看清楚了——相互搂抱着的对对情侣,他们从山下灯光通明的城市走上来,他们谜一般地在这里出现,使黑暗也活跃起来。他们要干什么?他无法理解。他们彼此不说话,因为他听不到说话声,只有脚踩在鹅卵石上发出的沙沙声。他时而看到他们的身形在光亮处像影子一样地一掠而过,都是搂得紧紧的像一个人似的,这和先时他看到他母亲同男爵的情形一样。这个秘密,这个巨大的、闪光的和充满不祥的秘密,这里也有啊。现在他听到越来越近的脚步声和一种压低了的笑声,他感到恐惧,怕走近来的人在这儿发现他,于是他又往暗处缩了缩。这时从不辨五指的黑暗中有两个人摸索着往山上走,并没有看见他。他们搂抱着走了过去,埃德加松了一口气,可是他们突然停了下来,就站在他的椅子跟前。他们把脸贴在一起,埃德加什么也看不清楚,他只听到从女人嘴里发出来的喘气声,男的则喃喃着一种火热的、荒唐的话语。他打了个欢愉的寒颤,恐惧之中有一种压抑的预感。他俩停了一分钟,随后鹅卵石在他们脚下发出沙沙的声音,脚步声不久就在黑暗中消失了。

埃德加一阵颤抖。现在血又在血管里翻腾起来,比以前任何时候都更加炽热。在这纷扰的黑暗之中他突然感到寂寞难忍。不可遏止的需求主宰了他,他需要亲切的声音,需要拥抱,需要明亮的房间和他所爱的人。他觉得,这纷扰的夜晚的全部黑暗仿佛都沉到了他的心灵深处,进出他的胸膛。他跳了起来。回家,回家,回到家里,什么地方都行,在温暖、明亮的房间里,与亲人在一起。他们对他能怎么样呢?打也好,骂也好,自从他感受到了这种黑暗的滋味和寂寞的恐惧以来,他什么都不怕。

这种想法驱使他往前走,不知不觉他突然站在祖母寓所的门前了,手又重新摸着冰冷的门铃。他看到,现在窗户透过绿阴闪着光亮,在想象中,看到每扇明亮的玻璃后面熟悉的房间里都有人在里面。这种亲昵感使他感到幸福,这种乍到的安适感使他与他所爱的人靠近了。如果说他还在犹豫的话,那只是为了更亲切地享受这种预感。

这时在他身后响起一声刺耳的尖叫:

"埃德加,他在这儿!"

祖母的女仆看见了他,向他扑来,抓住他的手。里面的门开了,一只狗跳到他面前汪汪直叫,屋里的人拿着灯走了出来。他听到欢叫声和惊叹声、呼喊声和脚步声混成一片的嘈杂声,越来越近。现在他认出来了,最前面的是祖母,她张开了胳膊,在她后面竟是他的母亲,他以为自己是在做梦。他的眼睛哭肿了,他颤抖着,畏葸地处在这激动的感情中间,他手足无措,不知该做什么,该说什么,甚至连他感觉到什么也不清楚:是恐惧还是幸福?

最后的梦

事情原来是这样的:他们早就在这儿找他、等他很长时间了。他母亲尽管在气头上,却也对这激动的孩子破门而出感到惊慌,叫人在塞默林到处寻找。正当大家都激动不安,纷纷作出各种危险的猜测时,有位先生带来消息说,他三点钟前后在车站售票处看见过这个孩子。人们很快从车站得知埃德加买了一张去巴登的车票。她毫不迟疑地立即去追赶他,并事先电告巴登和维也纳他父亲处。一片忙乱和激动,两个钟头以来,一切都为寻找这个逃亡者而忙乱着。

现在他们牢牢地抓住了他,但并不是用暴力。他怀着一种受到抑制的胜利感被领进房间里。可是使他奇怪的是,他没有受到他们的严厉斥责,他在他们眼里看到的是欢欣和爱抚。就算是斥责吧,这种假装的生气,也只是一转眼的工夫。随后祖母又含泪搂抱着他,没有人再说他的过错了,他感到围绕他的是一种奇怪的关怀。这时女仆脱下他的上衣,给他拿来一件暖和的。祖母问他饿不饿,需要些什么。他们都很关心地挤过来围着他,但是当他们看到他的窘态时,就不再问他什么了。他快意地重新感觉到了那种曾受他藐视但却是不可缺少的孩子的感情。他对自己近来的自负傲慢感到羞愧难当,现在他得到的特殊宠爱,是他用自己的孤独所赢得的虚假快乐换来的啊!

隔壁房间里的电话铃响了,他听到他母亲在接电话,听到她说的几个字:"埃德加……回来了……到这儿来……坐末班车。"埃德加感到奇怪的是,她不再对他火冒三丈,只是搂抱着他,用奇怪的、欲言又止的目光望着他。他越来越懊悔,最好能避开这里祖母、姑妈的悉心关怀,进去请她原谅,十分恭顺地、单独一个人对她说,他要重新成为一个听话的孩子。可当他轻轻站起来时,祖母稍感惊慌地问道:

"你要到哪儿去?"

他羞愧地站着。他只要一动,他们就为他感到害怕。他把他们大家都给吓怕了,怕他再度逃走。他们怎么能够理解,对这次逃跑,他自己比任何人都感到后悔呢!

饭桌摆好了,给他端来一份赶做的晚饭。祖母坐在他身边,两眼一直不离开他。她和姑妈以及女仆静静地把他围住,他在这种温暖的气氛里感到十分安适。只有母亲没有进来,这使他惶惑。要是她知道他现在是多么低声下气的话,那她准会来的!

这时从外面传来辚辚的车声,随即在门前停了下来。其他人都惊讶起来,埃德加也感到不安。祖母走了出去,在暗中,各种声音传来传去,他突然知道他父亲来了。埃德加羞怯地发觉,他现在又是一个人独自在房间里。即使是这短暂的孤独也使他感到慌乱。他的父亲是严厉的,他是他唯一真正害怕的人。埃德加细心地谛听,他父亲好像很激动,说话声音很高,很恼火。这中间,他听见他祖母和他母亲令人宽慰的声音,显然她俩要比他说话温和些。但是父亲的声音一直是生硬的,像他正在走来的脚步声一样。这脚步越来越近,已经到了旁边的一个房间,来到门前,现在门打开了。

他父亲个子很高,埃德加此刻在父亲面前觉得说不出的渺小。他走了进来,满脸火气,看来确实正在气头上。

"这是怎么回事,你这小子竟然逃跑了?你怎么能这样使你母亲担惊受怕?"

他的声音很愤怒,双手急剧地摆动着。现在他母亲轻轻走了进来,脸上罩了一层暗影。

埃德加没有回答。他想必须为自己辩解,可是他该怎么讲他被骗被打的事呢?父亲会理解吗?

"喏,你不会说话?是怎么回事?你可以慢慢地说!你有什么不对的地方?你逃跑总得有个理由嘛!有人委屈了你?"埃德加在犹豫。回忆使他又愤恨起来,差点儿要说了。这时他看到他母亲在父亲背后做了个奇怪的动作,他的心静了下来。母亲的这种动作开头他并不理解,可现在她在看着他,眼里流露出乞求的神情。她轻轻地、非常轻地把手指放在嘴上,做出一个不要说的动作。

孩子感到,突然间一种温暖的感情,一种巨大的狂喜流过他的全身。他明白了她要他保守秘密,他觉得他那小小的嘴唇可以决定一个人的命运啊。她信赖他,他全身浸透着骄傲。猝然之间,他产生了一种自我牺牲的勇气,他要加重自己的过错,为了表明自己是多么值得信赖,自己是一个好汉。他鼓起勇气说:

"没有,没有……没有什么理由。妈妈对我非常好,可是我淘气,是我自己做错了……我……我逃跑了,因为我害怕。"

他父亲愕然地望着他。他一切都料到了,唯独没有料到这么个供词。他的愤怒无从发作。

"喏,你承认了错误,这很好。那我今天就不再谈这件事了。我想你得找个时间好好想想!不许再发生这样的事情。"

他站在那儿望着他。现在他的声音温和得多了。

"你脸色多么苍白啊。可是我觉得你又长高了一截。我希望你不要再耍小孩脾气了,你已经不是一个毛孩子,该懂得些事体了!"

埃德加一直都在望着他的母亲。他觉得她的眼里闪着亮光,或许这是灯光的反射?不,那是湿润而晶莹的泪花,她的嘴上泛起一丝微笑,表明她对他的感激。他们现在把他带去睡觉,可他不再因为他们让他孤零零一个人在那里而感到悲哀了。他有多少东西,有多少丰富多彩的东西要思索啊。近日来在他生活中初次感受到的巨大痛苦消失得无影无踪,他预感到未来的生活是神秘的,他有点陶醉了。在漆黑的夜里,窗外的树木在窸窣作响,但他不再感到恐惧。自从他知道生活是多么丰富以来,他对它就不再感到焦躁不安。他仿佛觉得今天是头一次看到赤裸裸的现实,这现实不再被童年的千百个谎言所遮蔽,而是呈现出它全部难以想象的、危险的未来。他从来没有想到,多姿多彩的生活中痛苦和欢乐竟然到处可以相互转换。而一想到他面前还有许多这样的时光,生活还深藏不露地等待着他惊喜地去揭开它的面纱时,他就感到快乐。现实生活的绚丽多彩,和对于多姿多彩的现实生活的朦胧预感的突然袭来,使他第一次相信他理解了人的本质,即使他们彼此充满敌意,他们也都相互需求,被他们所爱又是多么甜蜜啊。让他带着仇恨去想某件事,某个人,这是不可能的,他对什么都不悔恨,就是对男爵,那个勾引者、他的势不两立的敌人也不怨恨,他对他有了一种新的感激之情,因为他给他打开了通向感情世界的大门。

在黑暗中去想这一切是甜蜜的,令人神往。他昏昏欲睡,从迷梦中轻轻浮现出各种模糊不清的景象。这时他觉得门突然开了,好像有人轻轻走了进来。开头他不大相信,他太困了,怎么也睁不开眼睛。这时他觉得有人喘着气,用自己的脸柔和地、温暖地、甜蜜地揉擦着他的脸。他知道这是他的母亲,她现在在吻他,用手在抚摩他的头发。他感觉到了亲吻,感觉到了她的泪水。他温柔地回答了母亲的爱抚,把这当作是和解,当作是对他沉默的答谢。直到以后,多年以后他才认识到这泪水是一个老之将至的人的誓言。从现在起,她只属于他,属于她的孩子,这意味着她放弃风流生涯,意味着她与自己的欲念诀别。他不知道她也感激他,是他把她从一种无益的艳遇中拯救了出来;她就用这种拥抱把爱那既苦又甜的重负留给了他,像是一笔遗产。此刻,孩子对这一切还不理解,但是他觉得能这样被爱是太幸福了,他感到这种爱又把他同世界上最伟大的秘密交织在一起了。

她从他身上松开了手,她的嘴唇离开了他的嘴唇,身影轻轻消失了,却留下了一片温暖,他的嘴唇上还留有一股气息。一种甜蜜的欲望使他渴望温柔嘴唇的再度亲吻和亲切的拥抱,但是这种令人渴求的秘密的遐思美想业已被睡眠的阴影笼罩。几个小时以来的景象又一次五彩缤纷地飞掠而过,他青年时代的书本又一次诱惑地翻了开来。随后,孩子沉入睡乡,他生活中更为深沉的梦开始了。

韩耀成　高中甫　译

恐 惧

依莱娜太太离开她情人的住所,迈步下楼时,那无名的恐惧又猛然揪住了她的心。一个像陀螺似的黑色的东西忽然在她眼前旋转着,嗡嗡地响起来,两个膝盖冷得硬挺挺的,她不得不赶快抓住栏杆,免得一头栽下去。她壮着胆子来做这种十分危险的会面,已经不是头一次了,这突然袭来的震颤,她一点儿也不觉得陌生;尽管每次回家时她都竭力抵御,但每次她都在那荒唐可笑的恐惧如此毫无来由的袭击面前败下阵来。来会面时,不用说,一路上要轻松得多了。那时,她让车子在街拐角停住,快步走来,头也不抬,几步就到了楼门口,然后匆匆上楼,她知道他正在屋里刚刚急速打开的门后等着她呢,然而这第一阵恐惧,这确实也包含着急不可耐的心情的恐惧,却在见面时热烈的拥抱里消散了。但没过多久,当她想要回家时,那神秘的恐怖便涌上心头,她直打寒战,这里掺杂着深感内疚的惶恐不安和这样一种痴呆的幻觉:似乎街上每一个陌生的目光都能从她的神态上看出她是从哪儿来的,并且对她慌乱的举止毫无礼貌地微微一笑。这种预感引起的时时增长的不安,在她偎依在她情人身边的最后几分钟里就盘踞着她整个的心灵了。要走的时候,她的两手由于精神紧张而哆哆嗦嗦颤抖起来。她心不在焉地听着他的话,急切地制止他的热情在临别时爆发出来;走开,但愿她心中的一切也跟着永远走开,离开他的寓所,离开他住的楼房,离开这冒险的爱情生活,回到自己安静的市民小天地里去。她几乎不敢朝镜子里看,因为她怕看见自己目光中的狐疑神情,然而却很有必要检点一下,看是否由于慌张会在她的服装上留下什么痕迹,把这欢乐的时刻泄露出去。接着又是那些离别前白费唇舌的安慰人心的话语,由于激动她几乎一句也没听进去,那几秒钟她正藏在门后窃听有没有上楼下楼的声音。但外面已经潜伏着恐惧了,它焦躁地抓住她,粗暴地使她的心停止了跳动。她只好上气不接下气地走下几级楼梯,直到她感到那神经质地积聚起来的力量完全用尽了才停下来。

于是,她闭着眼睛站了一分钟,贪婪地吸了吸半明半暗的前厅里凉爽的空气。这时,楼上有一扇房门砰地关上了。她吃惊地震动了一下,赶快走下楼梯,两只发抖的手往下拉了拉那块厚厚的面纱。现在,那最后的可怕时刻又在威胁着她,使她不敢穿过楼门走上大街,说不定会碰上路过的熟人劈面问她从哪儿来,也许便会陷入谎言的混乱和危险中:她像一个准备助跑的跳远运动员一样低下头,突然下了决心朝着半开的大门急跑过去。

到了门口,她跟一个刚好想进来的女人撞了个满怀。"对不起。"她惶惑不安地说,打算赶紧从她身旁走过去。但那个女人迎面拦住了门,闪着恶意嘲弄的目光,气冲冲地凝视着她。"这回我可把您当场逮住了。"她毫无顾忌地扯着粗野的嗓门喊道,"当然啰,一个规规矩矩的太太,所谓的规规矩矩!她有丈夫、有钱,什么都有,但还不知足,还要变着法儿从一个可怜的姑娘手里把她的情人夺走……"

"天哪……你怎么了……你弄错了……"依莱娜太太断断续续地说,笨手笨脚地想要逃跑,但那个女人用她粗壮的身体严严实实地堵住了门,冲着她尖声大骂起来:"不,我没有搞错……我认得您……您是从我的朋友艾都阿德那儿来……现在我终于把您逮住了,现在我才知道,为什么他近来跟我在一起的时间这么少了……原来是为了您的缘故……您这个下贱的……"

"发发慈悲吧,"依莱娜太太用勉强听得见的声音打断她的话,"请你不要这么大声嚷嚷好不好。"她无意中又退回楼道里来。那个女人讥诮地望着她。看到依莱娜吓得发抖,看到她这样明显的一筹莫展,她觉得心中有说不出的快乐,因为她现在正面带自以为是的、因嘲弄人而洋洋得意的微笑打量着她的牺牲者。由于心怀恶意的怡然自得,她的声音变得很宽厚,相当得意。

"这么看来,那些偷汉的女人,她们原来都是结了婚的太太,一些又高贵又讲究的太太。蒙着面纱,当然要蒙着面纱啦,好让人在事过之后还可以到处都装扮成这种正经女人……"

"什么……你到底想跟我要什么?……我根本就不认识你……我得走了……"

"走……那是当然的啦……到您丈夫那儿去,走进那个温暖的小房间,装扮成高贵的太太,让仆人给脱大衣……但像我们这样的一个人谁管你是不是像狗一样的饿死,当然这跟您这样的一个高贵的太太是不相干的……就是对我们这样的一个人,她们那些规规矩矩的夫人也要把她最后的一点东西偷走……"

依莱娜猛地打定了主意,在一种暧昧的启示下屈服了。她把手伸到钱包里,使劲地抓了一把钞票。"这儿,这是给你的……但你现在要放我走……我绝不会再来的……我向你发誓。"

那个女人恶狠狠地瞪着她,把钱接过去。"没廉耻的东西。"她同时嘟哝道。依莱娜太太听到这句话,不禁吓得一颤,但她看见对方给她让开了门,便急忙冲了出去,活像一个自杀的人从塔顶噗的一声落在地上,急促地喘着气。她向前奔跑着,觉得一个个面孔就像变了形的鬼脸似的从眼前晃过去。她两眼昏花,拼命挣扎着跑到停在拐角的一辆汽车里,像扔一个沉重的包袱似的,她把自己的身体甩在靠垫上,随后她心中的一切就全僵化、不动了。当司机终于吃惊地问这位古怪的乘客要到什么地方去的时候,她木然地朝他望了好一会儿,那神志恍惚的大脑才最后明白了他的话。"到南站。"她慌忙顺口说道。可是想到那个女人说不定会跟踪,她便又说:"快,快,请您快点开!"

汽车走在路上,她这才明白这次相遇使她多么震惊。她轻轻地动了动自己又僵又冷、像麻木的东西似的垂在身边的双手,忽然周身战栗起来,好像打寒颤似的。喉头有苦丝丝的东西往上涌,她觉得恶心,同时产生一种无名的憋人的愤怒,像抽筋一样抓她的心搔她的肝。最好让她大喊一阵,或者让她挥拳大闹一番,以便摆脱这种像钓钩扎在大脑里的回忆所引起的恐怖感;那副带着嘲讽笑意的粗野面孔,那股从那个穷女人恶浊呼吸中发出的卑鄙龌龊的气息,那张充满仇恨紧对她脸一个劲儿往外喷下流话的放荡的嘴,那个举得高高的威胁过她的像要革谁的命的拳头,时时浮现在她的脑际。这种厌恶感越来越强烈,向她的咽喉越爬越高,此外,那车轮迅速滚动的汽车在马路上摇来摇去,当她及早想起她手头的钱也许不够付车费的时候,她才让司机减慢车速,因为她把所有的钞票都给了那个敲竹杠的女人。她赶快示意停车,倏地跳出车去,又把司机吓了一大跳。幸而她剩下的钱够用了。但她不一会儿就发现自己懵懵懂懂地闯到另一个区里去了,来到终日忙碌的人群之中,他们的每句话,每一瞥目光都使她的肉体感到痛苦不堪。这时,她的膝盖好像由于恐惧而变得瘫软了似的,不想往前迈步了,但她必须回家,于是她便拿出全身的力气,以一种非凡的毅力,跌跌撞撞地从一条胡同走到另一条胡同,好像跋涉在沼泽地或没膝的雪里一样。终于她到了家,冲上楼梯,起初有些慌张,但为了避免因烦躁不安而惹人注意,她立刻克制住了自己。

现在,年轻的女仆帮她脱下大衣,她听见隔壁房间里她的男孩在跟小妹妹吵吵嚷嚷地玩耍,安详的目光看到处处都是自己的一切,又亲切又可靠,她的脸上才又恢复了泰然自若的神采,同时那秘密的心潮也就从她那痛苦而紧张的胸膛滚动过去了。她取下面纱,装出若无其事的样子,满面春风地走进餐室,她丈夫正坐在准备用晚餐的桌子旁边看报。

"晚了,晚了,亲爱的依莱娜。"他用温和的责备口吻说着,站起身来,吻了吻她的面颊,这不由得在她心里唤起了一种说不出的羞愧感。他们在餐桌旁边坐下来,他一边看着报纸,一边漫不经心地问:"你到哪儿去了这么久?"

"我去……去……阿麦丽那儿了……她需要去办点事……我陪她走了一趟。"她补充说,可是已经对自己这么欠考虑,说谎说得这么糟而生气了。从前她总是预先准备好一套细心想出、经得起任何询问的谎话;可今天这恐惧竟使她忘了这一点,被逼得只好笨嘴拙舌地临时编造。她突然想到,如果她丈夫像他们最近在剧院里看过的那个剧里的人物一样打电话去探问呢?……

"你怎么了?……我觉得你好像有点精神恍惚……你为什么还不把帽子摘下来呀?"她丈夫问。她不禁吓得一哆嗦,因为她又产生了刚才被当场抓住的那种狼狈不堪的感觉。她赶忙站起来,走进她的房间,摘掉帽子,顺便对着镜子朝那不安的眼睛瞧了好久,一直到她觉得这目光重新变得坚定而又自信的时候,她才回到餐室里来。

女仆端来了晚饭;像往常一样度过了一个夜晚,也许比以前话说得更少,气氛显得更寂寞,那天晚上的谈话都是乏味的、懒洋洋的,往往颠三倒四。她的思绪不停地飘回原路,每当她想到那个时刻,心惊胆战地接近那个敲竹杠的女人,她的思想便一直惊恐不安地向后躲闪;这当儿,她总是抬起目光,才觉得安全。她柔情地逐件望着那些象征友谊的物品,要知道,每件物品都是为了回忆和纪念才摆到这几间屋子里来的,于是她的心便渐渐轻松、平静下来。墙上的挂钟以钢铁般的步履从容地打破沉寂,又人不知鬼不觉地在她的心上增添了一些均匀的、无忧无虑的安然节奏。

　　第二天早上，她丈夫到自己的办事处去，孩子们则出去散步，最后只剩下她一个人待在家里的时候，在明媚的晨光中，那次吓人的相遇事后细究起来已经失去了许多令人焦虑的成分。依莱娜太太首先想起的是她的面纱很厚，因此那个女人不可能看清她的脸部特征，也不能再认出她来。现在，她冷静地权衡着一切预防措施。她决不能再到他的住所看她的情人了，这样一来，说不定也就铲除了那恐惧再度袭来的可能性。虽然跟那个女人偶然相遇的危险依旧存在，但这在一个二百万人口的城市里又是多么不大可能啊，因为她坐在汽车里逃掉了，那个女人是不可能跟踪她的。名字和住所她全然不知道，不必担心那个女人根据不清晰的面影像通常那样满有把握地认出她来。但依莱娜太太对这种极特殊的情况也要有所准备。于是她就摆脱了恐惧，她立刻这样决定：保持安静的态度，什么也不承认，冷静地说那是一种误解，因为除了借机敲诈她的那个女人当场指责过她以外，对于她的那次会面谁也提不出任何证据。依莱娜太太真不愧是首都最著名的一个辩护律师的夫人，她从她丈夫跟他同行朋友的谈话中知道得很清楚，各种敲诈勾当都可能由于极端无情而立刻改变行情，因为被勒索的人表现出来的任何犹豫、任何刹那间的不安都只会促使他的对手提高价码。

　　她采取的第一个对策是给她的情人写了一封短信，说她明天不能按约定的钟点来，而且最近几天也都不行。重读时，她觉得她头一次用伪装笔体写的这张便条仿佛语气有点冷冰冰的。她本想把这些令人不快的语句改成亲切的话语，这时她回想起了昨天的那次相遇，突然私下里火冒三丈，这恼恨便不知不觉地酿成了字里行间的这种冷若冰霜的语气。她痛心地发现，她情人的宠爱只不过是把她变成了这么一个低贱的主动者而已，她觉得自己的骄傲受到了伤害。现在，她心怀敌意地思量着这些话，正因想到这种报复方式而得意：那便是字条上冷漠的语气说明来不来会面在某种程度上完全取决于她愿意不愿意。

　　这个年轻人，一个有名的钢琴家，她是在一次偶然参加的晚会上认识的。当然那是一个很小的团体，然而她却想都没想过，甚至不明白是怎么回事，很快就成了他的情人。他其实一点儿也没有激发起她的热情，而在她的身上也没有丝毫性感的东西和精神的魅力吸引着他；她委身于他，并不是需要他，也不是渴望得到他，而是出于对抗他的意志的某种惰性，出于一种抑制不住的好奇心理。她既没有由于婚姻幸福而完全满足的心理,也没有那种女人身上常见的精神兴趣衰退的感觉,在她心里没有任何东西促使她产生找一个情人的需求;从一般社会眼光来看,她确实很幸福,因为她有一个富有的、智力胜她一筹的丈夫,还有两个孩子,懒散而满意地过着她那舒适、平庸、安静的日子。但这里存在着一种松弛的气氛,它在感官上正如闷热和风暴,形成了一种平稳的幸福状态,这状态比不幸更富于刺激性,而且对于许多女人说来,由于她们一无所求才正像由于绝望而长期得不到满足一样致人以死命。饱人的贪欲不见得比饿人的小,正是这种生活上的闲适、安逸使她产生了一种追求风流韵事的好奇心理。在她的生活中,哪里也没有阻力。她处处碰到的都是柔情蜜意,处处显现的都是安稳、温情,冷漠的爱,家庭的尊敬。她没有想到这样适度的生活从来也不能从表面来衡量,它总是一种内心空虚的反映,她觉得这种安逸不知怎么竟骗去了她的真正生活。

她少女时期对伟大爱情的朦胧梦想,对陶醉在新婚初年亲切友好的平静生活和做年轻母亲的有趣诱惑中那种喜悦的朦胧梦想,如今在她将近三十岁的时候,又开始苏醒了,而且像每个女人一样在内心中滋生出一种应付巨大热情的能力,但并没有同时产生决计体验这热情的勇气,为这种风流韵事付出应有的代价、赴汤蹈火的勇气。就在她觉得无力增添新色彩的一种称心如意的时刻,这个年轻人怀着毫不掩饰的强烈欲望跟她接近,带着艺术的罗曼蒂克神秘气氛走进了她安谧的小天地。在这里,那些男人通常只是说几句平淡无奇的笑话,献点小殷勤,毕恭毕敬地称赞"美丽的夫人",却不曾当真把她看成女人。而今,她的内心深处又感受到她长大成人以来头一次领略过的那种激情。在她看来,他本人身上也许一点儿迷人之处也没有,只有一层淡淡的哀愁罩在他那怪惹人注目的脸上,对这层悲愁的阴影她竟辨认不清,因为它本来就像他的演奏技巧和那种黯然伤感的沉思一样全是装出来的,他正是在这种沉思中进行(早已事先准备好的)即兴演奏。对她这样一个生活在不愁温饱的人们周围的人说来,这种忧伤意味着对更高级生活的向往,这种生活曾经从许多书中五彩缤纷地跃入她的眼帘,充满浪漫主义色彩,出现在许多剧本中。于是,她便无意中被拖出她的日常感情界限之外来观察这新的生活现象了。但是,一个女人的好奇心总是不自觉地跟性感连在一起的。一声赞扬使他从钢琴上抬起头来瞥了这位太太一眼,从这声喝彩里反映出来的对艺术家感染力的印象比一般礼貌性的表示也许更富有热情,而这第一瞥目光一下子就拨动了她的春心。她大吃一惊,同时感到一种充满一切恐惧的欢乐:在一次谈话中仿佛一切都被这种神秘的情火照得透亮,烧得通红,这次谈话使她那不可按捺的好奇心得到了鼓励,变得更强烈,以致她在一次公开举办的音乐会上也不回避跟他再次相见。接着,他们便经常会面,很快就不再单靠偶然机遇相会了。她至今为止很少想到她对音乐的品评会有什么价值,她一直理直气壮地否认她的艺术感会有什么意义,可是现在,正像他对她一再强调的那样,她在很多方面都成了他这个真正艺术家的知音和顾问,就是能以这样的身份出现的虚荣心促使她几周之后就轻率地相信了他的提议:他想在家里给她,只给她一个人演奏他最新的作品。可能他心里有一半这样的善良意图,但到了一起就接起吻来,最后她竟不胜惊讶地把自己的身体也给了他。她的第一个感觉便是对这意想不到的肉欲冲动感到震惊;起先由那蒙着神秘色彩的关系引起的精神上的战栗突然不见了。而那种对这并非出自本心通奸的罪恶感,由于有了要装出全然自愿的这种虚荣心在作怪,由于以为是自己第一次下决心脱离生活在其中的那个安谧的小天地,也就部分地减轻了。就这样,她的虚荣心竟然把她对那种在最初几天里深感不安的丑行的畏惧变成了一种新的骄傲。但这种种神秘的情绪的激动,也只是在最初的时日里才经常出现。私下里,她本能地防范着这个人,大都是防卫他心中产生新的东西,也就是最初挑起她好奇心的那种异样的东西。他的奇装异服,他家中的流浪人习气,他那永远摇摆在挥霍和困窘之间的经济状况的杂乱无章,从她的资产阶级眼光来看,是令人反感的。像大多数女人一样,她们希望艺术家一眼望去就很浪漫,在个人交往方面很文明,是一只狂怒的猛兽,但必须关在道德的铁笼子里。使她陶醉在他的演奏里的那股热情,在偎依在他怀里的时候完全平静下来;她的确不喜欢这种突如其来的疯狂的拥抱,她往往不自觉地把这拥抱中纯属个人意志的不顾一切跟她丈夫那多年后仍然羞答答、充满敬意的激情相比较。但现在失足一次以后,她便一而再、再而三地到他那里去,不觉得幸福,也不觉得失望,只是出自某种尽义务的感情和一种习以为常的惰性。她这样的女人,在轻佻的女人甚至在妓女中间也并不少见,而内在的市民习性却十分顽固,甚至在有外遇的情况下也要亲自维持一种正常的秩序,在放荡的生活中也要保持一种居家过日子的方式,在日常生活里尽量装出少有的十分耐心的样子。没过几个星期,她便使这个年轻人,她的情人,在一些细小的地方也适应了她的生活习惯，像对待公婆一样，也规定了一周有一天来看他。但她并没有因为有了这层新的关系而放弃自己旧日的生活秩序，而是在某种意义上为自己的生活增添了一点新的东西。很快，她的情人就成了为她的存在而装备精良的机器，他像第三个孩子或一辆汽车似的，成了她平淡的幸福生活的某种扩充物。不久，她便觉得这冒险的爱情生活像合法的享乐一样毫无意义了。

然而，当她第一次本应为这奇遇付出真正的代价，也就是担着风险的时候，她就开始打小算盘，考虑值得不值得了。她是天生任性，娇生惯养，因有像样的财产而毫无他求的，她的不能容忍的第一次不快似乎多得不得了。她不愿意立刻舍弃哪怕一点点自己内心的安宁，但也几乎从未想过为自己的安逸而抛弃她的情人。

她情人的回音，一封像一个人从梦中惊醒，因神经受刺激而断断续续写出的信，下午就由一个信差递到了，满篇信里都是精神恍惚的恳求、哀怨和悲诉，这使她想结束这种不正当关系的决心又有些动摇了。她的情人用最恳切的语言请求她至少跟他短时间地见上一面，如果他不知因为什么伤了她的感情，也好让他请求她的宽恕。现在，这套新把戏惹得她对他更为不满，她想不分青红皂白地回绝了事，让他明白她要高贵得多。于是她便约他到临时想起的一个咖啡馆里去会面，还是做姑娘的时候她就在那里跟一个男演员会过面，当然这件事现在在她看来是幼稚可笑的了，因为那个演员是又恭敬又不在意的样子。她心里偷偷地笑着想，这种浪漫事儿在她的生活中是很稀奇的，这种事在她婚后这些年月里已经枯竭了，现在却又繁盛起来。她几乎对昨天与那个女人的唐突相遇感到一种内心的喜悦了，在这次相遇中，她又如此强烈，如此兴奋地体验到长久以来就有的一种真正的感情，她平素相当容易松弛下来的神经因此又神秘地震颤起来。

为了防备万一遇见那个女人，被认出来，这回她穿了一身暗色的不显眼的衣服，戴了另一顶帽子。为了不让人看清她的容貌，面纱她也准备好了，但一个突然涌上心头的固执想法使她把它放到了一边。难道像她这样一个可尊敬的有身份的女人竟能因为害怕见到一个根本不相识的女人而不敢上街吗？

一瞬间的恐惧感只在她走上街头的一刹那才掠过她的心头，那是一种如同人们投身波涛前把脚伸进水里试探时因为觉得冷突然出现的神经性的战栗。但这凉气一秒钟就从她身上飞过去了，接着便是一种稀有的愉快而自得的情绪突然在她心中冉冉地升起来。她高高兴兴地、轻捷、有力、颤悠悠地向前走去,步子拉得紧,腿也抬得高,她觉得自己从来不曾迈着这样的步伐走过路。那个咖啡馆离得这么近,甚至她也感到遗憾了,因为此刻有一种意愿正驱使她有节奏地向前走,一直走进这爱情生活神秘的磁石般的吸引圈。但她为这次会面规定的时间太紧了,不过,她非常放心,确信她的情人早就在等她了。果真不假,他正在角落里坐着呢。她一进来,他便心情激动地跳了起来。她觉得他的情绪激动又感人又讨厌。她不得不劝他压低声音。他由于内心过分激动,像漩涡猛卷一般,朝她连连质问和抱怨。她呢,根本不说明她不来践约的真正原因,一味玩弄隐晦的词句,这些话因为含混不清使他更加恼火。这一次,她虽然没有满足他的愿望,但对自己说过的话还是有些犹疑了,因为她觉得这回突然的、不可测的逃避和拒绝相见对他的刺激太大了⋯⋯可是当她经过半小时最紧张的谈话离开他的时候,她在感情方面对他既没有最起码的表示,也没有丝毫的暗示,她内心中燃烧着一种只在少女时代才有的奇异的情感。她觉得仿佛有一个闪闪发光的小火花深藏在心底,只等一阵风吹来使它变成火焰,燃遍她的全身。她大步走过来,同时急急地捕捉着整条街向她射出的目光,很多男人这种赞赏的目光产生了一种意想不到的结果,强烈地撩拨着她想看看自己面容的好奇心,于是她便在一个花店陈列品的镜子前面突然停住脚步,好在红玫瑰和露珠晶莹的紫罗兰的镜框里瞧一瞧自己的美貌。自她少女时代以来,她还从来没有这样轻松愉快的感觉,全身的每一个感官也从来没有这样充满过活力。婚后最初的日子里也好,跟她情人拥抱时也好,在她身体里都不曾闪现过半点这样的火星;现在只能把所有这一切甜蜜的、如醉如痴的热情消耗在少得可怜的被限定的时刻里,这种想法在她已经变得不可忍受了。她心情烦恼地继续向前走去。到了家门口,她又迟疑地站住了,为的是再舒展胸怀深深地吸上一口这炎热醉人的空气,把此时此刻迷乱的心绪压入心底,为的是在内心深处再体味一下它——这冒险爱情生活渐渐平息下来的最后一个浪花。

这时,有一个人拍了拍她的肩头。她转过身去。"你到底又想干⋯⋯干什么?"突然看见那张可憎的脸,她像吓掉了魂似的结结巴巴地说,使她更吃惊的是听见自己说了这么一句致命的话。她本来早就打定了主意,如果什么时候再碰到那个女人,就说不认识,否认一切,要面对面朝着那敲诈钱财的女人走过去⋯⋯现在太晚了。

"我在这儿已经等您半个小时了,瓦格纳夫人。"

依莱娜吓得一颤。原来这个女人知道她的名字和住处。现在一切都完了,只好听天由命任她摆布了。

"我等了半个小时,瓦格纳夫人。"这个女人像责备她似的咄咄逼人地重复着。

"你想干什么……你究竟想跟我要什么……"

"您是知道的,瓦格纳夫人"——依莱娜听到这个名字又吓得一痉挛——"您知道得很清楚,我为什么来。"

"我根本没有再见到过他……你不要缠着我了……我再也不会去看他了……再也不……"

那个女人静静地等着。一直等到依莱娜由于情绪激动说不下去了,她才像对待一个部下似的粗暴地说:

"你不要说谎!我一直在你身后跟到咖啡店。"她见依莱娜在往后退缩,又嘲讽地补充说:"我反正没什么事情可做。他们把我从公司解雇了,照他们的说法,是因为没有那么多工作,因为赶上了经济萧条时期。喏,干吗不好好利用这个空闲时间呢?像我们这样的人也要出来散散步的……跟那些规规矩矩的太太们完全一样。"

她说这些话时用的是一种刺痛依莱娜心窝的冷酷无情、恶意中伤的语言。面对这种卑劣言行所表现出来的赤裸裸的冷酷无情,她觉得完全失去了抵抗的能力,她的心越抖越凶,害怕那个女人现在又大声说话,或者她丈夫经过这里,那样一来,一切可就全完了。她赶快把手伸进皮手筒,拽出银丝编织的钱包,把她手指触到的所有的钱都掏了出来。

但这一回,那只无耻的手触到钱的时候,却没有像上次那样顺从地慢慢卷起来,而是伸着巴掌在空中摆动着,那张开的手活像一只野兽的利爪。

"那个银丝钱包你也干脆给我吧,免得我把钱丢了!"她嘲弄地撇着嘴,似乎露出了一丝满意的微笑,补充说。

依莱娜凝视着她的眼睛,但只一秒钟而已。这样狂妄的、卑劣的讽刺真叫人无法容忍。像产生了一种钻心的疼痛似的,她觉得有一阵厌恶感穿透了全身。只好走开,走开,不再看这张脸!她掉过脸去,动作迅速地把那个贵重的钱包塞给她,随即跑上楼梯,好像身后有什么恐怖的东西追赶着她似的。

她丈夫还没有回家,于是,她便一头栽倒在沙发里。仿佛被打了一锤,她一动不动地躺在那里。她听见她丈夫从外面回来的声音时,才强打起精神,拖着缓慢的步子来到另外一个房间,每个动作都是那样的无意识,每个感官都是那样的没有知觉。

现在,恐怖伴着她留在这所房子里,没有一点离开这些房间的意思。在这么多空虚的时刻里,那次可怕相遇的每个细节都像滚滚波涛似的冲进她的记忆;她的处境已经毫无希望,这一点她是心明如镜的。这个女人知道她的名字和住处——怎么会如此,简直不可思议——因为她最初的几次尝试干得这么出色,无疑,她会不择手段地利用她的知情身份无尽无休地敲诈勒索下去。她的生活恐怕要像压了一座阿尔卑斯山,不知要压多少年,怎么努力,包括最大的努力,也甩不掉这个重负。尽管依莱娜太太有钱,尽管她是一个富有的丈夫的妻子,她也不可能瞒着她丈夫筹措到那么大一笔钱,一劳永逸地把自己从那个敲竹杠女人的手中解放出来。另外,她从她丈夫的偶然谈话和他的诉讼中得知,那些刁钻无耻之徒的具结和诺言全都一文不值。她盘算着,一个月,或许两个月,这个厄运还可以躲过去,随后她家庭幸福的这座外表威严的大厦可就非坍塌不可了,叫人略感宽慰的是她确信她很可能把那个敲诈钱财的女人也同时拖进这崩溃的深渊。

厄运是不可避免的,逃避是不可能的,这一点她觉得非常明确。但是会发生什么事呢?从早到晚她都被这个问题纠缠着。说不定会有一天寄来一封写给她丈夫的信,她看见他走进屋里,脸色苍白,目光阴沉,一把抓住她的胳膊问她……但以后……以后又会怎么样呢?他会怎么办呢?想到这里,这些画面便突然全都消逝了,消逝在充满混乱而恐怖的黑暗之中。她想不下去了,所有这一切猜想都摇摇晃晃地陷入无底的深渊。但经过这样的冥思苦想,有一点她是再清楚不过的:原来她是多么不了解她的丈夫,因此她就预料不到他会干出什么事来。她是遵照自己父母的意愿嫁给他的,但她并无不乐意的表示,而且还怀着一种几年后一直未曾淡漠的对他的好感,现在已经在他身边度过了八年舒适愉快、静谧幸福的生活,为他生了两个孩子,有了一个家,还有数不清的肉体温存的时刻,但是现在,当她问自己他会采取什么态度时,她才清楚,他在她眼里是多么陌生,她对他是多么不了解。现在她才开始从那些能够说明他性格的个别特征来估量他的全部生活。为了找到打开他心灵密室的钥匙,现在她正心怀恐惧、小心翼翼地搜索着每个细小的回忆。

因为他不说那句泄露自己内心秘密的话,她只好用探询的目光在他脸上扫来扫去,这时他正坐在安乐椅里读书,周遭闪耀着明亮的电灯光。她看着他的脸,就好像看的是一张陌生的面孔,想试着用那些熟悉的,然而忽然又变得陌生的面部特征来说明这个她在八年夫妻生活中因不在意而不曾发现的性格。前额光亮而气度轩昂,仿佛里面蕴藏着一股巨大的精神力量,嘴却显得很严厉,遇事决不相让。一切都表现着典型男子的威严特点,精神抖擞,充满力量。令人惊异的是在这张脸上居然发现了一种美,她怀着一种敬佩的心理静静地观察着他这种若有所思的严肃神态,这种明显的坚强神情。而眼睛呢,里边肯定隐藏着那真正的秘密,却一直注视着书本,躲起来不让她看。这样,她只能始终疑惑地凝视着他的侧影,似乎那富有生气的轮廓意味着这么一句话:宽恕或者诅咒。这个陌生侧影的顽强性使她很吃惊,但这个侧影的坚定性又使她第一次意识到一种奇异的美。她突然明白了,她是正在用羡慕的神态打量着他,心里是又愉快又自豪的。这时,他的目光离开书本,抬起头来。她赶快走回浓重的暗影里,以防她那充满焦虑的目光引起他的怀疑。

　　三天她都没离开这座房子了。她早就心情不快地发现,她当前突然坚守的生活方式已经引起了别人的注意,因为一般说来,根据她那爱交际的天性,一连好几个钟头或整天待在家里确实罕见。

　　最早注意到这种变化的,是她的两个孩子,特别是那个最大的男孩,他见妈妈老是这么久地待在家里,十分明显地现出了天真可爱的诧异神情,而仆人们总在小声议论,还跟家庭女教师相互交换他们的种种猜测。她极力找各种各样的、部分是碰巧想出来的非做不可的事来做,想证明她如此惹人注目地留在家里是有正当理由的。但是全然无济于事,她想在哪里帮忙,就把哪里搞得一团糟,她在哪里插一脚,便在哪里引起怀疑。同时她又缺乏老练的才干,不能用理智克制自己,譬如安静地留在一个房间里看看书,做点什么事,好让人家看不出她自愿软禁在家的这种奇怪举动。那内心的恐惧在她身上如同每一个强烈的感觉,变成了一种神经质的东西,不断地把她从一个房间赶到另一个房间。每当听见电话铃响,每当听见门铃的声音,她都要吓得一颤;由于这样神经过敏,她心中预感到整个生活已被打得粉碎。像坐牢一样待在房间里的这三天,她觉得比她婚后的八年还要长。

可是第三天晚上,她接受了一个几周以来不曾有过的陪同丈夫赴宴的请柬,对此她现在竟忽然找不到充分的理由拒绝了。最后,为了不毁掉自己,至今在她生活四周筑起的那些看不见的恐怖的栅栏,也就必须打断了。她需要跟人接触,脱离单人独处的状态,脱离这恐惧造成的慢性自杀的孤独心境,休息几个小时。确实,除了到陌生的房子里在朋友身边躲一阵子以外,还有什么更好的地方呢?在她常走的道路周围总有那个人暗地跟踪的情况下,有什么地方会更安全?走出家门,她只颤抖了一秒钟,短短的一秒钟,这还是她跟那个女人在门口相遇以后第一次走上街头呢。她情不自禁地抓住她丈夫的胳膊,闭上眼睛,紧走了几步,穿过人行道奔向停在那里的小汽车。只是当她埋身靠在她丈夫的一侧,坐在车里经过夜间孤寂的街道时,她心里的一块石头才算落了地,而当她迈步登上那所陌生房屋的楼梯时,她才觉得脱了险。她现在可以像以往那漫长的岁月里一样待几个小时了:无忧无虑,欢天喜地,不同的是还怀有从监狱来到阳光下的那种越来越清醒的喜悦心情。这里是防御一切追击的壁垒,仇恨是钻不进来的。这里只有爱她、尊敬她、崇拜她的人。一些优雅的、时髦的人,他们全在那里谈天说地,热情洋溢,一种给人以享乐的轮舞终于把她卷了进去。因为她一走进来,她便感到别人向她投去的目光似乎在说"她真美",由于有了这种自我意识到的长时间缺乏的感情,她显得更美了。

隔壁的音乐吸引着她,深深地刺入了她灼热的皮肉。跳舞开始了,还没明白过来,她已置身在那嘈杂而又拥挤的人群之中了。有生以来,她从来没有这样跳过舞。这样绕场不停地旋转把她心中一切沉重的负担都甩了出去,那音乐的旋律激荡着她的四肢,使她那激烈活动着的身体充满了朝气。只要音乐停息片刻,这寂静便给她带来痛苦,因为在寂静中,人可以思想,可以回忆,回忆起"那件事"。内心不安的火花在她颤抖的四肢上噗噗地向上蹿动;就像进了一个游泳池,浸在勉强受得住的使人镇静的冷水里,她又投入了那旋转不停的舞蹈。往常,她只不过是一个平平常常的舞伴,一举一动太庄重、太冷静、太无情、太小心,但这回陶醉在毫无拘束的欢乐中,身体上的一切拘谨表现全都消失了。她觉得自己在消融,在不断地、无休止地、愉快地消融。她感觉有两只胳膊、两只手搂着自己,时而接触在一起,时而又离开一点;她感觉到了对方说话时的呼吸,使人心醉的笑声,在浑身血液里颤动不停的音乐。她全身紧张,紧张得不得了,觉得衣服箍在身上火烧火燎地热,恨不得不知不觉地把一切罩在身上的东西都扯下来,好去赤裸裸地体味这深深的自我陶醉之情。

"依莱娜,你怎么了?"——她转过身去,踉踉跄跄地走着,眨着笑吟吟的眼睛,情绪还完全像同她的舞伴搂在一起时那样热烈。这时,她丈夫那惊讶、呆滞的目光冷酷地穿透了她的心。她吃了一惊。刚才她是不是太疯狂了呢?她的狂热举止是不是把什么暴露出来了呢?

"什么……你说什么,弗里茨?"她结结巴巴地说,因突然碰到他的目光而惶惑不安。这目光似乎越来越深地射向她的心中,她现在已经完全从内在感觉上,完全从她的心灵上体验到了它。在这双眼睛死死的逼视下,她真想大叫一声。

"真稀奇。"他终于喃喃地说道。在他的语声里隐藏着一种困惑不解的心理。她不敢问他干吗要这么说。但是,当他无言地转身走开,她看见他的两肩又宽又挺又大,使劲儿向那个硬挺挺的颈项端着的时候,一阵寒战不禁穿过她的肢体。像遇到一个凶手似的,这寒战倏地经过她的额头飞过去,有如闪电,一闪即逝。她好像第一次看见他——自己的丈夫,现在才感到心中充满了恐怖,因为他是强大而危险的。

音乐又响起来。一位先生走过来,她机械地扶着他的胳膊。但现在,她心中的一切都变得沉重起来,那快乐的曲调再也不能鼓舞她抬起自己僵硬的双腿了。一种郁闷的沉重感从内心深处传到了双脚,每迈一步都使她感到很痛苦。她不得不请求她的舞伴放开她。她在往回走的时候不由得左顾右盼,看看她丈夫是不是就在左近。她吓得全身打了一个寒战。他正好站在她身后,好像在等着她,他那咄咄逼人的目光直勾勾地望着她的眼睛。他想干什么?他知道了什么?她不自觉地往上扯了一下上衣,好像怕他看见那袒露的胸背似的。他的沉默是倔强的,他的目光也一样。

"咱们走吧?"她怯生生地问。

"好。"他的声音显得那样生硬,那样无情。他先走了。她又看见了那宽宽的、吓人的颈项。人们帮她披上大衣,但她还是觉得冷。他们默默地并排坐在车里。她一句话也不敢说。她模模糊糊地感到正面临着一种新的危险。现在她遭到了内外的夹攻。

这天夜里,她做了一个噩梦。一种陌生的音乐响起来,一个客厅又明亮又高大,她走了进去,许多人和各种颜色跟她的动作混杂在一起。这时,有一个年轻人冲到她跟前,拉起她的胳膊,于是她便跟他一起跳起舞来。

这个年轻人她觉得认识,可又没完全看出是谁。她感到很舒畅,很轻快,一种独特的音乐掀起的波涛把她举了起来,她觉得两脚离开了地面,就这样飘飘荡荡地跳着穿过了很多大厅。每个大厅里的金色灯架挂得高高的,像烛光似的闪耀着微弱的火苗,墙挨墙有许多面镜子在没完没了的反射中把自己的笑脸抛过来又带到远处。舞跳得越来越热烈,音乐奏得越来越灼人心窝。她发觉那青年跟她挨得更紧了,他的手埋藏在她裸露的臂膀里,她不免因这充满痛苦的欢乐而悲叹。现在,她跟他四目相对了,这才觉得认出了他。他使她想起一个演员,还是小姑娘的时候她就暗暗地狂热地爱过他;她刚想高高兴兴地说出他的名字,但他用一个热烈的吻堵住了她的低声呼唤。就这样,嘴唇胶合在一起,相互拥抱着宛如变成了一体,他们像被一阵幸运的风托起来了似的,飞过那些大厅。一面面墙像急流般掠过,她不再感到那浮在空中的顶棚,此时此刻,她身心感到一种说不出的轻松,仿佛手脚上的锁链全被砸碎了一般。就在这时,突然间有一个人扳了一下她的肩膀。她蓦地停住脚步,音乐也随之戛然而止。灯火熄灭了,黑魆魆的墙壁紧逼过来,那个舞伴不见了。"把他给我,你这个女扒手!"那个可怕的女人喊道——一点不错,就是她!她的喊声震得四壁发出刺耳的轰鸣,而那冰冷的手指又紧紧地扣住她的手腕不放。依莱娜奋身反抗,同时听到自己在叫喊,是一声惊恐中慌乱的尖叫,但那个女人更有劲,撕下了她的珍珠项链,同时把她的上衣撕下了半边,使她的胸脯和臂膀全都裸露出来,上面只搭着向下垂挂的撕碎的布片。忽然,人们又来了,他们在不断增长的喧闹声中从所有的大厅里涌到这里来,呆呆地面带讥笑地望着她这个半裸体的妇女和那个正在尖声喊叫的女人。那女人喊着:"她从我这儿把他偷走了,这个娼妇,这个婊子。"依莱娜不知道身子往哪里藏,眼光往哪里看,因为那些人越走越近了,充满好奇的嘴脸一下子就被她裸露的上身吸引住了。而现在,当她游移不定的渴求救援的目光避开他们时,她突然看见她丈夫站在暗处的门框里,右手藏在背后。她大叫一声,从他眼前逃开,跑过几个房间,看得眼红的人群在她身后横冲直撞,她觉得她的上衣向下滑得越来越厉害,她几乎都拉不住了。这时,一扇门在她面前砰的开了,她迫不及待地冲下楼去,想脱身,但在楼下又是那个卑鄙的女人穿着毛料裙子张牙舞爪地等在那里。她跳到一边,像疯了似的朝远处跑去,但那个女人从她身后猛扑过来,她们俩就这样在夜色中沿着长长的寂静的街道追逐着,连路灯都弯下腰来讥笑地向她们眨眼。她听见身后老有那个女人的木板鞋格格地响着,但每当她来到一个街拐角,那里就跳出那个女人来,在下一条街拐角还是一样,她埋伏在所有的房子后边,墙左墙右。她总是先一步守在那里,简直是多得不得了,无法超越,她总是从前面跳出来追捕她,依莱娜已经感到两膝不听使唤了。不过终于到了她的家,她直奔过去,但当她一把拉开门的时候,她丈夫却手里握着一把刀站在那里用威胁的目光凝视着她。"你到哪儿去了?"他瓮声瓮气地问。"哪儿也没有去。"她听见自己说道,可马上又听到身边发出一声尖笑。"我看见了!我看见了!"那个女人突然又站在她身边了,狂笑着,讥讽地喊道。她丈夫把那把刀举了起来。"救命啊!"她喊出声来,"救命啊!"……

她两眼发直,那惊恐的目光跟她丈夫的目光碰在一起了。什么……这是怎么回事?她在自己的房间里,吊灯闪着黯淡的光,她在家里躺在自己的床上,原来她是做了一个梦。但她的丈夫干吗坐在她床边,像对待一个病人似的瞪眼瞧着她呢?是谁把灯点着了,他为什么这样严肃、一动不动地坐在这儿呢?她吓得要死。她不禁朝他的手看了一眼:没有,手里没有刀。她慢慢地从昏沉沉的睡梦中醒来,梦中的景象仿佛无声的雷电不见了。她想必是做了一个梦,大声说过梦话,把他惊醒了。但他为什么这样严肃,这样钻心,这样无比严厉地看着她呢?

她强作笑脸,说:"怎么,究竟怎么了?你为什么这样瞅着我?我觉得,我是做了一个噩梦。"——"是的,你大声喊过。我是从那间屋子里听到的。"

我喊什么了,我泄露了什么呢?她心里是不是怕他知道了什么呢?她几乎连抬眼再看看他的目光都不敢了。但他却低着头,异常安详、严肃地看着她。

"你怎么了,依莱娜?你有什么心事吧。这几天你完全变样了。你的生活好像发热病似的,疯疯癫癫,心神不宁,在睡梦里还大喊救命。"她又勉强地微微一笑。"不,"他坚持说下去,"你好像有什么事瞒着我。你有什么忧虑,还是有什么事给你带来了痛苦?家里所有的人都看出你变了。你应该信赖我才是,依莱娜。"

他悄悄地向她身边挪了挪,她感觉到他的手指在轻轻抚摸她那裸露的胳膊向她讨好,他的眼睛里射出一道奇异的光。她心中突然产生了一种要求,现在就紧贴到他那健壮的身子上,紧紧地抱住他,把一切都坦白出来,他不宽恕她,就不放开他,就趁眼前他看出她的心在受折磨的时刻。

但那盏吊灯在闪着微弱的光,照亮她的脸,于是,她害羞了。她怕说出那句话。

"不必担心,弗里茨。"她努力微微一笑,她的身体却从头到脚都在发颤。"我只不过是有点神经过敏。很快就会过去的。"

她蓦地把搂着他的手撤了回来。她望了望他,周身抖动了一下,因为他的脸色在电灯光下显得很苍白,他的眉头皱得很紧,好像心里有什么犯愁的事。他缓缓地站起身来。

"我说不清,只觉得,好像你会把这些天的事情都跟我讲的。一件只跟你我有关的事。我们现在就只是两个人了,依莱娜。"

她躺在那里,一动也不动,好像在这严厉而又模糊的目光下进入了昏昏欲睡的状态。她想,现在一切都会好起来了,只是有一句话她需要说出来,就是这么一句简单的话:"宽恕我吧。"他不会问为什么的。但是,灯光为什么亮着呢,那大胆的、无礼的、好奇的灯光? 在黑暗里她倒会说出来的,她感觉到了这一点。但这灯光却使她失去了勇气。

"噢,真的什么也没有? 你根本什么也没有要跟我讲的吗?"

这诱惑多么可怕,他的声音多么柔和啊! 她从来没有听他这样说过话。但这灯光,这吊灯,这昏黄的、贪婪的光,叫人有什么办法呢!

她振作了一下精神。"你想到哪儿去了?"她嘿嘿地笑着,对自己的尖声细语也大吃一惊。"难道因为我觉睡得不好就有什么秘密不成? 到头来是什么风流韵事吧?"

这话听起来多么荒谬,多么不真实,她自己心里也不免微微发抖了。她对自己怕到了极点,于是,她不知不觉地移开了目光。

"那么,你好好睡吧。"他极快地说了这么一句话,相当尖刻,声音都完全变了,像一声恐吓,或者说像恶意的、危险的嘲笑。

随后,她熄了灯。她看见他那白色的身影消逝在门框那里,无声的,惨然的,活像一个夜间的魔怪。门关上了,她觉得好像是一个棺材封了盖。她感到所有的生灵都死尽了,只在她那空洞而麻木的身体里有一颗心怦怦地猛烈冲击着她的胸膛,每一跳动,都疼上加疼。

第二天,他们正一起坐在那里吃午饭——孩子们刚刚打过架,被申斥了一顿才好不容易安静下来——使女拿来了一封信,是写给尊贵的夫人的,人还在等着回音呢。她不胜惊异地细看了一下生疏的笔迹,急急忙忙拆开了信封,刚看个开头,脸色就刷的变得煞白。她一跃而起,等到从别人诧异的神情上看到她的慌张会成为泄露机密的轻率行为时,她就更害怕了。

信很短,一共三行字:"请您立刻给送信人一百克朗。"没有签名,没有日期,全是明显伪装的笔体,只有这么一个令人胆战心惊的命令。依莱娜太太跑到她的房间里去取钱,但她把钥匙放在柜橱里忘了地方。她心急手忙地拉开所有的抽屉来回乱翻,最后终于找到了它。她索索发抖地把钞票折叠起来装进信封,亲自到门口交给了等候回音的仆人。她完全是下意识地做着这一切,好像在梦游,根本不容有半点犹疑的余地。过了一会儿——她离开还不到两分钟——她就又回到那间屋子里去了。

所有的人都不做声。她羞怯不安地坐下来,正想临时找一个什么借口,却惊恐万状地发现:她好像遭了雷击,被这意外事件搞昏了头脑,竟把那封展开的信搁在她的盘子旁边了。这时,她的手抖动得特别厉害,她不得不赶快把举起来的杯子放下。偷偷地一伸手,她把那张便条揉做一团,但当她顺手把它塞进衣袋时,她抬眼碰到了她丈夫那恨不得钻透人心的、严厉而又痛苦的目光,这样的目光她还从来没见他有过。现在才几天他就用这种目光多次突如其来地、狐疑地瞪着她,这使她感到内心深处都在战栗,不知怎么应付才好。那回跳舞的时候他就用这样的目光盯视过她,这目光跟昨夜睡梦中那把钢刀闪烁的光芒一模一样。她想寻找一句话,打破这紧张的沉默,这时,一个早已忘却了的回忆突然浮现在她的脑际。那就是她丈夫曾经说过:作为律师,面对着一个预审法官,他的诀窍就是在审讯过程中装作眼睛近视,埋头查阅案卷,以便随后在听到真正关键性问题时闪电般地抬起眼睛,目光就像举起的一把匕首刺入被告人突然惊缩的心窝,而那被告人也就在这注意力集中的有如耀眼闪电照射的目光逼视下失去自制,使那精心编造的谎言彻底破产。难道现在他要亲自来试一试这种危险的诀窍吗?她知道,因为职业的关系,他心里蕴藏着极大的心理学家的热情,这热情是远远超出了法学要求的,想到这里,她不禁吓得直发抖,而且越抖越凶。一个刑事案件的侦破、审理和宣判,他做起来就像别人赌博和恋爱一样着迷,在进行心理感觉跟踪的这几天里,他整个内心都是热情洋溢的。一种灼人的焦躁不安,促使他夜间常常搜寻到种种被遗忘了的事,使他外表上渐渐变得铁面无情了。他吃得少,喝得也不多,只是一个劲儿地吸烟,话语也尽量节省,仿佛留待法庭上用。她曾在法庭律师的总结发言时看见过他一次,后来再没见过,那时她真被他那阴森可怖的激情、他讲话时恶毒的语气和他脸上那种郁闷、悲苦的神色惊呆了。她觉得现在在他凛然皱起的眉宇间那直勾勾的目光里又突然发现了那种脸部表情。

所有这些被遗忘了的记忆都在这一秒钟时间内涌现了,妨碍她说出越来越难于流到嘴边的话。她一声不响,她感到这沉默是很危险的,于是她就变得更心慌意乱了。幸而午饭很快就吃完了,孩子们跳起来,快活地大声喊叫着冲进侧室,那纵情的欢叫,家庭女教师怎么也压不下去。她丈夫也站起身来,迈着沉重的脚步,目不转睛地走进侧室。

好容易只剩她一个人了,她又掏出那封充满不祥之兆的信,迅速扫了一眼那几行字:"请您立刻给送信人一百克朗。"然后,她就用手把它撕成了一条一条的。她把这些碎纸片团成一团,想扔到纸篓里去,但她猛然想起,说不定会有什么人把这些碎纸片拼在一起呢!沉吟片刻,她弯腰凑近壁炉,把那个纸团抛进呲呲作响的壁炉里去了。那白色的火舌向上一跳,贪婪地把这威胁人的东西吞吃了,她这才镇定下来。

就在此刻,她听到她丈夫返身回来的脚步声已经到了门口。她飞快地跃身而起,由于火焰的反光和措手不及,满脸涨得通红。炉门还泄密般地开着,她笨手笨脚地想用身子挡住它。但他似乎懒洋洋地走到桌边,划着一根火柴点香烟,当火苗移近他的面孔时,她似乎看见了他的鼻翼正在颤抖,他一生气就这样。这时,他安详地朝这边看看,说:"我只想提醒你注意,你用不着把你的信拿给我看。如果你希望对我严守秘密,那你完全有这个自由。"她一声不哼,也不敢抬头看他。他等了一会儿,然后像深呼吸一样从胸腔的最底层吐出一口烟气来,就拖着沉重的步子离开了这个房间。

她现在什么也不愿意想,只打算浑浑噩噩地多活几天,把全副精力都放在空洞而无意义的活动上去。这所房子她再也不能忍受下去了,她觉得她必须走上街头,到人群里去,才不致因恐怖而发狂。用这一百克朗总可以从那个敲诈钱财的女人那里买到短短的几天自由吧,这是她的愿望。她决定再冒险出去散散步,更何况还要购买各种各样的东西呢,特别是在家里还得设法掩饰自己一反常态、惹人注目的举止行为。她现在可以采取某种逃避的方式了。她从家门走出来,像双眼一闭离开起跳板一样,冲进大街上熙熙攘攘的人流。总算踏上了坚硬的石砌路面,周围是热烘烘的人流,她以不失太太体面的速度东躲西闪地奋力紧走,毫不引人注意地盲目向前奔去,两眼呆呆地盯着地面。可以理解,她是生怕再碰到那威逼的目光。如果有人偷偷看她,她起码可以装不知道。确实,她觉得她什么也没想,可是每当有人偶然从她旁边擦身而过时,她还是不免吓得一哆嗦。每当听见一个声音,每当身后传来脚步声,每当一个身影从旁掠过,她的每根神经都觉得很痛苦;只有坐在汽车里或待在别人家里,她才能正常地呼吸。

一位先生问她好。抬头一看,她认出这是自己家从前的一个朋友,一个好说话的可爱的白发老人,从前她总躲着他,因为他会拿他身上也许只是想象出来的小毛病跟人家纠缠一个钟头。但是她现在只答了他一声谢谢而没有约他同行,实在感到很后悔,因为有一个熟识的男人在身边说不定真能防止那个敲竹杠的女人意外地凑过来攀谈。她踌躇了一下,想回过身去再追补一句;这时,她觉得有人从身后快步向她走来,她连想都没想,便本能地继续向前奔去。但因为心怀恐惧,她变得十分敏感,她觉得背后的人好像越来越近了,她便越跑越快,虽然她知道到头来是甩不掉人家的跟踪的。她发觉脚步声越来越近,预感到那只手眨眼之间就要搭在她身上,她的两肩都吓得颤抖起来了。她越想加快她的步子,她的双膝就变得越沉重。现在她觉得那跟踪的人已经靠近了,而且听到一个声音又激动又轻柔地喊着"依莱娜!"她才不得不捉摸了一下这个语声,明白这并不是那个令人惧怕的声音,不是那恐怖的给人带来灾难的女人。她舒了一口气,转过身来一看,原来是她的情人。他突然一纵身使她停住了脚步,差点儿跌到她的怀里。他的面孔很苍白,显得很慌乱,露出万分激动的神色,现在见到她惊慌失措的眼神,又觉得难为情了。他迟疑地举起手来想跟她握手,但见她没有把手伸给他,就又把手放下去了。她只是呆呆地望着他,一秒钟,两秒钟,她觉得他出现得太突然了。在这些充满恐惧的日子里,她偏偏把他给忘了。但现在当她就近看着他那苍白而困惑的面孔时,见他脸上带着茫然若失的神态,眼神里现出种种捉摸不定的感情,她的心头不禁怒火猛起。她的嘴唇直打哆嗦,想要说句什么,她脸上的激动情绪是那样明显,他见了竟吓得只能结结巴巴地说着她的名字:"依——依莱娜,你怎么了?"可是,当他见到她那不耐烦的样子,就又知罪地添补了一句:"我究竟有什么对不起你的呢?"

她呆呆地望着他,难以压制心头的怒火。"您有什么对不起我的地方?"她嘲讽地笑了笑,"没有!压根儿就没有!只有好处!只有愉快。"

他吓得目瞪口呆，那模样使他的表情显得更天真、更可笑了。"可是，依莱娜……依莱娜！"

"您不要在这儿叫人看热闹好不好！"她粗暴地斥责他，"也不要跟我做戏了。不用说，她又在左近埋伏着呢，您的那个宝贝的女朋友，一会儿她就又要来攻击我了……"

"谁？……究竟是谁？"

她真想朝他的脸，朝这张呆傻的扭歪的脸揍一拳。她觉得她的手使劲儿握了一下那把伞。她从来没有这样瞧不起，这样恨过一个人。

"可是，依莱娜……依莱娜，"他不连贯地说着，越来越慌乱，"我究竟有什么对你不起呢？……你突然就不来了……我白天黑夜都在等你……今天我在你家门口站了整整一天，等着跟你说几句话。"

"你在等我……原来这样……也有你。"她觉得她都气糊涂了。要是能朝他面门揍一拳，那该多好啊！但她控制住了自己，又不胜厌恶地望了望他，好像是在考虑她该不该把整个淤积在心的愤怒发泄出来，当着他的面痛骂一顿。过了一会儿，她突然转过身去，头也不回地钻进了拥挤的人群。他一动不动地站在那里，依然恳切地伸着一只手，直到大街上拥来挤去的人群也把他裹住，像汹涌的波涛推着一块正在下沉的木板。那木板摇晃着，旋转着，拼命抵抗，但最终仍不由自主地被冲走了。

但令人忧虑的是，她不能抱什么好转的希望了。就在第二天，又来了一个便条，又来了一皮鞭，惊醒了她那已经减弱了的恐惧。这一回是要二百克朗，她乖乖地给了人家。在她看来，敲诈的钱数这样猛增，是很可怕的，她也感到财力上应付不了了，因为即使是生活在一个富有的家庭里，她也没有办法私下里弄到大笔的现钱。那么，以后可怎么办呢？她知道，明天可能就要四百克朗，很快就是一千，她给得越多，对方要的也越多，到最后她的财源枯竭了，还会送来类似的信，那可就彻底垮台了。她所买的仅仅是时间，一段喘息的时间，休息那么两三天，也许是一星期，但这是一种充满痛苦和紧张心情的毫无用处的时间。她读不下书，什么事情也不能做，像着了魔似的经受着内心恐惧的追击。她觉得自己真的生病了。有时她不得不突然坐下来，因为心跳得太厉害，一种深沉的忧虑好像铅水一样灌满了她的身体。她感到又痛苦又疲倦，尽管这样，她还是不能安眠。虽然每根神经都在震颤，她还得面带微笑，装作愉快，谁也想象不出她为装出这副高兴的样子作了多大的努力，这是天天如此徒劳无益地克制自己情感

的壮举。

在她周围所有的人当中只有一个人——她这样想——好像从她内心产生的可怕情绪上看出了一点什么,而这个人所以会这样,只是因为他一直在窥视着她。她觉得她丈夫在不停地研究她的心理,像她对他所做的一样,这样一想,她便不得不加倍小心了。他们日夜都在相互窥测,好像在相互兜圈子,为的是彼此窥探出对方的隐秘,而把各自的秘密隐藏在背后。最近,她丈夫也完全变了。最初审讯般的那几天里他那吓人的严厉已经让位于他的一种独特的亲切关怀,这使她情不自禁地想起新婚的岁月。他待她像照料一个病人,是那样的无微不至,竟使她感到很窘。当她看到他怎样时不时地就帮她补上那么一句使她摆脱困境的话,他怎样向她说明'承认'是多么轻松愉快的时候,她的心似乎都停止了跳动。她明白他的心意,感谢他的爱怜,心情变得愉快起来。但她也觉察到了,随着爱慕心理的滋长,她在他面前的羞愧感也在增强,由于有了这种羞愧感,她的口反而比以前她不信任他时更严了。

  在这些日子里,有一天,他跟她面对面相当露骨地谈了一次话。她回到家,走进前厅就听到了震耳的声音,那是她丈夫的声音,又尖锐又果断,还有家庭女教师吵吵嚷嚷的唠叨声,而且夹杂着哭泣和抽噎的声音。她的第一个感觉就是大吃一惊。每当她听到高声说话或发现家里有人情绪激动时,她都要吓得浑身一哆嗦。这是害怕要她回答一切的感觉,特别是极怕又来了那样一封信,揭穿了秘密。她打开门的时候,总是先用询问的目光看一看每个人的脸,查考她不在时是不是什么事也没有发生,她离开以后灾难是不是并没有降临。她弄明白了,这次只是孩子们吵了架,正在进行一次小规模的法庭审讯,便很快镇定下来。一个姑妈几天前给男孩带来了一件玩具,是一匹小花马,小妹很生气,因为她得到的是差一等的礼物。她企图为自己争得同等的权利,而且是那样的迫不及待,结果白费心思,反而使得男孩一口回绝了她,说他的玩具连碰也不让她碰,这最先是引起那个女孩公然的愤怒,接着她便不再作声了。她满腹愁闷,显得无可奈何,但又相当倔强。但第二天早上,小马忽然不见了,连点踪迹都没有,怎么找也找不着,最后才偶然在炉子里发现。那丢失了的小花马,已经被剪得稀碎,木头骨架折断了,花色的毛皮撕掉了,塞在肚子里的东西也被掏出来了。嫌疑自然是落到了小女孩的头上;男孩又哭又嚎地去找父亲告发那个可恶的小女孩,于是就开始了审讯。

  这次小小的法庭审讯很快就作出了判决。那个小女孩起先拒不承认,当然是羞愧地垂着目光,心虚得声音发颤。家庭女教师出面证明她有错;她曾经听小女孩在气头上威胁过人家,说要把小马扔到窗外去,女孩拼命否认也没有用。她绝望地哭着喊着闹了好一阵子。依莱娜目不转睛地望着她丈夫;她觉得,他好像不是在审问孩子,而是在审问她自己,因为说不定明天她就可能这样站在他面前,声音同样的颤抖和一样的结结巴巴。起先,她丈夫目光很严厉,只要孩子硬是不说实话,他就一句句地逼着她放弃反抗,而在她每说一句不承认的话时他却从不生气。后来,遇到沉着脸顽固地否认时,他却好心好意地劝说她了。他直截了当地向她表示,说这种行为从心理上看是有它的必然性的,她最初一气之下轻率地干出这样一件见不得人的事,根本没考虑这么做会真的伤她哥哥的心,是可以原谅的。他亲口向她保证,说一切都可以得到谅解,那样温和、那样令人信服地对这个变得越来越没主见的孩子解释:她的行为尽管是可以理解的,但又是应该受到谴责的,这样一来,那女孩终于忍不住泪流满面,哇的一声大哭起来。不一会儿,她哭得像个泪人似的,断断续续地开口承认了。

依莱娜急忙奔过去,想搂住那个哭得满脸泪水的孩子,但那小女孩却气哼哼地推开了她。她丈夫以劝告的口气责备她不该这样过急地表示怜悯,因为他不想一点惩罚不给就了结这件事;因此,他决定不准小妹明天去参加她盼了好几个星期的娱乐活动,这虽然是无足轻重的,但对小妹说来却是很严厉的惩罚。女孩听了他的判词,呜呜地哭了起来;男孩喜出望外,大声叫好,但这样过早的恶意讥笑立刻也把他卷进了这项惩罚之中,因为他幸灾乐祸,也取消了他去参加那个儿童娱乐活动的权利。两个孩子都很悲哀,只是因共同受了惩罚而各有安慰。最后他们离开了房间,依莱娜单独跟她丈夫留在了那里。

她觉得现在终于找到机会,借口谈孩子的过错和认错来谈谈她自己的事了。如果他现在能宽宏大量地接受她为孩子说情,她知道,她也许就有可能大胆地为自己说话了。"告诉我,弗里茨,"她开口说道,"你真的不想让孩子们明天到那儿去了吗? 他们会大为扫兴的,特别是小妹。她干的事根本没有那么严重。为什么要给她这么严的惩罚呢? 难道你不同情小妹吗?"

他朝她望了一眼。

"你问我是不是可怜她? 嗳,我说,今天是不能了。事实上是她受了惩罚以后,现在刚刚感到心情轻松了。昨天她把那个可怜的小马撕碎了塞到炉子里,全家人都东寻西找,而她一天到晚都怕人家可能或必定发现它,那才是大为扫兴呢! 恐惧比惩罚还要坏,因为惩罚总算有了结局,不管怎么说,总比悬在那儿,比那种神经紧张、无尽无休的恐惧要好。一个罪人一旦受到了惩罚,他的心情就会变得很轻松。千万不要让哭泣把你给搞糊涂了,现在已经都说出来了。从前是埋在心里。埋在心里比说出来还要坏。"

她抬头看了看。她觉得,好像他的每句话都是针对她说的。但他仿佛对她根本没有注意：

"事实上就是这么回事，你相信我没错。我是从法庭上和多次审讯中了解到这种情形的。被告人大多数都是由于百般隐瞒真相，由于迫不得已编造谎言来对付千百次隐蔽的小规模攻心，不得不忍受痛苦折磨的。被告人怎样闪烁其词，怎样装死躺下，看起来是很可怕的，因为人们要让他说出个'是'字，就得像用一把钩子往外拉才行。有时，这个'是'字已经到了嗓子眼，有一种不可抗拒的力量从里边往上顶它。他们被憋得透不过气来，几乎就要说出来了。这时，那股邪恶的力量，那不可思议的顽抗和恐惧的感觉，突然向他们袭来，他们就又把它吞下去了。于是，斗争又重新开始。在这种情况下，法官有时比那些被告人还要痛苦。然而，被告人总还是把他看作仇敌，其实他是他们的帮手。我作为他们的律师、辩护人，确实应该警告我的诉讼人，让他们撒谎撒到底，别改口，但我从内心里常常不敢这么做，因为他们不招认比招认和受罚要痛苦得多了。我一直都不明白这是怎么回事，一个人明知有危险也能去干那桩事，可是后来却没有勇气承认。这样没骨气地否认，我认为比任何犯罪行为都可悲可叹。"

"你认为……一直是……一直只是恐惧在妨碍着人们吗？难道不可能……不可能是羞愧吗……因在所有局外人面前说出心里话，因揭穿自己而感到羞愧吗？"

他惊奇地抬起头来看了看。他向来不习惯从她那里接受答案。这句话却扣住了他的心弦。

"羞愧，你说的……这……这自然也只能是一种恐惧……但这是一种较好的……不是怕惩罚，而是……是啊，我懂……"

他站起身来，显然很激动，来回踱着步。这个想法好像在他心里击中了什么似的，他不禁心头一颤，变得十分不安。他突然站住了。

"我承认……羞愧，那是当着人们的面，当着生人的面，在那些像吃黄油面包似的从报上饱餐别人不幸遭遇的贱民面前……但至少总可以向那些关系亲密的人供认嘛……"

"也许，"——她不得不掉过脸去，因为他是那样死死地盯着她，她觉得自己的声音都有些颤抖了——"也许……这种羞愧……在那些自认最亲近的人面前……最厉害。"

他又站住了，好像被内心中一种巨大的力量抓住了似的。

"那么,你是说……你是说……"他的声音一下子就变了,变得非常柔和、低沉——"……你是说……海莱娜①……可能对别的什么人更容易承认她的过错……也许是对那个家庭女教师……她会……"

"这一点我完全确信……她恰恰是只对你才抗拒得这么顽强……因为……因为你的判决对她是最重要的……因为……因为……她……最爱你……"

他又站住不动了。

"你……你也许是对的……简直可以说是百分之百的对……真奇怪……我怎么就从未想到呢! 但你是对的,我希望你别以为我不会宽恕她……我不愿意这样做……正是为了你我才不愿意这样做,依莱娜……"

他望着她,她感到自己在他的注视下脸红了。他是故意这么说呢,还是偶然碰巧,一种阴险狡诈的偶然巧合? 她一直觉得非常难以确定。

"这个判决已经撤销了,"——现在仿佛有一种说不出的快乐涌上他的心头——"海莱娜自由了,我亲自去通知她,现在你对我满意了吧? 或者说,你还有什么愿望……你呀……你看……你看我今天性情够温和的了吧……也许是因为我及时认识了一个错误,心情愉快的缘故。这种情形总是叫人感到轻松的,依莱娜,总是……"

她仿佛心里明白了他强调这句话是什么意思了。不知不觉地,她走近他的身边,她感到那句话都要从她心里蹦出来了,他也向前挪动了几步,好像他想要急忙从她手里接过什么东西似的,这举动竟如此明显地使她感到一种内心的压力。这时,她的目光跟他那渴望对方供认的贪婪目光相遇了,她的全部勇气立刻化为乌有。她的手疲惫地放了下来,她转过脸去。她感到那是徒劳的,她根本不能说出那句话。那句使人获得自由的话,就是它在心中燃烧着,吞没了她的安宁。这警告像近处的雷声在滚动,但她知道,她是不可能逃脱这场风暴的。她最隐秘的愿望是极想见到那至今使她胆战心寒的扫荡一切的闪电:把真理暴露出来。

看来,她的愿望就要实现了,真是比她预想的还要快。现在这个斗争已经延续了十四天,而依莱娜也感到精疲力竭了。这时,那个人已经四天没来叫人通禀了,可是如此渗透她全身的,如此使她心神不宁的,依然是恐

---

① 他们女儿的名字。

惧,门铃一响,她总是一跃而起,想赶在仆人前面亲口及时查问清楚是不是那个敲诈钱财的女人的消息。是的,每付一次款,她就买到一个夜晚的安宁,跟孩子静心相处的几个小时,一次户外的散心。

这回听到了铃声,她便离开屋子赶到房门前。她打开门,头一眼就惊奇地看到了一个陌生的女人,接着便吓得往后一缩,因为她认出了那个服饰一新、头戴时髦帽子的敲竹杠女人可憎的脸。

"噢,是您本人啊,瓦格纳夫人,这叫我真高兴。我有重要的事找您谈。"不等这位用发抖的手扶着门把手的惊恐的女主人答话,她就走了进来,把伞放下,那是一把鲜艳的红色的阳伞,显然是她以诈骗的方式多次掠夺的第一件赃物。她的动作显得非常自信,好像在自己的住宅里一样,又心满意足又仿佛镇定自若地观察着室内豪华的陈设,什么请求也不提,就继续朝着通向会客室的半开半闭的门走去。"从这儿进,对不对?"她用一种克制的讥讽口吻问。那惊恐的女主人想阻拦她,还一直没找到适当的话,她又沉着地补充说:"如果您觉得不痛快,我们可以很快地把事情办完。"

依莱娜跟着她走,一句反驳的话也不说。一想到这个敲竹杠的女人待在她的住宅里,这样的胆大妄为,完全不顾她种种最可怕的忧虑,她便觉得头昏脑涨。她觉得,这一切好像都在梦中一样。

"您在这儿日子过得很美啊,太美了。"那个女人坐下来时,带着明显的舒适感赞叹着。"啊,坐在这儿多舒服!还有这么多画。到这儿来一看,才知道像我们这样的人是多穷困了。您的生活真好,太好了,瓦格纳夫人。"

她在人家自己家里这么喜出望外地望着那个有罪的女主人,那个受折磨的女主人忍无可忍,终于冒火了。"你究竟想干什么,你这个女诈骗犯!你竟然跑到我家里来迫害我了。但我绝不会让你把我折磨死的。我要……"

"您不要这么大声嚷嚷嘛。"那个女人打断了她的话,现出一副侮辱人的秘密神态。"门可是开着呢,仆人会听见您的话的。这可怪不得我呀。我什么也不否认,上帝保佑,归根结底,现在过着这种像我们这类人过的肮脏的生活,我觉得还不如坐牢好呢。但是您,瓦格纳夫人,可要谨慎些呀。如果您实在忍不住要发怒的话,我想不妨先把门关上。但我要同时告诉您,吵骂我是不在乎的。"

依莱娜太太的力量,由于愤怒曾经加强了那么一瞬间,现在见这个女人如此坚定,又明显地衰微下来。她站在那里,像一个孩子等着听老师口头提问一般,真是又谦卑又不安。

"那么,瓦格纳夫人,我不想兜圈子。我的境况很糟,这您是知道的。我早就跟您说过了。现在我需要钱拿去付房租。我已经拖欠好久了,而且还有别的花销。我想总得把生活弄得像个样子,所以我到您这儿来了,您现在只好援助我——喏,四百克朗就够了。"

"我不能。"依莱娜结结巴巴地说,被这个数目吓呆了,她确实没有这么多现钱了。"我现在手头真的没有这么多钱。这个月我已经给你三百克朗了。要我到哪儿弄钱去呢?"

"唉,会有办法的,您好好想一想。像您这样一个有钱的夫人还不是要多少钱就有多少钱。就看您愿意不愿意了。"

"可我真的没有钱。我倒是很愿意给的,但这么多我的确没有。我可以给你一些……也许有一百克朗吧……"

"我需要四百克朗,我已经说过了。"像被这非分要求伤害了似的,她粗暴地冒出了这么一句话。

"但我没有那么多呀。"依莱娜绝望地喊道。这时她想,要是她丈夫现在闯进来不就糟糕了吗,他随时都可能来的。"我向你发誓,我没有这么多钱……"

"还是请您尽量筹措一下,肯定会有人借给您的。"

"我不能。"

那个女人从头到脚仔细地打量着她,好像在盘算她的身上有什么值钱东西似的。

"喏……比方说这枚戒指……把它当出去,不就结了。当然对首饰我并不怎么在行……我从来就一件首饰也没有……但四百克朗,我相信是可以抵押到的……"

"当戒指?"依莱娜太太突然尖叫一声。这是她的订婚戒指,她唯一不曾摘下来的戒指,上面镶着一枚很值钱的珍贵而美丽的宝石。

"喏,到底为什么不行呢?我把当票给您送来,您什么时候想赎就什么时候把它赎回来。您不是又把它弄到手了吗?我不会把它留在手里的。像我这样一个穷女人要这么一个贵重的戒指有什么用呢?"

"为什么你要跟踪我?为什么你要折磨我?我不能……我不能。这一点你必须理解……你看到我已经尽我的可能做了。这一点你可必须理解。你可怜可怜我吧!"

"还没有一个人可怜过我呢。我差一点儿没饿死。为什么偏偏要我来怜悯您这样一个有钱的夫人呢?"

依莱娜想要狠狠地回击她一下。恰在此刻,她听到外面有人关门——她的血液都凝结了。这肯定是她丈夫从办公处回来了。她连想都没想,就从手指上把那枚戒指抹下来,塞给在跟前等着的那个女人,那个女人飞快地把它藏了起来。

"您不要害怕。我走了。"那个女人点了点头,同时,她满意地发现依莱娜产生了一种无名的恐惧,正心情紧张地朝前厅侧耳细听,从那里果然清楚地传来了男人的脚步声。她开开门,向走进屋来的依莱娜的丈夫问了声好,就走掉了;他呢,抬眼看了她一小会儿,仿佛对她并不特别注意似的。

"一位太太,是来打听事的。"那个女人走出去,门一关上,依莱娜就有气无力地解释道。最严重的一刹那总算平安地过去了。她的丈夫没有应声,他安详地走进摆好午饭的那个房间。

依莱娜觉得,她手指上那个一向有凉丝丝的指环保护着的地方好像空气在燃烧似的,似乎每个人都必定要像看一块烙痕般朝她手指上那个光秃秃的地方望去。在吃饭的时候,她老是掩藏那只手;她一边这么做,一边讥笑自己那种非常敏锐的感觉,那就是她丈夫的目光不停地对着她的手扫视,手挪到哪里视线也跟到哪里。她千方百计地想引开他的注意力,不间断地提问题,力图使谈话滔滔不绝地继续下去。她说呀说的,一会儿对他,一会儿对孩子们,一会儿又对家庭女教师,她一再用微弱易燃的火花点燃谈话的火焰,但气总不够用,胸中一再出现憋气的现象。她试着装出高兴得忘乎所以的样子,想诱引别人也都欢欣雀跃起来。她挑逗着孩子,煽动他们相互斗殴,但他们并没有打起来,也没有笑;她自己有这样的感觉,想必在她的快活举止里有什么不对头的东西使别人不由得感到诧异。她越尽力去做,她的尝试便越不见成效。最后她疲倦了,也就一声不响了。

别人也都沉默不语。她只听得见盘子的丁当声和越来越明显的恐惧的心跳声。这时,她丈夫突然说道:"今天你把戒指弄到哪儿去了?"

她吓得周身一颤,心里冒出一句话,像用相当大的声音在说:完了!但她还本能地防守着。她觉得,现在应该把一切力量都集中起来。只是为了找出一句话,一个词。只是为了再找到一个谎言,最后的一个谎言。

"我……我把它送到外面擦洗去了。"

好像是为了加强这句假话,她果断地补充说:"后天我就把它取回来。"后天。现在她把自己的手脚捆住了。如果她取不回来,这个谎非破产不可,她自己也不能幸免。现在她是自己给自己提出的期限,所有这些乱糟糟的恐惧心理现在突然使人产生了一种新的感觉,一种因意识到事情很快就要结束而产生的愉快感觉。后天。现在她知道她的期限了,感到从这既定事实里产生了一种奇特的压倒了恐惧的安宁。从内心深处升起一种东西,一种新的力量,求生的力量和寻死的力量。

她坚信事情很快就要完结,便感到心中的一切都意想不到地豁亮起来。心慌意乱奇妙地让位于清醒的思维,恐惧让位于一种她本人业已陌生的清澈的安宁,多亏这样她才一眼看清了自己生活中的一切事体和它们的真正价值。她估量自己的生活,觉得它毕竟没有完全失去意义,如果她要保持这种生活,而且使它在新的高度上变得更有意义,这一点她是在这些充满恐惧的日子里认识到的,如果还能够没有污点,没有恐惧,没有谎言地重新开始生活,她是很愿意的。但是要以离了婚的女人、丑行昭著的荡妇的身份生活下去,对此她却实在没有这种气力了,同时对继续干那种花钱购买时间有限的安宁的冒险勾当也完全厌倦了。她觉得,反抗么,现在已经是不能设想的了,结局临近了,被她丈夫,被她的孩子们,被她周围的一切,包括被她自己所抛弃,已经迫在眉睫了。从一个随时都会出现的敌手眼皮底下逃走是不可能的。可靠的出路是承认。但她绝不能,这她现在很明白。只有一条道路是畅通的,但一踏上这条路就永远也回不来了。

第二天上午,她把信件全烧了,按部就班地干起各种琐事来,但她却尽量避免见到孩子们,乃至她所喜爱的一切。她现在一心想的是,生活千万不要再用寻欢作乐来诱惑她,千万不要使她空犹豫,破坏她的既定决心。于是,她便又走上街头,想最后碰一碰运气,现在她竟愿意,简直是渴望碰到那个敲竹杠的女人了。她又一步不停地穿过一条条大街,但再也没有以前那种提心吊胆的感觉了。她已经从内心里懒得抗争了,她走呀走的,像履行职责似的走了两个小时。什么地方也见不着那个女人。但失望不再使她感到痛苦了。她是这样的浑身无力,简直不再想见到她了。她仔细地瞅着人们的脸,她觉得所有的人都是陌生的,所有的人都是无用的,可以说是没有生命的。所有这一切不知怎么已经变得遥远了,消逝了,不再属于她了。

现在,她计算了一下到晚上还有几个小时,结果不禁大吃一惊,多么奇怪,还剩这么多时间呢,一个人为了与世永别本来只要很少一点时间就够了。当你知道你什么也带不走时,一切也就显得没有多大价值了。一种睡意向她袭来。她又机械地走上那条大街,漫无目的地走着,什么也不想,什么也不看。走到一个十字路口,一个马车夫在危急的刹那勒住了马,她才看见车辕已经紧贴她的前胸了。车夫骂了一句难听的话,而她还没转过身来就想到了:这可能就是得救或迁延时间的征兆。来一次车祸,她就不必下那个决心了。她疲惫地继续向前走去,这样什么也不想,只是心中有一种乱糟糟的死之将临的阴暗感觉,觉得有一层雾轻轻地向下飘来,遮住了一切,倒也使人感到很舒适。

她偶然抬头看了一眼街名,结果吓得全身颤抖起来。她信步走来,已经快走到她以前情人的家门口了。难道这是一种预兆不成?他也许还能帮她一把,因为他肯定知道那个女人的住址。她几乎高兴得全身都在抖动。她怎么就没想到这一层,没想到这最简单不过的事呢?他现在就一定会跟她一起到那个坏女人家里去,把事情彻底了结了。他一定会逼着她停止敲诈,甚至可能给她一大笔钱,让她离开这个城市。现在,她想到近来对这个可怜的人这么不好,感到很后悔,但他会帮助她,这一点她是完全相信的。多么奇妙,这个救星现在才来临,就在现在这最后的时刻!

她匆匆跑到楼上去按门铃。没人开门。她听了听,觉得好像听到了门后有蹑手蹑脚的脚步声。她又按了一次门铃。又是一阵静寂。从里边又传来了轻轻的响声。这时,她实在忍耐不下去了。她不停地按起铃来,要知道,对她说来,这是生命攸关的呀。

里边终于有人走过来,门锁咔哒一响,开了一道门缝。"是我。"她赶忙小声说。

这时,他开开了门,好像很尴尬。"是你……噢是您……尊贵的夫人。"他结结巴巴地说,显得很窘,"我本来……请您原谅……我本来……对此毫无精神准备……对您的来访……请您原谅我这个装束。"说着,他指了指他的衬衫袖子。他的衬衫半敞着怀,没有系领带。

"我有急事要跟您谈……您必须帮助我。"她激动地说,因为他像对待一个乞丐似的一直让她在走廊里站着。"莫非您不愿意让我进来,听我说一分钟话?"她愤愤地补充说。

"请——"他困惑地讷讷道,斜瞟了一眼,"只是我现在……我不很方便……"

"您非听我说不可。这是您的过错呀。您有义务帮助我……您必须把那个戒指给我要回来。您责无旁贷。要么,您起码得把地址告诉我……她一直不让我安宁,可是现在她不见了……您是责无旁贷的,您听见了么,您责无旁贷。"

他木然凝视着她。这时她才发觉她气喘吁吁地说的这些话是很不连贯的。

"唉,是这么回事……您不知道……就是您的情人,您以前的情人,这个混账东西有一次看见了我从您这儿走出去,从那个时候起她就跟踪我,敲诈我……她都要把我逼死了…………现在她拿走了我的戒指,可这枚戒指我不能没有。今天晚上以前我必须把它弄回来,您知道了吧,在今天晚上以前……您帮我找那个女人去要,好吗?"

"但是……但是我……"

"您愿意,还是不愿意?"

"但我的的确确不知道您说的是谁。我从来没跟女诈骗犯打过交道。"他近乎粗暴地说。

"原来如此……您不认识她。那么说,她是凭空捏造了。可她知道您的名字和我的住址。这样说来,她敲诈我也不是真的了。我呢,也是只不过做了这么一场梦罢了。"

她尖声笑起来。他觉得很不舒服。霎时,他脑子里闪过这么一个念头:她可能是疯了,她眼里射出的光就是癫狂的嘛。她的举止很不正常,说的这些话也毫无意义。他胆怯地环顾了一下四周。

"请您镇静镇静……尊贵的夫人……我敢肯定,您弄错了。这根本不可能,这想必是……不,我自己也弄不清是怎么回事。我不认识这类女人……我可以向您保证,这肯定是一个误会……"

"那么,您是不愿意帮助我了?"

"不不……只要我办得到。"

"那好……您来。咱们一起到她那儿去……"

"到谁那儿去……究竟到谁那儿去?"见她现在抓住了他的胳膊,他又心惊胆战地想:莫非她疯了?

"到她那儿去……您是愿意,还是不愿意?"

"当然……当然愿意"——他疑心她是精神失常了,因为她这样迫不及待地催逼他,他便越来越相信这个想法是对的了——"当然……当然愿意……"

"那您倒走呀……这可是跟我生死攸关的呀!"

他强忍着不笑出来。接着,他突然变成了一本正经的样子。

"对不起,尊贵的夫人……我此刻不行……我有钢琴课,现在我不能中断……"

"原来这样……这样……"她直冲着他的脸尖声地笑起来,"您就这样上钢琴课呀……光穿一件衬衫……您不是骗人是什么!"突然心里闪过一个念头,她朝屋里冲过去。他想拦住她。"那么说,她,那个女骗子,现在是在您这儿?原来你们唱的是双簧啊。说不定你们是平分你们从我那儿勒索来的一切东西的。但我要亲手抓住她,现在我什么也不怕了。"她大声嚷着。他拉住她不放,但她跟他扭斗了几下,挣脱了身子,便朝着他卧室的门奔去。

一个身影向后紧退,那个人显然是在门边偷听来着。依莱娜失神地凝视着站在稍嫌凌乱的盥洗室里的一个陌生女人,那个女人急忙把脸掉了过去。她的情人从后面扑过来,想拉住他认为精神失常了的依莱娜,想阻止不幸事件的发生,但她又从那个房间走出来了。"请您原谅。"她喃喃地说。她的脑子嗡的一声全乱了。她给搞糊涂了,只感到憎恶,无限的憎恶和疲倦。

"请您原谅。"当她看见他在身后不安地望着她时,她又说了一遍。"明天……明天您就会什么都明白了……就是说……我……我自己也一点儿都不明白了……"她对他说,像对一个陌生人似的。没有一点东西能使她想起她曾经委身于这个人,她几乎感觉不到自己躯体的存在了。现在,一切都比先前要乱得多,她只知道,肯定是哪里有人扯了谎。但是她太疲倦了,不能想了,太疲倦了,不能看了。她闭上眼睛,走下楼梯,像一个被判处绞刑的罪人。

她从楼里走出来,大街上已经昏黑了。她转念想道,也许那个女刽子手现在正在街对面等着呢,也许现在到了最后的时刻还会得救吧。她觉得,她似乎应该合起掌来向被遗忘了的上帝祈祷。啊,要是再能买到几个月的时光,夏日到来前的几个月时光,该多好啊！等夏天一来,就到那里去过一阵宁静的日子,让那个女骗子找都找不着,生活在草原和田野之间,只要一个夏天就行。她放心大胆地张望着已经隐没在黑暗中的街道。她似乎看到有一个人守候在街对面一个人家的房门口,但现在她走近时,那个人却向后远远地退到走廊里去了。有那么一瞬间,她觉得那个人很像她的丈夫。今天她这是第二次产生怕在街上突然见到他和他的目光的恐惧心理了。为了看得真切些,她迟疑地站了一会儿。但那个人消失在黑暗里了。她心神不宁地继续向前走,心情紧张得出奇,总觉得好像后边有一道逼人的目光看着她的颈项。她又转过身来,但那里连个人影都没有了。

不远就是药房。微微颤抖了一下,她就走了进去。药剂师助手拿起药方,准备取药。就在这一分钟里她便把一切东西都看在眼里了,光亮的天平,小巧的砝码,不大的标签,还有柜子上边那些标着形体生疏的拉丁文名称的小药瓶。她下意识地随着目光拼读着这些药名。她听见钟在嘀嗒嘀嗒地走着,她闻到特殊的香味,各种药品散发出来的那种腻人的甜味,于是,她突然想起童年时代她母亲总是要她去买这类药,因为她喜欢闻这种药味,喜欢看那许多闪着奇光异彩的小瓶小罐。这时,她猛然记起,她有一次出门忘了跟母亲说一声,她可怜的老母亲对她多么挂念。依莱娜惊恐地想,她当时是多么害怕呀……但药房的店员已经在数那些从一个大肚瓶往一个小蓝瓶里滴的明亮水滴了。她目不转睛地看着,仿佛是死神从这个大肚瓶进到了那个小瓶里,很快它就要从这个小瓶流入她的血管,她不禁感到有一股寒气嗖嗖地通过了全身。她麻木地,如同昏昏欲睡般呆望着他的手指,那几个手指现在正在把瓶塞塞在装满了药水的小玻璃瓶的瓶口上,在那潜伏着危险的圆瓶上包了一张纸。可怕的思想一露头,她的一切感官就都被钳制住了,完全麻木了。

"您给两克朗吧。"那个店员说。她从沉思中醒来,出神地环视了一下四周。然后,她机械地把手伸到钱包里去掏钱。她心里觉得还像做梦一样,她瞧着那些硬币,就是不能立刻辨认出大小,不自觉地拖延了付款。

就在此刻,她觉得她的胳膊冷不防被人推到了一边,听到硬币落到玻璃盘子里的响声。一只手从她身边伸过来,抓住了那个小瓶子。

她不由得转过身来。她的目光忽然呆愣愣地不动了。原来是她的丈夫紧闭着双唇站在那里。他的脸很苍白,脑门上冒出了汗珠。

她觉得自己就要昏过去了,只好用力扶住桌子。突然她明白了,刚才在那家房门口窥伺的就是他呀;她心里早就预感到是他在那里,在那一瞬间她的思想就全乱了。

"走吧。"他用沉闷、哽塞的声音说。她呆呆地望了望他,因在自己内心深处最秘密的角落意识到要服从他而惊讶不已。她身不由己地移动脚步跟着他走。

他们并排沿大街走着,彼此谁也不看谁。他手里一直拿着那个小瓶子。有一回,他站住擦了擦额头的汗。她也不知不觉地放慢了脚步,但她不敢朝他那边看。谁也不说一句话,街上的喧闹声在他们之间起伏波动。

到了楼梯口,他让她走在前面。他一不在她身边走了,她的步履立刻摇摆起来。她停住脚步,镇定了一下。他一把扶住了她的胳膊。这一碰反而把她吓得一哆嗦,她赶紧加快步伐,走完最后几级楼梯,来到楼上。

她走进屋。他随她进来。四壁漆黑,几乎什么也看不清。他们一直没说一句话。他把包瓶子的纸撕下来,打开小瓶,倒掉药水,然后就使劲把它扔到一个墙角里去了。听到啪啦的一声响动,她吓得周身一颤。

他们沉默不语,一声不响。不朝他看,她也感觉到了他是在克制着自己的情感。终于他向她走了过去。近了,现在就要到她跟前了。她都能感到他粗重的呼吸了,她瞪着呆滞的像蒙了一层云雾似的眼睛,看到他两眼射出的光一闪一闪地从房间的黑暗里向前移动。她等着听他大发雷霆,她怕他的手猛力一把把她抓住,吓得四肢僵硬,全身发抖。依莱娜的心停止了跳动,只有每根神经像绷得紧紧的琴弦在震颤;一切都在等待着惩罚,甚至可以说,她是盼他发怒了。但他始终都不做声,她不胜惊奇地感到他走到身边来竟是那样的温柔。"依莱娜,"他说,他的声音显得格外柔和,"你我还要彼此折磨多久呢?"

这时,犹如一种野兽下意识的哀号,突然间,像抽风似的,以极大的冲力从她心里爆发了,终于冲出来了,这几周以来一直闷在胸膛、压在心底的抽泣。仿佛有一只愤怒的手揪住她的心拼命地摇动,她像喝醉了酒似的摇晃起来,要不是她丈夫一把扶住了她,她就摔倒了。

"依莱娜,"他抚慰着她,"依莱娜,依莱娜。"他声音越来越低、越来越温和地叫着她的名字,好像他用这越来越轻柔的语调就能使她那痉挛神经的绝望骚动平息下来似的。但是回答他的,只是抽泣;狂乱的骚动、痛苦的心潮滚过她的整个躯体。他托住她不住颤栗的身体,把她抱到沙发上,让她躺在那里。但抽泣并没有停止。像触电一般,她边哭边抽搐,全身都在耸动,仿佛有无数因恐惧和寒冷而产生的波缓缓地流遍这受折磨的肉体。全部神经,几周以来就在紧张地等待着这最难忍受的一刻,现在已经被撕得粉碎;巨大的痛苦肆无忌惮地折磨着这毫无知觉的躯体。

他极其不安地靠住她那筛糠般抖动的身体,抓着她冰冷的手,先是镇静地,然后便怀着恐惧和激情,发狂地吻着她的上衣,她的脖颈,但她那蜷缩的身躯依然像被撕裂似的不停地颤抖,那抽泣像一泻千里的翻卷波涛从她的内心滚滚地上升。他触到了她的脸,脸是凉的,像泪洗的一般,而且还感到了她太阳穴那里的血管在嘭嘭地跳动。一种难以形容的恐惧向他袭来。他跪下了,想凑近她的脸去说话。

"依莱娜,"他不停地抚摸着她说,"你哭什么呀……现在……现在一切都过去了……干吗你还要折磨自己呢……你不必再害怕了……她再也不会来了,再也不会……"

她的身体又抽搐起来,但他用双手按住了她。他不停地吻着她,东一句西一句断断续续地说着,表示道歉:

"不会了……再也不会了……我向你发誓……我真没想到你会吓成这个样子……我只不过想向你大喝一声……唤你回来尽你的义务……只是要你离开他……永远离开……回到我们中间来……我偶然听说了这件事的时候,我确实没有别的好选择……我又不能对你直说……我想……我总认为,你会回头的……因此我就委派她,那个可怜的女人,追逐你。她是一个可怜的人,一个女演员,一个被解雇了的……她当然也不愿意干这种事,是我想要这么做的……我看出,这是不对的……但我的确是想要把你拉回来……难道你没有看出我愿意宽恕你吗?但你并不理解我呀。但是……我可没想把你逼到这个地步……看到这一切,我自己心里更难过了……我步步严密地监视过你……都是为了孩子,你知道,为了孩子我不得不逼着你……但现在一切都过去了……现在一切都会好起来的……"

说话的声音很近,但她听起来好像很远很远,模模糊糊的,并没有听懂。一种哗哗的声音在她心中震荡,把一切声音都压了下去,每个感觉都消逝在各种感官的躁动不安之中。她感到有人触动她的皮肤,一次又一次地吻她,抚摸她,感到了自己变冷了的眼泪,但身内的血液却在鸣响着,充满一种沉闷的吓人闹声。这声响猛烈地膨胀起来,现在竟像急剧的钟声一样在轰鸣。接着,她便陷入了昏迷状态。在昏迷中她模模糊糊地感觉到有人给她脱衣服,她像透过一层层云雾似的看见了她丈夫的面孔,那张面孔现出了又亲切又关心的神情。然后她便坠入了黑暗的深渊,进入长时间未有过的、黑沉沉的、无梦的睡眠中。

第二天早上,她睁开眼,屋里已经全亮了。她觉得心里也豁然开朗了,她的血液像被暴雨洗净了一般,变得清清亮亮的了。她试图回想一下她所经历的,但她仍然觉得一切都好像是一场梦。一切都是不真实的,轻飘飘的,没有拘束的,就像在梦中飘飘摇摇地穿过一个又一个厅堂,她想起了那次憋得要死的感觉;为了证实醒来的经历是真实的,她试探着摸了摸自己的手。

突然,她吃惊得全身一颤:那枚戒指在她手指上闪着微光。她猛然间完全醒过来了。她在半昏迷状态中听到了又好像没听见的那些杂乱无章的话,一种使她不敢想也不敢猜疑的充满不祥之兆的忧郁的感觉,现在突然使人清楚地看到了它们之间的内在联系。她霎时间什么都明白了,明白了她丈夫提的那些问题,明白了她的情人为什么那样吃惊;所有的人都潮水般地涌现出来了,她看见了那个把她缠了进去的罗网。她很愤怒,也很羞愧。每根神经又颤抖起来,她几乎后悔不该从那无梦的、没有恐惧的睡眠中醒来了。

这时,从隔壁房间传来了笑声。孩子们起床了,像清晨刚刚醒过来的鸟雀叽叽喳喳地叫着。她清楚地辨出了男孩的声音,初次惊奇地感到他的声音真是太像他父亲了。她双唇微微一动,露出一丝微笑,那微笑一直静静地留在她的嘴边。她闭上眼睛躺在那里,为的是更深地体味体味她过去的生活情景,还有她现在的幸福境遇,心中不免仍然有些隐隐作痛,但这是有益于身心的痛苦,灼人而又温和,就像伤口完全愈合之前那样钻心的痒痛。

关惠文　译

热带癫狂症患者

一九一二年三月，一艘巨型海轮在那不勒斯港口卸货时发生了一起奇特的不幸事故，报纸上对这件事作了广泛而富于想象力的报道。尽管我是"海洋号"上的乘客，但也和别的乘客一样，很难说就是这个稀奇事件的见证人；事情是在夜里卸货装煤时发生的，我们怕吵闹，都上岸跑到咖啡馆或剧院消磨时光去了。我私下里总认为，某些我当时没有公开讲出来的揣测之中就包含着那个悲剧场面的真实原因。就在那件怪事发生之前有过一次谈话，事隔多年，我大概可以利用一下我在谈话时所得到的情况了。

当我在加尔各答轮船公司代办处想订购"海洋号"上的一个舱位返回欧洲的时候，办事员只是抱歉地耸耸肩。他也不知道是否还能保证给我一个舱间，因为目前正值雨季来临之前，所有的舱座总是早在澳大利亚就已经卖光了，他必须先等新加坡的电报。但是第二天，他通知我一个好消息，说还可以为我预定一个舱位，位置当然不怎么舒适，在甲板下面，轮船的中间部位。我归心似箭，未多犹豫就要求给我把位子定了下来。

办事员说得不错，船上拥挤不堪，船舱很不好，是挤在轮机舱旁边的一个四方形的小角落，只有一个像昏暗的眼睛似的圆形玻璃舷窗透进一点亮光来。令人窒息的空气里散发着油味和霉味，电扇像一只发了疯的钢铁蝙蝠片刻不停地在你头顶上盘旋，嗡嗡嘤嘤，想躲都躲不开。机器在下面嘎嘎作响，像运煤夫沿着同一条梯子无休止地吃力地往上攀登似的发出喘息；上面是甲板上散步的人们沙沙不停的脚步声。因此，我把箱子往这灰色隔板之间霉味刺鼻的棺材里一塞，就急忙往甲板上跑，一边往上走，一边像啜饮着琼浆玉液那样，吮吸着从岸上掠过水面吹送过来的甜丝丝的和风。

但是上面也是一派混乱和拥挤:荡过来闪过去到处都是人。人们由于无事可做,都在甲板上神经质地来回走动,一边不停地闲扯。女人们喊喊喳喳地嬉闹着。人们在拥挤的过道里无止无休地兜圈子,废话连篇地喧哗着涌过去,以便不停地彼此相遇,这一切不知怎的都使我觉得心烦。我见识了一个新世界,眼前飞速地掠过一幅幅纷繁交织的图画。我现在需要思考,需要整理思绪,模拟再现这些争先恐后涌入眼帘的事物,但这儿,在这熙熙攘攘繁华闹市一样的甲板上却没有一分钟的安静。书上行行的字在闲聊着的旅客们迅速闪过的身影下都飘零四散了。在这无荫无蔽的活动的轮船大街上就没有独自待上一会儿的可能。

我连着三天试图寻得安宁,最后只有听天由命地随便看看人,看看海。但蓝色的茫茫大海总是一色的景致,只有日落时分才会忽而燃起一条彩虹;至于人们呢,经过了三个昼夜我已了如指掌了。所有的面孔都已经熟悉得叫人腻味。妇女们撩人的尖笑声乱人心绪,邻舱那两位荷兰军官大声吵嚷的争论也显得虚张声势。我唯一的办法就是逃之夭夭;但船舱里又闷又热,乘客休息室里又有英国女郎在不停地像伐木似的拙劣地弹奏着华尔兹舞曲。最后,我坚决改变了作息时间,还在下午就喝上几杯啤酒醺醺然躲进船舱,这样,我就可以把晚餐和夜舞会的时间都睡过去。

当我醒来时,我那小棺材里又黑又闷,电扇我已事先关上了,感到两鬓又黏又潮。我的感觉变得混混沌沌,需要用几秒钟的时间来记起我置身在何时何地。显然,已经是下半夜了,因为我既听不到音乐声,也听不见无休止的脚步声,只有轮机,这个庞然大物跳动的心脏,还在喘气,推动着嚓嚓作响的船身,驶向茫茫的远方。

我摸着黑上了甲板,上面空荡荡的。当我越过轻烟腾绕的塔式烟囱和神出鬼没一般倏忽闪现的桅尖仰视上空时,一片神奇的亮光直射我的眼睛。天光璀璨。星辉宛若回旋的涡流,布满了苍穹,使天空泛出浑然一体的白色,唯在靠近星星处略显幽暗。然而天空很亮,仿佛那儿有一幅天鹅绒屏幕遮蒙着无量的光芒,而晶莹的星星只不过是那无法描绘的亮光借以透射过来的孔隙。我从未见过像那天晚上那样的夜空,天空那么明亮,像蓝色的钢焰般冷峻,而又熠熠生辉,月华和星辉滔滔汩汩,奔涌流泻,像泡沫般翻腾。天空似乎在一个隐秘的深处燃烧,在暗天鹅绒般的海面衬托下,轮船的线条显得格外分明,白漆船身、缆绳、横桁、船上各种狭长的以及呈现出各式各样图案的东西,都在这如流似泻的银光中融化了。桅杆上的点点灯火好像悬空挂着，再上面是瞭望台上的圆眼灯，人世间黄澄澄的星星，夹杂在天上光灿灿的星星之间。

头顶的正上方是神秘的南十字星座，像是几颗闪耀的金刚石钉子钉在渺不可见的苍穹；天空似乎在摇晃，其实只是轮船在航行，是巨大的海轮在轻轻地颤抖，大口大口地吸着气，像一个泅水的巨人冲破黑浪一起一伏地冲往前去。我站在那里仰视上方，觉得自己似乎置身于温暖的浴中，只是从上面流下的并不是水，而是光，洒在我的手上、肩上，温柔地在我的头部周围缭绕，又仿佛要沁入我的心脾，我心中的一切混沌顿时化为澄明。我畅快地呼吸着，骤然之间在嘴唇上触到了纯净的令人心醉的空气，像啜饮着一种透明的饮料，里面还带着远方岛上的水果芳香。自从我踏上跳板以来，直到现在我才头一次沉浸在幻想的神圣欢乐和那种更为切实的欢愉之中：我像一个女人似的全身心地沉醉于环绕着我的一片温柔之乡。我真想躺下来，仰目凝视星空上那些白色的象形文字。但躺椅都收起来了，在空阔的甲板上我找不到一个可以憩息并驰骋遐想的地方。

我摸索着，缓缓走向船的前部，那儿被照得通亮，反射过来的逼人的光愈益强烈了。这种白垩色的强烈刺眼星光真使我难受。我渴望藏身在某个阴影里，在一领草席上舒展开身躯，不再感到布满周身的亮光，只是头顶上受到光照的物体上才有光，就像从黑屋子里往外观赏风景时那样。我磕磕碰碰地越过了铁绞盘，绕过了缆绳，终于到了船头，俯视船头如何冲入黑暗之中并且在前锋的两侧把浑茫的月光翻涌上来。船头的前锋像犁一样不倦地举起又落下，插入那翻滚的黑色土壤。在这水星飞溅的角逐中我感受到被征服的自然力的全部痛苦，也感受到了人世间力量的全部欢乐。我在伫望中失去了时间感，不知道我这样站了一小时还是只不过几分钟；轮船这个庞然大物像摇篮似的载负着我上下颠簸，把我带到了时间之外，我只觉得周身有一种狂欢极乐般的疲软。我想睡觉，沉入梦幻，但又不愿离开这诱人的景色，钻到我那个棺材里去。我不由自主地在脚下探寻出了一盘缆绳，于是便坐了下来，闭上眼睛，然而并未感到全然的黑暗，因为在我的眼睛上和周身都流布着银色的光辉。我感到，身下是海水的窃窃低语，头顶上是以听不见的音响汹涌着的宇宙的白色光流。这声音慢慢地浸入我的身体，我不复感觉到自己的存在，也分辨不出究竟是我在呼吸，还是远处轮船的心脏在搏动，我似乎融化在这午夜时分永不停歇的低吟之中了。

我身边传来很低的一声干咳。我一哆嗦,从那种近于迷醉的状态里清醒过来。那炫目的白色光辉一直照在我的眼睑上,我好不容易睁开了双眼:正好在我的对面,船舷的阴影里,像眼镜片反光似的东西闪了一下,接着一个较大的圆点燃着了,这是烟斗的火光。显然,当我坐下去,一心欣赏船头两侧激起的浪花和举目仰视天上的南十字星时,我没有注意到旁边的这位邻人,他一直一动不动地坐在那里。尽管我还没有完全清醒过来,却下意识地说了一句德语:"请原谅!""唔,没什么……"黑暗中的声音也用德语回答。

我无法表述,跟一个我看不见的人贴近地在暗中枯坐是多么奇特和恐怖。不知为何我觉得他仿佛在盯着我瞧,正像我盯视着他那样;天上汹汹然漫溢着的白色光流是这样强烈耀眼,致使双方仅能看出阴影里对方的轮廓。但是我觉得,我听得见这人的呼吸声和他抽烟斗的声音。

沉默变得难堪了。我很想走开,但这样做又显得太鲁莽,也太突兀。我在窘迫中掏出了烟卷。火柴擦亮了,摇曳的火光把我们这个狭窄的角落照亮了一秒钟,我看到眼镜片后面是一张陌生的脸,这张脸我在船上一次都没有见过,无论是午餐时还是在甲板上或者在过道里。弄不清是突然的光亮刺伤了我的眼睛还是我产生了一种幻觉,我觉得这张脸是阴郁的,歪扭得可怕,不是一般人的脸。但我还没来得及看清楚他的面目,那闪现出来的线条又被黑暗淹没了;我只看得见隐入暗中的浓黑的身影和时而现出的烟斗的火红的圆点。我们两人都沉默着。沉默像令人窒息的热气一样压得人喘不过气来。

我终于忍耐不住,站起身来客气地说了一声:"晚安!"

"晚安!"黑暗中一个生涩得像锈铁似的嘶哑声音回答道。

我磕磕绊绊地、吃力地向前走去,迈过索具,由柱子旁边走过。忽然,我身后响起了急促而犹疑的脚步声。这还是那位陌生人。我不由自主地站住了。他没有走到我跟前来。我模糊地感觉到他的步履中有某种胆怯和抑郁的东西。

"请您原谅,"他急忙说,"我对您有一个请求,我……我,"由于羞怯他不能一口气接下去说,低声嗫嚅着,"我……由于个人的,纯粹是个人的原因,寻求孤独……一个沉重的损失……我避免和旅客们交往……我指的不是您……不,不……我仅仅想请求您……我将非常感激,如果您对船上的任何人都不说起您在这儿看见过我……这是由于……可以说,个人的原因使我现在不愿意在人前露面……嗯……这个……如果您提到夜里这里有人……说我……我将非常难堪。"

他的话又卡住了。我立刻答应了他的请求,以便让他很快放心。我们互相握了握手。然后我回到自己的舱间,昏昏沉沉地睡了一觉,梦境十分离奇怪诞。

我信守诺言,没有跟船上的任何人谈起这次奇遇,尽管这件事对我的诱惑力极大。在海上旅行,任何小事都称得上是一个事件,不论是地平线上的一张帆,还是蹦出水面的一只海豚,也不论是新被发现的一起调情,还是一个偶然的玩笑。此外,我还为好奇心所折磨,渴望更多地了解这位旅客的情况。我钻研旅客的名单,想找他的名字,我观察人们,看他们是否和他有关系;我整天都处在神经质的焦躁不安之中,等待着夜晚,我希望再次遇见那位陌生人。凡属扑朔迷离的心理之谜都吸引我,使我坐卧不宁,在探清来龙去脉之前我会一直兴奋得要命。只要遇到了不平常的人,我心里就燃起一种探视他们的灵魂的热望,这热望不亚于要占有一个女人的激情。我觉得这一天漫长无聊透了。我老早就在床上躺下,我知道自己会在半夜里醒来,某种力量会把我唤醒。

果然,我在和昨夜的同一个时刻醒来了。发亮的表盘上两根针交叠在一起,合成了一条光。我急忙起身离开了闷热的船舱,跑到更加闷人的夜色中去了。

繁星和昨夜一样闪烁着,星光漫洒在颤动的轮船上,南十字星在高空燃烧,一切都和昨天一样(热带的每天和每夜彼此之间比我们这里更为相像),只是我心里已经没有昨天那种温柔的阵阵袭来的梦幻般的沉醉感了。某种东西引诱着我,使我急躁不安,我知道它要把我引向哪里:就是到船头那一堆黑糊糊的杂物那边去看看那位神秘人物是不是一动不动地坐在那里。从上面传来了轮船上敲钟的声响。我似乎被什么东西推了一下。我一步一步地朝前蹭,不大甘心地屈服于某种诱惑力。我还没有来得及走到那地方,前面有个东西闪了一下,那正是一点红火,他的烟斗。也就是说,他在那里。

我不由自主地哆嗦了一下,停住脚步。我接着就要向后转了,但暗中有个东西动了一下,有人站了起来,走了两步。突然,我听见了他近在眼前的声音。

"请原谅,"他客气地、有点抱歉地说,"您,显然,是想到您的位置上去,但是见到了我,就退了回去。我请您尽管去坐,我这就要走。"

我急忙答道,请他留下来,我退回来仅仅是为了避免打扰他。

"您不会打扰我的,"他不无苦楚地反驳道,"相反,我很乐于跟什么人一起待待。我一句话都不说已经十天了……甚至可以说有好几年了……我很难受——憋闷极了,因为我必须把一切闷在心里……我不能再在船舱里,在这个……在这个棺材里待着……我再也不能……我也受不了人们,因为他们整天嬉笑……我现在受不了这个……我在船舱里也听得见,就把耳朵塞住……不错,任何人都不知道……他们什么都不知道,再说,这件事跟别人又有什么关系……"

他又嗫嚅起来,忽然又急促地冒出了一句。"但我不想使您为难……请原谅我的饶舌。"

他鞠了一躬打算离开。但我开始坚持留住他。"您丝毫也不使我为难。我也很乐意在这儿随便谈谈。您来支烟吗?"

他拿了一支。我擦亮了火柴,摇曳的火光照出了他的面庞,旋即被黑暗吞没了。现在,他的脸正对着我,镜片后面的一双眼睛贪婪地以某种疯狂的力量紧盯着我的脸。我不禁毛骨悚然。我觉得这个人想谈谈,他必须谈谈。而且我懂得,我必须保持缄默,这样才能减轻他的负担。

我们重又坐了下来。他那边另外还有一张躺椅,他请我坐下。我们抽着烟,他烟卷上的火光在黑暗中不安地跳动着,因此我看出他的手在颤抖。但是我默不作声,他也没有说话。后来他突然轻声地问道:

"您很累吗?"

"不,一点都不累。"

黑暗中的声音又犹豫起来。

"我很想问您点什么……就是说我很想告诉您一点什么。我明白,我十分明白,向我碰到的第一个随便什么人吐露衷曲是多么荒唐……但是……我……我的精神状态很坏……我已经到了极限……无论如何,我必须跟什么人谈谈……否则我会死的……当我……是的,当我告诉您……您会明白我……我知道您帮不了我的忙……但我真要憋出病来了……而病人在别人眼里总是可笑的……"

我打断了他的话,请他不要再折磨自己,希望他只管把一切都告诉我……当然,我不能许诺他什么,但每个人都有帮助别人的责任。当我们看见别人遭到不幸的时候,那么,自然要援之以手,而且责无旁贷。

"责任……给予帮助……有责任去努力……那么说,您也认为我们有责任,您……也有帮助别人的责任?"

这句话他重复了三次。他痴呆呆地总重复这句话,使我觉得害怕。这人莫非是个疯子?他是不是喝醉了?

但他猜透了我的心思,似乎我已经出声地说出来了似的,他忽然用全然不同的声调说道:

"您,也许,把我当成疯子或者醉汉了吧?不,不是的,暂时还不是。只是您刚才说的话很奇怪地打动了我。我感到惊奇,因为我所苦恼的正好就是这一点,我们有没有责任……责任……"

他又嗫嚅着,然后不说话了。过了一小会儿他又说了起来:

"我是个医生。因此常有这种情形,很不幸的情形……我们称之为两可之间的边缘情况,你还没有弄清楚您是否有责任……不单纯是对别人的责任;而且有对自己、对国家、对科学的责任……当然,应该帮助别人,我们本来也正是干这个的……但是这些原则仅仅是理论……应该帮助到什么程度?……您是个陌生人,我对于您说来也是个陌生人,我却要求您闭口不谈您见过我……很好,您没有讲,履行了这个责任……我请求您跟我谈谈,因为我快要憋死了……您准备听我谈……很好……但这还是容易办到的……可是,如果我要求您抓住我,把我扔到船外面去,行吗?……好意和助人的界限就到此为止。到了某一点它就要终止……某些事情开始关系到自己的生活和自己的责任时……在那里就必然会终止……这种责任总有个尽头……或许,作为医生,他的职责就不该有结束的时候?难道医生就应该是一个救世主,是一个广济世人的行善家,仅仅因为他有一张拉丁文写的文凭?难道当某位女……当某个病人来了,要求医生高尚一些,帮帮忙,行行好,他就真应该毁掉自己的生活,把水掺进自己的血液里去吗?是的,责任到一定的时候会完结……就在我们力所不及时,就在那里……"

他又停了一小会儿,然后接着讲:

"请您原谅,我一开始就说得这么激动,但是我没有醉,目前还没有醉……但是不瞒您说,处在极度的孤独之中,我现在常常出现这种情况……您想想,我几乎完全在土人和牲畜之间过了八年……连怎么跟人平心静气地交谈都不会了。所以现在一开口说起来,话就直往外涌。不过,您等等……对了,我已经想起来了……我想问您,想告诉您一件事……我们有没有责任帮助别人……像天使那么纯洁、无私地去帮助别人……不过,我担心这个故事太长了。您确实不累吗?"

"真不累,一点儿也不累。"

"我……我很感激您……您是否愿意?"

他在身后乱摸了一阵,两三个,总之,有几个酒瓶互相碰得哐啷啷地响,这是他放在自己身边的。他递给我一杯威士忌,我徐徐品尝,而他却一饮而尽。我们彼此沉默了一会儿。这时响起了钟声:已是十二点半了。

"嗯……我想对您讲一件事。您想象一下,有一名医生在一个……小城市里……或者,压根儿还在农村里……一个医生,他是……一个医生,他……"

他又哽住了。停了一会儿,他忽然带着椅子猛地朝我凑近过来。

"这样说是不行的。我应该坦率地跟您从头说起。否则,您不会明白……这件事按照常例和光讲理论是没法讲清楚的……我应该跟您谈谈我的遭遇。这样就顾不上害臊,也不能躲躲藏藏的……其实,人们在我面前也是脱得赤身露体的。把他们的疮疤、他们的屎尿秽物拿给我看……如果希望别人帮助,那就不能顾左右而言他,支吾隐瞒……所以,我不打算再跟您谈所谓传奇医生的故事……我把自己脱得一丝不挂,我要说:'就是我。'在这不堪忍受的孤独之中,在这啮噬人的灵魂、敲骨吸髓的可恶的国家里,我已经不知羞耻为何物了。"

大约我做了一个动作,因为他忽然停住了。

"啊,您要提出抗议……我明白。您对印度,对那些寺庙和棕榈树感到由衷的欣喜,两个月来充满浪漫情调的旅行生活使您兴奋不已。是啊,如果只是从火车车厢里,从汽车上,从黄包车上匆匆浏览一番,所有这些热带风光倒是很迷人的;对于这一点,我有过亲身的体会,那还是八年前我第一次到这里来的时候。有什么我没有幻想过呢,我想掌握各种语言,阅读原版的圣书,研究地方病,从事科学工作,研究土民的心理,用欧洲流行的话来说,我想当一名人性和文明的传教士。所有到这里来的人都有过同样的梦想。但在这里,像在一个无形的大暖房里似的,人的体力衰退了,不管吞下多少奎宁,到头来还是染上了热病。它侵入人的骨髓,你会变得萎靡不振、懒惰,像海蜇似的疲软。一个欧洲人从大城市落到这个满是沼泽的可恨的鬼地方来,不知怎的就失去了自己的本来面目,迟早总要出点毛病,有的酗酒,有的抽鸦片,另一些人变成凶残的野兽,每个人都会染上点坏毛病。你会怀恋欧洲,梦想着有朝一日再到大街上去走一走,在石砌屋子的明亮房间里跟白人坐在一块;你年复一年地幻想着,而当期限满了,可以休假的时候,你却懒得动弹了。你知道自己在那边已经被遗忘了,成了外人啦,就像大海里的贝壳,谁都可以往它身上踹一脚。于是你留下来了,在这热烘烘的湿淋淋的森林里腐化堕落,一天天走向沉沦。我卖身给这个臭气熏天的鬼地方的日子应当受到诅咒……

"不过,我到这儿来也并非完全出于自愿。我曾在德国学习,当过大夫,甚至是个好大夫,在莱比锡医院里工作过。在当时的医学杂志上(记不清哪一期了)发表过不少文章,论述由我首先应用于临床的一种新注射剂。这时,我爱上了一个女人,我和她是在医院里认识的。她把自己的情人气得发疯,以致朝她开了一枪;不久,我发疯的程度也不在他之下。她对我的态度傲慢而且冷淡,弄得我神魂不安。那些专横而泼皮胆大的女人往往能够控制我,这一位更是把我彻底拉下了马。我满足她的一切要求,唉,为什么不全说出来呢?事情已经过去八年了……为了她,我滥用了医院的公款,这事败露了,可真丢人哪。不错,我的一个叔叔把亏空补齐了,但我的前程也完了。正在这时候我听说,荷兰政府为殖民地招募医生并提供预定金。我立即想,提供预定金肯定是'好差事',我知道,在这些疠疫流行的地区,在坟地竖立十字架的速度要比我们那儿快三倍;但是人在年轻的时候,总觉得疾病和死亡只对别人有危险。是呀,我当时也没有多少选择的余地,就到鹿特丹①去了,签订了十年的合同,拿到一沓数目可观的支票,我寄回一半给叔叔,另一半被那儿港口区的一位女士骗去了。这位女士把我搞了个精光,仅仅是因为她长得同那只该死的母猫惊人地相像。我身无分文,不抱幻想,连只手表都没有,就这样离开了欧洲。当我们的轮船驶离港口的时候,我也并不感到特别悲伤。于是,我坐在甲板上,像您和大家一样,坐在那儿观赏南十字星和棕榈树。我的心融化了。啊!森林、孤独、寂静!我幻想着。可不是吗,孤独的滋味我可是尝够了。我没有被派

---

① 荷兰一城市。

到巴达维亚或是泗水①去,没有被派到有人有俱乐部有高尔夫球有书报的城市里去,而是——不过,地名与事无关——被派到某个区医务站去了,离最近的城市还有两天的路程。那儿有那么几位令人乏味的精瘦的官员,有几个混血儿,这就是我的社交圈子。此外,周围茫茫无尽的都是森林和种植园,灌木丛和沼泽地。

"起初还可以忍受。我做了许多科学研究工作。有一次副总督视察时乘坐的小汽车翻了,他的一条腿粉碎性骨折,我没有任何助手,独自给他做了手术。当时人们纷纷谈论这件事。我收集土民的毒药和枪支,为了避免闲待着,我还干了很多杂七杂八的琐事。但所有这一切之所以还能够做得到,仅仅是因为当时我身上还保留着从欧洲带来的力量;后来我变得心灰意冷。那几个欧洲人使我感到厌烦,于是我跟他们断绝了来往。我开始喝酒,沉醉在遐想之中。我总共还有两年的期限,然后就可以领取退休金,返回欧洲,重新开始生活。本来,我除了一心等待,闲躺在那儿等待,已经无所事事了。可能直到今天我还在那儿这么待着,假如不是她……假如没有发生这一切……"

黑暗中的声音戛然而止,烟斗也熄灭了。四周静悄悄的,以致我一下子又听见了下面翻腾的浪花拍击船头的声音和远处低沉的机器振动声。我很想抽烟,但又怕擦亮火柴,怕火光猛地一亮和他脸上的反光。他一直沉默不语。我不知道他讲完了没有,是在打盹呢,还是睡着了。我觉得他沉默得像死人一样。

忽然传来了清晰有力的钟声,午夜一点了。他精神一振,接着我又听见了玻璃杯的碰击声。显然,他在用手摸着找威士忌。我听见他咕咚了几口。接着,他忽然又说起来了,但似乎说得更急切、更激动。

"是呀,就是这样……慢着……是啦,事情是这样。我坐在那儿。坐在我那该死的窝里,像蜘蛛待在蛛网上一样,一动不动地待了几个月。当时正好是雨季刚过。一连几个星期雨水敲打着屋顶,没有一个人来,没有一个欧洲人来看我;我每天都跟那几个黄脸女人待在家里,喝我的上等威士忌。我当时非常忧郁,简直是得了怀欧病。当我在小说里读到明亮的街

---

① 巴达维亚,是印尼首都雅加达的旧名;泗水,即苏腊巴亚,印尼第二大城市。当时印尼是荷兰的殖民地,称荷属东印度。

道和白人妇女的地方,手指头就止不住发抖。我不能准确地向您描述这种状况,这是某一类型的热带病:人们有时会染上这种强烈狂热同时又周身无力的思乡病。

"当时我就这么坐着,我想是在看地图,幻想怎样旅游,忽然传来一阵紧急的敲门声。伺候我的男孩和女仆站在门外,两人的神色极度惊讶,眼睛睁得大大的,指手画脚地说,来了一位太太、一位女士、白人妇女。

"我跳了起来。我没有听见马车或汽车的声音。这儿,这荒僻的地方来了一个白人妇女?

"我想马上跑下楼去,但我控制住了自己。我往镜子里瞄了一眼,很快地整了整衣装。我既激动,又不安。一种不祥的预感折磨着我,因为我不知道世上还有什么人会出于友谊来看望我。后来,我还是下楼去了。

"前厅里有一位太太在等着,一看见我,便急忙迎着我走过来。她脸上遮着厚厚的活动面纱。我刚要向她问好,她倒先开口说话了。

"'日安,大夫。'她说的是流利的英文。(我觉得她说得太轻柔流畅了,仿佛事先背诵过似的)'请原谅,我闯到您这儿来了。不过,我们正好来到区站,汽车就停在那里——'为什么不把汽车开到门前来?'我脑子里飞快地闪了一下——于是我想起您就住在这里。我听到很多人谈起您,那次副总督受伤,您简直是创造了一个奇迹,他的腿长得好极了,他像从前一样地打高尔夫球。真的,真的,我们一直在谈论这件事。我们曾经打算把我们那儿所有牢骚满腹的医生和另外两位都送到这儿来,只要您上我们那儿去。怎么总也见不着您?您的生活真像瑜伽①……'

"她就这么连珠炮似的说个没完,越说越急,不让我插一句嘴。在这老练的饶舌当中可以使人感觉到一种神经质的心不在焉的情绪,我也被弄得不安起来。她为什么说这么多话,我暗自思忖,为什么她不作自我介绍,为什么不摘下面纱?怎么,她是发了寒热症,还是疯了?我就这样站在她面前一言不发,听着她滔滔不绝的絮叨,越来越不安,因为我感到很可笑。她终于停了一小会儿,我于是请她上楼去。她做了个手势让男孩留下,便沿着楼梯先上去了。

"'您这儿真好,'她说,一边环顾着我的房间,'啊!太好了!这些书!

---

① 古印度哲学中有一个瑜伽派。瑜伽的意思是"结合",指修行。此派着重说明调息、静坐等修行方法。

我都想看!'她走近书架,细看着书名。从我出去见到她以来,她头一次沉默了一分钟。

"'要不要给您沏茶?'我问。

"她没有转身,仍在细细地看书名。

"'不用啦,谢谢您,大夫……我们马上还要走……我的时间不多……这次不过是小小的出游……哟!您这儿也有福楼拜,我非常喜欢他……他那本《感情教育》真好极了。我看得出,您也在读法文书,没有您不懂的!……是啊,德国人……他们在学校里什么都学……真叫棒——懂得这么多种语言!副总督真敢向您发誓,他常说,您是他允许给他做手术的第一个人……我们那儿的宝贝医生只适合玩桥牌……另外,您知道吗(她还是没有转过身来），今天我想到该向您请教请教……正巧我们就打这儿经过，我想……不过，也许，您今天有事……我还是改天再来吧。'

"'您到底还是亮牌啦！'我立即想。但是我不露声色，向她保证说，如果现在或在她需要的任何时候能为她效劳，我将引以为荣。

"'我没有什么要紧的事！'她半侧过身来对我说，一边翻着从书架上取下来的一本书，'没什么要紧的事，没什么……都是些妇女的毛病，头晕、昏厥。今天早上汽车拐弯那会儿我忽然很不舒服，晕过去了……小男孩把我扶了起来，拿了点水来……可能是司机开得太快了……您看是吗，大夫？'

"'这很难讲。您经常像这样晕过去吗？'

"'不……就是说……前一段时间……刚好就是最近这段时间……常晕过去，还老觉得恶心。'

"她又朝书柜转过身去，把书放回原处，另外取出一本翻阅着。奇怪，她干吗总在那儿翻书，为什么这样不安，为什么不从面纱后面抬起眼睛来看人？我故意什么也不说。我存心让她等待。她终于又开始轻声地说起来了：

"'是吧，大夫，不要紧吧？不是什么热带的毛病，没危险……'

"'我必须先检查您有没有热度，我可以摸摸您的脉吗？'

"我朝她走过去，但她轻轻地躲开了。

"'没有，没有，我不发烧……肯定地，肯定不发烧……我每天都试表，自从……自从开始出现昏厥的症状以后。从来不发烧，总是三十六度四，完全正常。胃口也很好。'

"我迟疑了一下，心里一直疑惑：我觉得这女人有求于我，一般不会有人专为谈福楼拜跑到这个荒僻地方来的。我让她等了一分钟，又等了一分钟。'请原谅，'后来我坦诚地说，'可以随便提几个问题吗？'

"'当然可以啦，大夫，您是医生呀！'她答道，但又转过身去背对着我，翻起书来了。

"'您有孩子吗？'

"'有一个儿子。'

"'过去有没有……从前有没有……我想说的是，当时……您有没有过类似的现象？'

"'有的。'

"她的声音现在完全不同了,清清楚楚,一点也不装腔作势或是扭捏不安。

"'有没有可能,您……请原谅我提这个问题……有没有可能您现在处于类似状况?'

"'有的。'

"这话她说得像一把尖刀似的利索。她扭过头去,纹丝不动。

"'夫人,最好还是让我给您一般性地检查一下……我是否可以请您劳驾……到另一个房间里去?'

"这时她忽然转过身来。透过面纱我感到她冷冰冰的坚定目光正紧盯着我。

"'不……这没有必要……我对于自己的情况有十足的把握。'"

话音停顿了一下。斟得满满的酒杯又在黑暗中闪了一下。

"嗯,后来……不过,您先试着设想一下:一个孤独得要命的男人,许多年来头一次有一位白人妇女闯进来找他……我忽然觉得房间里有一种不祥的、危险的东西,感到一种说不出的不自在,对这个婆娘的强硬态度感到害怕。她一闯进来就唠叨个不停,忽而一下子亮出要求,就像亮出一把刀似的。因为我明白她对我有什么要求,这我马上就猜到了——女人们对我提出这种要求已不是头一回,但她们不是这个样子,而是不好意思地恳求,又流眼泪又发誓。但这次……这儿的这一位很硬……跟男人一样坚决……从第一秒钟起我就觉得这个女人比我厉害……她能使我屈从于她的意志……但是……但是……我心中升起一股怒火,男人的反抗心理、屈辱感,因为……我已经说过,从第一秒钟起,甚至在我见到这个女人之前,我就觉得她是一个敌人。

"我先不说话。横是心硬是不说话。我感到她从面纱后面看着我,直勾勾地有所求地盯着我、要求我,想以此迫使我开口。但是我不轻易让步。我开口说话了,但是……含糊其辞……下意识地模仿她那种言不及义的无所谓腔调。我假装不懂她的意思,因为——我不知道您是否明白——我想迫使她说得明确些。我不愿意给她提建议,相反……我希望她来求我……正是要她,这位如此盛气凌人的女士来求……因为我知道,在女人们身上,我最怕的就是这种傲慢而又冷淡的态度。

"我兜着圈子,说她没有什么可担心的,还说这种昏厥是正常现象,反而倒是妊娠正常发展的保证。我从医学杂志上举出了几个实例……我说呀,说呀,说得平静而且轻松,把她的病痛看作十分平常的事情,然而……我一直在等着她阻止我说下去。因为我知道她受不了这个。

"果然,她猛地打断我,挥了一下手,仿佛要以此把这一大套安慰之词挥开似的。

"'大夫,我担心的不是这一点。当初,我怀孩子的时候,我的情况很好……但现在我已经不那么对头……我有心脏反应……'

"'怎么,有心脏反应?'我重复了一遍,做出不安的样子。'那我倒要马上听一听。'我做了个要站起来取听诊器的样子。但她立即止住了我。这回她的声音像发命令似的既果断,又明确。

"'我经常犯心脏病,大夫,我不得不请求您相信我的话。我不愿意把时间花在检查上面——我想,您该对我表现出更多的信任。至少我已经充分表明了对您的信任。'

"现在这已经是一场斗争了,是公开的挑战。我接受了这个挑战。

"'信任要求坦率,要求完全的坦率。您要把话说明白,我是个医生。首先您把面纱摘下,坐到这里来,把书放下,也别再绕弯子。找大夫一般是不戴面纱的。'她注视着我,身体挺直,神情高傲,又迟疑了片刻,然后坐下来,撩起了面纱。我见到了一张正是我害怕见到的脸庞:叫人捉摸不透,显得严厉、富于自制,有一种不以年龄转移的美,一双英国式的灰色眼睛——显得非常稳重,但可以设想出里面蕴藏着一团烈火。那紧闭着的薄嘴唇是善于保守秘密的。我们互相对视了一分钟,她的目光是命令式的,同时含着询问、冷漠、强硬和残酷,以致我忍受不住,不由得挪开了视线。

"她用手指头轻轻地敲着桌子。这表明她也很不安。接着,她忽然迅速问道:'大夫,您是知道我对您的要求呢,还是不知道?'

"'我想是知道的,但您最好还是谈清楚。您希望摆脱您的这种状况……希望我能使您不再昏厥和呕吐……排除……排除掉原因。是这么回事吧?'

"'是的。'

"这话像断头台上的刀子一样落了下来。

"'您可知道,这一类的尝试对双方……都是危险的?'

"'知道。'

"'知道法律禁止我这么做吗?'

"'但有一种可能性,那时不仅不禁止,甚至还会要求这么做呢。'

"'但是要有医生的诊断。'

"'您会找出症状的,您是医生。'

"她明确、顽强、眼都不眨地盯着我。这是一道命令,而我这个懦夫竟被她恶魔般的意志力镇住了,惊叹不已。但我还硬撑着,不愿露出已被压服的样子。'千万不能快,想办法拖延!要逼着她来求你。'某种隐秘的欲望对我耳语着。

"'这并不总是取决于大夫的愿望。不过,我准备……和医院的一位同事商量……'

"'我用不着您的同事……我是找您来的。'

"'请允许我问一声,为什么偏偏要找我呢?'

"她冷冷地看了我一眼。

"'告诉给您,我倒并不担心。您生活在社交圈子以外,您不认识我,您是位好大夫,而且您……——她第一次迟疑了一下——大概,不会在这儿待很久了,特别是如果……如果您能带一大笔钱回家的话。'

"我全身直发冷。这种执拗的买卖人的口吻,这种做买卖式的明白计算把我惊呆了。到现在为止,她还没有开口求我,但她早已把一切都盘算好了,先是潜伏在四周,然后嗅出踪迹才下手。我感觉到她那恶魔似的意志怎样向我步步进逼,但我因被激怒而顽强地抵抗着。我再一次强使自己采用了一种公事公办的、甚至是嘲讽的口吻。

"'那么,这笔巨款由您……您提供给我?'

"'为了答谢您的帮助并请您立即离开。'

"'您知道,这样一来,我就领不到退休金了吗?'

"'我赔偿给您。'

"'您说得很明白……但我希望更明白一些。您打算付多少酬金?'

"'一万二千金币,在阿姆斯特丹①提取。'

"我浑身颤抖,由于愤怒和……惊奇而颤抖。她全都计划好了——包括数目和迫使我离开的付款办法。她对我作了估价,把我买了下来,还不认识我就给我作了安排,因为她预感到自己有这种意志力。我真想给她一记耳光……但是,当我站起来(她也站起来了)直盯着她的眼睛,朝她那不

---

① 荷兰的大城市。

愿求人的紧闭着的嘴唇和那不愿低垂的高傲的额头瞥了一眼之后,我忽然产生了……产生了……一种渴望复仇、渴望暴力的欲念。她想必也感觉到这点了,因为她高高地扬起了眉毛。人们想制止某个纠缠者的时候,往往就会这样。她和我之间的仇恨已暴露无遗。我知道她恨我,因为她需要我,而我恨她是因为……因为她不愿求我。在这一秒钟,在这唯一的安静的一秒钟里,我们第一次完全坦率地表露了自己的感情。接着,一个念头,像虫子似的钻进了我的心里,于是我说……跟她说……

"但是请等一下,不然您不会正确理解我做了什么……说了什么……我得先给您解释,我怎么……怎么会产生这个疯狂念头的……"

黑暗中又发出杯子轻轻的碰击声。他的声音越发激动了。

"您别以为我想减轻自己的过错,为自己辩白,洗刷……不然您是不会明白的……我不知道我原来算不算一个好人……但我倒还总是乐于助人的……但在那儿,帮助别人可说是我痛苦生活中的唯一乐趣:利用我头脑里掌握的那点知识为随便哪个活物保住生命……那时我感到自己快活得像神仙……真的,我感到最美好的是那些时刻,有一回一个黄种少年跑来了,他吓得脸色发青,肿起的脚上带着蛇咬的伤口,哀嚎着求我不要锯掉他的腿,而我居然设法救了他。我也曾驱车几小时去给一个发着高烧卧床不起的妇女看病,她和刚才说的这位女士有同样的要求——但那还是在欧洲,在医院的时候。但当时我至少觉得人家需要我,我知道我挽救了别人,使人家避免了死亡或绝望,而这一点也是救护者所需要的,就是意识到别人需要你。

"但是这个女人——我不知道是否能跟您讲清楚——自从她装作顺路走进我的屋子以后,我就感到激动和愤怒。她的傲慢引起了我的反抗,她唤醒了我身上的一切……怎么说好呢……唤醒了一切受压抑的、隐蔽的、凶狠的东西。她在我面前俨然是一位贵夫人,在生死攸关的问题上竟以拒人于门外的冷漠态度跟我做交易,把我逼得失去了理智。而且……而且……归根结底,玩玩高尔夫球是不会怀孕的……我知道……就是说我忽然产生了一种再清楚不过的念头——因而非常清楚地想到,这个高不可攀的、冷若冰霜的女人,她从我的脸色上看出我要拒绝她,看出我的愤慨之后,把那双冷得刺人的眼睛上面的眉毛轻蔑地扬了起来。我想到,就是这个女人,两三个月之前曾经和一个男人在床上忘情地搂抱翻滚,赤身露体活像一只野兽,也许,由于快活还呻吟过,他们的身体像两片嘴唇一样互相紧贴在一起……这就是,当她完全像一个英国军官似的如此高傲如此冷漠地看着我的时候,这就是钻进我头脑中的想法……于是,于是我的整个神经都紧张起来,一心要压倒她,蔑视她……就在这一瞬间,我透过衣衫看见了她赤裸的身体……从这一瞬间起,我只有一个念头,就是要像我所不认识的那个人一样地占有她,要逼得她那冷酷无情的嘴唇发出呻吟,要亲眼看到这个冷漠骄傲的女人处在情欲的狂态之中。这一点……这一点我想向您解释一下……我不论怎样糟糕,还从来没有滥用过行医的方便……这一次,既没有动情,也不是肉欲,和性爱无关,真的……我只能承认这是一种一心要战胜她……像个男人那样战胜她的热望……我似乎已告诉过您,那些高傲的、表面上冷漠的女人对于我总有一种特殊的力量……并且,又加上,就是我在这里生活已经八年,还不曾有过白种女人,而且我还没有遇到过抗拒……因为本地的这些姑娘们,这些吱吱喳喳的纤小女人总是带着虔敬的战栗委身于白人"老爷"的……她们是谦恭而温驯的,总是容易到手的。她们随时都乐于轻声地吃吃笑着侍奉您……但正是这种温驯,这种奴隶般的逢迎使你觉得兴味索然……您现在明白了吧,您明白不明白,这个女人的突然出现弄得我心神迷惘。她充满了轻蔑和仇恨,她把自己封闭得很严,但同时又闪露出隐私,羁于昔日的欢情……当这样一个女人大胆地走进像我这样一个孤独的、饥饿的男人——一只与世隔绝的半野兽——的笼子里来的时候……这……这就是我想告诉您的,为了让您明白其余的一切……明白接下去发生的一切……也就是说……我心里怀着一种恶毒的欲望,一心想看她赤身露体委身于人的样子。我的心整个地收缩起来,但我装作无动于衷的样子,我冷冷地说:

"'一万二千金币?不,这个办法我不同意。'

"她脸色略微有些发白,看了我一眼。大概她已经觉出我并不是由于贪财而拒绝她。但她还是问了一句:

"'那您想要什么呢?'

"但是我已不想继续这种冷漠的腔调。

"'让我们摊开讲吧。我不是商人……不是《罗密欧与朱丽叶》里面那个为了那么一点金子而出卖毒药的可怜巴巴的药剂师;也许,我也许和一个商人正好相反……您用这个法子是达不到目的的。'

"'您不愿意干?'

"'为了钱——不愿意。'

"我们之间出现了刹那间的缄默,非常安静,以至于我第一次听见了她的呼吸声。

"'那您此外能要求我什么呢?'

"这时我把心里的话都说了出来。

"'首先我要求您……要求您不要像对待一个买卖人那样对待我,而要把我当成一个人……如果您需要帮助,不要一上来就谈您那可恶的钱……而要请求……把我当作一个人加以请求,而我把您当作一个人给予帮助……我不只是个医生,我不只是有门诊时间……我还有别的时间……也许,您这次来,正赶上是那种时间……'

"她沉默了一分钟。然后她的嘴唇轻轻地一歪,颤抖起来了。她很快地说道:

"'就是说,如果我请求您……那您就照做?'

"'您这又是在讲价钱,一定要我先答应了,您才愿意求人!您应该先请求我,然后由我来回答。'

"她像一匹烈马似的昂起了头,愤怒地盯着我。

"'不,我不求您。情愿死!'

"这时我一下子暴怒起来,一种狂乱的没有理性的愤怒。

"'如果您不愿意请求,那么我来提要求。我想,用不着更明白地表达了——您知道我贪图您的什么。那样我就给您帮忙。'

"她死盯盯地看了我一眼。后来——啊,我不能,我不能转述这是多么可怕——她的脸像石雕一样待了一瞬间,接着……接着她突然哈哈大笑起来……以无法形容的轻蔑直冲我的脸哈哈大笑着……她那轻蔑的大笑使我魂飞魄散……同时也使我陶醉……这笑声很像爆炸,突如其来隆隆有声的强有力的爆炸……在这轻蔑的笑声中可以感觉到一种可怕的力量,以致我……是的,我恨不得匍匐在尘埃里,吻她的脚。但这只持续了片刻……如同电光之一闪,我浑身仿佛烈火炎炎……而她,已掉转身急匆匆夺门而出了。

"我身不由己地跟在她后面跑……想跟她解释,请求她原谅……我的力量已被彻底摧垮……她又转过身来,说道……不,她是下命令:

"'您胆敢跟着我走或跟踪我……您要后悔的!'

"同时,她身后的门也砰的一声关上了。"

又停顿了一会儿。一阵沉默……又是一连串好像是从月光上倾洒下

来的窸窸窣窣声。终于,又是他说话的声音了:

"门关上了……而我一动不动地站在那儿……仿佛她的命令有种魔力将我锁住……我听见她怎样下楼,听见大门怎样关上……我全听见了,我的全部心神都奔向她……想要她……我不知道,是……想要她回来,还是要打她或是掐死她……但是我只想跟着她跑……跟着她……然而我又不能这样做。我仿佛遭到雷电之一击,四肢麻木瘫软……她那居高临下的目光像霹雳闪电将我击中,渗入了骨髓……我知道这是无法解释也不能言传的……这也许显得很可笑,但我一直站在那儿……过了几分钟,可能是五分钟,也可能是十分钟,我才能挪动我的脚……

"我刚挪了一步,立刻就亢奋起来,急匆匆地……我飞步下楼……她只可能顺着街往车站那边走……我奔到车棚那边去取自行车,发现忘了带钥匙。我一把拔掉了门扣,竹子噼啪直响,裂成了碎片。接着我跳上自行车急忙去追赶她……我必须……我必须在她坐上汽车之前追上她……我必须和她谈谈……

"我在土路上飞驰着……这时我才发现刚才在楼上待立了多久……直到林中拐弯的地方,马上就到车站时,我才看见她。她走着,步态急速而姿态僵直,一个男孩陪伴着她……她想必也发现我了,因为她跟男孩说了些什么,那男孩就停下来了,她一个人继续往前走……她想干什么?为什么愿意单独走?莫非她想单独跟我谈谈,免得让他听到?我拼命踩着脚蹬子……忽然有个东西横冲过来,截住我的去路……就是她那个男孩……我勉强来得及把车拐到一边,自己却摔到地上了……

"我边骂边爬起来……不由得举起了拳头,要给这蠢货一拳,但他躲开了……我在自行车上拍了几下,打算再骑上去……但那个下贱胚又来了。他抓住自行车,用蹩脚的英语说道:'你留在这儿。'

"您没有在热带生活过……您不会知道,一个黄种贱胚抓住白人'老爷'的自行车而且命令他,命令'老爷'留在原地,这是多么无礼。我不由分说给了他一耳光……他摇晃了一下,但仍然没有撒手……他那细长胆怯的眼睛睁得大大的,充满奴隶般的惊恐……但他捏住车把,捏得死紧死紧……'你留在这儿。'他又嘟哝了一句。

"幸亏我身边没有手枪,否则我一定会对这个蛮子开一枪。

"'滚开,下流胚!'我咆哮道。

"他看着我,瑟缩成一团,但没有松开把手。我对准他的脑门儿又是一拳,他还是不松手。这时我气得发狂……我发现她已经不见了,她可能已经脱身了……我朝他的下巴颏上来了个真正的拳击手的一击,把他打得滚倒在地……现在自行车又由我支配了……我跳上车座,但是车子扭来扭去……搏斗的时候轮辐弄弯了……我试着用发抖的手把它掰直……没有弄成……于是我把自行车横摔在路上,扔在那个混蛋旁边。他流着血,挣扎起身躲向一边……当时——不,您不可能明白,当时,在众目睽睽之下,这显得多么可笑,如果一个欧洲人……不过我当时也不明白自己在做什么……我只有一个念头:跟着她,追上她……于是我跑起来了,像疯子似的顺着大路跑过去,从一间间的茅舍旁边跑过去。土民们惊奇地挤在门旁观看一个白人,一名医生在怎样奔跑。

"我跑到车站时已是满身大汗……我的头一个问题就是:'汽车在哪儿?''刚刚开走……'人们惊讶地看着我,他们想必觉得我是个疯子,浑身泥污,满头大汗,跑过来打老远就大叫大嚷地问着……我看见车站后面路上的远处有汽车喷出的白烟……她跑掉了……成功了,正如她坚定不移、冷酷无情的盘算都必须成功一样。

"但是溜掉对她并不管用……在热带地方,欧洲人彼此之间是无密可保的……谁都认识谁,任何区区小事都能掀起轩然大波……她的司机在政府消夏大厅里待了一小时并没有白费……几分钟之后我已经全知道了……知道她是谁,知道她住在……嗯,家在政府所在的城市里,从这儿坐火车去要走八小时……她……嗯,据说是一个巨商的妻子,非常富有,出身名门,是英国人……还知道她丈夫在美国待了五个月,最近就要回来,带她到欧洲去……

"'可是她,'这个想法像毒药似的使我坐卧不宁。'她有情况超不过两三个月……'"

"直到现在我还能向您解释这一切……也许只是因为在此以前我还可以理解自己……作为医生能对自己的症状做出诊断。可是自那以后我仿佛得了寒热病……我失去了自我控制能力……就是说,我清楚地意识到这一切是多么无聊,然而,我身不由己……我已经不理解我自己了……我像中了邪似的往前跑,眼前只有一个目标……不过,请等等……也许我还是能使您明白……您知道马来亚热带癫狂症是怎么回事吗?"

"癫狂症?有一点印象……马来亚人常患的那种类乎酒后失态的

病……"

"这比酒后失态厉害……这是一种疯癫,是人患的一种狂犬病……一种突发性的平白无故就去行凶杀人的狂想症。任何酒精中毒都无法与之相比……我在那儿居留期间曾研究过几起这类事故——对别人的事,我们往往是又聪明又实际!——但我一直没有弄清楚这可怕疾病的神秘病因……总之,和气候有关系,和这种郁闷的、捆绑在人身上似的溽热的气候有关。它像雷雨一般压迫神经系统,直到最后神经系统一下子崩溃……即所谓热带癫狂症,是的,热带癫狂症——是这样:有那么一个非常普通的马来亚人,心地也蛮善良,喝着自家酿的酒……他昏昏沉沉地坐在那里,一副漫不经心少气无力的样子……就像我坐在自己的房间里那样……而他会突然跳起来,拿起一把匕首跑到街上去……他一直往前跑、往前跑……连自己也不知道要去哪儿……跑上不管遇见谁,不管是人还是动物,他都会用自己的双刃弯刀把他砍倒,见到血他会更加兴奋……他口吐白沫,像狂人般地吼叫着……然而,他不停地跑呀,跑呀,两眼直瞪前方,尖声喊叫着,手里拿着一把血淋淋的刀,一直这么吓人地跑下去……村里人知道没有任何力量能够挡住癫狂症患者……他一来,人们就喊着,警告别人:'狂人来了!狂人来了!'于是大家都闻声奔逃……而疯子狂奔着,什么也听不见看不见,遇见谁就杀谁……直到人们开枪把他打死,像打死一条疯狗一样,或者他自己口吐白沫訇然倒毙。

"我从自己消夏凉棚的窗子里看见过一回……那是非常可怕的景象……就因为我见过,所以我明白自己在那些日子的表现……我也是那副样子,眼神呆滞可怕,我发疯似的往前冲……跟踪着这个女人……我不记得是怎样做完这一切的,这是以奇迹般的疯狂速度进行的……十分钟之后,我就骑上人们借给我的一辆自行车飞驰回去,把一套外衣往箱子里一扔,拿了钱就驱车上火车站了……我走了,既没有跟当地的官员打一个招呼……也没有指定一个代理人接替我的工作,连住房也扔下不管了……仆人们围住我,妇女们都很惊讶地询问我,但我没有回答,连头都不回……急忙赶到火车站,搭上头趟列车就进城去了……从这女人走进我的房间之后,还未超过两小时,而我却把自己的整个生活都抛在脑后了,热带癫狂症驱赶着我,奔向一个虚无缥缈的目标。

"我不顾死活地朝前奔……晚六点到达……六点十分我已在她家门口,吩咐通报我来了……还是……您懂吗……我能做出的最无聊最愚蠢的事……但热带癫狂症患者圆睁着视而不见的眼睛,看不见自己奔往何方……过了几分钟仆人回来了……礼貌而冷淡地说……夫人感到不适,不能接待……

"我摇摇晃晃地走了出来……在房子周围徘徊了一小时,荒唐地希望她兴许会派人找我……然后我才在斯特兰德旅馆租了一间房子,叫人给我房里送两瓶威士忌来……威士忌加上两倍的安眠药片救了我……我终于睡着了……在这不顾死活的奔跑当中,这场混沌不清的昏眠是我唯一的喘息之机。"

钟声响了,坚定而沉重的两下,在几乎是凝滞不动的柔和空气中流荡回响,旋又在喁喁低语般永无止息的潺潺水声中消失。下面的水声顽强地伴随着坐在我对面暗处的那个人热切激昂的叙述;我觉得他吃惊地抖了一下,他的话音中断了。我又听到手摸瓶子的声音和轻微的咕嘟声。接着,他仿佛定了定神,又用比较平稳的声调说了起来。

"这以后发生的事我实在很难描述给您听。我现在想,当时我在发烧,无论如何,我是处于极度兴奋的近于疯狂的状态之中——像我对您说过的,一个热带癫狂症患者。不过别忘了,我是星期二晚上到的,而我已经打听清楚了,星期六她丈夫就要乘横滨来的轮船到达;因此,只剩下三天了,做决定、想办法,就只有短短的三天时间了。您要明白:我知道应该立即帮助她,但跟她说不上话。我感到恼火的是,必须请她原谅我那种可笑的莽撞行为。我明知道每一瞬间都是宝贵的,也知道这对于她是生死攸关的问题,但却没有机会哪怕悄悄地跟她说上一个字,给她一个暗示,因为正是我那种愚笨的发疯似的追逐吓坏了她。这是……是的,请等一等……这就仿佛是,一个人跑着去追赶另一个人,为的是警告他前面有人要杀死他,他却把警告者当作凶手而迎着自己的坟墓继续朝前狂奔……她只是把我看作一个追逐她、想侮辱她的疯子,而我……最荒谬不过的正在于此……我已经压根儿不再想那件事……我被彻底打垮了,我只想帮助她、效劳……为了帮助她,即使犯罪、杀人我也在所不辞……但是她,她不明白这一点。早晨,我刚醒来,立刻就跑到她的住所。门前站着个男孩,就是昨天挨我耳光的那个男孩,老远一发现我——他想必是在等我——立即便钻进去了。他这么做可能只是要进去悄悄通报我来了……啊,不明真相,真叫人痛苦万分!……也许,当时一切都已准备就绪,要接待我……但就在我看见他时,记起了自己遭受的凌辱,我没有胆量再作拜访……我的双膝发抖了。我到了门前又折了回来,我走开了……我离开的时候,她也许正在等候我,她的苦恼也不亚于我。

"现在我已经不知道在这陌生的城市里该做什么好了,城里的街道被烈日炙烤得火烫……我忽然闪出一个念头;我立即叫了一辆马车,直奔那位找我帮过忙的副总督,并让人通报我来访……我的外貌大概有些异样,因为他看我的神色带有一点惊疑,在他的客套当中流露出一种不安……也许,当时他已经看出我是一个热带癫狂症患者……我坚决地向他声明,要求把我调到城里来,我在现在的岗位上待不下去了……我必须马上调动……他看了我一眼……我无法向您转述,他是怎样看我的……嗯,就像医生看病人那样……

"'您的神经受不住了,亲爱的大夫,'他说,'我十分明白这一点。嗯,这是可以设法安排的,不过得稍微等一等……比如说,等四个星期……我首先得帮您找一个代替的人。'

"'我一天也不能等了。'我回答道。

"他又用惊奇的目光看着我。'必须忍耐,大夫,'他严肃地说,'医疗站不能没有医生。但是我答应您,今天就着手办这件事。'

"我站在他面前,把牙齿咬得紧紧的,第一次清楚地意识到我是一个被出卖的人,是一个奴隶。我满腔怒火,要进行反抗,但这个圆滑的人抢先说:

"'您离群索居,大夫,到头来变成一种疾病。我们大家都很奇怪,您为什么从来不到这儿来,从不休假。您需要更多的交际,需要娱乐。至少今天晚上要来——今天省里举行招待会,所有侨居此地的人将济济一堂。一些人早想认识您,常常问起您,希望把您调到这儿来。'

"他最后几句话使我一惊。问起我?会是她吗?我似乎立即变了一个人,我用最礼貌的方式感谢副总督的邀请,并答应一定准时来。我果真准时来了,甚至太准时了。我得对您说,我简直是急不可耐,头一个来到政府大厅;黄皮肤的仆人们悄没声儿地急匆匆走来走去,他们光着脚板走起来摇摇摆摆的,我仿佛模糊地觉得,他们在背后讥笑我。长达一刻钟之久,在这鸦雀无声的席前准备工作中我是唯一的欧洲人。我是如此孤单,以致听得见坎肩口袋里怀表的嘀嗒声。终于有两三位政府官员带着他们的家眷来了,后来总督本人也来了,跟我作了长时间的谈话;我专心听他讲,自认回答也很得体,直到我忽然被一种神秘莫测的不安情绪所侵袭。我失去了应付能力,开始答非所问。我尽管背对着大厅的入口,但却立即意识到她进来了,她已在这里了。我无法跟您解释我怎么会产生这种令人心神不安的信念的,但是,我一边跟总督聊天,听他说话,而同时我却感觉到她就在我身后的某个地方。幸而总督很快就结束了谈话,否则,我会不顾礼貌地转过身去。我的神经受到神秘的牵引,我的欲望无比强烈。果然,我还没有完全转过身去,就看见她分毫不差地正在我下意识地感觉到的地方。她穿一件舞会上穿的黄色连衣裙,她那优美瘦削纯净无瑕的肩膀有一种象牙般的淡雅光泽;她在谈天,身边围着一群客人。她微笑着,然而我在她的脸上捕捉到某种紧张的神色。我走近了些——她看不见我——细细审视这微笑,这种讨人喜欢的彬彬有礼的微笑,浮漾在她薄薄的唇边。这笑容重又使我陶醉,因为它……因为我知道这是假的,是虚伪,是高超的伪装。今天星期三,我脑子里闪了一下,星期六她丈夫乘坐的轮船就要到了……她怎么还能这样微笑,这样……这样镇定,这样无忧无虑地微笑,还这样懒洋洋地用手戏弄着扇子,却没有由于恐惧而把它揉成一团?我……我,一个外人……面对着那一时刻,两天来心里战战兢兢……我,一个外人,为她分担惊恐,忧心如焚……而她却参加舞会并在那里微笑,微笑……

"身后乐曲启奏。开始跳舞了。一位中年军官邀请她,她向交谈者表示了歉意,就挽着他的手从我身边走过,到另一个大厅去了。当她发觉我的时候,一阵痉挛突然从她脸上掠过——但只不过一秒钟,然后她客气地跟我点点头,像对偶然遇到的一个熟人那样打了个招呼,'晚上好,大夫!'——我还没来得及决定是否要向她问候,她已翩然而过了。

"谁也猜不透这双灰绿色眼睛的目光中隐藏着什么,就是我,我也不知道。她为什么向我致意……为什么忽然承认了我?这是自卫还是和解的步骤?或仅仅是张皇失措?我没法向您表达我留在那儿有多么激动,被煽动起来又强压下去,一触即发。我看了她一眼,她正挽在军官的臂中旋舞,脸上一副漫不经心的表情……我可是知道她……知道她和我一样,一心想着一件事……想着一件事……在这群人当中只有我们两人知道那个可怕的秘密……而她却在跳舞……这时我的痛苦、我的热望,以及对她的惊叹都超过了以往任何时候。不知道是否有人在注意我,但我的举止无疑地会把她掩饰的事情给暴露出来——但我不能往别处看,我只能……对,我只能看着她,我目不转睛地盯着她,远远地扫视着她那张不露声色的脸——我要看那假面具后面的脸会不会有片刻流露真情。她想必也感觉到被一双眼睛盯得很不自在。当她和舞伴挽着手回来的时候,她疾速地扫了我一眼,以此严厉地命令我,指引我。我所熟悉的那条傲慢而愤怒的褶皱又恶狠狠地出现在她的额头上……

"但是……但是……我已经对您说过,热带癫狂症驱使着我,我执著于一点,目不斜视。我立即明白了她的意思——这眼色是说:'你要控制自己,不要惹人注意!'——我知道,她……怎么说好呢?……她要求我在这儿,在大厅里不要干预她的行动……我懂得,如果我现在回家,明天肯定可以受到她的接纳……她只是现在,此刻,希望我不要过于张扬地逼她承认我的亲密态度。我知道,她——多么有道理啊——怕由于我的笨拙而演出一幕……您看,我全明白,我明白这下令似的灰色目光,但是……但是这超出了我的力量,我必须跟她谈谈。我摇摇晃晃地朝那群客人走过去,她正站在那里跟大家说话。我虽然只认识其中很少几个人,也凑了上去……只是因为想听她讲话,但她的目光使我缩头缩脑,活像一条挨打的狗,当她的目光漠然地从我身上掠过时,仿佛我与身边悬垂着的亚麻布窗帘毫无区别,或者我就是拂弄着窗帘的一股清风。然而,我如饥似渴地盼着她讲一句话,或是给我一个和解的表示。我就那样呆若木鸡地兀立在那儿,两眼盯着她,站在闲谈的人们中间。毫无疑问,人们已经注意到了……毫无疑问……因为谁也不搭理我;而她,也由于我这副可笑的样子而狼狈不堪。

"我不知道像这样站了多久……可能有一个世纪吧……我没有办法挣脱自己如醉如痴的意向……正是这种疯狂的顽固劲头弄得我丧魂失魄……但是她受不住了……她忽然用一种派头十足而又轻盈机敏的姿态对她周围的男人们说:

"'我略感疲倦。今天想早些休息……晚安!'

"说着,她便像在社交场合对陌生人那样对我点点头,由我身边飘然而过。我还瞥见她额上蹙起的皱纹,接着就只看见她那白皙而骄傲的裸露脊背了。我在明白她即将离去之前愣了一秒钟……我再也见不到她了,不能在这个晚上,在这对于救她来说是最后的一个晚上跟她谈话了……在我明白这一点以前,我就这样在原地呆站了一刹那……而接着……然后……

"但是请等一会儿……等一会儿……这样您不会明白我当时的做法是多么无聊和愚蠢……我首先应该向您描绘一下事情发生的地点……这是在政府大厦的一个大厅里,里面灯火通明,空荡荡的……人们有的成双成对地跳舞去了,男人们玩牌去了……只有少数几群客人在角落里聊天……因此,大厅里是空荡荡的,在明亮的吊灯照耀下任何细微的动作都是很显眼的……她以轻盈的步态款款地从宽敞的大厅里走过去,时不时地以她那难以描摹的姿势向人们答礼……以她那种庄重的、高贵的、使我迷恋的镇定自若的仪态……我……我留在原地,我已经跟您说过了,我好像瘫痪了,直到我明白她走了……当我醒悟过来时,她已经在大厅那头的门边了。于是……唉,现在回想起来我还觉得惭愧!……这时有个什么东西忽然推了我一下,我就跑起来了——您听着:我跑起来了……我不是走,而是穿过大厅向她跑去……我的脚步声在大厅发出很大的回响……我听见了自己的脚步声,看到所有的人投向我的惊愕目光……我真害臊得要命……我在跑的时候已经意识到了自己的疯狂……但是我不能……不能停住……我在门旁赶上了她……她回过头来……她的目光像灰色的利镞射向我,鼻翼愤怒地颤动着……我正要开口……她忽然纵声大笑起来……笑声响亮、洒脱、真诚,她还说了话……声音大得所有的人都听得见:

"'啊!大夫,您到现在才想起给我的孩子开药方……瞧这些学者!……'

"旁边的一对男女善意地跟着笑了……我明白了,当时我被她扭转危局的妙手绝艺弄得头晕目眩……我在皮夹子里翻了一会儿,然后匆匆忙忙地从记事本上撕下一张白纸……她不慌不忙地收了起来……接着又用冷淡的微笑谢了我……就走了……头一秒钟里我如释重负……看到她巧妙地遮掩了我的失态莽撞,挽回了局面……但我当时也即刻明白我失去了一切,明白这个女人因我的急躁荒唐而憎恨我……甚于憎恨死亡……我明白了,即使我上百次地走到她家门口,她也会把我当成一只狗那样赶走。

"我摇摇晃晃地在大厅里走着,感觉到人们在看我……我的样子想必是很古怪的……我走进小卖部,一连喝了两三杯……四杯法国白兰地……这才没有晕过去……神经再也受不住了,好像扯断了……后来我像个罪犯似的,悄悄地从旁门溜了出去……不论把世上的什么财富给我,也不愿再在这大厅里走一趟了,她的笑声还在那里的墙壁之间回响……我走了……也弄不清到哪里去了……大概是什么酒馆吧……我像一个希望忘却的人那样喝个没完……但是我并没有醉……笑声还在我耳边回响,刺耳的,愤恨的……我怎么也忘不掉这可恶的笑声……后来我在港湾附近徘徊……我把手枪留在旅馆里了,不然我一定开枪自杀了。我不再想别的事,走了回去,脑子里只有一个念头……就是柜子左边的抽屉里放着我的手枪……只有这个念头。

"如果说我当时没有开枪自杀……我对您发誓,那并不是胆怯……对我来说,把扳开了的冰冷的机头往下一按,那倒是解脱……但是,怎么跟您解释呢……我觉得自己还有责任……该死的责任,我对她还有用,她还需要我,这个想法使我发狂。当我到旅馆时,已经是星期四的早晨了,而星期六……我已经对您说过……轮船星期六到,而我知道,这个女人,这个骄傲而自负的女人,在丈夫和上流社会面前是无法忍辱偷生下去的。啊,一想到轻率地丧失了宝贵的时间,想到我愚蠢的轻浮行为把任何及时挽救的希望都化为泡影了,我是多么痛苦……几小时地,我向您发誓,我在房间里来回走了几小时,绞尽了脑汁,想找出一个办法去接近她,改正我的错误,帮助她……至于她不允许我再去找她,这一点我完全清楚……我的全部神经还感觉得到她的笑声以及鼻翼愤怒的颤动……我几小时几小时地在我那间斗室里心急如焚地跑过来跑过去……已经是白天了,时近中午……

"我忽然被什么东西推到桌旁……我抽出一沓信纸,开始给她写信……我全都写了……我像一只挨打的小狗哀嚎着,我请求她原谅,说自己是疯子,是罪犯……求她相信我……如果她希望的话,我答应几小时内从城里、从这块殖民地销声匿迹,如果她希望,我可以去死……只要她原谅我,相信我,允许我在这最后的致命时刻帮助她……我写了满满的二十页……这大概是一封疯狂的、不可思议的信,类似痴人说梦。当我从桌旁站起来的时候,我浑身是汗,房屋在眼前晃动,我必须喝一杯水……然后才试着把信通读一遍,但开头几句话就叫我害怕……我用颤抖的双手把信叠好,就要装进信封里去……忽然我产生了一个想法。我找到了真正要说的决定性的话。我又抓起了笔,在最后一页附上一句:'我在斯特兰德旅馆这儿恭候您表示宽恕的片言只语,如果七点以前得不到回信,我就开枪自杀!'

"然后我叫来了一个男孩,吩咐他立即把信送去。终于都说出来了!"

我们身边有东西滚动发出的声音,他的一个过猛动作把威士忌酒瓶给碰翻了。我听见他用手在甲板上摸着,突然一下子抓住了空瓶子;他猛地一挥手,把空酒瓶扔进了大海。沉默了几分钟,他又接着说了起来,说得更加热切,更加激动和急促。

"我已不再是一个虔敬的基督徒了……对我来说,既没有天堂,也没有地狱……如果有,那我也不害怕了——它不可能比当天早晨我所度过的那几个小时更可怕。请您设想一下,一间太阳晒着的小屋,中午显得更加炎热……这间小屋里面只有一张桌子、一把椅子和一张床……桌上什么也没有,只有一只钟,一把手枪,而桌旁有一个人,他两只眼睛紧盯着秒针……这人不吃不喝,不抽烟,一动也不动,他一直……请听清楚,连续三个钟头一直盯着白色表盘和那根转着圆圈嘀嗒跑着的指针……就这样……我就是这样度过这一天的。我一心等待着,等待着……热带癫狂症患者就是这样的,干什么都是毫无意义,像一头牲畜,混混沌沌的,带着一股子疯狂的、不拐弯的顽固劲头。

"我不再向您描绘这几小时的情形了……这是无法描绘的……现在连我自己也不明白,怎么可能经历过这一切却还没……没有发疯……而在三点二十二分……我知道得很准确,因为当时我看了看钟……突然响起了敲门的声音……我跳了起来……像饿虎扑食似的跳了起来,一步跳过去打开了门……门外一个中国小男孩怯生生地递给我一张叠着的字条。当我贪婪地把字条从他手里夺过来时,他立即就走开了。

"我打开字条,想看一遍……但是不行……眼前都是红色的圆圈……您想想这种痛苦……我终于,终于得到了她的回话……可是字母却在跳动、舞蹈……我把头放在水里浸了浸……才觉得好了一点……我重新拿起字条读着:

"'晚了!但请在家等着。也许,我还要叫您。'

"没有签名。纸条揉得很皱,是从一本什么旧的表格上撕下来的……字体是匆忙用铅笔涂写的,歪歪斜斜,不像正常的,但看得出本来是一种很自信的笔迹……我自己也不知道,为什么这张字条使我如此吃惊……这几行字里面有某种恐惧,有某种秘密,好像是边跑边写的,是在窗沿上或在马车里……这神秘的字条给人一种无法描述的凛冽悚惧之感……我终究……终究还是幸福的……她给我写了回话,我还不应该死,她允许我帮助她……也许,我能够……啊,我立即充满了无法实现的希望和理想……我成百上千次地反复读着这纸团,吻着它……仔细地看,寻找着什么被遗忘、被忽略的话语……我的幻想更加大胆,更加离奇。这是一种癫狂性的白日梦……一种麻木状态,混混沌沌的,但同时又很紧张,既像在打盹儿,又像是清醒的,也不知这状态延续了一刻钟还是几小时……

"我忽然一惊……似乎有人在敲门?我屏住呼吸……一分钟,两分钟,死一般的寂静……接着又是轻微的、像耗子似的窸窣声,很轻、然而很急的敲门声……我跳了起来——我的头很晕——猛地拉开了门,门外站着一个男孩,她使唤的男孩,就是那个被我打破过嘴巴的男孩……他那黝黑的脸色发灰,惊恐的眼神道出了不幸。我立即非常惊慌……

"'出……出了什么事?'我艰难地说了一句。

"'Come quickly!'①他回答了一句,没有再说别的。

"我飞快地下了楼,他跟在我后面……下面已停着一辆小马车,我们坐了上去……

"'出了什么事?'我又问他。

"他默默地看了我一眼,咬紧了牙齿。他浑身都在发抖……我又问了一遍,但他一直沉默不语……我真想再揍他一下,但是……他对她那种狗似的忠诚感动了我……我就不再问了……马车在热闹的大街上跑得如此之快,行人都骂着闪避到路边。我们驶过了欧洲人住宅区,顺着河岸驶入下城,并冲进了嘈杂拥挤的华人住宅区……最后我们拐进一条偏远而狭窄的巷子……停在一座矮屋前面……小屋又脏又矮,仿佛匍匐在地面上,前面是一个小铺子,里面点着油灯……鸦片烟馆、妓院、贼巢和窝藏赃物的地窖密窟就是偷偷地混在这类店铺中间的。男孩急促地敲门……门稍微打开了一点,从门缝里传出一个嘶哑的声音,问个没完没了……我忍不住,从马车里跳了下来,推开了门……一个中国老太婆惊叫了一声就跑开了……男孩跟着我走了进去。他领着我走过一条狭窄的过道……打开了另一道门……进到里面一间屋子里,屋里有一股烧酒味和凝血的腥味……从里面传出了呻吟声……我摸索着走了过去……"

话音又中断了。接着又说了起来——但已不只是在说,而是在呜咽哭诉了。

"我……我摸着路……在那儿……那儿,那张肮脏的草垫上……躺着一个人……痛得直抽搐……那就是她……

"我看不见她的脸……我的眼睛对黑暗还不适应……我摸到了她的手……滚烫的……像炭火似的,她在发烧,烧得厉害……我一阵痉挛,立刻

---

① 英文:快来!

明白了一切……她避开我跑到这儿来了……听凭随便遇到的一个脏老太婆……把自己给糟蹋了……仅仅因为怕把事情张扬出去……她情愿让一个巫婆毁掉自己,也不愿意信赖我……只是因为我这个疯子……不肯宽容她的骄傲,没有立即帮助她……因为她怕我甚于怕死……

"我大声叫他们点灯……小男孩跳了起来,那可憎的老太婆颤巍巍地端来了一盏熏得发黑的煤油灯。我勉强控制住自己才没有一把掐住这老妖婆的喉咙……他们把灯放在桌上……昏黄的灯光落在受尽折磨的身体上面……忽然……忽然我身上那种痴呆、暴怒和情欲的可鄙枷锁统统一扫而光……现在我就只是医生,救护者,有学问有知识的人……我忘记了自己……我的意识清醒明睿,同可怕的威胁展开搏斗……那赤裸的身体,我曾在梦中贪求过的身体,现在摸起来只不过像……唉,这该怎么说呢……不过是一个物体,一个器官……我并不觉得这是她,我所看见的只是一个正在同死亡搏斗的生命,一个在致命的痛苦中挣扎的人……她的血,她神圣的热血在我手上流,但我既不觉得激动,也不觉得恐惧……我仅仅是一个医生,我见到的只是痛苦,我还看到……还看到事情全都弄糟了,只有奇迹才能挽救她的生命……她被一只鲁莽的罪恶的手糟蹋了,她的血几乎流尽了……而在这个臭烘烘的洞穴里我没有任何东西可以用来止血……连一点干净水都没有……我所接触的一切东西都是肮脏的……

"'必须马上去医院。'我说。但是我还没有来得及把这句话说完,病人就痉挛着,吃力地抬起了身子。

"'不……不……宁愿死……也别让任何人知道……不让任何人知道……回家……回家!……'

"我懂了……她仅仅是为自己的秘密,为自己的荣誉而搏斗……不是为了生命……于是我服从了。男孩拿来了担架……我们把她抬到担架上……她已经是奄奄一息了,不停地打着寒颤……我们仿佛是抬着一具尸体趁黑回到了家里。我们把莫名其妙、惊惶不安的仆人们支开了,像贼似的潜入了她的房间……关上了门……然后……然后……开始了一场搏斗,同死亡进行的长时间的搏斗……"

突然有一只手痉挛地抓住了我的肩膀,我因为惊吓和疼痛差一点叫了起来。他把脸凑到我跟前,于是我见到一排龇露出来的白牙齿和在月光反照下忽隐忽现的眼镜片,像两只巨大无比的猫眼睛。而他已经不是在讲,

而是在发狂似的愤怒地大叫:

"您知道吗,您,一个局外人,坐在甲板躺椅上,作为世上一个轻松的旅游者,您可知道,人要死了是什么意思?您什么时候经历过这种场面,您见过身体怎样痉挛,发青的指甲怎样在空中抓挠,喉咙在怎样呼噜呼噜地喘气,每个肢体怎样挣扎,每个指头怎样同那可怕的东西搏斗,瞪得圆圆的眼睛里怎样流露出一种无法用言语形容的恐惧吗?而您这位逍遥自在的旅游者,您在这儿议论有责任帮助别人,您可曾有过这种经历?作为医生,我倒是常看到这些……而这是作为病例,作为某种客观事实……可以这么说,我见过并且研究过——但亲身经受这一切却只有一次……只有那时,在那天夜里我感同身受地和她一起死去……在那个可怕的夜晚,她流血不止,发着高烧。我坐在那儿,绞尽了脑汁,想方设法要为她止血,解除高烧。我眼看着她被一点点地烧干,我想挡住死神,可死神一步步地逼近,我却无力把它从床边赶跑。您明白这意味着什么吗?作为一个医生,通晓医治百病的良方,肩负着救死扶伤的责任,正如您的高见,但他却一筹莫展地坐在垂危者身边,完全无能为力……只知道一点,只知道一个可怕的真实,那就是无法挽救了……尽管我心碎欲裂……眼看着那可爱的身体止不住地流血,遭受折磨,数着那时而加快时而中断的脉搏,感到它在你的手指下渐渐地消逝……作为一个医生却不知所措,毫无……只能坐着,一会儿像教堂里面干瘪的老太婆那样祈祷上苍,一会儿又举起拳头威吓那个可怜的上帝,可你明明知道,上帝是不存在的。您明白这点吗?明白吗?……我……我只有一点不明白,怎么……怎么可能在这种时刻没有死去……怎么还可能做到第二天早上又从睡眠中醒来、刷牙、结领带……在经历了我所感受到的一切之后怎么可能还活着……我感觉到这个呼吸着的生命是第一个我如此费力挽救的人,用心灵的全部力量要挽救的人,而这人却从我身边滑脱,不知消失到何处去了。她一分钟比一分钟更快地滑走了,而我焦急的脑子却想不出任何办法来拉住她……

"还有一点使我加倍地痛苦,还有就是……当我坐在她的床边时——为了减轻她的痛苦,我给她用了吗啡。我看着她,她青灰的两颊烧得火烫,躺在那里——是的,当我这么坐着的时候,我一直觉得身后有一双眼睛极端紧张地注视着我……这是那个男孩蹲坐在地板上,嘴里喃喃地念着什么祷词……当我们的目光相遇时,我在他极度谦卑的目光里看到……不,我无法向您形容……那种恳求,那种感激,就在这时他向我伸出了双手,似乎是在恳求我挽救她的生命……您要明白——是向我,向我伸出了手,像恳求上帝似的……恳求我,我这个束手无策的软弱者……我知道,一切都完了,而我在这儿的用处就和在地板上爬的一只蚂蚁一样……啊,这目光使我多么难受……这种对于我医术狂热而盲目的信任……我真想对他大喊一声,踢他一脚,他使我感到如此痛苦……然而我同时也感到,对她的共同的爱和那个秘密又把我们两人联系在一起了……他像一只潜伏的野兽,阴郁地缩作一团紧坐在我背后……只要我说一个字,他就跳起身来,没有一点声音地光脚跑去把我所要的东西拿来,充满期待地颤抖着把要用的东西送给我,似乎缓解和得救都在此一举……我知道,为了抢救她,他不惜切开自己的血管……这个女人就是这样,她对于人们就有这样的威力,可是我……我却没有力量帮助她少流一滴血……啊,这一夜,这可怕的没有尽头的生死搏斗之夜!

"凌晨她又醒过来一次……睁开了眼睛……现在这双眼睛不再高傲和冷漠……闪耀着湿润的病态的光。她困惑地朝房间四周看了看。然后她看了我一眼,仿佛陷入了沉思,想要记起我的面孔来……忽然……我看出……她想起来了……惊慌、抗拒……一种敌视的惊骇情绪扭歪了她的面容……她的手臂开始动弹,似乎想逃……远远地远远地躲开我……我看出来她在想那个……那个时候的事……但后来她又思索起来……她看我时平静了一些,但是呼吸沉重……我觉得她想说话,想说什么……她的手又动起来……她想抬起身子,但是她太虚弱了……我让她安静下来,俯身对着她……这时她用充满痛苦的目光久久地看着我……她的嘴唇轻轻地动着……这是最后的、即将沉寂下去的声音……她说:

"'没有人会知道吧?没有吧?'

"'不会有人知道,'我确信无疑地说,'我向您保证。'

"但她的眼神里仍然显出不安……她用发烧的双唇含混而吃力地说出:

"'您对我发誓……不让人知道……发誓!'

"我举起一只手来发誓。她用一种无法言传的目光……温柔的、友好的、感激的目光望着我……真的,真是感激的目光……她还想说什么,但是她太吃力了……她躺了很久,累得精疲力竭,闭着眼睛。然后就开始了那可怕的一幕……她又苦苦挣扎了整整一个小时……天亮时才告结束……"

他沉默了很久。我一直没有发觉,直到由中甲板传来的钟声划破了寂静——一下,两下,三下有力的钟声——三点了。月光暗淡下去了,但空中有一道新的黄颜色在颤悠,不时吹过来一阵小风。又过了半小时,一小时,天快亮了。这场噩梦就要在光天化日之下消失了。现在我可以比较清楚地看见说话人的五官轮廓了,因为在我们待的那个角落里,阴影已经不是那么浓黑了。他脱去了帽子,于是我看见了他那裸露的头颅和那张疲惫不堪因而使我觉得更加可怕的脸。但这时他那副闪闪发光的眼镜又对着我了。他挺直了身子,嗓音里也带出了尖酸刻薄的调子。

"对她来说是结束了——但对我却不是。我独自和尸体在一起——我独自在别人家里,独自在一座不能忍受秘密的城市里,而我……我必须保守秘密……是的,请您设想一下我的处境:一个殖民地上流社会的妇女,完全健康,前一天的晚上还在总督举办的舞会上跳过舞,现在躺在自己的床上死了……她面前有一位陌生的大夫,据说他是她的仆人叫来的……但屋里没有任何人看见他是什么时候来的,从哪里来的……半夜里用担架把她抬进来以后就一直关着门……可是早晨她已经死了……然后这才把仆人们叫来,整个屋子顿时发出一片扰攘……片刻之间,四邻皆知,惊动全城……只有一个人在场,他应当解释这一切……那就是我,一个外人,偏远地区医疗站的一名医生……这处境真够愉快的,不是吗?

"我知道自己面临着什么。幸而我身旁有这个男孩,而且这个忠诚可靠的小伙子能从我的眼神里看出最细微的愿望;就连这个半开化的黄种人也懂得,这儿必将引出一场斗争。我只告诉他'夫人不愿意任何人知道发生的事'。他用湿润而坚定的眼睛直盯着我说:'是的,先生。'他没有再多说什么。但他擦净了地板上的血迹,把一切都归整就绪——而正是由于他的坚定,帮助我恢复了坚定。我一生中从未表现过类似的凝聚起来的精力,今后也不会表现出来了。当一个人失去了一切的时候,他是会像一个绝望者那样为最后的东西而拼命奋斗的——而这最后的东西就是她的遗言,她的秘密。我十分平静地接待了人们,对大家重复着同样内容的瞎话,说被派去请大夫的男孩偶然在路上遇见了我。而当我装作平静的样子讲述这一切的同时,我在等待着……等待着决定性的时刻……等待着验尸,不经这道手续就不能把她的棺材钉起来——连同她的秘密一道……请别忘记;那是星期四,而星期六她的丈夫就该回来了……

"九点钟,终于有人向我报告市里的医生来了。我派人请他来的——他在职位上是我的上司,同时也是我的对手——就是她当初轻蔑地谈论过的那位大夫,他显然已经知道了我要调动工作的请求。他刚瞧了我一眼,我就立即感觉到他是我的敌人。但正是这一点使我抖擞起精神。

"还在前厅里他就问道:'……夫人……是什么时候死的?'他说出了她的名字。

"'早晨六点钟。'

"'她什么时候派人去叫您的?'

"'夜里十一点。'

"'您知道我是她的私人医生吗?'

"'知道,但是不能再拖了……而且……死者明确要求让我来。她不许去请别的医生。'

"他注视着我;他那苍白的胖脸涨红了——我觉得出他又急又恼。而我正需要这一点,我急于尽快收场,因为我知道自己的神经支持不了多久。他想挖苦我几句,但一转念又做出一副满不在乎的样子说:'那么说,您既然认为没有我也能行……不过,我的职责是必须验明死亡和……致死的缘由。'

"我什么也没有回答,让他往前走。然后我退了回来,锁上了门,并把钥匙放在桌上。

"他惊奇地扬起了眉毛问道:'这是什么意思?'

"我不露声色地站在他的对面。

"'这里要做的不是确定死因,而是找出另外的死因。这个女人来找我是在以后……在一次不成功的手术之后……我已经不能挽救她了。但是我答应了要保全她的名誉,我会这样做,还要请求您帮助我。'

"他惊奇得睁大了眼睛。'您总不至于说,'他讪讪地说,'我,一个官方医生,应该去隐瞒犯罪行为?'

"'是的,我要这样。我必须这样做。'

"'要我为您犯的罪……'

"'我已经告诉过您了。我没有碰过这个女人,不然……不然,我就不会站在您的面前,而是早就自行了结了。她已经赎了自己的罪孽——如果你要这么说的话——可是这件事,世上任何人都不需要知道。而且,如果这个女人的荣誉现在再遭到不必要的玷污,那我是不能容忍的。'

"我这种断然的口气更加激怒了他:'您不能容忍! 这样……瞧着吧,您可是我的上司……或者您至少觉得是做了我的上司……您就试着给我下命令吧! 我一来就想到了,这儿准有什么乌七八糟的事,既然把您从旮旯里给召来了……您在这儿大展医术,干得不坏嘛……一开始的架势也不坏……不过,我现在要动手检查,我亲自来,您可以放心,我所署名的证明书是正确无误的。我不在假证书上签名。'

"我平静地回答说:'反正这一次您必须这样做。在这以前您出不了这间屋子。'

"这时,我把手插进口袋——手枪没有带在身上。但是他颤抖了一下。我朝他逼近了一步,直盯着他。

"'您听着,我跟您明说了……免得走上极端。我的生命对我来说已经无关紧要,别人的也一样……我已经到了这步田地……我所要求的唯一的一件事就是履行我的诺言,保守这次死亡原因的秘密……您听着:我对您发誓——如果您在证书上签名,说明死亡是……某个偶然因素引起的,那么本周之内,我就离开这个城市,离开这个国家,如果您要求的话,我可以开枪自杀,只等棺材埋进地下,而我确信,任何人……您要明白——任何人都无法再追究这个案子。这一点大约能使您满意。事情必须是这样。'

"大概我的声音里有某种威胁人的东西,有某种危险,因为当我无意识地朝他走近一步的时候,他立即躲开了,脸上带着人们逃避手拿匕首狂跑的热带癫狂症患者的那种恐惧表情……他的神色马上变了……变得垂头丧气和茫然不知所措,那种强硬态度没有了。他还有气无力地咕哝了一句表示抗议:

"'我这一生在假证明上签字这是头一遭……不过,我们总会想出办法来的……真是无奇不有……但是我不能简单地就这样,马上就……'

"'当然,不能,'我连忙附和,给他打气,('只是得快一点,快一点!……'我的太阳穴疼了。)'但是现在,假如您知道,不这样做只能使一个活着的人感到痛苦,并且可怕地加害于一名死者,您肯定就不会犹豫不决了。'

"他点了点头。我们走到桌子跟前。几分钟之后证书已经备妥。(证明书后来也在报上发表了,它令人信服地描述了因心脏麻痹而致死的场面)。然后他站了起来,看着我说:

"'您本星期内就走,不是吗?'

"'我向您发誓。'

"他又看了我一眼。我发觉,他想做出一副严肃的公事公办的样子。

"'我马上去设法弄棺材。'他说,想以此掩饰自己的窘态。但是我身上显然露出了某种无限痛苦的表情,他突然向我伸出手,非常诚恳地握住我的手摇了摇。'希望您能够经受得住。'他说。

"我不明白他指的是什么。我是病了吗?也许,我发疯了吧?我把他送到门边,打开了门,用最后的力气控制住自己,等他走后锁上了门。我的太阳穴又跳得厉害起来,眼前的一切都在晃动和旋转,接着我一头栽倒在她的床边……就像热带癫狂症患者在疯狂奔跑的最后,精疲力竭地栽倒下来一样。"

他又不说话了。我微微打了一个寒颤,也许是清晨刚起的风像微波似的从船上拂过引起的吧?朦胧的晨曦已照亮了他的半边脸,在这张受尽折磨的脸上又显露出一种顽强的意志。他又接着说了起来:

"我不知道在草垫上躺了多久。忽然有人拍了拍我,我惊醒了。那个男孩正站在我面前,带着胆怯而虔敬的神情惊惶不安地注视着我的眼睛。

"'他要进来……想看看她……'

"'谁也不许进来!'

"'是……但是……'

"他的眼睛里流露出惊惧。他想说什么,但又不敢说。显然是有什么为难的事。

"'是谁?'

"他看着我,浑身发抖,好像等着挨打似的。后来他说——没有说出名字……这样一个未开化的生物怎么会如此懂事?为什么这类完全没有文化的迟钝的人在某些瞬间会有如此温柔细腻的感情?男孩说……怯生生地说:'就是他。'

"我跳了起来……马上就明白了,我迫切地急不可耐地想要见到这个素不相识的人。因为,您瞧,这事多奇怪……在这所有的痛苦、狂热的激情、恐惧和忙乱之中我竟全然忘记了他……忘记了这件事还牵涉到另一个人,就是这女人所爱的人。她曾经把拒绝给我的东西热情地献给了他……十二个小时、昼夜之前我是会憎恨这个人的,我可能把他撕成碎块……但是现在……我不能,我不能向您表达,我多么渴望见到他……而且爱他,因为她曾经爱过他。

"我一个箭步奔到门边。我面前站着一位年轻的,非常年轻的军官,金黄色的头发,样子非常腼腆,身材颀长,脸色苍白。他看起来像一个孩子,他是如此年轻动人,看到他竭力想装作一个男子汉,显示他的克制力……掩饰他的激动,我感到说不出的震惊。当他把手举到帽檐边的时候,我马上发觉他的手在抖……我真想拥抱他……因为他和我所希望见到的曾经占有过这女人的人的模样正好相符,不是骗子,也不是狂徒……不是,她把自己奉献给了一个半大的孩子,奉献给了一个温柔的造物。

"年轻人站在我的面前,非常局促不安。我贪婪的目光和冲动的动作使他更加心慌意乱。他唇上的小胡子抖动着……由此不难看出这位年轻的军官,这个孩子勉强忍住没有失声痛哭。

"'请原谅,'他终于说道,'我还想……还想看看……夫人……'

"我下意识地,自己完全没有想这么做,就用手臂挽住了这个萍水相逢的人的肩,像领病人似的领着他。他用惊奇的怀着无比温暖无限感激的目光看着我……就在这一瞬间,我们之间已产生了一种休戚相关的意识。我们走到死者跟前……她周身雪白地躺在白床单上……我感到,我在场总归会使他觉得窘迫,因此退了回来,让他单独和她在一起。他的脚步不稳,拖着腿慢慢地走到床前。从他肩膀抖动的样子我看得出他的心被怎样的痛苦撕扯着……他走着……像迎着狂风暴雨走去的人。接着他忽地跪倒在床前……就和我起先倒在那儿一样。

"我奔到他跟前,把他扶起来,让他在安乐椅上坐下。他不再觉得难为情,失声痛哭起来。我说不出话来,只是下意识地用手抚摸着他那金色的像孩子一般柔软的头发。他抓住我的手……带着某种恐惧……忽然我发觉他的目光正凝视着我。

"'大夫,请告诉我真话,'他说道,'她是自杀的吗?'

"'不是。'我答道。

"'那么……是什么人……什么人的过错……造成了她的死亡?'

"'没有,没有。'我重复道,虽然我差一点冲着他喊出来:'是我!是我!是我!……还有你!是我们两个!还有她的固执,她那可悲的顽固!'但是我忍住了,又重复说道:

"'没有……任何人都没有过错……是命运!'

"'我难以相信,'他呻吟道,'难以相信啊。就在前天她还参加了舞

会,微笑着向我点了点头。这怎么可能,怎么会发生这种事情啊?'

"我于是编了一个很长的故事。甚至对他,我也没有暴露死者的秘密。所有那些天里,我们就像兄弟俩,我们仿佛都悟出了把我们联系在一起的那种感情……彼此并没有把那种感情告诉对方。因为两人都明白,我们的全部身心都系念着这个女人……有时候,心里的话涌到了嘴边,但是我咬紧了牙关。他始终不知道,她怀的孩子就是他的……当时我该把他的这个孩子除掉,而现在她带着那个孩子同自己一起堕入了无底深渊。那些日子我们尽谈论她,当时我躲藏在他那里……因为——我忘记对您说了——大家都在找我……她的丈夫回来了,这时棺材已经封好了……他不大相信医生的检验证明……人们还散布了各种流言蜚语……所以他要找我……但去见他……我实在受不了,我知道,他就是使她受苦的人……我躲起来了,四天没有出屋门。我们两个四天没有离开住所……她的情人用假名替我购得了一个舱位,以便让我溜走……夜晚,我像贼似的悄悄溜上甲板,免得别人把我认出来。

"我抛弃了那边所有的一切……我的房子和干了八年之久的工作。我的全部财产都撂在那里任人拿取。政府里的诸公想必已将我除名,因为我未经告假擅离职守……但是我再也不能在那间屋子,那个城市……那个环境里生活下去了,一切都令我想起她……我像贼似的趁着夜色逃跑了,只是为了摆脱……为了忘却……

"但是……当我上船时……夜晚……半夜里……我的朋友和我在一起……当时……当时……一架起重机正在吊什么东西……一件长方形的、黑色的东西……这是她的棺材……您听着:她的棺材!……她跟踪着我,就像我以前跟踪她一样……我只好站在那里装作一个局外人,因为他,她的丈夫,也在那里……他护送遗体回英国,也许,他想就在那儿启棺验尸……他将她拉回自己身边……现在她又属于他了……已经不属于我们了……我们两个……但是我还在……我一路随行,直到最后一刻……他不会知道,永远不能让他知道……我知道怎样保守她的秘密免受任何侵犯……包括这个混蛋的侵犯,她是因为他才死去的……任何事,任何事都不该让他知道……她的秘密属于我,只属于我一个人……

"您现在明白了吧……明白……我为什么不能见人……不能忍受他们的笑声……尤其是他们风流调笑卿卿我我的时候……因为就在那下面……在下面,在货舱里,在大包大包的茶叶和椰子之间停放着她的棺

材……我钻不进去,那儿锁着……但是我知道,我的整个身心都感觉到,每秒钟都感觉到这一点,尽管人们在跳华尔兹舞和探戈舞……这真是够蠢的,海底有上百万的死人……我们脚底下所踩的任何一块地下都有尸体在腐烂,是啊,我不能,不能忍受人们在这里举行化装舞会,不能忍受他们如此放荡地大笑。我觉得她就在这里,并且知道她对我的希望……我知道自己还有责任……我还没有完……她的秘密没有最终保全……死者还不肯放开我……"

中层甲板上有人走动的声音了,还有用湿墩布擦地板的声音,水手们已经开始打扫了。他像当场被抓住的罪犯似的抖了一下,没有血色的脸上露出了惊慌。他站了起来,咕哝道:

"我走了……该走了。"

看他那副模样着实叫人难受，威士忌和眼泪把一双眼睛弄得又红又肿，目光凄惨，对我的同情避而不受；我觉得他整个弯曲的身子里都隐藏着一种羞耻感，为在这漫长的夜晚向我吐露了衷情而感到万分羞愧。我不由得说：

"您能允许我下午到您的船舱里去看您吗？"

他瞥了我一眼——嘴唇一咧，露出一种嘲弄而生硬的玩世不恭表情，有点恶狠狠地往外挤着每一个字。

"啊——啊……您那有责任帮助的高论……您就是用这句名言引我讲了这么多废话。不，先生，谢谢！您不觉得，我在您面前披肝沥胆、倾吐衷肠之后，现在已轻松些了么？我的生活完全毁了，谁都没法子帮助我恢复。我为可尊敬的荷兰政府白干了一场……退休金也完了。我像一条丧家犬似的回欧洲去……一条跟在棺材后面呜咽的狗……热带癫狂症发作起来终究要受到惩处：会有人把他一枪击倒，不过，我希望快点完结了事……不，先生，谢谢您要来看望我的好意……我的船舱里已经有伴儿……两三瓶上等的陈年威士忌……它们有时候也能给我一些安慰。另外，我还有一位多年老友，可惜我没有及时向他求援，就是我那把可爱的勃朗宁手枪，他倒是比任何废话更有用……请求您，不必费心了……人总还有一个唯一的权利——依着自己的心思两腿一伸，完事大吉，莫让别人插手帮忙。"

他又一次嘲弄地、甚至是挑衅性地看了我一眼，但是我觉得这只是说明他感到羞愧，极度的羞愧，然后他缩起肩膀，转过身去，也没有告别，迈着歪歪斜斜的步子，沿着已有亮光的甲板，拖拖沓沓地朝船舱走去。此后我再没有看见过他。当夜和次日夜里我在老地方找过他。他已杳无踪迹。若不是有一位袖上戴着丧带的旅客引起了我的注意，我只好以为这一切都是一个梦，或者是一种奇异的幻觉。遇到的是一位荷兰巨商，我听人们说，他新近丧妻，是由于某种热带疾病夭亡的。我看见他避开别人，在甲板的一边来回踱步，还看见他脸上那种阴沉悲戚的表情。一想到我知道他所怀的隐忧，我就觉得很难为情，每次碰到他，我都折向一旁，以免我的目光会泄露出，关于他的命运我了解得比他本人还多。

后来那不勒斯港口发生了那起奇特的事故。对于这件事的解释，我觉得应到那位陌生人讲的故事中去寻找。晚上大多数旅客都上岸去了。我本人先上歌剧院,又从那里到罗马大街一家灯火辉煌的咖啡馆去了。当我们乘上舢板回轮船的时候,我注意到几只小船点着火把和电石灯,围着轮船打转,在找什么东西,而上面黑糊糊的,宪警们在甲板上神秘地穿梭往返。我曾向一个水手打听出了什么事。他回避给予回答,显然是有命令不许乱讲。翌日,轮船平安无事,看不出发生过任何事故,朝热那亚继续前进,什么也探听不出来,只是后来我才在意大利报纸上读到一篇带罗曼蒂克色彩的报道,谈到了那不勒斯港口发生的事。报上写道:那天,当夜深人静时分,为了避免引起旅客们的不安,将装有荷兰殖民地一位著名夫人遗体的棺木从轮船的舷梯下放到小船上,水手们沿梯而下,死者的丈夫也在场给他们帮忙。正在这时,一件重物从上层甲板上翻倒下来,把棺材、丈夫、水手都带进了水里。有一家报纸断言,这是个疯子,正从上面往舷梯上跳。另一家报纸则提出一种遮掩搪塞的说法,说由于分量过重,梯子本身断了。不论如何,轮船公司显然采取了一切措施来隐瞒真相。好不容易把水手们和死者的丈夫救了上来,但是铅质的棺材立即沉入了海底,没有找到。同时还有一条短小的简讯,据说港口岸边漂来一具不知名的四十来岁的男尸。对公众来说,这条短讯与那件用浪漫手法描写的事故并无联系;但是读完这草草数行时,一张青白色的面孔,又一次像幻影似的从报纸后面浮现在我眼前,镜片闪闪发光。

张敬铭　译　杜文棠　校

一个陌生女人的来信

著名小说家R到山上去休息了三天,今天一清早就回到维也纳。他在车站上买了一份报纸,刚刚瞥了一眼报上的日期,就记起今天是他的生日。他马上想到,已经四十一岁了。他对此并不感到高兴,也没觉得难过。他漫不经心地窸窸窣窣翻了一会儿报纸,便叫了一辆小汽车回到住所。仆人告诉他,在他外出期间曾有两个人来访,还有他的几个电话,随后便把积攒的信件用盘子端来交给他。他随随便便地看了看,有几封信的寄信人引起他的兴趣,他就把信封拆开;有一封信的字迹很陌生,写了厚厚一沓,他就先把它推在一边。这时茶端来了,于是他就舒舒服服地往安乐椅上一靠,再次翻了翻报纸和几份印刷品,然后点上一支雪茄,这才拿起方才搁下的那封信。

这封信约莫有二十多页,是个陌生女人的笔迹,写得龙飞凤舞,潦潦草草,与其说是封信,还不如说是份手稿。他不由自主地再次把信封捏了捏,看看有什么附件落在里面没有。但是信封里是空的,无论信封上还是信纸上都没有寄信人的地址,也没有签名。"奇怪。"他想,又把信拿在了手里。"你,和我素昧平生的你!"信的上头写了这句话作为称呼,作为标题。他的目光十分惊讶地停住了:这指的是他,还是一位臆想的主人公呢?突然,他的好奇心大发,开始念叨:

我的孩子昨天去世了——为挽救这个幼小娇嫩的生命,我同死神足足搏斗了三天三夜。他得了流感,可怜的身子烧得滚烫。我在他床边坐了四十个小时。我在他烧得灼手的额头上敷上用冷水浸过的毛巾,白天黑夜都握着他那双抽搐的小手。第三天晚上我全垮了。我的眼睛再也抬不起来了,眼皮合上了,连我自己也不知道。我在硬椅子上坐着睡了三四个小时,就在这期间,死神夺去了他的生命。这逗人喜爱的可怜的孩子,此刻就在那儿躺着,躺在他自己的小床上,就和他死的时候一样;只是他的眼睛,他那聪明的黑眼睛合上了,他的两只手交叉着放在白衬衫上,床的四个角上高高燃点着四支蜡烛。我不敢看一下,也不敢动一动,因为烛光一晃,他脸上和紧闭的嘴上就影影绰绰的,看起来就仿佛他的面颊在蠕动,我就会以为他没有死,以为他还会醒来,还会用他银铃似的声音对我说些甜蜜而稚气的话语。但是我知道,他死了,我不愿意再往床上看,以免再次怀着希望,也免得再次失望。我知道,我知道,我的孩子昨天死了——在这个世界上我现在只有你,只有你了,而你对我却一无所知。此刻你完全感觉不到,正在嬉戏取闹,或者正在跟什么人寻欢作乐,调情狎昵呢。我现在只有你,只有同我素昧平生的你,我始终爱着的你。

  我拿了第五支蜡烛放在这里的桌子上,我就在这张桌上给你写信。因为我不能孤零零地一个人守着我那死去的孩子,而不倾诉我的衷肠。在这可怕的时刻要是我不对你诉说,那该对谁去诉说!你过去是我的一切,现在也是我的一切!也许我不能跟你完全讲清楚,也许你不了解我——我的脑袋现在沉甸甸的,太阳穴不停地在抽搐,像有槌子在摇打,四肢感到酸痛。我想我发烧了,说不定也染上了流感。现在流感挨家挨户地在蔓延。这倒好,这下我可以跟我的孩子一起去了,也省得我自己来了结我的残生。有时我眼前一片漆黑,也许这封信我都写不完了——但是我要振作起全部精力,来向你诉说一次,只诉说这一次,你,我的亲爱的,同我素昧平生的你。

  我想同你单独谈谈,第一次把一切都告诉你,向你倾吐。我的整个一生都要让你知道,我的一生始终都是属于你的,而对我的一生你却从来毫无所知。可是只有当我死了,你再也不用答复我了——现在我的四肢忽冷忽热,如果这病魔真正意味着我生命的终结——这时我才让你知道我的秘密。假如我能活下来,那我就要把这封信撕掉,并且像我过去一直把它埋在心里一样,我将继续保持沉默。但是如果你手里拿到了这封信,那么你就知道,那是一个已经死了的女人在这里向你诉说她的一生,诉说她那属于你的一生,从她开始懂事的时候起,一直到她生命的最后一刻。作为一个死者,她再也别无所求了,她不要求爱情,也不要求怜悯和慰藉。我要求你的只有一件事,那就是请你相信我这颗痛苦的心匆匆向你吐露的一切。请你相信我讲的一切,我要求你的就只有这一件事:一个人在其独生子去世的时刻是不说谎的。

我要向你吐露我整个的一生,我的一生确实是从我认识你的那一天才开始的。在此之前我的生活郁郁寡欢、杂乱无章。它像一个蒙着灰尘、布满蛛网、散发着霉味的地窖,对它里面的人和事,我的心里早已忘却了。你来的时候,我十三岁,就住在你现在住的那所房子里。现在你就在这所房子里,手里拿着这封信——我生命的最后一丝气息。我也住在那层楼上,正好在你对门。你一定记不得我们了,记不得那个贫苦的会计师的寡妇(她总是穿着孝服)和那个尚未完全发育的瘦小的孩子了——我们深居简出,不声不响地过着我们小市民的穷酸生活——你或许从来没有听到过我们的名字,因为我们房间的门上没有挂牌子。没有人来,也没有人来打听我们。何况事情已经过去很久了,过了十五六年了。不,你一定什么也不知道,我亲爱的。可是我呢,啊,我激情满怀地想起了每一件事,我第一次听说你,第一次见到你的那一天,不,是那一刻,我现在还记得很清楚,仿佛是今天的事。我怎么会不记得呢,因为对我来说世界从那时才开始。请耐心,亲爱的,我要向你从头诉说这一切,我求你听我谈一刻钟,不要疲倦,我爱了你一辈子也没有感到疲倦啊!

你搬进我们这所房子来以前,你屋子里住的那家人又丑又凶,又爱吵架。他们自己穷愁潦倒,但却最恨邻居的贫困,也就是恨我们的穷困,因为我们不愿跟他们那种破落无产阶级的粗野行为沆瀣一气。这家男人是个酒鬼,常打老婆;哐啷哐啷摔椅子、砸盘子的响声常常在半夜里把我们吵醒。有一回那女人被打得头破血流,披头散发地逃到楼梯上,那个喝得酩酊大醉的男人跟在她后面狂呼乱叫,直到大家都从屋里出来,警告那汉子,再这么闹就要去叫警察了,这场戏才算收场。我母亲一开始就避免和这家人有任何交往,也不让我跟他们的孩子说话,为此,这帮孩子一有机会就对我进行报复。要是他们在街上碰见我,就跟在我后边喊脏话,有一回还用硬实的雪球打我,打得我额头上鲜血直流。全楼的人都本能地恨这家人。突然有一次出了事——我想,那汉子因为偷东西给逮走了——那女人不得不收拾起她那点七零八碎的东西搬走,这下我们大家都松了口气。楼门口的墙上贴出了出租房间的条子,贴了几天就被拿掉了。消息很快从清洁工那儿传开,说是一位作家,一位文静的单身先生租了这套房间。那是我第一次听到你的名字。

这套房间给原住户弄得油腻不堪,几天之后油漆工、粉刷工、清洁工、

145

裱糊匠就来拾掇房间了，敲敲锤锤，又拖地、又刮墙，但我母亲对此倒很满意，她说，这下对门又脏又乱的那一家终于走了。而你本人在搬来的时候我还没有见到你的面：全部搬家工作都由你的仆人照料，那个个子矮小、神情严肃、头发灰白的管事仆人。他轻声细语、一板一眼地以居高临下的神气指挥着一切。他使我们大家都很感动，首先，因为一位管事的仆人在我们这所郊区楼房里是件很新奇的事，其次他对所有的人都非常客气，但并不因此而降格把自己等同于一个普通仆人，和他们好朋友似的山南海北地谈天。从第一天起他就把我母亲看作太太，恭恭敬敬地向她打招呼，甚至对我这个丑丫头，也总是既亲切又严肃。每逢他提到你的名字，他总带着某种崇敬，带着一种特殊的尊敬——大家马上就看出，他和你的关系远远超出了普通仆人的程度。为此我多么喜欢他，多么喜欢这个善良的老约翰啊！虽然我忌妒他老是可以在你身边侍候你。

我把一切都告诉你，亲爱的，把所有这些鸡毛蒜皮的、简直是可笑的小事都告诉你，为的是让你了解，从一开始你对我这个又腼腆、又胆怯的孩子就具有那样的魔力。在你本人还没有闯入我的生活之前，你身上就围上了一圈灵光，一道富贵、奇特和神秘的光华——我们所有住在这幢郊区小楼里的人（这些生活天地非常狭小的人，对自己门前发生的一切新鲜事总是十分好奇的），都在焦躁地等着你搬进来。一天下午我放学回家，看到楼前停着搬家具的车，这时对你的好奇心才在我心里猛增。家具大都是笨重的大件，搬运工已经抬到楼上去了，现在正在把零星小件拿上去。我站在门口望着，对一切都感到很惊奇，因为你所有的东西都那样稀奇，我还从来没有见过；有印度神像，意大利雕塑，色彩鲜艳的巨幅绘画，最后是书。那么多那么好看的书，以前我连想都没有想到过。这些书都堆在门口，仆人在那里一本本拿起来用小棍和掸帚仔仔细细地掸掉书上的灰尘。我好奇地围着那越堆越高的书堆蹑手蹑脚地走着，你的仆人并没有叫我走开，但也没有鼓励我待在那里；所以我一本书也不敢碰，虽然我很想摸一摸有些书的软皮封面。我只好从旁边怯生生地看看书名：有法文书、英文书，还有些书的文字我不认识。我想，我会看上几个小时的；这时我母亲把我叫进去了。

整个晚上我都没法不想你；而这还是在我认识你之前呀。我自己只有十来本便宜的、破硬纸板装订的书，这几本书我爱不释手，一读再读。这时我在冥思苦想：这个人会是什么样子呢？有那么多漂亮的书，而且都看过了，还懂得所有这些文字，他还那么有钱，同时又那么有学问。想到那么多书，我心里就滋生起一种超脱凡俗的敬畏之情。我在心里设想着你的模样：你是个老人，戴了副眼镜，留着长长的白胡子，有点像我们的地理教员，只是善良得多，漂亮得多，温和得多——我不知道为什么我那时就肯定你是漂亮的，因为当时我还把你想象成一个老人呢。就在那天夜里，我还不认识你，我就第一次梦见了你。

第二天你搬来了，但是无论我怎么窥伺，还是没能见着你的面——这更加激起了我的好奇心。终于在第三天我看见了你，真是万万没有想到，你完全是另一副模样，和我孩子气的想象中的天父般的形象毫无共同之处。我梦见的是一位戴眼镜的慈祥的老人，现在你来了——你，你的样子还是和今天一样，你，岁月不知不觉地在你身上流逝，但你却丝毫没有变化！你穿了一件浅灰色的迷人的运动服，上楼梯的时候总是以你那种无比轻快的、孩子般的姿态，老是一步跨两级。你手里拿着帽子，我以无法描述的惊讶望着你那表情生动的脸。你脸上显得英姿勃发，一头秀美光泽的头发：真的，我惊讶得吓了一跳，你是多么年轻、多么漂亮、多么修长挺拔、多么标致潇洒。这事不是很奇怪吗？在这第一秒钟里，我就十分清楚地感觉到，你是非常独特的，我和所有别的人都意想不到地在你身上一再感觉到：你是一个具有双重人格的人，是个热情洋溢、逍遥自在、沉湎于玩乐和寻花问柳的年轻人；同时你在事业上又是一个十分严肃、责任心强、学识渊博和修养有素的人。我无意中感觉到后来每个人都在你身上感觉到的印象，那就是你过着一种双重生活，它既有光明的、公开面向世界的一面，也有阴暗的、只有你一人知道的一面——这个最最隐蔽的两面性，你一生的秘密，我，这个着了魔似的被你吸引住的十三岁的姑娘从第一眼就感觉到了。

现在你明白了吧，亲爱的，当时对我这个孩子来说，你是一个多大的奇迹，一个多么诱人的谜呀！一个大家对他怀着敬畏的人，因为他写过书，因为他在那另一个大世界里颇有名气，而现在突然发现他是个英俊潇洒、像孩子一样快乐的二十五岁的年轻人！我还用对你说吗，从这天起，在我们这幢楼里，在我整个可怜的儿童天地里，没有什么比你更使我感兴趣的了。我把一个十三岁的姑娘的全部犟劲，全部纠缠不放的执拗劲一股脑儿都用来窥视你的生活，窥视你的起居了。我观察你，观察你的习惯，观察到你这儿来的人，这一切非但没有减少，反而更增加了我对你本人的好奇心，因为来看望你的客人形形色色，三教九流，这就反映了你性格上的两重性。到你这里来的有年轻人,你的同学,一帮衣衫褴褛的大学生,你跟他们有说有笑,忘乎所以;有时又有一些坐小汽车来的太太,有一回歌剧院的经理,那位伟大的乐队指挥来了,过去我只是怀着崇敬的心情远远地见到过他站在乐谱架前。到你这里来的人再就是些还在商业学校上学的小姑娘,她们扭扭捏捏地候地一下就溜进了门去。总而言之,来的人里女人很多、很多。这一方面我没有什么特别的想法,就是一天早晨我去上学的时候,看见一位太太头上蒙着面纱从你屋里出来,我也并不觉得这有什么特别——我才十三岁呀,我以狂热的好奇心来探听和窥伺你的行动。在孩子的心目中还并不知道,这种好奇心已经是爱情了。

　　但是,我亲爱的,那一天,那一刻,我整个地、永远地爱上你的那一天、那一刻,现在我还记得清清楚楚。我和一个女同学散了一会儿步,就站在大门口闲聊。这时开来一辆小汽车,车一停,你就以你那焦躁、敏捷的姿态——这姿态至今还使我对你倾心——从踏板上跳了下来,要进门去。一种下意识逼着自己为你打开了门,这样我就挡了你的道,我们俩人差点撞个满怀。你以那种温暖、柔和、多情的眼光望着我,这眼光就像是脉脉含情的表示,你还向我微微一笑——是的,我不能说是别的,只好说:向我脉脉含情地微微一笑,并用一种极轻的、几乎是亲昵的声音说:"多谢啦,小姐!"

　　事情的经过就是这样,亲爱的;可是从此刻起,从我感到了那柔和的、脉脉含情的目光以来,我就属于你了。后来不久我就知道,对每个从你身边走过的女人,对每个卖给你东西的女店员,对每个给你开门的侍女,你一概投以你那拥抱式的、具有吸引力的、既脉脉含情又撩人销魂的目光,你那天生的诱惑者的目光。我还知道,在你身上这目光并不是有意识地表示心意和爱慕,而是因为你对女人所表现的脉脉含情,所以你看她们的时候,不知不觉之中就使你的目光变得柔和而温暖了。但是我这个十三岁的孩子却对此毫无所感:我心里像有团烈火在燃烧。我以为你的柔情只是给我的,只是给我一人的,在这瞬间,在我这个尚未成年的丫头的心里,已经感到是个女人,而这个女人永远属于你了。

　　"这个人是谁?"我的女友问道。我不能马上回答她。我不能把你的名字说出来:就在这一秒钟里,这唯一的一秒钟里,我觉得你的名字是神圣的,它成了我的秘密。"噢,一位先生,住在我们这座楼里。"我结结巴巴、笨嘴笨舌地说。"那他看你的时候你干吗要脸红啊?"我的女朋友使出了一个爱打听的孩子的全部恶毒劲冷嘲热讽地说。正因为我感到她的嘲讽触到了我的秘密,血就一下子升到我的脸颊,感到更加火烧火燎。我狠狠之至,态度变得甚为粗鲁。"傻丫头!"我气冲冲地说。我真恨不得把她勒死。但是她却笑得更响,嘲弄得更加厉害,直到我感到,盛怒之下泪水都流下来了,我就把她甩下,独自跑上楼去。

　　从这秒钟起,我就爱上了你。我知道,许多女人对你这个宠惯了的人常常说这句话。但是我相信,没有一个女人像我这样盲目地、忘我地爱过你。我对你永远忠贞不渝,因为世界上任何东西都比不上孩子暗地里悄悄所怀的爱情,因为这种爱情如此希望渺茫、曲意逢迎、卑躬屈节、低声下气、热情奔放,它与成年妇女那种欲火中烧的、本能的挑逗性的爱情并不一样。只有孤独的孩子才能将他们的全部热情集中起来:其余的人则在社交活动中滥用自己的感情,在卿卿我我中把自己的感情消磨殆尽。他们听说过很多关于爱情的事,读过许多关于爱情的书。他们知道,爱情是人们的共同命运。他们玩弄爱情,就像玩弄一个玩具,他们夸耀爱情,就像男孩子夸耀他们抽了第一支香烟。但是我,我没有一个可以向他诉说我的心事的人,没有人开导我,没有人告诫我,我没有人生阅历,什么也不懂:我一下栽进了我的命运之中,就像跌入万丈深渊。在我心里生长、迸放的就只有你,我在梦里见到你,把你当作知音:我父亲早就故世了,我母亲总是郁郁寡欢、悲悲戚戚,她靠养老金生活,生性怯懦,掉片树叶还生怕砸了脑袋,所以我和她并不十分相投;那些开始沾上了行为不端这坏毛病的女同学又使我感到厌恶,因为她们轻佻地玩弄那在我心目中视为最高的激情的东西——因此我把原先散乱的全部激情,把我那颗压缩在一起而一再急不可待地想喷涌出来的整个心都一股脑儿向你掷去。在我的心里你就是——我该怎么对你说呢?任何比喻都不为过分——你就是一切,是我整个生命。人间万物所以存在,只是因为都和你有关系,我生活中的一切,只有和你相连才有意义。你使我整个生活变了个样。原先我在学校里学习并不太认真,成绩也是中等,现在突然成了第一名。我读了上千本书,往往每天读到深夜,因为我知道,你是喜欢书的;突然我以近乎有点顽固的劲头坚持不懈地练起钢琴来了,这使我母亲大为惊讶,因为我想,你是喜欢音乐的。我把自己的衣服刷得干干净净,缝得整整齐齐,好在你面前显得干净利索,让你喜欢;我那条旧学生裙(是我母亲的一件家常便服改的)的左侧打了一个四方的补丁,我感到难看极了。我怕你会看见这个补丁,因而瞧不起我;所以我上楼的时候,总是把书包压在那个补丁上,吓得直哆嗦,生怕被你看出来。但是这是多傻啊:你后来再也没有,几乎是再也没有看过我一眼。

再说我,我整天都在等着你,窥伺你的行踪,除此之外可以说是什么也没做。我们家的门上有一个小小的黄铜窥视孔,从这个小圆孔里可以看到对面你的房门。这个窥视孔——不,别笑我,亲爱的,就是今天,就是今天,我对那些时刻也并不感到羞愧!——这个窥视孔是我张望世界的眼睛。那几个月,那几年,我手里拿了本书,整个下午整个下午地坐在那里,坐在前屋里恭候你,生怕妈妈疑心。我的心像琴弦一样绷得紧紧的,你一出现,它就不住地奏鸣。我时刻为了你,时刻处于紧张和激动之中,可是你对此却毫无感觉,就像你对口袋里装着的绷得紧紧的怀表的发条没有一丝感觉一样。怀表的发条耐心地在暗中数着你的钟点,量着你的时间,用听不见的心跳伴着你的行踪,而在它嘀嗒嘀嗒的几百万秒之中,你只有一次向它匆匆瞥了一眼。我知道你的一切,了解你的每一个习惯,认得你的每一条领带、每一件衣服,不久就认识并且能够一个个区分你那些朋友,还把他们分成我喜欢的和我讨厌的两类:我从十三岁到十六岁,每一小时都是生活在你的身上的。啊,我干了多少傻事!我去吻你的手摸过的门把手,捡了一个你进门之前扔掉的雪茄烟头,在我心目中它是神圣的,因为你的嘴唇在上面接触过。晚上我上百次借故跑到下面的胡同里,去看看你哪一间屋子亮着灯。这样虽然看不见你,但是能清清楚楚地感觉到你在那里。你出门去的那几个星期——我每次见那善良的约翰把你的黄旅行袋提下楼去,我的心便吓得停止了跳动——那几个星期我活着像死了一样,毫无意义。我满脸愁云,百无聊赖,茫然若失,不过我得时时小心,别让母亲从我哭肿了的眼睛上看出我心头的绝望。

我知道,我现在告诉你的,全是些怪可笑的感情波澜,孩子气的蠢事。我该为这些事而害臊,但是我并不感到羞愧,因为我对你的爱情从来没有比在这种天真的激情中更为纯洁,更为热烈的了。我可以对你说上几小时,说上好几天,告诉你,我当时是怎么同你一起生活的,而你呢,连我的面貌还不认识,因为每当我在楼梯上碰到你,而又躲不开的时候,由于怕你那灼人的眼光,我就低头打你身边跑走,就像一个人为了不被烈火烧着,而纵身跳进水里一样。我可以对你说上几小时,说上好几天,告诉你那些你早已忘怀的岁月,给你展开你生活的全部日历;但是我不愿使你厌倦,不愿折磨你。我要讲给你听的,只有我童年时期最最美好的那次经历,我请你不要嘲笑我,因为这是一件微乎其微的小事,但是对我这个孩子来说,这可是件天大的大事。那一定是个星期天,你出门去了,你的仆人打开房门,把那几条他已经拍打干净的、沉重的地毯拽进屋去。他,这个好人,干得非常吃力。我一时胆大包天,走到他跟前,问他要不要我帮他一把。他很惊讶,但还是让我帮了他,这样我就看见了你寓所的内部,你的天地,你常常坐的书桌,桌上的一个蓝色水晶花瓶里插着几朵鲜花,看见了你的柜子,你的画,你的书——我只能告诉你,我当时怀着多么大的崇敬,甚至虔诚的仰慕之情啊!对你的生活我只是匆匆地偷望了一眼,因为约翰,你那忠实的仆人,是一定不会让我仔细观看的,可是就是这么看了一眼,我就把整个气氛吸进了胸里,这就有了入梦的营养,就能无休止地梦见你,无论醒着还是睡着。

这,这飞快的一分钟,它是我童年时代最最幸福的时刻。我要把这个时刻讲给你听,好让你这个并不认识我的人终于能开始感觉到有一个生命在依恋着你,并为你而消殒。这个最最幸福的时刻我要告诉你,还有那个时刻,那个最最可怕的时刻也要告诉你,可惜这两个时刻是互相紧挨着的。为了你的缘故——我刚才已经对你说过——我把一切都忘掉了,我没有注意我的母亲,对任何人都不关心。我没有注意到,一位年纪稍长的先生,一位因斯布鲁克的商人,我母亲的远亲,常常到我们家里来,每回都待得很久。是的,这倒使我感到很高兴,因为他有时带我母亲去看戏,这样我便可以独自待在家里,想着你,守候着你,这可是我最大最大的、我唯一的幸福!一天,母亲郑重其事地把我叫到她房间里,说要跟我一本正经地谈一谈。我的脸都吓白了,听到自己的心突然怦怦直跳:她会不会感觉到什么,看出了什么苗头?我马上想到的就是你,就是这个秘密,这个把我和世界联系在一起的秘密。但是妈妈自己却感到不好意思,她温柔地吻了我一两下(她平素是从来不吻我的),把我拉到沙发上挨着她坐下,然后吞吞吐吐,羞怯地开始说,她的亲戚是个鳏夫,向她求婚,而她呢,主要是为了我,就决定答应他的要求。一股热血涌到我的心头:我内心里只有一个念头,我的全部心思都在你的身上。"我们还住在这儿吧?"我结结巴巴地勉强说出这句话来。"不,我们要搬到因斯布鲁克去,斐迪南在那里有座漂亮的别墅。"别的话我什么也没有听见。我觉得眼前发黑。后来我知道,当时我晕倒了;我听见母亲对等候在门后的继父悄声说,我突然伸开双手往后一仰,随后就像块铅似的摔倒了。以后这几天里发生的事情,我,一个不能自己做主的孩子,是如何反抗她那说一不二的意志的,这些我都无法向你描述了:就是现在,一想到这件事,我正在写信的手还发抖呢。我真正的秘密是不能泄露的,因此我的反抗就显得纯粹是要牛脾气,故意作对,成心找别扭。谁也不再跟我说了,一切都在暗地里进行。他们利用我上学的时间搬运行李;等我回到家里,总是不是少了这样,就是卖了那件。我看着我们的屋子,以及我的生活变得零落了。有一次我回家吃午饭的时候,搬家具的人正在包装东西,把什么都搬走了。空空荡荡的屋子里放着收拾好了的箱子,以及母亲和我各人一张行军床:我们还要在这里睡一夜,最后一夜,明天就动身到因斯布鲁克去。

在这最后的一天,我怀着一种突然的果断心情感觉到,没有你在身边,我是不能活的。除了你,我想不出别的什么解救办法。我当时心里是怎么想的,在那绝望的时刻我究竟能不能头脑清楚地进行思考,这些我永远也说不出来,可是我突然站了起来,身上穿着学生装——我母亲不在家——走到对门你那里去。不,我不是走去的:我两腿发僵,全身哆嗦着,被一种磁石一般的力量吸到你的门口。我已经对你说过,我自己也不知道我想干什么:跪在你的脚下,求你收留我做个女仆,做个奴隶。我怕你会对一个十五岁姑娘的这种纯真无邪的狂热感到好笑的,但是——亲爱的,要是你知道,我当时如何站在冰冷的楼道里,由于恐惧而全身僵硬,可是又被一种捉摸不到的力量推着朝前走;我又是如何把我的胳膊,那颤抖着的胳膊,可以说是硬从自己身上扯开,抬起手来——这场搏斗虽只经历了可怕的几秒钟,但却像是永恒的——用手指去按你门铃的电钮。要是你知道了这一切,你就不会再笑了。那刺耳的铃声至今还在我的耳朵里回响,随之而来的是沉寂,之后——这时我的心脏停止了跳动,我全身的血液凝固了——我只是竖起耳朵听着,你是不是来开门。

但是你没有来。谁也没有来。那天下午你显然出去了,约翰可能是为你办事去了;于是我就蹒跚地——单调刺耳的门铃声还在我的耳边震响——回到我们满目凄凉、空空如也的屋子里,精疲力竭地一头倒在一条花呢旅行毯上。这四步路走得我疲乏之至,仿佛在深深的雪地里走了好几个小时似的。虽然疲惫不堪,可是他们把我拉走之前我要见到你、跟你说话的决心依然在燃烧,并未熄灭。我向你发誓,这里面并没有一丝情欲的念头。我当时还不懂,除了你之外,我什么都不想:我只想见到你,只是还想见一次,紧紧地抱着你。于是整整一夜,这漫长的、可怕的整整一夜,亲爱的,我都在等待着你。母亲刚一上床睡着,我就蹑手蹑脚地溜到前屋里,侧耳倾听你什么时候回家。整整一夜我都在等待着,而这可是一个冰冷的一月之夜啊!我疲惫不堪,四肢疼痛,想坐一坐,可是屋里连张椅子都没有了,于是我就平躺在冷冰冰的地板上,从房门底下的缝隙里嗖嗖地吹进股股寒风。我的衣服穿得很单薄,又没有拿毯子,躺在冰冷的地板上,浑身骨节眼里都感到刺痛;我倒是不想要暖和,生怕一暖和就会睡着,就听不到你的脚步声了。这是很难受的,我的两只脚痉挛了,紧紧蜷缩在一起,我的胳膊颤抖着。我只好一次又一次地站起来,在这漆黑的夜里,可真把人冻死了。但是我等待着,等待着,等待着你,宛如等待着我的命运。

终于——大概已经是凌晨两三点钟了吧——我听见下面开大门的声音,接着就有上楼梯的脚步声。顿时我身上的寒意全然消失,一股热流在我心头激荡,我轻轻地开了房门,准备冲到你面前,伏在你的脚下……啊,我真不知道,我这个傻姑娘当时会干出什么事来。脚步声越来越近。烛光忽闪忽闪地照到了楼上。我哆哆嗦嗦地握着房门的把手。来的人果真是你吗?

是,是你,亲爱的——但你不是独自一人。我听到一阵挑逗性的轻笑,绸衣服拖在地上发出的窸窣声和你低声细语的说话声——你是带了一个女人回家来的。

我不知道我是如何挨过这一夜的。第二天早晨八点钟,他们就把我拖往因斯布鲁克;我已经没有一丝力气来反抗了。

我的孩子已在昨天夜里去世了——如果我当真还要继续活下去的话,那我又将是孤苦伶仃的一个人了。明天要来人了,那些陌生的、黑炭似的大个儿笨汉,他们将抬一口棺材来,收殓我可怜的、我那唯一的孩子。也许朋友们也会来,送来花圈,但是鲜花放在棺材上又顶什么用?他们会来安慰我,对我说几句,说几句话;但是他们又能帮得了我些什么呢?我知道,这以后我又是孤零零一个人了。再也没有什么东西比在人群之中感到孤独更可怕的了。这一点我那时就体会到了,在因斯布鲁克度过的没有尽头的两年岁月里,即从我十六岁到十八岁的时候,像个囚犯,像个被摈弃的人似的生活在家里的两年时间里,就体会到了这一点。继父是个生性平和、寡言少语的人,对我很好;我母亲好像为了弥补她无意之中所犯的过失,所以对我的一切要求总是全部给予满足。年轻人围着我献殷勤,但是我都斩钉截铁地对他们一概加以拒绝。不和你在一起,我就不想幸福地、惬意地生活,我把自己埋进一个晦暗的、寂寞的世界里,自己折磨自己。他们给我买的新花衣服我不穿,我不肯去听音乐会,不肯去看戏,或者跟大家一起兴高采烈地去郊游。我几乎连胡同都不出:你会相信吗,亲爱的,我在这座小城里住了两年,认识的街道还不上十条?我悲伤,我要悲伤,看不见你,我就强迫自己过着清淡的生活,并且还以此为乐。再有,我怀着一股热情,只希望生活在你的心里,我不愿让别的事情来转移这种热情。我独自一人坐在家里,一坐就是几小时,就是一整天,什么也不做,只是想着你,一次一次地、反反复复地重温对你的数百件细小的回忆,每次见你啦,每次等你啦,就像在剧院里似的,让这些细小的插曲一幕幕从我的心里闪过。因为我把往日的每一秒钟都回味了无数次,因此我的整个童年时期还都历历在目,那些逝去岁月的每一分钟我都感到如此灼热和新鲜,仿佛是昨天在我身上发生的事。

那时我的整个身心全都用在了你的身上。你写的书我全都买了;要是报上登有你的名字,那这天就像节日一样。你相信吗,你书里的每一行我都能背下来,我一遍又一遍地把你的书读得滚瓜烂熟?要是有人半夜里把我从睡梦中叫醒,从你的书里抽出一行来念给我听,今天,隔了十三年,今天我还能接着念下去,就像在梦里一样:你的每一句话,对我来说都是福音书和祷告文。整个世界,只是和你有关,它才存在;我在维也纳的报纸上翻阅音乐会和首演的广告,心里只有一个想法,那就是哪些演出会使你感兴趣;一到黄昏,我就在远方陪伴着你:现在他进了剧场大厅,现在他坐下来了。这事我梦见过千百次,因为我曾经有一次,唯一的一次,在一次音乐会上见过你。

可是我说这些干什么呢,说一个被遗弃的孩子的这些疯狂的、自己糟踏自己的,这些如此悲惨、如此绝望的狂热干什么呢?把这些告诉一个对此一无所感、毫无所知的人干什么呢?那时我确实不还是个孩子吗?我长到十七岁,十八岁了——年轻人开始在街上转过头来看我了,可是他们只能使我火冒三丈。因为想着和别人,而不是和你谈恋爱,即使只是拿恋爱开个玩笑,我也觉得简直是闻所未闻、难以理解的,在我看来,受勾引本身就已经犯了罪。我对你的激情始终犹如当年,只是随着我身体的发育和性欲的萌发而变得更加炽烈、更加肉感、更加女性罢了。当时在那个女孩子,那个去按你的门铃的女孩子朦胧无知的意识中没能预感到的东西,现在成了我唯一的思想:把自己献给你,完全委身于你。

我周围的人认为我腼腆,都说我怕羞(我紧咬牙关,关于我的秘密,一个字也不露出来)。但是在我心里却滋长了钢铁般的意志。我的全部心思都集中在一点上:回到维也纳,回到你的身边去。我费了好大的劲,终于实现了自己的愿望。在别人看来,我的这个愿望也许是荒谬的,不可理解的。我的继父颇有资财,他把我当作他的亲生女。我直闹着要自己挣钱来养活自己,后来终于达到了这个目的。我来到维也纳的一个亲戚家,在一家服装店里当职员。

在一个雾蒙蒙的秋日,我终于,终于来到了维也纳!难道还要我告诉你,我到维也纳以后第一程路是往哪儿去的吗?我把箱子存放在火车站,跳上一辆电车——我觉得电车开得多慢呀,每停一站都使我感到恼火——一直奔到那座楼房前面。你的窗户亮着灯,我的整个心灵发出了动听的声音。这座城市,这座曾经如此陌生、如此毫无意义地在我四周喧嚣嘈杂的城市,现在才有了生气,我现在才重新复活,因为我感觉到你就在近旁,你,我那永恒的梦。我并没有感觉到,无论是隔着多少峡谷、高山、河流,或是在你和我闪着喜悦光芒的目光之间只隔着一层透明的薄玻璃,我对于你的意识来说,实际上都是一样遥远的。我抬头仰望,仰望:这儿有灯光,这儿是楼房,你就在这儿,这儿就是我的世界。对于这一时刻,我已经做了两年的梦了,现在总算赐给了我。这个漫长的、柔和的、云遮雾漫的夜晚,我在你的窗前站了很久,直到你房里的灯熄灭以后,我才去寻找我的住处。

这以后,我每天晚上都这样站在你的房前。我在店里干活一直干到六点钟才结束,活计很重,很累,但我很喜欢,因为工作很杂乱,我对自己内心的不宁也就不那么感到痛楚了。等到卷帘式铁百叶窗在我身后哐当一声落了下来,我就直奔我心爱的目的地。只要看你一眼,只想碰见你一次,只想用我的目光远远地再次抚摸你的脸庞——这就是我唯一的心愿。大约一个星期之后,我终于遇见了你,而且恰恰在我没有预料到的那一瞬间:我正抬头朝你的窗户张望的时候,你横穿马路过来了。突然,我又变成了那个小姑娘,那个十三岁的小姑娘。我感到热血涌上我的面颊;违背我渴望看见你的眼睛的内心冲动,我下意识地低下了头,像是有人在追我似的,从你身边一溜烟似的跑了过去。后来我为自己这种女学生似的胆怯的逃遁而感到羞愧,因为现在我的目的是一清二楚的:我想遇见你,我在找你。过了那么多渴望的、难熬的岁月,我希望你能认出我来,希望你注意到我,希望你爱上我。

但是你好长时间都没有注意到我,虽然每天晚上,无论是纷飞的大雪,还是维也纳凛冽刺骨的寒风,我都站在你那条胡同里。我往往白等几小时,有时候等了半天以后,你终于在朋友的陪伴下从屋里走了出来,有两次我还看见你和女人在一起。当我看见一位陌生女人同你紧挽胳膊一起走的时候,我感觉到了自己的成人意识,我的心突然颤了一下,把我灵魂也撕裂了,这时我感觉到对你有一种新的、异样的感情。我并没有吃惊,我在儿童时代就已经知道女人是陪伴你的常客,可是现在却使我突然感到有种肉体上的痛苦,我心里那根感情之弦绷得紧紧的,对你跟另一个女人的这种明显的、这种肉体上的亲昵感到非常敌视,同时自己也很想得到。我当时有种孩子气的自尊心,也许今天也还保留着,所以一整天没有到你的屋子跟前去:但是这个抗拒和愤恨的空虚夜晚是多么可怕呀!第二天晚上,我又低声下气地站在你的房子跟前,等呀等,就像我的整个命运,都站在你那关闭的生活之前似的。

一天晚上,你终于注意到我了。我已经看见你远远地过来了,我就振作起自己的意志,别又躲开你。说也凑巧,有辆货车停在街上要卸货,因而把马路堵得很窄,你就只好紧挨着我的身边走过去。你那心不在焉的目光下意识地扫了我一眼,它刚遇到我全神贯注的目光,就立即变成了——回忆起心里的往事,使我猛然一惊!——你那种勾引女人的目光,变成了那温存的,既脉脉含情、又撩人销魂的,那拥抱式的、盯住不放的目光。这目光从前曾把我这个小姑娘唤醒,使我第一次成了女人,成了正在恋爱的女人。有一两秒钟之久,你的目光就这样凝视着我的目光,而我的目光却不能,也不愿意离开你的目光——随后你就从我身边走了过去。我的心怦怦直跳;我下意识地放慢了脚步,出于一种无法抑制的好奇心,我转过头来,看见你停住了,正在回头看我。从你好奇地、饶有兴趣地注视着我的神态里,我立刻就知道,你没有认出我来。

你没有认出我来,那时候没有,永远,你永远也没有认出我来。亲爱的,我怎么来向你描述那一瞬间的失望呢——当时我是第一次遭受到没有被你认出来的命运啊,这种命运贯穿在我的一生中,并且还带着它离开人世;没有被你认出来,一直还没有被你认出来。我怎么来向你描述这种失望呢!因为你看,在因斯布鲁克的两年中,我时刻都想着你,什么也不做,只是想象我们在维也纳的第一次重逢,根据自己的情绪状态,做着最幸福的和最可怕的梦。如果可以这么说的话,一切我都在梦里想过了;在我心情阴郁的时候,我设想过,你会拒我于门外,你会鄙视我,因为我太卑微,太丑陋,太不顾羞耻。你各种各样的怨恨、冷酷、淡漠,这一切我在热烈的幻象中都经历过了——可是这一点,这最最可怕的一点,就是在我心情最阴郁、自卑感最严重的时候,也没有敢去考虑过:你根本丝毫没有注意到我的存在。今天我懂得了——啊,那是你教我懂得的!——少女和女人的脸在男人眼里一定是变化无常的,因为脸通常只是一面镜子,时而是热情的镜子,时而是天真烂漫的镜子,时而又是疲惫的镜子,镜子中的形象极易流逝,所以一个男人也就更加容易忘记一个女人的容貌,因为年龄就在这面镜子里带着光和影逐渐流逝,因为服装会把一个女人的脸一下打扮成这样,等会儿又变成那样。那些听天由命的人,她们才是真正的智者。可是当时我这个少女,我对你的健忘还不能理解,因为由于我自己毫无节制、时刻不停地想着你,所以就产生了一种幻景,以为你也一定常常想着我,在等着我;如果我知道,你的心里并没有我,压根儿连想都没有想过我,那我活着还有什么意思!你的目光使我清醒了,你的目光表示,你一点也不认识我了,关于你的生活和我的生活之间,你竟连一根蛛丝那样的些微记忆也没有了。面对这样的目光,我如梦初醒,第一次跌到了现实之中,第一次预感到了自己的命运。

你那时没有认出我来。两天以后我们又再次相遇,你的目光带着点亲昵的神情周身打量着我,这时你依旧没有认出我就是曾经爱过你的、是被你唤醒的那个姑娘,你只认出我是那个漂亮的、十八岁的姑娘,两天以前曾在同一地点同你迎面相逢。你亲切而惊讶地看着我,嘴角挂着一丝轻柔的微笑。你又从我的身边走过去,马上又放慢了脚步。我颤抖,我狂喜,我祈祷,但愿你来跟我打招呼。我感到,我第一次为你而充满了活力;我也放慢了脚步,没有躲开你。突然,我没有回头便感觉到你在我的身后,我知道,这回我可以第一次听到你对我说话的可爱的声音了。这种期待的心情几乎使我瘫软了,我担心自己可能不得不停下来,心里像有十五个吊桶,七上八下——这时你走到我旁边来了。你用你特有的那种轻松愉快的神情跟我攀谈,仿佛我们是早就认识的老朋友了——啊,你没有感觉出我这个人,你也从来没有感觉出我的生活!——你跟我说话的神态是那么富有魅力,那么泰然自若,甚至我也能够跟你答话了。我们一起走了一条胡同,这时你问我,是否愿意我们一起去吃饭。我说:"行。"我怎敢拒绝你呢?

我们一起在一家小饭馆里吃饭——你还记得这家饭馆在哪里吗？啊，不，你一定跟其他这样的晚餐分不清了，因为在你心目中，我算得了什么？只不过是数万个女人中的一个，许许多多不胜枚举的风流艳遇中的一桩罢了。你有什么好想起我来的呢？我说得很少，因为在你身边，听你跟我说话，我就感到无限幸福了。我不愿意由于一个问题、一句愚蠢的话而白白浪费一秒钟。我永远不会忘记感谢你的这个时刻，你的心里满满地盛着我热情的崇敬，你的举止如此温存风雅，轻松愉快，识体知礼，毫无迫不及待的妄为，没有匆忙的谄媚讨好的表示，从第一个瞬间起，就亲切自重，如逢知己，即使并没有早就把自己的整个身心都献给你，那么单凭这一点，你也会赢得我的心的。啊，你可不知道，我傻乎乎地等了你五年，你没有使我失望，你简直使我高兴得忘乎所以了！

天已经很晚了，我们起身离去。走到饭馆门口，你问我是否忙着回家，是否还有点时间。我怎么能瞒着你，不告诉你我乐意听从你的意愿呢？我说，我还有时间。随后，你稍稍迟疑了一下，就问，我是否愿意上你那里去聊一会儿。"好啊！"我自然而然地脱口而出，随后我立即发现，你对我如此迅速的允诺，感到有点儿难堪或者高兴，反正显然感到十分意外。今天我明白了你的这种惊异；我知道，一个女人，即使她心里火烧火燎的，想委身于人，但是她们通常总要否认自己有这种打算，还要装出一副惊恐万状或者怒不可遏的样子，非等男人再三恳求，说一通弥天大谎，赌咒发誓和作出种种许诺，这才愿意平息下来。我知道，也许只有那些吃爱情饭的妓女，或是幼稚天真、年未及笄的小姑娘才会兴高采烈地满口答应那样的邀请。但是在我心里，这件事只不过是——你怎么能料想得到呢——化成了语言的心愿，千百个白天黑夜所凝聚、而现在突然迸发的相思而已。总之，当时你很吃一惊，我开始使你对我发生兴趣了。我觉察到，我们一起走的时候，你一边说着话，一边带着某种惊异的神情从侧面打量着我。你的感觉，你那对于一切人性的东西具有魔术般的十拿九稳的感觉，在这里你立即在这位漂亮的、柔顺的姑娘身上嗅出了一种不同寻常的东西，嗅出了一个秘密。于是，你好奇心大发，我觉察到，你想从一连串拐弯抹角的、试探性的问题着手，来摸清这个秘密。可是我避开了你：我宁可显得傻里傻气的样子，也不愿对你泄露我的秘密。

我们上楼到你屋里。请原谅，亲爱的，要是我对你说，你不可能明白，这楼道，这楼梯对我来说意味着什么。当时我的心里充满了何等样的陶醉,何等样的迷乱,何等样的疯狂、痛苦、几乎是致命的幸福啊!我现在想起这些,还不禁泪湿衣襟,然而我已经没有眼泪了。你想一想吧,那里每一件东西都好像渗透了我的激情,每一样东西都是我童年时代,是我的憧憬的象征:那大门,我在前面等过你千百次的大门;那楼梯,我在那里倾听你的脚步声,并在那儿第一次看见你的楼梯;那窥视孔,通过这个小孔我看得神魂颠倒;你房门口铺的小地毯,有一次我曾在上面跪过;那钥匙的响声,每回一听到这声音,我总是从我潜伏的地方猛地一跃而起。我的整个童年,我的全部激情都寄托在这几米大的空间里了,我的生命就在这里。而现在命运像暴风雨似的降落到我的头上来了,因为一切,一切都如愿以偿了:我和你在一起走,我和你在你的,在我们的房子里走着。你想想吧——这话听起来毫无意思,可我不知道怎么用别的话来说——一直到你房门口为止,一切都是现实,都是一辈子沉闷的、日常的世界,而从那儿起,孩子的仙境,阿拉丁①的王国就开始了;你想一想,这房门我曾急不可待地盯过千百回,如今我飘飘然地走了进去,你将会预料到——但仅仅是预料到,永远也不会完全知道,我亲爱的!——这转瞬即逝的一分钟从我的生活里带走了什么。

　　那个晚上,我在你身边整整待了一夜。你可没有想到,在这以前还从来没有一个男人触摸过我,没有一个男人紧贴着或者看见过我的身子哩。但是亲爱的,你又怎么会想到呢,因为我对你毫无反抗,我压制了因羞怯而产生的忸怩,只是为了使你无法猜到我对你的爱情的秘密。要是你猜了出来,准会把你吓一大跳的——因为你喜欢的只是轻松自在,嬉戏玩耍,怡然自得,你深怕干预别人的命运。你喜欢对所有的女人,像蜜蜂采花似的对世界滥施爱情,而不愿做出任何牺牲。假如我现在对你说,亲爱的,我对你委身的时候还是个处女,那么我求求你,不要误解我!我不埋怨你,你并没有引诱我、欺骗我、勾引我——是我,是我自己硬凑到你跟前、投入你的怀抱、栽进自己的命运中去的。我永远,永远不会埋怨你,不,我只有永远感谢你,因为对我说来那一夜是至极的欢乐、闪光的喜悦、飘飘欲仙的幸福。那天夜里我一睁开眼,感到你在我的身边,总是感到奇怪,星星怎么没有在

---

① 阿拉丁,《一千零一夜》中的人物。巫师叫阿拉丁从井里取出一盏神灯,只要把灯一蹭,立即就有一位神灵来到你的跟前,可以满足你的一切要求。阿拉丁发现这个秘密后,就拿走了这盏灯,并娶了一个公主为妻,巫师想了各种办法还是没有得到神灯。

我头上闪烁,因为我真觉得自己到了天上了——不,我从来没有后悔,我亲爱的,从来没有因为那一刻而后悔。我还记得,你睡着了,我听见你的呼吸,贴着你的身子,感到自己挨你那么近,在黑暗中我流出了幸福的泪水。

第二天一大早我就急着要走。我得到店里去,也想在仆人来到之前就走,可不能让他看见。当我穿好衣服站在你面前,你就把我搂在怀里,久久端视着我;莫非在你心里激荡着某个模糊而遥远的回忆,或者你只是觉得我当时神采飞扬、容貌美丽呢?然后你在我嘴上吻了一下。我轻轻从你手里挣脱,想走掉。这时你问我:"你带几朵花去,好吗?"我说好吧。你就在书桌上的蓝色水晶花瓶里(啊,这只花瓶我是认识的,小时候我曾偷看过一眼)取出四朵洁白的玫瑰给了我。连着几天我还不住地吻着这几朵玫瑰哩。

我们事前约好在另一个晚上见面。我去了,那晚又是那么美妙。你还赐给了我第三夜。后来你就对我说,你要出门了——噢,我从小就恨你的这种旅行!——你答应我,一回来就立即通知我。我给了你一个留局待取的地址——我不愿把我的姓名告诉你。我保守着自己的秘密。你又给了我几朵玫瑰作为临别纪念——作为临别纪念。

这两个月里我每天都去向……唉,算了,向你描述这种期待和绝望的极度痛苦干什么呢!我不埋怨你,我爱你,爱的就是这个你:感情炽烈,生性健忘,一见倾心,爱不忠诚。我爱的你这个人就是这个样,只是这个样,你过去一直是这个样,现在还是这个样。你早就回来了,从你亮着灯的窗户我断定你回来了,你没有给我写信。在我生命的最后时刻,我也没有收到你的一行字,你的一行字,而我却把自己的生命都给了你。我等着,绝望地等着。你没有叫我,没有给我写一行字……没有写一行字……

我的孩子昨天死去了——他也是你的孩子呀。他也是你的孩子,亲爱的,这是那如胶似漆的三夜所凝结的孩子,这一点我向你发誓。人之将死,其言也真,我快踏上黄泉路了,是不会撒谎的。这是我们的孩子,我向你发誓,因为从我委身于你的那一刻起,到这孩子从我肚子里生出来这一段时间里,没有任何男人接触过我的身子。我的身子任你紧紧贴过之后,我就有了一种神圣的感觉:我怎么能把自己既给你,又给别人呢?你是我的一切,而别人只不过是从我生命边上轻轻擦过的路人。他是我们的孩子,亲爱的,是我那专一不二的爱情和你那漫不经心的、毫不在乎的、几乎是无意识的柔情蜜意所凝成的孩子。他是我俩的孩子,我俩的儿子,我俩唯一的孩子。那么你一定要问——也许吓一大跳,也许只是不胜惊愕——那么你一定要问,我的亲爱的,问我在这多年的漫长岁月里,为什么不把这个孩子告诉你,一直到今天他躺在这里,躺在这里的黑暗里的时候才谈到他,而此刻他已准备去了,永远不再回来了,永远不再回来了!可是我又怎么能告诉你关于孩子的事呢?我这个与你素昧平生的女人,我这个心甘情愿地跟你过了销魂荡魄的三夜,而且毫无反抗地,甚至是渴求地向你敞开了自己心怀的陌生女人,对她你是永远也不会相信的,你永远不会相信,她这么个跟你短暂地萍水相逢的无名女人,会对你这个不忠诚的男人忠贞不渝,你永远也不会毫无疑虑地承认这孩子是你的亲生骨肉!即使你觉得我的话蛮有道理,真假难分,你也不可能消除这种暗暗的怀疑:我很富有,为此你企图把你在另一次风流欢会时种下的这个孩子硬塞给我。这样你就会对我猜疑,在你和我之间就会产生一片阴影,一片飘浮不定、腼腆的怀疑的阴影。这我不愿意。再说,我了解你,非常了解你,比你对自己了解得还清楚。我知道,你这个人只喜欢爱情中的无忧无虑、轻松自在、游戏玩耍,要是突然间成了父亲,突然间要对一个命运负责,那你一定会感到难堪而棘手的。你一定会觉得,好像我把你拴住了,而你这个人是只有在自由自在的情况下才能呼吸的。因为我把你拴住了,你一定会因此而恨我的——不错,我知道,你会违背你自己清醒的意志而恨我的。也许只有几小时,也许只有短短的几分钟,你会觉得我是个累赘,会恨我——但是我要保持我的自尊心,我要让你这一辈子想起我的时候没有一丝忧虑。我宁可独自承担一切,也不愿让你背上个包袱,我要使自己成为你所钟情过的女人中的独一无二的一个,让你永远怀着爱情和感激来思念她。可是当然,你从来也没有思念过我,你已经把我忘在九霄云外了。

  我不埋怨你,我的亲爱的,不,我不埋怨你。如果我的笔下偶或流露出几滴苦痛的话,那就请你原谅我,请你原谅我——我的孩子——我们的孩子死了,就躺在这里影影绰绰的烛光下;我冲上帝攥紧拳头,管他叫凶手,我的心绪阴郁,神志紊乱。请原谅我倾吐我的哀怨,原谅我吧!我知道,你是善良的,内心深处是乐于助人的,你帮助每一个人,就是素昧平生的人有求于你,你也给予帮助。你的恩惠非常奇特,它对每个人都是敞开的,因此谁都可以自取,两只手能抓多少就取多少,你的恩惠是博大的,是博大无际的,你的恩惠,但是,它是——请原谅我——懒散的。你的恩惠要人家提醒,要人自己去拿。你帮助人要人家叫你,求你,你帮助人是出于害羞,出于软弱,而不是出于快乐。容我坦率地对你说吧,你可以和别人共幸福,而不愿和人共患难。像你这样的人,即使是其中最有良心的人,求他也是很难的。有一次,那时我还是孩子,我从门上的窥视孔里看见有个乞丐按响了你的门铃,你给了他一点钱。还没等他开口向你要,你就迅速给了他,甚至给得很不少,可是你给他的时候心里有点害怕,是慌慌张张递给他的,好把他立即打发走,仿佛你怕看他的眼睛似的。你帮助人家的时候那种忐忑不安、羞羞答答、怕人感激的神态,我永远忘不了。因此我从来也不来求你。当然,我知道,那时即使你拿不稳这是你的孩子,你也会帮助我的,你也一定会安慰我,给我钱,给我一笔数目相当可观的钱,可是你心里却总悄悄怀着焦躁的情绪,要把这件煞风景的事从你身上推得一干二净;是的,我相信,你甚至要说服我尽早把胎打掉。这是我顶顶害怕的事,因为你所希望的事,我怎么会不去做呢,我又怎么能拒绝你的要求呢!可是这孩子就是我的一切,他也确实是你的。他就是你,但已经不再是那个我无法驾驭的、幸福无忧的你了,而是那个永远——我这样认为——给了我的、禁锢在我的身体里、连着我生命的你了。现在我终于把你捉住了,我可以在自己的血管里感到你在生长,感到你的生命在生长,只要我心里忍不住了,我就可以用食品喂你,用乳汁哺你,可以轻轻抚摸你,温柔地吻你。你瞧,亲爱的,因此当我知道,我怀了你的孩子时,我是多么幸福,因此我就没有把这事对你说:因为这样,你就再也不会从我身边逃走了。

  当然,亲爱的,后来的生活也并不全是我原先所想的那种幸福的日子,也有的日子充满了恐惧和烦恼,充满了对人的卑鄙下流的憎恶。我的日子过得很艰难。为了不让我的亲戚发现我怀了孕,并把这事告诉我家里,因此临产前的几个月我不能再到店里去上班了。我不愿向我母亲要钱——我就把身边有的那点首饰卖掉,这样才勉强维持了分娩前那段时间的生活。分娩前一星期,一个洗衣女工从柜子里偷走了我剩下的最后几枚克朗,因此我只得进了一家妇产医院。只有那些身上分文不名的穷人,那些被抛弃、被遗忘的女人,在走投无路的时候才到那里去,置身于贫困的社会渣滓之中。这孩子,你的孩子,就是在那里呱呱坠地的。那儿真是叫人活不下去:陌生,陌生,一切都陌生,我们躺在那儿的人,互相也都是陌生的,大家寂寞孤独,彼此仇视,大家都是被贫困、被同样的痛苦踢进这间沉闷的、充满哥罗仿和血腥气的、充满叫喊和呻吟的产房里来的。穷人不得不忍受的轻薄,精神上和肉体上的羞辱,在那里我全受过了:我得跟那些娼妓、那些病人挤在一起，她们惯于对有同样命运的病人使坏；我忍受了年轻医生玩世不恭的态度，他们脸上挂着一丝嘲讽的微笑，掀开我这个毫无反抗力的女人的被单，在身上摸来摸去，美其名曰检查；我忍受着女护理人员贪得无厌的私欲——啊，在那里，人的羞耻心被目光钉上了十字架，任凭语言的鞭笞。只有写着你的名字的那块牌子，在那里只有这块东西还是你自己，因为那床上躺着的，只不过是一块抽搐着的、任凭好奇的人东捏西摸的肉，只不过是一个供观赏和研究的对象而已——啊，那些妇女，那些在自己家里为守候着她们的温存爱抚的丈夫生孩子的妇女，她们不懂得举目无亲、不能防卫、像在实验桌上似的把个孩子生下来是个什么滋味！要是我今天在哪本书里看到"地狱"这个词，我就仍然会不由自主地突然想到那间塞得满满的、水汽腾腾的，充满了呻吟、狂笑和惨叫的产房，那间宰割羞耻心的屠场，我就是在那儿遭的罪。

请原谅，请原谅我说了这些事。可是我就谈这一次，以后永远、永远不再说了。这些事十一年来我一句也没说过，不久我就将闭口不语，直到无垠的永恒，但是我得叫喊一次，嚷一次：为了这个孩子，我付出了多么昂贵的代价啊！这孩子就是我的幸福，如今他躺在那里，已经停止了呼吸。我已经忘掉了那些时刻，在孩子的笑容和声音里，在他的幸福中早就把它们忘在九霄云外了；但是现在孩子死了，痛苦又潜入了我的心头，这一次，就这一次，我得把它从心里倾吐出来。但是我并不是埋怨你，我只是埋怨上帝，是他让这些痛苦到处狂奔乱闯的。我不埋怨你，我向你发誓；我从来没有对你发过脾气。即使我腹痛得蜷缩起来的时候，即使在大学生触触摸摸般的目光下我羞愧得无地自容的时候，即使在痛苦撕裂我的灵魂的时候，我都没有在上帝面前控告过你；对于那几夜，我从来都没有后悔过，从来没有责骂过我对你的爱情，我始终都爱着你，一直为你所给我的那个时刻而祝福。假如由于那些时刻我还得再进一次地狱，而且事先知道我将受的苦，那么我还愿意再进一次，我亲爱的，愿意再进一次，再进一千次！

我们的孩子昨天死去了——你从来没有见过他。这个活泼可爱的小人儿，你的骨肉，从来没有，就连偶然匆匆相遇也没有过，就是擦身走过时也没有扫视过你的目光。有了这个孩子，我就躲了起来，不见你的面；我对你的相思也不那么痛苦了，自从你赐给我这个孩子以后，我觉得我爱你爱得没有先前那么狂热了，至少不像先前那样受爱情的煎熬了。我不愿把自己分开来，分给你和他两个人，所以我就没有把自己的感情倾注给你，而是一股脑儿全部给了这个孩子，因为你是个幸运儿，你的生活和我不沾边，而这孩子却需要我，我得抚养他，我可以吻他，可以搂着他。看样子我从由于想你——我的厄运——而陷入的神思恍惚的状态中解救出来了，我是由于这个另外的你，真正属于我的这个你而得救的——只有在很少很少的时候，我的感情才会低三下四地再到你的房前去。我只做一件事：在你生日的时候，我每次都送你一束白玫瑰，和当年我们一起过了第一个恩爱之夜以后，你送给我的一模一样。这十来年当中，你心里是否问过自己，这些鲜花是谁送来的？也许你也想到过你从前送过她这样的玫瑰的那个女人？我不知道，我也不想知道你的回答。我只是暗中把玫瑰给你送过去，一年一次，为了唤醒你对那一时刻的回忆——对我来说，这已经足够了。

你从来没有见过他，没有见过我们可怜的孩子——今天我责备自己，我一直把他对你隐瞒了，因为你是会爱他的。你从来没有见过他，没有见过这个可怜的男孩，从来没有见过他的微笑，每当他轻轻抬起眼睑，然后用他那聪明的黑眼睛——你的眼睛！——向我，向全世界投来一道明亮而欢快的光芒的时候，你从来没有见过他的微笑！啊，他是多么快活，多么可爱呀：在他身上天真地再现了你的全部轻快的性格，在他身上重演了你那敏捷的、驰骋的想象力：他可以接连几小时沉迷在他的玩意儿里，就像你游戏人生一样，然后他就竖着眉毛，一本正经地坐着看书。他越来越像你了；你所特有的那种既有严肃又有戏谑的性格上的两重性，已经明显地在他身上滋长起来了。他越是像你，我就越发爱他。他学习成绩很好，说起法文来真像只小喜鹊，他的作业本是全班最干净的，再说他的模样多好看，穿身黑天鹅绒衣服或是穿件白海员衫是多么帅气。无论走到哪里，他都是最雅致漂亮的；在格拉多①海滨，我跟他一起散步的时候，女人们都停下来，抚摸他那金色的长发；在塞默林②，他滑雪橇的时候，大家都朝他转过头来啧啧称羡。他是这么漂亮，这么娇嫩，这么惹人爱。去年他进了德莱茜寄宿中学③，穿了制服，身佩短剑，活像个十八世纪的王室侍从——可是他现在除

---

① 格拉多（Grado），位于亚德里亚海滨，是意大利著名的海滨浴场。
② 见《灼人的秘密》中注。
③ 德莱茜寄宿中学，原为奥地利女王玛丽亚·德莱茜（Maria Theresia）于一七四六年创办的德莱茜贵族学院，一八四九年以后改为普通文科中学，一直是维也纳的一所有名的中学。

了身上的一件衬衫之外,别无他物了。这可怜的孩子,他躺在这里,嘴唇苍白,双手交叉叠在一起。

也许你要问我,我怎么能够让孩子在奢华的环境中受教育的呢,怎么能够让他享受到上流社会光明、快活的生活的呢？亲爱的,我在黑暗中跟你说话;我没有廉耻了,我要告诉你,但你别吓坏了,亲爱的——我卖淫了。我倒不是那种街头野鸡,不是娼妓,但是我卖淫了。我有很阔的朋友,很阔的情人;先是我去找他们的,后来他们就来找我了,因为我非常之美——不知你注意到没有？每一个我向他委身的男人都喜欢我,他们大家都感谢我,都依恋我,都爱我——只有你不是,只有你不是,我的亲爱的！

我对你吐露了我卖淫的真情,你会看不起我吗？不会,我知道,你不会看不起我,我知道,你理解这一切,你也将会理解,我只是为了你,为了你的另一个"我",为了你的孩子才走这一步的。在妇产医院的那间病房里,我就曾经领略过穷困的可怕。我知道,在这个世界上,穷人总是被践踏、被凌辱的,总是牺牲品。我不愿意,无论如何都不愿意让你的孩子,让你的这个开朗、美丽的孩子在社会深深的底层,在小胡同的垃圾堆里,在霉气熏天、卑鄙下流的环境中,在一间陋室的污浊的空气中长大成人。不能让他稚嫩的小嘴去说些俚言俗语,不能让他那雪白的身体去穿霉气熏人的、皱皱巴巴的寒酸衣裳——你的孩子应该享有一切,世上的一切财富,人间的一切快乐,他应该重新升到你的地位,升到你的生活范围里去。由于这个原因,只是因为这个原因,我的亲爱的,我卖淫了。对我来说,这不是什么牺牲,因为大家通常称之为名誉、耻辱的东西,对我来说全是空的:你不爱我,而我的身子又只属于你一个人,既然这样,那么我的身子不管做出什么事来,我也觉得是无所谓的了。男人的爱抚,甚至于他们内心深处的激情,都丝毫不能打动我的心灵,虽然我对他们之中的有些人也很敬重,由于他们的爱情得不到回报而对他们深表同情,这使我想起自己的命运,而内心常常感到深受震动。我所认识的那些男人,他们大家都对我很好,大家都很宠爱我,尊敬我。尤其是有位年纪较大的、丧了妻的帝国伯爵,就是他为我四方奔走,八方说情,好让德莱茜中学录取这个没有父亲的孩子、你的孩子——他像爱女儿那么爱我。他向我求过三四次婚——要是我答应了这门亲事,今天就是伯爵夫人了,就是蒂罗尔①某座迷人王宫的女主人了,我

---

① 蒂罗尔(Tirol),奥地利的一个州,首府在因斯布鲁克。

就可以过着无忧无虑的生活,因为孩子有了一个慈祥的父亲,把他当作宝贝,而我身边就有了个文静、显贵和善良的丈夫——我没有答应,无论他催得多么急迫、频繁,也不论我的拒绝是多么伤他的心。也许我做了件蠢事,因为要不现在我便在什么地方过着安静、悠闲的生活了,而把这孩子,这可爱的孩子,带在我的身边,但是——我干吗不向你承认呢?——我不愿自己为婚姻所羁绊,为了你,我任何时候都要使自己是自由的。在我内心深处,在我的潜意识里,我一直还在做着那个陈旧的孩子梦:也许你会再次把我召唤到你的身边,哪怕只叫我去一小时。为了这可能的一小时,我把一切都推开了,只是为你而保持自己的自由,一听召唤,就扑到你的怀里。自从童年时代之后青春萌发以来,我的整整一生不外乎就是等待,等待你的意志!

这个时刻果真来到了。可是你并不知道,你没有觉察到,我的亲爱的!就在那个时刻你也没有认出我——永远,永远,你永远没有认出我!以前我常常遇见你,在剧院里,在音乐会上,在普拉特①公园里,在大街上——每次我的心都猛地一抽,但是你的眼光只在我身边一晃而过;当然,外表上我已经完全变成另外一个人了,我从一个腼腆的小姑娘变成了一位妇人,像他们所说的,长得漂亮,衣着十分名贵考究,身边围了一帮仰慕者;你怎么会想到,我就是在你卧室里昏暗灯光下的那个羞答答的姑娘呢!有时候跟我一起走的先生中有一位向你打招呼;你向他答谢,并对我表示敬意;可是你的目光是客气而生疏的,是赞赏的,但从来没有认出我的神情。生疏,可怕的生疏。我还记得,有一次你那认不出我来的目光——虽然我对此几乎已经习以为常了——使我像被火灼了一样痛苦不堪:我跟一位朋友一起坐在歌剧院的一个包厢里,而隔壁的包厢里就是你。序曲开始的时候,灯光熄灭了,你的面容我看不到了,只感到你的呼吸挨我很近,就像当年那个夜晚那样近,你的手,你那纤细、娇嫩的手,支撑在我们这两个包厢铺着天鹅绒的栏杆上。一种强烈的欲望不断向我袭来,我想俯下身去卑躬屈节地吻一吻这陌生的、如此可爱的手,过去我曾经领受过这只手温存多情的拥抱的呀!我耳边音乐声浪起伏越厉害,我的欲望也越狂热,我不得不攥紧拳头,使劲控制住自己,我不得不强打精神,正襟危坐,一股巨大的魔力

---

① 普拉特(Prater)是维也纳的一座规模很大的自然公园,并以其游乐场而著称,地处多瑙河和多瑙运河之间。

把我的嘴唇往你那只可爱的手上吸引过去。第一幕一完,我就求我的朋友跟我一起走。在黑暗中你如此生疏,如此贴近地挨着我,我再也忍受不住了。

但是这时刻来到了,又一次来到了,最后一次闯进了我这无声无息的生活之中。那差不多是正好一年以前,你生日的第二天。奇怪,我时时刻刻都在想着你,你的生日我每年都是过节一样来庆祝。一大早我就出门去买了这些年年都派人给你送去的白玫瑰,作为对那个你已经忘却了的时刻的纪念。下午我带着孩子一起乘车出去,把他带到戴默尔点心铺①,晚上带他去看戏。我想让他从少年时代起就感觉到,他也应该感觉到,这一天是个神秘的节日,虽然他对这个日子的意义并不了解。第二天我就和我当时的朋友,布吕恩的一位年轻、有钱的工厂主待在一起。我已经和他同居两年了,是他的掌上明珠。他娇我宠我,也同别人一样要跟我结婚,而我也像对别人一样,好像莫名其妙地拒绝了他,尽管他馈赠厚礼给我和孩子,尽管他本人有点儿呆板,有点儿谦卑的样子,但心地善良,人还是很可爱的。我们一起去听音乐会,在那里碰到一帮兴高采烈的朋友,随后大家便到环城马路的一家饭馆去共进晚餐,在欢声笑语之中,我提议再到塔巴林舞厅去跳舞。本来我对这种灯红酒绿、醉生梦死的舞厅,以及夜间东游西逛的行为一向都很反感,平素别人提议到那儿去,我总是竭力反对的,但是这一次——我心里像有一种莫名的神奇力量,使我突如其来地、本能地做出了这个提议,在在座的人当中引起一阵激动,大家都兴高采烈地表示赞同——我却突然产生了一个无法解释的愿望,仿佛那里有什么特别的东西在等着我似的。他们大家都习惯于迎合奉承我,便迅速站起身来。我们大家一起来到舞厅,喝着香槟酒,突然我心里产生了一种从未有过的疯狂的、然而又差不多是痛苦的兴致。我喝酒,跟着唱一些拙劣的、多情善感的歌曲,心里产生了一种想要跳舞、想要欢呼的欲望,几乎无法把它摆脱开。可是突然——我觉得仿佛有种什么冷冷的或者灼热的东西猛地放到了我的心上——我竭力振作精神,正襟危坐:你和几个朋友坐在邻桌,用欣赏的、露着色迷迷的目光看着我,用那种每每把我撩拨得心旗飘摇的目光看着我。十年来你第一次又以你气质中所具有的全部本能的、沸腾的激情盯着我。我颤抖了。我举着的酒杯差一点儿从我手中掉落下来。幸好同桌的

---

① 戴默尔(Demel)点心铺,是维也纳的一家高级点心铺。

人没有注意到我心慌意乱的神态,它在音乐和欢笑的喧嚣中消失了。

你的目光越来越灼人,使我浑身灼烫如焚。我不知道,你到底是,到底是认出我来了呢,还是把我当作另外一个女人,一个陌生女人,而想把我弄到手?热血涌上了我的双颊,我心不在焉地和同桌的人答着话:你一定注意到了,我被你的目光弄得多么心慌意乱。你脑袋一甩,向我示意,别人根本没有觉察到,你示意我到前厅去一会儿。接着你就十分张扬地去付账,告别了你的朋友,走了出去,临走前又再次向我暗示,你在外面等着我。我浑身直哆嗦,像是发冷,又像发烧,我答不出话来,也控制不住冲动起来的热血。在这一瞬间正好有一对黑人,用鞋后跟踩得啪啪直响,嘴里发出尖声怪叫,开始跳一个奇奇怪怪的新舞蹈,所有的眼睛都注视着他们,而我正

168

好利用这一瞬间。我站起身来,对我的朋友说,我马上就回来,说着就跟着你出来了。

你站在外面前厅里的衣帽间前面等着我。我一来,你的目光就亮了起来。你微笑着快步朝我迎来;我马上看出,你没有认出我来,没有认出从前的那个孩子,没有认出那个少女来,你又一次把我当成一个新欢,当成一个素不相识的人,想把我弄到手。"您也给我一小时行吗?"你亲切地问道——你那副十拿九稳的样子使我感觉到,你把我当作夜间生意的野鸡了。"行。"我说。这是同样的一个颤抖的、但却是不言而喻地表示同意的"行"字,十多年前在灯光昏暗的马路上那位少女曾经对你说过这个字。"那么我们什么时候可以见面?"你问道。"您什么时候愿意就什么时候见。"我回答说——在你面前我不感到羞耻。你略为有点惊讶地望着我,眼睛里带着和当年完全一样的那种狐疑、好奇的惊讶,那时我的十分迅速的允诺也曾同样使你感到惊异。"您现在行吗?"你略为有些迟疑地问道。"行,"我说,"我们走吧。"

我想到衣帽间去取我的大衣。

这时我想起,存衣单还在我朋友那里哩,因为我们的大衣是存放在一起的。转去问他要吧,没有一大堆理由是不行的,另一方面,要我放弃同你在一起的时刻,放弃这个多年来我朝思暮想的时刻,我又不愿意。于是,我一秒钟也没迟疑:我只拿条围巾披在晚礼服上,就走到外面湿雾弥漫的夜色中去了,根本没去管那件大衣,也没有去理会那个情意绵绵的好人,多年来我是靠他生活的,而我却当着他朋友的面使他成了个可笑的傻瓜,出他的洋相:他结识多年的情妇,一个陌生男人打了个口哨,就跑掉了。啊,我内心深处意识到,我对一位诚实的朋友所做的事是多么低贱下流、忘恩负义、卑鄙无耻啊,我感到,我做的事很可笑,我以自己的疯狂行为使一个善良的人受到了永久的、致命的精神创伤,我感到,我把自己的生活从正中间撕成了两半——同我急于再一次吻你的嘴唇,再一次听你温柔地对我说话相比,友谊对我来说算得了什么,我的存在又算得了什么!我就是如此地爱你。现在一切都过去了,都消逝了,此刻我可以告诉你了,我相信,哪怕我已经死在床上,假如你呼唤我,我就会立即获得一种力量,站起身来,跟着你走。

门口停了一辆车,我们把车开到你的寓所。我又听到了你的声音,感到你情意绵绵地就在我的身边,我感到如此陶醉,如此孩子气的幸福,简直不知所措,和当年完全一样。事隔十多年以后,我第一次重又登上了这楼梯——不,不说了,我无法向你描述,在那些瞬间,我对一切总是有着双重的感觉,既感觉到流去的岁月,又感觉到现时的光阴,而在这一切之中,只感觉到你。你的房间里变化不大,多了几幅画,添了几本书,有几处地方添了几件以前没有见过的家具,不过我对一切都感到十分亲切。书桌上放着花瓶,瓶里插着玫瑰,插着我的玫瑰,这是前一天你过生日的时候我送你的,以纪念一个女人。对于她你已经记不起来,也认不出来了,即使现在她正在你的身边,手拉着手,嘴唇贴着嘴唇,你也认不出她了。不管怎么说,这些鲜花你供养着,这使我心里高兴:这样总还有我心底的一片情分,还有我的一缕呼吸萦绕着你。

你把我搂在你的怀里。我又在你那里过了一个风流夜晚。不过我赤裸着身子的时候,你也没有认出我来。我幸福地承受着你娴熟的温存和情意,并且看到,你的激情对一个情人和一个妓女是没有区别的。你纵情恣欲,毫不在乎消耗掉自己大量的元气。你对我这个从夜总会叫来的女人是如此温柔,如此多情,如此风雅和如此亲切敬重,而同时在消受女人的时候又是如此激情奔放。我陶醉在往日的幸福之中,我又感觉到了你这种独一无二的心灵上的两重性,在肉欲的激情之中含着意识的、亦即精神的激情,这种激情当年就已经使我这个女孩子对你俯首听命,难舍难分了。我从来没有见过一个男人在柔情蜜意之中,在那片刻之际是如此不要命,如此一览无遗地暴露自己的灵魂——当然,时过境迁,此事也就被无情无义地掷进无边无际的遗忘的汪洋大海里去了。不过我自己也忘了自己:此时在黑暗中挨着你的我到底是谁?我就是往昔那个感情炽烈的姑娘吗,就是你的孩子的母亲,就是这个陌生女人吗?啊,在这个销魂之夜,这一切是多么亲切,多么熟悉,又是多么新鲜。我祈祷,但愿这一夜永无尽头。

但是黎明来临了,我们起得很迟,你请我跟你一起去吃早餐。侍者老早就谨慎地摆好了茶,我们一起喝着,聊着。你又用那种非常坦率、亲切的知心人的态度跟我说话,又是不谈任何不得体的问题,对我这个人的情况一句也不打听。你没有问我的姓名,没有问我的住处;对你来说,这只不过又是春风一度,是件无名的东西,是一刻火热的时光在忘却的烟雾中消散得无影无踪。你说,你现在要出远门了,要到北非去两三个月;我在幸福之中颤抖起来了,因为这时我的耳边响起了一个声音:完了,完了,已经忘了!我真恨不得扑到你的膝下,大声呼喊:"带着我去,你终究会认出我来的,终究,终究,过了这么多年之后,你终究会认出我来的!"但是在你面前我是如此腼腆,如此胆怯,如此奴性十足,如此软弱。我只能说:"多遗憾啊。"你笑嘻嘻地看着我,说:"你真觉得遗憾吗?"

这时我野性突发。我站起来,盯着你、长时间地、紧紧地盯着你。接着我说:"我过去爱过一个人,他也老是出门旅行。"我盯着你,目光直刺你眼睛里的瞳仁。"现在,现在他会认出我来了!"我浑身战栗,心都快要跳出来了。可是你却对我微笑着,安慰我说:"会回来的。""是的,"我回答说,"会回来的,不过到那时也就忘掉了。"

我跟你说话的样子,一定有点特别,一定很有激情。因为你站了起来,凝视着我,十分诧异,充满爱怜。你抓着我的肩膀。"美好的东西是忘不了的,我永远也忘不了你。"你说,同时低下头来,目光直射进我的心里,仿佛要把我的形象深深印在你的脑海里似的。我感到这目光透进了我的心灵,在探索、追踪、在吮吸我的整个生命,这时我以为,盲人终于、终于复明了。他要认出我了,他要认出我了!我的整个灵魂都沉浸在这个想法之中,颤抖了。

可是你并没有认出我。没有,你没有认出我,在你的心目中,我此刻比以往任何时候都更为陌生,因为否则——否则你就绝对不可能干出你几分钟以后所干的事来。你吻了我,又一次热烈地吻了我。我的头发乱了,我得把它重新整理好。我站在镜子前面,这时我从镜子里看到——我羞惊难言,几乎摔倒在地——我看到,你正小心翼翼地把几张大钞票塞进我的暖手筒里去。这一瞬间,我怎么会没有叫起来,没有给你一个耳光呢!——我,我从童年时代起就爱你了,我是你的孩子的母亲,而你却付给我钱,为了这一夜!在你的心目中我是一个塔巴林的妓女,只不过如此而已——你就付钱给我!被你忘了,这还不够,我还得受凌辱!

我迅速收拾我的东西。我要离去,马上离去。我的心都碎了。我伸手去拿我的帽子,帽子就搁在书桌上那只插着白玫瑰、插着我的白玫瑰的花瓶旁边。这时我心里又产生了一个强烈的、不可抗拒的希望:我要再来试一试,提醒你想起往事:"你愿意给我一朵你的那些白玫瑰吗?""好啊。"说着,你立即取了一朵。"可是这些玫瑰也许是一个女人、一个爱你的女人给你的吧?"我说。"也许是,"你说,"我不知道。花是别人送的,我不知道是谁送的;正因为这样,我才如此喜欢这些花。"我凝视着你。"说不定也是一个已经被你忘却的女人送的呢!"

你不胜惊讶地望着我。我死死地盯着你。"认出我吧,最后认出我来吧!"我的目光在呼喊。但是你的眼睛亲切地、莫名其妙地微笑着。你又再一次吻我。可是你并没有认出我来。

我快步走到门口,因为我感觉到眼泪要涌出来了,可不能让你看见。我急忙奔了出去,跑得太急,在前屋差点儿同你的仆人约翰撞个满怀。他怯生生地忙不迭闪到一边,打开房门让我出去,就在这时——就在这一秒钟,你听见了吗?就在我眼噙泪水看着他、看着这位面容衰老的仆人的一秒钟里,他的眼里突然一亮。在这一秒钟,你听见了吗?在这一秒钟,这位从我童年时代过后就一直没有见过我的老人认出了我。为了这个,我真要跪倒在他面前,吻他的手。我迅速从暖手筒里把钞票,把你用来鞭笞我的钞票扯出来,塞给了他。他哆嗦着,不胜惊讶地注视着我——在这一瞬间他比你在一生中对我的了解还多。所有的人都很娇惯我,大家都对我很好——只有你,只有你,只有你把我忘掉了,只有你,只有你从来没有认出我!

我的孩子死去了,我们的孩子——现在这个世界上,我除你之外再没有一个好爱的人了。但是对我来说你又是谁?你,你从来都没有认出过我,你从我身边走过像是从一条河边走过,你踩在我身上如同踩着一块石头,你总是走啊,不停地走,却让我在等待中消磨一生。我曾经以为在这孩子身上把你这个逃亡者抓住了,但是这毕竟是你的孩子:一夜之间他就残酷地离开我旅行去了,把我忘掉了,永远不回来了。我又是孤单单的一个人了,比以往任何时候还孤单。我什么都没有,你的东西什么都没有了——再没有孩子了,没有一句话,没有一行字,没有一点回忆。假若有人在你面前提起我的名字,对你来说是生疏的,你也就这只耳朵进,那只耳朵出。我为什么不乐意死去,因为对你来说我已经死了?我为什么不走开,因为你已经离开了我?不,亲爱的,我不是埋怨你,我不愿把我的哀愁掷进你快乐的屋子里去。请不用担心我会继续来逼你——请原谅我,此刻孩子已经死了,孤零零地躺在那里,此刻我得让我的灵魂呼喊一次。只有这一次我必须得跟你说——说完我就默默地重新回到我的晦暗中去,就像我一直默默地在你身边一样。但是只要我活着,你就不会听到我这呼喊——只有我死了,你才会收到一个女人的这份遗嘱,这个女人在她生前爱你胜过所有的人,而你始终没有认出她;她曾经一直等你,而你从来没有召唤过她。也许,也许将来你会召唤我,而我将第一次没有忠实于你,那是因为我死了,再也不会听到你的召唤了:我没有留给你一张照片,没有留给你一件信物,就像你什么也没有留给我一样;你永远、永远也不会认出我了。我活着命运如此,死后命运也依然如此。在我生命的最后一刻,我不想叫你了,我去了,你连我的名字、我的面容都不知道。我死得很轻松,因为你在远处是不会感觉到的。倘若我的死会使你感到痛苦,那我就不会死了。

我写不下去了……我的脑袋里在嗡嗡直响……我四肢疼痛,我在发烧……我想,我得马上躺下。也许很快就过去了,也许命运会对我大发慈悲,我不必看着他们把孩子抬走……我写不下去了。永别了,亲爱的,永别了,我感谢你……不管怎么,事情这样还是好的……我要感谢你,直到我最后一口气。我感到很痛快:我把一切全对你讲了,现在你就知道,不,你只会感觉到,我曾经多么爱你,而你在这爱情上却没有一丝累赘。我不会让你痛苦地怀念的——这使我感到安慰。在你美好、光明的生活里不会发生些微变化……我并不拿我的死来做任何有损于你的事……这使我感到安慰,你,我的亲爱的。

可是谁……现在谁会在你的生日老送你白玫瑰呢?啊,花瓶也将是空的了,我的一缕呼吸,我的心底的一片情分,往昔一年一度萦绕在你的身边,从此也即烟消云散了!亲爱的,听着,我求你……这是我对你的第一个,也是最后一个请求……请你做件让我高兴的事,你每逢生日——生日是一个想起自己的日子——都买些玫瑰来供在花瓶里。请你这样做,亲爱的,请你这样做吧,像别人一年一度为亲爱的亡灵做次弥撒一样。我可不再相信上帝了,所以不要别人给我做弥撒,我只相信你,我只爱你,我只想继续活在你的心里……啊,一年只要一天,悄悄地、悄悄地继续活在你的心里,就像过去我曾经活在你身边一样……我求你这样去做,亲爱的,这是我对你的第一个请求,也是最后一个……我感谢你……我爱你,我爱你……永别了……

他从颤抖着的手里把信放下,然后就久久地沉思。某种回忆浮现在他的心头,他想起了一个邻居的小孩,想起一位姑娘,想起夜总会的一个女人,但是这些回忆模模糊糊,朦胧不清,宛如一块石头,在流水底下闪烁不定,飘忽无形。影子涌过来,退出去,可是总构不成画面。他感觉到了一些藕断丝连的感情,却又想不起来。他觉得,所有这些形象仿佛都梦见过,常常在深沉的梦里见到过,然而仅仅是梦见而已。

他的目光落到了他面前书桌上的那只蓝花瓶上。花瓶是空的,多年来在他过生日的时候第一次是空的。他全身毂觫一怔:他觉得,仿佛一扇看不见的门突然打开了,股股穿堂冷风从另一世界嗖嗖吹进他安静的屋子。他感觉到一次死亡,感觉到不朽的爱情:一时间他的心里百感交集,他思念起那个看不见的女人,没有实体,充满激情,犹如远方的音乐。

韩耀成　译

月光巷

轮船因遇风暴耽搁了时间,很晚才在法国的一个小港靠岸,我们错过了开往德国的夜班火车。这样,我就只好在这个陌生的地方多待一天。看来,除了听听郊区一个娱乐场女子乐队凄凉的音乐,或者跟萍水相逢的旅伴做无聊的闲谈之外,晚上不会有任何娱乐活动。旅馆的小餐厅里烟雾弥漫,散发着油腻的气味,我觉得不堪忍受。我对这恶浊的空气特别敏感,那是因为清新的海风在我的嘴唇上还留着一股咸滋滋的凉意。于是,我便离开餐厅,沿着一条宽阔明亮的大街向一个广场信步走去,国民近卫军的乐队正在那里演奏,从那里又夹杂在从容漫步的人流中继续向前。起初,在这冷漠的、照外省习惯穿得五颜六色的人浪中随波逐流地游荡,我觉得也还愉快。但是,和异国人如此贴近,他们那断断续续的笑声,那投向我的惊奇、疏远或嘲笑的目光,不知不觉地推着我朝前走的碰撞,从千家万户射出来的灯光和嚓嚓不停的脚步声,很快就使我感到讨厌了。海上的航程已经在不停的颠簸中结束了,此刻我的血液里仍然浮游着那种略觉眩晕的微醉的快感:总觉得脚下还在摇晃和颠簸,大地仿佛在喘息着微微浮动,而街道似乎颤悠悠地直通天边。我突然感到有些头晕,为了避开喧闹声,就拐进一条横街,也没有看看这条街的名称。从那里,我又拐进一条更窄的小巷,这时,乱哄哄的嘈杂声才逐渐平息下来。然后,我又向那些血管般纵横交错的小巷走去,在这座迷宫里盲目地漫游。我离开中心广场越远,这些街道也就越黑暗,这里没有大弧光灯——那些中央大街上的小月亮。由于灯光微弱,我终于又看见了星星和昏暗多云的天空。

看来,我现在离港口并不远,还在海员住宅区里,这是因为我闻到一股腐臭的鱼腥味,闻到被海浪冲到岸上来的水草散发出的那种甜丝丝的霉烂味儿,还有潮湿郁闷的房间里那种特有的烟气。这种烟气熏透了这些角落,只有一场猛烈的暴风雨来临才能使它们透一口气。我对这半明半暗的灯光和意想不到的孤寂环境觉得很满意。我放慢了脚步,仔细观看着一条又一条小巷——没有一条小巷同邻近的小巷完全一样;有些街道寂静无声,另一些街道却生趣盎然,但都沉没在黑暗之中,充满了低沉的说话声和音乐声。这些声音来自肉眼看不见的所在,来自那渺茫的穹窿,显得如此神秘,几乎无法猜出它隐蔽的发源地,因为所有的房屋都关上了门,只有红的或昏黄的灯光在闪烁。

　　我喜欢异国城市里的这些街道,这充满各种欲望的肮脏市场,这秘密地聚集着的使水手们神魂颠倒的一切处所。那些水手们在陌生危险的大海上度过许多个孤独的夜晚之后,来这里过上一夜,以便在一小时之内把他们多次涌上身来的肉欲的梦想变成现实。这些狭窄的小巷,它们只能躲藏在大城市底层的某个地方,因为它们厚着脸皮、絮絮不休地告诉人们:那些有玻璃窗、住着"正派人"的明亮的房屋,在百般伪装下干的是一些什么勾当。在这里,有不少小房间响着诱人的音乐,电影院惹人注目的广告画向人们预告闻所未闻的佳片,吊在大门下的四方灯笼一闪一闪地向你亲切致意,明明白白地邀请你进去,透过半开半掩的门口可以看到虚披绣金服饰的裸体闪来闪去。从咖啡馆里传来醉汉们的吵闹声和赌徒们争吵的叫骂声。水手们相遇时,都得意地微笑着,他们那本来无神的眼光由于即将享受到欢乐而闪闪发亮,因为这里无所不有:女人和赌博、美酒和歌舞、最低级和最高尚的风情艳遇。然而,这一切都是羞怯而又明显地隐藏在虚伪地放下来的护窗板后面进行的,一切都避开了人们的视线,而这种表面上同外界的隔绝又以隐秘和开放这双重的诱惑使人激动不安。这样的街道在汉堡、科伦坡、哈瓦那同样也有,它们彼此相似,就像许多大城市豪华的大街彼此相似一样,因为无论在哪里,上层和下层人们的生活都有相同的外貌。这是肉欲混乱的世界稀奇古怪的最后残余,这里的性行为依然是又粗野又放纵;而这些被遗弃的小巷便是一片充满情欲的幽暗森林和树丛,到处都是淫荡的野兽。这些小巷总是以其外露的一切使你动心,以其隐藏的一切诱你就范。

　　这条突然将我俘虏的小巷也是如此。我随便跟着两个胸甲骑兵走去,他们的马刀在高低不平的铺石路面上碰得丁当作响。有几个女人从一个酒馆里向他们呼唤,他们笑了起来,大声回敬了她们几句粗鲁的玩笑。一个骑兵敲了敲窗户,接着就从一个地方传来了骂声;他们继续向前走,笑声越来越远，很快我就听不见了。小巷里又变得寂静无声了，有几扇窗户在朦胧的月光下闪着昏暗的微光。我站住，深深地吸了吸这寂静中的空气。这寂静使我惊奇，因为我觉得在它的背后隐藏着一种秘密、性感而可怕的东西。我清楚地感到，这种沉寂是一种假象，在这条雾蒙蒙的小巷里隐隐地散发着当今世界的某种腐败气味。然而，我一动不动地站着，倾听着这空虚的世界。无论是这个城市，还是这条小巷，无论是小巷的名称，还是我自己的名字，我都已感觉不到了。我只意识到：我在此地是异乡人，已经奇妙地溶化在一种神秘莫测的环境里；我既无目的，又无事可做，同这黑暗的生活毫无关系，但我仍然充分感觉到这种生活的存在，就像感觉到自己血管里的血液一样。只有一种感觉控制着我：这里发生的事没有一件是为着我的，然而一切又都是属于我的。这种感觉是由于冷漠无情而产生的最深刻最真实的体验，它是我内心活动的一个生机勃勃的源泉，在这神秘莫测的情景里我总是因为怀有这种感觉而无比欢快。我站在空荡荡的街上倾听着，似乎在等待什么事情发生，我好摆脱这种空虚的夜游的感觉。这时，一支德国歌曲的声音突然隐隐约约传到我的耳边。歌声有点低沉，不知是来自墙后，还是来自什么遥远的地方。一个女人的嗓音唱着《自由射手》中一段朴实的曲调，"美丽的、绿色的少女花冠"，唱得很蹩脚，但那毕竟是德国的曲调，而且是在这里，在这世界上异国的偏僻小巷里，因而使人感到格外亲切。这歌声不知是从哪里传来的，但我觉得，它好像在向我致意，好像久别之后祖国的第一声问候。我不禁自问：是谁在这里说着我的母语？在这偏僻、粗野的小巷里，是谁的回忆从内心深处唤起了这悲凉的歌声？我对着歌声传来的方向，沿着一座又一座仿佛在打盹的房屋摸索着向前走。这些房屋的护窗板都是关着的，但里面却明显地闪着灯光，有时还会看见诱人的手臂。外面贴着耀眼的招牌、自吹自擂的广告，有一个不显眼的酒馆则贴着备有威士忌、啤酒和麦酒的长纸条，但所有的房子都门户紧闭，把人拒之门外，又邀人光顾。有时从远处传来脚步声，但歌声一直没有间断，那叠句的颤音越来越响，离我越来越近：我终于找到了那所房子。我迟疑了片刻，便直对着那扇严严实实地挡着白门帘的里间小门走去。但当我决心开门进去的时候，在走廊的暗处突然有一个东西动了一下，那是一个人影，显然他原是紧贴着玻璃窗在那里窥视的，现在被吓得跳到了一旁。我看见一张脸，虽然有上边灯笼的红光照射着，这张脸却因惊恐不安而没有一点血色。这个男人睁大了眼睛呆呆地望了望我，嘟哝了一句类似道歉的话,便消失在昏暗的小巷里了。真怪,见面还有这样打招呼的!我朝他背后看了一眼,似乎还看得见他的身影在这光线暗淡的小巷里移动,不过已经模糊不清了。屋里依然有歌声传来,我觉得更响亮了。我被吸引住了。我打开门,赶快走了进去。

歌声戛然而止,像被一刀砍断了似的。我很吃惊,感到自己的面前是一片空虚,一阵敌意的沉默,好像我打碎了什么东西似的。慢慢地,我的目光才恢复了常态,发现这个小房间里几乎空无一物,只有一条柜台和一张餐桌。很明显,这整个房间只是通向后面其他房间的一个过道。里面的房间全半开着屋门,透着微弱的灯光,摆着铺好了的床,一眼便可猜出这些房间的特有用途。一个满脸脂粉、面带倦容的姑娘,胳膊肘支在柜台上,站在前面;柜台后站着老板娘,肥胖臃肿,灰色的皮肤显得很脏,身旁还有一个相当好看的姑娘。我向她们问好,犹如一块石头掉进深渊,隔了好一会儿才听到懒洋洋的回答。踏进了这样的真空地带,跌入了这样紧张、冷淡的沉默气氛,我觉得很不舒服,真想立刻转身走掉,但一时又找不到什么借口,便强忍着坐到了桌旁。那个姑娘这时才想起自己的职责,问我要点什么;听到她那生硬的法语,我一下子就认出了她是德国人。我要了啤酒。她迈着懒散的步子走过去拿来了啤酒,那双眼睛懒散地垂着眼皮,像即将熄灭的蜡烛一样闪着微光,而这步履看上去比她那浅薄的眼光还要冷漠无情。她完全是机械地按照这类行当的习惯在我的酒杯旁边又为自己放了一个酒杯。和我碰杯时,她的目光无精打采地从我身边滑过,我这才把她仔细端详了一番。她的脸确实倒还漂亮,五官端正,但好像由于内心的疲惫不堪,变得像一副假面具那样呆板而令人生厌;整个面部憔悴松弛,眼睑微肿,头发散乱;浮肿的两颊满是廉价胭脂的斑点,已经向嘴角下垂,形成了很宽的皱痕。她的衣服也是漫不经心地披在身上的,由于吸烟和饮酒,嗓音都变得干涩、沙哑了。一切都说明,在我面前的是一个极端疲倦、只是由于习惯才毫无知觉地继续活着的人。我觉得可怕,为了打破沉默,向她提了一个问题。她看都没有看我,微微动了动嘴唇,冷淡而呆板地回答了一句。我感到自己是多余的。后边的老板娘打着哈欠,另外那个姑娘坐在墙角里望着我,似乎在等我叫她。我本想离开这里,但我全身沉重,站不起来,像一个喝醉的水手,呆呆地坐在这潮湿气闷的房间里,被好奇和恐惧的心理牢牢地捆住了;因为这里的冷漠气氛对人的神经是有刺激作用的。

突然,坐在我身边的女人发出了刺耳的笑声,我吓了一跳。就在这时,灯光也晃动起来了：一阵穿堂风吹来，我想一定是背后有人把门打开了。"你又来啦？"她用德语操着嘲讽的腔调尖声喊道，"你这个吝啬鬼，又围着房子转啦？好吧，那就进来呀，我不会把你怎么样的。"

她这样尖声地喊着招呼谁，仿佛一股火焰从她胸中喷了出来。我先是猛然转过身看了看她，然后又朝门口望了一眼。门还没有完全打开，我就认出了那个人摇摇晃晃的身影，认出了他那谦卑的目光——我说的就是刚才仿佛紧贴门边站着的那个人。他像一个乞丐似的，怯生生地把帽子拿在一只手里，被那些刺耳的言语和笑声吓得战战兢兢的。这笑声好像一阵抽搐发作一般使女人笨重的身躯不停地震颤起来，老板娘在柜台后匆忙地悄悄嘀咕了几句什么。

"坐到那边去，到弗朗苏阿莎那边去！"当那可怜的人儿脚擦地面小心翼翼地向前迈了一步时，她向他命令道，"没看见我有客人吗？"

她用德语大声说了这么两句话。老板娘和另一个姑娘大声笑了起来，尽管她们什么也听不懂，但这位来客看来她们是认识的。

"弗朗苏阿莎，给他一瓶香槟酒！拿贵的！"她笑着喊道，然后嘲讽起他来："你要是嫌贵，那就待在街上好了，你这个可怜的吝啬鬼！大概你是想来白看我的，我知道，你是想不花分文就得到一切。"

听到这恶毒的嘲笑，那来客长长的身躯不由得蜷缩起来，背弯成了弓形，脸扭来扭去，像要藏起来似的，那只抓着酒瓶的手颤抖着，往外倒酒时竟把酒洒到了桌上。他竭力想抬起眼来看那女人，但他的目光怎么也离不开地板，一直盲目地在瓷砖上晃来晃去。现在，在灯光下，我才看清了这张干瘪、苍白、无精打采的面孔，那盖在瘦骨凸出的头颅上的潮湿、稀疏的头发，那皮肉松弛、像折断了一般的手腕。他虽然显得那样苍白无力，但面部依然流露出不无愤恨的表情。他的身心几乎全都扭歪了，移位了，缩成了一团。他那突然向你投来、但马上又恐惧地溜开的目光，冒出凶狠的火花。

"您别理他！"那女人用法语对我说，一把抓住了我的胳膊，似乎硬要让我转过身去面对她坐着。"我和他有一本老账，不是一天两天啦。"然后，她又龇牙咧嘴，像要咬人似的向他喊道："你尽管偷听好了，你这个老狐狸！你想知道我说什么吗？我说：宁愿跳海，也不跟你走。"

老板娘和那个姑娘又呆呆地咧嘴大笑起来。这对她们来说，好像是习以为常的笑料，一种日常的娱乐。但是，当我看到弗朗苏阿莎靠在他身上，突然假装温柔妩媚地向他献殷勤，而他却吓得发抖，不敢拒绝的时候，觉得很可怕；每当他那彷徨不定的目光格外困惑、讨好地落到我身上时，我就不免吓得全身一颤。而坐在我身边的女人，突然从昏睡状态中醒来，瞪着眼睛看着他，气得两手直发抖，也使我很害怕。我把钱扔到桌上想走，但她并没有拿。

"要是他妨碍你，我就把他，把这条狗赶出去。他必须服从。再跟我喝一杯吧。来呀！"

她靠在我身上，突然现出一种狂热的娇姿媚态，我一眼就看出了这只不过是在做戏，无非是为了折磨他罢了。她一边这样做着媚态，一边迅速地斜视着他。我看到每当她向我偎依温存一次，他便全身一抽搐，好像有一个烧得通红的铁块烫着了他的肢体，我觉得实在讨厌。我没有理睬她，只注视着那男人。他身上有一种类似愤恨、恼怒、嫉妒和希望的感情在增长，只要这个女人向他转过头去，他便立即全身蜷缩起来，我看了也不禁战栗起来。现在，她紧紧地偎依着我，我感到她在颤抖，在享受这场残忍的恶作剧所带来的快感；她那散发着廉价脂粉香味的刺眼的面孔，她那温软的皮肉渗出的潮润的气味，都使我十分厌恶。为了躲开她一点，我拿出了一支雪茄烟，刚要看看桌上有没有火柴，她就用命令的口吻向他喊道："拿火来！"

见她这样卑劣地要他为我效劳，我比他还要吃惊，便急忙想从自己的口袋里找到火柴。可是，她的话像鞭子似的抽在他身上，他已经脚步踉跄摇摇晃晃地走过来，一伸手就把打火机放在桌上，像是怕一碰桌子就会被烧着似的。有一瞬间，我们的目光碰到了一起，我看到他的目光里饱含着无限的羞愧和切齿的恼恨。这奴隶般的目光恰恰刺痛了我这个男子汉——他的一个弟兄的心窝。我觉得，是这个女人侮辱了他的人格，我感到他的羞愧便是我的羞愧。

"非常感谢您，"我用德语说（他颤动了一下），"本来就不该麻烦您。"说完，我把手伸给了他。他犹豫了好一会儿，我才感到汗湿、枯瘦的手指放在我手上，突然间，便是痉挛而又深表感激的一握。他的眼睛碰到我的目光，闪出了光辉，但转瞬又藏到低垂的眼帘里了。我故意同那女人作对，想请他坐到我们旁边来，而且我大概已经做了一个邀请的手势，这时，她急忙向他喊道："回那边去坐，别妨碍我们！"

这时，她那刻薄的声音和那残忍的折磨人的行径，突然引起我的厌恶。这黑暗的卖淫窟，这可恶的娼妇，这痴呆的男人，这啤酒、烟气和廉价香水的混合气味,对我有什么用处?我非常想到外面去呼吸一下新鲜的空气。于是,我把钱塞给她,站了起来,当她走近我妩媚地挽留我时,我毅然挣脱了她的搂抱。我憎恶参与这种凌辱人的勾当,而我的断然拒绝也明白地告诉了她,她的柔情对我的诱惑力是何等渺小。她恼羞成怒,本想破口大骂,但她忍住了,没有骂出声来,而是怀着一股真正的仇恨,突然向他转过身去。他感到不妙,像被她的淫威震住了似的,急忙用哆哆嗦嗦的手从口袋里掏出一个钱包。他现在显然害怕单独跟她待在一起,由于心慌,他一时竟解不开钱包的结子。这是一个农民和下人用的嵌有小玻璃球的针织钱包。不难看出,他从不随便花钱,不像水手们那样从衣袋里大把地抓出钱来,扔到桌上;看来,他向来是用钱有数的,花钱的时候,总要先把硬币攥在手心里掂量掂量。"瞧,为了那两个宝贝钱儿,他抖得多厉害啊!解不开吗?那就等着吧!"她挖苦道,向前逼近了一步。他吓得直往后躲闪,而她一见他怕得要死,便耸起了双肩,眼里含着无法形容的憎恶神情,说:"我一个子儿也不要你的,我见了你的钱就恶心!我知道,你那点可爱的小钱儿都是有数的,绝不肯多花一个铜板。只是,"她突然拍了拍他的胸脯,又说,"可别让谁把缝在这里的钞票偷走啊!"

果然,就像一个心脏病患者突然痉挛地抓住心窝一样,他把一只惨白的、颤抖的手紧紧地贴在胸前,下意识地用手指摸了摸藏钱的那个秘密地方,过了一会儿,觉得放心了,才把它放了下来。"吝啬鬼。"她啐了一口说。可是那被折磨的人突然满脸通红,挥手将钱包扔给了弗朗苏阿莎。她起初吓得叫了一声,随后便哈哈大笑起来。他蓦地从那女人身旁冲到门口跑了出去,像逃避火灾似的。

她满腔怒火,两眼闪着凶光,直着腰板站了一会儿,然后又懒洋洋地垂下眼皮,全身无力地松弛下来了。一分钟后,她好像就变得又衰老又疲倦了。她的目光向我投来,充溢着茫然若失的神情。她像是一个喝醉的人醒了酒似的,满面羞愧、郁郁不乐地站在我的面前。"到了街上,他会心疼他的钱去哭鼻子的,说不定还会跑到警察局去,说是我们抢了他的钱呢。明天他又会到这儿来的。可他休想得到我。给谁都可以,就是不给他。"

她走到柜台前,往上面扔了几个硬币,一口气喝了一杯白酒。一股凶恶的光又在她眼里闪现了,但这光芒很晦暗,仿佛是透过愤怒和羞愧的眼泪射出来的。我心里对她的厌恶超过了对她的怜悯。我说了声"再见!"就走了。只有老板娘回答了一声。那个女人连头也没回,只是尖声、讥诮地笑了起来。

我来到外面时,见那条小巷洒满了昏暗迷离、无限遥远的月光,四周笼罩着令人窒息的黑雾,只有一片夜色和头顶的天空。我贪婪地吸了一口温暖的、但仍然令人提神的空气;恐惧的心理顿时消失,代之而起的是对形形色色命运的无比惊异。于是,我又产生了一种感觉,这种感觉使我心情非常激动,乃至落泪。我感到,每扇窗后总隐藏着某个人的命运,每扇门都通向一幕悲剧;生活无所不在,无奇不有,即使这最肮脏的一角,也像被闪烁不定的萤火虫光亮分隔了一样,过着一成不变的可怜的生活。

刚才见到的一切丑恶现象都被忘却了,神经的紧张舒舒服服地变成了甜蜜的倦怠,我渴望把这一切生活经历全变成更美好的梦想。我不由得向四周看了一眼,竭力想在这一团乱麻似的冷僻小巷中找到返回旅馆的路。这时,有一个人影在我面前冒了出来,想必他早就不声不响地向我走近了。

"请原谅!"我立即听出了那个男人恭顺的声音,"看来您迷路了。您是否允许……您是否允许我给您指路?您住在……"

我说出了旅馆的名字。

"我送您……要是您允许的话。"他马上用谦卑的口吻加了一句。

我又害怕起来了。在这海港区黑暗的小巷里,这鬼鬼祟祟的、幽灵般的脚步声虽然几乎是听不见的,但一直顽强地响着,我对刚才经历的回忆渐渐消退,心中油然产生了一种既无定见又无反抗的梦幻般纷乱的感觉。我看不见他的眼睛,但感到了他那恭顺的眼神,觉察出他的嘴唇在抽动;我知道,他是想跟我说话,但我没表示赞同,也没表示反对,因为此刻我有些神志不清,似乎我的好奇心和身体的不适完全融为一体了。他清了好几次喉咙,我发现他嗓子眼好像堵着什么东西似的说不出话来,但眼见他的羞愧和内心痛苦的这种角斗,我却因为传染上了那个女人的残忍心理而感到开心,因此我没有去帮助他,而任凭这沉默的空气在我们之间变得又惨淡又沉重。我们的脚步声杂沓不齐,他走路蹭着地面,像老人一般,而我却故意走得很响,坚定有力,渴望离开这肮脏的世界。我觉得我们之间的紧张空气越来越强烈:这沉默是一种声嘶力竭的无声的呐喊,像绷得过满的弓弦;但是,他终于打破了沉默,非常胆怯地说道:

"您曾经……您曾经……老爷……在那屋里看见一幕非常奇特的情景……请原谅……请原谅我又提起这件事。您一定觉得她很怪……而我又十分可笑……这个女人……她就是……"

他的话又停顿了,好像有一团什么东西塞住了他的咽喉。随后,他的声音变得很小,急切地悄悄说道:"这个女人……就是我的妻子。"

我大概是惊异得颤抖了一下,因为他仿佛是为自己辩白,连忙补充说:"就是说……五年前,不,是四年前……她是我的妻子……在黑森州的格拉茨海姆,我就生在那儿……先生。我希望您不要把她想得很坏。她成了这个样子,这也许是我的过错。她不是向来都这样的。我……是我把她折磨的……虽说她很穷,甚至连衣服都没有,什么都没有,一贫如洗,我还是娶了她。可是我很富,就是说,有财产……不是太富……或者说,至少那时我有钱……您听我说,先生,我过去也许确实很节俭,这她说得很对。可这都是过去的事,是发生不幸以前的事,现在我却为此诅咒自己……但我的父亲,还有我的母亲都那样,所有的人都很节俭。每一个铜板对我说,都是来之不易啊……可是她轻浮任性,喜欢漂亮值钱的东西……但又很穷,我呢,总指责她……我本不该这样待她,现在我才知道,先生,因为她自尊心太强,强得不得了……您不要以为她装出来的那个样子是真的……那是用来骗人的,是她自寻烦恼……只是为了刺痛我的心,为了折磨我……因为,因为她感到惭愧……也许她真的变成了一个坏女人,但是我……我不信,因为,先生,她本来很好,非常好啊!"

他擦了擦眼睛,停住脚步,心情无比激动。我不由得看了他一眼,突然我不再觉得他可笑了,甚至连"老爷"这个在德国只有下等人才用的奇怪的、诌媚的称呼,也不再使我感到厌恶了。他的脸色说明,每句话他都是发自肺腑、费了好大气力才说出来的。他又迈着沉重的脚步,摇摇晃晃地继续向前走的时候,眼睛始终盯着石铺的路面,仿佛在飘忽不定的月光下,从那些石块上吃力地读着从他那梗塞的喉咙里痛苦地迸发出来的话语。

"是的,老爷,"他深深地吸了一口气,换了一种完全不同的,似乎发自灵魂深处的低沉声音,说下去,"她原来很善良,对我也很好,非常感激我使她摆脱了贫困……我也知道她感激……可是……我想一次又一次地……反复听到这样的话……我高兴听到感谢的话,老爷,我是那样没完没了地喜欢把自己想象得比她更好……可我还是知道,知道我不如她好……为了能不断听到感谢的话,我宁愿把所有的钱都拿出来……可是她自尊心很强,当她发现我是要求她感谢的时候,她就越来越不愿意说了……因此……仅仅是因为这一点,老爷,我总是让她来求我……从来不自愿地给她钱……为了每一件衣服,每一条绸带,她都不得不跑到我面前来乞求,我感到很得意……我就这样折磨了她三年,而且越来越凶……但是,我这样做,老爷,仅仅是因为我爱她……我喜欢她骄傲自尊,可我还是丧失了理智,总想打掉她的傲气……当她要什么东西时,我就发火……可这是,老爷,是装出来的……每一个能够侮辱她的机会,对我来说都是极大的快乐,因为……因为连我自己也不知道,我是多么爱她……"

他又沉默了。他走着,摇晃得很厉害。显然,他是把我完全忘了。他像在梦中似的,无意识地说着,声音愈来愈高。

"这一点……这一点我是在那时才明白了的……在那个倒霉的日子……那天我拒绝了她为她母亲要的钱,数目是小得微不足道的……就是说,我已经准备好了这些钱,可是想让她再来一次……再请求我一次……我说什么来着?……对了,那天,当我晚上回到家里,她已经不在了,只看到桌上有一张字条,那时我才明白了这一点……'你就守着你那该死的钱吧,我再也不向你要任何东西了'……这就是上面写的,此外什么也没有……老爷,我像一个疯子似的过了三天三夜。我派人到森林里去找,到河里去搜寻,给了警察局一大笔钱,我跑遍了所有的邻里乡亲,但他们只是嘲笑我、挖苦我……一点踪迹也没有找到,一点也没有……最后,邻村有一个人告诉我,说他见过她……和一个士兵在火车上……她到柏林去了……当天我就坐火车追她去了……抛弃了自己的家业……损失了几千块钱……大家把我的财产偷得精光,我的仆人,我的管家,所有的人都偷……但我向您发誓,老爷,这一切对我都是无所谓的……我在柏林住了一个星期,好不容易在这个人海的漩涡里找到了她……并且到了她那儿……"他收住话头,艰难地喘了口气。

"老爷,我向您发誓……我没有对她说一句责备的话……我哭着……跪在地上……表示愿意给她钱……和我所有的财产,让她支配这些财产,因为那时我已经明白了……明白了……没有她我就不能生活……我爱她的每一根头发,爱她的小嘴,爱她的身体,爱她所有的一切……要知道,是我,只是我一个人把她推到了这步田地……我突然走进去时,她的脸一下子白得像死人一样……我买通了她的女房东,一个拉皮条的老婆子,一个可恶的下流女人……她面色惨白,像墙上的石灰一样……她听完了我的话。老爷,我觉得她,是的,她似乎很高兴见到我……可是当我谈起钱的时候……要知道,我这样做,是为了向她表明,我再也不考虑钱不钱的了……她却表示唾弃……后来……因为我老不想走……她就把自己的情夫叫来,他们讥笑我……可是,老爷,我还是每天到那里去。住在那座房子里的人把一切都告诉了我,我得知那个坏蛋抛弃了她,她很贫困,于是又到她那里去了一次……又去了一次,老爷,可是她猛地向我扑来,把我偷偷放在桌上的钱撕得粉碎,我再去看她时,她已经不在了……为了再找到她,老爷,我真是历尽了千辛万苦!整整一年,我向您发誓,我不是在生活,而只是在跟踪她,还雇了好几个侦探。终于我了解到她已经到海外去了,在阿根廷……落入一个妓院……"他踌躇了片刻。最后这句话他是用嘶哑的声音勉强说出来的。接着,他又用低沉的声音说了下去。

"起初,我觉得非常可怕……可是后来又想,是因为我,仅仅是因为我的过错,她才落到这种地步……我知道,她,这个不幸的人儿,该是多么痛苦啊!……主要是因为她自尊心太强……我去找我的委托人,他给领事写了封信,又寄去了钱……没有写明是谁寄的……只要她回来就好。我接到了电报,说一切都办得很顺利……我弄清楚了她乘的是哪一艘轮船……就在阿姆斯特丹等候……我三天前就到了那里,我是那样的心急火燎……最后,轮船总算到了……我看到从地平线上升起轮船冒出的青烟时,我是多么幸福啊!我觉得,我简直是没有力气等到底了……轮船是那样慢腾腾地靠了岸,然后乘客们开始从跳板上往下走,终于,她,是她……我没有立刻认出她……她完全变样了……涂着脂粉……已经成了这个样子……成了您见到的这个样子……她发现我在等她,脸色刷地变得煞白……多亏两个水手扶住了她,要不她就掉到水里了……她一上岸,我就跑到她跟前……我什么也没有说……我的喉咙像是噎住了……她也没有说一句话……也不看我……脚夫拿着行囊在前面走。我们走着,走着……突然,她停下来说……老爷,您知道她是怎么说的……她的话使我非常痛苦,这些话听起来是那样令人悲伤……'你还愿意让我做你的妻子?现在也还愿意吗?……'我拉住她的手……她哆嗦了一下,但什么也没有说。可是我感到,现在一切又都好起来了……老爷,我是多么幸福啊!我围着她跳啊,像个孩子似的。我们走进房间以后,我就扑到她脚下……大概是说了一些傻话……因为她含着眼泪微笑着,抚爱着我……当然,是怯生生的……可是,老爷……这对我说来是多么快乐啊……我的心都化了……我在楼梯上跑下跑上,在旅馆的餐厅里订了午餐……我们的结婚午餐……我帮她穿好衣服……我们就来到楼下,吃啊,喝啊,乐啊……她高兴得像个孩子似的,那样热情、善良,她谈起了我们的家,谈我们怎样安排新的生活……但就在这时……"他的声音突然变得很粗野,对我用力挥了一下手,好像要把谁打倒似的。"这时来了一个侍者……是个很坏的下流坯……他以为我醉了,因为我疯疯癫癫,手舞足蹈……笑得从椅子上溜了下去……可是,要知道我仅仅是因为感到幸福啊……我太幸福了!就这样……在我付钱后,他少找给我二十法郎……我大声呵斥他,要剩余的钱……他很尴尬,把一枚金币放到桌上……就在这时……她突然尖声大笑起来……我朝她仔细一看,发现她的面孔已经完全变了样……一下就变成了一副嘲笑和凶狠的面孔……'你还是这样斤斤计较……甚至在我们结婚的日子里也还这样吝啬!'她冷冷地说,那样尖刻……带着怜悯的口气。我害怕起来,诅咒自己的小气……我尽力想使气氛再快乐起来……但她的愉快心情完全消失了,熄灭了……她单独开了一个房间……为了她我有什么舍不得的呢……夜里,我一个人躺着,一直在盘算第二天上午给她买点什么东西,送她什么礼物……怎样向她表示我并不吝啬……为了她,我什么都不吝惜……一大早,我就出去给她买了手镯,可是当我回来走进她的房间,那里已是人去房空……空空荡荡的,跟上次一样。我知道,桌子上可能放了一张字条……我跑开了,我向上帝祈祷,希望别发生这样的事……但是……但是……桌子上果真有一张字条……我读了一遍……"

他踌躇起来。我不由得停住脚步,看了他一眼。他垂下了头,然后耳语般轻声说:"上面写着:'不要打扰我啦,你使我讨厌……'"

我们已经走到了港湾。突然,波涛拍岸的咆哮声冲破了夜晚的寂静。一艘艘轮船,犹如黑色的巨兽,睁着明亮的眼睛,停在那里,有远有近。不知从哪里传来了歌声。一切都分辨不清,但毕竟还有许多感觉——一个人口稠密的滨海城市正沉在惊人的梦境和这沉痛的幻象之中。我看见我那同伴的影子在我身边摇晃,它像幽灵似的在我脚前颤动,在路灯射出的摇曳不定的昏暗光线里,时而伸长,时而缩短。我既找不到合适的话安慰他,也没有什么需要问他,但他的沉默仿佛粘到了我的身上,压得我喘不上气来。突然,他哆哆嗦嗦地抓住了我的胳膊。

"可是,没有她,我一个人决不离开这里……我找了多少个月才又把她找到了……她现在折磨我,但我决不让步……求求您,老爷,请您跟她谈谈……她应当是我的,请您告诉她这一点……我的话她是不听的……我再也不能这样生活下去了……我再也不能眼睁睁看着男人们往她那儿跑……再也不能站在门外等他们一个个醉醺醺地纵声大笑着走出来……

整条街都认识我了,一看见我站在那儿等着,就都讥笑我……为了这个,我都要发疯啦。可我还是每天晚上都去……老爷,求求您……和她谈谈吧……我不认识您,可是,看在上帝的分上,请您和她谈谈吧……"

我不由得动了一下,想把手臂挣脱出来。我很害怕。但是,当他感到我不愿理睬他的痛苦时,他便突然跪在街心,一把抱住了我的腿。

"恳求您,老爷……您必须和她谈一谈……必须……要不……要不就会发生不幸的……为了寻找她,我花光了全部家财,我不会让她留在这里……绝不会让她活着留下的……我买了一把刀子……老爷,我有刀子……我绝不让她活着……留在这里……我忍受不了……请您和她谈谈吧,老爷……"

他在我面前狂乱地滚来滚去。街口出现了两个警察。我奋力把他拉了起来。他惊慌地向我凝视了片刻,然后便用一种反常的声音干巴巴地说道:

"从这条小街拐进去,走一会儿就到您的旅馆了。"他又呆呆地望了望我,两个瞳孔好像熔化在一种可怕的白茫茫的空间里。然后,他就消失了。

我束紧了外衣,因为身上觉得冷。我只感到疲倦、麻木——无法觉察和令人郁闷的麻木,好像边走边睡一般。我想集中思想,把一切都仔细考虑一番,但每次我心头都有一股疲倦的黑浪翻起,把我带向远方。我挣扎着走进旅馆,倒在床上就睡着了,睡得死死的,活像一头猪。

第二天早晨,我就再也分不清在这件事情里什么是真的,什么是梦了,而且本能地不愿意把它弄清楚。我醒得很晚,我是这异国城市的陌生人。我出去参观教堂,据说这座教堂的古代镶嵌艺术是非常有名的。但我的眼睛什么也没看进去,昨夜的所见所闻越来越清楚地浮现在我眼前。我怎么也克制不了总想去找那条胡同、那座房子的心情。可是,这些独特的小巷只在夜间才有生气,白天它们却蒙着冷冰冰的灰色面具,只有知道底细的人才能透过面具把它们认出来。我找了半天也没找到那条小巷。我又疲惫又沮丧地回到了住处,不知是狂想中的幻影,还是现实中的图像,总缠着我不放。

我乘的是晚上九点钟的火车。我怀着痛惜的心情离开这座城市。脚夫扛起我的行李,走在前面,向火车站奔去。突然,在一个十字路口,好像有个什么东西刺了我一下。我一歪头,认出了通向那座房子的横街,吩咐脚夫稍等片刻,就迈步走进昨晚去过的那条小巷,打算再张望一眼。他开始怔了一下,随后便放肆地露出一种亲昵的微笑。

小巷里一片漆黑,跟昨晚一样。我看见那座房屋的玻璃门在幽暗的月光下闪着光亮。我想再走近一点,这时,一个身躯从黑暗中显现出来。我心头一颤,认出原来就是昨晚的那个男人,他正坐在门槛上,招呼我走过去。然而,一阵恐惧向我袭来,我赶紧跑掉了,因为我非常担心被缠在这里,误了火车。

但来到街拐角,正要转弯时,我又回头望了一眼。我看到,他猛地跳起来,冲到门边,一把推开了门。有一个金属物件在他手里闪闪发光。站在远处,我分辨不清,他手指间那一闪一闪的东西到底是金币呢,还是一把刀……

薛高保 译 关惠文 校

一颗心的沦亡

　　为了给一颗心以致命的打击,命运并不是总需要聚积力量,猛烈地扑上去;从微不足道的原因去促成毁灭,这才激起生性乖张的命运的乐趣。用人类模糊不清的语言,我们称这最初的、不足介意的行为为诱因,并且令人吃惊地把它那无足轻重的分量与经常是强烈的起持续作用的力量相比。正如一种疾病很少在它发作之前被人发觉一样,一个人的命运在它变得明显可见和已成为事实之前也很少被察觉。在它从外部触及人们的灵魂之前,它早已一直在内部,从精神到血液中主宰一切了。人的自我认识同时也是一种自我抗拒,而且多半是无济于事的。

　　索罗门松老人,当他在国内时,自称为枢密顾问。最近,他携同全家在复活节期间来到了意大利,住在加尔达湖畔的一家旅馆里。这天夜里,老人突然被心头的一阵剧痛惊醒;仿佛有什么东西重压在他的身上,胸口闷得厉害,几乎无法呼吸。老人感到恐惧,因为他一直为胆痉挛所折磨。医生曾建议他到卡尔斯巴德进行疗养。可是,他没有听从医生的嘱咐,却为着全家的缘故来到了南方。此时,他真担心,害怕疼劲儿会愈加厉害,于是畏惧地用手去抚摸他那肥胖的腹部。过了一会儿,尽管疼劲儿并未减轻,但他确信不像刚才那么紧张了。他感到只是胃部难受,这很可能是由于吃了不洁的食品而引起的轻度食物中毒所致。因为在意大利,对于一个旅游者来说,这乃是司空见惯不足为奇的常事了。他轻轻吸了口气,抽回了那只颤抖着的手。可那股难受劲儿使他喘不过气来。老人呻吟着走下床来,想活动一下。他站起身来,尤其是走了几步以后,真觉得舒服多了。可是,房间又黑又窄,他更怕吵醒睡在旁边床上的妻子,引起她不必要的惊慌。于是他披上睡衣,赤着脚穿上了拖鞋,蹑手蹑脚地溜到了走廊上,以便在那里活动活动，好减缓痛苦。

他推开正对着昏暗走廊的房门，这当儿从敞开的窗口处，传来了教堂塔楼上的钟声。震颤的钟声响了四下，这声音在湖面上先是响亮，随即渐渐地消失了。已是清晨四点钟。

长长的走廊上一片漆黑。可是老人还是清楚地记得：这是一条笔直而宽敞的走廊。无需照明，他在走廊上从一端走到另一端，喘着粗气，来回地走着，感到疼劲儿慢慢地过去了，心中暗喜，这种踱步已使疼痛几乎完全消失了，他准备返回房间。突然，一种声音把他吓住了。这是从近旁暗处传来的窃窃私语声；声音细微，但很清晰。吱的一响，紧接着一阵喃喃低语，走动的声音；随即一道狭长的光柱，从半掩的门缝中透出，划破了混沌一片的黑暗。是什么？老人不由自主地一闪身，躲进了角落里。他并非好奇，完全是屈服于一种可以理解的惭愧心理：害怕别人在这种奇怪的夜游场合看到他。可是，就在这一瞬间，借助一闪的灯光，他清楚地看到了溜出来一个白衣女人的身影，随即消失在走廊另一端的尽头。就在这时，从走廊尽头的最后一个房间那儿又传来了轻轻地扭动门把的声音。之后，一切又都归于一片黑暗和寂静。

老人突然踉跄了几步，仿佛心脏受了一击似的。刚才在走廊尽头再次响起的令人不安的扭动门把声的地方，那儿，那儿就是他自己的房间；他为全家租了一套三间的公寓。莫非是他的妻子？不，仅仅在几分钟之前，他才离开她；那时她还在酣睡中。那么，这个女子——绝对没错——这个刚从别人房里溜出来的女子，不会是别人，只能是他那将满十九岁的女儿，艾琳娜。

这惊愕使得老人一阵发冷，全身抖个不停。他的女儿艾琳娜，是个开朗又任性的孩子。"不，这不可能是真的，一定是我看错了！她到别人的房里去干什么，如果不是为了……"此刻他像要摆脱猛兽的追逐一样，拼命想摆脱自己的念头。可是，这溜走的女人的幽灵般的形象，却牢牢地占据了他的脑海，使他再也无法摆脱。无论如何要把这件事弄清楚。他喘息着，手扶着墙壁，慢慢地摸到了女儿的房门口。她的房间刚好和他的紧连在一起。太可怕了。恰恰是在这里，恰恰在过道头上他女儿的房间，唯独从这房间的门上，从门缝里，从钥匙孔里透出了一丝细微的灯光。清晨四点钟，女儿房间里却亮着灯！还有新的证据：房内电灯开关发出咔哒一响之后，这一缕白光立即了无痕迹地消失在黑暗之中。——不，不，不要再欺

骗自己了——就是她,我的女儿艾琳娜,在这夜阑人静的时分,悄悄地从别人的床上溜回了自己的房间。

老人由于恐怖和寒冷抖个不停,浑身直冒冷汗,毛孔里浸透了汗水。他的第一个念头就是一脚把门踢开,几拳打死这个不知羞耻的东西。但是他两腿发软,在他硕大的身躯下摇晃不定。甚至连蹒跚地走回自己的房间,挪到床头的气力都没有了。有如一头垂死的野兽,他一头栽倒在枕头上。

老人一动不动地躺在床上,瞪着双眼,在黑暗中凝视着。身边传来妻子均匀的呼吸声。这时,他的第一个念头是叫醒妻子,告诉她刚才自己见到的痛心情景，喊叫一阵，发泄出内心的痛苦。但是，如何开口呢？用什么样的语言来向她叙述这令人惊骇的一切？不，不，这种话我说不出口。可是，我该怎么办呢？怎么办呢？

他想集中思想好好考虑考虑，可是思绪却像蝙蝠一样，盲目地飞来撞去。这一切实在太令人难以置信了。艾琳娜长着一对讨人喜爱的眼睛，是个温顺、有教养的孩子。曾几何时，他看到女儿俯在桌上做功课时，常常用那粉红色的小指头，费力地描画着粗大的字母……曾几何时，他把她从学校领到糕点铺，她穿着淡蓝色的小衣服，用温柔的小嘴吻着他的额头……难道这一切不就仿佛发生在昨天吗？……不，这是过去年代的事了……可是，就是昨天，真正就是昨天，她还稚气十足地撒娇，央求我给她买橱窗里的那件颜色绚丽的天蓝色加金线的高领衫。"好爸爸！给我买了吧！"看到她绞起双手面带笑容的乞求，他又怎能不去顺从女儿的心意呢……可是现在，现在她竟然从距离他的房间只有两步远的地方，深夜溜了出去，跑到一个陌生男人的床上，在那里赤裸着身体，淫荡地同别人扭在一起……

"我的上帝！我的上帝！"老人不由自主地呻吟起来。"——耻辱！耻辱啊！……我的孩子，我那温柔可爱的女儿，怎么能随便和一个男人……这人究竟是谁？能是什么人呢？我们来到戈东这地方才不过三天。在这以前，她从来没有结识过这类油头粉面的花花公子——不论是长着细长脑袋的乌巴尔基伯爵，还是那个意大利军官，或是那个麦克伦堡的骑术师……艾琳娜是在到这里第二天的舞会上才和他们相识的。难道她已和他们之中的一个有了……不，这不可能是初次，或许以前在家里时就早已有过了……我什么都不知道，什么也没有察觉，我是个傻瓜，被蒙在鼓里的傻子……可是，我又怎么会知道她的这些事呢？……我终日不顾一切地为了她们奔波操劳。每天要在办公室里坐上十四个小时，再确切些说，就是整日里带着满箱的货样，待在火车里……为了她去赚钱，钱，钱。为的是让她们母女两人有漂亮的衣饰，让她们富有……晚上，当我拖着疲惫虚弱的身子回到家中时，家里已是空无一人：她们上剧场看戏，参加跳舞会，去做客……我又如何能知道她们整天做些什么呢？现在我知道了：每天夜晚，我的女儿将她那纯洁而富有青春魅力的肉体献给了男人们。她像一个妓女……啊！奇耻大辱啊！"

老人一再呻吟不止，每一个新的思绪都加深了他的痛苦：他觉得自己的头颅被打开了，脑浆外溢，一群红色的小虫在血泊中蠕动。

"为什么我要忍受这一切？……为什么我现在还躺在这里,折磨自己？而她,这个小淫妇,却安然自得地呼呼大睡？为什么我现在不马上冲进她的房里去,让她明白,她干的这种不要脸的勾当我全都知道？为什么我不去打断她的骨头？就是因为我太无能……太怯弱……过去,我在她俩面前一向是个弱者……在任何事情上,我总是让步……过去,我还以此为荣,能让她们过上轻松愉快和无忧无虑的日子,哪怕我再吃苦受累也成……我节衣缩食,省吃俭用,一个铜板一个铜板地为她们攒钱……只要能使她们满足,我甚至宁愿揭掉身上的一层皮……可是,我刚使她们有了钱,在她们眼里,我却已成了个厌物。在她们看来,我既不时髦,又无教养……可从前,我到哪儿去受教育？我十二岁那年,就得离开学校,去为生活奔波,拼命……带着货样走村串乡。随后又是从一个城市到另一个城市,直到有了自己的店铺……可是,她俩刚刚一改变地位,有了自己的住宅,就不肯再用我这古老而诚实的名字。参议,枢密顾问,这是我不得已用钱买的啊,免得人们再叫她索罗门松太太……这样好使她显得高贵……高贵！高贵！……要是我反对她们的这种虚荣,反对她们的'上流'社交,向她们叙述我的母亲——愿上帝保佑她——当时是怎样理家,是如何稳重和谦让,一切只是为了我父亲和孩子们,那她们就嘲笑我。她们笑我保守,笑我落伍……艾琳娜总是用讥讽的口气对我说:'好爸爸,你这些都早已过时了。'……是啊！我是过时了……可是,她,现在竟然睡在别人的床上,躺在陌生男人的怀里……这是我的孩子,我那唯一的孩子啊……噢,奇耻大辱,奇耻大辱啊！"

这痛苦可怕地折磨着他,使他辗转反侧,久不成眠,终于惊醒了身边的妻子。"怎么了？"妻子睡眼蒙眬地问道。老人屏住气,一动不动。他就是这样纹丝不动地躺在他痛苦的棺柩里直到天明,思绪像小虫一样在吞噬着他。

早餐时,他第一个来到了餐厅。他长吁了一口气,坐了下来,可是一点胃口也没有,什么也不想吃。

"又是我一个人,"他在想,"老是一个人！……每天清晨,当我去办公室时,她们由于头天晚上的聚会或是看戏的劳累,仍在甜蜜的梦乡里。可等到晚上我回来时,她们早已不知去向,在外面寻欢作乐。在这类交际场合,她们从来不要我同去……啊！金钱,这该死的钱把她俩全毁了。是金钱把我们彼此变成了陌生人……可我,这个傻瓜,还老想为她们去攒更多的钱;其实,我这是洗劫自己呀,把自己变成个穷光蛋,把她们也毁了……五十年来,我不知疲劳地辛勤苦干……可现在,却只落得我孤身一人……"

老人慢慢变得不耐烦了。"她为什么还不来……我有话要对她说……我必须告诉她……我们必须离开这里,马上就得离开这儿……为什么她还不来?大概她乏得很,正睡得香甜呢?可我的心都快撕碎了……她妈妈每天要花上好几个小时来打扮自己:洗澡、擦鞋、修指甲、理头发,不到十一点钟,是不会下楼的……如此说来,女儿出了问题,倒也不足为怪。啊,钱,这该死的钱!"

从老人身后传来了一阵轻轻的脚步声。"早晨好,爸爸,睡得好吗?"——一个女子从他的肩头俯下身来,轻轻地把一个吻印在老人发烫的额头上。他本能地把头扭了过去。他讨厌克吉牌香水的那股甜腻腻的气味。更何况……

"爸爸,你怎么了?又不高兴了?侍者,来一杯咖啡和一份火腿蛋……没有睡好?还是听了什么不愉快的消息?"

老人压住了火气。他不敢向女儿望去,低低地垂下了头,一言不发。他刚好看到女儿那双娇嫩的小手,正在懒洋洋而又娇里娇气地在雪白的台布上胡乱地画着。他全身在颤抖。他用目光悄悄地溜在女儿那双尚未成年的少女的手臂上……不久前,女儿每天晚上临睡前总是用这双手臂来拥抱他……老人的目光又落在女儿那隆起的胸部上,它在那件新买来的高领衫下均匀地起伏着。"赤裸裸一丝不挂……和一个陌生的男人扭在一起,"——老人在愤懑地想,"是他搂抱过、抚摸过、吸吮过、占有了……我的亲骨肉……我的孩子……啊!这个坏蛋!"

老人不由自主地呻吟起来。"爸爸,你怎么了?"女儿温存又有些吃惊地问道。"我这是怎么啦?"他脑子轰的一下,"我的女儿成了个娼妓,可我却没有勇气当面对她说出来。"

可他只是讷讷不清地说:"没什么!没什么!"然后很快拿起一份报纸,将它打开,好挡住女儿那惶惑不解的目光。他越来越感到没有勇气去面对女儿的视线。他的双手又抖了起来:"我现在必须跟她讲,就是现在,趁着这里只有我们两个人。"这种思想在折磨着他,可是他却说不出话来,连看女儿一眼的勇气都没有了。

突然间,他猛地将桌子一推,迅即吃力地向花园走去;他感觉到两行热泪不由自主地流下双颊。他不愿让女儿看见这一切。

这位身材矮小而结实的老人在园中胡乱地走着,呆呆地凝视着湖面。泪水模糊了视线,但他还是被这眼前的迷人景色吸引住了:在银白色的薄雾后面,黯淡的丘陵上点缀着由柏树勾勒出来的黑色线条,闪现出绿色的波浪。丘陵后面是陡直的山峦,它严峻但并非傲慢地眺望着惹人爱怜的湖水,像是严肃的长者在观看一群可爱的孩童在无忧无虑地嬉戏。这胸襟开阔、繁花似锦、殷勤好客的大自然是多么令人神往!上帝在南国所露出的轻松、善良和幸福的微笑是多么甜蜜!"幸福啊!"老人迷惘地摇晃着那沉重的脑袋。

"到这里来,是能够幸福的。我也该自己享受一次这样的幸福,来亲自领略一下,那些从不知为生活而发愁的人所过的那种惬意生活……写呀,算呀,讨价还价,经营盘算,五十多年了,也该享受几天悠闲自在的日子……在黄土埋身之前,也该有这么一次……六十五岁了,我的上帝,死神的手已触到了我的身体,钱不能救我,医生也救不了我……在这之前,我只想轻松地活着,舒舒服服地喘口气……可我那过世的父亲以前曾说过:'欢乐从不属于我们,只有当你走进坟墓时,才算最终卸去了肩头的重担。'……昨天我还在想,自己或许可以休息一下了……昨天,我还觉得是个很幸福的人,为我有这样一个美丽、活泼的女儿而欣慰……可是上帝今天却惩罚了我,夺走了这一切……现在一切都完了……我再也无法和自己亲生的女儿对话……我再也不能去看她一眼,我为她而感到羞耻……这种思想将时刻伴随着我。不论是回到家中,还是在办公室里,甚至夜晚睡在床上,我都会无时无刻不在想:她现在在哪里?她刚才又到过哪里?她干了些什么?……我再也不能平平静静地走在回家的路上了……过去,每当她跑来迎接我时,看到她是那样年轻、漂亮,我的心高兴得跳了起来。如今,当她再过来吻我时,我就会想:昨天,谁吻过这双嘴唇……当她在我身边时,我又不敢去看她一眼……不行,这样没法活下去,没法子活下去啊!"

老人像个醉汉一样一边蹒跚地走,一边喃喃自语。他一次又一次呆呆地望着湖面,泪水止不住地流进胡须。他伫立在狭长的小路上,取下夹鼻眼镜,揩抹那双噙满泪水的近视眼;他的那副愚蠢的可怜相,一位过路的青年园丁见了,诧异地停了下来,最终还笑出了声音,随后用意大利语朝他不知喊了句什么,就跑开了。这下可把老人从眩晕中惊醒了。他急忙戴上眼镜,踅往花园的另一侧,想在那里随便找个凳子,避开人们。

可是,就在他刚刚靠近一处偏僻的地方时,从左面什么地方传来的一阵笑声惊动了他……这笑声是那样熟悉,又是那样令人心碎。如同银铃般的声音,在他的耳边整整回荡了十九年。这清脆的笑声……他就是为了这笑声,不知曾经在火车的三等车厢内,度过了多少个夜晚,奔波在波兹南和匈牙利之间,为的是给它加上金黄色的养料,好在这块土地上开出鲜艳夺目的花朵。他生活的唯一目的就是为了这笑声。他积劳成疾,患上了胆病……他就是为了使这甜蜜的嘴唇能永远迸出银铃般的笑声。可是,现在,这令人诅咒的笑声却像一把锋利的尖刀,直插入了老人的心窝。

可是老人还是经不住这笑声的诱惑。他看到女儿站在网球场上,球拍在她那光洁白皙的手中随意挥动着。她那娴熟的动作,任意地操纵着球拍的方向,忽起忽落。与此同时,随着球拍的挥动,她那爽朗的笑声一同升上了蔚蓝的天空。三个男人赞不绝口地望着她:身穿敞领运动衫的乌巴尔基伯爵,穿紧身军装的军官和衣着考究的骑术师。三个健壮而匀称的男人,有如一组环绕在飞舞的蝴蝶身旁的塑像。就连老人自己也像着了迷似的目不转睛地望着。我的上帝!她穿上这雪白的短裙衫实在太美了!阳光在她的金丝秀发上闪闪发亮!她那充满了青春活力的胴体在跑跳中是如此轻盈和敏捷,她完全陶醉在自己那灵活而富有节奏感的动作之中。现在,她欢快地将白色网球击向了高空。一下,两下,三下。她弯下纤细的少女的腰肢,腾空一跃,接住了最后一个险球。这一切都是老人从来没有见到过的:她犹如被一团恣情的火焰燃烧着,白炽而飘逸不定的火团围绕着烈火熊熊的胴体,笼罩着一层夹杂着笑声的银白色的烟雾,一尊从南国花园里常春藤中显现出来的青春女神,一位从水平如镜的湖面上泛起的柔软的碧波中走出的仙女。这苗条娉婷的胴体,在家中从来没有像现在这样忘情于嬉戏;这样恣意地跳跃。没有过,他从来没有见到女儿这样过。在郁闷的牢笼般的城市里没有过,在自己的家园中,在街道上,他从来没有听到过她迸发出这云雀般的笑声。这笑声,它摆脱了尘世间的污秽,几乎成了一阕欢快的歌曲。没有过,她从来没有像这样美丽。老人目不转睛地盯着女儿不放。他忘却了一切。这白炽飘逸的火焰令他心倾神往。他真愿意总是这样站着,一个劲儿地死死地盯着女儿,用热烈的、无休止的目光把女儿的形象印进脑海。这时,她敏捷地一转身,喘着气跃起身来击回了最后一个险球。她呼出一口气,娇喘吁吁,面孔绯红,闪现出骄矜的目光,笑着将球拍紧紧地抱在怀里。"好极了!好极了!"像是刚刚听完一曲咏叹调,三个男人为她的精湛球艺欢叫起来。老人被这几声怪叫惊醒。他满心不悦地瞪了他们一眼。

"就是他们,这帮坏蛋!"老人的心怦怦直跳,"就是他们……可到底是哪一个呢?究竟是他们之中的哪一个人占有了她?……看,他们看上去倒是衣冠楚楚,风流倜傥。这些白昼行劫的强盗……我们像他们这样年纪,正穿着补丁裤子,坐在店铺里,破衣烂衫,在顾客面前低声下气……他们的父辈们,也许至今还在用自己的血汗为他们挣钱……可他们倒好,整日里东游西逛,到处寻欢作乐,无忧无虑的面孔,放荡不羁的目光……他们怎么会不感到快乐和满足呢?……只消说几句甜言蜜语,就会使这样一个爱慕虚荣的女孩子爬到他们的床上去……可这个人究竟是谁呢?肯定是他们之中的一个,我知道,是他透过衣服看到她那赤裸的身体,用舌头咂咂亲吻,并在想,去解开她的衣扣,用自己的感官来享受她的肉体……他对女儿的一切已是那样熟悉,并在思忖,'我占有了她'……他对她是那样热烈,毫无顾忌,在想,今天晚上再来,看,他在向她使眼色呢——这条狗……我真想一棍子打死他,这条狗!"

人们从那边发现了老人。女儿挥动着手中的球拍,在向他打招呼,笑着跑了过来。男人们向老人致意。老人没有答礼,依然用满布血丝的眼睛,死死地盯着女儿那充溢笑意的嘴唇。"你这不知羞耻的东西,还有脸笑呢!……哦!那个流氓也许暗中在笑我,在想,他站在这儿,这个蠢犹太佬,夜里在自己床上睡得像个死猪……要是他知道了,这个老傻瓜!……是啊,我知道你们在笑我,你们嫌弃我就像嫌弃一堆吐出的污物一样……可是我的女儿,她是那样可爱,顺从,像娼妓一样跑到你们的床上……至于她妈妈,实在是太胖了,再加修饰打扮,也不过如此,即或有人对她说几句殷勤话,倒也无关紧要……是的,简直是禽兽。当然你们会理直气壮,因为是她们自己在追逐你们……别人那种揪心的痛楚与你们又有何相干……只要你们自己得到了满足,只要你们得到了欢乐,这些下流胚……我真恨不能一枪打死你们……用鞭子抽死你们!……可是,到头来,还是你们有理,因为没有人这样来对待你们……因为他只能把心中的愤怒强咽下去,像狗在吃自己的屎一样……还是你们有理。因为他是这样胆小,可怜……他不敢冲上去,把这不要脸的女人从你们身旁揪回来……他只能站在一旁,一声不响地折磨着自己……懦夫……胆小鬼……胆小鬼……"

老头用手抓住了栏杆,绝望的愤怒使他摇晃不定。蓦然间,他朝着脚下啐了一口,然后踉跄地走出了花园。

老人蹒跚地走到市区,突然在一家商店的橱窗前停下了脚步。橱窗内琳琅满目,五光十色的商品堆成宝塔形和锥形图案,布置得很是精美诱人。这里专门为旅游者准备了各类商品:从衬衫、渔网、渔具和连衣裙到领带、书籍和食品。可是,老人只是在凝视着一件物品。它被冷落地置于这些时髦的商品中间。这是一根头上包着铁皮、质地粗糙、难看的手杖。就用它,握在手里,沉甸甸的,打起人来可够厉害了。"打死他!……打死他这条狗!"这个念头使老人感到一阵头晕目眩,慌乱,但又带有几分快感。他走进了店铺,只花了很少的钱,就买了这根节疤累累的手杖。他把这沉甸甸的手杖一拿到手中,就感到力量倍增:对于一个弱者来讲,一种武器确实能给他增添不少的勇气。老人感到手臂上的肌肉顿时有了力量。"打死他……打死这条狗!"他喃喃自语,不知不觉之中,他刚才那沉重和吃力的步履变得坚定、平稳和轻快起来。他沿着湖边走去,简直是在小跑;他喘息着,满身汗水。这更多的是由于他那狂暴的激情,而不是由于急速的步伐所致。那只握着手杖的手,由于过分用力而痉挛得越来越厉害。

他就这样,手执武器向绿阴深处走去,同时用不安的目光四处搜索他那不相识的敌人。果真,在那个角落里,他的妻子、女儿正和那三个男人在一起,坐在舒适的藤制的安乐椅上,一边用麦管吸着苏打威士忌,一边谈笑风生,好不惬意。"是哪一个呢?是哪一个呢?"老人闷闷地思忖,手里紧紧地握住那根沉甸甸的手杖,"该去砸碎谁的脑袋?……谁的?……谁的?"就在这时,艾琳娜跑了过来,她误解了老人目光中的含意。"爸爸,刚才你在哪儿?我们到处找你,麦德维兹先生邀请咱们全家乘他的菲亚特汽车去兜风。沿着湖边一直到德森札诺去。"女儿温存地把老人扶到了桌前,显然,她在期望着父亲对客人的邀请表示谢意。

三位先生彬彬有礼地立起身来,把手伸向老人。老人又哆嗦起来。女儿热烈地勾住他的胳膊,使他感到一阵温暖和令人眩晕的慰藉。他勉强地依次握了向他伸来的手,然后默默地坐下,取出了一支香烟,咬紧牙齿,咀嚼着自己的愤怒。席间的法语对话,不时地被放肆的笑声打断,断断续续地传进他的耳鼓。

老人蜷曲着身体,坐在一旁,一言不发。从他那衔着雪茄的嘴角边,流下了棕色的唾液。"他们是对的……他们是对的……"老人在想着,"我该遭到唾弃……我还向他伸过手去!……三个人,可我知道,这个坏蛋肯定就在他们之中……而我现在竟安然地和他坐在一张桌子前面……我没有把他打倒在地,没有,我没有把他打倒在地,相反,我倒客客气气地和他握手……他们是对的,他们笑我,那完全对。看他们在我面前谈话时的神气,就好像我根本不存在似的,仿佛我早已离开了人世!……但是艾琳娜和她母亲总该知道,我是根本不懂法语的……她俩是知道的,可是却没有一个人理睬我,连做个样子也没有,好不至于使我像现在这样尴尬地坐在这里,这样狼狈地坐在这里……对于她俩来说,我根本不存在,不存在……我是她们的累赘,是负担,是厌物……我使她们感到羞愧,她们不甩掉我,只因为我可以给她们金钱……金钱,金钱,这个该诅咒的脏东西。我给她们钱,可把她们毁掉了。……金钱,这该诅咒的金钱……我的老婆,我自己的女儿,除了眼睛死死盯住发亮的金钱,连一句话都不愿意和我讲。……她们朝那三个男人笑得多开心啊,就像用手搔她们的痒似的……可是我,我在忍受这一切……坐在这里,听他们的笑声,而不是让他们饱尝一顿老拳……用棍子抽打他们,在他们当着我的面捉对地胡闹之前,把他们驱散,赶开……可是我默许这一切……坐在这里,是个哑巴,是个傻瓜,胆小鬼,胆小鬼……胆小鬼!"

"可以吗?"在这当儿那位意大利军官,操着不很流利的德语向老人问道,然后就拿起了打火机。

这使老人一下子从沉思中猛地惊醒,他茫然无措地瞪了军官一眼,十分恼火。顿时,一股怒火涌上心头。紧握手杖的手哆嗦了一下。他把嘴巴扭曲得都歪了,不经意地泛出一丝冷笑:"哦,请便吧!"他用严厉的语调重复着说,"当然可以!嘿!嘿,什么都可以!您尽可以随便好了……嘿,嘿,什么都可以!只要是我有的,您都可以随便占有……随便怎么做都可以……"

军官发怔地望着老人。大概是语言不通,他没有完全听懂。但是,老人扭曲的嘴巴和一丝冷笑,倒使这个人不安起来。德国人不情愿地站起身来。两位女士脸色煞白,空气顿时凝固起来,声息全无,仿佛那种介乎闪电和滚雷之间的短暂间歇似的。

可是,随后老人脸上狂暴的扭曲松弛下来,手杖从痉挛的手中滑落到地上。他蜷曲着身体,活像一条挨了打的狗,不安地咳嗽起来,对自己刚才那股子勇气感到吃惊。艾琳娜急忙寻找轻松话题,缓和一下使人尴尬的紧张局面。德国男爵说着极为风趣的笑话,几分钟过后,空气又重新活跃起来。

老人静坐在这些饶舌家中间,却把头扭了过去,人们都会以为他在睡觉。从他手中滑下的手杖,在两腿中间晃来晃去。他手捧着脑袋,越垂越低。可是,不再有人留意他了。喋喋不休的说笑,像波浪一样淹没了他的沉默,恣肆的浪言、谑语,喷吐出嬉笑的泡沫在熠熠发光,但他却沉沦在这下面的无底深渊里,一动不动,被耻辱与痛苦所淹没。

三个男人站了起来。艾琳娜紧随着他们。她的母亲慢慢吞吞地跟在后面。他们走了,其中有人提议,于是他们来到了近旁的音乐室。他们认为根本没有必要对那个在他们面前发呆的老人做任何特殊的邀请;待到老人骤然间发觉周围的人全已走光时,他像个酣睡中被冻醒过来的人一样,犹如夜间睡觉时被子滑落,寒风砭骨一般。他下意识地向空荡荡的座位看了一眼。这时,从邻近的琴室里传来了叮叮当当的爵士乐曲,他听到欢笑声,兴奋的叫喊声。他们贴在一起在跳舞啊!是的,在跳舞,跳个不停。他们会这样干的。他们的血在沸腾:相互撩人地偎依在一起,直跳到连脸都不要了。这些懒虫,这些浪荡子,晚上跳,夜里跳,大白天也跳,来引诱女人。

他愤恨地重新抓起了坚硬的手杖,拖着脚步。走到门厅前,他停了下来。那个德国骑术师坐在钢琴前,抚弄着琴键,半侧着身子,看人跳舞,弹奏一首美国流行的粗俗乐曲。艾琳娜和那位军官翩翩起舞;高个子乌巴尔基伯爵则搂着老头那肥胖笨重的妻子,吃力地随着节奏跳着。可是,老人的目光,依然盯在女儿艾琳娜和她的那位舞伴身上。他像个花花公子那样温存而多情地用双手搂住女儿圆润的双肩,就像她已全部属于他似的。她随着他的步子顺从地扭动着腰肢,完全委身于他。他俩在他眼前费力地按捺住一再迸发出的情欲!对,是他,就是他,因为他们汗津津的身体之间是那样的彼此熟悉,他们血液之中渗进了一种合欢的欲念。对,就是他,只能是他。他在欣赏她那微闭的但却秋波荡漾的双眼,在她飘忽的眼神里闪烁出她对炽烈快感的回忆。就是他,这个盗贼,在夜间恣肆地享用了他的女儿,现在用眼死盯着那裹在轻轻的薄纱里面的肉体。老人情不自禁地走向前去,似乎想从这个人的手中,夺回他的女儿。可是,女儿却根本没有看到父亲。她顺从地按照那个诱惑者的引导和音乐的节拍扭动着,仰着头,半张着嘴,全然陶醉在那欢快的乐曲声中,忘却了自己,忘却了时间,忘却了周围的一切,忘却了父亲。老人喘息着颤抖个不停,用充血的双眼怒不可遏地盯着她。可她却只感到自己的存在,感觉到她那充满青春活力的身体,正随着激烈的乐曲的旋律在扭动,她现在只感到自己的存在,感觉到一个男人的贪婪的呼吸;他正用有力的臂膀在搂着她。在这温柔的飘飘若仙的情思中,她尽力不使自己同自己那充溢着欲念的双唇一道倾倒在他的身上,不使自己在热烈诱人的空气中任人摆布。奇怪的是,这一切老人都察觉到了,他的血在跳动。每当女儿和这个男人旋转起舞时,老人就觉得,完了,她永远完了。

乐声戛然而止,德国男爵跳了起来:"Asses joué pont vous,"他笑了起来,"Main tenant je veux danser moimême."①正在跳舞的人们停下了,散开来,大家都开心地表示赞同。一些人三五成群地聚拢在一起。

老人又恢复了常态,他想,现在该干点什么,该说点什么了!不能像个傻瓜,像个可怜虫,像块废料站在这里!正巧他妻子从身边旋转过去,感到吃力地微微喘着气,但是十分惬意。愤怒使他突然果断起来,他走上前去,拦住了妻子,不耐烦地说道:"走,我有话跟你说。"

妻子惊讶地望着丈夫。豆大的汗珠正沿着老人苍白的双颊流下。他目光呆滞、茫然。他要干什么?为什么偏偏在这个时候来打扰她?她想找些搪塞的话,刚要出口,可他的异常举动中有某种令人惊诧和畏惧的东西,这使她霎时想起了不久前丈夫发过的脾气,于是,她只好勉强随着丈夫走去。

"先生们,对不起,我去去就来。"——她转过身表示歉意地向他们打了个招呼。老人恼火地在想:"她竟向他们表示歉意,可是,当他们离开我走掉时,却根本不对我表示歉意。在他们眼里,我好比一条狗,是一双任他们踢来踢去的破鞋。他们是对的,他们是对的,我竟然容忍这一切啊!"

妻子凝重地皱起眉头,他像个小学生站在老师面前一样,站在她的面前,嘴唇在哆嗦着。"喏!怎么回事?"她终于催问他说。

老头儿嗫嚅地小声说:"我不愿意……我不愿意……我不愿意你们和

---

① 法语:好了,我弹够了,该我跳会儿了。

这些人混在一起……"

"和哪些人混在一起?"妻子故意装作不解的样子,用不满的目光向他投了一瞥,好像丈夫刚才的话侮辱了她似的。

"就是这儿这种人,"老人发怒地用头向音乐室的方向歪了一下,"我不喜欢他们……我不愿意……"

"那为什么?"

"老是用这种质问的口气,"老人忿忿地在想,"仿佛我是她的奴仆。"随后,他激动地结结巴巴说:"我说的话是有理由的……我讨厌……我不愿意艾琳娜和这些人在一起谈笑……我不能做更多的解释。"

"我觉得非常遗憾,"妻子傲慢地回答说,"我认为这三位先生都是受过良好教育的人,都出身于上流社会,比我们在家中所接触的人要高贵得多。"

"上流社会!……强盗……骗子……"一股怒火涌上心头。突然老人跺着脚喊道:"我不愿意……我不允许……你懂了吗?"

"不懂,"妻子冷冰冰地说,"我一点儿也不懂。我不明白,你为什么偏要破坏孩子的乐趣?"

"乐趣!……乐趣!……"老人像挨了一击,脸一下变得通红,额头冒出汗水。他一只手去抓手杖,不知是想靠它来支撑自己,还是想用它去打人。可是抓空了,他刚才忘记把手杖随身带来,这使他重新清醒过来。他控制住自己,刹那间一股暖流涌上心头。他走到妻子面前,像是要握住她的手。他的声音完全软了下来,几乎是祈求地说:"你……你不了解我的……我这不是为了自己……我只是请求你……这是我多年来对你的头一次请求。我们离开这里吧!……离开,到佛罗伦萨,到罗马,随你们的便,我都依着你……随你们到哪儿去,由你们自己决定,……只要离开这里就行。我求求你……离开!今天就走……今天……我无法再忍受了……我无法……"

"今天就走?"妻子吃惊地皱起眉头反对说,"今天就走?你哪儿来的这种可笑念头……难道就因为你不喜欢看这几个人?……那你就不要和他们交往嘛!"

老人还在那里祈求地举起双手说:"我实在受不了,我跟你说……我不能,我不能。别再问我为什么,我求求你……可你相信我,我实在不能再忍受下去……我不能。听我的话,就这一次,为了我,就这一次……"

这时,那边又响起了叮叮当当的琴声。妻子望着丈夫,不由自主地被他的乞求所打动,向他瞥了一眼。可是,她看到的却是丈夫那副十分令人发笑的样子。这个矮小的胖子,脸红得像中风一样,目光浑浊,双眼红肿,从那过短的衣袖里伸出的双手抖个不停。看到他的这副可怜相,真够叫人难受的。她怜悯然而却冷冷地说:

"这可不行。"她果断地回答,"今天我们已经答应他们去远游……而明天走,可我们租了三个星期的房间……这也太可笑了……我看没必要离开这里……我留在这里,艾琳娜也……"

"那么说我可以走了,是吗?……我在这里妨碍你们……妨碍你们……妨碍你们尽兴。"

老人怒不可遏地打断她的话。猛然间他把佝偻起的身子一挺,双手握成拳头,额上绷起了一道道青筋。看样子,他要说什么或是要挥拳打人。可蓦地,他一个大转身,吃力地拖着沉重的脚步,越来越快地走上楼去,像是有人在后面追赶他似的。

老人气喘吁吁地快步上了楼。他现在跑回到自己的房间,单独一个人,压住火气,免得由于过分的激动而干出蠢事!当他刚一走到最顶层时,只觉得像有一把利爪在他的五脏六腑里扯动,突然他面色死灰,手扶着墙壁,踉跄起来。噢!这剧烈的、灼热的痛苦啊!他咬紧牙关不使自己喊叫出来,弯曲着身体,不停地呻吟着。

他很快明白这是怎么一回事:胆痉挛。类似这样的情况,在最近一段时间内虽曾多次折磨过他,但都没有像今天这样厉害。在这瞬间,他突然在疼痛中记起了医生的叮嘱:"切勿激动。"于是,他在痛苦中愤懑地嘲弄地在想:"说得倒轻松,避免激动……医生大人!您倒做给我看看,要是您遇上了这种事,能不激动吗?噢……噢……"

老人扭动着身体,一只看不见的利爪在他的体内折磨着他。他步履艰难地慢慢挪到了自己的房门口,撞开了门,一头栽倒在床上,牙齿紧紧地咬着枕头。一躺下,疼痛立刻减轻了,体内也不再像刚才那样火烧火燎地疼了。这时他又想起医生的另一句话:"应当热敷,再服用滴剂,那就会很快地好起来。"可是,这里一个人也没有,没有人能帮助他,没有一个人。他自己又没有一点气力走到隔壁房间,甚至连走到电铃那儿都不能。

"这儿一个人也没有,"老人悲痛地在想,"不定哪一天,我会像条狗一样地死去……我知道,这不是什么胆疼……这是死亡,它在我身上滋长……我明白,快完了。什么医生、疗养,都救不了我的命……六十五年,完了,身体全垮了……我知道,是什么在蹂躏我,在折磨我,是死亡。要是再活上一两年,其实那已不再是生命,而只是在等死,在等待死亡……可我什么时候……什么时候生活过?……为了自己,为了自己?……光是为了捞钱,捞钱,捞钱,这算是什么生活,光是为了别人,可现在谁来帮我?……我有过一个妻子:她是一个姑娘时,我娶了她,我接触了她的肉体,她给了我一个女儿。多少年来,我俩同床共枕……可如今呢?她现在在哪儿?……我甚至连她的面孔都认不出来了……她和我讲话时,是那样生分;她不再想到我,不再和我同甘共苦……她对我来说是那样陌生,一年甚于一年……过去的一切都不见了,现在的又在哪儿?……生了一个孩子……把她用手捧着养大,我相信过,可以再一次生活,活得更光明,更幸福,生命在她身上继续下去,那就不会完全死亡……可现在,她却在午夜里,委身于那些男人……只有我一个人会死,就我一个人……对于他们说来,我早已死了……我的上帝,我的上帝,我从来没有这样感到孤单……"

钻心的疼痛有时加剧,可随后又缓和下来。但是另外一种疼痛却越来越剧烈地锥刺他的太阳穴,盘踞在头脑中的这些念头,这些坚固犀利、炙热得无情的念头,像楔子一样牢牢地打进了他的头脑中。现在不去想它就好了,不要去想!老人扯下了上衣和背心,虚胖的身体在浆洗过的衬衫里笨拙地难看地抖动着。他小心翼翼地用手按住疼处。"只有这疼痛才使我感觉到我活着,"他暗自思忖着,"只有这块疼得发烧的皮肤……只有这才是我的;只有这在里面折磨我的才属于我,这就是我的疾病,我的死亡,这才是我自己……我不再是枢密顾问,我没有老婆,没有女儿;没有金钱,没有家庭,没有公司……所剩下的,只有手指下面所感觉到的:我的身体和里面那种肝胆欲裂的痛苦……其他的一切都是虚无,没有任何意义……痛苦的只是我一个人,关心我的也只有我自己……她们不理解我,我也不理解她们……我竟是这样孤苦伶仃,过去还从来没有过。现在,我明白了,我躺在这里,等待着死亡,可太迟了,在我六十五岁就要了结我的一生的时候才明白过来。现在,在他们跳舞、游逛、寻欢作乐的时候,我才明白过来,这些不知羞耻的女人……现在我才明白,我是为她们活了一辈子,可她们并不感谢我;我从来没有一个小时是为了自己……可现在,她们和我有什么相干?和我又有何关系……我为什么还想那些根本就没有想过我的人?……我宁愿像畜生一样死去,也绝不接受她们的怜悯……她们与我还有什么相干……"

疼痛慢慢地、逐渐地减轻了,不再像刚才那样钻心了,也不再需要用手去抚摸它了。但是一块郁结却留在里面,这不像是疼痛,而像是一种异物在向他的体内挤迫、钻刺。他闭上双眼,直挺挺地躺在床上,屏住呼吸,细心地谛听体内的撕扯、揪动。他觉得,仿佛一种陌生的、未知的力量,先是用尖尖的,现在又是用钝钝的工具在他体内转动,在他密封的身体里,有东西被旋成一片一片,被撕成一条一条。动作不再那么剧烈,他也不再痛苦。但是里面的东西在慢慢地焦化、腐烂,在开始死去。他终生为之奋斗的一切,他过去所爱过的一切统统在慢慢吞噬一切的火焰中化为乌有。在它变软和炭化、被烧成废渣之前,还冒着黑烟,燃烧着。他模糊地感觉到所发生的这一切,这一切就在他躺在这张床上自怨自艾的沉思的时刻完结了,是什么完结了?他谛听着,谛听着。这是他的心在开始慢慢地沦亡。

老人紧闭双眼,躺在幽暗的房间里,半睡半醒。在微寐和清醒之间,他昏昏然、茫茫然地觉得有种湿乎乎的炽热的东西从伤口(这伤口不痛,他也感觉不到)在向里面轻轻地渗透,仿佛他在流血,可是这血是在往里流。血流得并不快,也不使他感到痛苦,它像一滴滴的泪水,缓缓地流着,轻轻地洒落下来,可是每一颗泪珠都在击打着他的心。这昏沉沉的心没有发出任何声音,它默默地吮吸着这些陌生的液体,像海绵一样地吮吸着,变得越来越多,渗了出来,它在胸部狭窄的敏感区膨胀起来,翻涌起伏,开始轻轻地向旁边伸展开去,像一条带子,越来越紧地挤迫着、压抑着僵硬的、脆弱的肌肉;挤迫着、压抑着疼痛的心脏。最后由于自身的重量而急剧地落了下来。现在(多么痛苦啊),现在这沉重的东西,慢慢地,既不像一块石头,也不像坠落的果实,脱离了肌肉。不,它像一块浸满液体的海绵,越来越低地坠入一种混沌、一种空虚之中,坠入一种完全没有实体的虚无之中。除了他之外,这是一个广袤无垠的黑夜。

突然间,刚刚还是温暖、起伏的心房,一下变得死一般的平静,冰冷、空荡荡的,阴森森的,不再听到心房的颤动声和血的流动声,一点儿声音都没有了,一切都死亡了。在缄默、不可理解的虚无中,他的胸膛像一具棺材一样,空荡荡,黑洞洞。

这种梦幻是如此强烈,这种迷惘又是如此强烈,当他渐渐清醒过来时,他不由自主地去抚摸自己的左胸,看看是不是他的心已经没有了。啊,谢天谢地。在他的手指下摸到的地方还有东西在跳动,发出低沉而有节奏的声响,不过好像在击打空气一样,空洞洞,他的心不在了。奇怪的是,他仿佛感觉到自己的身体同他本人分离开来。再没有钻心的疼痛了,再没有回忆来折磨他的神经了。这里面的一切都是沉默的,凝固的,僵化的。"这是怎么啦?"老人在想,"刚才还折磨我那么厉害,刚才里面还热得难忍,刚才每条神经还在痉挛。我这到底是怎么了?"像在一个石窟里一样,他仔细地谛听着体内的动静,是不是里面原有的东西不再动了?潺潺声、窸窣声、响动声、跳动声,是那么遥远,完了,全完了——他谛听,谛听——什么声音也没有了,什么也没有了,没有了。再也感觉不到折磨,也没有什么在翻涌起伏,也不再痛苦。这里面像一棵被烧焦的枯树的树洞,黑糊糊的,空荡荡的。这时,他突然觉得,自己好像已经死去,或是什么东西正在他的体内死去。血在体内可怕地凝固了。他自己的身体在他下面像一具尸体一样冰冷;他害怕用自己的热手去触摸他。

老人仔细地倾听着。可是,他听不到从湖面上传进房间来的教堂的钟声,他也没有发觉暮色临近,夜已降临,昏暗已涂抹掉房间里家具的轮廓,就是通过窗户的四角,隐约可见的天际,也完全消逝在黑暗之中了。老人并没有感觉到,他凝视着的只是黑暗,他内心深处的黑暗;他谛听的只是虚无,他内心中的虚无,犹如他凝视、谛听自己的死亡一样。

这时从隔壁房间传来了笑声和欢叫声,灯亮了,从门缝里射出了一缕白光。老人吃了一惊,这是他的妻子和女儿!可不要让她们发现我躺在这里,盘问我。于是,他急急忙忙穿上衣服。干吗让她们知道我在发病,这与她们有何相干?

其实,这母女二人根本就没来找他。她们显得匆匆忙忙,晚饭的锣声已敲过第三遍了。她们正在换装,从敞开的门里听得到她们的每一个动作:现在她们在开抽屉;现在她们把戒指轻轻地放在桌子上;现在听到皮鞋在地板上的走动声。与此同时,她们谈笑风生,一字一句都十分清楚地传进了老人的耳鼓。起初,两人在谈论和讥笑这三个男人和她们在这次郊游中的趣事。一面忙着梳洗,整容,一面你一言我一语地互相插话,闲聊。后来,话题突然转向了他。

"爸爸哪儿去了?"艾琳娜问道,感到诧异的是直到现在这样晚,才想起了他。

"我怎么知道?"这是母亲的声音,提起这件事,立刻惹得她满心的不高兴。"可能在楼下等着呢,还不是又在那里没完没了地看他那份法兰克福报纸上的股票行情表,别的事情他都不感兴趣。你以为他会在这里观赏湖光山色?他今天中午已经说过了,他不喜欢这里。他要我们今天就动身。"

"今天就走?……那为什么?"这又是艾琳娜的声音。

"我不知道,谁知道他这是怎么回事。这里的社交活动他没法适应,他不愿意和这几位先生交往,也许他自己觉得跟人家不配。成天穿着皱巴巴的衣服,敞着领口,真丢人……你应当说说他,注重点儿仪表,他还是听你的话的。今天上午……你看见他对上尉的那副样子了吗?当时,我真恨不得钻到地缝里去……"

"是啊!妈妈……可这到底是怎么回事?……我正想问你……爸爸是怎么了?……我还从来没有见过他这副模样呢……真把我吓坏了。"

"哼,有什么,还不是坏脾气……也许是因为股票行情下跌了……要不就是因为咱们老是讲法语……反正,别人高兴,他就看不惯。你真的没注意到:咱们跳舞的时候,他站在门旁就像个躲在树后面的杀人凶手一样……要走!马上就得离开这里!他想怎么就怎么……要是他不喜欢这里,那就不要扫我们的兴……我才不去理他这种脾气呢。随他便好了,他想说什么就说什么,想干什么就干什么吧!"

谈话中断了。大概是母女两人在谈话中已经收拾完毕。是这样,门打开了,她们走出了房间,关上开关,灯光熄了。

老人一动不动地坐在床上。每一个字他都听得清清楚楚。说也奇怪:他不再感到痛苦,一点儿也不痛苦了。前不久那颗在胸内冲击和撕扯的心一动不动了,它一定是坏了,没有什么会使它颤动了。没有愤怒,没有仇恨……什么都没有了……没有了……老人平静地穿好衣服,小心翼翼地下了楼,坐在妻子和女儿中间,像个陌生人一样。

那个晚上老人一言未发。她们两人也没有觉察到这种紧张的沉默,饭后他不辞而别径自回到自己房里,把灯关掉就躺下了。过了很长时间,他的妻子兴尽归来。她以为丈夫早已熟睡,于是她在暗中脱去衣服睡下。过了不一会儿,老人已听到睡在他身边的妻子发出了深沉的无忧无虑的酣睡声。

老人直瞪着双眼,独自一人凝视着夜的无边无际的虚无。在他身旁,像是有个什么东西躺着,在暗中发出深沉的呼吸声。他费力地在回忆:这个肉体曾与他呼吸过同一个房间里的空气,这个肉体,它曾是那样熟悉,年轻、热情,这个肉体给他带来了一个新的生命,这个肉体用血的秘密同他紧紧地连在一起。他还一再地迫使自己去想,躺在他身边的这个温暖而柔软的身体,他伸手就可摸到,它曾是他生命中的生命。但是,说也奇怪,这些回忆竟然激不起老人的任何感情。他现在听到的呼吸声,有如从敞开的窗口传来湖水拍打湖岸溅起的浪花声。一切都是那样遥远,遥远,消逝得无影无踪。剩下的只是身边躺着的一个人,一个偶然相遇的人,一个陌生的路人。一切都完了,完了,永远完了。

他又一次颤抖了。他听到女儿房间的门轻轻的悄悄的转动声。"今天晚上,又是这样。"——老人又觉得他那认为已经死去了的心脏一阵轻微的刺痛;这是他在完全死去之前,一种像神经的东西在瞬间发出的痉挛。不过,这一切很快也过去了。"随她便吧!她与我有什么相干!"

老人重新将头埋在枕头里。黑暗更柔和地抚摸着他那疼痛的额头,一股宜人的凉爽渗入他的血液里。很快,失去了力量的知觉沉入轻度的睡梦之中。

清晨,当妻子醒来时,发现丈夫已穿戴整齐。"你这是上哪儿去?"妻子略带睡意地问。

老人没有理睬,冷漠地把睡衣胡乱地塞进手提包里。"你不是知道我要回去吗?我只把随身所需的东西带走,其他的你们可以给我寄回去。"

妻子发怔了。这是怎么了?她还从来没有听到过丈夫用今天这样的口气说话:从他牙缝中迸出的每个字是那样冷漠,那样僵硬。她赶忙从床上起来。"你真的要走吗……等一等……我们也走,我已经和艾琳娜讲过了……"

老人只是猛烈地摇了摇头。"不必了……不必了……不打搅你们了。"他头也不回,一直向门口走去。为了要拧门把,他只得暂时把手中的箱子放下。

就在这短暂的瞬间,他想起了:他不知曾有过几千次,也是这样地把装满货样的皮包放在陌生人的门前,在离开时,毕恭毕敬地向主顾低头弯腰地致意,希望今后能多加关照。如今,这儿他再没有事可做,他不必注意礼貌了。他重新提起皮包,没说一句话,没看一眼,把这扇门,这扇将他的现在与过去的生活隔开的门关上了。

母女二人对刚才所发生的事,感到迷惑不解,但老人这次令人诧异的率直和果断的出走倒使她俩极为不安。她们马上给南德家中的老人去信。信中不厌其烦地反复解释,猜测是发生了什么误会,极其温柔又十分关切地询问老人旅途是否平安;随后她们突然恭顺地表示,她们准备随时离开这里。他没有复信,于是她们信写得更为紧迫,她们还打电报。可是,消息依旧杳然,只是从邮局收到公司的一笔汇款,信中简要地提及上面盖有公司印鉴的汇款单,除此以外,连一个亲笔字和一句问候的话都没有。

这样一种无从捉摸和令人不安的事态加速了她们的归期。尽管她们已电告抵达日期,但是没有一个人来车站迎接,家中的一切都使她们感到意外。仆人说,老人看完了电报,往桌子上一丢,没做任何吩咐就出去了。晚间,当他们坐下等候就餐时,终于听到门的转动声,她们急忙起身,迎上去。而老人却惊愕地望着她们发呆。——看来,他早已把电报的事忘了个干干净净——他没有任何特殊感情的流露,冷漠地忍受了女儿的拥抱,然后被引入餐室。他一声不响地听她们谈话,闷闷地抽着烟,不提任何问题,有时只做极简单的回答,有时他对问话和谈论充耳不闻,不知她们在问什么,在说什么,仿佛他在睁着眼睛睡觉。之后,他艰难地站起身来,回房去了。

一连数日就这样过去了。深感不安的妻子很想找机会和他谈谈,可是毫无结果。她愈是急于想和他接触,他就愈加退让规避。某种东西被禁锢在他的内心深处,通路被阻塞,变得无法接近。不过,老人还和家人同桌共餐,若是有人来访,他在旁也是一言不发,完全沉浸在自己的思绪之中。他对一切都漠不关心,如果在谈话中,有人偶尔遇上了老人的目光,定会感到很不舒服,因为这是一对死一样的眼睛,空虚而呆钝地发直。

不久,就连最疏远的人也对老人这愈益乖张的性格感到吃惊。熟人在街上遇到他时,都暗地里互相示意:这位全城最富有的人之一像个乞丐,沿着城墙,到处溜边,他歪戴着一顶旧帽,裤子上满是烟灰,每走一步都是跟跟跄跄,大半时间口中念念有词,自言自语。有人跟他打招呼,他就会惊恐地抬起双眼;若是有人过来和他搭话,他就会瞪着两只茫然无神的眼睛,望着对方发呆,连和人家握手都会忘记。起初,人们以为他耳聋,于是,提高嗓门把话一再重复。其实,他并不聋,他需要的是时间,好使自己从心底的梦中清醒过来。而在谈话中间,他又会重新陷入一种奇怪的茫然状态。于是他的目光一下子变得呆滞起来,说话结结巴巴,前言不搭后语。别人对此的诧异表情,他也毫无察觉。看样子,他总是像徘徊在一种昏沉沉的梦境里,徜徉在一种浑浑噩噩的自我忙乱之中。目睹此情此景,人们对他亦不闻不问了。他不过问别人的事,在自己家中,对妻子的沮丧和女儿的慌乱迷惘熟视无睹。他不看报纸,不听别人谈话;任何人,任何问题都不能够——哪怕是在一瞬间——冲破他那道阴沉的冷漠的屏障。甚至连他经营多年的商行——他最熟稔的世界,对他也已变得陌生了。有时他还木然地坐在办公室里签署信件,可是,当秘书一个钟点以后进来取签署好的函件时,发现老人用空荡荡的目光望着那些信件发呆,和他刚才离开此处时的情景一样。最后,他自己也意识到继续留在这里已经是多余的了。于是,他干脆离开这里。

更使全城人感到奇怪和惊异的是:从来不是教徒的老人,现在突然变得十分虔诚。他对一切事都冷淡,吃饭和约会越来越不守时,可是却没有一次在规定时间里错过去教堂的机会。他戴着一顶丝制的小圆帽,披着法衣,总是站在教堂里的一个固定位置上。这恰好是从前老人父亲做礼拜时站的地方。他晃动着倦怠的脑袋,唱着赞美诗。这里,在半空着的教堂里,他周围响起的声音使他感到生疏和含混不清,可是他在这里却十分安静。这里的安宁抑制了他内心的纷扰;他可以在内心里向黑暗倾诉心声。每当在教堂里为一个死者作安魂祷告之后,他看到死者的亲人、子女和朋友极度悲伤地用虔诚和恳求的态度向上帝为死者祝福时,他的两眼便蒙上了一层泪水,因为他明白,他将是孤零零的一个人。等到他死去的时候,将不会有人为他作安魂祷告。于是,他虔诚地为自己祈祷,就像为一名死者那样为自己祈福。

一日,天色已晚,他刚从这样一次喧嚣纷扰的活动中返家,途中遇上了大雨。老人一向是忘记带雨伞的。只需几个小钱就可以叫到马车,高大建筑物的门洞和商店的玻璃檐也都可以避雨。可是,独有这位老人却毫不在意地在大雨滂沱中踉跄行走。破旧的帽子灌满了雨水,像个小水洼,雨水像小溪一样顺着衣袖流向脚面。但他却满不在乎地在那几乎空无一人的街道上踯躅。全身淋得精湿,简直像个流浪汉。有谁会想到,他竟是一位拥有豪华住宅的主人?当他来到自己的家门口时,正巧一辆小轿车在他身边骤然停下。车前射出耀眼的灯光,车轮甩出的泥水溅了这个漫不经心的老人一身。车门一开,他的妻子从车里走了下来,身后伴着一位显贵,手中撑着一把雨伞;随后又下来了另一位绅士。他们正好在门口相遇。妻子认出了他,吃了一惊,看到老人这副落汤鸡似的狼狈相,妻子不由自主地移开了目光。老人立刻领悟了:在客人面前,见到丈夫这般模样,她感到羞愧。于是,他毫无所动,毫无痛苦地径直走开,免去介绍的麻烦。他像个外人一样,几步走到仆人使用的楼梯前,屈辱地从那里走了上去。

自此以后,老人在自己家中,只走仆人用的楼梯,从这里走,肯定不会遇上任何人。他在这里不会妨碍别人,别人在这里也不会妨碍他。他也不再和家人共餐了——一位年老的女仆每餐将饭菜送到他的房里。有时妻子或女儿想见他时,他窘迫地,然而却坚决地从速把她们打发出去。久而久之,她们也就让他一人独处了。人们不再想起他,而他自己对任何事也不再过问。从他业已感到陌生的邻近房间里,透过墙壁他经常听到一阵阵的笑声和音乐声,听到外边汽车的行驶声,听到一直响到深夜的脚步声。但是这一切,现在对他来说,已经无所谓了,他甚至从不向窗外多望一眼,因为这些都与他毫不相关。只有家中的那条狗,有时还溜进来,卧在它那被人遗忘的老主人的床前。

老人那颗业已死去的心不再疼痛了,但是在体内有一条田鼠在继续不停地挖掘着,撕扯那颤动着的血淋淋的肌肉。病痛的发作日趋频繁。被折磨的老人,最终不得不屈服于医生的强烈要求,进行一次详细而周密的检查。医生皱着眉头表示,需要立即进行一次手术。老人听后,并不吃惊,他只是忧郁地苦笑着说,上帝保佑,总算熬到头了!总算盼来了死亡,现在,愉快的死亡就要来到了。他连一个字也不让医生通知家属,自己规定手术日期,自己进行准备。他最后一次来到了公司(这里已没有人再等他了,所有的人看见他都像见到生人一样),他再一次坐在那张老式黑皮安乐椅中,三十年来,他整个一生中,在这把椅子上坐过成千上万个小时。他要来了支票本,填了一张。他把支票交给教区执事,上面的巨额数字,竟使得执事大吃一惊。这笔款子是用于慈善事业和自己丧事的。他拒绝所有的感谢,然后蹒跚地匆忙走了出去。由于匆忙,那顶破帽子也掉了下来,可是他却懒得弯腰去拾起它来。于是,他就光着脑袋,满脸皱纹,面色蜡黄,慢吞吞地向公墓走去,去看望他双亲的坟墓(过路人都惊异地望着他)。在那里,有两个闲散人观察着老人,十分惊奇地看到,他对着上面长满青苔的墓碑久久不停地大声地说着话,就好像在和活人讲话一样。他是在向死去的父母报到或者在为他们祈福?人们听不清他说些什么,只看到他的嘴唇在无声地动着,在祈祷中,他把不断摇晃着的头低得不能再低,在公墓的出口处,乞丐们都认识他,拥上来乞讨,他匆忙地从衣袋里掏出所有的硬币和纸币,统统散给了他们。一个衣着褴褛的老妇人,一瘸一拐地走了过来,她来晚了,向他伸出了乞求的双手。他忙乱地浑身搜索,可是找不到一个钱了。这时,他感到手指上还有个陌生的沉甸甸的东西,这是他的结婚戒指。它不由得勾起了老人对往事的回忆。于是,他急忙从手上脱下戒指,把它送给了那个残废女人。

于是,这位身无分文、囊空如洗的孤独老人,躺在了手术台上。

手术做完之后,老人又醒了过来,鉴于病人的情况十分危急,在此期间,医生把他的妻子和女儿叫了进来。老人吃力地抬起那蒙上了一层淡蓝色的眼皮,睁开双眼,望着这陌生而洁白的从来没有见到过的房间发呆。"我这是在哪儿呀?"

女儿亲切而温柔地俯下身去,凑近老人那苍白的、毫无血色的脸。突然在他那濒于死亡的眸子里,有个熟悉的影子一闪。他的瞳仁显出了一缕微光。啊!是她,我的孩子,可爱的孩子,是她,艾琳娜,我那温柔美丽的孩子!他那痛苦的嘴唇慢慢地松弛了下来,露出一丝微笑,一丝勉强能看得出的微笑。早已习惯紧闭的嘴巴,开始小心翼翼地张了开来。女儿被这费力的一丝欢欣的微笑深深地感动,她弯下身去,亲吻父亲那毫无血色的面颊。

但是,就在这一瞬间,甜腻腻的香水味道使老人想起了,或者说,这半是麻痹的头脑想起了那业已忘却的时刻。——病人刚刚露出的一点儿幸福的表情,顷刻间黯然失色。他那毫无血色的双唇顿时愤怒地紧闭起来。被子里的一只手拼命地抖动着,要抬起来,像是要挥去什么令人厌恶的东西似的。全身由于激动而颤动起来。"滚开!滚开!……"声音滞重、含混,但还是从那苍白的双唇间清楚地吐出了这个字眼。弥留中的病人在抽搐中流露出的这种深恶痛绝的表情,使得医生只好把女人们推到一边。"他在说胡话,"他悄声地说,"你们现在让他一个人安静一下,这样更好些。"

妻子和女儿刚一退出房间,老人脸上的那扭曲难看的表情便松弛下来,又恢复到疲惫和昏睡状态。呼吸变得浊重——为了吸进维持生命的空气,他的胸部起伏得愈来愈快。现在胸部已变得疲劳不堪,它无法再吸进生命所必需的养分。当医生再去听老人的心脏时,它已经不会再给老人增添任何痛苦了。

程蜀生 译 高中甫 校

看不见的收藏

——德国通货膨胀时期中的一段插曲

列车过了德累斯顿两站,一位上了年纪的先生登上了我们这小节车厢,他彬彬有礼地打了招呼,向我颔首致意,并再次富有表情地望了我一眼,像是遇见一位故人。乍一看我想不起来,可当他面带微笑刚一说出他的名字时,我马上就想起来了:他是柏林最有声望的艺术古玩商人之一,和平时期我经常在他那里浏览和购买旧书以及作家手稿。我们先是随便地聊了一会儿,突然间他径直说道:

"我得告诉您,我这是从哪来的。作为一个艺术商人,这是我三十七年来遇见的一桩奇怪之极的插曲。您大概知道,自从货币的价值像空气一样地不值钱,现在我们这一行的行情是什么样子:一批暴发户骤然间都对哥特式的圣母像、古版书以及古老的铜版雕刻画和古画感起兴趣来了。根本就无法满足他们的奢望,您甚至不得不防范他们把你的整个家底搜净刮光呢。他们恨不能把衣袖上的纽扣和写字台上的桌灯都买了去。于是收进新的货物就越来越困难了——请您原谅,我突然把这些东西说成是货物,往常这可是令我们感到多少有些敬畏的呢——可是这群坏家伙就是习惯于一个人把一本杰出的威尼斯古版书看作是一大堆美元,把一张古尔希诺①的素描当成几张一百法郎钞票的化身。这股突然涌来的抢购浪潮,其势头锐不可当。于是隔夜之间我就被搜刮得一干二净。我真想把店门一关了事。在我们这样一家老字号里——这还是我父亲从我祖父手里接过来的——竟然只有一些可怜巴巴的劣等货色,过去,在北方这都是些连走街串巷的小贩也不愿放到车上的东西,我为此羞愧至极。

---

① 意大利画家乔万尼·弗兰西斯科·巴比埃利·达·秦托(1590—1666)的绰号。

"在这种狼狈的境地里,我想出了个主意,去翻阅我们的老账本,搜索一下我们的老顾客,或许可能从他们手中重新买回几件复制品,这样一本陈旧的顾客名单一直都是某种类型的坟墓,特别是在眼下这年代,它对我的用处根本不大。我们早先的那些买主大多数不是早就把他们的收藏送进了拍卖行,就是已不在人世了,对极个别的人也不能抱什么希望。突然间我翻出我们的一个老顾客的一整捆来信,我一下子就想起他来,因为从一九一四年世界大战爆发以来,他就再也没有写信向我们订过货和询问过情况了。这些信件大约都是六十年代①以前的,这绝不是夸张!他从我祖父和父亲手里买过东西,可我记不起来,在我经营的三十七年中他进过我们的商店。一切都表明,他一定是一个古怪的、老式的、滑稽可笑的人。这样的德国人已经变得罕见了,只有在偏远的小镇里还有个把这样的人一直活到我们的时代。他写的字都是一种书法艺术,写得十分工整,钱数总额都用尺和红笔划上直道,而在数字下面都是再画上一道,以免出错。这一点以及他所用的简陋的信封和很不起眼的信纸都说明了这个无可救药的外省人的琐细和吝啬。落款处除了签上他的名字之外,他还经常带上一大串繁琐的头衔:退休的林务官,农业学家,退休上尉,一级铁十字奖章获得者。这个七十年代的老兵,要是还活着的话,那至少年过八十了。但是,这个滑稽可笑的节俭人,作为一个古老的绘画艺术的收藏家却表现出一种非凡的聪颖、杰出的知识和出色的鉴赏力。我慢慢地整理了他大约六十年之内的订单——最早的一批订货还只是几枚银币的事情——这时我发现,这个卑微的外省人在当时人们用一个塔勒②可以买一大堆精美的德国木刻画的年代里,不声不响地搜集到一批铜版雕刻画,这笔收藏与那些暴发户借以炫耀自己的东西相比,毫不逊色。在半个世纪里,光是他在我们这里仅用极少马克和芬尼成交的,今天的价值就会令人咋舌,除此,可以想象得出,他定也从拍卖行和其他商人手中弄到不少名贵的东西呢。从一九一四年起我们再也没有从他那里收到过订单了,但我对艺术商界里的事情十分熟悉,这样一批收藏如果进行拍卖或者私下里出售那是瞒不过我的。因此,这个古怪的人现在一定还活着,要不这批收藏就在他的继承人手里。

"这件事引起了我的兴趣,于是我在第二天,即昨天晚上立刻动身,直

---

① 指十九世纪六十年代。
② 德国旧时的一种银币。

奔萨克森的一座十分破旧的小镇。当我从简陋的车站穿越城镇的那条主要街道时,我简直不能相信,在这些平庸的、市民气的简陋房屋里,其中某间陋室竟住着一个拥有伦勃朗的最杰出的绘画、丢勒和蒙台纳的木刻人像的人。使我惊讶的是我在邮局询问这里是否住有叫这个名字的林务官和农业学家时,得知这位老先生确实还健在,于是我就在上午前去拜访,应当承认,我的心当时跳个不停呢。

"我没费什么力气就找到了他的住处。他住在那种租费低廉的土里土气的楼房里,这种建筑物都是在六十年代草率匆忙修建起来的,他住在三楼,二楼住着一位老诚的裁缝,在三楼的左边挂着一位邮政局长的牌子,闪闪发光;而在右边挂着一个小型的珐琅牌子,上面有林务官和农业学家的字样。我胆怯地拉动了门铃,随即出来了一个年迈的白发女人,她头戴一顶整洁的黑色小帽。我把我的名片递给了她,问是否可以同林务官先生面谈。她感到惊讶,先是怀有某种疑惑似的打量我,随即看了看我的名片。在这远离世界的小镇里,在这老式的房子里,出现了一个从外地来的客人,这可是一件大事。但是她和气地请我稍候,拿着名片,走进房间,我听到她轻轻地说话,随即突然响起了一个男人的洪亮的声音:'啊,R先生,柏林来的,一家大古玩店的老板……请进来,请进来……我太高兴了!'那个老妇人快步重新走了出来,把我让进屋内。

"我脱掉大衣,进了房间。在简朴的房间正中,笔直地站着一个健壮的老人,浓髭密髯,身上穿着一件半军用的便服,亲切地向我伸出双手。但他站在那里的这种奇怪的僵直的姿态却与他那外表上不容置疑的高兴非凡和喜出望外的欢迎姿态毫无共同之处。他一步也不朝我走来,我感到一丝愕然,只得走到他跟前,以便和他握手。可当我正要握他的手时,我发现他的那双手仍一动不动保持着水平姿势,不是来握我的手,而是在那儿等我去握。随即我全明白了,这个人是个盲人。

"早从孩提时代起,在一个盲人面前,我总是觉得不舒服;我明知他是一个活生生的人,可同时又知道,他不能像我看到他那样看到我,这总免不了使我感到某种羞赧和窘迫。当我现在看到白色浓眉下的一双业已死亡了的、僵直的、空无所视的眼睛时,我不得不克制我的愕然。但是这个盲人却不让我有更多时间发怔,我刚一握住他的手,他就使劲地摇动起来,急促地、高兴得粗声粗气地再度表示欢迎。'稀客啊,'他满脸堆笑地对我说,'这真是奇迹呀,柏林的一位大老板竟然光临寒舍……可一当某个生意人上路,那就要当心啊……在我们这里,人们常说:要是吉卜赛人来了,那就要紧锁房门,看好钱包……是的,我想得出您为什么来找我……眼下,在我们这个可怜的、走下坡路的德国,生意不好做啊。没有买主了,于是大老板们就又想起了他们的旧主顾,寻找他们走失了的羔羊……但在我这里,恐怕您交不上运气啦,我们这些穷苦人,靠养老金过活的老人,饭桌上有块面包,就够高兴的了。你们现在要的令人发疯的价格,我们再也付不起了……我们这样的人永远也没有份了。'

"我立即解释说,他误解了我的来意。我来这儿不是向他出售什么;我只是偶尔来到这一带,有了机会,也不想错过这个机会来拜访我们的一位多年的老主顾和德国最大的收藏家之一,我刚一说完'最大的收藏家之一'这句话,这老人的脸上便起了一种奇怪的变化。虽说他还是笔直地、僵硬地站在房子中央,可是现在他的态度却突然显出欢快明亮和洋洋得意的神情。他把身子转向估计是他妻子的方向,说道:'你听听。'声音里充满了快乐,没有一丝那种在军队里养成的粗鲁语气,而是和气地、甚至是温柔地对我说:'您这真是太好、太好了……您确是不虚此行啊。您可以看到您不是每天都能看得到的东西,即使是在你们豪华的柏林……有几幅画,在阿尔柏梯纳①,在该死的巴黎都找不出比它们更美的了……真的,收藏了六十年,什么样的东西能没有啊,这可不是在马路上随便看得到的。露易丝,把柜子的钥匙给我!'

"这时候却发生了有些意想不到的事情。那个一直站在他身边、面带微笑客气地静听我们谈话的老妇人,突然向我恳求地举起双手,与此同时猛烈地摇头表示不同意,这个暗示一开头我没有理解。这时她走到丈夫跟前,把两只手放到他的双肩上。'海瓦特,'她提醒说,'你还根本没问这位先生现在是不是有时间来看你的收藏呢,现在已经中午了。而饭后你得休息一个钟头,这是医生明确嘱咐了的。饭后你让这位先生看你的东西,然后我们一同喝杯咖啡,不是更好吗?那时安娜玛丽也在这儿了,她对这些东西很熟悉,可以帮你的忙!'

"这番话她刚一说完,就立即再次背着什么也察觉不到的老人重复那种迫切乞求的手势。我现在懂得了她的意思。我知道,她希望我现在拒绝观看他的收藏,我很快找到一个遁词,说中午有一个约会。如果能够欣赏

---

① 阿尔柏梯纳:维也纳著名的艺术陈列馆。

他的收藏,我当然感到高兴和光荣,但是在三点钟之前几乎不可能了,在此之后我十分愿意。

"他像一个孩子被人夺去了心爱的玩具那样恼火起来,老人转过身来。'当然,'他嘟囔说,'柏林的先生们从来都没有时间的,可这次您一定得花点时间的,这可不是三五幅画,这是整整二十七本画册,每本是一个大师的作品,而且没有一本里是有空页的。那就说好三点;可要准时,否则我们是看不完的。'

"他又空无所视地把手伸给我。'您注意,您会高兴——或者恼火。而您越是恼火,我就越是高兴。我们收藏家一向就是这样:一切都弄来给自己,而没有我们给别人的!'他再次有力地摇动我的手。

"老妇人陪我出门。整个时间里我已觉察到她闷闷不乐、畏葸不安和不知所措的表情。刚一走出门口,她完全压低了声音,结结巴巴地对我说:'在您来我们这里之前,是否请您允许……请您允许……我的女儿安娜玛丽去领您前来?……这更好些……更妥当些……您大概是在旅馆用饭吧?'

"'当然,我为此感到非常高兴,乐于从命。'我说。

"真的,就在一个小时之后,我在市集广场旁边旅馆的小饭堂里刚吃完中饭,就走进来一个老气的姑娘,她衣着简朴,用目光在搜寻。我向她走去,介绍我自己,说明我已准备停当,可以立即动身去欣赏她父亲的收藏。可她突然脸红了起来,像她母亲一样慌乱窘迫,她问我在去之前可否同我谈几句话。我立刻看出来她很为难。每当她要开口说话时,总是十分羞赧,面泛红晕,不安地用手抚弄衣服。最后她总算开始说了,结结巴巴,并且老是一再地慌乱无措:

"'母亲叫我到您这儿来……她把一切都讲给我听了……我们对您有一个请求……在您去我父亲那儿之前,我们是想告诉您,我父亲当然想把他的收藏拿给您看……可是这批收藏……这批收藏……不再是完整无缺的了……其中少了一些……不幸的,甚至可以说少了很多……'

"她不得不又停下来喘口气,随即突然望着我,匆忙地说下去:

"'我必须完全坦率地对您讲……您清楚眼下的时代,您会了解这一切的……战争爆发后父亲的双目就完全失明了。早在这之前他的眼睛就经常犯病,而由于激动终于完全失明——战争开始那年,他虽然已七十六岁了,可还是要到法国去打仗,当军队没有像一八七〇年那样长驱直入,他

就可怕地激动起来,于是他的视力就急剧减退,要没有这场变故,他一直还完全是健壮的,在这之前不久他还能整小时走动,甚至外出打猎,这是他最喜爱的一种运动。可现在他不能出外散步,他剩下的唯一乐趣就是这批收藏,每天他都得看上一遍……说实在的,他根本不是在看,他根本也看不见了,但他每天下午把画册都拿出来,为的是至少可以用手去摸摸它们,一张接着一张,总是按着固定的次序,这是数十年来他熟记好了的……今天没有什么再引起他的兴致了,我总是给他念报纸上的拍卖价格,他听到价格越高,就越是高兴……可是……可这太可怕了,我父亲对物价对时代是一窍不通啊……他不知道我们失去了一切,他不知道他一个月的养老金只够两天的生活用……此外还得加上我妹妹和她的四个孩子,她的丈夫战死

了……可我父亲对我们经济上的困难一无所知。开头我们节俭地过,省吃俭用,可这无济于事。于是我们开始卖东西——我们当时不动他心爱的收藏……卖我们有的零星首饰,可是,我的上帝,六十年来我父亲把省下来的每个芬尼都用在买画上了,我们能有什么值钱的东西呢。山穷水尽,我们不知该怎么办……于是,于是母亲和我卖了一张画。父亲要知道的话,是不会允许的,他不知道境况多么坏,他想象不出在黑市里买一口吃的是多么困难,他也不知道我们被打败了,阿尔萨斯和洛林被割让出去了,我们不再给他念报纸上这一类的事情,免得他激动起来。

"'我们卖了一幅非常珍贵的画,那是伦勃朗的一张铜版蚀刻画。买主给了我们好几千马克,我们希望用这笔钱能过上一年。可是您知道,这钱也太不值钱了……我们把余款存放在银行里,可是两个月后就变得一文不值了。这样我们只得又卖一张,接着再卖一张,而买主汇来的钱老是很迟,等钱到手又不值钱了。随后我们去拍卖行,可在那儿他们也欺骗我们,出的价格是上百万……可是等这几百万马克到我们手就又变成一堆废纸。慢慢地就这样把他那批收藏中的最珍贵的卖得一张不剩,用来维持起码的、最可怜不过的生活,而我父亲对此一无所知。

"'因此,当您今天前来,我母亲十分惊慌……要是他给您打开他的画册,那一切就隐瞒不住了……我们把复制品或类似的画塞到画册里的旧框里去代替我们卖出的画,这样,他抚摸的时候就不会发觉。当他抚摸和数这些画(每一张的次序他记得非常清楚)的时候,那种喜悦劲和他过去眼睛能看得见的时候一样。在这座小城镇里,父亲认为,没有一个人配看他的宝贝……他怀有一种狂热爱着每一张画,我相信,要是他知道了他手里的这批画都早已无影无踪的话,那他会心碎的。这么多年来,您是第一个他要把他的画册给您看的人。为此我请求您……'

"突然这个女人举起双手,眼睛含着泪水,闪闪发光。

"'……我们恳求您……您不要使他不幸……您不要使我们不幸……您不要毁掉他这最后的幻想,请您帮助我们,使他相信他要对您讲述的这些画都还在……要是他猜出了都是假的,那他肯定会死去的。或许我们这样对待他是不对的,但是我们没有别的办法。人总得活下去……人的生命,我妹妹的四个孤儿,这总比画要重要啊……直到今天我们确也没有剥夺掉他的快乐;每天下午有三个钟点他翻阅他的画册,同每张画说话,像同一个活人一样。而今天……今天也许是他最幸福的日子,多年以来,他一

直等待这么一天,好向一个行家展示他这些心爱之物;我请求您……用举起的双手恳求您,不要毁掉他的幸福!'

"她说的这一切是那样感人,我的复述根本无法表达出万一。我的上帝,作为一个生意人,我看到过许多人被无耻地掠夺得一干二净,被通货膨胀弄得倾家荡产,他们宝贵的家私为了换口奶油面包而被骗去。但是这儿,命运创造了另外一番奇特的情景,它使我极为感动。不言而喻,我答应她一定保守秘密,并尽我最大的努力去做。

"我们一道前往。在半路上我又愤慨地得知,别人用区区小数的钱欺骗了这两个穷苦的无知的女人,这更坚定了我去帮助她们的决心。我们上了楼,还没等我们拉门铃,我就听见从房间里面传出来老人高兴的叫喊声:'进来!进来!'盲人的灵敏听觉使他在我刚一上楼时就听到了我们的脚步声。

"'海瓦特今天等着您看他的宝贝,急得连觉都没睡着。'老妇人微笑着说。她女儿的一个眼色就使她安下心来,知道已经取得了我的同意。在桌面上早就摆满了画册,这位双目失明的老人刚一握到我的手,来不及说其他的欢迎词儿,就抓住我的胳膊把我按在扶手椅上。

"'好了,现在我们马上开始——有好多东西要看呢,从柏林来的先生们没有时间啊。第一本画册是丢勒大师的,您可以看得出来,是相当完整的,一张比一张好,喏,这您自己能判断出来的,您看这一张!'他翻开画册的第一张,'这是《大马》。'

"于是他十分谨慎地,就像是接触一件易碎的物件似的,用指尖小心翼翼地从画册的纸框里取下一张上面什么也没有的发黄的纸张,兴高采烈地把这张废纸头摆在自己的面前。他看着它,有好几分钟,实际上他什么也看不见,但他兴奋地用手把这张白纸举到眼前,脸上奇妙地呈现出一个明目人那样的聚精会神的表情。在他那双瞳仁业已僵死的眼睛里霎时间闪出一种明镜般的光亮,一种智慧的光华。这是由于纸张的反射还是内心光辉的映照?

"'喏,您什么时候看到过这样一张极为漂亮的画呢?'他骄傲地说,'每一个细部都多么清晰,多么细腻——我把这一张同德累斯顿的那一张做过比较,比起来那一张显得呆板,毫无生气。这儿还有收藏家的一些落款!'说着他把这张纸翻了过来,用指甲准确地指着这张白纸背面的一个地方,这使我不由自主地看过去,是否那儿真的有什么标记。'这是拿格

勒收藏的图章，这儿是雪米和艾斯达依勒的图章；他们，这些著名的收藏家绝不会想到，他们的画居然有一天竟落到了这间陋室里。'

"当这个一无所知的盲人那样赞赏一张废纸时，我脊背上不禁感到一阵发冷；看到他用指甲尖一丝不苟地指着那些只存在于他幻想中而实际上看不到的收藏者的标志，真使人难过。我觉得嗓子眼发堵，不知回答什么好；但当我不知所措地向两个女人望去时，看到了那个颤抖的激动的老妇人乞求地举起双手，于是我镇定下来，开始扮演我的角色。

"'真是罕见！'我终于讷讷说道，'一张美极了的画。'他的脸立刻由于骄矜而泛出光泽。'这远不算什么，'他得意地说，'您得先看看那张《忧郁》或者《基督受难》，一张着色的珍品，这样的质量再找不出第二份来，您看看吧。'他的手指又轻轻地在一张他想象中的画上比划着。'多么鲜艳，色调多么细腻，多么温暖。柏林的古玩商和博物馆的专家们都会目瞪口呆的。'

"这种狂喜入迷的喋喋不休的赞赏足足有两个钟头。不，我无法向您描述，看到这一二百张白纸或粗劣的复制品是多么令人难过，但这些白纸和复制品在这个悲惨的一无所知的盲人的记忆里却是那么真实，他能丝毫不爽地顺着次序赞美着、描绘着每一个细部，十分精确；这看不见的收藏，虽说早已失散得一干二净，可对于这个盲人，对于这个令人感动的受骗的老人，却依然是完整无缺啊，他幻觉中的激情是那样强烈，几乎使我都开始相信他的幻觉是真实的了。只是有一次他几乎从这种夜游式的状态中被惊醒过来：在他夸奖伦勃朗的《阿齐奥帕》（这一定是一幅珍贵无比的样本）印得多么精致时，同时就用他那神经质的有视觉的手指，顺着印路在描画着，可他那敏感的触觉上的神经在这张白纸上却感受不到那种纹路。刹那间他的额头笼罩上一层黑影，声音慌乱起来。'这真的……真的是《阿齐奥帕》？'他嘀咕起来，显得有些困惑。于是我灵机一动，马上从他手里把这张纸拿了过来，并兴致勃勃地对这幅我也熟悉的铜板蚀刻画中每一个细节加以描述。盲目老人业已变得困惑的面孔又恢复了常态。我越是赞赏，这个身材魁梧、然而老态龙钟的盲人便越是心花怒放，一种宽厚的慈祥，一种憨直的喜悦。'这才真是一个行家，'他欢叫起来，得意地把身子转向家人，'终于有一个懂行的人了，你们也会知道，我的画是多么宝贵了。你们总是怀疑我，责备我把钱都花在我的收藏上，是啊，六十年来，我不喝啤酒，什么酒也不喝，不吸烟，不外出旅行，不上剧场，不买书，我节衣缩食，省吃俭用，就是为了这些画。你们会看到的，等我离开人世时，那你们就会有钱，比这个城镇的任何人都有钱，和德累斯顿最有钱的人一样富有，那时你们就会对我的这股傻劲儿再次感到高兴呢。但是只要我还活着，哪一幅画也不许离开我的家。得先把我抬去埋掉，才能动我的收藏。'

"他的手温柔地抚摸着早已空空如也的画册，像抚摸一个活物似的。这使我感到惊悸，但同时也深受感动，在战争的年代里我还从没有在一个德国人的脸上看到这样完美、这样纯真的幸福表情，站在他身边的是他的妻女，她们与德国大师的那幅蚀刻画上的女性形象那样神奇的相似，她们来到这儿是为了瞻仰她们的救世主的坟墓，站在被挖掘一空的墓穴之前，她们面带一种惊骇至极的表情，而同时又怀有一种虔诚的、奇妙的狂喜。像那幅画上的女人在听耶稣基督的上天预言那样，这两个上了年纪的、面容憔悴的、穷苦的小资产阶级女人被老人的孩子般的喜悦所感染，半是欢笑，半是泪水，这种景象我从未经历过，它是那样动人。但是老人觉得我的赞赏仍嫌不够似的，他一直不断地翻动画册，如饥似渴地吞饮下我的每一句话。当这些骗人的画册终于被推到一旁，他不情愿地把桌子腾出来供喝咖啡用时，这对我来说如释重负。但我的这种轻松之感，却是针对他那极度兴奋、极为狂乱的快乐，针对这像是年轻了三十岁的老人的自豪而言的，这使我感到内疚。他讲了许许多多他搜集这些画的趣闻；拒绝他人的帮忙，他不断地站起身来，一再地抽出一幅又一幅的画来，宛如喝醉了酒那样不能自主。最后，当我告诉他我得告辞时，他蓦地一怔，像一个固执的孩子那样满心不悦，气得直跺脚。这不行，我还一半都没看完呢。两个女人极力使这执拗的老人理解，他不应该再挽留我了，要不我就要误火车了。

"经过无望地挽留，他最后听从了劝告；在告别的时候，他的声音变得完全温和了。他抓住我的双手，面带一个盲人所能表现出来的全部感情，用手指爱抚地一直摸到手腕，像是要更多地了解我，或者是要给予我远非言词所能表达出的更多的爱。'您的访问使我高兴极了，高兴极了，'他开始激动地说，这激动出自他内心深处，是我永远不能忘怀的，'您对我真的做了一件大好事，使我终于、终于、终于能同一个行家一道欣赏我心爱的这些画册。您会看到，您到一个老瞎子这儿来，并没有白来一趟。这儿，在我的妻子面前，她可以作证，我答应，在我的遗嘱上再加上一个条款，把我的这批收藏委托给您这家老字号负责拍卖。您应该有这份荣誉，支配这批不被人知晓的宝贝，'说到这里他把手轻轻地放在已被洗劫一空的画册上

面,'直到它们流散在世上的那一天为止。但您要答应我,印一份精美的目录:这将是我的墓碑,我不需要其他更好的了。'

"我向他的妻子和女儿望去,她俩聚靠在一起,战栗不时从一个人传向另一个人,仿佛她俩成为一体,协调一致地在抖动。可我却有着一种庄重的情感,因为这个令人感动的一无所知的盲人把他那看不见的、早已无影无踪的收藏当作一批珍贵的财富委托给我支配。我激动地应允了他,可是这允诺是永远不会兑现的。在他那对业已死亡的瞳仁中重又泛出光辉。我觉察到,他有着一种出自心底的渴望,要和我亲近;我感到他的手指是那么温柔、那么亲切地紧握住我的手指,满怀着感激和庄严的情感。

"两个女人陪我向门口走去。她俩不敢讲话,因为怕他灵敏的听觉会听到每一个字;她们望着我,两眼饱含热泪,目光里充满了感激之情。我迷迷瞪瞪地摸着下了楼梯。我真应该感到羞愧,看起来我像一个天使降临到一个穷人之家,由于我参与了一场虔诚的骗局并进行了可耻的欺骗,从而使一个盲人复明了一个小时,可我实际上却是一个卑劣的商贩,来到这里是想从别人手中搞去一两张珍贵的作品。但我从这里带走的却远比这要珍贵得多:在这个阴郁的、没有欢乐的时代里,我又一次活生生地感受到了纯真的热情,一种照透灵魂、完全倾注于艺术的狂热,而这种狂热我们的人早就没有了。我怀有一种敬畏的感情——我不能说出别的什么来——尽管我还一直有着一种我说不出为什么的羞愧之情。

"我已走到了街上,上面的窗户咯吱地响动起来,我听到有人喊我的名字。真的,老人用盲无所见的眼睛在望着估计是我走去的方向,他连这个机会都不放过。他把身子从窗户里探出很远,两个女人不得不费心地扶住他。他挥动手帕,用孩子似的欢快声音喊道:'一路平安!'我永远不会忘记这个景象:窗口上面白发老人的一张快乐的面孔,高高地飘浮在马路上愁容满面、熙来攘往、行色匆匆的众生之上,乘着一朵幻觉的白云冉冉上升,离开了我们这个令人厌恶的世界。我不由得忆起了那句古老的至理名言——我想那是歌德说的——'收藏家是幸福的人。'"

高中甫　译

一个女人一生中的二十四小时

战争①爆发前十年,我有一回在里维耶拉②度假期,住在一所小公寓里。一天,饭桌上发生了一场激烈的辩论,渐渐转变成愤怒的争吵,几乎闹到结怨动武的地步,这真是万没料到的。世上的人大多数幻想能力十分迟钝,不论什么事情,若不直接牵涉到自己,若不像尖刺般狠狠地扎进头脑里,他们绝不会昂奋激动的;可是,一旦有点什么,哪怕十分微不足道,只要是明摆在眼前,直截了当地触动感觉,便立刻会使他们大动感情,往往超出应有的限度。于是他们一反平日少管闲事的习惯,趁着机会大大发泄一通。

那一次,我们这群十足中产阶级的餐友所表现的,正是这种情形。平常,大家在饭桌上一团和气,偶尔来一场闲谈,彼此开开不痛不痒的小玩笑,多半总是吃罢饭马上分道扬镳:德国人夫妇俩外出游览访胜摄影,胖乎乎的丹麦人忙着去干他那无聊的钓鱼玩意,娴雅的英国太太回到她的书堆里,那对意大利夫妇急急赶往蒙特卡罗③,我呢,或者躺进花园中的藤椅里消磨时光,或者立刻开始工作。可是这一回起了一场很不痛快的争论,把我们这群人紧紧纠缠在一处,无法分开了。要是有谁一跃而起,那绝不是要像平时那样彬彬有礼地表示告退,而是由于脑袋发热心中恼恨,这恼恨,我在上面说过,已经化为愤怒了。

将我们一桌人套上缰索羁缠得难解难分的那桩事,说起来委实离奇。我们七个人寄居的那所公寓,从外面看着确像一座单独的别墅——啊,从

---

① 指第一次世界大战。
② 欧洲南部法、意两国接壤处地中海海滨地区的总称。
③ 世界有名的赌城,在地中海海滨摩纳哥境内。

窗口遥望海边巉岩嶙嶙,景致多么美妙!——实际上它却是"皇宫大饭店"收费较廉的分部,中间的花园两边通连,我们这些住客与大饭店的住客们经常彼此来往,前一天,大饭店里出了一桩不容置疑的风化案。原来,有一位年轻的法国人,搭乘午班火车,于十二点二十分来到这里(我不得不把准确的时间记下来,因为这对案情本身、对那场激烈争论中的症结问题,同样十分重要),他租下了一间靠海的房间,这说明他是相当阔绰的。可是,使他在人前产生好印象的不只是他的风度高雅,尤其还在于他的异常动人的俊美:一副长长的少女型的脸,热情的嘴唇上生着柔丝般晶莹的短髭,洁白的前额上摇曳着棕黄色轻柔的波形鬈发,盈盈的双眼亲切媚人——处处都显得柔媚俏巧,风姿楚楚,而又丝毫不矫揉造作。远远的乍一望见他,便会使人联想到大时装店橱窗里昂然作态的玫瑰色蜡人,握着华贵的手杖,代表着理想的男性美。然而,近看之下却绝无半点浮薄气,因为(实在罕见!)他的可爱之处确是天然生成,恰像是从肌肤里面长出来的。打从我们面前经过时,他对大家逐一点头挨个问好,神情谦恭而又诚挚,他随处涌现的潇洒风度,每一回都表露得毫不勉强,教人瞧着着实愉快。见到某位太太走向存衣室,他就赶紧上前代她接过大衣;对于每个小孩,他都要报以和蔼的一瞥,或说一句逗趣的话,显得既长于交际又明白分寸——简单地说,看来他正是那种幸运儿,这种人既年轻又美貌,仗了这点魅力就足以取悦于人,他从屡试不爽的感觉里生出自信,而自信心又给他增添了新的魅力。在饭店里的许多年老或有病的客人之间,他的出现竟仿佛给大家施了恩惠似的,他的每一个胜利的青春步态,每一阵活泼清新的生命力的表现,都使很多人心旷神怡,他不容抗拒地在每个人的心上赚取了最大的同情。他来了不过两小时,便同十二岁的安纳特和十三岁的勃朗希打起网球来了,她俩是那位里昂来的有钱的胖工厂主的女儿,母亲亨丽哀太太是一位秀丽、纤弱、不爱接近人的女人,她微微含笑地站在一边,看着两个小鸟般的女儿如何不自觉地卖弄风情,竞相讨好这个年轻的陌生人。黄昏时,他在我们的棋桌旁待了一小时,一边看棋,一边悠闲地讲了两个有趣的小故事,然后又陪着亨丽哀太太在海边平台上来回踱了很久,她的丈夫像平时一样,正同一个生意上的朋友在玩骨牌。晚上,我又注意到他在办公室里,在朦胧的灯影下跟饭店的女秘书促膝谈心,亲密得令人生疑。第二天早上,他陪着我那位丹麦同伴出去钓鱼,显出他对这方面的知识丰富得令人惊羡;随后,他又跟那位里昂来的工厂老板谈了半天政治,他在这方面也同样证实自己很是在行,因为大家听出,胖子先生的朗朗大笑声竟超过了海涛的响声。午饭后——我这么详尽地依次按时记述他的行动,对于明了实际情况是完全必要的——他又一次独自陪着亨丽哀太太喝黑咖啡,在花园里坐了一小时。这之后,他再跟她的女儿们在一起打了一场网球,同那对德国夫妇在客厅里闲聊了一阵。六点钟左右,我出去寄信,在火车站那儿又遇见了他。他急忙走过来告诉我,说他必须向我告辞,因为有朋友突然来信要他去,不过,两天后他还要回来的。果然,黄昏时餐厅里不再见到他了,不过,这也只是就他的形体来说罢了,因为,所有的饭桌上异口同声都在谈论着他,都在啧啧称道他的快乐舒坦的生活态度。

半夜里,约莫十一点钟光景,我正坐在自己房间里,打算读完一本书,忽然听见花园里有急迫的嚷叫声从开着的窗子外面传来,又看到对面大饭店里人影忙乱。我惊慌不安,倒不一定是因为好奇,马上匆匆地跨过这五十步路程,赶到饭店那边,发现所有的客人和工作人员都慌慌张张乱成了一团。原来当丈夫按习惯准时陪着拉穆尔来的朋友玩骨牌的时候,亨丽哀太太独自前往海边平台去作每晚例行的散步,这时还不见回来,大家担心她遭了意外。那位胖丈夫,平日懒得动的,这时活像一头野牛,一再奔向海岸,朝着夜空高声喊叫:"亨丽哀!亨丽哀!"由于慌乱,声音都变了,听来很是可怕,像是原始时代某种巨兽临死前的哀号,侍役们和小厮们也都慌慌张张的,一会儿跑上楼,一会儿跑下楼,全部客人都被惊醒,给警察局也打过了电话。可是那位胖丈夫,只穿一件敞开的背心,还在一刻不停地来回踉跄着、蹭蹬着,朝着夜空一边抽噎一边叫嚷,木然地喊着"亨丽哀!亨丽哀!"楼上两个女孩这时也被吵醒了,都穿着睡衣站在窗口,对着楼下叫母亲;那位父亲又急忙赶上楼去安慰她们。

接着出现了触目惊心的一幕,简直无法描述,因为人遇打击过重难以承受时,那瞬间所产生的非常强烈的紧张情绪,从外表看来极富悲剧意味,具有迅雷似的力量,不论图画或文字,都不能按照原样将它重绘出来。那个胖丈夫突然踏着在他足下呻吟不绝的梯级走下楼来,脸也变了,神色倦怠而凶狠,手里拿着一封信。"您叫大家回来吧!"他对工作人员的领班说,声音几乎听不见,"请您把所有的人都叫回来吧,用不着四处寻找了。我的太太已经撇下我走掉啦。"

这个受了致命打击的人,性格里存在着超过常人的坚忍,使他当着许多人还能竭力自持。所有的人由于好奇,都围拢来看他,此刻个个吃惊,面子上不好意思，脑子里满是疑团，又纷纷离开了他。他还有足够的自制力，能够悠悠晃晃目不旁视地走过我们身边，踅进阅览室，随手关掉电灯。随后我们听见他的笨重庞大的躯体倒进靠椅时发出的声响，紧跟着便听到一阵野兽狂嗥似的哭声，只有从来不曾哭泣过的人才会这样哭。对于我们每一个人，即使是最鄙陋的人，这种发于自然的哀伤都有着某种带麻醉性的力量。那些侍役，那些怀着好奇心悄悄走来的客人，谁都不敢吐出一声轻笑，也不敢说出一句惋惜的话。大家默默无言，对着这场粉碎一切的情感迸泻，我们似乎感到羞愧，只得一个跟着一个，分别溜回自己屋里，留下这个被击倒的人，在那间黑黝黝的屋子里独自啜泣。最后，整座楼里的灯光相继熄灭，这时才渐渐地透出喊喊喳喳的议论声。

  不用说，这么一桩奇事，闪电一般自天而降，近在眼前触动感觉，自然会使平日里惯于闲散优游的那班人受到强烈的刺激。不过，我们饭桌上猛然爆发、闹得几乎动武的热烈争论，虽然起因于这桩惊人奇案，实质上却可以说是一场关系着原则问题的辩论，是一场牵涉着不相容的人生观的愤怒冲突。那位万念俱灰的丈夫，由于恼恨，一时神志昏乱地将手里的信揉成一团扔在地上，给一个女仆看到了，她这人不知谨慎泄露了内情，马上弄得无人不晓。原来亨丽哀太太不是单独一人出走，而是跟了年轻的法国人去的（这一来，许多人原先对那位法国人的赞赏顿时化为乌有了）。乍一看来不难明白，总是这位小小的包法利夫人存心要抛掉肥胖世俗的丈夫，另换一位风流年少的美男子。可是，那位工厂主、他的两个女儿，还有亨丽哀太太本人，过去都不曾跟这位花花公子会过面，但凭黄昏时平台上一次两小时的交谈，再加上一小时在花园里同喝咖啡，就足以教一个三十三岁上下、声誉清白的女人动了热情，一夜之间变了心，撇下自己的丈夫和两个孩子，跟随一个素不相识的好色之徒远走天涯吗？这种特殊情形不免使每个人都大惑不解。终于，我们全桌的人一致断定，这些表面上的公开事实不足为凭，那只是这对情人为掩人耳目而故弄玄虚：亨丽哀太太跟那个年轻人准是暗中早有来往，迷魂精这次的到来仅仅为了商定逃走的最后细节而已，因为——大家推断说——一位极有身份的太太，跟别人认识了不过两小时，听到一声呼哨立刻相随私奔，这是决不可能的事。大家说到这里，我忽然觉得，试提一个相反的看法倒也十分有趣，便竭力为另一种可能性，甚至为它的可靠性作辩护。我说，有一种女人，多年来对婚后生活深感失望，内心里因而已有准备，逢到任何有力的进攻就会立刻委身相从。我一提出这个出人意料的反面意见,便马上掀起了普遍的争论,在座的两对夫妇尤其激动,这两位德国人和两位意大利人同声拒斥,竟表示出令人难堪的侮蔑态度,他们说,若认为世间真有 coup de foudre① 未免太愚蠢,那原只是低级小说里面的无聊幻想。

这场桌上纠纷从上汤时开始,直闹到吃完布丁为止,其间种种狂风急雨,没有必要在这儿详细追述。只有常年在公寓里吃饭的人才会这样争论,平常的时候,他们在一次偶然爆发的纷争里,一时昂奋,所持的议论多半内容空泛,都只是急忙中胡乱拣来的陈词滥调而已。我们这次的争论何以竟会急转直下有了恶声相向的形势,这也是难以解释清楚的;我相信,开始动意气是由于那两位做丈夫的不自禁地急于要将自己的太太划在一边,不让她们也被算在这种浅薄危险的可能性里面。可惜的是,这两人找不出有力的论据来反驳我,只是宣称,唯有单凭一件很偶然的、极下流的、独身男子骗取爱情的例子来判断妇女心理的人,才会说出那样的话。这种论调已经使我多少有些着恼,那位德国太太竟还接着开火,教训口气十足地加重斥责说,世上固然有着正派女人,另一方面也还有些"天生的贱骨头",照她看来亨丽哀太太准是这类人。这一来我可完全忍耐不住了,便立刻采取了攻势。我指出,一个女人一生里确有许多时刻,会屈服于某种神秘莫测的力量,不但违反本来的心意,又不自知其所以然,这种情形实际上明明存在着;硬不承认这种事实,不过是惧怕自己的本能和我们天性中的邪魔成分,想要掩盖内心的恐惧罢了。而且,许多人觉着这么做很可自慰,要这样才感到自己比"易受诱惑的人"更坚强、更道德、更纯洁。按我个人的看法,一个女人与其像一般常见的那样,偎在丈夫怀里闭着眼睛撒谎,不如光明磊落地顺从自己的本能,那倒诚实得多。我所说的大致都是这一类的话,这时谈话渐带火性,而别人越是诋毁可怜的亨丽哀太太,我为她辩护得越热切(其实已远远超出了我内心的真正感情)。对于那两对夫妇,我这么慷慨激昂无疑是——像大学生们常说的——吹起了战斗号角,他们四个人仿佛一组不很和谐的四重奏,咬牙切齿地向我大肆反击。那位丹麦老头一直满脸含笑坐在一边,像个握着马表的足球赛裁判员似的,每当形势不妙,他就要抓起骰子在桌面上敲几下表示警告:"Gentlemen, please!"②结

---

① 法语,电击(意即"一见钟情")。
② 英语:先生们,算了吧!

果也总只能安静一会儿。一位先生面红耳赤,已经从桌上跳起来三回了,他的太太费了好大的劲儿才按住了他——简单说,再过十来分钟,我们的争论就会以大打出手收场,幸亏 C 太太说话了,像是加了一滴润滑油,这场口舌之争才逐渐平静了。

C 太太是一位白发苍苍的娴静高雅的英国籍老妇人,我们大家一向默认她为全桌的主席。她端庄地坐在那里,对人人都同样和蔼可亲,她很少说话,不过对别人的讲话总显出兴味盎然的样子,单是她的神情体态就给人一个赏心悦目的印象:她那雍容高贵的仪表流露出一种心敛意宁的奇妙丰采。她对所有的人都保持着一定的距离,同时又很巧妙地让人觉得跟她特别亲近;大部分时间她坐在花园里看书,常常弹奏钢琴,很少见她跟别人同在一处,或者热切地参加我们的谈话。我们都不怎么留意她,然而她自有一种奇特的力量笼罩着所有的人。譬如此刻,她刚刚加入论辩,大家马上就获得一个痛苦的感觉,一致感到争吵得过分了。

当时正是德国先生猛然跳起身来,接着又被按在桌边重坐下去的当儿,C 太太就趁着这令人难受的间歇加入了谈话。她出乎我意料地抬起一双晶亮的灰眼睛,迟疑地对我望了一会儿,然后才以冷静客观的口吻开始发言,想要一下抓住主要问题。

"这么说,如果我了解正确的话,您真的相信亨丽哀太太,相信一个女人,会完全无辜地被卷进一场突如其来的冒险,相信确实有些行为会使一个女人做出一小时以前还认为自己绝不可能做出、也无法负责的事情来吗?"

"我绝对这样相信,尊贵的太太。"

"这么一来,任何道德评判都是毫无意义的了,任何伤风败俗的事都是有理有据的了。如果您真的认为,法国人所说的 crime passionnel① 算不得什么 crime②,国家的司法机关还有什么用处呢?一切就该凭着并不多见的好意来判断了——您的好意却是多得惊人。"她轻轻一笑补充一句说,"这样,才能在每一桩犯罪行为里找出热情,根据热情就可以宽恕一切了。"

她说话时那种清晰而又几乎很愉快的声调,我听来感到分外舒适,于

---

① 法语:热情造成的罪行。
② 法语:罪行。

是我也不自禁地模仿着她的冷静口吻,同样半说笑半严肃地回答说:"判断这类事情,司法机关当然比我严厉得多,毫不徇情地维护一般的风俗习惯,那是它们的职责,它们必须做的是判决,而不是宽恕。可是我,作为一个平民,却看不出为什么非要自动担任检察官的职务不可,我宁愿当一个辩护人。我个人最感兴趣的是了解别人,而不是审判别人。"

C太太睁大晶亮的灰眼睛,直瞪瞪地对我逼视了好一会儿,显得很迟疑。我担心她没有听明白我的话,打算用英语再重说一遍。突然,她又接着发问了,态度非常严肃,简直像个考官。

"一位太太撇下自己的丈夫和两个孩子,随随便便跟人走了,根本不知道那人是否值得她爱,这样的事您不觉得可鄙或可厌吗?一个女人,已经不算很年轻了,为孩子们着想也该自己尊重,却做出如此不知检点的事,难道您真的能够原谅她?"

"我再说一遍,尊贵的太太,"我坚持道,"遇着这类事我既不愿审问,也不愿判决。在您面前,我可以平心静气地承认,我先前的话有点过甚其词——这位可怜的亨丽哀太太自然算不上女中豪杰,既不是天生的浪漫人物,更不是什么 grande amoureuse①。她在我的眼里,据我所见到的,只不过是一个平庸而又软弱的女人,我对她多少怀着敬意,那是因为她勇敢地随顺了自己的意愿,可是我对她怀着更多的怜悯,因为她明天,如果不是在今天,一定会深深陷入不幸。她的举动也许很愚蠢,很轻率,却绝不能称为卑劣下流,我始终极力争辩的是:谁也没有权利鄙薄这个可怜的、不幸的女人。"

"您自己呢?到现在还对她怀着同样的敬意吗?前天是一位跟您同在一处的可敬的女人,昨天是一位跟随素昧平生的男人私奔的女人,对这两种女人,您完全不加区别吗?"

"完全不。一点区别也没有,半点也没有。"

"Is that so?"②她不自禁地说起英语来了,这些话显然使她想起什么了。她沉吟了片刻,然后抬起清亮的眼睛,带着追问的神情又一次望着我。

"要是明天,假定说在尼查,您又遇到亨丽哀太太正跟那个年轻人挽着手,您还会上前向她问好吗?"

---

① 法语:伟大的情人。
② 英语:真的吗?

"当然。"

"还会跟她攀谈吗?"

"当然。"

"您会不会——如果您……如果您结了婚——将一个这样的女人介绍给您的太太,而且在介绍的时候,对她过去的行为只当并无其事?"

"当然。"

"Would you really?"①她又说起英语来了,满是疑惑诧异的样子。

"Surely I would."②我不由得也用英语回答。

C太太不说话了。她似乎越来越沉于深思中。突然,她好像发觉自己太无顾忌而有些失惊了,一边望着我,一边说"I don't know, if I would. Perhaps I might do it also."③随后,她以一种形容不出的稳重姿态站起身亲切地向我伸出手来,只有英国人才懂得用这种方式表示谈话结束,毫不显得唐突失礼。完全由于她的影响,饭厅里才终于恢复和平,人人心里都很感激她,正是因为她,我们这些刚才还是势不两立的人,此刻都微带歉意恭恭敬敬地互相致礼了,说过一两句轻松的趣话后,紧张到了危险程度的空气就缓和下来了。

我们的纷争虽说最后收场倒也高尚大方,一度被激发的那点恼恨却留下了痕迹,使得我的对手们对我略有疏远之意。德国夫妇从此不多开口,意大利夫妇接连几天老是含讥带讽,问我有没有打听到 cara signora Henrietta④ 的下落。在形式上我们大家一味守礼,一桌人从前以诚相见,不拘形迹,如今似乎已被破坏难以挽回了。

那次争论过后,C太太竟对我表示出特殊的亲切,对照起来,更让我体味到那几位死对头的讥刺和冷淡。C太太一向非常矜持,在吃饭时间以外更不爱找人聊天,现在却常常趁着机会在花园里跟我谈话,并且——我几乎可以这么说,她确是对我格外垂青,正因为她平日分外矜持,一次单独交谈就足以使人觉得是特殊的荣耀了。真的,讲得直率些我还必须说,她简直是故意找上我,借了各种因由走来跟我说话,每次做得用意明显,幸亏她

---

① 英语:您真会这样做吗?
② 英语:我一定这样做。
③ 英语:我不知道自己会不会那样。说不定我也要那样做的。
④ 意大利语:尊贵的亨丽哀太太。

是一位萧萧白发的老太太,不然真会让我想入非非了。可是,谈着谈着,我们的话题不可避免地总要回头,老是落到一个论点上,落到亨丽哀太太的问题上;她像是感到一种非常玄妙的兴味似的,谈起这事就对那个忘掉自身责任的女人大加非议,极力谴责别人心志不坚。然而就在同时,看见我始终如一,对那位纤弱秀丽的女人不改同情之心,任什么也难使我放弃原意,她又似乎深觉快慰。她一再将我们的谈话拉往这个方向,到后来弄得我莫名其妙,对于这种古怪的、几乎像是忧郁症造成的执拗不知道该怎样想才好。

像这样过了好几天——大约五六天,这种方式的谈话在她说来为什么至关重要,她却不曾有一言半语泄露出来。不过,其中一定别有缘故,在一次散步的时候我十分清楚地意识到了这一点。当时我偶然提起,我的假期已满,准备再过一天就要离开了。立刻,她的素来静如止水的脸上突然露出异样的紧张表情,恰像一片云翳天外飞来,罩住了她那双灰碧似海的眼睛:"多么可惜!我还有许多话要跟您谈呢。"一瞬间,她现出一种迷离恍惚的神情,显而易见,她说这话时那桩时刻忘怀不了的事又在脑子里浮起来了。最后,她自己蓦地惊醒过来,沉默了半晌,这才出其不意地向我伸出手来说:

"看来,我想要对您说的话是难于口述明白的。我宁愿写信告诉您。"一说完她就急急转身走回公寓,步伐匆忙,完全不是我平日所见的那样。

果然,当天傍晚快要开饭的时候,我在自己房间里发现了一封信,正是她的有力而爽朗的笔迹。遗憾得很,我年轻时对待文件书信相当随便,因此没法在这儿引录原文,只记得信上曾经问我,能不能听她叙述一件她自己的人生经历。她在信里说,那段小插曲如今已成陈迹,跟她现在的生活是没有什么牵连的了,而且我是再过一天即将远去的人,她把二十多年来埋藏心底的苦恼事对我倾诉一回,做起来也还不算太难。因此,如果我对这样一次谈话并不感到冒昧的话,她很想求我给她一小时的时间。

以上只是那封信里的主要内容,原信在当时异乎寻常地感动了我,信是用英文写的,单是这一点就赋予了它极度明晰而果断的力量。可是在我这一面,回信万难措词,我起了三次稿都终于撕毁,最后才这样回答:

"您对我这么信任,我实在引以为荣。如果您认为必要,我可以保证严守秘密。凡不是您愿意吐露的事,我自然不敢强求。唯愿您叙述时,能够对己对人处处牢守真实。您对我的信托,我全当是特殊的恩宠,您可以相信我这话绝非客套。"

晚上,我将这封短信送到她的房间里,第二天早晨我又发现了一封回信:

"您完全正确:一半真实毫无价值,有意义的永远只在全部真实。我将竭尽全力,做到无所隐讳,以免违背我的本意,辜负您的期望。请您饭后来我屋里——我已是六十七岁的老人,用不着避谦防嫌了。因为在花园里或人多的处所,我难于从容谈讲。您总能相信,在我说来下此决心不是一件容易的事。"

那天中午,我们在饭桌上还见过面,神色自若地谈了几句无关紧要的话。可是,吃罢饭来到花园里,她遇到我却慌忙闪避了,这位白发苍苍的老太太竟会羞羞怯怯如同少女,一转身溜进了松阴夹道中,我看着不禁深为痛苦,同时觉得大受感动。

到了晚上约定的时间,我在她的门前敲了两下,房门立刻应声开启:里面灯光很弱,平时原很阴暗的房间里此刻只点着一盏台灯,在桌上投射下一圈黄影。C太太一点也不局促畏缩。她走过来迎接我,让我在一只圈椅上坐下,然后,自己也面对着我坐下了,这些动作,我注意到,每一项都是她预先暗自排定的。然而,这之后却还是出现了一个相对无语的场面,一次显然非她所愿的静默——迟迟难下决心的静默,竟至越延越久,而我也不敢轻发一言打破这个僵局,因为我看出,一个坚强的意愿正在努力挣扎,要战胜一种顽强的抗拒心情。楼下客厅里不时地隐约传来华尔兹舞曲的断断续续的乐声。我屏息敛气,仿佛想要减轻一点儿这场静默的沉重压力。C太太也似乎感到这种不自然的紧张局面很难受,她突然振作精神,像是要纵身跳跃似的,马上开始说话了:

"最难说出的只是第一句话。两天以来我早有准备,要讲得完全明白而又真实,但愿我能做到。您现在也许还不能理解,为什么我要向您,向一位不很熟识的人,讲述这一切。可是,从来没有一天,甚至没有一小时,我不曾想到过这桩往事。我这个老女人的话您不妨认真相信:一个人对于自己生命中唯一的一点,对于其中唯一的一天,竟全神贯注凝望了整整一生,这实在是不堪忍受。因为,我打算讲给您听的事,全部经过只占去我这六十七年生命里一段二十四小时的时间,而我曾经反复宽解自己,几乎到了神经错乱的地步。我对自己说:'一生里只有一瞬间糊涂过一次,那又算得了什么。'然而,一般人用一个很不确定的名词称之为良心的东西,是无法逃避得了的。上回听到您十分冷静地评论亨丽哀太太的事件,我曾经暗自思忖:如果我能够下一次决心,找到一个什么人,将我一生里那一天的经历对他痛快地叙说出来,这样也许能结束我这种毫无意思的空自追忆和纠缠不已的自怨自艾。我信奉的要不是英国国教,而是天主教,我就早已得到忏悔的机会,说出一切,以求解脱独自隐忍的苦楚——这种安慰在我们是无分的了,因此我今天试用这个离奇的方法,借着向您叙述来自求解脱。我知道,我这一切非常荒诞,可是,您既已毫不犹豫地接受了我的请求,我就要向您表示感谢。

"正是,我已经说过,我打算向您叙述的仅仅是我一生中唯一的一天——其余的一切在我想来全无意义,别人听来也很乏味。我四十二岁以前的人生经历可以说步步不离常轨。我的父母是苏格兰有钱的乡绅,开着几座工厂,还有许多田产。我们过着乡间贵族式的生活,一年里大部分时间住在自己的田庄上,夏季上伦敦去歇暑。我十八岁时在一次宴会上认识了我的丈夫,他是名门世族 R 家的第二个儿子,在驻印度的英国军队里服务过十年。我们很快就结了婚,婚后在朋友圈里过着欢乐无忧的生活,一年中三个月留在伦敦,三个月消磨在自家的田庄上,剩下的时间到意大利、西班牙和法国去旅行。我们的婚姻非常美满,从不曾蒙上过半点阴影,我们所生的两个儿子如今早已成人。在我四十岁上,我的丈夫突然去世了。他从前在热带地方的长年生活使他得了肝脏病,这次旧病复发为时不过两星期,挨过这段可怕的时间我就永远丧失了他。我的大儿子当时正在军队里服役,小儿子在大学里念书,这一来我突然陷入了空虚寂寞中,像我这样惯受温存体贴的人,一旦孤单生活实在痛苦不堪。那所凄凉的宅院处处令我触景伤情,念念难忘失去了亲爱的丈夫的悲痛,我只觉得在这所房子里再多待一天也不可能了,于是我决定,在我的儿子们成家以前,尽量将那几年时光用来旅行以遣愁怀。

"对于自己从此以后的生活,我基本上将它看作是完全没有意义、没有用处的。二十三年来与我形伴影随、心同意合的人已经亡故,孩子们并不需要我,我也担心自己抑郁寡欢会破坏他们的青春之乐——为自身计我倒是无所希求、无可贪恋的。最初,我移住巴黎,烦闷时出去逛逛商店和博物馆;可是,那座城市和周围景物入眼生疏少趣,那地方的人我也不愿接近,我不高兴受到他们因见我服丧而表示礼貌的怜惜眼色。这几个月我昏沉恍惚东飘西荡,那种日子究竟是怎样度过的,我自己也很茫然,我仅仅记得,当时我始终怀着一死了结此生的愿望,只是缺乏勇气,自己不能促成这一苦痛的心愿。

"在我孀居的第二年,也就是我四十二岁那一年,还是因为别无安顿,只好照旧四处漂泊,混过这一段已经失去价值、令人郁闷欲绝却又不能速死的时期,于是,我在三月末来到了蒙特卡罗。实在说,我到蒙特卡罗来是由于孤寂无聊,由于那种令人难受的、像是一阵胀塞胸臆的恶心似的内在空虚,这种内心空虚至少得要找点外来的琐事刺激填补一下。我自己越是心冷意沉,却越是感到有一股强大的力量,将我推往一处人生巨轮旋转得最为迅速的地方;对于缺乏人生体验的人,欣赏别人情感激荡,这倒不失为一种神经感受,戏剧和音乐就有这类作用。

"正因为这个缘故,我也就常常观光赌馆①。在那儿可以冷眼旁观,看那些人时而喜不自禁,时而惊愕失色,无数张脸瞬息万变幻化无穷,这种惊涛险浪也同时在我身内震撼起伏,使我因而目眩神迷。另外,我的丈夫从前也爱光顾赌馆,偶尔入局从不逞性,对于他往日的这个习惯,我仍怀有某种无意的虔敬之心,继续受着它的引导。正是在这个地方,开始了我一生中的那二十四小时,回肠荡气远胜一切赌戏,从此我的命运长年永受困扰。

"那天中午,我跟封·M公爵夫人,我家的一位亲戚,在一道用午餐,直到后来吃罢晚饭,我还觉着没有累到能够安睡的程度。因此我就去赌馆,自己并不下注,只绕着许多赌台来回闲荡,用一种特殊的方法暗自观赏一堆堆围聚一处的赌客。我说的'特殊的方法',那正是我去世的丈夫教给我的,因为我曾经向他抱怨,认为久看令人厌倦。从前我曾感到兴味索然,不愿意老盯着一些同样的面孔,一些坐在弹簧椅里隔几小时才敢下一回注的干瘪老太婆,一些刁滑的赌痞,一些玩着纸牌的妓女——所有这班人都是极可怀疑、良莠不齐的,他们,您知道,在拙劣的小说里总是被描绘得有声有色,仿佛全是 fleur d'élégance② 和欧洲贵族,实际看来,绚烂生动、罗曼蒂克的情调却大为减低。不过,跟今天比较起来,二十年前的赌馆吸引人的地方可多得太多了,从前滚来滚去的还都是动人遐想的耀眼的金子。无数簌簌响的新钞票、无数金晃晃的拿破仑③、无数厚实的五法郎银

---

① 原文为 Kasino,是蒙特卡罗一处规模相当大的游乐馆,里面主要的构成部分是赌厅。
② 法语:高雅的花朵(意即上流人士)。
③ 十九世纪法国钱币之一种。

币,而今天在新建的现代式豪华赌宫里,只见一帮平民气息的过路游客,拿着一把毫无特色的筹码,无精打采地随手扔光便算完事。我当初在那批千篇一律索然无趣的面孔上所发现的兴味实在太少,因此我的丈夫——他本人对手相术,即揣摩手部意义,有着强烈的爱好——教给我一个非常别致的欣赏方法,比懒懒散散四面呆站确实有趣得多,确实更为令人激动紧张。这方法就是:不看任何一个人的面部,专注视桌子的四周,在桌子四周又只盯着许多人的手,只留神那些手的特殊动作。我不知道您是否也偶尔有过一回,眼里只注意到绿呢台面,只凝望着那一片绿色的方围之地。在它的正中央滚动着一个圆球,活像醉汉似的跌跌撞撞,一个码子一个码子地往前跳,许多钞票,许多圆溜溜的银币金币,接连不断地落到方围内,好似播种一般,马上,管台子的挥动手里的笆竿,割麦似的揽尽全部收获,或者把它们推到赢家面前。像这样放眼静察就能看到,唯一摆晃不宁的只有那些手——绿呢台面四周许许多多的手,都在闪闪发亮,都在跃跃欲伸,都在伺机思动。所有这些手各在一只袖筒口窥探着,都像是一跃即出的猛兽,形状不一,颜色各异,有的光溜溜,有的拴着指环和铃铃作响的手镯,有的多毛如野兽,有的湿腻盘曲如鳗鱼,却都同样紧张战栗,极度急迫不耐。见到这般情景,我总是不觉联想到赛马场,在赛马场的起赛线上,得要使劲勒住昂奋待发的马匹,不让它们抢先窜步,那些马也正是这样全身战栗、扬头竖颈、前足高举。根据这些手,只消观察它们等待、攫取和蹄躅的样式,就可教人识透一切:贪婪者的手抓搔不已,挥霍者的手肌肉松弛,老谋深算的人两手安静,思前虑后的人关节弹跳;百般性格都在抓钱的手势里表露无遗,这一位把钞票揉成一团,那一位神经过敏竟要把它们搓成碎纸,也有人筋疲力尽,双手摊放,一局赌中动静全无。我知道有一句老话:赌博见人品,可是我要说:赌博者的手更能流露心性。因为,所有的赌徒,或者说,差不多所有的赌徒,很快就能学到一种本领,会驾驭自己的面部表情——他们都会在衬衣硬领以上挂起一副冷漠的假面,装出一派 Impassibilité[①] 的神色——他们能抑制住嘴角的纹缕,咬紧牙关压下心头的慌乱,镇定眼神不露显著的急迫,他们能把自己脸上暴突的筋肉拉平下来,扮成满不在乎的模样,真不愧技术高妙。然而,恰恰因为他们痉挛不已地全力控制面部,不使暴露心意,却正好忘了两只手,更忘了会有人只是观察他们的手,他们强

---

① 法语:无动于衷。

带欢笑的嘴唇和故作镇静的目光所想掩盖的本性，早被别人从手势里全部猜透了。而且，在泄露隐秘上，手的表现最无顾忌，因为，无可避免地，必然会有一个瞬间，所有这些竭力约制似有睡意的手指会因一时疏忽一齐脱出束缚，那就是在转轮里的圆球落进码盘，管台子的报出彩门、令人惊心夺魄的那一秒钟，就在这一秒钟，一百只手或五百只手不由自主纷纷有所动作，因人而异各具个性，种种潜在的本能全都表露无遗。谁要是像我这样习以为常（我是由于我丈夫有此癖好而获得传授的），爱观看这个手的舞台，他一定会感到，永远各种各样、意外突发的手姿暴露出永远各不相同的情性的这种表演，比戏剧音乐更能荡人心弦：这种手的表情究竟怎样各不相同，我简直没法给您描述。每一只手都仿佛是野性难驯的凶兽，只是生着形形色色的指头，有的弯曲多毛，攫钱时无异蜘蛛，有的神经战栗指甲灰白，不敢放胆抓取，高尚的、卑鄙的、残暴的、猥琐的、诡诈奸巧的、如怨如诉的，无不应有尽有——给人的印象却是各各不同，因为，每一双手就反映出一种独特的人生，只有四五双管台子的人的手算是例外。管台子的人的手全像一些机器，动作精确，做买卖似的按部就班执行着职务，对一切概不过问，跟那些生动活跳的手对照起来，恰像计算机上嘎嘎响的钢齿。可是，这几双冷静的手，正因为跟那些昂扬兴奋的同类成了对照，却又大可鉴赏：他们（我可以这么说）好似群众暴动时街上的警察，武装整齐地稳站在汹涌奋激的人潮当中。除了这些，我个人还能享受一种乐趣：接连看了几天，我竟跟某些手成了知己，它们的种种习惯和脾性我都一见如故；几天以后我就能够从许多手里识别一些老朋友，我把它们当作人一样分成两类，一类投我心意，一类讨厌如仇。不少的手贪婪无比，在我看来非常可憎，我总是避开眼睛不加注意，只当遇着邪事。台子上忽然出现一只新手，那可就增添了我的感受和好奇：我往往忘了抬眼看看那人的面貌，总觉得不过是一副冰冷世故的假面，呆呆地插在一件扣到脖子的礼服或珠光宝气的胸部上面而已。

"那天晚上我走进赌馆，有两只台子已经围满了人，我绕着走向第三只台子，摸出几个金币准备下注，忽然迎面传来一阵非常奇怪的声响，我吃了一惊。那时正当人人定睛个个紧张，心神似乎都被静默震慑住了的瞬间，每逢圆球奔跑得疲惫无力只在最后两个码盘上颠踬时，就会出现这样的瞬间，此刻我竟听到一阵喀喀嚓嚓的响声，像是骨节折裂。我不由自主地向对面望了一眼，立刻见到——真的，我吓呆了！——两只我从没见过的手，一只右手，一只左手，像两匹暴戾的猛兽互相扭缠，在疯狂的对搏中你揪我压，使得指节间发出轧碎核桃一般的脆声。那两只手美丽得少见，秀美而修长，却又丰润白皙，指甲放着青光，甲尖柔圆而带珠泽。那天晚上我一直盯着这双手——这双超群出众得简直可以说是世间唯一的手，的确令我痴痴发怔了——尤其使我惊骇不已的是手上所表现的激情，是那种狂热的感情，这双手那样抽搐痉挛互相扭结。我一见就意识到，这儿有一个情感充沛的人，正把自己的全部激情一齐驱上手指，免得留存体内胀裂了心胸。突然，在圆球发着轻微的脆响落进码盘、管台子的唱出彩门的那一秒钟，这双手顿时解开了，像两只猛兽被一颗枪弹同时击中似的。两只手一齐瘫倒，不仅显得筋弛力懈，而且可以说是已经死了，它们瘫在那儿像是雕塑一般，表现出的是沉睡、是绝望、是受了电击、是永逝，我实在无法形容。因为，在这以前，我从来没有见到这么含义无穷的双手，自此以后也见不到了，这双手每根筋肉都在倾诉，所有的毛孔几乎全都渗出激情，动人心魄。这两只手像被浪潮掀上海滩的水母似的，在绿呢台面上死寂地平躺了一会儿。然后，其中的一只，右边那一只，从指尖开始又慢慢地疲乏无力地抬起来了，它颤抖着，闪缩了一下，转动了一下，颤颤悠悠，摸索回旋，最后神经质地抓起一个筹码，用拇指和食指捏着，迟疑不决地捻着，像是玩弄一个小轮子。忽然，这只手猛一下拱起背部，活像一头野豹，接着飞快地一弹，仿佛啐了一口唾沫，把那个一百法郎的筹码掷到下注的黑圈里面。那只静卧不动的左手这时如闻警声，马上也惊慌不宁了；它直竖起来，慢慢滑动，真像是在偷偷爬行，挨拢那只瑟瑟发抖、仿佛已被刚才的一掷耗尽了精力的右手，于是，两只手惶惶悚悚地靠在一处，手腕在台面上无声地连连碰击，恰像上下牙打寒战一样——我没有，从来还没有，见到过一双能这样传达表情的手，能用这么一种痉挛的方式表露激动与紧张的手。望着这双颤抖的手，看着它惶悚的神情，我突然觉得整座大厅里其他的一切全都僵凝了，尽管四周纷纷扰扰，管台子的喊声像小贩叫卖，人来人往川流不息，转轮里的圆球循回滚动，终于高起低落，跳进它那平坦的圆形牢笼——所有这些嘤嘤嗡嗡、刺激神经的纷乱景象对我全不存在，我紧紧盯着平生难遇的这双手，竟被它迷住了。

"可是最后，我再也按捺不住了，我一定要看看这个人，看看与这双具有无限魔力的手相关联的那张脸，于是，我提心吊胆地——的确，真是提心吊胆地，因为，那双手早已教我心惊胆战了——慢慢地移动目光，顺着衣袖向上探索，掠过两只瘦窄的肩膀。这一次又令我全身猛震了，这张脸竟跟那双手一样，倾吐着同一种慌乱的语言，脱出羁束、驰骋幻境中的语言；一副固执倔拗的神情，跟它那几乎像是女人般的俊美同样使人惊奇。我从来还没有见到过这样一张脸，一张如此出神入化的脸，它使我有了充分的机会，将它当作一副面具，当作一尊缺少眼珠的雕像来仔细观赏。那一对着了魔的眸子从无瞬息转动，决不顾盼左右：漆黑的瞳仁凝定着，像两粒没有生命的玻璃珠，嵌在大睁着的眼睑下，仿佛两面镜子，反映着那个桃花心木的、在转轮里起劲滚动落进码盘的圆球。我要再说一遍：我从来没见过一张如此急切紧张、如此惊心动魄的脸。那是一个二十四岁左右的年轻人的脸，狭窄俊秀，稍嫌纤长，然而极富表情。它正像那双手，完全不是男子气派，倒更像是在游戏中兴奋淋漓的孩子的脸——不过，这些都是我后来才注意到的，在当时，这张脸完全隐蔽在一副激情和狂乱的神色后面了。窄窄的嘴焦渴地微张着，露出一半牙齿，让人十步以外就能看到它在打寒战，两唇始终呆呆地张开着。额头上粘着一绺湿漉漉的淡黄头发，往前边耷拉着，像跌过一跤那样，两只鼻翼不住地一张一翕，仿佛皮肤底下有一阵无形的激浪在汹涌翻腾。他一直探着头，不自觉地越来越朝前倾，使人感到他似乎想全身投进轮盘追着圆球旋转。这时我才懂得为什么那双手那么痉挛抽搐：只有仗着这种抗力，仗着这样的撑拒，才能使已经失去重心的身躯保持平衡。

"我从来还没有——我定要反复这么说——看见过一张脸，会这么公开地、这么兽性毕现地、这么恬不知耻地表露激情，我紧盯着它，紧盯着这张脸……对于他的如痴如醉的神情，我心荡意迷目难旁移，正像他的两眼对于滚转跳弹的圆球那样。从这一秒钟起，大厅里旁的一切全不在我眼里，跟这张脸上熊熊的烈焰一比，一切都显得朦胧黯淡模糊不清了。大约整整一个钟头，我隔着人丛只注视着这一个人，不放过他的每一姿态；当管台子的终于有一次满足他急于攫取的欲念，将二十个金币推到他的面前时，他的那双眼睛倾泻出多么辉煌的光辉啊，两只手像是受到炮弹震撼，痉挛虬结的筋肉顿时松懈，抖抖索索的手指一齐张开了。在这一秒钟里，他的脸忽然容光焕发，变得非常年轻，平滑润泽不见皱纹，眼睛开始有了神采，俯斜的身子精神抖擞轻快自如地挺直起来——他居然也坐下一回了，安安稳稳像是骑在马上，眉飞色舞满露得胜之感。他将那些圆圆的金币揽过来，昂然得意地用指头弹着它们，使它们彼此碰击，弄得丁当乱响。然后,他又静静地转动着脑袋,对绿呢台面扫视了一周,恰像一头小猎狗伸出鼻子嗅着要找出准确的路线。蓦地他抓起一把金币向前一扔,全投到一个角落上。马上,又开始了那种急切期盼,又开始了那种紧张不安。嘴角上又起了那种触电似的抽搐,两只手重新痉挛不已,孩子气的神情完全消失,罩上了贪婪的期待神色,直到最后,这种抽抽搐搐的焦灼紧张之态猛然崩溃,爆炸似的化成失望,刚才兴奋得像孩子一般的脸孔突然憔悴不堪,变得灰白苍老了,眼神呆滞失了光辉——这一切全在一秒钟之内出现,就在转轮里的圆球落进他不曾猜中的号码里去的那一秒钟。他输了:他瞪眼望着前面过了几秒钟,目光近似痴呆,仿佛不明了发生了什么事;可是,管台子的刚一高声喊叫,他立刻伸手一攫,又抓起了几个金币。然而,信心已经消失,他先将那几块钱押在一门上,随后又改变主意,挪到了另一门上,圆球已经开始滚动,他猛地一俯身,举起战栗的手来一扬,飞快地又丢出两张捏成一团的钞票,押在同一门上。

"像这样一会儿输一会儿赢,忽胜忽败从不歇手,过了大约一小时。这一小时里,我一直盯着那张变化莫测的脸和那双魔力无边的手,没有放过片刻,直看得目眩。那张脸上布满激情,潮汐一般一时陡涨一时猛退。那双手根根筋肉如喷泉,一时突起一时降落,雕塑式地表现出情绪回荡的节奏。即使在剧院里,我也不曾这么心弦紧张地注视过一位演员的面部,也不曾在一张脸上见到这样无穷的色调和情绪的变幻,霎时改换,片刻不停,好似阳光和阴影改变着一片自然风景,在看戏的时候,我从来不曾有过一回像这样如历其境,让别人的忧喜悲欢映入我心。谁要是那天晚上看到了我,会认为我那么目定眼呆准是受了催眠术,我当时全然神志昏迷,那状态确也像是受了催眠术——那张脸表情万分生动,我的两眼实在无法移开。大厅里的其他一切,许多灯光,许多笑声,无数人影,无数眼色,全都迷蒙暗淡混杂交织,只仿佛四周浮着一团昏黄的烟雾,雾里唯有那张脸灼灼闪烁,简直是烈焰中的烈焰。我耳无所闻目无所视,身边的人挤进挤出我全然不觉,另外许多只手触须似的突然伸进来,或者扔钱或者攫取,我都不加注意;转轮里的圆球我不瞥一眼,管台子的连声叫喊我也全没听见。然而,那双手恰像两面凹镜,它的激动和兴奋能够显示一切,我如同身在梦中,台子上发生的事我无不历历如见。因为,圆球落进红门或是黑门①,正

---

① 轮盘赌每一号码分为红、黑两门,输赢有所不同。

在滚动还是已经停止,要知道这些我用不着看转轮:那张满布激情的脸,神经敏锐,表情灵活,每个瞬间如焰似火的变化反映出每一情况,能说明输赢得失,有无希望。

"可是,一个令人震骇的瞬间终于出现了——我心中模模糊糊一直在担心着会有这样的瞬间,它一直像即将来临的风暴悬在我的紧张不安的神经之上,此刻果真突然降临了。转轮里的圆球又发出轻微的脆声向后倒滚,又到了两百张嘴停住呼吸的那一秒钟,只见管台子的一边高声唱报——这一回报的是:'空门'——,一边急忙挥动笆竿,将许多哗啦啦的金币银币和簌簌作响的大小钞票全部揽光。就在这一瞬间,那两只手做出一个分外惊人的动作,它们猛然跳向半空,仿佛要抓住一件看不见的东西,随即跌落下来,落时全不用劲,只凭本身重量,力尽气绝似的掉在桌上。可是后来,它们忽地一下又活转过来,离开了桌面,像发高热一般逃回自己的身上,像野猫一般在身上爬来爬去,忽上忽下,忽左忽右,神经发作似的窜遍了所有的衣袋,想在什么地方发现一个被遗忘的金币。然而,它们搜来搜去始终空无所获,这种毫无意义、毫无结果的搜寻却一遍又一遍地不断重复着,越来越急切,这当儿轮盘已经重新旋转,别人都在继续赌博,钱币丁当乱响,椅子纷纷摇动,百样杂声嗡嗡作响,合成一片闹声充塞了整座大厅。这一幕可怕的情景使我震栗,我不禁全身发抖:我自然而然十分清楚地有了同样的感觉,似乎那些就是我自己的手指,急切绝望地掏摸着个个衣袋,抓捏着衣服上每一褶裥,要找出一个金币来。突然,我对面这个人蓦地站起身——完全像个猛然感到不适的人,站起来以免窒息;他背后的椅子吧嗒一声倒在地上。他却没有回顾一眼,也不注意身边的人,拖着步子离开了赌台,别人对这个摇摇欲倒的人既惊又惧慌忙避让。

"这瞬间我仿佛全身僵化了。因为,我当时立刻明白这个人要上哪儿去:他是要走向死亡。谁要是这样子站起身,绝不会是走回旅馆,也不是去酒店,去找一个女人,去搭火车,或是去另换一种生活,而会是直截了当地跌入无底深渊。在这间地狱般的大厅里,即使是最冷酷的人也一定看得出来,知道这个人不会再在什么地方与家人团聚,不会再在银行里或亲戚那儿得到支援了。他明明是带着最后一笔钱,带着他的生命,到这儿坐下来孤注一掷的,现在他跟跄着离开了,是要走出这个地方,同时也无疑是要走出生命。我一直胆战心惊,从第一眼起就像遇着魔法似的有了一个感觉,只感到在这场赌博中有点什么,远超出输赢得失之上,然而此刻,我看见生命从他的眼里突然逃遁,这张刚才还那么灵活的脸竟被死亡罩上一层灰白,我只觉得一阵黑黝黝的闪电,猛烈打在我的身上。当这个人从座位上忽然抽身蹒跚着走开时,我不由自主——他那种雕塑式的身姿给我的印象太深刻了——非要用手抵住桌子不可,因为,那种蹒跚的情状现在也从他的步态里传到我的身上来了,正像在这以前他的昂奋紧张感染我的血脉和神经一样。可是后来,我还是被带走了,我一定得跟随他:一点也不是出于自愿,我的脚步开始移动了。这一切完全是不自觉地发生的,并不是我自己在行动,而是行动来到我的身上,我对谁也不加理睬,对自己也毫无感觉,径直向着通往门外的过道跑去。

"他在存衣处那儿站住了,管衣帽的替他取出了大衣。可是,他的手臂转动不灵了,殷勤的侍役帮他穿上大衣,费了好大的劲,像是帮助一个手臂折断了的人。我看见他把手伸进背心口袋里,机械地摸索着,想要赏给侍役一点小费,可是,抽出来的还是一只空手。马上,他像是突然间记起了一切,喃喃着十分狼狈地向侍役说了一句什么,便又像刚才那样蓦地转过身去走开了,跌跌撞撞跨下赌馆门前的石阶,完全像个醉酒的人。那位侍役对他身后望了一会儿,做出轻蔑的样子,随后又露出了会心的微笑。

"他的这些动作非常令人感动,我在一旁看着很难为情。我不由自主地站开了,不好意思像在剧院的舞台前那样,把一个陌生人的失望情状看进眼里——可是后来,那点莫名其妙的惴惴不安又突然推动了我,使我跟上前去。我匆匆忙忙叫侍役取过我的外衣,脑子里一无主意,十分机械地、十分被动地走向黑地里,急急追赶这个素不相识的人。"

C太太讲到这儿停了一会儿。她一直保持着她那种独有的安详冷静,稳重沉着地坐在我的对面,娓娓叙述,几乎毫无间断,只有内心早有准备、对情节仔细整理过一番的人才会这样。此刻她第一次默不作声显得有点踌躇,然后,她忽然中止了叙述,抬起头来看着我:

"我向您,也向自己作过保证,"她略显不安地开始说,"要极其坦率地讲出全部事实。可是,我现在必须请求您,希望您能够完全信任我的坦率,不要以为我那时的举动有什么不可告人的动机。即使真有那样的动机,今天我也不会羞于承认的,然而,如果认为在当时的情形下必定有那样的动机,却实在是妄作猜测。所以,我必须着重说明,我跟着这个希望破灭了的人追到街上,我对这位青年丝毫没有什么爱恋之意——我脑子里根本不曾想到他是一个男人——我那时已经是四十多岁的女人了,自从丈夫去世以后,事实上我从来没再正眼注视过任何男子。那些事在我已是无所动心的了,我向您说得这么干脆,而且非要说明这一点不可,因为,如果事实并非如此,那么,随后的全部经过何以非常可怕,在您听来就会难以理解了。真的,另一方面,说来我也极感困难,没有办法给予当时我的那种情感一个名称,它竟能那么急迫地推动我去追赶那个不幸的人。那种情感里面有着好奇心的成分,可是,最主要的还是一种恐怖不安的忧虑,或者更确切些说,是对于某种恐怖的忧虑。从头一秒钟起,我就隐隐地感到有点非常恐怖的东西,一团阴云似的罩着那个年轻人。然而,这类感觉是谁也分析肢解不了的,尤其因为它错综复杂,来得过于急遽,过于迅速,过于突兀了——谁要是在街上看到一个孩子有被汽车碾死的危险,会马上跑过去一把将他拉开,当时我所做的很可能正是这种急于救人的本能行动。或者,换个比喻也许更说明问题:有些人自己不会游泳,看见别人吃醉了酒掉进河里,就立刻从桥上跳下水去。这些人来不及考虑决定,不问自己甘冒生命之险的一时豪勇究竟有无意义,只像着了魔受了牵引似的,被一股意志的力量推动着便跳下去了。我那次正是这样,不假任何思索,意识里没存任何清醒的顾虑,立刻跟着那个不幸的人走出赌厅来到过道里,又从过道里一直追到临街的露台上。

"我相信,不论是您,或是别的双目清醒感觉敏锐的人,也会受到这种忧虑焦急的好奇心理的牵引,因为,看到那个最多不过二十四岁的青年,步履艰难如老人,四肢松懈无力,醉汉似的晃晃悠悠走下石阶,蹭蹭着来到临街露台上,这般凄楚的情景不容人再有思索的余地了。他走到那儿就像一只草袋似的倒在一张长椅上面。这个动作又一次使我不胜惊恐地看出:这个人已经完了。只有一个失去生命的人,或者一个全身筋肉了无生意的人,才会这样沉重地坠倒。他的头偏斜着向后悬在长椅的靠背上,两只手臂软软地吊垂着,在煤气街灯惨淡昏暗的亮光里,任何过路的都会以为这是一个自杀了的人。他的形状的确像一个自杀了的人——我弄不明白,为什么我会忽然有了这样的印象,可是,它突然呈现在我眼前,像雕塑似的触摸得到,真实得令人恐惧——在这一秒钟里,我两眼望着他,心里不由得不相信:他身边带着手枪,明天早上别人将发现这个人已经四肢僵硬,气息断绝、鲜血淋漓地躺在这一张或另一张长椅上了。我确信不疑,因为我看出,他那样倒向靠椅,完全像是一块巨石坠下深谷,不落到谷底绝难停止,像这

样的体态动作,充分表示厌倦、绝望,我还从来不曾见到过。

"您现在试想想我当时的情境:我离他二十或三十步远,站在那张长椅后面,那上边躺着一个一动不动、希望破灭了的人,我万分茫然,不知道该怎么办,单凭着意愿的驱使,极想援助别人,而因袭成习的羞怯心理又令我畏缩不前,不敢去跟大街上一个不认识的男人说话。街灯幽光微闪,天上阴云密布,往来行人异常稀少,已近午夜了,我几乎是孑然一身站在临街的花园里,独对着这个像是自杀了的人。接连五次、十次,我一再鼓起勇气,走近他的身边,却总是感到羞惭,依旧退了回来,也许这只是一种本能吧,因为我内心里存着畏惧,害怕跟踉跄失足的人会带着上前扶救的人一同摔倒——我这样忽进忽退,自己也清楚地认识到处境十分可笑。然而,我还是既不敢开口说话,又不敢转身离开,我不能一事不做将他撇下不再过问。要是我告诉您,我在那儿迟疑不决徘徊了大约一个小时,绵长无尽的一小时,我希望您能相信我的话。那一小时的时间是随着一片无形的大海上面千起万伏的轻涛细浪点点消逝的;一个虚寂幻灭的人的形影,竟是这么有力地令我震动,使我无法脱身。

"可是,我始终找不出说一句话、做一件事的勇气,我也许会整个夜晚站着等待下去,或者,我最后也许会清醒过来顾念自己,离开他转回家去;的确,我甚至相信自己已经下了决心,准备撇开眼前的凄惨景象,就让他那么晕厥过去——可是,一股外来的强大威力,终于改变了我这种左右为难的境况:那当儿忽然下起雨来了。那天黄昏时一直刮着海风,吹聚起满天浓厚潮润的春云,早就使人肺腔里和心胸间窒息阻塞,直感到整个天空都沉沉降落了。这时突然掉下一滴雨点,接着风声紧促,催来一阵暴雨,雨点沉重密集,哗哗倾泻,来势异常迅猛,我不由自主地慌忙逃到一座茶亭的前檐下边,虽然撑开了手中的伞,但狂风仍旧摇撼着我的衣衫。噼噼啪啪的雨点打着地面,激起冰凉带泥的水沫,溅在我的脸上和手上。

"可是——这瞬间令人惊骇无比,二十五年后的今天,我回忆起来仍不免喉管发紧——任是大雨滂沱,那个不幸的人却还躺在椅上毫无动静。所有的屋檐水沟都有雨水滔滔不绝地流着,市内车声隆隆,遥遥可闻,人人撩起外衣纷纷奔跑;一切有生命的都在畏缩避走,都要躲藏起来,不论什么地方,不论人或牲畜,在猛烈冲击的骤雨下张皇恐惧的情状显然可见——唯有那儿长椅上面漆黑一团的那个人,却始终不曾动弹一下。我先前对您说过,这个人像是有着魔力,能用姿态动作将自己的每一情绪雕塑式地表露出来;可是现在,他在疾雨中安然不动,静静躺着全无感觉,世界上绝难有一座雕塑,能够这么令人震骇地表达出内心的绝望和完全的自弃,能够这么生动地表现死境;他显得疲惫已达极点,再也无力站起来走动几步躲向一处屋檐下了,自己究竟存在与否,在他也已是丝毫无足轻重。我只觉得,任何一位雕塑家,任何一位诗人,米开朗琪罗也罢,但丁也罢,也塑造不出人世间极度绝望、极度凄伤的形象,能像这个活生生的人这么惊心动魄深深感人,他听任雨水在身上浇洒流淌,自己已经力尽气竭,难再移动躲避了。

"我再也不能等待下去了,我也没有别的办法。我猛然纵身,冒着鞭阵一般的疾雨,跑过去推了一下长椅上那个湿淋淋的年轻人。'跟我来!'

我抓起了他的手臂。他那双眼睛非常吃力地向上瞪望着。好像有点什么在他身上渐渐苏醒,可是他还没有听懂我的话。'跟我来!'我又拉了一下那只湿淋淋的衣袖,这一次我几乎有点生气了。他缓缓地站了起来,摇摇晃晃,不知所措。'您要我上哪儿?'他问,我一时回答不出,我自己也不知道要带他上哪儿去,只是要他不再听任冷雨浇洒,不再这样昏迷不醒地坐在那儿深陷绝望自寻死路。我紧紧抓着他的手臂,拉着这个完全心无所属的人往前走,将他带到茶亭边,这般雨横风狂,一角飞檐风还能多少替他遮挡一些。下一步该怎么办,我一点儿也不知道,我没有任何打算。我所要做的只是将这个人领进一个没有雨水的地方,拉到一处屋檐下,以后的事我根本不曾考虑。

"我们两人就这么并肩站在一个狭窄的干处,背靠着锁着的茶亭的门墙,头上只有极少的一片檐角,没休没歇的急雨不时偷袭进来,阵阵狂风吹来冰凉的雨水,扫击着我们的衣衫和头脸。这种境况无法久耐。我不能老是那么站着,陪着一个水淋淋的陌生人。可是另一方面,我既已将他强拉过去,又不能什么话也不说就将他一人撇在那儿。真得要设法改变一下这种情况才好;我慢慢儿强制着自己,要清醒地思索一下。我当时想到,最好是雇一辆马车让他坐着回家,然后我自己也转回家去,到了明天他会知道怎样挽救自己的。于是,我问身旁这个呆呆凝视着夜空的人:'您住在哪儿?'

"'我没有住处……我今天下午才从尼查来到这儿……要上我那儿去是办不到的。'

"最后这句话我没有立刻了解。后来我才明白,这个人竟将我看作……看作一个妓女了。每天晚上,总有成群的女人在赌馆附近流连逡巡,希望能从走运的赌徒或醉醺醺的酒客身上发点利市,我竟被看作是这样的女人了。归根结底,他又怎能有别的想法呢?我自己也只是到了现在,当我讲给您听的时候,才体会到我当时的行径完全教人无法相信,简直是荒唐怪诞。我将他从椅上拖了起来,拉着他一同走,全不像是高尚女人应有的举动,那又教他怎能对我有别的想法呢?可是,我没有立刻意识到这些。只在过了一会儿以后,直到已经太迟了,我才发觉这个骇人的误会,我才了解他将我看作了什么样的人。因为,如果我当时早一些理解到这一点,绝不至于接着又说出一句越发加深他的错误想法的话来。我说:'找一处旅馆要一个房间吧。您不能老待在这儿。必须马上找个地方安歇

才好.'

"立刻,我突然明白了他这种叫我痛心的误会,因为,他并不转过身来向着我,只用一种颇含讥讽的语调表示拒绝道:'不用了,我不需要房间,什么都不需要。你别找麻烦啦,从我这儿什么也弄不到手的。你找错了人,我已经身无分文了.'

"他说话时还是那样令人惊恐,还是那样心灰意冷令人震骇;这么一个心志精力俱已枯竭的人,遍身湿透,昏昏沉沉地靠着墙站在那儿,直教我震恐不已,全然无暇顾及自己所受到的那点虽然轻微却很难堪的侮辱。我这时唯一的感觉,还和我看见他蹒跚着走出赌厅那一霎时,以及在恍同幻境的这一小时里的感觉一样:这个人,一个年轻的、还活着的、还有呼吸的人,正站在死亡的边缘上,我一定要挽救他。我挨近了他的身旁。

"'不用愁没钱,您跟我来吧!您不能老站在这儿,我会替您找个安顿的地方。什么全不用犯愁,只管跟我走吧!'

"他扭过头来了。四周雨声沉闷,檐溜里水势滔滔,这时我才见到,他在黑暗中第一次尽力想要看清我的面貌。他的全身也仿佛渐渐从昏迷中醒过来了。

"'好吧,就依着你,'他表示让步了,'在我什么全都一样……究竟,那会有什么不一样呢?走吧.'我撑开了伞,他靠近我,挽起了我的手臂。这种突然表现的亲昵使我很不舒服,简直令我惊惧,我心里感到害怕了。可是,我没有勇气阻止他;因为,如果这时我推开了他,他会立刻掉进深渊,我所一直企求的就会全部落空。我们朝着赌馆那边走了几步。这时我才想起来,我还不知道怎样安顿他。我很快地考虑了一下,最好的办法是领着他找到一处旅店,然后塞给他一点钱,让他能在那儿过夜,明天早上能够搭车回家,此外我就没再想到什么了。正有几辆马车在赌馆门前匆匆驶过,我叫来一辆,我们坐进了车里。赶车的询问地址,我一点也不知道怎样回答。可是我忽然想到,带着这么个浑身水淋淋的人,高级旅馆是不会接待的。——而且另一方面,我确是一个未经世事的女人,全没想到会引起什么不好的猜疑,于是我对赶车的叫道:'随便找一处普通的旅馆!'

"赶车的漫不经意地冒着大雨赶动了马匹。我身旁那位陌生人一直默不作声,车轮轧轧滚动,雨势猛急,车窗玻璃被扫击得噼啪有声。我坐在漆黑的、棺材形的车厢里心绪万分低沉,仿佛陪送着一具死尸。我极力思索,想要找出一句话来,改变一下这种共坐不语的离奇可怖的局面,结果竟想不出有什么话好说。过了几分钟,马车停住了。我先下车付了车费,那位陌生人恍恍惚惚地跟着走下,关上了车门。我们这时站在一处从没到过的小旅店门前,门上有一个玻璃拱檐,小小一片檐盖替我们挡着雨水,四处单调的雨声使人厌烦,雨丝纷披搅碎了一望无尽的黑夜。

"那个陌生人全身沉重难以支持,他不由自主地靠向墙壁,他的湿透的帽子和皱缩的衣衫还在淋淋漓漓滴落雨水。他站在那儿,像个刚被人从河里救上岸来、还没有完全恢复知觉的醉汉,墙上他所倚靠的那片地方,水流如注,渍痕明显。可是,他不曾微微使出一点力气摇抖一次衣衫、甩动一下帽子,却让水滴不停地顺着前额和脸颊向下流淌。他站在那儿对一切全不理会,我没有办法向您说明,这种心灭形毁的情状多么使我震动。

"这时,我必须做点什么了。我从衣袋里掏出了钱:'这是一百法郎,'我说,'您拿去吧,去要一个房间,明天早晨搭车回尼查。'

"他吃惊地抬起头来望着我。

"'我在赌馆里看到了您的情形,'我见他有些迟疑,便催促着他说,'我知道您已经输得精光,我担心您会走上绝路做出蠢事。接受别人的援助不算失了体面……拿去吧!'

"然而,他却推开了我的手,我没料到他竟有这样的力气。'你这人心地很好,'他说,'可是,别白白糟蹋你的钱吧。我已经是没法援助的了。这一夜我睡觉也好,不睡也好,完全无关紧要。明天早上反正一切都完了。对我是援助不了的。'

"'不,您一定得拿着,'我逼着他说,'明天您就会有不同的想法。现在先到里面去吧,好好儿睡一觉就会忘掉一切,白天里一切自会另是一种面貌。'

"我再一次将钱递了过去,他仍旧推开了我的手,推得很猛。'算了吧,'他又低沉地重复道,'那是毫无意义的。我最好还是死在外面,免得给人家的屋子染上血污。一百法郎救不了我,就是一千法郎也没有用。哪怕身边只剩几个法郎,天一亮我又会走进赌场,不到全部输光不会歇手的。何必从头再来一回呢,我已经受够了。'

"您一定估量不出,那个低沉的声音多么深刻地刺进了我的灵魂;可是,您自己设想一下:离您面前不过两英寸远,站着一个年轻、俊秀、还有生命、还有呼吸的人,您心里明白,如果不用尽全力牢牢拉住他,两小时以内这个能思想、会说话、有气息的青年就会变成一堆尸骸。而想要战胜他的毫无理智的抗拒,当时在我无异一阵狂乱、一场忿怒。我抓住了他的手臂:'别再说这些傻话!您现在一定要进去,给自己要一个房间,明天早晨我来送您上车站。您必须离开这个地方,明天必须搭车回家,我不看着您拿着车票跨进火车决不罢休。不论是谁,年纪轻轻的,绝不能因为输掉一两百或一千法郎,就要抛弃自己的生命。那是懦弱,是气愤懊丧之下一时糊涂发疯。明天您会觉得我说的没有错!'

"'明天!'他着重地重复着说,声调奇特,凄恻而带嘲讽。'明天!您能知道明天我在哪儿才好哩!如要我自己也能知道,我倒是真有点愿意知道。不,你回家去吧,我的宝贝,不用枉费心机了,不用糟蹋你的钱了。'

"我却不肯退让。我像是发了疯病。我使劲地抓着他的手,把钞票硬塞在他的手里。'您拿着钱马上进去!'我十分坚决地走过去拉了一下门铃。'您瞧,我已经拉过了铃,管门的马上就要来了,您进去吧,立刻上床睡觉。明天早上九点钟我在门外等您,带您去车站。一切事您都不用担心,我自会做好必要的安排,让您能回到家里。可是现在,快上床去吧,好好地睡一觉,什么也别再想了!'

"就在这时,里面发出门锁开动的响声,管门的拉开了大门。

"'进来!'他突然说道,声音粗暴、坚决而有恨意,我忽然觉得,他的钢铁一般的手指牢牢攥住了我的手。我猛吃一惊……我惊骇无比,我全身瘫软,我像受了电击,我毫无知觉了……我想抵抗,我要逃脱……可是,我的意志麻痹了……我……您能了解……我……我羞愧极了:管门的站在一旁等得不耐烦,我却在跟一个陌生的人揪扯挣扎。于是……于是,我一下子进到旅馆里面去了;我想要说话,可是,喉咙里堵塞了……他的手沉重地、强迫地压在我的手腕上……我懵懵懂懂地感到,我已不自觉地被那只手拉着走上了楼梯……一个门锁响了一声……

"就这样突如其来,我竟跟这个不认识的人独在一处,在一个不认识的房间里,在一处旅店里,旅店的名字我到今天还不知道。"

C太太讲到这儿又停住了,她蓦地站起身,像是忽然喑哑了。她走向窗口,默默不语地望着外面过了几分钟,也许,她并没有看外面,只是把额头放在冰凉的玻璃上贴了一会儿——我没有勇气仔细注意她,因为,注意观察一位老太太的激动情状,会使我感到痛苦。因此我只静静地坐着,不发问,不出声,一直等到她轻轻地重新走回来,又在我的对面坐下。

"好啦——最难叙述的已经叙述过了。我希望您能相信我,我现在还要再一次向您保证:直到最后一秒钟,我脑子里丝毫不曾想到,会跟这个不认识的人发生什么……什么关系,我可以用一切在我是神圣的东西——用我的名誉和我的孩子来发誓,我的确不曾有过任何清醒的意愿,完全没有一点意识,就那么突如其来地,像是在平坦的人生路途上失足跌进地窟,一下子陷入了那样的境地。我在心上立过誓,要对您、也对自己诚实不欺,因此我要向您再说一遍:我落进了这场悲剧性的冒险,仅仅由于一种差不多是急切过度的、想要救人的心意,不带任何别的个人情感,因而没存着半点私念,也不曾有过什么预感。

"那天晚上那间屋子里发生的事,请您容许我不讲了吧;我自己从不曾忘掉过那一夜的每一秒钟,以后也不会忘却。因为,那一夜我是在跟一个人搏斗,要想挽救他的生命;因为,我再说一遍,那是一场生死攸关的斗争。我身上每根神经都有感觉,万分确切地觉察到:这个陌生的人,这个一半已经沉沦的人,像是在绝命的一刹那忽然惧怕死亡,露出了无尽的渴念和激情,要抓牢最后一点希望。他像一个发现自己已经濒临深渊的人,紧紧攀住了我。我却奋不顾身,拿出全部力量来挽救他,我献出了自己所有的一切。像这样的一小时,一个人大概一生只能经历一回,而且,千百万人里面大概只有一个人能够经历到——拿我来说,如果没有这一次可怕的意外遭遇,也绝难料到人生会有这种经历。一个已经自弃了的人,一个已经沉沦了的人,竟会多么热切如焚地、多么苦痛绝望地露出渴念——何等放纵不羁的渴念,要再吮啜一回生命,想吸干每一滴鲜红的热血!如果不是亲身经历,我在今天,与所有生活里的邪魔力量疏远了二十多年,绝难体会大自然的豪壮和瑰奇,它常常能够瞬间千聚万汇,使冷和热、生和死、昂奋和绝望一齐同时奔临。那一夜是那样地充满了斗争和辩解,充满了激情、忿怒和憎恨,充满了混合着誓言与癫狂的热泪,我只觉得像是过了一千年。我们这两个扭在一处一同滚下深渊的人,一个濒死疯狂,一个突逢意外,冲出这场致命的纷乱以后都变成了另外的人,与最初迥然不同,感觉两样,心情也两样了。

"可是,我不想再谈这些了。我描绘不出,也不愿描绘。只是第二天早上我醒来时万分可怕的那一分钟,一定得向您说说。我从向来不曾有过的沉睡中、从最深沉的黑夜中醒过来了。我竭力睁眼,很久才能睁开,我第一眼见到的是一片从没见过的屋顶,慢慢放眼四顾,见到一个完全陌生、从没见过、十分可厌的房间,我一点也不知道自己怎样进来的。我马上对自己说,这是梦,梦境鲜明清晰,是因为我昏睡方醒迷离失神罢了——然而,窗外曙色鲜明,阳光亮得刺眼,楼下传来满街隆隆不绝的马车声,丁当乱响的电车声、喧嚣嘈杂的人语声,我这时才知道并非在梦中,而是完全清醒着。我不由自主地抬起身来,想弄清楚这一切,突然……我刚一侧望身旁……我立刻看见——我永远无法向您形容当时我的惊骇——一个不认识的人,挨近我睡在宽大的床铺上……可是,我不认识他,我不认识他,我不认识他,一个半裸的、从没见过的人……

"不,这种惊骇,我知道,是描绘不出的:它猛然落到我的头上,万分可怕,我顿时全身无力倒了下去。可是,我并没有真正晕厥,并没有完全神志不清,正相反:一切像闪电一般迅速地来到我的意识里,而又觉得极不可解。我心里只有一个愿望:立刻死去——忽然发现自己跟一个毫不相识的人睡在一张从没见过的床上,那地方也许还是一处非常可疑的下等旅店,我不禁羞愧至极。到现在我还清清楚楚地记得:我的心脏停止了跳动,我极力屏住气息,仿佛这样就能窒灭自己的生命,首先是能窒灭我的意识,那种清晰而骇人的、知道一切却又什么全不了解的意识。

"我就这样四肢冰凉地躺在那儿,我永远无法知道躺了多久,棺材里的死人准是那样僵直地躺着的,我只知道,我曾经紧闭两眼祈祷上帝,祈祷某种上天的神力,唯愿所见非真,盼望一切全是虚幻。然而,我的感觉分外敏锐,不再容许我欺骗自己了,隔壁房间里有人在谈话,有水管在放水,外边走廊里有脚步在来回走动,这些我都听见了,每一种声音都确切地毫不留情地证明我的感觉完全清醒,这太可怕了。

"这种可怕的境况究竟延续了多久,我没法说明:这不是日常生活里那种均衡平稳的时间,每一秒钟都和普通的标准不同。可是,我心上忽然有了一个新的惶恐,一个急迫的、可怖的惶恐:我还不知道他的姓名的这个陌生人,可能马上就要醒来,醒来以后还要跟我说话。我立刻意识到自己只有一条路:趁他未醒赶快逃走。不能让他再看见我,不能再跟他交谈。及时地拯救自己,赶快,赶快走掉,回到自己的不管什么样的生活里去,回到我的旅馆里去,然后立刻搭车,离开这个万恶的地方,离开这个国土,永远不再遇到他,永远不再见到他,不让谁能作见证,不让谁能指摘我,不使任何人知道这一切。这个念头促使我脱离了四肢无力的状态,我小心翼翼,像小偷似的慢慢挪动身体(免得弄出响声)溜下床来,悄悄摸索着我的衣裳。我非常小心地开始穿着,每一秒钟都在颤抖,唯恐他会醒过来。我穿着完毕,我达到了目的。还剩下我的帽子,它被扔在另一边的床脚前面,我踮着脚轻轻走过去拾取它——就在这一秒钟,我实在禁不住自己:我一定要向这个陌生人的脸上再瞥一眼,他对于我原像是天外飞来的陨石,闯进了我的生命。我只想再瞥一眼,可是……太奇怪了,这个躺着不动酣睡沉沉的陌生的年轻人,在我看来确实陌生:我那一眼所瞥到的竟不是昨天那张脸了。所有那些因为热欲充盈而抽搐亢奋、情绪激烈得不顾性命的紧张神色,全部一扫而光了——这儿现在是另外一副面貌,完全像个孩子,完全像个婴儿,纯洁舒畅光灿夺目。昨天咬住牙狠狠紧闭的嘴唇,这时在睡梦里线条非常温柔,微微张成半圆,仿佛满含笑意;淡金色的鬈发覆盖着皱痕全消的前额,匀静的呼吸缓缓缓落,轻轻的波纹漾遍了宁睡着的全身。

"您也许还记得,我先前向您说过:我从来不曾在赌台上观察到一个人,会像这个陌生人那样强烈地、用一种强烈过分而形同犯罪的方式,表现出欲念和激情吧。现在我要向您说:我从来没有见过,甚至在婴儿身上也没见过这样的睡态。襁褓中的婴儿舒爽自然,有时候会散发出天使般的明辉,但还比不上他这时的圣洁,这真正是无上幸福的酣睡。在这张脸上,恰像是有着绝妙的雕塑技巧,全部情绪充分呈现,表达出内心重压解除无奈的那种天堂福祉一般的舒坦、惬适、得救。一见到这种惊人的异象,我心上的全部惶恐、全部厌恶马上滑落,仿佛卸掉了一袭沉重的黑罩衫——我不再感到羞愧了,不,我几乎感到快乐了。那点可怕的什么,那点不可理解的什么,立刻对我显出意义来了,我脑子里有了一个想法:这个年轻、柔媚而俊美的人,现在竟像一朵鲜花,舒放而恬静地躺在这儿,如果不是由于我的牺牲,他一定会跌得粉碎,染遍了污血,弄得面目不可辨认,气息断绝,眼珠迸裂,被人在随便哪一处悬崖边上发现。是我挽救了他,他已经被我挽救了——我有了这样的想法不禁欣欣自喜,不禁骄傲起来了。而现在,我用一双——我不能换一个说法——母亲的眼睛凝望着这个熟睡的人,他是从我的身上重新获得生命的,我经受了无边的痛苦,正像是自己生育了一个孩子。在这间污浊的屋子里,在这个可厌的、不洁的、偶然来到的旅店里,我忽然得到一个——我说出来您会更觉得可笑的——置身教堂的感觉,奇迹降临、圣灵荫庇的福乐感觉。我整个一生中最可怕的那一秒钟,现在忽然成长,变成了另一个一秒钟,极可惊异、极有力量,又是无限的亲切。

"也许是我的动作有了声响,也许是我情不自禁说了一句什么话,这些我都无法知道,反正那个熟睡的人突然睁开了眼。我猛吃一惊连连后退。他十分诧异地四面环顾——恰像我起床时一样,他现在也仿佛是在竭力挣扎,正从无尽的深处和昏乱的迷离中慢慢漂浮上来。他的目光非常吃力地巡扫着这间陌生的、从没见过的屋子,然后十分惊奇地落在我的身上。可是,不等他开口说话,不等他能有回忆,我已经心神安宁了。不能让他说话,不能让他发问,不能让他表示亲昵,昨天以及昨天晚上的事不应该再有,也用不着解释,用不着谈起了。

"'我现在必须马上离开,'我急忙告诉他说,'您仍旧留在这儿,赶快穿好衣裳。十二点我在赌馆门前等您,那时再替您安排其他的一切。'

"趁着他还来不及回答,我立刻逃了出来,不愿意再看见那间屋子。我头也不回地跑着离开了旅店,旅店的名字我也毫无所知,就像我对于和自己同在那儿过了一夜的陌生男人一样。"

C太太停下来略略缓了缓气。可是,从这时开始,所有的紧张和痛苦都从她的声音里消失了,像一辆马车,费尽艰辛爬上山坡,到达了山顶便轻捷如飞地疾驶而下,她现在就这么如释重负地往下叙说着:

"就这样,我急急忙忙赶回自己所住的旅馆,大街上晨光灿烂,隔夜的风暴扫净了整个天空,我也像是心胸受了洗涤,悲情愁绪了无踪影。因为,您不要忘了,我先前对您说过:自从丈夫去世,我早已将自己的生命看得无足轻重了。我的孩子们不需要我,我自己也无从排遣余生,活着而没有什么固定的目的,整个生命自然毫无意义。现在居然竟想不到,第一次有桩任务落到我的身上:我挽救了一个人,我用尽全力将他从毁灭的道路上拉回来了。只需要再克服一点小小的困难,这个任务就一定能全部完成。就这样,当我跑回自己的旅馆,看门的发现我清晨九点才转回来,便用诧异的眼色打量着我,而我却全不在意——对于昨天的事,我心上不再受到羞愧和懊丧的压抑了,只觉得突然精神振奋,乐生之愿重又复活,意外地有了一个此生不虚的新鲜感觉,使得我全身脉管热血充盈。回到了自己的房间里,我匆匆换装,不自觉地(后来我才注意到)除掉身上的丧服,改穿了一件较为鲜艳的外衣。我上银行里去取了钱,又急急赶到火车站,探明了火车开行的时间,另外——我行动果决,连自己也有些惊讶——我还办了几桩别的事,赴了一两处约会。然后,我没有其他该做的事了,只等着将命运扔给我的那个人送上火车,完成援救他的心愿。

"真的,现在再去跟他见面,那是需要勇气的。昨天的一切全在黑夜之中,是在猛旋的涡流里发生的,就像一股激流冲下两块岩石,骤然撞击在一处;我们本是对面不相识的人,我绝不相信,那个陌生人再见到我还会认出我来。昨天——那是一场意外,一阵迷醉,是两个头脑昏乱的人一时入魔,可是今天,却非要向他露出自己的真面目不可了,因为现在是在残酷无情的白天里,我是一个无法藏头隐身的凡人,只能这样前去见他。

"不过,实际上倒还不是我所想的那么困难。到了约定的时间,我刚来到赌馆门前,就见一个年轻人,从一张长凳上一跃而起,急急向我走来。他那种喜出望外的神情,他的每一个胜过语言的动作,都表现得十分自然、十分稚气、十分天真;他简直是飞奔而来,眼里射出快乐的、透露着感谢的光芒,同时显得非常诚敬,然而,一看到我与他相反,在他面前很是局促,他立刻谦卑地低下眼来。在一般人身上,感谢的心意原是很难看出来的,而且,越是心怀感谢往往越是找不到表达的方式,总是怅惘慌乱、沉默不语,总是感到羞愧,常常假充坚强掩饰着真实的心情。可是这儿这个人,仿佛上帝要在他身上显示自己是神秘莫测的雕刻家,一举一动无不宣泄情感,表现得意义丰富、极其美妙、极有雕塑意味,竟连表达感谢的姿态也是辉煌无比,似有满腔热情从身体内部涌迸散发,光彩照人。他弯下腰来吻我的手,恭顺地低下了轮廓清秀的孩子式的头,非常虔敬地俯垂了一分钟,可是只接触到我的手指,然后,他先退回一步,接着向我问好,极为动人地凝望着我,他的话字字说得庄重得体,我最后的一点局促不安也消失无踪了。四周景物全像着了魔法,霎时间光灿鲜明,镜子一般地映衬出我当时的开朗心情:昨晚还是怒涛汹涌的大海,这时万分平静、异常清澄,微波荡漾的水面下粒粒圆石闪闪发光,向我们炫射着光辉;罪恶渊薮的赌馆在净如缎面的天空下黝亮爽洁;昨晚一阵狂雨逼得我们避身檐下的那座茶亭,现在门窗尽启,变成了一间鲜花店:摆满了白色的、红色的和其他色彩的大花小花,卖花的是一位衣衫美丽得像着了火似的年轻姑娘。

"我邀请他到一家小餐馆去进午餐,这位陌生的年轻人在餐馆里将他自己悲剧性的冒险生活讲给我听了。当初我在绿呢赌台上一见到他那双瑟缩战栗的手,就曾经有过一个揣想,他的叙述完全证实我揣测得不错。他出生于一个奥国籍波兰贵族家庭,一直在维也纳求学,准备将来进外交界服务。一个月前,他参加了初考,成绩非常优异。为了庆祝这场胜利,他的一位在参谋部当高级军官的叔父(他在维也纳时寄居在叔父家里)想要对他表示奖励,带着他乘坐一辆大马车,一同去到市郊游乐区赛马场观光了一次。叔父赌运亨通,接连赢了三回,于是,他们拿着一大叠赚来的钞票,到一家豪华餐馆去吃喝了一通。第二天,这位未来的外交家收到父亲汇来的一笔钱,数目超过了他平时的月费,这也是为了奖励他的考试胜利。要是在两天前,这笔款子在他眼里倒还相当可观,可是现在,见识过白手发财的便捷门路,只觉得它微不足道了。因此,吃罢饭他立刻去到赛马场,热烈兴奋地狂赌了一阵,居然鸿运当头——或者更该说是晦星照命——赛完了最后一场他离开那儿时,手里的钱增多了三倍。从此以后他大得其乐,时而赛马场,时而咖啡馆,时而俱乐部,将自己的时间、学业,尤其还有金钱,尽量虚掷了。他脑子里再也不能思索什么,夜里再也不能安眠,对于自己更是丝毫控制不了。有天晚上,他在俱乐部里输得精光转回家来,正要脱衣上床,忽然发现背心衣袋里还有一张忘记了的钞票,已经揉成一团了。他控制不住自己,马上穿起衣服,跑到外边东游西逛,最后在一处咖啡馆里找到几个玩骨牌的人,就坐下来一直赌到天亮。他的一位出嫁了的姐姐帮过他一回忙,替他偿还了高利贷商人的债款,人家因为他是贵族世家的继承人,十分乐意借钱给他。有一阵子他又交了赌运,可是后来手气越变越坏,而他越是输得厉害,却越是急于希望大赢一回,好清偿许多无法弥补的赌债和一再拖延的借款。他的表、他的衣裳,早已当光了,最后发生了一件骇人听闻的事:他从叔父家橱柜里偷取了年老的婶母不常戴用的两枚胸针。他当掉了一枚,得了很大一笔钱,当天晚上赌了一场,赢四倍。可是他没去赎回胸针,却拿所有的钱又到赌场里去输得干干净净。直到他离开维也纳前一小时,偷窃饰物的事还没有被发觉,他于是当掉第二枚胸针便马上逃走,临时灵机一动,搭上火车来到蒙特卡罗,梦想着能在轮盘赌上发大财,来到这儿以后,他将自己的皮箱、衣服、阳伞统统卖去,身边只剩装有四发子弹的一支手枪,还有一个嵌宝石的小十字架,那是他的教母X侯爵夫人送给他的礼物,他舍不得卖给别人。可是昨天下午,他终于卖掉了这个小十字架,得了五十法郎,只是为了晚上能够再赌一回,他经受不住那种得心应手之乐的引诱,决意不顾死活再去试试运气。

"他在向我叙述的时候,还是那么神态曼妙,令人着迷,他那种天赋的优美身姿还是那么生动。我听得十分出神，却一点儿也不生气，一刻也没想到同我坐在一处的这个人原来是贼。我是一个终生操行无亏的女人，与人交往一向重视合于习俗的身份人品，在这方面要求得最是严格，如果前一天有人告诉我，说我会跟一个从来不认识的年轻人，一个比我的儿子大不了多少，而且偷窃过珠宝胸饰的人，非常亲密地共坐一处，我一定认为说这话的人神经失常。可是，听着他叙述一切，我不曾有片刻感到些微惊骇，他说得那么自然，那么富于激情，直教人觉得他所描述的是一场热病，不是什么令人愤恨的事。而且，谁要是像我那样，前夜亲身经历过那类狂风骤雨一般的意外遭遇，就会觉得'不可能'这个词忽然失去了意义。在那十个小时里，我对于现实获得了无限多的认识，远超过在那以前四十多年中产阶级的生活体验。

"不过，在他表示忏悔的娓娓自述时，还是有一点另外的什么，使我心上悚动，那就是他眼里似有高热的熠熠闪光，一谈到赌钱他就目光炯炯，脸上所有的神经像触电似的不住抽搐。讲到那儿他自己似乎还像当时一样激动不已，他的雕塑式的脸上重新现出种种紧张情状，忽而狂喜，忽而苦恼，清晰得极为惊人。他的两只手，那两只奇妙、修窄、敏感的手，不由自主地开始动作，跟它们在赌台上一般无二，又是那么猛如凶兽，又是那么迫不及待变化多端。我看到，他嘴里说着话，两只手的关节突然战栗不已，手指用力弯曲紧紧握拢，接着蓦地一弹一齐张开，后来又重新彼此扭缠起来了。当他讲到偷取胸针时，两只手像闪电一般突然伸出（我不由得打了一个寒噤），做了个飞快的窃取姿势：手指怎样匆忙地攫住那件饰物，又怎样急急地将它紧握掌中，我都立刻了如亲见。我感到一种不可名状的震惊，看出这个人全身血液没有一滴不曾受到他自己的激情的毒害。

"他的叙述使我感到震动惊骇的仅仅只有这一点，我所万分震骇的是：这么一个年轻、爽朗、本性纯洁、不识忧患的人，竟这么可怜地屈从于一股迷误昏乱的热情。因此，我认为自己首要的责任在于恳切规劝我的这位不期而遇的被保护人，我告诉他必须马上离开蒙特卡罗，这地方的诱惑危险透顶，必须在今天，趁着丢失胸针的事还没被发觉，趁着自己的前途还不曾永远断送，立刻转回家去。我答应供给他回家的旅费和赎取那两件饰物所需要的钱，只有一个条件：他今天就动身，并且向我起誓，以后不再接触一张纸牌，也不再从事别的赌博。

"我永远忘不了,当我答应帮助他时,这个误入迷途的陌生人怀着怎样一种最初十分沮丧、随后渐渐开朗的感激之情听着我说话,他像是在一字一字地吞饮着我的话。突然,他将两手隔着桌面伸过来,用一种使人难以遗忘的姿势捉住了我的手,就像膜拜神灵默许宏愿一样。他那双莹亮而略显慌乱的眼睛里噙着泪珠,他感到幸运而内心激动得全身发抖了。我已经尝试过不知多少回,想向您形容他的身姿体态所具有的世间唯一的表情本领,可是,他这时的情态却不是我所能描述的,因为,它所表露的是一种超逸凡俗的极乐至福,平常在一个常人的脸上我们不易见到,只有当我们梦中醒来,依稀记着有一个隐隐消逝的天使面容,那一团白影还差可比拟。

"何必隐瞒呢,我那时看着他确实心神荡漾了。领受感谢是幸福喜悦,这般透彻的情意更是少见,柔腻的真情原是一种福惠,对于我这个素来拘谨冷漠的人,如此洋溢的真情实在是一种有益身心的新鲜感受。在那当儿,自然景物也随着这个曾受摧残的人,经过隔夜一场暴雨蓦然复苏了。我们走出餐馆,满眼是灿烂辉煌,平静安谧的大海一片碧蓝连接天际,高空之中另是一派蔚蓝,仅有几只轻鸥往来翔掠,点缀出些许白影。里维耶拉一带的自然风貌您当然十分熟悉。这儿的美景永远动人,却又像画片似的平旷,无尽的彩色舒徐有致地缓缓映入眼中,呈现出一种似已入睡的慵怠之美,意态漠然,永远柔顺,极像东方美人。有时候,虽说极难遇见,但仍会出现,这位美人忽然睡醒,忽然振衣而起,忽然艳丽绚烂,奇彩交迸如火星,似在向人放声召唤。忽然繁花吐艳,喜洋洋的五彩缤纷,忽然热焰腾腾,忽然炽情如焚。那一天也正是这样一个勃然振兴的日子,从风雨纵横的一夜混乱中脱然而出,所有的街道被冲洗得洁白璀璨,天宇碧蓝似靛,杂树青翠欲滴,万绿丛中百花争妍,星星点点如火如荼。四周的群山突然面目清新,在爽凉的空气中显得像是一齐从远地赶来,想要围得近些仔细窥探这座鲜亮光洁的小城。放眼四顾,只觉得大自然处处都在对人激励鼓舞,不由得使人心扉顿开。我立刻提议说:'我们雇一辆马车,沿着海边走走吧。'

"他高兴地点了点头,这个年轻人好像自从来到这儿,现在才第一次留意观赏风景。直到这时,他所见到的只是沉闷的赌场大厅,充满了蒸腾的汗气,挤满了庸俗可厌的人群,加上一个暴戾的、灰暗的、喧嚣的海面。可是现在,阳光如泻的海滩展现在我们面前,越望越使人目眩心畅。我们坐在缓缓前进的马车里(那时候还没有汽车),一路风光瑰丽,驶过许多别墅,浏览了一处处美景。每逢经过一处房舍,经过一座绿阴四覆的别墅,总有一个极为隐秘的愿望一再出现,不下百次:但愿能在这儿住下来,宁静、安谧、与世隔绝!

"我一生里还有什么时候比在那一小时更感到幸福呢?我不记得曾经有过。我身边坐着的这个年轻人。昨天他还在死神的掌握里听凭命运摆布,现在却在阳光倾照下容光焕发,更显得年轻了许多。他仿佛变成了一个孩子,一个陶醉在嬉戏中的美丽幼童,两眼兴高采烈,同时满含敬畏。最使我欣慰的无过于他那种敏感清醒的细腻柔情:车子驶上陡坡时马力不济,他立刻敏捷地跳下车去帮着推动。我提到一种花的名字,或者指了指路边一朵什么花,他就急忙跑去采摘。路上有一只小甲虫,昨夜在风雨下迷失途径,正在十分艰难地慢慢爬着,他将它捉起来,细心爱护地送往青草丛中,不让马车驶过时碾碎了它。他一边做着这些,一边还兴冲冲地讲着许多快乐而又文雅的趣事:我相信,这种欢乐对于他是一种解救,因为,他突然有了过多的快乐,使他那么高兴,那么迷醉,如果不尽情大笑,就只好放声高歌或纵身猛跳了,也许还会做出一些傻头傻脑的举动来。

"后来,我们慢慢驶上高坡,路过一处极小的村庄,半道里他忽然取下了头上的帽子。我很是惊讶:这儿谁也不认识他,他向什么人表示敬意呢?他听到我的疑问微微有点脸红,连忙向我解释,显出很抱歉的样子告诉我:我们正从一座教堂前面走过,在波兰也像在所有教规严格的天主教国家里一样,人们从小养成了习惯,遇到任何一座教堂或供奉神像的圣殿总要脱帽。对于宗教事物的这种美好的敬畏态度深深地感动了我,我记起了他对我说到过的那个小十字架,便问他是否真正信教。他微露羞赧地回答说,他希望能蒙受圣灵恩宠,这时候我突然有了一个念头,'停住!'我向车夫喊了一声,立刻匆匆跳下马车。他跟在后边十分诧异:'我们往哪儿去?'我仅仅回答道:'随我来!'

"我让他跟随着我,一同走向那座教堂。那是一所砖砌的乡村小圣殿,里面的四壁粉刷着石灰,晦暗阴森,前门敞开着,一股黄澄澄的阳光强劲地劈入昏暗,直射到一座小祭坛上,在地面投出一团青影。殿内烟气氤氲,朦胧中闪烁着两支神烛,像是罩在面纱里的两只眼睛。我们走了进去,他脱掉帽子,在净水缸里浸了浸手,画了个十字,然后屈膝跪下。他刚站立起身,我立刻拉住了他。'您上前边去,'我强迫他道,'跪在一个祭坛或一尊您所尊奉的神像前,照着我要教给您的话立一回誓。'他诧异地瞪着我,像是吃了一惊。可是,他很快地了解了我的话,立刻走到一座神龛前,画了个十字便柔顺地跪了下去。'照着我的话说吧,'我对他说道,自己心情激动得全身战栗,'照着我的话说:我立誓,'——'我立誓。'他重复道,我继续往下说:'我永远不再赌钱,从此戒绝一切赌博,我立誓不再把自己的生命和名誉,断送在这样的激情之下。'

"他颤抖着重复了我的话:清楚、嘹亮,空荡的殿堂里震着回响。随后静寂了片刻,殿外风过树梢,叶声簌簌,清晰可闻。突然,他像一个悔罪者那样扑倒在地上,用一种我从来没有听到过的狂热的声音念叨起来,急而且快,字句杂乱含混,说的是我所不懂的波兰语。想来他一定是在做着狂热的祈祷,一场感恩和悔恨的祈祷,因为,这种激动的忏悔使他一再低下头去,卑恭地碰击着经案,越来越昂奋地一再重复着那些外国话,表现出难以形容的激烈情绪,越来越热切。在那以前和自此以后,我从不曾在世界上任何一座教堂里听见过这样的祈祷。他祈祷时两手痉挛地紧抱着经案,同时仿佛心上掀起了一阵飓风,使得他全身震颤,不住地一会儿抬起头来,一会儿扑倒下去。他什么也不看,什么也没感觉到,像是整个儿置身在另一世界,像是在涤罪的净火里整个儿被焚化了,或者飞升到更高的天界里去了。最后,他慢慢儿站起身,画了个十字,疲倦地转过脸来。他的两膝还在颤抖,脸色苍白,像个筋疲力尽的人。可是,一看见我,他立刻两眼发亮,脸上浮起一副纯洁的、真正虔诚的微笑,疲惫的面容忽然变得光灿夺目了。他走到我的面前,深深地鞠了一个俄国式的躬,拿起了我的两手,十分崇敬地将自己的嘴唇印在上面:'是上帝派您来救我的。我向上帝谢过恩了。'我不知道说什么好。可是,我这时真希望,这间摆着许多矮凳的教堂里会突然琴声大作,响起一阵音乐,因为,我觉得自己所企求的已经全部实现了;我已经将这个人完全挽救过来了。

"我们走出教堂,又回到了辉煌灿烂倾泻不尽的五月天的阳光下面:世界在我眼里从未这般美丽。我们坐上马车继续游逛了两小时,翻越高坡缓缓前进,沿途风光旖旎,山回路转处处美不胜收。可是,我们不再谈话了。经过那么一场感情泛滥,语言似乎微弱无力了。而且,我每次偶然地和他的目光相遇,总不得不感到羞涩地避开了他:审视自己创制的奇迹会使我受到太强烈的震动。

"下午五点左右,我们回到了蒙特卡罗。那时候我必须去赴一处亲友的约会,要想设法推辞已是来不及了。而且,我自己内心里感到需要休息一会儿,舒散一下奔放得过于猛急的心情。我觉得,这种炽热的、狂欢的心境,一生里还从来不曾有过,一定要歇息一会儿安静下来。因此我请求我的这位被保护人,要他到我的旅馆里来一趟,只耽搁一小会儿。到了我的房间里以后,我准备将旅费和赎取胸针的钱拿出来交给他。我们说好了:我去赴约会,他去买车票;晚上七点我们在车站候车室里再见面,火车七点半离站,它将载着他穿过日内瓦平安抵家。当我拿出五张钞票正要递给他时,他突然嘴唇发白了:'不……不要钱……我求您,不要给我钱!'他咬紧了牙说,一边神经紧张地战栗着慢慢缩回了手指,'不要钱……不要钱……我不能看到钱。'他重说了一遍,仿佛满心厌恶,周身不宁。我设法减轻他的愧疚之情,我对他说:这笔钱只算是借给他的,如果他觉得不便接受,不妨写个借据给我。'好吧……好吧……写一个借据。'他避开我的眼睛喃喃地说,一边接过钞票,捏在手指间轻轻折拢,像是拿着什么粘腻污秽的东西,不看一眼便放进了衣袋,然后取过一张纸,在上面潦草地写了几个字。他写罢借据抬起眼来,额头上热汗涔涔,似乎他的身体里面有点什么在猛烈向上冲涌。他刚将那张纸条递给了我,忽然全身一震,蓦地一下——我不禁吃惊地后退了一步——跪倒在我的面前,捧着我的衣裾连连亲吻。这种姿态真是难以描述:它以一种非常强烈的力量震撼着我,我的整个身子马上颤抖起来了。我满心惊骇,十分惶惑,仅能喃喃地说:'您这么感激,我很感谢您。可是,请您现在就走吧!晚上七点在火车站候车室里见面,那时我们再作告别。'

"他凝望着我,神情激动,两眼润湿闪亮。有一霎我以为他还想说什么,有一霎他像是要走近我。可是,他突然深深地鞠了一个躬,立刻走出了屋子。"

C太太又停止了叙述。她立起身来走到窗口,伫立在那儿向外注视了很久;我望着她的剪影似的后背,看出她正在轻轻战栗摇晃。她猛一下转过身来,态度很是坚决,一直安静无事的两只手突然间用力地左右甩开,像是要撕裂一点儿什么。接着,她坚定地——几乎可以说是勇敢地——抬眼盯着我,重又开口了:

"我答应过您,要做到完全坦率。我此刻感到这一诺言很有必要。因为现在,我第一次迫使自己,要按照情节先后顺序描述那一天的全部经过,要找出明白清晰的语句,来说明当时那种纷杂紊乱的心情,今天我才清楚地得到了许多认识,是我当初所不知道的,也许,我当初只是不想知道罢了。因此我要十分坚决地向自己,也向您说出真实情况:当时,在那个年轻人走出屋子、剩下我独自一人的一秒钟里,我曾经——仿佛一阵晕厥沉沉地向我压来——感到心上受了一下猛击,有点什么使我悲痛欲绝了。可是,我的被保护人对于我无限尊敬,他的这种态度那时还使我怦然心动,怎么竟会忽然令我万分伤痛了,这却是我弄不明白的,——或许是我不愿意弄明白吧。

"可是现在,我迫使自己回溯往事,要坚决而又有层次地从内心里吐出一切,只当全是别人的事,要对您这位证人毫不隐瞒,不在您的面前因为感到羞愧而怯懦地有所避讳,这时我才明白:当初我万分伤痛,实在是出于失望⋯⋯我感到失望,因为⋯⋯因为那个年轻人竟那么驯顺地离开了我⋯⋯竟一次也不曾企图抓住我,要求留在我的身旁⋯⋯我所失望的是,我只说出了一个愿望,要他转回家去,而他竟卑顺敬畏地立刻依从了我,却不曾⋯⋯却不曾有过一次企图,将我拉近他的身边⋯⋯我所失望的是,他尊敬我,只是因为将我认作了忽然出现在他面前的一位圣者⋯⋯而没有⋯⋯而没有觉得我是一个女人。

"这些正是当时我所失望的⋯⋯这种失望,我当时和过后都不曾自己承认过,然而,一个女人的感觉是无所不知的,并不需要语言和意识。因为⋯⋯我现在用不着再欺骗自己了——如果那位年轻人当时抓住了我,当时恳求过我,我定会跟着他去天涯海角,我会听任自己和我的孩子们的姓氏蒙上羞辱⋯⋯我会不顾别人的非议和自己的理智,随着他一起逃走,就像那位跟一个刚认识了一天的年轻的法国人一同私奔的亨丽哀太太一样⋯⋯逃到哪儿去、一道生活多久,这些我都会一概不问,对于自己先前的生活,我绝不会稍稍回顾一下⋯⋯为了这个人,我会将我的钱、我的姓氏、我的财产、我的名誉全部牺牲⋯⋯我会甘心沿路乞讨,只要他领着我走,世界上好像没有一处卑下的角落是我所不愿去的。一般人所谓的廉耻和顾虑,我可以完全抛在一边,他只需说一句话,只需向我走近一步,只要他曾经企图抓牢我,我就会在那一秒钟里立刻将自己整个儿交给他。可是⋯⋯

我向您说过的……这个人当时如醉如痴地看着我,竟不再觉得我是个女人了……我那时多么狂热地倾向他,多么甘愿委身相从啊,而在我剩下孤身一人时,我才感觉到了,我那一股激情被他的辉煌无比的、天使一般的面容引导着正在高涨,却突然坠跌下来,落回空虚凄凉的心胸之中,在里面翻腾不已。我勉强振作精神,出去赴约会,加倍感到非我所愿。我只觉得头上箍着一顶既重且紧的钢盔,压得我左摇右晃了;当我终于走向另一处旅馆,到我那位亲戚的寓所里去时,我的思绪纷乱,正像我的脚步一样。我坐在那儿闷闷怏怏,听着别人谈得上劲,我一再地忽然吃惊,偶尔抬起眼来,见到的是一些呆板的面孔,它们比起那张像是高空行云变幻无穷、阴晴不定无限生动的脸来,全都像些纸糊的或僵冻的面孔。我仿佛坐在死人堆里,这一次亲友聚会竟这么可怕,了无生趣;当我一边舀着糖放进茶里,一边心不在焉地跟别人应答着时,那张唯一的脸不停地在我心上浮升,恰像是我心中的阵阵热血在推拥着它。观察那一张脸曾经成为我的无上欢乐,而现在——想想实在骇然!——再过一两个小时我就只能最后一次重见它了。我一定是不由自主地轻轻叹息了一声,或者发出了呻吟,因为,我丈夫的表姐突然俯下身来问我怎么了,是否很不舒适,说我脸色发白呼吸紧促了。她这么一问很是出乎我意外,马上使我毫不困难地找到一个借口,我急忙承认确是患了头痛病,请她允许我悄悄离开这儿,不让别人发觉。

"就这样,我得到了脱身之机,立刻不再迟延,匆匆赶回自己的旅馆。我走进屋子四顾,空虚凄凉的感觉重又袭上心头,我同时焦灼地感到只盼望再见到就要与我永别的那位年轻人。我在屋子里踱来踱去,枉费心力地打开橱柜,换了衣服和腰带,在镜子里仔细端详了一回,看看自己的装扮能不能引起他的注意。突然,我明白了自己的意愿:一切在所不惜,只要不失掉他!在那万分急遽的一秒钟里,我这个意愿立刻变成决心。我飞奔下楼找到管门的人,告诉他我要搭乘当晚的火车离开这儿。必须赶快准备:我打铃唤来使女,让她帮我收拾行李——时间确是很紧迫了。我们像上阵似的慌慌忙忙,将衣裳杂物胡乱塞进皮箱,这当儿,我暗自梦想着怎样给他一场惊喜:我将他送上火车,等到最后,等到只剩下最后一霎,当他伸出手来跟我握别时,我就出其不意地跳上车去,这一夜就和他同在一起,以后夜夜——只要他愿意,都和他同在一起。我想着这些不禁心跳血涌,感到一阵欢快兴奋的晕眩,好几次一边拿着衣裳扔进皮箱,一边失声大笑,弄得那位使女完全莫名其妙,我自己也觉得有些神经错乱了。脚夫进来搬取行李,我瞪眼望着,全不明白他在干什么:我心里激动得太厉害了,难以理解身外的一切。

"时间很紧迫,我估计已经是七点钟了,最多还剩二十分钟就要开车了。是的,我安慰自己说,我现在不是去送行,我已经下定决心,要陪着他一同走,不论多久多远,完全听凭于他。脚夫搬出了行李,我匆匆到账房结算账目。旅馆经理将钱找还给我,我正要转身离开,忽然有一只手在我肩上轻轻拍了一下。我受了一震。那是我的那位表姐,我刚才假称身体不爽,她放心不下,特意前来探望。我觉得眼前发黑了。我这时不需要她来看我,每一秒钟的耽搁都意味着无法弥补的损失,可是,又不得不顾及礼貌,至少得要站着跟她谈几句。'你必须躺在床上,'她劝我说,'你准是发热了。'倒也可能真是这样,因为,我的脉搏急促,两边太阳穴不住地跳动,像是擂鼓,一阵阵只感到眼前青影乱晃,仿佛就要晕倒。可是,我竭力撑持着表示感谢,实际上每一句话都使我焦灼如焚,她的关心来得不是时候,我真想一脚踢开她。这位不速之客偏偏恋恋不舍地一再纠缠,她掏出古龙香水,还硬要亲手替我抹揉太阳穴;我却在计算着每一分钟,急切地挂念着那个人,盘算着找个什么借口,好摆脱这种教人受罪的体贴。我越是焦急不安,却越是使她担心,到后来她差不多想要将我拖进屋子逼上床去了。忽然——她还在左说右劝——我望了一眼前厅里的挂钟:只差两分钟就到七点半了,而七点三十五分火车就要开走。马上,我像是无意人世了,狠狠地用手一推,快而且猛地甩开了我的表姐:'再见,我非走不可!'我毫不理会她当时的惊愕,对那些大为诧异的旅馆侍役也不看一眼,一口气冲出门外来到街上,径直赶往车站。脚夫还在车站外面守着行李等候,我远远望见他慌张地向我打着手势,便知道时间已经到了。我不顾命地奔向栅栏口,守栅栏的却不放我过去:我忘了买票。我竭力婉言央告,请求破例通融,不料,火车蠕蠕开动了;我全身哆嗦,隔着栅栏张望,只盼着还能从一个车窗口再见他一面,得到他的一瞥一视、一次挥手,可是,火车渐渐加快,我再也无法认出那张脸来了。一节节车厢飞驰而逝,一分钟后已经不见踪影,只留下冉冉浓烟,在我的一片昏黑的眼前缓缓升腾。

"我站在那儿大概已经全身僵化了,天知道站了多久,脚夫准是叫了几遍不见我答应,才大胆地碰了一下我的胳臂。我猛然惊醒。他问我要不要将行李运回旅馆。我想了一分钟,不,那是不行的,我走得那么仓促、那么可笑,不能够再回去了,我也不愿意重回到那儿去,永远不再回去。我这时真是万般孤寂满心烦乱,只好命令脚夫,要他将行李送到保管处暂时寄存。后来,在车站的大厅里,在阵阵喧嚣和往来不停的人群里,我才尽力思索,希望能清楚地考虑一番,找到一个解救的办法,脱出愤恨懊丧、苦痛失望的重压。因为——有什么不可承认的呢?——我那时自怨自艾,责怪自己失去了与他重聚的最后机会,这个想法像一柄灼热而锋利的尖刀,残酷地剜割着我的内心,我心上被剜割得那么凶猛炽烈,残酷的程度有增无减,令我伤痛至极直要高声号叫。只有从来不曾有过激情的人,才会在一生中可能出现的唯一瞬间,表现出这般雪山突崩、这般狂风乍起似的激情:多少年废置无用的生命力忽然倾泻出来,奔腾澎湃滚滚而下,一齐涌汇胸中。我从来,不论在这以前或以后,不曾像在这一秒钟里那样,感到万分惊愕满腔怨愤,茫然不知所措。我原已心坚意决,不惜鲁莽从事,准备将长久积聚的全部生命一次抛掷出去,却突然发现迎面堵着一道令人顿失知觉的墙壁,我被激情带着一头撞在上面。

"我下一步所做的事只能说是完全失去知觉以后的举动,不可能再有别的解释。那简直是发了痴,甚至是非常愚蠢,我几乎羞于叙述——可是,我对自己、对您曾经有过诺言,要做到无所隐瞒。我那时……重新开始寻找他……我寻索旧迹,想追回与他同处时的每一瞬间……我昨天与他一同逗留过的每一处所都在有力地吸引着我,我要去到临街的花园,看一看我将他从上面拖起来的那张长椅,我想去那初见他的赌馆,甚至也想上那个下等旅店去一次,只为了……只为了追怀往事。我还打算第二天早上雇一辆马车,沿着海岸再循旧路,重温一遍他的每一句话、他的每一个动作——我真是神志昏乱了,竟这么无聊、这么幼稚。可是,您试想想,那许多事在我全是突如其来,简直疾如电闪——我来不及再有别的感觉,只能像是猛受重击昏迷不醒了。而现在却又过于急遽地从昏迷中觉醒过来,我记忆犹新,还想一一重新追溯,再领略一遍正在消逝的新奇感受。我们称之为记忆的东西真是一种富有魔力的自我欺骗——的确,一切就是这么一回事,不管我们是否理解。要想懂得其中的奥妙,也许必须有一颗燃烧的心吧。

"就这样,我首先去赌馆,想看看他在那儿坐过的那张赌台,在许多只手里面想象出他的一双手来。我走了进去,我还记得,我第一次看到他,是在第二间屋子里靠左边的赌台旁。他的神态身影如在我的眼前,种种姿势历历可辨:我可以像个梦游人,闭着眼伸着手摸索到他所待过的地方。我就这样走了进去,一径穿过大厅。正在这时……当我从门口朝着纷乱的人群投了一瞥时……我眼前出现了一件奇事……恰在我梦想着他所在的位置上,忽然见到——简直是发热病时的幻影一般!……坐在那儿的真是他……真是他……真是他……正是我刚才梦想着的模样……正是前一天的那般模样,两眼牢牢盯着转轮里的圆球,脸色亢奋苍白……是他……是他……明明是他……

"我惊骇无比,简直要叫出声来。可是,眼前的景象太不可思议了,我极力镇定,赶紧闭上眼睛。'你神经错乱了……你做梦了……你发热了,'我对自己连连说道,'这是不可能的,你见着了幻影……半小时以前他已经离开这儿了。'后来,我又睁开眼睛。可是,太可怕了,还像刚才一样,他坐在那儿,明明是他……在千百万只手里我也能认出他的手……不,我没有做梦,确实是他。他并没有实践自己的誓言,还不曾离开这儿,这个疯狂了的人又坐上赌台,他又有了钱,我拿给他叫他回家的钱,他又陷入这种激情完全忘掉自己了,又来大赌特赌了,而我还在痛苦绝望地整个心儿飞向他。

"我猛地一下冲上前去,一阵愤恨使我两眼模糊,我愤恨得眼睛发红了,这个背弃誓言的人这么无耻地欺骗了我,将我的信赖、我的情意、我的牺牲全都抛在脑后,我真想扼杀他。然而,我还是克制着自己。我强迫自己放慢脚步,(我费了多么大的劲啊!)走近赌台站在他的对面,一位先生有礼貌地给我让了一个座位。我们两人之间隔着两米宽的绿呢台面,我像是坐在剧院楼ル里观剧一样,能够看清他的脸,正是这张脸,两小时前我曾见它光彩四射满含感激之意,闪耀着欣蒙神恩的灵辉,现在却又因为地狱火焰一般的激情而抽搐改样了。他的两只手,正是那两只手,今天下午我还看见它们抱着教堂里的经案立下最神圣的誓愿,这时又弯曲如钩地四面攫钱,像是两只嗜血的蝙蝠。因为,他这时赢了钱,一定已经赢了很多、很多钱:他面前亮晃晃地胡乱堆着许多赌筹、许多金路易、许多钞票,凌乱地混在一处,他的手指,他的神经战栗的手指,自得其乐地在钱堆里来回抓搔扒弄。我看见他的手指紧揑着那些钞票,将它们一一抚平折叠起来,翻转着那些金币,喜滋滋地一再摩挲着,突然,他猛地一下抓起了满满一把钱,扔到一处下注的方格里。立刻,他的鼻翼两侧又开始飞快地连连抽动,管台子的人的叫喊震开了他的两眼,使它们露出了贪婪的光芒,从钱堆上抬起来瞪着前面,盯着那个正在跳动的圆球,他仿佛被一股激流带着要向前冲,可是两肘却像是被牢牢地钉在了绿呢台面上。他那一副着了魔般的神情,比前一天晚上所表现的更为可怕,更为骇人,因为,他现在的一举一动使我心上原有的印象相形之下黯然失色了,恰像是镶嵌在金边像框里的照片,而这个金像框是我自己一时轻信给镶嵌上的。

"我们两人相隔两米面对着面,各自喘息不宁;我盯着他,他却没有注意到我。他不曾看见我,他谁也不曾看见;他只瞧着钱堆,目光只在向后倒滚的圆球上溜转:他所有的知觉全被这个狂乱的绿色圆圈囚禁住了,只在那里面来回奔突。在这个嗜赌如命的人眼里,整个世界、整个人类全都熔化了,已被铸成这片铺着绿呢的方围之地。我知道,我尽可以在那儿一连站上几小时,他也绝不会感觉出有我在场。

"可是,我再也不能忍耐了。我突然下定决心,绕着赌台走到他的背后,使劲地用手抓住他的肩膀。他目光昏乱地抬头望了一眼——他瞪着玻璃球似的眼珠盯了我一秒钟,活像一个醉汉被人从沉睡中用力推醒,眼里还是灰雾茫茫烟幛重重。然后,他似乎认出了我,筋肉抽搐地张着嘴,兴致勃勃地仰看着我,喃喃地说出一些不知所云的知心话来:

"'运气不坏……我走进来看见他在这儿,马上知道要交运了……我马上就知道了……'

"我不懂他说些什么。我只看出他已赌得如醉如痴了,我看出这个神经错乱的人已经忘掉一切。忘了他的誓愿、他的诺言,忘了我,也忘了整个世界。可是,他这种疯魔状态中的狂喜神情令我大为着迷,我竟不由自主地应答着他,十分惊异地问他见到了什么人。

"'那边,那个只有一只手的俄国老将军,'他悄声告诉我说,一直凑近我的耳朵,不让这个秘密被别人偷听去,'就是那位留着雪白的胡须、背后站着一个侍从的人。他老是赢钱,我昨天就注意他了,他准是有一套赌诀,我现在回回跟着他下注……昨天他也是始终都赢的……我昨天犯了个错误……不该在他走了以后还要赌下去……那是我的错……他昨天一定赢了两万法郎……今天他照旧是回回得彩……我现在老跟着他……现在……'

"正说着话,他突然停住了,因为那当儿,管台子的扯着嗓子嚷了一声:'Faites votre jeu！'①一听到这声嚷叫,他立刻移开目光,贪婪地注视着那个长着大白胡子的俄国人。俄国人稳稳地坐在那儿不动声色,神态从容地拿起了一个金币,迟疑了一下又拿起一个来,一齐押在第四门上。马上,我眼前这双急切的手慌忙插进钱堆里,抓起了满满一把金币,也押在了同一门上。一分钟后,管台子的喊了一声:'空门！'接着便将台子上所有的钱全部揽走了,这时,他望着被人席卷而去的钱,竟像是遇着了什么奇迹。您也许以为,他会回过头来看我一眼吧,不,他整个儿忘掉我了,我早已从他的生活里坠落了、消逝了、隐没了,他全身紧张,眼里只盯着那个俄国将军,望着那人毫不在意地又拿起了两个金币,还不曾决定押在哪一门上。

"我无法向您描述我的痛苦、我的绝望。可是,您试想想我那时的心情:为了这个人,我抛弃了自己的全部生活,现在我在他的眼里还不如一只苍蝇,不值得他懒懒地轻轻挥手驱赶开。那阵愤恨又在我的身上潮涌起来。我用力抓住了他的手,使他吃了一惊。

"'马上站起来！'我向他轻声而带命令口吻地说道,'想想今天在教堂里许下的誓愿吧,不守誓言的、没有心肝的人！'

"他瞪眼望着我,神情惶惑脸色苍白。他的眼里突然露出颓丧的表情,像是一条挨了打的狗,他的嘴唇颤抖着。他仿佛猛然间记起了先前的一切,他仿佛有些醒悟了。

"'是的……是的……'他喃喃地说,'噢,我的上帝,我的上帝啊……是的……我马上走,求您原谅……'

"他的手开始整理那堆钱,最初动作敏捷,很是毅然决然的样子,可是后来,又慢慢儿变得少气乏力了,像是碰到一股逆流。他的目光重又落在那个俄国人身上,那人正在下注。

"'再等一小会儿……'他飞快地抓起五个金币,扔到俄国人下注的地方……'只赌这一注……我向您起誓,我马上就走……只赌这一注……只赌……'

"他的声音又低沉下去。圆球已经开始滚动,将他也带着走了。这个着了魔的人又从我的手里,也从他自己的手里滑脱了；平轮连连旋转,圆球

---

① 法语:各位下注吧！

滚跳不停,他也跟着跌进里面去了。管台子的又在喊叫,又揽走了他那五个金币;他输了。可是,他并不曾转过身来。他忘了我,忘了誓约,忘了一分钟以前向我说过的话。他那双贪婪的手又痉挛地攫取着渐渐消融的那堆钱,他的如醉如痴的两眼熠熠闪光,只顾盯着吸住了他的心意的那块磁石——他对面那位会给他带来幸福的人。

"我忍无可忍了。我再推了他一下,这一次却推得十分有力。'立刻站起身来!马上走!……您说过只赌一注的……'

"可是,竟发生了意想不到的事。他突然扭回头来瞪着我,脸上不再有卑顺惶惑的神色,简直是一张狂暴的脸,是一团怒火,两眼灼灼如焚,嘴唇忿忿战栗。'别搅扰我!'他向我吼道,'走开些!你给我带来了晦气。你在这儿我老是输钱。昨天是你连累了我,今天又来了。你走远一点吧!'

"我顿时愣住了。可是,他这么疯狂,我也怒不可遏了。

"'我给你带来了晦气?'我说,'你这个骗子,你这个贼,你向我发过誓……'我还不曾说完,这个着了魔的人就从座位上猛跳起来,使劲将我推开,周围的人纷纷骚动,他却毫不在意,'不用管我的事,'他不顾一切地高声嚷叫,'你又不是我的监护人……喏……拿去,这是你的钱。'他扔给我几张一百法郎的钞票……'现在可该让我安静啦!'

"他嚷得那么凶,完全像是着了魔,毫不理会有上百的人围着我们。人人都在探头张望,都在窃窃私议,指指点点,暗暗嗤笑,连隔壁大厅里的许多人也纷纷好奇地挤了进来。我只觉得自己像被剥掉衣裳赤身露体站在这许多人面前……

"'Silence, Madame, sil vous plait!'①管台子的很无礼地大声叫道,一边用耙竿敲着桌子。他是在命令我,这个狠毒的家伙的这句话是说给我听的。我受了屈辱,我羞惭得无地自容,我站在许多交头接耳纷纷窃议的人面前,恰像一个被人将钱扔到脸上的妓女。两三百只肆无忌惮的眼睛盯住我的脸,忽然……当我羞愧难当地避开眼时……竟忽然遇着了两只眼睛,惊骇万状地瞪着我,尖刀似的直刺向我——那是我的表姐,她丧魂落魄地瞧着我,张口结舌,高举着一只手,像是吓呆了。

---

① 法语:太太,请安静一下!

"我顿时吓得魂不附体:不等她能够有所行动,趁她还没有从惊骇中恢复过来,我立刻冲出了大厅;我一口气逃出门外,奔向一张长椅——恰是那个着了魔的人昨晚倒在上面的那张长椅。我也同样力竭气尽、同样身疲心碎地倒在这条无情的木椅上了。

　　"如今隔了二十五年,我只要回想起那一霎,回想起自己受了他的凌辱低下头来站在千百个陌生人面前的情景,就会立刻遍体冰凉。我同时还体验到,我们平日夸夸其谈称之为心灵、精神或情感的那点什么,我们称之为痛苦的那点儿什么,是多么软弱、浅陋而琐屑啊,所有这些即使大量涌现,也无法使一个受苦的肉体完全毁灭,一个人在这样的时刻里也还是血脉不停一息犹存的,不至于像一棵大树那样,受了雷击立刻拔根倒地终结生命。我当时的痛苦仅仅只是那么一下,仅仅只在那一霎,刺入我的骨髓,使我呼吸闭塞全身沉重,倒向那张长椅,领会到一阵与世长辞的愉快感觉。可是,我刚刚说过,一切痛苦毕竟是懦弱的表现,在坚强有力的生活感召下自会悄悄隐退,我们肉体里面留存着的生活感召似乎远比我们精神里面所有的求死之意更为强烈。我那么哀痛欲绝,后来怎会重又站立起来,我自己也弄不明白,不过,我终于又站立起来了,当然,脑子里并没有想到要做什么。我突然记起,我的行李还在车站上存放着,我马上有了一个主意:离开,离开,离开,离开这儿,离开这个该诅咒的人间地狱。我对谁也不理睬,一口气跑到车站,打听去巴黎的下一班火车什么时候开行;守门人告诉我十点钟有一班火车,我立刻办妥了托运行李的事。十点——从那场惊心动魄的遭遇开始时算起,正好是二十四小时,这二十四小时充满了种种荒谬透顶的情感变化,此起彼伏犹如风雨交加,我的内心世界从此永远被毁。可是那时,我脑子里别无他念,只有一个连连轰击、不断震荡着的音响:离开! 离开! 离开! 我头上血脉急涌,像是有个木楔不停地打进我的太阳穴里:离开! 离开! 离开! 离开这个城市,离开我自己,回家去,回到家人身边,回到过去,回到自己的生活里去! 那一夜我坐上火车来到巴黎,到了巴黎又再换车,一站接着一站,从巴黎到布隆,从布隆到多佛,从多佛到伦敦,从伦敦到我的儿子那儿——路上完全待在狂奔疾驶的火车里,整整四十八小时不思、不想,整整四十八小时不睡觉、不说话、不吃东西,车声隆隆只有一个音响:离开! 离开! 离开! 离开! 最后,我走进了我儿子的乡间住宅,人人感到意外,个个满心惊诧:我的举止和眼色里一定有点儿什么泄露出我的隐秘。我的儿子想要拥抱我、亲吻我。我连忙避开了他：我实在忍受不了，我想到自己的嘴唇已被玷污，不能再跟他接触了。我什么话也不回答，只希望洗一次澡，我觉得必须洗净旅途上蒙受的尘秽，也必须洗去一切别的污秽，那个着了魔的人、那个毫无价值的人的激情仿佛还粘在我的身上。然后，我埋进了自己的屋子，睡了十二或十四小时，睡得昏昏沉沉如同僵死一般，真是我的一次前所未有、以后也绝不会有的睡眠，这次睡眠使我现在已能体会到躺在棺材里瞑目长逝的况味。我的许多亲戚对我温存关切，像是对待一个病人，可是，他们的柔情蜜意只能令我伤心，他们对我敬爱有加，我只感到满心羞惭，我必须时时处处留神，提防自己突然失声惨叫。为了一时疯狂而荒唐的激情，我背叛过他们，忘怀过他们，还曾经企图完全抛弃他们，我多么愧对他们啊。

"后来，我无所事事，又去法国，住在一个谁也不认识我的小镇上，因为，老有一个幻觉跟随着我，使我感到无论谁只要看看我的眼神，便能识破我的终生耻辱，便能窥见我的心境变异。我竟是这么深深地感到自己的不忠、不洁，连灵魂里最深处也不得安宁。常常，每当清晨醒来，我立刻惊惶恐惧不敢睁开眼睛。我马上又记起了那一夜醒来时的感觉，唯恐突然发现身旁有个半裸的陌生人，我顿时像那次一样，心上只有一个愿望：赶快死掉。

"然而，时间终是最有力量的，年龄对于一切情感自有一种奇异的腐蚀作用。人若想到死期将至，死神的黑影已经罩上了人生的旅途，一切事物就会显得模糊黯淡，不再那么明锐地刺激感觉，它们那种摧残身心的力量就会减少许多。渐渐地，我已能心定神宁无所惊悸了。又过了许多年，有一回我在一次宴会上遇到一位奥国公使馆的武官，一个年轻的波兰人，我向他问起了某个家族，他告诉我，这一家正是他的堂族，他们的儿子十年前在蒙特卡罗自杀死了——我听了这话不曾震栗一下。这事不再令我伤痛了，它也许——何必掩盖自私的心理呢？——还使我感到庆幸，因为，我一直担心会再遇到他，这点最后的恐惧现在完全消失了：我现在除了自己的回忆，再也没有什么不利于我的见证了。这以后我变得心神安宁了。人上了年纪没有别的特征，只不过是对于过去不再感到不安罢了。

"您现在该可以了解，为什么我会突然向您谈起自己的遭遇，您为亨丽哀太太辩护过，您热情地宣称，二十四小时的时间就足以决定一个女人的整个命运,我当时曾经这么想:我非常感激您,因为,我第一次觉得有人在替我申辩。我立刻暗暗忖量:将自己的内心倾吐一次,也许能解除心头的压抑,卸却长日的忆想;如果这样,我明天也许能够去蒙特卡罗,再走进决定过我的命运的那间赌厅,对他对我都不会再有什么怨恨了。如果这样,压住我灵魂的一块巨石就会坠落,深深沉入过去,永远不再浮现。我能够将这些全部向您叙述,对我确有好处:我此刻心上轻松得多了,差不多感到快乐了……我谢谢您。"

说到这儿,她突然站起身来,我知道,她的话已经说完了。我十分窘迫,想要说点什么。可是,她准是觉察到了我的窘态,连忙阻止我道:

"不,请您不必说什么……我不想让您回答我,也不需要您对我说什么……您听完了我的话,我非常感谢您,祝您一路平安。"

她站在我的面前,向我伸出手来握别。我不由得向她脸上看了一眼,我深深感动了:这位老太太的脸色令人惊异,她神态慈祥地站在我的面前,却又同时微露羞赧,不知是往昔的激情回光映照,还是由于心情慌乱,她的两颊上忽然泛起一层霞晕。她那么站着真像是一位少女,往事的回忆使她惶惑,自己的供述令她羞惭,她像新嫁娘一样有些腼腆局促了。我看出了这一点。更感到应该说一句话,表达我心上对她的崇敬。然而,我喉管哽塞,说不出什么来了。于是,我弯下了腰,满怀敬意地吻了一下她枯萎的、秋叶般微微颤抖的手。

纪琨 译

巧识新艺

一九三一年四月的一个奇妙的早晨，潮湿然而却充满了阳光的空气美极了。它像块夹心糖那样可口，甜滋滋凉飕飕的，又湿润又亮堂，春天的精华，纯粹的活性氧。在斯特拉斯堡大街的中心地段，人们意外地居然呼吸到从田野和大海上升腾起来的芬芳。这种迷人的奇迹是由那反复无常的四月里常有的阵雨造成的，春天惯用这种阵雨以最顽皮的方式宣告它的来临。还在路上的时候，我们的火车就追赶着乌云。那乌云黑压压的一片，紧贴在地平线上。直至摩乌附近——已经看到散落在城郊的像儿童积木似的房屋，从一片浓郁的绿阴上空出现了耀眼的广告，坐在我对面的一个中年英国女人开始在座位上收拾她的十四只瓶子、盒子和旅途用品——那厚厚的、胀满了水的乌云才决了口。黑沉沉的铅色乌云，气势汹汹，从埃佩尔内城起就和机车赛跑。决口的信号是一束小小的苍白的闪电，霎时间一股股水流好斗地喷向地面，发出了隆隆的声音，像机关枪似的把一颗颗湿漉漉的子弹扫向行驶着的列车。车窗在准确射来的雨弹的打击下淌着眼泪；机车甘拜下风，向地面垂下了它那灰色的烟旗。什么也看不见，什么也听不见，只有沉重的雨点捶打着玻璃和金属；火车在光亮的铁轨上飞驰着，躲避大雨的袭击，犹如一只被追逐的野兽。我们顺利地到达车站，站在有顶篷的站台上等候着搬运行李的工人，可你看吧，在灰白的雨云后面的空地上，林荫大路的景色又光彩夺目地显现出来，强烈的阳光用它的三齿叉刺穿了正在逸去的乌云，房屋的正面随即像擦过黄铜似的闪着亮光，天空呈现大海般的蔚蓝。城市脱下雨衣，站了出来，显出一副神圣的景象，宛如阿芙洛迪特·安娜迪奥梅娜①闪着裸体的光泽从海浪中出来。一时间，人

---

① 希腊神话中爱与美的女神。

们从左右无数藏身避雨的地方涌到了街头;他们抖落身上的雨水,嬉笑着,各奔东西;被堵塞的交通恢复了,无数的车轮又在拥挤的大街上滚动起来,发出了轰隆轰隆和咕噜咕噜的响声,混成一片。重现的阳光使万物充满生机,喜气洋洋。就连林荫大道上的被紧紧地夹在坚硬的柏油路面中的衰微的树木,淋了一场大雨之后,也在向焕然一新、瓦蓝瓦蓝的天空慢慢地绽开了小指般尖细的苞蕾,试图喷放出少许的馨香。它们的尝试真的成功了。一个奇迹中的奇迹:在巴黎的心脏,斯特拉斯堡林荫大街的中心,一时间明显地闻到了栗子花的缕缕清香。

在这个值得祝福的四月日子里,还有第二件乐事:我一来到巴黎,直到下午都没有约会。巴黎市四百五十万居民中没有一个人知道我,也没有一个人等待着我的到来。这样,我自由自在,可以随心所欲,愿做什么就做什么。只要我乐意,就可以随随便便地在城里游逛或者看看报纸,可以在咖啡馆里闲坐一会儿或者用餐,要么就去博物馆,浏览商店橱窗里的陈列品,或者在沿岸大街的旧书摊上翻阅书籍;我可以给朋友们打打电话或者干脆就凝视那蓝色的充溢甜蜜空气的天空。然而幸运的是,出于无所不知的本能,我做了最理智的事:即什么也不做。我没有任何计划,给自己充分的自由,摆脱了任何愿望和目的,机遇的车轮随便把我带向任何地方,也就是说,听任大街上的人流的冲击,我被慢慢地推到岸边令人眼花缭乱的商店,快速地穿过人行横道上的人流。最终人的波浪将我抛到林荫大道上。我感到一种惬意的疲劳,就坐在林荫大道和德鲁奥特大街拐角的一家咖啡馆门前的座位上。

我舒服地靠在柔软的藤椅上吸着香烟,心里想:我又在这里了。这就是你啊,巴黎!老朋友,整整两年没和你见面了,现在让我们面对面好好看看吧。巴黎,你可说话呀!让我看看你这两年都学到些什么。开始把你那部绝妙的有声电影《巴黎的林荫大道》演给我看,这是一部光和颜色以及有成千上万不拿报酬和数不清的道具演员参加演出的杰作。还有你那无法模仿的、叮叮当当、嘎嘎作响、高亢热闹的喧嚣的街头音乐!别吝啬,快一点儿,让我看看你都能干些什么,让我看看,你是谁,拉起你那大手风琴,奏起十二音阶、全音阶的街头音乐,让你的那些汽车飞驰,让你的那些小商贩高声叫卖,让你的那些广告大喊大叫,让你的那些喇叭呜呜鸣叫,让你的那些商店闪闪发光,让你的那些行人飞快奔跑——我就坐在这里,睁大了眼睛,我既有闲暇又有兴致观看、谛听,直到眼花心醉。喂,别吝啬,别隐

瞒,多一点儿,再多一点儿,大声点儿,再大声点儿,喊了再喊,叫了再叫,让喇叭鸣了再鸣,让那叮叮当当的声音响了再响,这不会使我疲倦,我全部的感官都对你开放。快,把你所有的一切都奉献给我,正如我已准备把自己都奉献给你。你这无法仿效和永远崭新、永远迷人的城市!

这个非凡的早晨里第三件乐事,就是我已经感觉到我的神经在受着某种刺激,我的好奇心又被激发起来了,像多半在旅行或失眠之后发作起来的那样。每逢这样的日子,我就觉得自己成了两个我,甚至成了更多个我。这时,我不满足于自己被束缚在自个儿的生活之中,有什么东西从内部挤迫着我,绷紧了我,仿佛我一定得把自己从躯壳中挣脱出来,就像飞蛾从它的蛹壳中挣脱出来一样。我的每一个毛孔都张开了,每一根神经都弯曲成一根根纤细、灼热的小钩;突然感觉到这样的耳聪目明,一种几乎令人不舒服的清晰使我的瞳仁和我的鼓膜变得更为敏锐。我的目光所触及到的一切东西，都使我觉得神秘。我能整个小时地看着筑路工用风镐把一块块沥青掘起来，仅是这样的观看就能使我如此强烈地感受着他的工作，以致他的肩膀的每一下颤动都不由得传给了我；我能无休止地站在别人家的窗户前，想象着住在里面或可能住在里面的一个陌生人的命运；我能整小时整小时地盯住一个行人。出于无聊的磁石般的好奇心跟踪着他。而与此同时我清楚地意识到，我的行为会使任何一个偶然注意到我的人觉得是不可理解的和愚蠢的，但这种幻想和乐趣对我的吸引力比任何剧院的演出或任何书中所写的惊险故事都要强烈。也许，这种超等的刺激，这种神经质的洞察力，同地点的突然变换有着最自然的联系，是空气压力的改变以及由此而来的血液成分的变化所引起的结果；不过，我从未试图弄清造成这种神秘的精神亢奋状态的原因。可是，每次当它在我身上出现的时候，我往常的生活就像逝去的苍白的薄暮，平庸的日子空洞无聊。只有在这样的时刻，我才对自己本身的存在和光怪陆离的生活有充分的感受。

　　就在那个值得祝福的四月日子里，我在这样一种自我膨胀的状态中，紧张而快意地坐在人流的河岸边的扶手椅上，等待着，可自己并不知道在等待着什么。但是，我带着钓鱼者的颤抖，虽则是轻微的、令人感到寒意的一种颤抖在期待那鱼漂的抖动。我本能地知道，我今天一定会碰到一件什么事，或者一定会遇到一个什么人，因为我是那样眩晕地、迷惘地渴求着某种使我的好奇心的乐趣得到慰藉的东西。但是，大街并未提供给我什么，半小时后我的眼睛便疲倦了，懒得再看过往的人群，而且我没有什么东西能分辨清楚了。在林荫大道上熙来攘往的人群对我来说，业已不存在了。他们成了一片汹涌起伏的波浪，黄色的、咖啡色的、黑色的、灰色的礼帽、风帽和鸭舌帽汇成了这一切，还有那一张张涂着脂粉和未涂脂粉的面孔，他们成了一片令人作呕的由人流汇成的污水，向前流淌，颜色越来越单调，越来越灰白，我越看越疲倦。我像是看了一场拷贝复制得晃来晃去、模糊不清的电影，感到疲惫不堪。我想站起身来，继续走。就在这时……就在这时，我终于，终于看到他了。

　　起初，这个陌生人引起我的注意，是因为他一次又一次落入了我的视野。在这半个小时从我面前拥来挤去的其他成千上万的人，仿佛被一些无形的绳索拽着那样四散而去，他们只是匆匆地显示一下他们的侧面，他们的影子，他们的轮廓，于是就被那洪流永远地裹挟而去。只有这一个人老是一再地在一个地方浮现出来,因此我就发现了他。宛如拍岸浪头有时以一种不可理喻的顽强劲儿老是把同样的、肮脏的水草冲到岸上,用自己湿漉漉的舌头舔着它们,接着马上又把它们抛起来再拖回去似的,这个人也是这样:他老在人流的漩涡中浮现,几乎每次都间隔一定的、差不多同样长的时间,而且总在一个地方;他的目光总是同样的低垂,令人惊奇的阴暗。除此而外,他身上再没有什么值得注意的东西了。饿得干瘦的身体,穿着一件亮金色的夏外衣;这身外衣显然是别人的,因为衣袖长得连手都露不出来;他穿着它过于宽大,长得与他的身材毫不相称,而且式样早就过时了;那张尖尖的老鼠脸上有两片惨白的、仿佛褪了色的嘴唇,嘴唇上黄色小毛刷一样的胡子畏葸地颤动着。这个可怜虫的身材长得不合布局,奇形怪状:一个肩膀比另一个高,两条马戏团小丑式的腿,面部的表情惶惶不安。他在人流的漩涡中忽而从左边,忽而又从右边浮现出来。不时显得惘然若失地停下脚步,像一只小兔子偷吃燕麦似的,胆怯地窥探着,随后钻入人浪中又不见了。此外,他还有一点引起了我的注意,这个衣衫褴褛的人不知怎么使我想起了果戈理作品中的官吏,他近视得很厉害,或者笨得出奇。我不是一次,而是有好几次看见,那些匆忙地迈着坚定脚步的行人推撞着这个糊里糊涂的家伙,几乎把他从人行道上挤了下去。但他对此满不在乎;他顺从地躲到一旁,钻入人群,接着就又出现了。他又到这里来了,我一次又一次地看见了他,大约半小时之内就看见他十到十二次之多。

这引起了我的兴趣,更确切地说,开头时使我恼火。我恼恨自己,因为我今天虽然如此好奇,却不能立刻猜透这个人想在这里干什么。我的努力越是毫无结果,我的好奇心也就愈加强烈。真见鬼,你这个家伙,你到底要干什么?你在等什么呢?或者是在等谁?不会,你不是乞丐。乞丐可不是傻瓜,不会站在最拥挤的地方,在这里谁也没工夫把手伸到口袋里给你掏钱的。你也不是工人,一个工人是不会在上午十一点的时候悠然自得闲逛大街的。你更不会是在等一个姑娘,我亲爱的,哪怕是一个老太婆,一个没有姿色的女人也不会对你这样的一个可怜的瘪三钟情的。那么,请告诉我,你到底在这里干什么?也许你是一个卑劣的旅游向导,专干那种勾当:碰一碰游客的胳膊,从衣襟下拿出几张春宫照片,得到一定的酬金后,你就让他享受一番索多姆和葛莫拉①城的欢乐?不,也不像,因为你和谁都不

---

① 索多姆(另译:索多玛)和葛莫拉是圣经故事中两个极其荒淫的城市。

说话,相反,你胆怯地给人们让着路,低垂着一双诡谲得出奇的眼睛。见你的鬼,你这鬼鬼祟祟的家伙,到底是干什么的?你在我的领地内干什么呢?现在,我已经盯住他不放了;五分钟之后,我就产生了激情,一种狂劲。我要弄清楚,这个穿亮金色外衣的家伙为什么要在林荫大道上挤来挤去。突然,我猜到了:他是个侦探。

是个侦探,是个换了装的警察。我完全是本能地认出了这一点。从完全细微的特征,从他打量每行行人时所用的那种斜视的眼神以及他那监视人的目光认出了这一点。这是不可能认不出来的,警察在学习干他那一行的第一年就必须训练眼睛。这可不那么简单:首先,他必须像用刮脸刀划一条小缝那样,迅速将目光从一个人的身上一下子溜到他脸上,并在像镁光灯闪亮似的一瞬间记住他的全部特征,而另一方面,还要在心里同警察局所要捕获的罪犯的特征加以比较。第二——这一点更难——这种审视的目光一点儿也不能让人发觉:不能让你要寻找的人看出你是密探。我所注视的这个人娴熟地掌握了自己的行业。他像一个梦游者一样昏沉沉的、显出一副漫不经心的样子,在人群中穿来穿去,任人们推搡,他毫不在意;可突然之间,他就以闪电般的速度——仿佛照相机的快门咔嚓一响似的——将懒洋洋的眼皮一睁,那无比锋利的目光就直向人刺去。显然,除我之外,没有一个人注意到这个正在履行职务的密探,而我要不是走运,也不会发现任何东西;如果不是在这值得祝福的四月日子里我的好奇心突发起来,如果我不是这样长时间地和恼火地守候着,我怎么会有这样的好运气呢?

这个秘密警察肯定在各方面都很精通自己的行业:他仔细研究过欺骗术,在出来捕获猎物时装扮成一个地道的街头浪人,模仿着流浪汉的举止、步态,穿着这种人的衣服,或者说得更确切点,是一些破布。通常在百十步的距离就能认出换了装的警察,因为这些先生们不管他们换多少次衣服,也无法把他的职业上的尊严掩饰得一干二净,也从不能把这种骗术学到家,因为他们不能了解对于从小就饥寒交迫的人们来说是完全自然而然的胆怯和谦卑的举止。而他在装扮成一个贫穷潦倒的人时,是那样出奇地逼真,真使人佩服,他研究流浪汉的脸谱,精通每一个细节。就说这亮金色的大衣和略微歪到一边的礼帽,这保持某种雅致的最后努力吧,从心理学的观点出发,考虑得多么细腻;而那裤子上的绽边和破旧的上衣则完全表明他是个穷光蛋。作为一个经过训练的捕人猎手,他无疑看到穷困活像一只贪食的老鼠一样,首先是从边上啃啮衣服的。那副饥饿的面孔同他那可怜的装束相配极了;稀稀落落的小胡子(很可能是贴上去的),刮得不干不净的面颊,巧妙弄乱的头发。任何一个没有经验的人都可能会赌咒发誓,肯定这个可怜虫昨晚是在花园的长椅上过夜的,要不就是在警察局里的板凳上。此外,他还用手捂住嘴,病态地咳嗽着,冷得龟缩在自己的夏季外衣里,蹒跚地走着,仿佛四肢都灌了铅似的。老天可以作证:这是一个化妆师创作的晚期肺结核病鬼的惟妙惟肖的杰作。

我毫不羞愧地承认,我为自己有这样一个出色的机会,能在这儿亲自去观察一个官方的警探而兴高采烈;与此同时,尽管在我内心某处的一个角落里有一种感觉:在这样一个值得祝福的、晴朗的日子里,在温柔的四月阳光照耀下,一个指望到老年领取退休金的换了装的国家官吏,竟在窥伺着一个穷汉,以便抓住他,把他从明媚的春光里拽到牢房中去,这是多么卑鄙啊!但不管怎么说,这种监视把我吸引住了,我越来越紧张地注视着他的每一个动作,为自己发现每一个新的特点而神采飞扬。但是,突然之间我的这种渴求发现的乐趣烟消云散了,犹如一块冰糕在阳光下溶化了似的。我的推断有点不对头,有点不像是那么回事。我又变得没有把握了。他是侦探吗!我越是犀利地观察着这个古怪的游手好闲的家伙,就越是怀疑自己。他那副外表上的寒酸相,对于一个仅仅用来装装样子的警察,那有点过分真实、过分郑重其事了。首先引起我怀疑的是那衬衣领子。不,无法从垃圾箱里把这样破烂不堪的脏布条拉出来,心甘情愿地将它围在脖子上,只有沦落到无路可走的人才会穿这样的破烂货。其次,第二件不相称的东西是那双鞋,如果一般地还可以把如此不像样子、张着大嘴的皮玩意儿叫作鞋的话。右脚上那只不是用黑鞋带,而是用粗糙的绳头绑着;左脚上的那只鞋底都快掉了,每走一步都要像青蛙似的咧咧嘴巴。不,这样的鞋子是找不到的,也不会为了化装而搞成这样。十分清楚,不可能有任何疑问,这个衣衫褴褛、蹑手蹑脚的家伙不是警察,我的推断错了。可又是什么人呢?他为何在此挤来挤去,为何贼眉鼠眼地用滑溜溜的、窥探的目光东瞅西看呢?我为猜不透此人而感到恼火,我真想一把抓住他的肩膀问:你这个家伙,你要干什么?你在这里转悠什么?

突然,我像被火烫着似的颤抖了一下,它沿着神经径直准确地击中我的内心。现在我什么都知道了,完全弄清楚了,绝对真实,不可辩驳。不,这不是侦探——我怎么竟能这样愚蠢?——这,如果可以这么说的话,是警察的对手:是一个掏腰包的小偷,是个地地道道、货真价实的精通技艺的职业小偷,是一个真正的扒手。他在马路上猎取皮夹子、表、女人的皮包和其他东西。当我注意到,他老是往人最多的地方挤来挤去,于是我才确切地肯定了他所从事的这种行当。现在我也懂得了,他故意装得跌跌撞撞,往不认识的人身上擦来撞去。情况越来越清楚,越来越明白了。他偏偏选择在咖啡馆门前,离十字路口不远的地方,那是有他的理由的。一位聪明的商店老板为自己的橱窗想出了一个独出心裁的玩意儿。他店里的货不太畅销,无法吸引顾客:都是些椰子、土耳其糖果和用彩纸包着的冰糖。但这个老板却想出了一个漂亮的主意:他不仅用人造棕榈和热带景物把橱窗装饰得具有东方情趣,而且在这瑰丽的南方景致中增加了三只活猴子,这真是一个天才的主意!这三只猴子在玻璃窗里面做着极其滑稽可笑的动作,龇牙咧嘴,互相在对方身上捕捉跳蚤,做鬼脸,出怪相,按照猴子的习性,无拘无束,乖张放肆。这位聪明的商人盘算得真不错啊。橱窗被好奇的人们围了个水泄不通,妇女们尤其开心,乐得直喊直叫。每当好奇的行人聚集在商店橱窗前特别多的时候,我的朋友很快悄然而至。他客气地、以一种虚伪的谦卑姿态向人群中最稠密的地方挤去。对于扒手技艺,至今还很少有人加以研究,描绘得也不高明,而就我所知,一个街头窃贼要得手,正如青鱼要产卵一样,拥挤是必不可少的。因为只有在拥挤和冲撞中被偷者才觉察不到小偷摸皮夹子和怀表的碰触。但是,除此之外——这是我现在才学到的——为了干得有把握,必须用某种办法转移人们保护自己财产的下意识的警觉性。短时间地麻痹它们。在这种情况下,三只猴子做着各种确实滑稽有趣的怪相,正是分散人们注意力的绝妙办法。说真的,这些丑态百出、跳跳蹦蹦的长尾猴是我这位掏腰包的新朋友得力的同谋者和帮凶。

我的发现——这会使我得到原谅的——简直使我欢欣鼓舞,要知道在我的一生中还从未见过扒手呢。或者说得更确切些,我愿意老实地承认,我见过一次,那还是在伦敦上大学的时候。为了学好英语,我当时常去法庭上旁听。某次我去时,正赶上两个警察把一个长有火红色头发的胖小伙子带到法官面前。在法官面前的桌上摆着一个钱包,这就是物证;几个证人发誓之后提供了证词,接着法官便嘟嘟哝哝地说了几句含糊不清的英语,于是那个火红头发的小伙子就消失了——如果没有听错的话,判了六个月。这是我看到的第一个扒手,但是——区别也正在于此——我根本无法证实他是一个真正的扒手。只是由证人证实了他的罪行,我仅仅目睹了法律上对其罪行的重述,而不是罪行本身。我所看见的只是一个被告和被判决了的罪犯,而不是小偷。要知道,小偷之所以为真正的小偷,只是在他偷窃的时候,而不是在两个月后因自己的罪行受审的时候,这正如一个诗人之所以为真正的诗人,也只是在他进行创作的时候,而不是两年之后他站在麦克风前朗诵他那些诗歌的时候。一个人只有在他实现其行为时,他才是行为的创造者。现在我恰好有了这样一个百年不遇的机会,可以在最能表明一个小偷的特征的时刻对他进行观察,认识他本质中最真实的东西。观察这样稍纵即逝的瞬间太不易了,这像窥知一个妇女受孕和临产的时刻那样困难。想到有了这种可能性,那真使我激动万分。

当然,我决定不放过这样一个绝妙的机会,不错过任何一个细节,一定要详详细细地观察偷窃的准备工作和偷窃行为是如何进行的。我马上起身,离开自己坐在咖啡馆门前的那把椅子,在这里我的视野太有限了。现在我需要一个视野广阔的位置,就是说,需要一个活动观察点,以便能毫无障碍地监视他。我试了好几个地方,最终选择了一座四周贴满了巴黎各剧院海报的商亭。我可以站在这里,装作一心一意地看海报的样子,不会引起人们的注意,而实际上在柱子的掩蔽下却从这里观察那个扒手的一举一动。就这样,我带着一股现在连我自己也觉得无法理解的顽强劲儿注视着这家伙如何干他那艰难而又危险的勾当。我不记得,什么时候我曾怀着如此巨大的兴趣在剧院或电影院里观看过演员的表演。现实中最戏剧性的瞬间要远远超过和高于任何艺术形式中的现实。现实万岁!

在巴黎的林荫大道上度过的这一小时——从上午十一点到十二点——对于我来说,确如短暂的一瞬,一闪就过去了。虽然(或者更确切地说正是因为)这一小时充满了持续紧张的情绪、无数激动人心的动荡和微小的偶然事件;我可以用几个小时来描述这一小时内所感受到的,它是那样刺激神经,那样以它那惊险的表演令人激动和兴奋。在这之前,类似的情况我从来连想也未曾想到过,偷窃是一种异常困难而又不易学会的技艺。不,在光天化日之下,掏腰包是一种可怕的高度紧张的艺术。迄今为止在我的理解中,掏腰包只不过是一个胆大手快的概念而已,我确实曾认为,对于一个扒手来说,和玩盘碟的杂技演员或魔术师一样,只要有娴熟的指头功夫就够了。狄更斯在《奥利弗·特维斯特》中描述了一个职业小偷如何训练孩子们学会从上衣口袋里掏手绢而不被察觉的本事。他在上衣上挂了一个铃铛,如果铃铛响了,那就说明他干得不利落,动作错了。但是,现在我明白了,狄更斯只注意到事情的纯技术方面,只注意到手指的技巧;他大概从未对一个小偷做过实地观察——大概他从没有机会发现(就像我现在有这样的运气一样),一个在光天化日下正在行窃的小偷不仅要有手的灵巧,而且要有一种随时准备行动的精神力量,一种自我控制,一种训练有素、沉着冷静和神速的反应能力,而更主要的是他必须有令人难以置信的疯狂般的胆量。经过六十分钟的见习,我已明白了一个掏腰包的小偷,必须像一个做心脏手术的外科医生那样果断敏捷,一秒钟的迟疑就可能造成致命的后果;然而手术至少是在哥罗芳①发生作用的情况下进行的,病人躺在手术台上不能活动,无法反抗;可这儿,轻巧而突然的动作却是在一个完全警觉的人身上进行的,而且装钱包的那些部位人们特别敏感。一个扒手开始行窃的当儿,当他的手闪电般地进行工作时,在这紧张的、激动人心的时刻,他必须还得同时控制自己面部的每条肌肉和每根神经,必须装出一副若无其事、甚至百无聊赖的样子。他不能流露出自己激动的情绪,他不是抢劫犯,也不是杀人犯,无需在持刀刺入受害者身上时,眼神中充满狰狞残暴的表情;一个扒手在把他的手伸向猎获物时,他的眼睛必须是清澈的,可亲的,他必须用最平淡的声调谦卑地嘟哝一句"对不起,先生"。但是,这还不够。在他行窃的那一瞬间,单有狡猾、警惕和敏捷还不够——在这之前,他必须具有才智和善于识别人的能力,他必须以一个心理学家和生理学家的身份对他的对象做出考察。在整个人群中,那些漫不经心、轻信不疑的人才是他考虑的对象,而在这些人之中只有那些没有把大衣纽扣都扣上的人,那些走路不太快的人,可以不引人注目就走到他跟前的人,才是真正的目标;在一百个或五百个行人之中——在那个钟点内我数过的——只有一两个人能落入他的狩猎场,不会比这再多了。一个明智的小偷只能对这极少数的对象行窃,而在这极少数对象中的大多数人身上,他的行窃动作由于种种数不清的偶然原因,在最后的一刻遭到了失败。对于扒手这一行来说(我可以证明这一点),必须有丰富的人生阅历、警觉性和自我控制能力。要知道,一个小偷在行窃时,不仅要用自己所有的处于紧张状态的感官来选择和挨近自己的对象,而且还得同时用他痉挛起来的感官中的另外一种感官来观察是否有人在盯着他。不管是警

---

① 一种麻醉剂。

察还是街角中的暗探,或者一个讨厌的好奇者,经常是在大街上游来逛去的。所有这些他都不能忽略,会不会他的手在橱窗上被映照出来从而暴露了他,会不会有人正从商店和窗户后看着他。付出的精力是那样巨大,危险是那么多,两者简直不成比例,只要一个小小的失误或失算,就得和巴黎的林荫大道告别三到四年;指头稍一哆嗦,或者手的动作稍一紧张,那就得和自由分手。光天化日之下,在林荫大道上行窃,这是一种极大的胆量啊,这一点我现在才明白了。从那以后,每当报纸把这类偷窃当作是无足轻重的小事一桩,在犯罪一栏中只给他们寥寥几行的版面时,我就觉得这是不公平的。要知道,在我们这个世界上一切合法和非法的技艺中,这一行是最困难最危险的:它的某些最高成就可以使人认为它是一种艺术。我有权这样说,而且能够证明这一点,因为在那个四月的日子里,我经历过,我亲自感受过。

我是亲自感受过,我这样说,绝非夸张,因为只有在一开始,只有在最初的几分钟里,我才能完全实事求是地、冷静地观察他的技艺;任何一种充满激情的观察都能激起无法遏制的感情,这种感情把你和你所观察的对象联为一体;于是,我自己不知不觉地、不由自主地逐渐把自己和这个小偷联为一体了,在某种程度上,我已经进入他的皮肤,他的双手,从一个纯粹的旁观者变成了他精神上的同谋者。转变的过程是这样开始的:经过十五分钟的监视后,我自己也惊奇地感到,我在观察过往行人时已经是在估量他们之中谁适合作为行窃的对象了。他们上衣是扣着还是敞着,他们的目光是漫不经心还是处处留神,他们的皮夹子是不是装得鼓鼓的,简言之,他们是否值得我的这位新朋友花费力气。不久我就不得不承认,在这场业已开始了的战斗中,我早就不是中立者了,我在内心中渴望他最终能够成功,我甚至不得不竭力抑制我想去帮他一把的冲动。当一个赌博者要出错牌的时候,站在旁边的牌迷就急得用两只胳膊碰他,提醒他注意出牌,我现在就是急成这个样子;一当我的朋友错过一个良机时,我真想给他递个眼色:快,别放过他呀!就是他嘛,那个胖子,腋下夹着一大束鲜花的那个人!或者当我的朋友又一次从人群中闪了出来,而一个警察从拐角里走出来的时候,我觉得必须警告他一声,这是我的义务;我吓得双膝直打哆嗦,仿佛我自己被抓住了似的,我已经感到警察的一只沉重的大手落到了他的、落到了我的肩膀上了。但是——我轻松地嘘了口气!我那个可怜的人已经温文尔雅、若无其事地从人群中钻了出来,从那个警察身边走了过去。这一切紧张得令人透不过气来。但是,我觉得这还不够,我对这个人的内心活动体验得越深,对他的技艺在遭到不下于二十次的失败尝试了解得越是透彻,我就变得越是急不可耐:他干吗老不动手,为什么总是尝试和估量。我简直对他那愚蠢的迟疑不决和永无休止的畏缩不前恼火极了。真见鬼,你这胆小鬼,动手啊!喂,胆子大一点!瞧,就那个,你倒动手呀!

　　幸而我的朋友还不知道,也未想到我这不求而予的同情,他不因我的焦急而乱了方寸。在真正的、久经考验的老手和新手、业余爱好者以及门外汉之间有一个差别:精通技艺的由于有长期的经验,知道每一次真正的成功之前必然会有多次的失败,因此他惯于不慌不忙地做事,耐心地等待着最后的、决定性的机会。正如一个作家无所谓地放过无数似乎是诱人和值得珍贵的念头(只有外行人才会不假思索地抓取一切到手的东西),而把所有力量集中到最后一着上那样,这可怜的家伙也放过了几百个机会,而我这个门外汉和这一行当中的半吊子,却以为成功在握了。他审度着,窥视着,试探着,往别人跟前磨蹭着,已经有成百次用手摸过别人的皮包和大衣了。但是,他仍然下不了决心,毫不疲倦地耐着性子,在离橱窗三十步远的地方毫不惹眼地一再地来回踱着。同时斜睨着周围,权衡着各种可能性,掂量着我这个新手根本没有发现的一切危险。在这种镇静的、不可思议的坚韧精神中,有一种东西使我这个急性人感到兴致盎然,使我相信他最终必然成功,因为他那顽强的毅力说明他不达到目的是不会罢手的。于是,我也下定决心,不看到他的胜利决不离开,哪怕我要等到半夜。

　　中午了。这是涨潮的时刻。一股股喧哗奔腾的人流从一条条窄街小巷里,从所有的楼梯上和院子里涌向宽阔河床一般的林荫大道。那些被关在二楼、三楼、四楼上无数工作室里的工人、裁缝姑娘和店员,从作坊、工厂、事务所、学校和办公室里冲了出来。人群像一团团混浊的蒸汽,在大街上向四周散去:有穿着白短衫和长罩衫的工人,有叽叽喳喳、连衣裙上别着一小束一小束紫罗兰、三三两两地走在一起的女郎,有穿着笔挺的礼服、腋下夹着公文包的小官吏,有脚夫,有身穿蓝色军装的士兵,还有数不清的、无法确定身份的各色人等,大城市里形象模糊、默默无闻的芸芸众生。他们在气闷的屋子里坐得太久,现在想舒展舒展腿脚,活动活动筋骨,熙来攘往,呼吸着新鲜空气,喷吐着香烟的氤氲,在人群中拥来挤去。一小时之内,大街充溢着欢乐的生气。只有这一小时工夫,然后又得上楼去,回到那些窗户紧闭的屋子里,开车床,缝制衣服,敲打字机,计算那一行一行的数字,或者印刷、裁剪、做鞋子。这一点,人们身上的每块肌肉、每条神经都是知道的,因此它们欢快地,强有力地绷紧起来;这一点,他们的灵魂也是知道的,因此他们高兴地尽情地享受着这短暂的时刻。他们都在贪婪地寻求和捕捉光明和欢乐,他们欢迎这一切啊,对他们来说这是一种真正的乐趣和解颐的快事。正是由于这种愿望,那个装有猴子的橱窗特别成了一个不花钱的娱乐场地就不足为怪了。人们聚集在诱人的玻璃窗前,女工们站在最前面,人们听到她们叽叽喳喳的声音,像是从一个嘈杂的鸟笼里荡漾出来,犀利,尖锐,而在后面,工人和游手好闲的汉子说着粗鲁的笑话,向她们挤去。好奇的人群愈是密集拥挤成紧紧的一团,我的这只身穿亮金色外套的小金鱼就愈加频繁地闪来闪去,机灵地一会儿从人群中浮游出来,一会儿又钻了进去。现在我不能老在这个观察点上消极地观察他了,我必须清楚地从近处看看他的指头,以便熟悉这种技术中关键性的动作。然而,这并不是件容易的事。这只训练有素的猎狗练就了一种特别的技能,他像一条鳗鱼那样滑溜,人群中只要有一条哪怕像头发丝那么细的小缝,他都能在那里钻来钻去。现在你瞧:他刚才还安安静静地站在我身旁,可突然就像变魔术似的不见了;一眨眼工夫,他已经到了前面,站在紧靠橱窗的地方。他一下子就穿过了三四排人。

  自然,我也开始跟着他往前挤了,因为我担心在我尚未挤到橱窗前的时候,他就会以他那特有的巧妙方式钻到别处又消失不见了。但是,我错了。他十分安静地等在那里,安静得出奇。注意!这可不是无意的。我马上告诉自己,开始仔细观察他身边的人们。在他旁边站着一个很胖的女人,看样子是个穷人。她右手小心地拉着一个面色苍白的十一二岁的小女孩,左手提着一只廉价的日用提包,两只法国式的长面包随便地竖放在里面;这提包里的东西肯定是为她丈夫准备的午饭。那些猴子的怪模怪样使这个女人高兴得难以形容。显然她是一个忠厚的女人,没戴帽子,围着一条刺眼的头巾,穿着自己缝制的廉价的印花布连衣裙。她那笨拙臃肿的身体因为大笑颤动得非常厉害,连提包里的面包也在蹦跳。她直着嗓门哈哈大笑,笑得喉头哽咽,喘不过气来,她的样子使观众十分开心,不亚于那三只猴子。她欣赏着这罕见的表演,怀着性格粗俗的人们天真的欢乐和在生活中得不到乐趣的人们内心的感激。唉,只有穷苦人才会有这样出自内心的感激。也只有他们,只要是不花钱,像是上天赠予似的,那对他们来说,这就是一切享乐中的最高享受了。这个善良的女人不时地向小女孩俯下身去,问她是否看得清楚,不要错过那些猴子做出的怪相。"看呀,看呀,玛尔加里塔。"她带着南方口音不停地对那个面色苍白的、在生人面前不好意思大声欢笑的小女孩说着。端详这个女人、这个母亲,使人产生出一种庄严神圣的感情,她是盖雅①的真正女儿,她是法兰西人民的一个硕果啊;真想热烈地拥抱她,这个杰出的女人,她笑得是那样开心、欢快、无忧无虑。可是,我突然感到有点不自在起来。我发现,那亮金色的衣袖越来越近地蹭到无忧无虑地敞开的日用提包跟前了——只有穷人才是无忧无虑的啊。

看在上帝分上!你可不要从这个贫穷、忠厚,这个善良、快乐女人的提包里掏走她干瘪的钱包啊!一股愤怒之情突然间从我心里迸发出来。我一直怀着观看比赛的兴致注视着这个小偷;出自他的躯体和他的灵魂,我那样思考着,与他有着同样的感情,我期望过,我甚至祝愿过在他花费了如此巨大的力气、表现出如此巨大的胆量和冒了如此巨大的风险之后,不至于一无所获。但现在,当我不仅看见他偷窃的企图,而且看见那个将要被偷的活生生的人,那个纯朴得令人感动、毫无察觉的女人时,我感到愤怒了,她也许要擦几小时的地板和楼梯才能赚到几个苏②啊,"你这个家伙,从这里滚开!"我真想对小偷大喊一声,"去另找一个人,离开这个穷苦的女人吧!"于是,我就硬挤到前面去想站在那个女人旁边,以便保护那只受到威胁的提包。可是,就在我向前挤的那瞬间,他却转过身来,碰了我一下,就从旁边溜走了。"对不起,先生。"他在碰我的时候表示道歉,声音十分微弱,谦卑(我还是第一次听到这样的叫声)。随即那穿黄外套的人已经从人群中挤出去了。我自己也不知是为什么,顿时感觉到:他已经得手了。现在可不能放过他!我粗暴地挤出人群,一位先生在身后骂了我一句,因为我重重地踩了他一脚。谢天谢地,我刚好及时赶到,看见那亮金色的夏外衣正在林荫大道拐向一条胡同的犄角,闪来闪去。现在跟着他,跟着他!一步也不要落下!我必须加快脚步,因为——我简直不相信自己的眼睛了——这个我盯了一小时之久的可怜虫突然变了样。刚才他畏葸地、几乎像是醉酒地步态蹒跚,现在他却像一只黄鼠狼一样轻快地沿着墙壁匆忙地走着,迈着一个公务员错过了公共马车、想及时赶到办公室时所特有

---

① 希腊神话中大地和地下的女神,认为神和人都是由她创造的。
② 法国五生丁辅币,一九四七年停止流通。

的惶恐不安的脚步。我不再有什么怀疑了。这正是在行窃得手之后为了尽快地、不露形迹地远离现场的一种走法。这是小偷的第二种步态。是的,毫无疑问:这个无耻的坏蛋从那个穷苦女人的提包里掏走了钱包。

在发火的那当儿,我差一点大声叫喊起来:"抓小偷哪!"但我缺少这种勇气。因为我并未真正看到他行窃的事实,怎么能这样匆忙地加罪于他呢?而且,要想抓人并扮演一个惩治罪犯的角色,必须有一定的勇气。去告发,去指控一个人,这种勇气我从来就没有过。我知道得太清楚了,在我们这个混乱的世界上,所有的是与非是多么不可信啊!根据一个个别的、尚属存疑的情况就定人之罪,又是多么蛮横无理啊!但是,就在我一边毫不放松地跟踪他,一边想着该怎么办的时候,他又使我一惊:还未穿过两条街,这个奇怪的人突然间变换了姿态,用第三种步态走路了。他一下子就放慢了脚步,不是那样匆忙奔跑,也不再是畏首畏尾,神色紧张的样子,而是悠闲泰然地踱着步子,像在散步一样。显然,他知道危险区已经过去,没有人跟踪他,任何人也奈何不了他。我懂了:经过令人难以想象的紧张之后,他想松口气,他成了一个退职扒手,是一个靠养老金生活的人,是那些抽着香烟、缓慢而安闲地迈着步子、在大街上闲逛的无数巴黎人中间的一员了。这个干瘪的家伙摆出一副若无其事的样子,逍遥自在、心安理得地在德安丁大街上逛荡着。我现在初次有了这样一种感觉:他现在甚至瞟着迎面走来的妇女和姑娘,品评着她们的美貌,或者寻找机会搭讪。

喏,这个永远令人捉摸不定的人现在要去哪儿呢?看哪,到三一教堂前面长满了绿色树丛的广场去?为什么?啊,我懂了!你是想在长椅上休息一两分钟,为什么不呢?不停地走来走去,这怎么能不使你累得精疲力竭呢?不,可是,不对,我错了。这个令人无从捉摸的人并未坐到长椅上去,而是直奔一座专供大小便之用的小房子走去,进去后就小心翼翼地随手关上了那扇大门。

一开头我忍俊不禁:高超的技艺竟然要在如此普通的地方找到自己的归宿!要么就是他吓得泻肚子?然而,我又看到了:永远永远喜欢恶作剧的现实,总是能找到最令人开心解颐的点子,因为它比任何一个想象力丰富的作家更为大胆。它毫无顾忌地将杰出的和渺小的东西并列起来,而又不无挖苦之意地将生活中屡见不鲜的和令人惊奇的东西联系在一起。当我坐在长椅上等待时——我还有什么可干的呢?——当他从那座灰色的房子里再次露面的时候,我明白了:这位经验丰富、技艺娴熟的能手躲在四堵墙里清点他的收获,这在他那一行里是完全符合逻辑的,因为一个职业小偷必须预先考虑到一个我们这些门外汉想象不到的难题(这一点我过去连想都没有想过):销毁所有的罪证。在这样一座警觉的、瞪着数百万只眼睛看着你的城市里,除了这种地方,找不到比这更安全的地方了,躲在这四面墙里是最保险的了;即使是一个很少读过法庭记录的人,也总是觉得奇怪:在任何一件最微小的事情所发生的地方,竟会有那么多记忆力好得惊人的见证者。如果你在大街上撕掉一封信并把它扔到水沟里,那会有几十只眼睛在盯着你,出乎你的意料,五分钟之后,一个百无聊赖的小伙子就会由于好玩而将那些碎片重新拼凑起来。假如你在某个门口检查一下你的皮夹子,那么到明天,如果有人声称丢失了一个皮夹子,就会有一个女人跑到警察局去,她对你的描绘不会比巴尔扎克描绘得差,连最微小的特征也不会放过,而你当时甚至都没有发现她。要是你走进一家餐馆,那么一个你根本未加留意的侍者就已经注意到你的衣服、皮鞋、帽子、头发的颜色和指甲的形状是圆的还是平的。从每一扇窗户和每一个橱窗里,从每间更衣室和每一个花盆后,都有一双眼睛在注视着你;而你如果无忧无虑地独自在大街上溜达,以为没有任何人注视你,那你就错了——到处都有不邀而至的见证人,我们的整个生活被一层密密的、天天都在更新的好奇之网蒙起来了。你这造诣很深的艺术家,想出了一个多么绝妙的主意,花几个苏,在这四堵不透光的墙里①,待上几分钟。任何人都无法看到你如何从偷来的钱包中把钱掏出来,如何把物证销毁的。即便是我——作为另一个你,并且是你既觉可笑又感失望的一个伙伴,也无法计算你究竟偷了多少。

至少我是这样想的,但结果又非如此。他还没有来得及用他那细瘦的手指转动门的把手,我就已经知道他遭到了失败,好像我同他一起清点了钱包里的钱似的,一笔少得可怜的外快!他失望地拖着疲惫无力的脚步,目光低垂,眼睑松弛萎靡,看到这副样子我马上就明白了,你这倒霉的家伙,整整一个上午你算是白费劲啦。你偷到的钱包里肯定没有任何值钱的东西(我本来可以预先告诉你这一点的),顶多不过有两三张揉皱了的十法郎纸币;这对你所付出的巨大精力和所冒的会被人打断脖子的风险,太不值得了;可是这对于一个打杂的女工来说,这可是一笔不少的钱,她肯定

---

① 法国公共厕所有的需付费用。

已经多次在别里维尔区①向她的那些应声赶来的女邻居们哭诉自己的不幸,诅咒那该死的掏腰包的坏蛋,用颤抖的双手一再地给她们看那只倒霉的提包。但是,对于这个同样可怜的小偷,他伤心得也不轻啊,我一眼就看出了这一点,因为他抽了一张空白签儿。几分钟之后,我的推测就被证实了。这可怜的废物,精神上和肉体上都疲倦不堪,他站在一家鞋店前面,用充满欲望的眼睛久久地看着橱窗里最便宜的鞋子。鞋子,新的鞋子,他确实需要一双啊。同成千上万今天穿着硬皮底鞋或软胶底鞋在巴黎大街上闲逛的人相比,他更需要一双新鞋来替换脚上的那双破烂玩意儿,他正需要一双鞋子来从事他那种不愉快的勾当。可是,他那饥饿而又绝望的眼神显然说明,要买像橱窗里摆的那样一双擦得锃亮、标价为五十四法郎的鞋,他偷来的钱是不够的。他沮丧地伛偻着身体,离开橱窗继续向前走去。

继续下去,要到哪儿去? 又去干这种会被打断脖子的勾当? 为了这么点可怜的外快拿自由去冒险? 别这样呀,你这可怜的人儿。至少你得休息会儿呀。果然,就像是真的察觉到我的希望似的,他走进一条胡同,最后在一家廉价饭铺前面停了下来。不用说,我也跟着他走去。我已经有两个小时和这个人同呼吸共命运,我要了解他的一切。为了小心起见,我匆忙地买了一份报纸,以便用它遮掩自己,随后我把帽子斜压到额头上,走进饭铺,坐到他后面的一张桌子旁边。但是,我的小心都是多余的,这个可怜的人累得那样厉害,他对什么都不感到兴趣了。他用迟钝的目光空无所视地望着白色的桌布发呆,只是在侍者拿来面包之后,他那双瘦骨嶙峋的手才贪婪地抓起一块,急忙咀嚼起来。那副咀嚼的着急的样子使我惊愕地认识到了:这可怜的人儿饿了,确确实实是饿了,他从一大早,也许从昨天起还未吃过东西。当侍者端来他要的一瓶牛奶饮料时,我对他突然产生的怜悯之情变得炽烈起来。一个小偷,一个喝牛奶的小偷! 一些个别的琐细小事犹如划着的火柴一样,能够一下子照亮一个人内心的深处,就在这一瞬间,当我看见他,这个小偷在喝着最一般的、婴儿们所喝的牛奶时,他在我眼里立刻就不再是一个小偷了。他成了这个畸形世界上的无数贫困、被追逐、有病和不幸的人中的一个,骤然之间,我觉得,把我和他连在一起的是一种远比好奇心更为深刻的东西。在人世间共同的衣食住行中,在赤裸身体时,在严寒、酷暑里,在睡眠和疲乏、肉体遭受痛苦的时候,把人们区分开的

---

① 巴黎的一个区,穷人多住在这里。

东西就不存在了,把人分为有德者和缺德者,可敬者和罪犯的人为的范畴就消失了,剩下的只是可怜的野兽,以及地球上的生物,他们懂得饥饿和干渴,需要睡眠,知道疲倦,就像你、我和所有的人一样。我如同着了魔似的注视着他,他小心翼翼地、小口小口地、贪婪地喝着浓牛奶,最后还把所有的面包屑也拣了起来。就在此时,我为自己这样注视他感到惭愧了,为了好奇,我已经有两个小时像看跑马似的注视着他,这个不幸的、被追逐的人,他走上了歧途,而我都没有想到去制止他,或者帮助他,为此我羞愧难当。一种强烈的欲望主宰着我,想走到他面前,和他攀谈,给他出点主意。但是怎么去做呢?我对他说些什么呢?我斟酌着,挖空心思寻找一个托词,寻找一个借口,但没有找到。有什么办法呢?我们就是这样的人嘛!在该果断行事的场合客气到畏缩不前的地步,想得蛮大胆,可是连冲破将一个人和我们分隔开来的那层薄薄空气的勇气都没有,即使我们明知他遭到不幸时也是这样。任何一个人都知道,再没有比要帮助一个并不要求帮助的人更困难的了,因为他不要求帮助,他还保留着他所具有的最后一点品德——自尊,而这种自尊心人们是不可以去任意伤害的呀。只有乞丐才使人在施舍时心情轻松,因为他们不会将人拒之千里之外,为此我们应当感谢他们。可这个人却是一个固执的人,他宁愿冒丧失自由的风险,也不愿去行乞;宁愿去偷,也不愿伸手求援。如果我找到了某种借口,笨拙地走到他跟前,那会不会把他吓坏了呢?况且,他坐在那里,那样无拘无束,那样疲惫不堪,去惊动他,那简直太残忍了。他把椅子紧靠到墙上,全身躺到椅背上,把头靠到墙上,一眨眼工夫便闭上了铅灰色的眼皮。我明白了,我感觉到了:他现在最好能睡上一觉,哪怕十分钟,或者哪怕五分钟也好。我简直是亲身感受到他的疲倦和劳累了。难道他那苍白的脸色不就是牢房白墙的暗影吗?难道他衣袖上每动一下就露出来的破孔不就是说明他未曾享受过女性的体贴和关怀吗?我试图想象一下他的生活情况:他住在一座楼房的第六层上,一间没有供暖设备的房子里,一张肮脏的铁床,一只破旧的脸盆,一只小箱子,这些是他的全部财产;而即使在这间狭窄的小屋里,他也不得安宁。他害怕警察上楼的沉重脚步声。这一切我在这两三分钟的时间里都看到了,他虚弱无力地将瘦骨嶙峋的身体和有点花白的脑袋靠到墙上。侍者这时已经在收拾桌子,将用过的刀叉弄得丁当响,他对这样一些晚来的、来消磨时间的顾客并不喜欢。我第一个付了钱,很快走了出去，以免引起他的注意，而当几分钟之后他也走到街上时，我又跟在他后面；我不惜任何代价绝不让这可怜的人去自己承受命运的摆布。

现在已经不再像上午那样，是由于顽皮和挠心的好奇才使我紧紧盯住他不放，也不再是由于想去见识一种新行业的执拗的乐趣；现在我感到一种郁闷的恐惧感，有了一种极端压抑的情感；而当我发现他又向林荫大道走去时，它把我窒息得简直喘不过气来了。看在上帝的面上，你不是又要去有猴子的橱窗那里吧？别干蠢事了！好好想一想啊，那个女人肯定早已报告了警察，肯定有人已经在那里等着你，会马上抓住你亮金色外套的衣袖的。算了，你今天别干了！别再去试试运气了，你不会有什么作为的。你已经耗尽了气力，没有干劲了，你疲倦了，而在艺术活动中，疲倦向来是不会带来好结果的。你最好还是好好休息，睡上一觉，可怜的人儿，别再干了，今天别再干了！我无法解释我心里怎么会有这种恐惧的感觉，为什么我像幻觉中那样清楚地看见他刚一行窃就被当场抓住。离林荫大道越近，我的恐惧感就越厉害，我已经听见那里永远是鼎沸嘈杂的声浪了。不，无论如何，不要到那橱窗前面去，我不能让你去，你这傻瓜！我已经追上了他，想抓住他的胳膊把他拽回来。但是，他仿佛又一次懂得了我心中给他下的命令，冷不防转到一边去了。他穿过林荫大道前面的一条马路，横过德鲁奥街，突然间迈着坚定的脚步像回家似的向一座楼房走去。我立刻认出了这座楼房——德鲁奥饭店，有名的巴黎拍卖大厅。

我为之一怔，这个奇怪的人令我愕然真不知有多少次了。正当我努力猜透他的生活时，他身上会生出一种力量来迎合我的秘密愿望。在巴黎这座陌生的城市里有几十万座房屋，我今天早晨原就打算到这里面看看，因为它能使我在这里度过极其激动人心的、增长阅历而同时又是有趣的时刻。那里比博物馆中更有生气，有些时候里面珍品宝物很多；在那里每一瞬间都变幻不定，永远是它自身，又永远是另一个，因此我喜欢这外表并不起眼的德鲁奥饭店；我喜欢它，它是一件最美的陈列品，因为它就是整个巴黎物质世界的令人惊奇的一个缩影。在被四堵墙封闭起来的住宅里，有机地汇成为一体的东西，在这里却被分割成无数单个的物体陈列起来，就像肉铺里一条硕大的动物肉体被分解成许多小块似的。那些根本互不相容、互不相配的物品，那些最神圣和最普通的物品，在这里都用最常见的东西连在一起了：所有在此陈列的东西都是为了变成钱。床和耶稣受难十字架、帽子和地毯、钟表和脸盆、乌敦①的大理石全身雕像和黄铜餐具、波斯的微型艺术品和镀银的香烟盒、同保罗·瓦勒里②著作的初版书紧靠在一起的旧自行车、同哥特式的圣母像并列的留声机、同粗劣的彩色画挂在一堵墙上的范—德克③的作品、同摔坏了的火炉放在一起的贝多芬的奏鸣曲、迫切需要的物品和显然多余的东西、低劣的作品和极其珍贵的艺术杰作、伟大的和渺小的东西、真的和假的东西、旧的和新的东西,由人的双手和人的智慧所能创造出来的一切庄严和拙劣的东西都汇入拍卖的转炉中,它把这座巨大城市里的一切财富都冷漠残酷地吞进去,接着又喷出来。在这个一切价值都被残忍地铸成硬币和变成数字的转运站上,在这个人性的虚荣和人的需求的巨大的杂货市场上,在这个奇妙的地方,人们会比任何别的地方能够更强烈地感觉到我们这个物质世界是多么纷繁多样。贫困者可以在这里出卖一切,而富有者能在这里买到一切。而且,人们不仅可以在这里搞到东西,还可以增长阅历和知识。一个好学的人在这里通过观察和谛听,可以更好地增加对物的了解,可以更好地理解艺术史、考古学、藏书学、集邮和古币学,此外,也可以更好地认识人。因为这里的人和这里的物一样,是那样五花八门;这里的东西要从各个拍卖厅转到新的人手里,它们在此只休息短暂的时间,摆脱一下被奴役的处境;而这里的人,不同的肤色,不同的阶层,他们围在拍卖木桌的四周好奇地、渴求占有地拥来挤去,他们一双双不安的眼睛里充满着欲望和神秘地隐藏着的热情。在身穿质地很好的大衣、头戴发亮的圆顶礼帽的大商人旁边,坐着衣衫破旧的旧货商和从右岸来的小贩,他们来此是想为自己的小铺子买些便宜货;夹在这群人中间的还有一些小投机商和中间人、代理人、抬价人以及"纤手"们,他们吵吵嚷嚷,叽里呱啦地说个没完;"纤手"是拍卖场所中必不可少的鬣狗,这些人不放过一件价钱便宜的东西,或者只要他们发现某位收藏家看中了某件珍贵的物品,就相互递送眼色哄抬价钱。这里还有一些戴着眼镜的图书管理员,他们本身就干枯得像羊皮纸那样,在人群中慢慢地踱来踱去,活像一些没有睡醒的獴似的;又进来了一群颜色斑斓的极乐鸟——打扮入时、满身珠宝的女士们,她们早就派自己的听差在拍卖桌前

---

① 让·安东尼·乌敦(1741—1828年):法国雕刻家,最卓越的现实主义大师之一。
② 保罗·瓦勒里(1871—1945年):法国资产阶级诗人。
③ 范—德克(1599—1641年):佛来米族的卓越画家,鲁本斯的学生。他曾长期在意大利和英国作画,是著名的肖像画大师。

面给自己占好了位子,在一个角落里站着一些真正的行家,即收藏家共济会的成员,他们举止泰然,目光安闲,像仙鹤似的。所有这些被吸引到这里的人,有的是做生意,有的是出于好奇,有的是由于对艺术的真正热情;在他们后面,每次都有一群偶然聚到一起的纯属好奇的人,他们到这里来仅仅是为了在不花钱的火炉旁取暖或者用那些急遽上升的数字的喷泉来娱乐自己。然而,凡是到这里来的人,不管是谁,都有自己的目的——收藏、冒险、赚钱、占有的欲望,或者仅仅是取暖,用别人的激情使自己振奋起来,对所有这些五花八门的人都可以依其面部表情进行分门别类,排列组合。只是有一类人我还从未在这里遇见过,而且也没有想到会在这里遇见,就是小偷这种人。但是,当我看见我的朋友是以怎样一种准确无误的本能潜往那里时,我马上就明白了,巴黎拍卖大厅是他能够施展自己高超技艺的理想之地,甚至可能是最理想的地方。因为这里所有的一切必要的条件都极为奇妙地联结在一起:人们拥挤得十分可怕,简直不堪忍受,好奇、焦急的等待和唱价、出价分散着他们的注意力。在我们今天的世界上,除了赛马场,现时大概只有在拍卖厅,人们才对所买的一切东西都付现金,因此可以设想,每个在场人的钱包里都装满了钞票,口袋都是鼓鼓的。除了在这里,这样一双灵巧的手还能指望在什么地方可以得到充分施展呢?我现在是明白啦,我的朋友在上午所做的不过是一次练习,是为了活动一下手指。只有这里才是他真正的用武之地。

然而,当他沿着楼梯慢慢地向二楼走去时,我最好还是抓住他的衣袖,把他拖回来。看在上帝的面上,难道你就没有看见那张布告吗?那上面用英、法、德三种语言写着:"当心小偷!"没有看见?你这轻率的傻瓜!为了防备你这一类人,这里的人们是心中有数的,人群中有十几个密探正在那里逡巡。我再说一遍:你今天是不会得手的,相信我的话吧!但是,这个练达的人冷冷地扫视了那张他大概很熟悉的布告,不慌不忙地沿着楼梯向上走去。这是一种很策略的决定,我只能表示赞赏。因为楼下各厅里出售的多是些日常用品、普通家具、箱子、柜橱,一些小商贩在那里拥挤着,忙碌着,在他们身上是不会有什么收获、得不到多少乐趣的,这些人或许还会按着农民的好习惯,把钱袋缠在肚子上,蹭到他们跟前去既没好处,也不妥当。但是,在二楼各厅里拍卖的却是名贵的东西:画、首饰、书籍、手稿、珠宝,那儿人们的口袋当然都是满满的,顾客们也都是无忧无虑的人。

我勉强能跟上我的朋友,因为他一进入正门,就在各厅钻来钻去,进进出出，寻找机会。不论在哪个厅里，他都要耐心而固执地研究墙上的通告，仿佛一个饮食考究的人在玩味一份独特的菜谱似的。最后，他选定了七号厅。这里正在拍卖"欧·德·热……伯爵夫人收藏的中国和日本的瓷器"。毫无疑问，今天这儿一定有宝贵的珍品，因为人群麇集，密密麻麻，在入口处就无法透过前面的帽子和大衣看清楚拍卖桌。一堵也许由二三十层人组成的厚墙挡住了那张绿色长桌，从门口我们站着的地方只能望到拍卖人可笑的动作，他站在高处的台子前手里拿着一柄白色小槌，俨然一位乐队指挥，指挥着这部拍卖音乐，每经过许多拍子长得吓人的休止之后，又必然转入 Prestissimo①。这个拍卖人也许像其他小职员一样，住在城郊的缅尼利蒙坦或郊区的其他什么地方，有一套两间的住房，一座煤气灶和留声机是他宝贵的财产，窗台上还放着一两盆天竺葵。但在这里，在高贵的听众面前，他身穿摩登的礼服，头发精心地梳洗过，显然为每天能享受到三个小时的乐趣而陶醉，在这三个小时里他用一柄小槌将巴黎最贵重的东西变成金钱。他笑容可掬，犹如一个杂技演员那样，熟练地从左边、右边、桌前、大厅最后面捕捉着飞来的报价——"六百、六百零五、六百一十"——像玩一个彩球似的，然后把这些数字抛回去。构成这些数字的元音十分丰满，而那些辅音相互牵扯着。在此期间，他扮演一个卖弄风情的女郎，一当没人出价了，数字的旋风不再旋转时，他就带着诱人的微笑大声警告说右边的人怎么样？左边的人如何？或者装模作样地皱起眉头，右手举着象牙槌，威胁道："就这样啦！"要么就微微一笑地劝道："先生们，这可一点儿也不贵哪！"整个过程中，他像老相识似的对个别的熟人点头致意，狡黠地向一些顾客递送眼色，为他们鼓劲；在宣布拍卖每一样新的东西时，开始他的声音都是干巴巴的，一本正经地做一些必要的说明，随着价格的上升，他那男高音就变得越来越富有戏剧性了。他为在这三个小时中有三四百人屏住呼吸，两眼死死盯着他的嘴唇或他手中那把具有魔力的槌子而心满意足。他只不过是顾客们随意出价的一个传声筒，但那种以为自己是在主宰一切的错觉却使他飘飘然；他像孔雀开屏似的，卖弄起他的口才，但这决不妨碍我认为，他那副装腔作势的表情实际上和早晨的那些做滑稽相的猴子一样，在为我的朋友起到同样的转移注意力的作用。

我的这位勇敢的朋友暂时还无法利用这位同谋者的帮助，因为我们站

---

① 意大利文：最快速。

在最后一排,任何想钻入这稠密的、暖烘烘的、拥在一起的人群,挤到拍卖桌前的企图在我看来都是毫无希望的。但是我再次觉察到,在这种饶有兴趣的行业中我确是一个门外汉。我的伙伴是一个经验丰富的能手和技术专家,他早就知道,当槌子决定性地敲下去的当儿——那男高音欢快地喊道:"七千二百六十法郎!"——,那人墙就在这情绪松弛下来的瞬间松动开来。那些兴奋得昂起的头颅都垂了下来,商人们在物品目录上写下了价钱,时而有一两个纯属好奇的人走开了,稠密的人群瞬间就出现了空隙。他天才地迅速利用了这一刹那,低着头,像鱼雷似的朝前钻去,一下子就穿过了四五层人。我这个赌咒发誓绝不让他甩掉的人,突然成了孑然一身,看不见他了。虽然我现在同样向前挤去,可拍卖又在继续进行了,人墙又合拢来,我被卡在拥挤的人群中间,像一辆车子陷进沼泽地一样。这把热烘烘黏糊糊的虎钳真是可怕极了,前后左右都是别人的身体、别人的衣服,靠得这么近,旁边的人一咳嗽都会使你颤动。更不可忍受的是满是尘土、散发着霉酸味的空气,但主要还是那股汗臭——不管在哪里,只要事关金钱,就总有这种汗臭。我热得满身是汗,想解开上衣,掏出手绢来。白费力气!我被挤得太紧了。我并没有认输,慢慢地、顽强地、一层一层地向前挤去。成功了,可我来晚了!亮金色的外套消失了。他隐藏在人群中的什么地方,除我之外,谁也不会想到和他站在一起会有危险;我的每一根神经都由于某种莫名的恐惧在颤抖着,这个可怜的家伙今天肯定要触霉头的。我每分钟都等待着会有人大喊一声:"抓小偷呀!"那时,就会乱挤乱嚷起来,人们会抓住他那身黄外套的袖子,把他从人群中揪出来。我无法解释,为什么我满脑子都是这种可怕的念头,认为他今天——正是在今天一定要倒霉。

然而,什么事也没有发生。没有喊叫,没有喧嚷;相反,讲话声、嘈杂声猝然中断,一下子静得出奇,站在这里的二三百人好像约好似的,都屏息静气;现在他们怀着双倍的紧张,两眼紧盯住拍卖人;他向后退了一步,到了电灯下,他的前额十分庄重地闪着亮光。原来,这次拍卖中的一个主要项目开始了:拍卖一只大花瓶。这只花瓶是中国皇帝在三百年前亲自派使节赠送给法国国王的。这件礼物在革命时期,如同许多其他东西那样,秘密地离开了凡尔赛。四个听差穿着带金银边饰的制服,以一种特别的、故意引人注目的小心谨慎把这件宝贝抬到桌上。这花瓶周围白亮白亮的,上面画着蓝色花纹。拍卖人庄重地咳嗽了一声,宣布了有人出的价钱:"十三万法郎！十三万！"一阵令人感到敬畏的沉默回答了这个使人肃然起敬的数字。没有人敢于立刻喊出自己的出价，也没有人敢说一句话或者哪怕只是挪动一下脚步换一换脚；满身是汗、紧紧挤在一起的人群由于敬重和畏惧而发呆变傻。终于，紧靠桌子左边站着的一个白发苍苍的老头儿抬起头来，有点儿发窘地很快低声说了一句："十三万五千。"在这之后，拍卖人立即断然地宣布说："十四万！"

这时，极其狂热的游戏开始了：美国一个大拍卖行的代理人每次总是竖起一只指头，这个出价就像电表似的，立刻使数字向上跳动五千。在桌子的另一端，一位著名收藏家的私人秘书（人群中有人悄悄说着他的名字）每次都用加倍的数字作为回答。拍卖渐渐地变成了这两位顾客之间的对话了。他们一个坐在另一个的斜对面，但固执地不肯正视对方；两个人都面对着拍卖人，而后者显然对这场交易感到满意。最后，当数字上升到二十六万时，那个美国人第一次不再竖起指头了；已经喊出来的数字像凝固了的声音，悬在空中不动了。人们更加激动，拍卖人四次重复道："二十六万……二十六万……"他像放出一只鹰去抓捕猎物似的，将这个数字抛到了大厅里。然后他停了一下，期待地看了看左右（嘿，他是多么乐于将这场赌博继续下去啊！）他问道："没有人再加了？"沉默，还是沉默。"没有人再加了？"他几乎是绝望地叫着。沉默颤动了一下，但这根弦未发出声音。槌子慢慢举了起来，三百颗心脏停止了跳动……"二十六万法郎——第一次……""二十六万——第二次……二十六万……"

沉默像一块巨石，立在哑然无声的大厅里，大家都屏住了呼吸。拍卖人像进行宗教仪式似的，庄严地将象牙槌举到人群的上空，又一次警告道："定啦！"一点声音也没有！谁也没有应声！"第三次。"槌子落了下来，响起了枯燥刺耳的一击。定啦！二十六万法郎！这干巴巴的一击使人墙晃动了，瓦解成许多单个的活生生的面孔。一切都动了起来，松了口气，叫喊起来，呻吟起来，咳嗽起来。密集的人群犹如一个完整的人体，蠕动着，松弛下来，一股激浪从前面向后面不断翻动起来。

我也受到了冲击，有人用胳膊肘在我的胸部撞了一下。而同时，有人低声嘟哝了一句："Pardon, monsieur!"①我颤抖了一下，他的声音！噢，这可真是件怪事！正是他。丢掉了，又一直拼命寻找的不就是他吗？那滚动

---

① 法语：对不起，先生！

的浪头将他直接冲到我身上来了。多么幸运的巧合啊！感谢上帝,现在他就在我身旁,我终于能守卫和保护他了。我当然避免直视他的脸孔,只是从侧面轻轻地瞟着他,还不是望他的脸,而是他的手,他从事行窃的工具。但是很奇怪,那双手竟不见了。很快我就发现了,他把两臂紧紧地贴在身上,为了不被人发现他的双手,像一个怕冷的人那样,把它们缩到衣袖里去,这样,如果现在他把手伸向猎物时,受害者感觉到的只不过是柔软的衣服偶然和毫无危险的碰触而已,那只行窃的手藏在袖口里,就像猫爪藏在毛茸茸的脚掌里似的。想得真妙啊,我为此赞叹不已！他现在看中了谁呢？我小心地朝站在他右边的人瞥了一眼。那是一位瘦长的男人,衣服纽扣都扣得紧紧的;第二个人在他的前面,虎背熊腰,不是那么容易得手。一开头我弄不清楚他怎么能顺利地在他们之中的一个人身上下手。可是,这时我感到自己的膝部被轻轻碰了一下,一个念头倏地涌上我的脑际,它使我出了一身冷汗:这一切准备都是冲着我来的？你这傻瓜,在这大厅里你要偷的人是唯一知道你是谁的人,我将要上最后的、令人十分震惊的一课,你要在我的身上试验一番你的技艺？的确,他似乎是看中了我,正是看中了我。这个不走运的家伙正是看中了我,看透了他的心事的朋友,看中了我,一个唯一洞察到他那行业的秘密的人。

  是的,毫无疑问,看来是冲着我来的;现在无需再怀疑了,我已经感到他的胳膊肘轻轻地挤到我的身上,他那藏着手掌的衣袖一寸一寸地靠近了我,那只手肯定已经做好了准备,只要拥挤的人群一动起来,它很快就会摸到我上衣里面的口袋。

  诚然,本来我只消用一种小小的动作,那就可以使他无从下手;我转一下身子或者把上衣的纽扣扣上就足够了。但是很奇怪,我没有力量这样做,我的整个身体由于激动和期待而瘫软了,每块肌肉、每条神经都像冻僵了似的。我一边极为激动地等待,一边迅速地在心里数着我的皮夹子里有多少钱。正在我想着皮夹子的当儿,感到皮夹子温柔和轻微地碰触着我的胸部,我身上的每一个部分、每一颗牙齿、每一个指头、每一根神经,只要我一想到他,那儿就会变得敏感起来。皮夹子暂时还在原来的地方。我可以静待即将发生的触摸。但是,这可真是件怪事,我自己也不知道我希望被偷还是不被偷。我的感情一片混乱,仿佛被分成了两部分似的。一方面,我希望这傻瓜为了自己的缘故不要打扰我;另一方面,我像在一个牙医那儿似的,当钻牙机快要钻到病牙上最敏感的部位时,心里紧张得要命,我期待着他显示出来的技艺,期待着决定性的一击。但他好像是为了惩罚我的好奇心似的,却一点儿也不着急。他一直在等待时机,靠得我很近。他可疑地寸寸进逼,越靠越近,虽然我的一切感官都与这种碰触完全连在一起了,但同时另一种感觉却使我十分清楚地听到拍卖人在大声喊着人们的出价:"三千七百五十……谁还加?三千七百六十……七百七十……七百八十……没有人加了?没有人加了?"随后,槌子落了下来。人群中又出现了一阵松动,而就在这一瞬间我马上感觉到一股波浪波及到了我的身上。这并不是一种真正的触动,而是仿佛有条蛇溜了过去,一股滑动的、有形体的气,那样轻忽,那样快速,如果我的好奇心不是一直处于戒备状态,那我无论如何也不会感觉到它的。只是当我的大衣像是被偶然的阵风吹拂摆动了一下时,我有了一种轻柔之感,一只鸟从旁掠过似的,于是……

突然间发生了我怎么也意想不到的事:我自己的一只手猛然抬了起来并在我的大衣下抓住了别人的一只手。我根本没有想过要采取这样一种自卫措施。这是肌肉的一种出乎我意料之外的反射动作。它完全是一种出于身体的自卫本能的机械动作。就这样——这是多么不理智的行为啊!——我自己也感到奇怪和可怕,现在我的手可怕地抓着别人的一只冰凉、颤抖的手腕。这使我感到惊讶和恐慌。多么可怕!不,我并不想这样做!

我无法描述这一秒钟。当我突然感到自己强行抓着一个陌生人的一只冰凉的手时,我吓呆了。他也同我一样给吓得瘫软了。我没有力量和勇气放开他的手,而他也同样没有决心、没有勇气将手挣脱出去。"四百五十……四百六十……四百七十……"拍卖人的声音在高处颤动着,可我仍然一直抓着那只陌生的冰凉而颤抖的手。"四百八十……四百九十。"没有一个人发现,这里有两个人发生了命运之争;仅仅是在我们两人之间,在我们两人紧张的神经之间发生的一场不可名状的搏斗。"五百……五百一十……五百二十……"一个个数字越来越快地闪过去了。终于——这一切不超过十秒钟——我清醒过来了,放开了那只陌生的手。它马上就缩了回去,匿在黄外套袖子里不见了。

"五百六十……五百七十……五百八十……六百……六百一十……"声音在高处继续颤动着,而我们这两个被共同的秘密联到一起的伙伴肩并肩站着,都被共同的经历惊得瘫软无力。我还感觉到他的身体温暖地倚靠在我的身上。现在,当激动松弛下来,我僵硬的两膝开始颤抖时,我觉得这种轻微的颤抖也传给了他。"六百二十……三十……四十……五十……六十……七十……"数字越跳越高,我们俩却仍然站在这里,恐惧的铁环把我们束缚在一起。终于,我有了力量,至少可以转过头,去看他一眼。就在这一瞬间,他也望了我一眼。我们的目光碰在一起了。"行行好,行行好,别告发我呀!"他那双泪汪汪的小眼睛似乎在哀求着,从滚圆的瞳孔中流露出他那饱经沧桑的心灵的恐惧,这是所有生物自古以来就有的一种恐惧;他的两撇小胡子由于惊悸而不停地颤抖着。我只能看清他那双瞪得大大的眼睛,他的面孔由于惊愕呈现出一种罕见的表情,无论是在此以前还是以后,我在任何人的脸上都未曾看到过。他以那样一种奴颜婢膝的、哈巴狗的目光望着我,好像我操有生杀予夺的大权似的,对此我惭愧至极。他的这种恐惧对我是一种凌辱;于是我尴尬地重又把目光移开了。

他明白了我的意思。现在他知道我是绝不会告发他的,意识到这一点,他又恢复了力量。他轻轻地一动,躲开了我,我觉得他想完全摆脱掉我。一开始,下面一只紧紧靠着我的膝头悄悄地离开了;然后,我胳膊感觉到的一种人体温暖消逝了;突然,仿佛属于我自己身上的一部分离我而去,我身旁的位子空了下来。我这位不幸的伙伴,一下子就窜到人群里不见了。我先是松了口气,觉得不那么拥挤了。可是,我马上就害怕起来:他,这可怜的人儿,现在可怎么办呢?他需要钱,可我却因度过了这样紧张的一天而欠了他的债;我是他的不由自主的同伙,我必须帮助他!我匆忙地尾随而去。真是一种灾难啊!这可怜的家伙误解了我的善意,他从远处看见我后,就吓坏了。我还未来得及示意叫他安心,那亮金色外套一眨眼就从楼梯上飞了下去,消失在马路上不可企及的人流之中。于是,我的功课就如同它突然地开始那样,也突然地结束了。

薛高保　译　高中甫　校

象棋的故事

半夜里,巨型客轮要从纽约开往布宜诺斯艾利斯①,起航前船上一片习见的热热闹闹,熙熙攘攘。送行的乱挤着,来送别朋友。电报投递员歪戴帽子,大喊大叫,把收报人姓名嚷过各个休息室,行李在搬运,花束在传递,孩子们沿着梯子蹿上跳下看热闹,乐队则在甲板上懒洋洋地演奏着。我跟一个朋友躲开这片混乱,在供人散步的甲板上正说着话,这时,镁光灯在一旁耀眼地闪了两三下。不用说,这是记者们临到起航还在匆匆忙忙采访某位名人,给他拍照。我那朋友扫过去一眼,笑了笑说:"你搭的这条船上还有个怪人呢,那个岑托维奇。"显然是因为这话弄得我有点莫名其妙,所以他又解释说:"就是米尔柯·岑托维奇,那个象棋世界冠军。他在棋赛中从东赢到西跑遍了全美国,现在搭船去阿根廷夺取新胜利。"

这一下我果然记起这位年轻的世界冠军来了,甚至还记起了他一步登天的某些琐闻;读报比我更上心的那个朋友,还能在这方面添补上一个又一个小插曲。大约一年前,岑托维奇一下就跻身于极负盛名的棋坛老将阿廖辛、卡帕布兰卡、塔尔塔柯威尔、拉斯克和波哥留勃夫②诸人之例,自从在一九二二年纽约棋赛中七龄神童热采夫斯基③崛起以来,一个无名小辈突入声名赫赫的群雄之中,还从来没有引起这样广泛的注意。因为岑托维奇的智力,绝没有从一开始就预示出他会如此令人眼花缭乱地飞黄腾达。

---

① 阿根廷首都。
② 阿廖辛(1892—1946):俄国人,一九二七年击败卡帕布兰卡获世界冠军,一九三六年失去冠军称号,一九三七年复得,一直保持到逝世;卡帕布兰卡(1888—1942):古巴棋手,十二岁成古巴冠军,一九二一年击败拉斯克而成世界冠军,直至一九二七年始败于阿廖辛;塔尔塔柯威尔:象棋一级选手;拉斯克(1868—1941):德国棋手,一八九四年获世界冠军,保持到一九二一年,败于卡帕布兰卡;波哥留勃夫:前苏联象棋名手。
③ 热采夫斯基:美国著名棋手。

不久就露底了，在日常生活中，这位象棋冠军无论用哪种语言写个句子，也不可能不出错字，正如被他惹火的同行之一恶狠狠地讥刺的那样："他的无知在哪个方面都一样博大无边。"

他是多瑙河上一个赤贫的南斯拉夫族船夫的儿子。一天夜里，他父亲的小不点儿船被一艘大粮船撞沉了。那时他才十二岁，父亲死后，这边远地区的神父心怀恻隐收留了他。这个额门宽、说话少而又呆钝的孩子，凡是在乡村学校里他没法学会的，好心的神父就竭尽全力通过家庭辅导给他补上。

可是，怎么使劲都无济于事，都讲解了百十次的那些文字，米尔柯瞪眼看着也还是生生的。哪怕是极简单的课业，他那转动不灵的脑子，也没有能力去掌握，都十四岁了，算个数什么的，他还得靠扳指头来帮忙。读书看报，对这半大小子来说，还吃力得很。但是，不能因此就说米尔柯别扭、不听话。叫他干什么，他都服服帖帖去干。他打水、劈柴，跟着下地，拾掇厨房；指派他干的事，他都踏踏实实完成，就是慢得叫人憋气。不过，好心的神父最烦的，还是这性情古怪的孩子，对什么都不闻不问。不专门指派，他就什么也不干；不明确地给他安排活，他自己就不找，他从来不提一个问题，也从来不跟别的孩子玩。做完家务，他就在屋里呆坐着，像绵羊吃草一样死愣愣地瞪着眼，对周围发生的事丝毫不关心。每天晚上，神父慢悠悠吸着庄户人用的长烟袋，照例要跟巡警队长下三盘棋。这黄头发男孩，就悄没声息地蹲在一旁，耷拉着重涩的眼皮瞪着方格子棋盘，像是心不在焉地在打瞌睡。

一个冬夜，两个棋友正迷在天天照旧的对弈中，这时从村镇那头驶过来一辆雪橇。铃声丁当，越响越急，一个农民，帽子上积着雪，慌急慌忙地咚咚咚跑了进来，说是他老娘眼看要咽气了，请神父赶快去抢时间给举行临终涂油礼①。神父二话没完，就跟他走了。巡警队长还没喝完杯中的啤酒。他重新点起一袋烟，正要穿上沉甸甸的高统皮靴回家去。这时，他注意到，米尔柯正两眼死死盯住棋盘上刚刚开局的这盘棋。

"嘿嘿，你想下完这盘棋吗？"他打趣地说，满以为这迷迷瞪瞪的小伙子，连准确地挪动子儿都不会呢。小家伙怯生生地抬起目光，点了点头，就坐到神父的位子上。下到十四步上，巡警队长就被将死了；将就将死了吧，

---

① 天主教给人在临死时涂抹圣油的一种仪式。

叫人还不得不承认,这绝不是偶然失算的一步臭棋造成的。再下第二局,结果还是一样。

"巴兰的驴子!"①神父回家后吃惊地喊道。他解释给不大熟悉《圣经》的巡警队长听,早在两千年前,就出过类似的奇迹:一头哑巴牲口竟突然说起人话来。尽管夜深了,神父不由得还硬要和他这半文盲的帮手杀一盘。米尔柯也毫不费力就杀赢了。他下得又粘又慢又狠,大脑门俯在棋盘

---

① 《旧约·民数记》第二十二章载,摩押王巴勒请巴兰去诅咒以色列人,巴兰骑驴上路时,上帝遣使者去杀他。巴兰的驴子为避开执刀的使者,两次离开正路,最后又卧倒不走,巴兰打了它三次。"耶和华叫驴开口,对巴兰说:'我向你做了什么,你竟打我这三次呢?'"上帝让执刀的使者现形,巴兰才知道了驴子避路的原因。

上,抬也不抬一下。可是,他稳得简直无懈可击;巡警队长也罢,神父也罢,连着几天都没能胜他一局。对这学生的一贯迟钝,比谁都更有资格来下断语的神父,这回认真地动了好奇心,要看看这种畸形的特异禀赋,在多大程度上能经受更严格的考验。于是,神父让米尔柯到乡村理发师那儿理好枯黄蓬乱的头发,使他有几分人样,就带他坐上雪橇,到邻近的一个小城去。神父根据亲身经历知道,小城主要广场那儿的一家咖啡店有个专席,经常聚着一些疯疯傻傻的棋迷,都是他下不过的。这十五岁的小伙子,头发枯黄,面红耳赤,穿着皮板朝外的羊皮袄,套着沉甸甸的高统皮靴,被神父推进咖啡店时,使满堂常来常往的棋迷们一惊不小。年轻人两眼怯生生地低垂,惊诧地待在一角,直到人们叫他,才向一张棋桌走过去。第一盘米尔柯输了,因为在好心的神父家里,他从来没见识过所谓的西西里式开局法①。第二盘他就和最高明的棋手下成了和棋。第三盘第四盘以后,他就一个接一个杀败了所有的对手。

这一下,在南斯拉夫外省小城里出了极为罕见、激动人心的事了;就这样,这初试身手的乡村冠军,使会集一堂的象棋名手们立时振奋起来。于是他们一致决定,这神童无论如何也得在城里再待一天,以便能把象棋俱乐部的其他成员召集起来,特别是到府邸去通知狂热的棋迷西姆奇茨老伯爵。神父一边以未曾有过的自豪感看着他的养子,一边说他在享受发现奇才的欢快之余,实不敢误了责有攸归的主日祈祷,但他乐于表示,把米尔柯留下来接受进一步的考核。于是年轻的岑托维奇由象棋专席上诸人付账,在旅馆住下了,并且在这天晚上第一次见到了抽水马桶。第二天也就是星期天下午,棋室里挤满了人。米尔柯一声不吱,甚至眼睛都不抬一下,在棋盘前定定地坐了四个钟头,战胜了一个接一个的棋手。临了,有人提出了车轮战的建议,折腾了好一阵,才使这个不开窍的小伙子明白过来,所谓车轮战,就是他一个人同时下几盘棋。明白了这种下法以后,米尔柯很快就应付裕如了。他拖着沉甸甸的靴子,啪嗒啪嗒慢慢地挨着桌子转,结果八盘棋他赢了七盘。

这一下可是议论开了。尽管严格说来,这位新秀并不是这座小城的人,但还是热辣辣地激起了人们惯有的民族自豪感。翻开地图还从来没人理会的这座小城,说不定到头来会第一次有幸给全世界送去一位名人呢。

---

① 第一步走 e2 卒进 e4,这种开局法盛行于意大利西西里岛,故名。

一个名叫柯勒的经理人,原是专给驻军歌舞酒吧间介绍歌星歌女的,这时高高兴兴地表示,要是有人拿出一年的补贴费用,这年轻人就可以去维也纳,到他认识的一位小个子国手那儿受棋艺方面的专门训练。下棋六十年如一日的西姆奇茨伯爵,还从来没遇见过这么不同凡响的对手,当即承担了这笔费用。一日之间,这船夫的儿子,就开始迈上了直上青云之路。

半年之后,米尔柯就掌握了棋艺的全部诀窍。不过美中不足的是,他不会凭默记下棋,就是行话说的下盲棋,连一盘也下不来。这事后来常在行家们面前露馅,并且常常遭到耻笑。在没边没线的想象空间中摆棋,这种本领他一点儿也没有。他从来就得有黑白格子的棋盘,六十四个方格,三十二个棋子儿,都看得见摸得着。就是成了世界名人了,他也老是随身带着棋盘——可以折在一起的袖珍象棋,为的是想拿各局来复盘或解决难着时,就能张眼可见地摆出来。这本身算不了什么欠缺,却暴露出他缺乏想象的能力;在棋坛这个小圈子里,这还是个热门话题呢,就像乐坛上一个杰出的演奏家或是指挥暴露出不打开乐谱就不会演奏或是指挥那样。不过,这引人注意的欠缺,一点儿也没有延误米尔柯的崛起。到十七岁上,他已经得过十几次象棋比赛奖了,十八岁夺得匈牙利冠军,二十岁终于成了世界冠军。那些凌厉无比的国手,在天资、勇气和想象力方面,一个个都无可比拟地高于他,然而都败在他韧性冷峻的逻辑推理之下,就像拿破仑①败于动作迟缓的库图佐夫,汉尼拔②败于法比屋斯·孔克塔托尔——据李维③记述,孔克塔托尔从小就明显地表现出迟钝低能的气质。就这样,一个完全是精神王国的化外之民,第一次钻进象棋大师的光辉行列了。置身这个行列的大师,都汇集着各种迥然不同的高超智力,是哲学家、数学家,具有运筹、想象和创造的天赋,而这个拙手笨脚、沉默寡言的乡下小伙子呢,就连诡计多端的新闻记者,也休想从他那儿套出值得公之于众的一言半语。当然,尽管岑托维奇没有发表警策的名言向报纸披露什么,但很快,关于他个人的一些趣闻轶事,就充分地补上了这个缺。下棋时他是无与伦

---

① 拿破仑(1769—1821):著名军事家,一八一二年侵俄战役中为库图佐夫所败。库图佐夫(1745—1813):俄国著名统帅,是个慢性子人。
② 汉尼拔(前247—前183或182):迦太基著名统帅,前二一八年发动对罗马的第二次迦太基战争,与法比屋斯相遇。法比屋斯(前275—前203)是罗马政治家和统帅。在抗击汉尼拔的战争中采取扰而不战的战术,相持一年多,于前二一七年大获全胜。由于这次战役,他得了"孔克塔托尔"(行动迟缓的人)这个称号。
③ 李维(前59—前17):罗马历史学家。

比的大师,可是离开棋局一站起来,他就无可救药地成了一个怪头怪脑,甚至是滑稽可笑的角色。尽管他黑礼服一派庄重,领带华丽,上面别着很有点惹眼的珍珠镶嵌的别针,指甲费心地修剪过,但在举止上,风度上,他照旧还是那个见识短浅、在乡下给神父打扫房子的农村青年。只要能捞到钱,他会想方设法用小气的、而且往往是鄙俗的贪婪,笨头笨脑,甚至笨到不顾脸面豁出他的才能和荣誉,以致惹得同行们耍他,恼恨他。他一个城市一个城市旅行,总是住最便宜的旅馆。不管多么微不足道的象棋协会,只要答应给他钱,他就到那里去下棋。他同意肥皂广告上印他的像。甚至实际上是加里西亚一个无名大学生给一个会做买卖的出版商写的一本《象棋哲理》,他也出卖名字去充当作者;逐鹿者们清楚地知道,他连三句话也写不通,他毫不理会他们的嘲笑。像一切生性粘滞的人一样,他一丝一毫也不懂什么叫可笑。自从在国际比赛中获胜以来,他就把自己看作是世界上数一数二的要人。一想到他杀败过各方面的精明机智、神采奕奕的演说家和著述家,特别是他挣的钱比那些人多这个看得着的事实,他原先的束手束脚,就转成一种往往是表演拙劣的冷酷傲慢。

"不过嘛,这么一举成名,怎么能叫这空空如也的脑袋不发蒙呢?"我那个朋友下结论道。他还向我吐露了几点一针见血的推断,说明岑托维奇何以傻乎乎地炫耀:"一个从巴纳特①来的乡下小伙子,才二十一岁,突然之间,只消在棋盘上稍一拨拉棋子儿,一个星期挣的钱,就比他全村的人整年在家砍树做苦工挣下的还多,他能不沾上晕晕乎乎的虚荣心吗?还有,假如一个人嫌费事,从来不打听打听,世界上还曾有过伦勃朗②、贝多芬、但丁和拿破仑,那么,他把自己看作伟人,不也就不费吹灰之力吗?这小伙子孤陋寡闻的脑子,就知道一样:几个月来他没输过一盘棋。因为他除了下棋赚钱,不知道人间世还有别的价值,所以他沾沾自喜,也是有充分理由的。"

我那朋友的一席话没白说,它激起了我不同寻常的好奇心,对各种犯偏执狂、囿于一孔之见的人,我向来就感兴趣,因为一个人越是孤陋寡闻,从另一个角度说,他也就越是接近于无限。凡是这种明显地遗世独立的人,他们都像白蚁一样,用特殊材料给自己建造一个独一无二的奇妙小天

---

① 罗马尼亚西部和南斯拉夫东北两国交界处的一个地区。
② 伦勃朗(1606—1669):荷兰著名画家。

地。于是我不加掩饰地表示,打算在去里约热内卢①的十二天航程中,凑到跟前去观察一番这智力单向发展的怪样板。

然而,那个朋友提醒我说:"你难得有这样的运气;据我所知,从岑托维奇那儿套出心理活动方面的点滴材料,还没人做到过。这诡诈的庄户人,别看浑身是极度的无知,使自己不露破绽他可精得很呢。手法倒也简单,就是说,除了在小客店找些也是来自农村的老乡谈谈之外,他回避跟任何人交谈。看出有受过教育的人在场,他就缩进蜗牛壳;这样一来,谁也没法夸口,说曾经听过他一句傻话,或是对他的极度无知摸清过底细。"

我的朋友看来是真说对了。旅行的一开头几天,情况就表明,不老着脸纠缠,就没法接近岑托维奇。说到头,我还做不出来。不错,有时他也到供人散步的甲板上走走,可他总是像一幅名画里的拿破仑那样,反背着手,一副正在沉思的傲慢神态;要不,他就总是碰碰撞撞,匆匆忙忙完成他在甲板上的逍遥游,为了能跟他搭上句话,得跟在后面紧撵。再说,休息室、酒吧间和吸烟室什么的,他从来不去。服务人员私下向我透露说,他白天大部分时间都在船舱里过,在一个大棋盘上温习棋艺,或是演残局。

他规避人的技巧比我想接近他的打算还高出一筹。这样过了三天,我实实在在是耐不住性子了。我生平还从来没机会去和象棋大师亲自结识,现在呢,我越是尽力把这样一个标本当活人来看,就越是感到难于想象,人活一辈子,脑子怎么就光用来在六十四个黑白格子的棋盘上打转转。这种"王者之戏"②我从亲身的经验知道它不可思议的吸引力。在人类琢磨出来的一切游戏中,唯独这种游戏,丝毫不为一时的独断专行所左右,而只把胜利付与智慧,或者更应当说,付与一种特殊形式的天资。那么,把下棋叫作游戏,难道不是在恶意地贬低吗?下棋,难道不是一种科学,一种艺术,游移于这两个范畴之间——像穆罕默德的棺材③游移于天地之间,是这对偶范畴之间唯一的联系?象棋,是古老的又永远是清新的,布局是机械的却又为想象力所左右,限死在固定的几何空间之内而组合方式又是无限的,永远在发展,却没有结果;它是无所推导的思维,无所运算的数学,是没

---

① 巴西最大的海港,从纽约航行去布宜诺斯艾利斯经过该地。
② 德语 Schachspiel(下棋)一词,由 Schach(象棋)和 Spiel(游戏)构成。Schach 来自波斯文 Schach,意为国王,故称。
③ 穆罕默德为伊斯兰教创始人。据《可兰经》记载,他曾骑电马游于九天,但伊斯兰教规定,殓葬不用棺材,不知此处是否另有出典。

有作品的艺术,没有物质的建筑。然而事实证明,它又比任何作品和建筑都存在得更长久。只有这种游戏是雅俗共赏、古今同一的。谁也不知道,是哪位天神把它弄来供世人消遣、励志和提神的。它什么时候起源,又到什么时候失传呢?每个孩子都能学会下棋的初阶,每个笨拙的人都可以去一试身手。然而,在这些狭窄固定的方格之内,却能下出国手的绝招,是其他一切人望尘莫及的。对于天赋只适于下棋的人,对于褊狭的奇才来说,想象力、毅力和技巧一样是因人而异地起作用的,就像对于数学家、诗人和音乐家一样,只不过程度不同,结合不同罢了。早先颅相学盛行的时候,加尔①也许会去解剖这种象棋大师的大脑,以便确定,这种象棋天才的大脑灰质中是不是有特殊的沟回,有一种什么象棋肌或是象棋突,比常人的更为突出。岑托维奇会使这样的颅相学家多么感兴趣啊!在这个实例中,真是从智力的绝对迟钝中迸出了偏执的奇慧,就像百十斤不含有用矿物的大矿石里夹了一缕金子一样。这样一种天才的游戏,必然会造就出一批特殊的选手,这个事实,原则上我是向来都明白的,然而,难于想象,甚至根本没法想象的是,一个心思敏捷的人,会把世界压缩到黑白格子之间的线路上来过一辈子,到三十二个棋子儿的左右进退中寻找生活的甜头。我不能想象,对一个人来说,开局的时候不进卒而跳马,就会是一桩伟大的事业,在象棋论著不起眼的旮旯里留个名,就意味着不朽。我也不能想象,一个人,一个长脑子的人,把全部思维能力,十年、二十年、三十年、四十年,反反复复用到不值一提的事情上——在木棋盘上把王这个木棋子儿逼到一角将死——这个人竟没有发起疯来!

　　我这人活该,热衷于动脑子的事,常常会变得狂热起来;现在呢,这么个异人,这么个奇才,或者说,这么个不可思议的傻瓜,跟我搭同一条船,第一次离我那么近,只隔六个船舱,而我竟没法儿挨近他。我开始琢磨出一些简直不沾边的心计:想挑动他的虚荣心,冒称代表一家重要的报纸,去对他进行一次装模作样的采访;又想抓住他的贪心,建议他到苏格兰去举行一次有利可图的棋赛。想到最后,我记起了猎人最有效的招数,就是说,模仿山鸡发情的鸣叫把雄山鸡引过来。想叫象棋冠军来注意你,除了摆开棋局,你还有什么更有效的法子?

---

① 加尔(1758—1828):德国医生,其所创颅相学,企图根据头盖形状来推断人的智能和性情。这种学说十九世纪中叶曾流行于欧美。

我一辈子也没成个正经棋手,原因很简单,因为我下棋总是马马虎虎,只是下着开开心罢了。即便我下上一个钟头棋,这样做也不是为了劳神费心,相反是为了使专注的精神松弛一下。别的人,那些地道的棋手,他们是"下棋",我却是"玩棋",恕我冒昧地造这么一个新词。那就下起来吧,不过这跟谈恋爱一样,不能没个对手。可是这会儿我还不清楚,这条船上除了岑托维奇和我,是不是还有别的象棋爱好者。为了引这些人出洞,我就在吸烟室设下个并不高明的圈套:跟下棋比我还臭的妻子,像捕鸟人一样,摆开了棋局。果不其然,我们还没下到六步,一个打旁边过的人就站住了,第二个人还请求我们允许他观局。最后,来了个求之不得的对手,提出要和我下一盘。这个人叫麦克柯诺尔,是个苏格兰采矿工程师,听说他在加利福尼亚钻探石油的时候,赚下了一大笔钱。他长得身材魁梧,腮帮子方方正正,壮实硬棒,牙齿坚牢。紫糖脸红扑扑地惹眼,大概是大喝威士忌造成的,至少也跟这有关系。肩膀宽得出奇,简直像运动员一样的架势,连下棋的时候也突出地显露出来。麦克柯诺尔先生是沾沾自喜的得志人,连下棋这么不值一提的事,输了也觉得有损他的自尊心。这位个人奋斗的强者,在生活中惯于不顾一切去达到目的,被实际成就弄得忘乎所以,充满了不可动摇的优越感,以致任何违误都会使他跳起来,都会被认为是岂有此理的反抗,简直是欺负他。输了第一盘,他就绷着脸又啰唆又蛮横地解释,说这不过是一时疏忽输掉的。第三盘输了,他又说是隔壁船舱里的吵闹声害的。只要输了,他就要求再来一盘捞回来。开头,他这种不服气的横劲儿还使我感到好笑,后来,我出于想把世界冠军引到棋桌这儿来的本意,把这看作是摆脱不掉的瞎掺和罢了。

第三天成功了,不过才成功一半。岑托维奇也许是从供人散步的甲板那儿穿过窗子看见我们在下棋,也许只是偶然赏脸光临吸烟室,反正,一见我们这些不入流的棋手在搅弄他的艺术,就不由自主地走过来一步,不远不近朝棋桌打量了一眼。正轮着麦克柯诺尔走棋。这一步棋看来就充分地提醒了岑托维奇,我们这种外行人的忙乎,是不值得他这样的国手再热心地看下去的。像书店给我们当作家的人推荐一本拙劣的侦探小说,我们翻都不翻就扔开一样,他也同样带着那种明显的表情,走过我们的棋桌,走出了吸烟室。"掂了掂,瞧不上眼。"我想着,那种看不起人的冷眼使我有点儿火了。为了泄一泄火气,我对麦克柯诺尔说:

"你这步棋,看来冠军不怎么欣赏。"

"什么冠军?"

我向他解释说,刚才过去的那位先生,翻了翻白眼看我们下棋的,就是象棋冠军岑托维奇。我又补上一句话,让高明的人去鄙视好了,我们会受得了的,不会心里不自在,穷人本是水煮饭嘛。这句顺口溜的话,竟对麦克柯诺尔起了完全意想不到的作用,使我都一愣。他立时坐不住了,忘了下棋,不安分的念头在他心里捣开了。他说没想到岑托维奇在这条船上,他无论如何得跟岑托维奇下一盘;又说他这一辈子,还没单独跟世界冠军下过棋,只是有一回跟另外四十个人一起同一位世界冠军来过车轮战,杀得真是难解难分,他差点儿还赢了呢。他问我认识这位世界冠军不,我说不认识;他又问我愿不愿意去搭个话,把世界冠军请到我们这儿来;我回绝了,理由是我知道岑托维奇不怎么爱跟生人打交道。再说,跟三流棋手下棋,对世界冠军来说,那有什么味道。

跟麦克柯诺尔这种虚荣心强的人,我真不该说三流棋手这种话。他气呼呼地往后一仰,粗声大气地说,他个人简直不信,岑托维奇会拒绝一个绅士的客客气气的邀请,他会有法子办到的。顺着他的心意我把这位世界冠军的为人简单地说了说,他暴躁得无法克制,不理不睬撂下这盘残棋,就冲到供人散步的甲板上去撵岑托维奇。我又一次感觉到,这肩膀那么宽的人,一旦打定主意做什么事,那是没法挡住的。

我有点焦急地等着,十分钟后,麦克柯诺尔折了回来,不那么神气十足了。

"怎么样?"我问道。

"你说对了,"他带点火气回答说,"不是个多招人喜欢的主儿。我作了自我介绍,告诉他我是谁,他连手都没向我伸。我试着向他说明,要是他愿意跟我们来一次车轮战,那我们全船的人都不胜自豪,不胜荣幸。可他呀,死挺着个脖子,说是他很抱歉,跟他签订合同的经理人,曾明确地规定他,整个旅行期间不得无偿下棋,要下就是最低价格:每盘二百五十美元。"

我笑了起来:"这可真是万万想不到,在黑白格子之间挪动挪动棋子儿,会是这么个赚钱买卖。这一下,但愿你离开他的时候也客客气气,跟去的时候一样。"

然而,麦克柯诺尔还是一本正经。"棋赛订在明天下午三点,就在吸烟室这儿举行。我希望,我们不至于轻而易举就让人杀个稀里哗啦。"

"什么？你答应出二百五十美元?"我简直惊愕得叫了起来。

"为什么不出？C'est son métier①。要是我牙痛,这船上凑巧有牙科大夫,我也不好请他白给我拔牙嘛。那人要个大价钱要得完全对。各行各业地道的行家,也都是最精的生意人,对我来说,做生意越爽快越好。我宁可现钱交易,也不愿请一个什么岑托维奇先生来发善心,到头来还得欠他一份人情。再说,我在俱乐部一个晚上输的,曾经超过二百五十美元,还不是跟世界冠军下输的呢。一个'三流'棋手,就是败给岑托维奇,也不是什么丢脸的事。"

用"三流棋手"这句有口无心的话,把麦克柯诺尔的自尊心伤得那么厉害,这使我感到好笑。不过,既然他打定主意为这句玩笑话付出大价钱,对他那种执拗的虚荣心,我也就没什么可嗔怪的了。说到头来,他这种虚荣心还有助于我去结识结识那个宝贝。这件即将发生的大事,我们连忙通知了四五位一直自称棋手的先生们,让大家为即将举行的棋赛不仅把我们这张桌子,而且把旁边的桌子都预订下来,以便尽可能不受过往人的打搅。

第二天,我们这些人全都按约定的时间到了。不用说,冠军对面的正席让给了麦克柯诺尔。他兴奋得不行,一支接一支抽着烈性雪茄,急得一次又一次看表。然而,那位世界冠军,正如我根据我那个朋友的讲述早料定的,叫人美美地等了他十分钟,显然是想在这种情况下上场,使他那种有恃无恐的劲儿更增加分量。他朝棋桌走了过来,安安稳稳,从从容容;一来就用行家的官腔安排比赛事宜,也不作自我介绍。这种无礼显然是在说:"我是谁你们知道,你们是谁我管不着。"由于船上棋盘不够用,没法进行车轮战,于是他提议,我们大家一起跟他下算了。他走完一步,就到吸烟室尽头另一张桌子那儿去,让我们便于商议。我们下完对着,就用小勺敲敲杯子,这是因为不巧手头没有餐铃。他提议,如果我们不想另作安排的话,那就走一步棋最多十分钟。不用说,我们像腼腆的小学生一样,对每个建议都赞同。岑托维奇分得了黑方。他站着就地走了一步,完了就转身到他提出去等待的位子上,懒洋洋地坐下一靠,随便翻着看一份画报。

谈这盘棋下得怎么样,那毫无意义。才走了二十四步,我们就一败涂地,这是必然会有的结局,不说也知道。一个象棋世界冠军,不消举手之力就杀败了五六个中流乃至末流棋手,这没什么惊人之处。恼人的是岑托维

---

① 法文:这是他的职业。

奇那种趾高气扬的架子，明显地使人感觉到，他对付我们是不费吹灰之力的。每次来走棋，他都故意只朝棋盘上瞟一眼，又懒洋洋地把我们扫一眼，好像我们也都是木头做的死棋子儿。那股傲慢劲儿，不由得使人想到人们用睥睨的目光去看癞皮狗。我心里想，他完全可以心眼子活一点，提醒我们注意注意失着，或是说句友好的话给我们打打气。然而，到这盘棋下完了，这没人味儿的下棋机器，也没说一个字，只说声"将死了"，就一动不动站在桌子旁边等着，看我们是不是还想下第二盘。像我们一向对付粗鄙厚颜的人那样，我正要站起来，无可奈何地打个手势，意思是暗示他，做完这笔美元买卖，那么，至少对我来说，这场愉快的相识就算完了。恼人的是，就在这时，我旁边的麦克柯诺尔声音沙哑地说："再来一盘！"

麦克柯诺尔那种挑衅的口气，真把我吓了一跳。这一瞬间他给人的印象，简直是个摆好了架势的拳击家，而不是个彬彬有礼的绅士。也许是由于岑托维奇对待我们的那种气人的态度，也许只是由于他那种病态的一触即发的虚荣心，他变得失去常态了。看得出来他正在冒汗，脸一直红到额门上的发际线，鼻翼由于内心憋气而猛烈地翕动，从咬紧的嘴唇到好斗地撅起的下巴，中间挤出一条深深的褶皱。我担心地看出来，他眼睛里冒着无法控制的凶焰；只有当人们赌钱的时候，眼看着赌注一倍接一倍往上翻，可连着六七次就是不来对劲的牌，才会冒出这种凶焰。这时我知道，这死要面子的狂人，会不惜全部家当，或是原注或是加码，跟岑托维奇下呀，下呀，一直下到至少赢上一盘为止。岑托维奇要是干下去，麦克柯诺尔就会成为他的摇钱树，等到达布宜诺斯艾利斯时，他就能摇下来好几千美元。

岑托维奇一动不动地待着。"请吧，"他客客气气地回答说，"先生们这回占黑方。"

第二盘情况也没什么变化，只不过多了几个凑热闹的。我们这个小团体人多了，也更热火了。麦克柯诺尔死盯着棋盘，仿佛要把他赢棋的意志注进棋子里面去似的，我看他，为了朝阴冷粗俗的对方痛痛快快地喊出一声"将死了"，就是牺牲一千美元，他也会心甘情愿的。值得注意的是，他那种勉强压住的愤激不知不觉地使我们也多少受了点感染。每一步棋，都比原先争论得无可比拟地热火，总是到最后大家都同意发信号叫岑托维奇到棋桌这儿来了，又有人出来阻拦；我们一步一步走到十七步了，这时我们自己都感到惊奇，局势看来对我们极为有利，因为我们已经成功地把 c 路卒推到倒数第二格的 c2 位上了，只要再往前推到 c1 位上，就有个新的后①了。面对着这一眼就看得出来的战机，我们心里当然并不踏实；我们一致怀疑，这争得的优势，弄不好还会是岑托维奇有意扔给我们的钓饵，因为他看棋比我们看得远多了。然而，尽管我们一起绞尽脑汁探究商讨，我们也弄不懂这不露痕迹的妙招。最后，眼看就到规定走棋的时间了，我们决定，冒险走这步棋。麦克柯诺尔正要去捏起那个卒，推进到最后一格去，猛可的他感到手臂被拽住了，有个人又轻又着急地悄声说："我的天哪！走不得！"

我们大家不由得都回过头来。那位先生四十五岁上下的样子，脸长得又瘦又尖；这以前，我在甲板上散步的时候，因为那张脸像粉笔一样白得出奇，就曾引起我的注意。他一准是最后那阵子，我们全神贯注琢磨那步难棋的时候，上我们这儿来的。他感觉到我们在盯着他看，就急忙补充说：

"现在你如果使卒变成后，他接着就用 c1 位上的象吃掉这个后，你再用马吃回来。可是，这期间，他会把这个畅行无阻的卒走到 d7 位上，来逼你的车，你就是跳马叫将，也输了，再有九步十步就完了。一九二二年彼司吉仁棋赛，阿廖辛对波哥留勃夫下成的局势，就跟这差不多。"

麦克柯诺尔一愣，从棋子上缩回手来，凝视着那个人，跟我们大家一样惊异，这真像一个盼不来的天使，下凡助战来了。一个人能算出九步之后的杀着，没问题，是个一流的专家，没准儿还是冠军的争夺者，正出门去参加同一次比赛呢。正在这紧要关头，他突然到来，突然介入，这简直是天助。麦克柯诺尔第一个清醒过来。

"你有什么高见？"他急不可耐地小声说。

"暂时先不进，撤！先把王撤出死地，从 g8 位退到 h7 位上。这一来，他可能把锋芒转向这一翼；那么，你的 c8 位的车退 c4，顶住它。这他就先失两步，丢一个卒，也就失去了优势。于是，就成了卒对卒的棋。只要防守得法，你还能落个和局。再多就别指望了。"

我们又是一愣，他算得那么准，又那么快，把我们都听傻了。这算步子的劲儿，就像是照着现成的书在背。由于他参战，使这盘对世界冠军的棋成为和局，这意想不到的转机，怎么说也是激动人心的。我们一致闪到一

---

① 国际象棋中的卒，如果能推到底线，就可以变为杀伤力最大的后，或变为棋手所需要的其他兵种。

旁,好让他看棋方便。麦克柯诺尔再次问道:

"那就 g8 位王退 h7 位了?"

"就这么走!绕开是要紧的!"

麦克柯诺尔听从了,于是我们敲响了杯子。岑托维奇照旧心不在焉地迈步来到棋桌旁边,打量了一眼这步对着,完了就把王侧翼的 h2 位卒挺到 h4 位上,正应了给我们助战的这个生人预先说下的。这一位已经耐不住性子嚷开了:

"走车,走车,c8 位退 c4 位,这一来他就不得不先保卒了。不过这他也没一点办法!你 c3 位马进 d5 位,不管他那个卒,这就扳成势均力敌了。全力压过去,不要守了!"

我们不明白他指的是什么,他说的那些话,我们就像听中国话①。不过,既然服了他,麦克柯诺尔也就不假思索,照他指示的走,我们又敲杯子叫岑托维奇过来。他第一次紧张地看着棋局,没有匆忙地作决定。后来,他按这陌生人点破的那样走了一步棋,转身就要走。然而,岑托维奇走开之前,出了点新鲜事,想不到的事:他抬起目光,打量了一下我们这一圈人,显然是想弄明白,是谁回敬了他这一步硬棋。

从这一瞬起,我们的情绪猛地高涨起来。这以前,我们下棋只抱着一种侥幸心理,现在不同了,想杀一杀岑托维奇孤高傲慢的想法,在我们浑身血管里鼓动起一种投身一搏的热火劲儿,我们这位新朋友又定出下一步棋,我们能叫岑托维奇回来了。拿小勺敲杯子的时候,我的手指都哆嗦起来。这一下,我们第一次占上风了。一直都是站着走棋的岑托维奇,迟疑着,迟疑着,终于坐了下来。他动作迟钝,慢慢悠悠坐下,这一坐,光从架势上来说,他就失去了原先对我们的那种居高临下之势。我们已经把他逼得至少在空间位置上和我们不分高下了。他长久地考虑着,目光一动不动地垂向棋局,发涩的眼皮低得连眼珠子都看不见。在穷思苦索中,嘴也慢慢地张大了,使他那圆圆的脸显得有点呆头呆脑的。岑托维奇想了几分钟,然后走了一步,站起身来,我们那位朋友跟着就嘀咕开了:

"好一步闲棋,想得好!不过别去管它!逼着换,硬逼着换!一换就成和局,上帝也帮不了他的忙。"

---

① 在交通不发达的古代,在欧洲人眼里,中国是个神秘的国家,因此中国话就被用来形容听不明白的话。

麦克柯诺尔听从了。以后的几步,成了他们两人的你争我夺;我们这些人早降级成了没台词的群众演员,看了个莫名其妙。约莫又走了七步吧,岑托维奇经过更长久的考虑之后,抬起眼睛声明说:"和了!"

一时间鸦雀无声。突然,我们听得见涛声了,听得见休息室收音机里传来的爵士乐声了,听得见甲板上的脚步声和穿过窗隙的轻轻细细的风声了。我们都屏息敛气。在一局已成劣势的残棋中,这陌生人竟然能牵着世界冠军的鼻子走,这太突然了,这出人意料的事使我们简直目瞪口呆。麦克柯诺尔猛地往后一靠,憋住的气从嘴里呼出,快活地喊了声"啊呀"。我则在审视着岑托维奇。下最后那几步棋时,我感觉到他脸色在发白。不过他很会克制自己,保持着故作镇静的刚强样儿,一边慢慢地伸手扫开棋盘上的棋子,一边故意冷冷地问道:

"诸位还想下第三盘吗?"

他提出这个问题,完全是用职业性的、拉生意的口气。不过值得注意的是,他说这话时没看麦克柯诺尔,而是狠狠地抬起目光直视我们这位救星。下最后那几步棋,他一定认出了他真正的、实际上的对手,就像一匹马从更稳健的架势中认出一个更出色的新骑手一样。我们不由得跟随他的目光,着急地看着这位陌生人。然而,陌生人还没顾上考虑或是回答,虚荣心作怪的麦克柯诺尔就洋洋得意地冲他喊开了:

"不在话下!不过这一盘得你一个人跟他下!你一个人对付岑托维奇!"

然而,有点叫人想不到的是,怪头怪脑地还一直紧盯着空棋盘的这位陌生人,看到自己吸引住大家的目光,还有人这样得意地来搭话,惊愕得一激灵,神色大变了。

"说什么也下不下,诸位,"他说话结结巴巴,显然是慌了,"这绝对不行……我根本不考虑……我都二十年,不不不,二十五年没挨近棋桌了……我这才想起来,我做得多不得体,不经允许就来参加你们的比赛……我太冒失,请诸位原谅……我一定不再打搅了。"我们还在惊诧不已时,他已经抽身走出了吸烟室。

"这简直不可能!"兴冲冲的麦克柯诺尔朝桌上一拳,闷声闷气地说,"这人会二十年没下过棋,这绝对不可能!每步棋,每步对着,他简直五六步之前就算出来了。这两下子,没人能轻易做到。这是绝对不可能做到的,是不是?"

麦克柯诺尔不自觉地向岑托维奇提出了末尾这个问题。可是，这位世界冠军照旧无动于衷地冷淡。

"这事我没法评论。反正，那位先生棋下得不大一样，还有点儿意思，所以我故意给他留个面子。"说着懒散地站起来，用职业性的口吻补充说：

"要是那位先生或是诸位明天还想下一盘，那么，三点钟以后我奉陪。"

我们忍俊不禁地笑了。我们谁都知道，岑托维奇没那个气量，给帮我们参谋的这个陌生人留面子；他这个解释，不过是一句自作聪明的圆场话，想掩饰他的无能。我们更心急如焚起来，一心想看这种顽固到底的傲慢受到羞辱。一种野性的、好胜的斗志，一下攫住了我们这些懒散和睦的船上居民：说不定就在这艘大洋之中的船上，能扯下这个世界冠军的桂冠，这纪录将通过所有的电报局传播到全世界去——这想法热辣辣地迷住了我们。正在紧要关头，我们的救星意想不到地介入，和那个职业棋手不可动摇的自信相反，他还谦虚得近乎胆怯，这些不可思议的事，给我们的想法更增加了诱惑力。这陌生人是谁？莫非一个尚未被发现的象棋天才乘机亮出来了？要不，这是位著名的象棋大师，由于无法探究的原因，不向我们披露姓名？为了使这个陌生人不可思议的畏缩和令人惊异的表白，能同他使人佩服的棋艺不相矛盾，我们热心地探究着各种可能，连想入非非的假说我们也并不觉得过分。不过，有一点我们大家是一致的：无论如何也不叫重新杀一盘的热闹场面吹了。我们决定想尽一切办法，叫这个帮手第二天同岑托维奇下一盘。麦克柯诺尔答应承担物质方面的风险。由于这时从服务人员那里打听到，这陌生人是奥地利人，于是我作为他的同胞，就被委托去向他陈述我们的请求。

没花多少时间，我就在甲板上找到了这一溜烟儿跑掉的人。他正在躺椅上读着什么。我走过去之前，乘机端详了他一番。他棱角分明的头倚在靠背上，带点疲乏的神情。那张脸还带点青春气息，两鬓却白得惹眼，脸上引人注目的苍白，再次使我看了惊讶不已。说不清是为什么，在我的印象中，这人一定是突然变老的。我还没到他跟前，他就客气地站起来通名报姓作自我介绍；那是奥地利名高望重的一个老家族的姓，我一听就感到亲切。我想起来，有个姓这个姓的人，曾经是舒伯特①的密友，还有一个出身

---

① 舒伯特（1797—1828）：奥地利作曲家。

这家族的人,是老皇帝①的侍医。当我向 B 博士转达,我们请求他去向岑托维奇应战时,他简直愣住了。原来他想都没想到,刚才那盘棋他光荣地顶住了一个世界冠军,甚至是眼下成绩斐然的世界冠军。我这个陈述,看来很微妙地对他产生了特殊的效用,因为他再三再四地从头追问,他的对手的确是公认的世界冠军这一点,我是不是有把握。我随即看出来,这一情况使我的任务好完成了。不过,考虑到他容易激动,所以,万一输了,物质上的风险要由麦克柯诺尔来承担这件事,我认为还是不告诉他好。迟疑再三,B 博士最后才表示决意参加比赛,但又颇为郑重地要求再提醒一下其他诸位先生,对他的本事可不能存有奢望。

"因为,"他出神地笑了笑,补充说,"我真摸不准,是不是能够正确地按照种种规则来下棋。我说从上中学的时候起,也就是说二十多年来,再没摸过棋子,这绝不是假装谦逊,请你相信我好了。就说在那个时候吧,我也绝不是什么才能出众的棋手。"

他这话是脱口而出的,对他的坦率之言我不该抱丝毫怀疑。可是,我又不得不说我感到惊异,怎么各个象棋大师下的每盘棋的布局,他都记得一清二楚。那么至少,他从理论上对象棋大有研究吧。B 博士又做梦一般异样地笑了笑。

"大有研究——天晓得!也许可以说,我是大有研究吧。不过,那是在很不一般的情况下,简直是在独一无二的情况下进行的。这是一段相当复杂的经历,对我们这伟大动人的时代,这段经历也许算个小小的补充吧。要是你肯花半个钟头的话……"

他向身旁的一把躺椅摆了摆手。我欣然接受了邀请。没有旁人在场。B 博士摘下花镜放在一旁,开始说:

"你很亲切地说到,你是维也纳人,记得我们这个家族的姓氏。不过,我和父亲一起主持,后来我又独立主持的那个律师事务所,我想你是没有听说过的,因为我们不受理报纸上公开议论的案件,而且立下规章不应承新的当事人。实际上,我们本来就没有什么正经的律师业务,只不过是充当法律顾问,首先是管理大修道院的财产,因为我父亲原先是天主教政党

---

① 这里应是指奥匈帝国皇帝弗·约瑟夫。他于一八六七年至一九一六年在位。

的议员,和这些修道院熟。另外嘛——今天君主政体成了往事①了,也就不妨这么说说吧,我们还受托管理一些皇室成员的经费。我有个叔叔是皇帝的侍医,另一个是载屯施特屯修道院的院长,跟朝廷和教会的这种联系已经延续两代了,我们只消保持下去就行了。由于相沿的信用,我们到手的这份差事,是私下干的,说得上是一声不响干的,要求根本不高,只要严守秘密、确保忠诚就行了。在这两方面,先父都是做得甚为出色的。事实上,在通货膨胀和推翻帝制②的年代里,由于审慎,他成功地为当事人保住了数量可观的财产。后来,希特勒在德国掌权③了,开始霸占教会和修道院的财产。为了至少保住动产不被没收,跟国外进行的种种谈判和交涉,也都是我们过手的。关于教廷和皇室某些秘密的政治谈判,我们两人知道的,比后来张扬出来的还多。就因为我们事务所从来不挂牌照,不起眼,加以我们两人都谨慎,故作姿态地躲开帝党,所以省了许多找上门来的盘问,安全得很。事实上,在那些年里,奥地利官方从来没有料到,皇室的密使,总是在我们设在五楼这不显眼的事务所里收发绝密邮件。

"在纳粹分子扩充军队来对付世界之前,早就开始在邻近各国把吃亏受辱、遭到冷落的人组织成一支大军。一支同样危险、同样受过训练的军队。每个机关,每个企业,都安插了他们的所谓'支部';每个地方,连多勒弗斯和舒什尼格④家里,都坐镇着包探和特务。甚至我们这不显眼的事务所里都有他们的人——可惜我好长时间以后才知道。那是一个神父介绍来的办事员,不用说是穿戴寒伧,能力低下。我雇用他只是为了装装门面,使事务所像个正经机关。实际上,我们不过是支派他去应付一些无关紧要的闲事,让他接接电话呀,整理文件呀——整理那些等因奉此的文件。邮件他不得拆启。凡属重要书信,都是我亲手用打字机打,连副本也不留。每份重要文件我都亲自带回家去。秘密会谈只在修道院的院长室里,或是我叔叔的诊疗室里举行。由于这些审慎的措施,这包探对重要的事件竟一

---

① 第一次世界大战中,一九一八年奥匈帝国投降,哈布斯堡王朝的末代皇帝查理退位。十一月十二日奥地利共和国成立。
② 指一九一八年奥匈帝国的土崩瓦解。
③ 希特勒上台是一九三三年。
④ 多勒弗斯(1892—1934):一九三二年任奥总理,一九三四年七月二十五日被奥地利纳粹分子暗杀。
舒什尼格(1897—1977):多勒弗斯被暗杀后任奥总理,一九三八年三月希特勒入侵时,被奥地利纳粹分子逮捕,直关至一九四五年。一九四七年后定居美国。

无所见。然而,由于什么糟糕的意外,这贪功求荣的小子准是发现我们不信任他,各种非同小可的事情都背着他在干。也许是有一回我不在,某个信使失口说出了'陛下'①,没有按约定的称'贝恩男爵',要不就准是这无赖偷拆信件,反正,我们还没顾得上怀疑他,他就从慕尼黑或是柏林得到指示来监视我们了。多少年后,都坐了好长时间的牢了,我这才回想起来,他原先办事松松垮垮,那几个月来,竟突然变得勤快起来,好几次简直是死缠着要给我把信件送到邮局去。我也有考虑不周的地方,不能给自己开脱干净,不过说到头,不是连最伟大的外交家和军事家都被希特勒那一套鬼把戏欺骗了吗?好长一段时间,盖世太保②眼明心细地盯住了我,后来事情彻底挑明了,希特勒进入维也纳的头一天③,也就是舒什尼格宣布辞职的那天晚上,我就被党卫队逮捕了。万幸的是,一听舒什尼格的离职演说,我就成功地烧毁了所有的重要文件。剩下的文件,包括修道院和两个大公爵寄存国外的财产万不可少的凭证,我都塞进一个盛脏衣服的筐子,简直是在那班家伙就要破门而入的最后一分钟,由年老可靠的女管家转移到我叔叔那儿去了。"

B博士顿了顿,点起一支雪茄。火光一闪时,我发现他的右嘴角神经质地抽搐了一下。这种现象原先我就注意到了,而且我还看出来,每隔几分钟就要重复一次。那只是迅疾地一动,轻得像掠过一丝影迹,然而,却使整个面部表情显得异样焦躁不安。

"你大概在想,我就要讲集中营了,就要讲所有忠于奥地利古国的那些人被送进集中营了,讲我在那里挨打挨骂,吃尽苦头了。这种情况我并没有碰上过。我是另一种情况。我没有被投进那些不幸的人们中去,没有跟着去受肉体和精神的折磨,让人尽情发泄长期郁积起来的怨恨;我被算在另外那些为数很少的人里面,这些人是纳粹分子一心想榨出金钱或重要情报的人。我这么个等闲之辈,本身当然引不起盖世太保的兴趣,可是,他们准是知道我们是替他们的死对头管理财产的亲信。他们一心想从我身上榨出用来收拾修道院的罪证材料,想证实修道院盗卖财产,还要搞到材料来收拾皇室,收拾所有在奥地利不怕牺牲拥护帝制的那些人。他们猜

---

① 应是指逃亡瑞士的奥匈帝国末代皇帝查理。
② 希特勒"秘密国家警察"德文缩写的译音。
③ 即后面医生说的"三月十三日"。

想——说真的,并不是瞎想——我们经手转移的那些基金,绝大部分还坚壁着,他们想夺却可望而不可即。因此,我被抓进去的头一天,他们就想用屡试不爽的方法来逼我的口供。我们这类囚犯,是可望榨出金钱和重要材料的,因此没有被送进集中营,而是享受着特殊的待遇。你也许能想起来,像我们的总理①以及若特施尔特男爵等人,由于盖世太保一心想从他们的亲戚那儿讹个几百万,他们都没有被送进铁丝网后面的战俘营,而是享受着住旅馆的假优待:被送进盖世太保总部所在地的"大都会旅馆",一人住一个单间。连我这么个名不出众的人,居然也受到了厚待。

"在旅馆里独住一间房,这话听起来人道得很,是吧?可是你信我的话,让我们这些'要犯'住在旅馆不冷不热的单间里,不把我们一二十人地塞进冰冷的工棚,这根本不是什么想对我们人道一些,不过是做得更刁钻罢了。因为想从我们这儿逼取需要的'材料',所以他们施加压力的方式也就更绝,不是粗野地殴打或是上刑,而是用隔离这种难于想到的刁钻办法。他们并没有对我们怎么样,只是把我们安置在空无所有的环境里;可谁也知道,世界上没有什么事物能像空虚那样逼压人的心灵。我们每个人都被隔绝在绝对的真空里——跟外界风丝不透的房间里。他们不是用对肉体的鞭打,而是用对心灵的逼迫来最终撬开我们的嘴。指定给我的那间房,乍看之下,没有丝毫不顺眼的地方。这儿有一扇门,一张床,一把沙发椅,一个洗脸盆,还有个安了栅栏的窗子。可是,门白天黑夜地关着,桌上不准有图书报刊和纸张铅笔,窗眼又死对着一垛隔火墙。我周围,甚至连我自己,都是由绝对的空虚构成的。他们拿走了我的一切:拿走表好让我不知道时间,拿走铅笔好让我写不成字,拿走小刀好让我无法切开动脉自杀;连抽口烟晕乎一下他们都不答应。除了不敢说话、不敢回答问题的看守,我从来见不到一张人脸,听不到一点人声,眼睛、耳朵和所有的器官,从早到晚、从黑到明都得不到一点营养滋补的东西;我待着,守着自己,守着自己的身体、四肢,守着桌子、窗子、床铺和洗脸盆这四五样哑巴物件,冷清得没法解救。我过的日子,就像钻在潜水球里的潜水员,沉没在默无声息的黑海洋里,而且明知回到水面上去的缆索已经断了,再也不会被拖出这无声的深渊了。无可为,无可听,无可看,包围我的,无时无处不是无物,不是这没有时间没有空间的空虚。我走过来走过去,思想也跟着走过来走过

---

① 指舒什尼格。

去,走过来走过去,循环往复。而且,思想虽然是没有实体的,也要有个支点,一失去支点就开始乱滚,一团糟地自己围着自己转;思想也忍受不了这种空虚。我等着发生点什么事,可是从早等到晚什么事也不发生。于是再等,再等,还是什么事也不发生。我等呀,等呀,等呀,我想呀,想呀,想呀,一直到头昏脑涨,还是什么事也不发生。孤独,孤独,永不变样的孤独。

"我离开时间之外、离开空间之外地生活着,这样过了十四天。当时,就是打起仗来,我也不会知道。构成我的天地的,不过是桌椅门床洗脸盆,还有窗子和墙壁。我总是盯着同一垛墙上的同一条挂毯,看的时间长了,挂毯上锯齿形图案的每一条线,都像嵌进我大脑最深处的褶皱里了,像用刀雕下的一样。后来,审讯终于开始了。我被突然叫了出去,也不知道那是白天还是黑夜。我被叫了出去,走过几条走廊,也不知道是朝哪儿走;后来,又在一个地方等着,也不知道那是什么地方;突然之间,又站到了一张桌子跟前,桌子周围坐着几个穿军服的人。桌上放着一摞文件,是案卷,可是不知道里面都有些什么。完了就开始提问,问题有真的,有假的,有赤裸裸的,有玩花招的,有打马虎眼的,有引人上钩的,回答问题时,又有陌生的、愠怒的手指在翻动文件,也不知道都是些什么文件,还有陌生的、愠怒的手指在做记录,也不知道都记了些什么。然而,在这次审讯中,最叫我提心吊胆的,是我猜不出算不出,关于我们事务所的事情,盖世太保确实知道点什么,正想从我嘴里掏出来的又是些什么。我跟你说过,那些要被当作罪证的文件,在最后时刻,我通过女管家都送到我叔叔那儿去了,可是,他收到了还是没收到呢?那个办事员都告发了我们一些什么呢?他们截获的信件有多少呢?这段时间以来,在我们代管的那些德国修道院里,很可能已经从一个不善应对的神父那儿逼走的口供又有多少呢?他们左一个问题,右一个问题,我给某个修道院买过什么有价证券呀,跟哪些银行有过信件来往呀,是不是认识一位如此这般的先生呀,有没有收到过瑞士的来信呀[①],以及什么稀奇古怪的地方的来信呀……因为我根本算计不出来,他们已经侦查到的有多少,这就使我的每个回答都有不堪设想的后果。如果供出了他们还不知道的什么事情,那我可能就会毫无必要地把别人推进火坑,如果这也否认那也否认呢,那又会自己害自己了。

"然而,最糟糕的还不是审讯,最糟糕的是审完了再回到空虚中去,回

[①] 末代皇帝查理逃亡在瑞士。

到桌子、床铺、挂毯、洗脸盆等东西依然照旧的老房子里去。因为只要独自一人，我就会变着法子去翻腾，刚才哪些话算是回答得最巧妙的，哪句话考虑不周，可能引起怀疑，下一次我一定说几句什么话，再把这个怀疑岔开。在初审法官前作的供词，一字一句，我都再考虑、思忖、琢磨、掂量一遍又一遍。我扼要地重复着他们所提出的问题和我所作的回答。我还曾试着去估摸，他们可能都记录了一些什么，可是也知道，这是根本不可能做到，不可能得知的。这种种思想，一旦在空荡荡的空间被搅动起来，就永不停止地在我脑子里滚动起来，一再从头来，一再花样翻新，甚至涌进睡梦中去。每次盖世太保审完之后，我自己的思潮又无情地用质询查对、胡搅蛮缠来折磨人，很可能折磨得更凶残呢。因为那些审问一个钟头也就结束了，而我的思潮，有了寂寞来火上加油，就没完没了。包围着我的，只有这些桌子、柜子、窗子，以及床铺挂毯。没有可消遣的，没有书，没有报，没有生人的脸，没有铅笔来记个什么，没一根火柴棒来捻着玩玩，什么也没有，什么也没有。我这才发现，这种单间囚禁法想得是如何地用心恶毒，又是如何地扼杀心灵。在集中营里，也许你得用小车去推石头，两手磨出血来，两脚在鞋里冻僵，二三十人挤一间，又冷又臭。可是，你看得见人脸，你可以盯着看一片田野呀，一辆架子车呀，一棵树，一颗星星和这样那样的东西呀，而在这儿呢，你周围总是老样子，老样子，叫人发怵的老样子。这里没一点儿什么能帮我甩脱这种思潮，这种胡思乱想，这种病态的内心独白。盖世太保打的就是这个主意：想叫我在这种心绪中憋呀，憋呀，直到憋得透不过气来，憋得走投无路，最后只好向他们吐露，向他们招供，把他们想要的都招出来，最后连材料和有关人一起供出来。慢慢地我感觉到，在这种空虚的狠劲逼压之下，我的神经开始松散了；意识到这种危险，我就抖擞起来，神经都绷得快要断裂，想发现或是发明一个什么消遣的方法。为了不叫自己闲下来，我试着把以前背过的东西，什么民歌呀，儿歌呀，中学课本里的荷马史诗以及民法法典的条款呀，都一一想出来，念出来。后来，我又试着演算算术题。随便拿些数来加呀减的，可我这陷在空虚里的脑子，又什么也记不住。我没法集中心思去想个什么，总是想着想着，这种考虑就会一闪蹿出来：他们掌握了一些什么？昨天我都说了些什么？下次受审我该说什么好？

"我根本无可名状的处境延续了四个月。唉，四个月，这，写起来简单，就那么几笔！说，也简单，'四个月'，就几个音。花个一秒半秒的，嘴一张就有了:四个月!可是,在失去了时间和空间概念的情况下,时间到底有多长,谁也没法描述、测定或是举例说明。这包围着人的空虚,这总是原样的桌子、床铺、挂毯和洗脸盆,这总是原样的死寂,这总是原样的看守——把饭递进来连眼睛都不抬一下的看守,这总是在空虚中围着一个念头转的种种念头,这把人转得晕头转向的同样念头,这一切会怎样把一个人吞掉和毁掉,你没法向旁人说清楚。从一些细枝末节上,我担心地看出来,我的脑子正在变得颠三倒四。最初几次受审,我还神志清醒,说个什么事沉着有数:什么该说,什么不该说,交叉考虑问题也都行。现在呢,我充其量能结结巴巴说几个最简单的句子,因为我一边说,一边又恍恍惚惚地看着作记录的笔在纸上挪动,好像要撑上我自己的话似的。我觉得精力在衰退,觉得越来越近地面临着这样一个时刻:为了救出自己,我会把知道的一切都说出来,甚至还不止这样;为了摆脱空虚造成的窒息,我会把十几个人连同他们的隐秘一起出卖。有一天晚上,真是到这一步了。在那憋死人的一刻,正巧看守把饭送来了,他转身走时我突然叫了起来:'带我去受审!我都说!我都交代!文件在哪儿,钱在哪儿,我都说!我全都说出来,全说!'幸好看守没有听下去,说不定他也不想听吧。

"在这千钧一发的时刻,一件料想不到的事把我救了,至少救了我一段时间。那是七月末一个昏黑阴沉的下雨天。这个细节我记得一清二楚,因为我被带去受审走过一条过道时,雨正敲打着走廊里的窗玻璃。我得在审讯室的外屋等待。每次提审总是得等;叫等,这也是一种手段。半夜里一声喊叫,猛不防把你从囚室里提出来,你的神经一下绷紧起来,等你定下心来准备去对付的时候,他们却叫你在受审前等着,叫你等得越来越失去自制。等一个钟头,等两个钟头,等三个钟头,叫你等得身体疲乏,精神萎靡。这一天是七月二十七日,星期四,他们叫我等得特别长,在外屋站着——不用说是不许坐下的——我足足等了两个钟头,站得腰酸腿痛。这个日期我记得这么清楚,是有特殊原因的,因为在这外屋里,挂着一本日历。对印了字、写了字的东西有多眼馋,我都没法儿跟你说明白。墙上日历上的数字,我瞪着眼睛看了又看,好像要把它吸进脑子里去似的。看完又等,一边等一边又盯住门,看这门什么时候会打开。同时我琢磨着,这回这些酷吏可能问我些什么,尽管我明白,他们将要问我的,和我准备回答的会大不一样。不过,不管怎么说,这种站着等待的折磨,同时也是一种舒坦,一种快慰,因为这间屋子总算跟我住的那间不一样,比我住的那间大,多一个窗子,没有床,没有洗脸盆,窗台上也没有我看了千遍万遍的一道特殊的裂缝。门上漆的颜色不同,门口那把沙发椅也不同。门左边有个文件柜,还有个衣架,挂钩上挂着三四件淋湿的大衣,是那些折磨我的打手们穿的。我馋坏了的两眼,终于能看到点新鲜东西,看到点不同的东西了,我馋得连任何一个细部都不放过。我细看着那些大衣上的每一条褶缝,比如说吧,湿领子上缀着一滴水我都发现了。不怕你听了笑话,我莫名其妙地激动起来,等着看那一滴水是沿着褶缝滴落,还是更长久地留在上面。真的,我一连几分钟憋住气,死盯着那滴水看,仿佛那是我生死攸关的事。那滴水终于滴下来后,我又数大衣上的纽扣。一件是八颗,另一件也是八颗,第三件是十颗。数完之后,我又比较大衣的翻领。我馋坏了的两眼,带着我无可名状的贪婪,让所有这些不值一提而且无关紧要的小玩意儿触动着,逗引着,包围着。忽然,我的目光被定定地吸住了:我发现有件大衣的口袋被什么东西撑得鼓鼓的。我走近一步,看到这鼓起来的口袋呈长方形,我相信,里面是一本书!我的膝盖开始哆嗦了,是一本书呀!我没伸手碰过书都四个月了。一本书,你可以看到里面的字一个挨一个排成一行一行,一页一页,一篇一篇,你可以从中读到新颖别致、感到陌生的种种思想,这些思想你可以跟着跑,也可以往心里记,光是这么一想,就叫你陶然心醉,我的目光晕晕乎乎地盯住这被书撑得鼓起来的口袋,两眼发烧地盯住这不起眼的小地方,好像要把大衣都烧穿似的。终于,我无法克制自己的欲望,不由自主地往前蹭过去。一想到能伸手摸到书了,即便隔一层布也罢,我手上的神经一下子热到了指尖上。我越来越近地凑了过去。还好,看守没注意我这种很反常的行动,说不定他还认为,一个人挺直站了两个钟头,想往墙上靠一靠呢。终于,我站得跟大衣紧挨着了,又特意把手抄到背后,好不被人察觉就能摸到大衣了。终于我用手摁了摁口袋,摁着还窸窣作响,的确是个长方形的东西,的确是本书!的的确确是本书!我脑子里飞快地闪过一个念头:偷下这本书!如果侥幸到手,那我就可以把它藏在囚室里,然后读呀,读呀,读罢最后一遍再读一遍!这念头一起,就像烈性毒药发作了一样,我耳里嗡嗡作响,心怦怦直跳,两手冰冷不听使唤。不过,一阵心慌意乱之后,我轻巧、机智地贴近大衣,一边紧盯着看守,一边用抄在背后的手把口袋里的书一点一点往上顶。然后,又轻巧又细心地一抽,就这一下,这本不太厚的小书就到了我手里。到这时候,我才为自己的行事后怕起来,可是已经无可挽回了。那么往哪儿放呢?我把书从背后塞进裤头,掖在系腰带的地方,再一点一点推到腰侧。这样,走路的时候,我就可以像军人一样,用手贴着裤缝把书夹紧。这回,该先来试验试验了。我离开衣架,走一步,再走一步,再走一步。成了!只要我的手贴紧腰带,走路的时候要夹住书是没问题的。

"接着是审问。这次受审我比哪一次都紧张,因为回话的时候,我根本不是集中全副精力来想口供,而是要把书夹住,别让人看出来。还好,这一次没审多久就完了。我稳稳地夹着书回囚室去。闲话就少说了,不耽误你,光说在过道中间的时候吧,书从裤头上好不危险地滑了下去,我只好假装没命地咳嗽,顺势弯下腰,把书再稳稳地推回到腰带下面去。等到把书带回地狱的时候,那一瞬间哟,终于只剩我一个人了,现在我又不再是一个人了!

"你可能认为,我会立时抓起书,端详一番,就读起来。才不是呢!身边有了一本书,我要先尽情享受一番阅读前的欢快,做梦一样去猜想这偷来的是一本什么书,尽情享受一番这种引而不发的欢快,这种使大脑妙不可言地兴奋起来的欢快。这书该有许多许多的字,有许多许多薄薄的书页,这样我就可以多读一些时间。我还盼着,这要是激动人心的作品就好了,不是浅薄平淡的东西,而是值得阅读值得背诵的东西,如诗呀什么的,而且——我简直想入非非了——最好是歌德的,或是荷马的。可是想到后来,我再也无法克制自己的性急和好奇了。我往床上一躺——这样,看守就是突然打开门,也抓不住我什么——这才哆哆嗦嗦把书从腰带底下拽出来。

"一眼扫去,我大失所望,甚至怒气冲冲了。我千难万险搞来的、而且是抱着灼望的这本书,不过是一本棋谱,一本一百五十盘名家对局的汇编。要不是被关在屋里,我会一怒之下,把书从一扇开着的窗子里扔出去。我要这么一本闲扯淡的书干什么呢,又能干什么呢;我在上中学时,像大多数别的学生一样,有时闷得慌也下一两盘棋,可是这样谈理论的本本,我要了干什么?下棋嘛,没个对手,甚至没棋子、没棋盘,就下不成。我没好气地翻了一阵儿,想着也许能找出一点儿什么可读的东西,像是一篇前言呀,一篇凡例呀。可是什么也没找着,有的只是一盘盘名家对局的正方形附图,图下面还有我一时看不明白的符号 a2—a3①,Sf1—g3② 等等。这些东西,

---

① 意为 a2 进 a3,即在同一行前进一格。
② 意为 f1 位的马进 g3,即马跳到隔行前进两格。

我看了就像求不出答案的代数式。慢慢地我才琢磨出来,原来字母 a、b、c 代表竖行,数字 1 至 8 代表横行,合起来就确定了各个棋子在每一步上的位置。于是,这些纯粹是图解棋局的附图,居然会说话了。我琢磨着,说不定在这囚室里能拼造出一个什么棋盘,这样一来,就可以试着一局一局来复盘了。像是天意的开导,我看出来,巧得很,床单的图案就是些不大规则的方格子。好好一折叠,床单上终于能凑出六十四个格子来了。于是我先把棋谱塞到褥子底下,只把第一页撕出来。完了,我用吃面包掉下的渣渣屑屑,捏成非常可笑、不成形状的棋子,王呀,后呀,等等,再用尘土把一半棋子染成灰色来区分黑白,就开始正式摆起来。忙了一阵之后,我终于能在方格床单上按棋谱标示的位置来复盘了。可是,用这种滑稽可笑的面包渣棋子试着来复一整盘棋,开头的时候根本没弄成。头几天,我总是搅得一塌糊涂,不得不五次、十次、二十次地再从头开始。不过,世界上有谁像我那样被空虚主宰着,有那么多既没用也用不上的时间,有那么多使不完的热心和耐性呢? 六天以后,我就无懈可击地把一盘棋下完了;又过了八天,我根本用不着面包渣棋子了,我就能在床单上看出布局了;又过八天之后,我连方格床单也用不着了。原先棋谱里 a1、a2、c7、c8 那些抽象符号,自动在我脑子里转化成具体可感的布局了。这种转化是胜任愉快的:满盘的棋在我心里显现出来,只要一推算我就通盘看到某一步上的布子情况,这就像一个娴熟的音乐家,只要往总谱上看一眼,各种乐声和各种乐声的协奏,就都在他耳朵里响起来了。又过了两个星期以后,棋谱里的每一盘棋我能毫不费力地在心里复盘了,用行话说就叫'下盲棋'。到这时候我才承认了,这次大胆的偷窃,给我带来的好处真是无法估量,因为我忽然之间有事可做了,虽说这是没有意义、不起作用的事,随你怎么说吧,反正它破除了我四周的空虚。有了这一百五十盘棋,我就有了个法宝,来抵住空间和时间把人憋死的单调。为了使这个新的职业对我具有不间断的吸引力,从这时起,我就严格支派每天的时间:上午下两盘,下午下两盘,晚上再一掠而过地复习一盘。我的日子,原先像肉冻一样不成形状地摊着,现在充实了。我忙乎着,并不感到疲倦,因为下象棋就有这么个绝妙的好处,把人的心力拴到一个宽窄有限的方格里,不管怎样紧张地动脑子,大脑也不会疲沓,而只会练得反应敏捷和精力充沛。原先我只是机械地重复名家的对局,慢慢地,一种艺术家的兴会在我心里豁亮起来。我学着去掌握攻守中的智取、强攻和种种精到之处,学会了算棋、互相呼应和突然出击等等技巧,而且不久,我就能丝毫不差地从各个象棋大师别具一格的棋路中分辨出他们的特点,就像读一个诗人的诗,只要读几行就能判断一样。于是,这件纯粹是为了消磨时间的事,变成了一种享受,阿廖辛、拉斯克、波哥留勃夫和塔尔塔柯威尔这些棋王,都像可亲的朋友一样来为我排解寂寞。这种无穷无尽的花样翻新,使这死气沉沉的囚室在任何时候都充满生气。正是这种严格的日课,使我的思维能力又变得惊人的准确了。我感到脑子清新,而且由于经常用脑,它砥砺得更为锋利。我考虑问题更清晰了,更专心致志了,这一点首先在受审时表现出来;下棋时如何对付佯攻和暗算,不知不觉就使我成熟起来了;从那以后,我受审再也没露过怯色,甚至感到,连盖世太保慢慢地都带着几分敬意来看我了。他们见其他人都垮了,也许会心里纳闷:我是从什么神秘的源泉中,汲取了这种抗拒到底的力量。

"棋谱里这一百五十盘棋,我天天有系统地跟步子学着下,这段幸福时间,大概延续了两个半月到三个月的样子。后来,我没有想到又陷入绝境了,突然又感到空虚了。因为每盘棋下过二三十遍以后,就失去了新鲜感,原先那么使人激动、使人鼓舞的力量也就枯竭了。一盘棋一步挨一步我早背熟了,还一遍又一遍去重复,还有什么意思呢? 刚一开局,这盘棋的运子进程就自动地交错在我心里了,不叫人惊奇,不叫人紧张,也没有疑难之处。为了使自己有事可做,有脑筋可动,为了使自己有所寄托,我真需要另一本棋谱,里面有不同的棋局。可是这根本不可能,要摆脱这非常恶劣的境况,出路只有一条:我必须抛开旧套,另创新局,我得想法子跟自己下,或者更确切地说,跟自己干。

"我不知道,这种自己跟自己玩的心理状态,你在多大程度上能琢磨得出来。下棋纯粹是一种思维游戏,不是碰巧的事,所以,想自己跟自己下棋在逻辑上是荒谬的,随便一想就足以指出这一点了。下棋之所以吸引人,是因为设谋用计是在两个不同的脑子里分别进行的;在这场钩心斗角中,黑方时不知道白方走一步棋的用意,总是千方百计去猜测,去干扰,反过来,白方也是尽力去超越对手,去招架黑方的隐秘用心。如果黑方和白发由一个人充当,情况就显得荒唐了,因为同是一个大脑,既应该知道某些事,同时又不该知道;为白方算棋的时候,要能按照命令完全忘掉一分钟前还是黑方的意图。交叉进行思维,是以意识完全分裂为前提的;使大脑的功能也像动力机械一样,想开就开,想关就关。想自己跟自己下棋,这是违背下棋常理的,就像一个人想跳过自己的影子一样。

"哦,我简单点儿说吧。这种荒唐罕见的事,我在灰心丧气中竟试了几个月。我没有选择余地,只有去干这种荒唐事,好使自己的神经不致完全错乱,或是智力全部衰竭。在这种可怕的处境下,为了不被四周令人毛骨悚然的空虚所窒息,我被迫把自己分解成黑方我和白方我。"

B博士在躺椅上仰倒,闭了一会儿眼睛,好像要把翻肠搅肚的回忆强压下去似的。他不由得右嘴角一掀,又异样地抽搐了一下。这才从躺椅上直了直身子说:

"喏,到这里,但愿一切都给你解释得相当清楚了。不过,可惜我没法肯定,后来的事情,我是不是也能同样清清楚楚地举例向你说明。因为这项新工作要求脑子绝对紧张起来,这就使它不可能同时又克制自己。我跟你提起过,依我看,想自己跟自己下棋,这根本就是胡来;不过,就算这是荒唐事吧,眼前有个实实在在的棋盘,总还是好办一点,因为有棋盘在,总还会显出一定的距离,在视觉上总还是不受对方干扰的。面前有实打实的棋盘,摆着实打实的棋子,想着数的时候你就可以摞下休息一会儿再想,你就可以一会儿坐在桌子的这一头,一会儿坐在桌子的那一头,一会儿站在黑方来观察形势,一会儿站在白方来观察形势。可是像我这样迫不得已,要把自己对自己的棋战,摆到想象的棋盘上去,这就使我不得不把六十四个格子上每一步的运子情况都清清楚楚地记在心里;再说,我不仅要记住某一步上的布子情况,还要算出双方随后会走的步子。要为黑方和白方,为每一方的我,预先想出四五步棋,下的工夫不是两倍三倍,而是六倍八倍十二倍——我知道这听起来是多么不合情理。抱歉得很,我没分寸地叫你来想这种疯疯癫癫的事。在幻想的无形的棋盘上下棋,我必须作为黑方棋手预先算出四五步棋,同时作为白方棋手也要预先算出四五步棋,而且在一定的程度上,要按双方的想法,预先组合出各种棋势。不过,在这种不可思议的实验中,最不堪设想的还不是这种自我分裂,而是在自己想出一些棋局来的时候,我脚底下失去了立足之地,一下栽进了虚无缥缈。光是照着名家对局来下,像我前几个星期那样练的,说到底,只不过是依样画葫芦的事,纯粹是重复现成的东西,做这种事并不比背诗记法律条文更费心思。这是一种有一定范围、有一定章法的活动,因而是上好的智力锻炼。上午学两盘,下午学两盘,这是规定的日课,这是我的一种正常的工作。做这种事我根本用不着动感情。再说,下棋的时候我要是走错了,或是不知道该怎么样往下走了,我还有棋谱作依据。正因为这样,这对于我松动了的神经来说,才是一种有益的、起镇静作用的活动,因为拿别人下过的棋来复盘,不会把我自己卷进去。黑方胜也好,白方胜也好,我都不在意。这是阿廖辛或是波哥留勃夫在争夺冠军,我自己,不过作为旁观者,作为行家,来对这些妙不可言的棋局受用一番罢了。可是,从我试着自己对自己下的时候起,我就不由自主地开始向自己挑战了。黑方我和白方我,这双方的我,不得不互相比赛了。双方都从自己的立场出发,都求必胜,都求必得。作为黑方我,急于想知道白方我将要走的每一步棋。双方我的任何一方,都为对方的错着而兴高采烈,同时也为自己的失算而自怨自艾。

"这一切都像是毫无意义的;事实上,这完全是人为的精神分裂,是一种会导致危险的兴奋状态的意识分裂,对于正常情况下的正常人来说,是不可想象的。可是你别忘了,我从整个正常生活中被强行揪了出来,成了囚犯,无辜地受到关押,几个月来被人刁钻古怪地用寂寞来虐待,是个满腔愤怒早就碰见什么都想发作的人。除了进行自己对自己这种毫无意义的比赛,我再没别的事可做了;我的愤怒,我的报复心,疯疯傻傻地一头扎进了这种游戏。我想证明某件事是对的,可是我能在心里去反驳的,却又不过是另一个我,这就使我在下棋的时候亢奋得简直要发狂。一开头,我还沉着有数地思考,下完一盘休息一下,再下另一盘,好放松下来,缓一缓。可是慢慢地,被激怒的神经就不容我再等了。白方我才走一步,黑方我就心急火燎地抢上来了;一盘才完,我又叫阵要下第二盘了,因为两方的我总有一方被打败,就要求扳回来。由于这种满足不了的穷开心,最后几个月我在囚室里自己对自己到底下了多少盘棋,是上千盘还是更多,就连个大概数我也说不清。这瘾头儿大得我自己也管不住;从早到晚,我想的尽是象、卒、车、王呀,a路、b路、c路呀,将死了呀,王车换位呀;这一切,把我整个生活,整个心神都推到画着方格的棋盘上去了。下棋的乐趣变成了下棋的豪兴,豪兴变成了煎迫感,变成了狂热,变成了肝火旺盛,不仅贯串我醒着的时间,慢慢地还贯透到睡梦中去。我还能思考的事就是下棋,就是动子,就是对付险着。有时我醒过来额门上潮乎乎的,我断定,准是连睡觉也不自觉地在接着下棋;而且我要是梦见人了,那么这些人也只会是跟象呀、车呀什么的一样动弹,也只会用马行步往前往后地跳动。甚至被叫去受审时,我也没法再牢牢记住自己的身份。我有这种感觉,最后几次受审的时候,我准是有些前言不搭后语,因为有时候那些审问的人都听得面面相觑。说真的,他们问我、劝导我的时候,我带着不可救药的热望,只盼着再把我送回到囚室去,好让我把正在下的棋、下得乱糟糟的棋,再接着下下去,好让我重新下一盘,再下一盘,再下一盘。任何一点打搅都会把我搅乱,就连看守来打扫囚室的那一刻钟,给我送饭来的那一两分钟,也把我折腾得火辣辣地烦躁。有时候那一盆饭搁到晚上还没动,我下棋下得都忘了吃了。我肉体上唯一能感觉到的就是奇渴,这准是不住地下棋想步子弄得上火了。我三口两口就喝干了一瓶水,烦着看守再给添,可没过一会儿我又口干舌燥了。我从早到晚别的什么都不干,只是下棋,下到后来,我兴奋得连静坐一会儿都不行。考虑一盘棋的时候,我不停地走过来走过去,走过去走过来,越走越快,越走越快,这盘棋越是接近输赢,我越是暴躁。赢棋,取胜,自己打败自己,这种热望使我慢慢地动起肝火来了。我烦躁得直哆嗦,总是一方的我嫌另一方的我走棋太慢,一方的我催促另一方的我,要是一方的我嫌另一方的我还手还得不够快,那么——你也许会觉得好笑——我就会开始自己训自己,'快走!快走!'或者是'往下走呀!往下走呀!'如今我自然是心里豁亮了,当时我那种状况完全是精神过分紧张的病征;我无以名之,就称之为'棋瘾中毒',用了医学上还没听说过的这么个词儿。终于,这种对象棋入迷上瘾的偏执狂,不仅袭击我的心灵,还开始袭击我的肉体了。我瘦了,睡觉不香,精神恍惚,每次醒过来都要特别花力气,才能撑开这重得像铅的眼皮。有时我感到那么虚弱,手抖得厉害,把水杯端到嘴边上都费劲。可是一开始下棋,我身上就来了一股蛮劲。我攥起拳头,冲过来撞过去。有时候我好像听见自己沙哑凶暴的声音,透过一层红雾在冲我自己喊着:'将!''将死了!'

"在这种令人惊悸、难于描述的情况下怎样闯祸了,我自己也没法说清楚。我只记得,有一天早晨我醒过来,跟平常感受不一样:我躺着,绵软,舒适,身子好像松散了似的。几个月来我还没体会过的又浓又甜的倦意,偃卧在我眼皮上,温暖宜人地偃卧在上面,使我一开始下不了狠心睁开眼睛。我醒着还躺了几分钟,继续享受着这种沉重的朦胧状态,这种带有快意的感官。猛地,我感到好像后面有声音,有活人的声音在说话。你想不出我有多高兴,因为这一年来,别的话我没听到过,听到的只有审判席上那些严酷、尖利又恶毒的话。'你在做梦,'我对自己说,'你就做吧!可别睁开眼!让这个梦再延续下去。要是醒过来,你又会看到这桌子,这椅子,这洗脸架,这图案永不变样的挂毯,这包围你的该死的囚室。你继续做梦吧,继续做梦吧!'

"可是,好奇心占了上风。我小心缓慢地睁开了眼睛。奇怪呀,我待在另一间房子里;这间房子比我的囚室大,也更宽绰。没安栅栏的窗子里,透进悠然自在的阳光;窗外看得见树,绿绿的,在风中摇曳,而不再是那堵僵死的隔火墙。四壁光光荡荡,白得耀眼,洁白的天花板高悬在头顶。我的确是躺在一张陌生新异的床上,这是真的,不是做梦,床后头还有人在轻言细语呢。我准是惊奇得使劲动弹了,因为随即就听见床后有走近来的脚步声。一个女人轻手轻脚走了过来,是个白帽压发的女人,是个护士。我高兴得浑身颤抖:我都一年没见过女人了。我凝视着这俊俏迷人的少女,仰视的目光准是又野又亢奋,因为这走过来的少女竭力抚慰我说:'安静,哦,安静点儿!'我只顾谛听她说话的声音。这说话的,不是一个人吗?难道这世界上居然还有不来审问我,不来凌虐我的人吗?更何况,奇怪得不可思议的是,这还是女人柔细温和、近乎亲热的声音呢。我贪婪地凝视着她的嘴。在地狱里蹲了这一年,在我看来,一个人还会和和气气跟别人说话,都变得不可能了。她朝我微笑着——千真万确,她微笑着,竟还有人会和和气气微笑。她举起指头劝阻地往嘴唇上比划了一下,然后轻盈地走开了。可是,我没法听从她的禁令。这奇迹我还没看够呢。我硬挣着想从床上坐起来,为的是跟着看她,跟着看这和善的、像奇迹一样的人。可是,我想从床边上撑起来时,竟失败了。原来右手的地方,连指头手腕一起,我觉出来有什么异样的东西,有个又厚又大的白鼓包,显然我的手一股脑儿被包扎起来了。看着手上这又白又厚的稀罕东西,一开始我惊得摸不着头脑,后来才慢慢明白过来,我这是在哪儿,我想,说不定是出什么事了。我准是被打伤了,要不就是自己伤了自己的手。我这是在医院呢。

"中午来了个大夫,是位和蔼可亲、上了年纪的先生。他知道我们家这个姓,还敬重地提到我那个当侍医的叔叔,这使我立时就感觉出来,他提这些话是来和我套近乎。在随后的一段时间里,他向我提出各种各样的问题。有个问题使我特别惊奇,他问我是不是数学家或是化学家什么的。我说不是。

"'这就怪了,'他喃喃地说,'你发高烧的时候,老是c3呀,c4呀,喊那么些个怪词儿。我们都听了耳生。'

"我询问我是怎么了,他奇异地笑了笑。

"'没什么了不起的,神经受了强烈刺激。'他先留神地看了看四周,又轻轻地接着说,'说到头,受刺激是完全可以理解的。是在三月十三以后,

是吗?'

"我点了点头。

"'遇上这种搞法,受刺激不奇怪,'他喃喃地说,'你并不是第一个。不过,你别担心!'

"看到他悄声劝慰我的神态,还有他安抚我的目光,我懂得,在他这儿我是可靠地受到保护的。

"两天后,这好心的大夫把出事的情况很爽快地对我说了。原来,看守听见我在囚室里大喊大叫,起先以为我在跟闯进去的什么人吵架。可是,他在门口刚一露头,我就向他扑过去,冲着他狂呼乱叫,喊的好像是什么'你倒走上一步哇,你这坏蛋,窝囊废!'我上去就想掐他的脖子。到后来,打得他不可开交,他只好大喊救命。看我这疯疯癫癫的样子,他们就拖我去找医生检查。在过道里,我猛一下甩开了他们,向窗口扑去,砸破了窗玻璃,也割破了手。——你看,这儿还有老深的一道伤痕呢。在医院度过的头几天,我一直处于大脑皮层过度兴奋的状态,不过到这时,大夫认为我的感觉中枢完全清醒了。'当然咯,'大夫又小声地接着说,'这事儿我还是不向上司报告的好,要不,他们又会把你弄回到那儿去的。相信我好了,我会行方便的。'

"这助人为乐的医生向虐害我的人报告了什么,我无法知道。反正,他想达到释放我的目的,他是达到了。有可能是他指出我已经神经错乱,也有可能是在这期间,盖世太保已经不把我看在眼里了,因为那以后希特勒已经占领了波希米亚①,对他来说,奥地利的事就算了结了。这样,我只消签字保证十四天之内离开祖国就行。这十四天,有关的事情简直办了上千件:办军事机关证明,办警察局证明,交税,办护照,办签证,办健康状况证明,等等。在今天,这以后出生的人要出国旅行,免不了就要办这些事。这弄得我没时间来多想过去的事情了。看来,我们脑子里有种种神秘的调节力在起作用,要是遇上可能给心灵惹麻烦招危险的事,这种调节力就会自动来排除。因为我总是一想起坐牢的日子,脑子就有点昏昏然。直到好多个星期以后,应该说是上了这条船以后,我才又找到了勇气来想所遭遇

---

① 一九三九年三月十四日,斯洛伐克的法西斯分子在希特勒指示下,成立斯洛伐克国,随后建立了"波希米亚和摩拉维亚保护国",实际上把斯洛伐克变成希特勒德国的附属地区。

的事情。

"现在你会理解了,为什么我在你那些朋友面前举措那么失当。我是在溜达,偶然走过吸烟室,看见你的朋友们正围着棋桌,便不由自主地感到又惊又怕,脚底下像生了根一样。因为我完全忘记了,人们还能对着真正的棋盘,用真正的棋子来下棋,忘记了下棋是由两个人对坐着来下的。我真是花了好几分钟才回想起来,这些棋手们在那边玩的,和我在百无聊赖中几个月试着自己跟自己玩的,原来是同一种游戏。我在苦练中凑合着使用的那些暗记,只是这些骨质棋子的标记罢了。我惊奇的是,棋子在棋盘上移动,跟我在假想的棋盘上凭空想象的竟是一样。一个天文学家用种种异常复杂的方法,在纸上算出一颗新行星的轨道,后来果然在天上看到了这颗洁白明亮、实有其物的星星,大概也像我这样惊奇吧。我像被磁铁吸住了一样,紧盯着你们的棋盘,又看着我脑子里的那张图,把图上的马、车、王、后、卒什么的,都当成实实在在的棋子,用木头小切削成的棋子;为了统观全局,我不得不把布子的情况,从用数字代替的抽象的棋盘上,搬回到这有棋子的实实在在的棋盘上来。慢慢地,好奇心攫住了我,使我来观看这两个棋手用实物进行的棋赛,于是出了那件煞风景的事,我完全忘了礼貌,竟来搅乱你们下棋。话又说回来,看了你朋友那步失着,我心上像挨了一针似的。我止住他,这完全是本能的行为,是一种情不自禁的行动,就像我们看见孩子弓腰挂到栏杆上,便不假思索地去抓住他一样。到后来我才醒悟过来,由于性急,我粗疏失礼,冒犯了诸位。"

我连忙请 B 博士宽怀,由于那个偶然事件能和他结识,我们大家都感到非常高兴,并且说,承他不弃,把一切相告,要是他肯光临明天临时凑成的那场棋赛,那我是倍感兴趣的。B 博士着急地扭动了一下。

"别那么说,真的别存奢望。对我来说,这不过是试一试……试一试……看我是否真有能耐正正经经来下棋,在真正的棋盘上,用实实在在的棋子跟看得见摸得着的对手来下棋……因为我越来越不相信,我下的那几百盘棋,或是几千盘棋,是地地道道、合乎规则的,我以为那仅仅是在做梦发高烧时下的,下的时候跟做梦一样,总是把一些棋步漏掉了。但愿你别当真,以为我能顶住一个象棋大师,甚至是举世第一的象棋大师。我感兴趣的,我暗中琢磨的,不过是那种事后产生的好奇心,就是说我想确定一下,我坐牢那会儿干的,是真正在下棋呢,还是已经疯了,我是紧对着发疯那个危险的暗礁呢,还是已经绕过去了。就是这么回事,仅仅是这么回事。"

　　这时,船尾响起了叫吃晚饭的铃声。我们竟聊了快两个小时了。B博士跟我谈的,比我归纳在这里的要详尽得多。我衷心地向他道谢,然后告辞了。可是,我还没顺着甲板走开,他又跟了过来,激动地,甚至有点结巴地补充说:

　　"还有一件事!你最好事先就转告他们诸位,免得我事到临头显得不礼貌:我只下一盘……下这盘棋仅仅是了结旧账——是彻底结束,而不是新的开始……我不想再次陷到疯疯傻傻的棋瘾中去。回想那种情况,只会使我厌恶……再说……再说,那时候医生也警告过我……郑重其事地警告过我:不论谁,对什么一入迷上瘾,就终身受害;得过'棋瘾中毒'的人,就算是治好了,也最好是别再挨近棋盘……好了,你会明白的——我就下这一盘做个实验,再也不下了。"

　　第二天,到约定好的下午三点,我们准时在吸烟室会齐了。我们这一圈人里还增加了两个象棋爱好者,那是两个在船上服役的军官,他们特地请假不执勤,好有机会来看这场比赛。岑托维奇也没像头一天那样让人等他。照例选定黑白方以后,于是由 Homoobscurissimus① 对著名的世界冠军,这场值得纪念的棋赛就开始了。我遗憾的是,这盘棋只是下给我们这些完全不够格的观众看看而已,运子进程没有记入象棋年鉴,就像贝多芬的钢琴即兴曲没留下乐谱一样。这以后的几个下午我们倒也试过,想一同凭记忆把这盘棋再复一遍,可是白折腾;也许是我们大家看棋的时候,看两个棋手看得太有兴味了,没注意比赛的进程。因为在下棋的过程中,双方在言谈举止方面气质相反,从体态上也越来越变得鲜明了。岑托维奇这个棋坛老手,在整个这段时间里一动不动地待着,像块木头似的,目光严峻僵直地垂在棋局上。对他来说,思索简直就像是一种肉体的抽紧,使他全部器官都异乎寻常地往一起收缩。B博士不同,他动弹着,轻轻松松,毫无拘束。他完全是个业余爱好者。对他来说,下棋只是一种游戏,是令人轻松愉快的游戏。他身子完全放松。头几步棋他一边想一边跟我们解释,还悠闲地点起一支香烟。轮到他走棋时,他才往棋盘上看一两分钟。走一步棋他都给人这样一种印象,仿佛对方这步棋他早就料到了。

　　开局几步熟套棋走得相当快。到七八步上,这才有点看得出来,好像

---

① 拉丁文:无名之辈。

是按确定的计划在发展。岑托维奇加长了想棋的时间,这使我们感到,争夺先手的实战开始打响了。不过,不妨说句实话,就像看任何一盘够水平的棋赛一样,局势的一步步展开,在我们外行人看来是不太够味的。因为棋子儿越是交织得花样翻新,实际情况对我们也就变得越是隔膜了。我们既弄不清这一方有什么打算,也弄不清另一方有什么企图,也不知道究竟是哪一方占优势。我们光是看到,一个一个的棋子儿像吊车①似的挪动着,想突入敌阵;可是,因为高手每走一步,总是算准了许多步,所以这你一步来我一步去的战略意图,我们没法领会。另外,慢慢地又添出了一份叫人泄气的疲劳,这都怨岑托维奇想棋想得没完没了。这种情况也开始弄得我们那位朋友明显地烦躁起来。我揪心地注意到,这盘棋越往下拖,他越是心急火燎,开始在沙发椅上蹭过来拧过去,一会儿由于焦躁一根接一根抽烟,一会儿又拿起铅笔记下点什么。接着,他又叫来矿泉水,一杯又一杯急着往下灌。这是明摆着的,他想步子比岑托维奇要快上百倍。每当岑托维奇想完了,拿定主意,用笨拙的手往前挪动子儿时,我们这位朋友像是早已料到似的,笑一笑,随手就应一步。他反应迅速的脑子,必定把对方可能走的步子预先全都算好了,因此,岑托维奇越是迟疑不决,他就变得越是烦躁。等着的时候,他简直是恼恨地把一股气都憋到嘴边了。可是,岑托维奇一点儿不着急。他执拗沉默地思考着,棋盘上子儿越空,他想棋的时间也越长。到四十二步上,已经过了两小时四十五分,我们围住棋桌坐着,一个个都乏乏的,思想都快开小差了。在船上服役的两个军官,一个已经走了,另一个拿起一本书在读,只在每次动子儿的时候才抬一抬眼睛。可是,就在岑托维奇走棋的时候,一件意想不到的事情突然发生了。岑托维奇拿起马往前跳,B博士一见,立即像作势要跳的猫一样团起身子。他浑身都哆嗦起来,岑托维奇刚跳罢马,他就将后狠狠地往前一推,神气昂然地大声说:"得!完了!"说罢身子往后一仰,两手交叉地抱在胸前,用挑衅的目光看着岑托维奇,眼瞳里突然闪出灼热的光芒。

我们不由得都俯向棋局,以便看清他这步告捷的棋。一眼看去,并不见有直接的威胁。我们这些看得不远的外行人,还没法算出来。在我们中间,只有岑托维奇听了这挑衅性的预告动都没动;他一动不动地坐着,这盛气凌人的一声"完了",他好像根本没听见。哑场了。我们大家都情不自

---

① 国际象棋的棋子,是一个个近似圆锥体的雕像,故形似吊车。

禁地屏住呼吸，因此可以听到放在桌上用来卡定走棋时间的钟在嘀嗒嘀嗒响。过了三分钟，过了七分钟，过了八分钟，岑托维奇还是不动；不过，我似乎觉得，他由于内心紧张，厚厚的鼻翼好像都张得更开了。这种哑场的等待，这位朋友显得跟我们一样受不住了。突然，他霍的一下站了起来，开始在吸烟室里徘徊，起初慢慢地，走着走着就快了，越来越快了。我们大家看着他，都有点吃惊，然而，谁也不像我这么揪心，因为我突然发现，他来回走的脚步尽管很急很快，但总是走在同样大小的地方；看样子，好像在这宽敞的房子中间，他每次都扑到了无形的尽头，又不得不折回来。我心惊肉跳地发现，他这一趟来一趟去，无意中复现了他原来那间囚室的大小：在被关押的那些日子里，他一准也是这样扑过来蹿过去，像围在笼中的野兽一样，一准也是这样两手哆嗦，双肩紧缩，就这样在囚室里千万次地奔来闯去，僵直发烫的眼睛里闪着发狂的红光。不过，他的思维能力似乎一点也没有受到损害，因为他时不时烦躁地转向桌子，看在这段时间里岑托维奇决定了没有。就这样过了九分钟，过了十分钟。最后，终于出了我们谁也没料到的事情。岑托维奇把一直搁在桌上没动的那只沉重的手，慢慢地举了起来。我们大家都紧张地看着，等他决定。可他没走棋，只是翻过手来，用一个断然的动作，把棋盘上的棋子儿慢慢地全都拂掉。过了一会儿我们才明白过来：这盘棋岑托维奇认输了；他投降了，免得在我们面前公然被将死。出了怪事了：这个世界冠军，这个无数次棋赛的优胜者，竟在一个无名之辈面前，在一个二十年或是二十五年没碰过棋局的人面前卷旗了。我们这个朋友，这个匿名者，这个没名气的人，在公开的比赛中，把世界棋王打败了。

我们还不知道怎么回事，就激动得一个接一个站了起来。我们谁都有这种感受，好像该说点什么，该做点什么，来表示一下心里的惊喜。只有岑托维奇静静地待着不动，停了好一阵，他才抬起头来，用死沉沉的目光看着我们这位朋友。

"再来一盘？"他问道。

"不在话下！"B博士回答，这答话中带有一种我感到不舒服的热情。我还没顾上提醒他只下一盘为限的那个老主意，他就坐下来慌急慌忙开始重新摆子儿了。他归拢棋子儿的时候那么手忙脚乱，有个卒竟两次从他哆哆嗦嗦的手里滑到地上。看了他那种一反常态的亢奋，我原先的惴惴不安竟变成恐惧了，因为这原来沉默冷静的人，已经被过度的兴奋压倒了。他的嘴抽搐的次数越来越多，身子像突发高烧而颤抖。

"不要下了！"我悄声对他说,"这会儿不要下了！今天就下到这儿吧！你会吃不消的！"

"吃不消！哈哈！"他一副凶相地大笑起来,"要不是这么拖拖拉拉,有这点时间都够我下十七盘了！我呀,吃不消的就是：遇上这慢劲儿怕睡着！——得！你就开棋吧！"

末尾几句是冲岑托维奇说的,语气激烈,近乎粗暴。岑托维奇冷静严肃地看着他,不过那直愣愣的目光,却带点攥紧一只拳头抡出去的味儿。一下子,两个棋手之间产生了一点原先没有的东西：一种危险的对立,一种强烈的恨意。他们不再是彼此逢场作戏来试试自己能耐的棋伴,而是双方都发誓要消灭对方的仇敌。岑托维奇走第一步棋就施了很久,我有一种分明的感觉,他是有意拖这么久的。显然,这训练有素的策略家已经发觉,他正可以用慢劲儿来把对手拖垮,拖乱。就连开局时一步最简单的正着——按惯例把王前卒往前推两格,他也耗了不下四分钟。我们这位朋友立即动王前卒来迎敌①。岑托维奇又停下了,没完没了,简直叫人没法忍受;那劲儿,就像一道强烈的电光往下一闪,我们心怦怦直跳地等着雷响,可雷就是不响一下。岑托维奇一动不动。他思索着,安安静静,慢慢吞吞;我越来越感到,他这是慢里藏奸。不过他这一慢,倒使我有充分的时间来观察 B 博士。他正好往下灌第三杯矿泉水;我不由得记起来他告诉我的、他在囚室里的那种奇渴。过度兴奋的一切表征,都清清楚楚地显露出来了。只见他额上冒汗,手上的那道伤疤比原先更红更惹眼了。不过他还克制得住。到第四步上,岑托维奇又没完没了地思索,他这才失态了,突然冲对方训斥起来：

"你总要走上一步哇！"

岑托维奇冷冷地抬起目光。"我们说好了,走一步棋十分钟。我的规矩是走棋不短于这个时间。"

B 博士咬紧了嘴唇。我发现,他的脚后跟在桌子底下越来越烦躁地冲地板跺着。我猜想他一定会做出什么胡闹的事来,这种压抑人的预感,使我自己也变得神经过敏了。果然,到第八步上,就出了节外生枝的意外。等得越来越失去自制的 B 博士,憋得快忍无可忍了;他把手拧过来转过去,手指头不自觉地在桌上敲起来。岑托维奇又一次抬起他不灵便的

---

① 这就是前面提到的"西西里式开局法"。

脑袋。

"请你别敲了,行吗?这打搅我。我都没法走了。"

"哈哈!"B博士待理不理地笑了一声,"这有目共睹。"

岑托维奇脸红了。"你说这话什么意思?"他恼怒地问道。

B博士又恶意地强笑了一声:"没什么意思,不过是你太多心了。"

岑托维奇没说话,低下了头。

七分钟后,他才走了一步。这盘棋就这么慢得要死地下着。岑托维奇好像越来越像个石头人了;到后来,他想定一步棋,总得顶足了约定的走棋时间。而在岑托维奇走棋的时候,我们这位朋友的态度也变得怪了。看样子,他好像根本不再理会这盘棋,而在想着别的什么不沾边的事。他不再性急地颠来颠去了,只是无精打采地坐在位子上,用呆滞而迷乱的目光定定地看着前面的空中,不住地朝前面嘟嘟哝哝说些听不懂的话。如果他不是在想入非非,那么——我内心深处这么猜测——他就是在下另外一盘棋解闷儿。因为每次岑托维奇终于走了一步的时候,我们都不得不把他从魂不守舍的状态中唤回来。他惊醒过来后,总是用那么一分钟,来重新看清局势。我心里越来越犯疑,他在这种不动声色的癫狂状态中,一定早把岑托维奇和我们大家都忘了,而他这种癫狂,可能会突然爆发,变成大喊大闹。果然,到第十九步上,危机爆发了。岑托维奇刚走完子儿,B博士连棋局都没认真看一眼,拿起象就推进了三格,大叫一声,把我们都吓了一跳:"将!"

我们立时都盯住了棋盘,盼着那是步高着。可是过了一分钟,竟出了我们谁也没料到的事情:岑托维奇慢慢地抬起头来,挨个儿看着我们这圈人,有那么点儿大称心愿的神气,因为他嘴边慢慢地泛起了踌躇满志、不胜鄙夷的微笑。直到把这种我们领会不来的快意尽情品味够了,他才假装客气地对我们说:

"很遗憾!我可是看不出将军了。诸位也许有谁看出来了吧?"

我们看着棋盘,然后,目光不安地滑向B博士。真的,连孩子都看得出来,岑托维奇那个王的前面有个卒,把对方的象挡得严严实实,不可能威胁到王的。我们担心起来,会不会是我们这位朋友性急,没把棋子儿放正,放远了一格,或是放近了一格?我们的沉默,引起了B博士的注意,这回他也盯住棋盘,结巴地咕哝起来:

"这王可是在f7位上的……站错位了,完全错了。你走错棋了!这棋盘上的子儿全都站错位了……这卒该在 g5 位上,不该在 g4 位上……这根本是另一盘棋……这……这……"

他突然张口结舌了。我狠劲抓他的胳膊,那个手劲,使他尽管亢奋得迷迷糊糊,也硬是感觉到了。他回过身来,像梦游患者一样盯着我。

"你……要干什么?"

我光是说:"别忘了。"同时用手指摸了摸他手上的那个伤疤。他不自觉地跟着我摸了一下,两眼呆滞地盯着那一道血红的疤。看着看着,他突然哆嗦起来,浑身打了个寒噤。

"上帝呀,"他嘴唇苍白,嘟哝着说,"我没胡说,没胡闹吧……我又这么……"

"没有,"我悄声地对他说,"不过,你得马上撂下这盘棋,就到此为止。别忘了医生叮嘱你的话!"

B 博士一下站了起来。"请原谅我令人不快的错误,"他向岑托维奇鞠了一躬,用原先斯斯文文的声调说,"我说的那些话,纯属胡闹。不用说,这盘棋你赢定了。"说罢他转向我们:"也得请诸位包涵。不过,我原先就说过,诸位不要对我抱奢望。请原谅我有失检点——下象棋,这是我最后一试了。"

他一鞠躬,走了,神态又谦虚又诡秘,跟最初露面的时候一样。只有我知道,这个人为什么要永远不再摸棋盘,而这时,其他的人则有点昏头昏脑地待着,影影绰绰地感到,真是万分紧张,总算避开了某种不愉快的严重事态。"Damned fool①!"麦克柯诺尔失望地抱怨了一声。岑托维奇最后一个从沙发椅上站起来,还向这半局残棋扫了一眼。

"可惜,"他宽宏地说,"进攻安排得实在不坏呀。对一个业余爱好者来说,这位先生实在是有两下子,不同一般。"

樊修章　译

---

① 英文,原意是"该死的笨蛋",这里是"活见鬼"的意思。

附　录

茨威格一九三六年用英文写的简历

　　我于一八八一年十一月二十八日生于维也纳,后来我攻读哲学。但我真正的学习却始之于长时间欧洲、美洲和印度的旅行;我的内在的教育始之于与我同时代的著名人物——凡尔哈伦、罗曼·罗兰、弗洛伊德、里尔克的友谊。我的固有的成分一直是一种强烈的心理学上的好奇,这种好奇我首先试着在涉及个人命运的一些性格化的短故事上加以运用(如《热带癫狂症》、《情感的迷惘》和关于妥斯陀耶夫斯基、托尔斯泰和巴尔扎克的文学性素描)。

　　直到战争的爆发——这对我既是最深刻的感情上的震动,也是最重要的道德上的教训——我对世界历史才开始较为密切地加以关注。我着手重新去研读它,带着这样的目的:或许借此能更好地去理解我们当前的时代;特别是往昔中那些批判的反叛时代使我能同当代去加以类比(福煦、玛丽·安东内特、埃拉斯姆斯)。自从战争以来,完全遵循这样一个方针进行写作被看作是我的道德义务,即有助于我们时代进一步积极的发展:通过对往昔的解释,通过对当代的警告——因为我相信,促进人类之间的联合和加深人民和民族间相互理解,为此所做的努力是有价值的。

　　从一开始我的目光总是注视世界主义(das Kosmopolitische),我的思想远离开赤裸裸的民族主义。因此我认为——绝不是自诩——我的著作的影响也超出了民族,这是一种特别幸运的机缘,甚至是生活所给予我的最伟大的祝福。正如我感到整个世界是我的家乡一样,我的书能在地球上所有语言中找到友谊和接受。

绝 命 书

  在我自愿和神志清醒地同这个世界诀别之前，一项最后的义务逼使我要去把它完成：向这个美丽的国家巴西表示我衷心的感激。它对我是那样善良，给予我的劳动那样殷勤的关切，我日益深沉地爱上了这个国家。在我自己的语言所通行的世界对我说来业已沦亡和我精神上的故乡欧洲业已自我毁灭之后，我再也没有地方可以从头开始重建我的生活了。

  年过花甲，要想再一次开始全新的生活，这需要一种非凡的力量，而我的力量在无家可归的漫长流浪岁月中业已消耗殆尽。这样，我认为最好是及时地和以正当的态度来结束这个生命，结束这个认为精神劳动一向是最纯真的快乐、个人的自由是世上最宝贵的财富的生命。

  我向我所有的朋友致意！愿他们在漫长的黑夜之后还能见得到朝霞！而我，一个格外焦急不耐烦的人先他们而去了。

斯蒂芬·茨威格
一九四二年二月二十二日于彼得罗保利斯

高中甫　译

图书在版编目(CIP)数据

一个陌生女人的来信／(奥)茨威格著;高中甫编选;高中甫,韩耀成等译.
－北京:北京燕山出版社,2018.1
ISBN 978-7-5402-4831-4

Ⅰ.①—…… Ⅱ.①茨… ②高… ③韩… Ⅲ.①中篇小说-小说集-奥地利-现代
Ⅳ.①I521.45

中国版本图书馆CIP数据核字(2018)第005881号

一个陌生女人的来信

[奥地利]茨威格 著
高中甫 韩耀成等 译
编　　选／高中甫
责任编辑／尚燕彬　金　东
装帧设计／小　贾　张　佳
北京燕山出版社出版发行
北京市西城区陶然亭路53号　邮编100054
全国新华书店经销
三河市北燕印装有限公司印刷

开本 915×1220　1/32　印张 11　字数 345,000
2018年2月第1版　2018年2月第1次印刷

定价:26.00元

版权所有　盗版必究